浙江文化艺术发展基金资助项目

旷世烟火

陈酿———

著

浙江文艺出版社

引　子

　　凌晨,楠枫江边那棵遒劲的歪脖子溪萝树在清透的晨光下努力撑了撑枝干。它知道,再过几天,枝干上最后一片叶子也将离自己而去,几阵寒风吹过,江上的雾气越来越浓的时候,楠枫江最冷的时节就到了。它还知道,楠枫的隆冬并不萧瑟,只是如它这样年岁很大的老者,澹澹而睡,几阵春风吹过,便倏然醒来,一切又如那嫩绿的枝条,开始迎风欢腾了。

　　这个时分,一个披着蓑衣、戴着偌大箬笠的小牧童,背上插着一支短笛,骑在他的老黄牛背上,后面跟着一头不谙世事的小牛犊。黄牛母子不紧不慢地摇着尾巴,慢吞吞往溪萝树下长长的滩林走去。虽已入冬,溪萝树下还是有些许绿草,够它们娘儿俩果个半腹。

　　小牧童下了牛背,任由黄牛母子向溪萝树下半黄的草丛走去。他拿下那个与他身形不太相符的大箬笠,甩了甩上面的小水珠,抬眼望了望江面。

　　楠枫冬月,只要是在前夜雨歇、翌日大晴的清晨,空气清冷、江水尚暖、冷暖相遇,江面都会升腾起纱一般的雾岚,袅袅婷婷,妙不可言。这个凌晨,腾腾升起的江上雾岚笼罩了小牧童眼前这一片宽阔的水面。长这么大,小牧童几乎没见过腊月的凌晨江面上会有如此浓稠的雾岚,眼前的一片似仙地神境,很不真实。

　　他正恍惚,忽闻"啾啾"几声,原来是几只白鹭扇着大翅膀,轻盈地从江面上掠过。紧跟着,又有几只更大的灰鹭尾随而来,紧贴江面盘旋。瞬间,江面浓浓的雾岚被它们搅散。小牧童正恼这几只水鸟搅了他的"神仙地",然而,他做梦也想不到,正是这几只小精灵,拨开迷雾,使他得见一个从未见过的"神仙女子",乘坐一只舴艋舟,飘然而至……

破雾而来的舴艋舟犹如瑶池下凡的一片仙叶，那青布衫长罗裙的年轻女子从舴艋舟那上了清漆的竹篷中挑帘而出，娉娉婷婷地走过船舷，静立船头，眼神迷蒙。她的目光从呆立在岸边的小牧童的头顶掠过，远远望向小牧童身后的滩林、田畴、阡陌，一直到青黛远山前面的村庄里……

那一刻，小牧童使劲揉了揉自己的眼睛，又拍了拍自己的脑袋，以确保自己现在是醒着，而不是在梦中。但他还是弄不明白眼前到底是自己每天放牛的楠枫江，还是西王母的瑶池，他有点喘不过气来。忽然，身后传来一声粗重的低吼声："靠边点，别挡了我家大小姐的路！"

小牧童赶紧将手中的大箬笠往腰间夹紧，扭头只见徐家的长年*带着一个丫头和两个脚夫匆匆往埠头赶去。小牧童缓过神来：船头的"仙子"莫非就是传说中徐玄廊大老爷家那个在大上海读书的小姐？

当徐家大小姐徐逸锦一只纤纤玉手轻轻搭在前来迎接的小丫头手中、跨下船舷的那一刻，小牧童禁不住"呀"了一声。迎着这一声"呀"，小牧童一双怯生生的眼睛接住了徐大小姐投来的轻轻一瞥。小牧童不知道，这"仙子"从踏上这片土地开始，就再也回不去她曾经的"十里洋场神仙地"了，从此，漫长的岁月，她将历经旷世烟火，百折而绝伦……

---

*长年：长工。

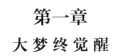

第一章
大 梦 终 觉 醒

　　三百里楠枫江,以江为界,分为东江和西江。但可能因为是瓯江的支流,楠枫江的江面并不如大江大河那么有气势。因此,瓯越大地上,人们自古就称东江和西江为"东溪"和"西溪",合称"双溪"。徐家被称为"楠枫双溪第一家"。

　　楠枫江古名瓯水,发源于中国东南沿海一个叫黄利坑的高山之巅,在括苍山、雁荡山山脉间万转千回,自北而南,流经嘉楠腹地,直入瓯江,与八百里瓯江汇合后东流入海。

　　这一片土地上,其实良田并不多,俗称"八山一水一分田"。但是,在楠枫的崇山峻岭中,千年来祖先世世代代开辟了层层叠叠的梯田,这些梯田经年跨代,很大一部分汇聚到对土地有着执着追求又经营有方的徐家祖先手中。当然,楠枫山底的这些梯田也还不至于让徐家富甲一方。

　　东江和西江流经的几处古地,同样被先人开发了层层梯田,这些梯田土质贫瘠,种植水稻很辛苦,于是,不知从哪个年代开始,这些土地上开始种植烟叶,后来开始大面积种植罂粟,因为颜色乌黑,当地人将制作过的罂粟称为"乌烟"。而这些种植烟叶或者罂粟的土地,从什么时候开始归楠枫地区霞枫村的徐家所有,已经无从考证。经年累月,徐家到底积累了多少财富,谁也说不清。

　　徐家大宅坐落于楠枫江中游的霞枫村。徐家老爷徐玄廊聚财有道、为人有德,尤其对霞枫方圆百里的乡民仁慈厚道,威望甚高。但他平生有一大憾事,那就是他的原配毕氏一口气给他生了四个女儿，却没有一个儿子。徐玄廊给四个如花似玉的女儿分别取名"逸锦、逸绣、逸河、逸山"。

在巨大的心理压力面前，毕氏从此真的"闭（毕）"了，不再生育。无奈之下，徐老爷又纳了小他20多岁的小妾金氏，谁知头胎生下的也是个水灵灵的女儿。徐玄廊为小女儿取名为"逸美"，徐家五朵金花人称"锦绣河山美"。

金氏生了五小姐徐逸美之后，也是几年不见动静。因为没有儿子，多年来，徐玄廊将外表娇柔的大女儿徐逸锦当成儿子来养，逸锦在乡里已经启蒙识字，但徐老爷仍然将大女儿送到十里洋场的上海滩去读书。

寒来暑往，在上海教会学校求学的徐逸锦已经毕业，然而过了暑假，任凭十万火急的家书催促，也不见徐大小姐回乡的身影。徐老爷只好在秋收之后派家中长年戴老五去接，谁知过了几天，戴老五却是独自回来的，说不管怎么劝，大小姐都表示只想留在上海，不肯跟他回来。

徐家在本村田地多，但家中长年倒不多，外村的田地春耕秋收时，都是临时雇短工。因此，像戴老五这样的长年在徐家一待就是大半辈子。而且徐老爷为人厚道，善待下人，戴老五在徐家娶妻生子，成家立业，还得以为父母养老送终，戴老五那份忠心自非常人可比。

听到戴老五带回来的消息，徐老爷披上锦袍，一甩手，出门去了。

徐老爷熟读诗书，生性沉稳，遇到为难事，一般不发作，总是默默出门，踱到村口的风水亭中，对着远山眺望多时，然后回家。只不过这次他并没有照例站在傍晚的风水亭中，而是绕过风水亭，踱到了田野里。放眼望去，远山如黛，田间几棵乌桕树身形扭曲但极具张力。

古时楠枫江两岸有"西栽楠木东种枫，田间乌桕夹古松"的说法，楠枫江东岸盛产枫树，此地尤胜，因此，徐老爷的家乡就得名"霞枫"。到了徐老爷的时代，由于耕田紧张，稍微平畴一点的土地上枫树都被砍了，开垦成了耕田。此刻，郁闷的徐老爷低头踱了几个方步，再抬头远望的时候，吟出一首七绝："家住枫林不见枫，九秋独立夕阳中。遍山风景无人识，乌桕经霜满树红。"

他并不知道，其实这时候，他并不是"出世独立"的，在田间的一个稻草垛后面，正百无聊赖地靠着一个方圆百里最穷的名叫木驼六的单身汉。他大名木天轩，还在娘胎时,他的父亲就因上山扛树滑下山崖身亡。等他一落地,人们惊奇地发现他不仅驼背,左手还有六指。在几乎上无片瓦、下无寸土的木家,抑郁成疾的母亲在他还未满月时便撒手人寰。于是,悲愤交加的奶奶随口就叫他木驼六。但是,曾中过秀才的爷爷认为不妥,好歹也是木家的血脉,于是,正经八百地为他取名木天轩,但是大家还是忽略这事,认定他就叫阿木。

听到徐老爷吟诗的阿木早已过了而立之年,却没能"立"起来,他那特殊的身形和与众不同的左手终是没办法让他改变自己的生活。祖父母早在他10岁时就去世了,从那一刻起,他就到处打短工养活自己。当然,接济他最多的还是徐老爷家。虽然阿木人驼,但凡是跟他打过交道的人,都说他心不驼。

两年前的除夕,楠枫暴雪,阿木住的茅草房被大雪压塌了,好心的徐家长年戴老五偷偷将他接到徐家大院。也是赶巧,从水门进来的两人刚好被平时几乎不从水门进出的徐老爷给撞见了。得知缘由,徐老爷当即让戴老五收拾了一间披舍*,安置了他。待徐家大小吃完年夜饭,徐老爷吩咐戴老五,让阿木跟长年们一起吃年夜饭过个年。在灶间,不会喝酒的阿木两杯下去,已经晕乎了。忽然,灶间的门被打开,阿木只觉得一股仙气飘进来,随后,整个灶间瞬间发亮,让他不能直视。后来他才知道,那是在外求学回家过年的徐家大小姐摘了梅花,来拿下午落在灶间水缸边的梅瓶。那一刻,他才知道世间原来还真有这样画上下来的人物。

年后,徐老爷善意留阿木继续在徐家住下去,并成为徐家的长年。但是,阿木执意要在正月初六走。谁也理解不了这份"不知好歹",只有他自己明白:再不走,他会因为徐家大小姐窒息而死的!因为每一次在院子里看见天仙般的大小姐飘然而过,他都感觉喘不过气来,一阵阵地眩晕。如果继续留在徐家,那不是要他的命吗!他木天轩祖上也算是书香门第,他还肩负着木家传宗接代、重振门楣的重任,不能因为徐家小姐而自绝于世,一事无成。于是,阿木,不,木天轩咬咬牙,毅然拜别了大恩人徐老爷,外出谋生去了。两年后阿木揣着攒了两年的辛苦钱,回家将倒塌的茅草房重新立了起来,也算对自己有了个交代。

就这样又过了几个月,徐逸锦还是没有一点要回家的迹象,徐老爷意识到,再

---

* 披舍:没有水滴屋檐的小厢房。

不将大女儿接回来，徐家真的会陷入"家住枫林不见枫"的不堪境地了。因家中无子，正房潜心向佛，侧室的所有热情除了吃穿，还对当地一种叫"鼓词"的曲艺很是入迷，也根本不理家事。家中生意繁忙，虽说不指望大女儿能帮自己打理生意，但大小事宜也得有人商量照料。所以，冬至一过，徐老爷就决定暂时放下手上的生意，亲自前往上海接回大女儿。不过也因此，他并未在第一时间得知那个能令他振奋的消息——已经有一个新生命孕育在金氏的腹中了。

徐老爷带着戴老五，一路舟车劳顿，当迈进上海自家商号的后院时，他愣住了：跟大女儿同时从厢房出来迎接的还有一个年轻人，一看就是个读书郎，年纪与大女儿相仿。当这对少年才俊红着脸局促不安地站在面前时，徐老爷便明白了大女儿始终不愿归乡的缘由。

徐老爷在上海只作两日停留，第三日，他带回楠枫的不只是大小姐徐逸锦，还有那个白面书生。

一个月后，四里八乡就收到了徐家大小姐出阁的大红喜帖。准确地说，乡邻们得知的是徐家大小姐招赘，马上要成亲了，招的是苏北一个同在上海念洋文的新式学生。这学生的家人由于时局动荡，早已失去联系，自然，他就成了赘婿。

婚礼当夜，徐家大院张灯结彩，上上下下都在忙碌着。

楠枫天高皇帝远，洞房闹酒一直都很出格，但谁也不曾料想，徐家大小姐的婚礼上会上演一场如此惨不忍睹的悲剧。

按照风俗，闹洞房的乡人们将新郎热热闹闹挟持出来，用红绸将他一人捆绑在后山的树林中，继续回徐家大院喝酒。待酒醑席散，人们才想起那读洋文的书生新郎官还在树上绑着，一干人匆匆忙忙赶到后山，可怜树下只剩一堆白骨，那风华绝代的白面书生早已成了寒冬中饥饿难耐出来觅食的饿虎的口中物了！

徐老爷匆匆命人将那短命的女婿收殓，又让毕氏看着大女儿，生怕她做出什么想不开的事情来。谁知等过了年，徐逸锦意外发现腹中居然已经孕有一个小生命，一时间悲喜交加，又有了生存下去的勇气和力量。

只是厄运远未结束，反而如藤蔓般迅速缠绕上了徐家上下。那一夜，徐老爷的妻舅、大房毕氏的大兄弟毕大先生急匆匆地提着火篓星夜到访，除了大小姐徐逸锦，其他"绣、河、山、美"四姐妹茫然不知大舅舅将一个可怕的消息带到了家中！

原来,楠枫虽然是瓯江北岸的山乡,但正因为括苍山脉层峦叠嶂,翻过雁荡山,便是乐清湾直通东海,这里恰是土匪藏身的首选"宝地"。老百姓人心惶惶,当地的财主们更是日夜坐立不安。这一日,毕大先生得知信息,说近日有土匪在霞枫村后最高的鸟鸣山上活动,他吩咐自己的家人打点金银细软的同时,火速赶到大姐家,叫他们赶紧收拾能带走的财富外出躲祸,刻不容缓!这帮穷凶极恶的土匪来到鸟鸣山,第一个袭击的目标肯定就是他们徐家!

那一夜,徐家除了家主徐玄廊、有孕的金氏、守寡的徐逸锦、长年戴老五外,徐家大房毕氏和其余四个女儿以及贴身丫鬟、老妈子们,在毕大先生的带领下,带上能带的金银细软,如楠枫江里的白鱼一般,天亮之前,无声地游出了徐家大院。谁也没有想到,这一"游",竟成了他们的骨肉诀别!毕氏再也没回过霞枫的祖屋,最后客死海外。这一"游",徐家"锦绣河山美"中除了大姐,其他姐妹散落在世界各地,半个多世纪后才得以再聚。

2

阿木做梦也没有想到,那个曾让他看一眼就觉得呼吸困难的大小姐从此会和他的人生纠缠在一起。

天快黑了,阿木走在霞枫村冰冷的蛮石铺就的村路上,不见一个人影。村里没有一户人家点灯,几乎全村的人都屏住呼吸,听着村野里的点滴动静。然而阿木心里想的却是:哪怕土匪马上来了,也得先找到能吃的东西。

可是,阿木着实低估了那一帮土匪的强悍和神速。没错,他们确实要突袭霞枫村,而这准确的信息让正穿过一片滩林的阿木听了个分明:这批土匪要洗劫的就是楠枫江首富徐玄廊的大宅子!除了金银财宝,徐家如花似玉的女眷更是土匪们垂涎欲滴的"宝物"!受过徐老爷无数恩惠的阿木眼前霎时就出现了徐逸锦大小姐被土匪掳上山当压寨夫人的可怕场面,一股寒气从脚底直冲脑门,他一边按住狂跳的心,一边从熟悉得不能再熟悉的近道,一路狂奔到了徐家大院。

可惜的是,鸡胸驼背的阿木奔跑的速度并不快,他的速度只够他进了徐家大院的门,报告土匪马上要来洗劫的噩耗。

金氏慌乱地大哭起来，徐逸锦马上摁住了她的嘴。

徐老爷说："你俩跟老戴赶紧走，从水门逃出去！我就在堂前不走了！"

金氏憋住哭声说："我我我……得赶紧回房收拾一下细软！"

徐逸锦瞪了金氏一眼："都什么时候了，你赶紧跟着老戴走！"一边急切地拉住徐老爷的手："爹爹，您不走我也不走，我陪您！"

阿木心急火燎地说："大小姐！万万使不得！立刻！马上！我们一起走！徐老爷，快跑吧，那些人杀人不眨眼的！"

徐老爷却满脸通红，颤抖着一把山羊胡子，对还愣在身边的长年戴老五喝道："快扛起金氏从水门走，能躲多远就多远！"

又叮嘱女儿："逸锦，我还有要紧事要办，必须留下！你跟着阿木快跑！"

戴老五缓过神来，二话不说，扛起金氏穿过水门，飞奔出了徐家大宅，消失在暮色中。可徐逸锦还是不愿离开，阿木见说服不了她，而土匪又已逼近，便一咬牙，拉着她躲进了那间隐秘的披舍。

之后，徐逸锦不记得自己是怎样学着阿木的样子，匍匐着身子爬过那堆杂物，偷偷从隐秘的水门逃出徐家大院的。她只听见没有跑出多远，身后的大院里就传来一阵枪声。她只觉得一股电流击中了心房，疼得差点站不直身子！她下意识回过头，想往回跑，跑回自己的家，跑回爹爹身边！但是，阿木不顾一切地拽住她，狠命地拖着她往楠枫江边那片种满溪萝树的鹅卵石滩林里跑……

不像楠枫江别处的滩林，溪萝树要么三三两两地各自生长，要么站成一排迎风而长，习惯性地顺着风势斜向一边，此处滩林的树丛却是围成一个大圆形生长着，面向东边，有一个小小的隐秘缺口，如果能从上向下俯瞰，就像是一个巨大的剧院。

就在这个奇怪的圆圈里，徐家大小姐一次又一次地想要冲出去，一脚深一脚浅地蹚着全是鹅卵石的溪滩跌倒了起来，起来又跌倒，但是每一次，都被阿木狠命拽回了溪萝树的大圆圈里！

"爹爹！"随着一声极为压抑的、低得似乎听不见的哭声，在那个溪萝树的大圆圈里，在惨白的月色下，阿木扭身一看，大小姐那膝盖和手上早已磕得满是血迹，可她却浑然不觉。

阿木的手始终没有松开，溪萝树的枝丫划破了他的肩头："大小姐，千万不能回！回去就是死路一条啊！"

一切如他所言，回去就是死路一条。

当一切归于平静，曙光初升，徐逸锦再一次站在自己家大宅的正厅前。如血的朝霞映照在倒在血泊里的父亲的脸上，她双腿一软，瘫倒在地……

再次醒来的时候，徐逸锦惊讶地发现村里很多人都围在自家大院里，而父亲的遗体已经不见了！茫然地环顾四周，她在人群里看见了一双熟悉的眼睛：阿木！

忽然，她觉得一阵反胃，但因为一天一夜滴水未进，她吐不出什么东西来。

一阵干呕之后，人群里有人窃窃私语了：

"她这个样子，怎么看着像是害喜？"

"可她是寡妇呀，寡妇怎么会害喜？"

于是，在一片议论声中，出现了一个女人的声音，正是霞枫村的妇女会主任关雪桐。她说："霞枫村在三百里楠枫江脉中，从古至今都以好名声闻名四里八乡，你这可是有伤我们霞枫村风化的大事情，会害得我们村村民抬不起头的！不讲清楚，将来霞枫的大姑娘怎么嫁人、小伙子怎么娶亲？你得交代，谁是孩子的父亲！"

"皇天哪——"一声长啼，金氏连滚带爬进了院子，坐在地上长一声短一声地痛哭着。

徐逸锦吃惊地抬起头，犹豫着，不知道该如何回答这个问题。

忽然，人群里一个声音似炸雷般响起："她是我老婆，肚子里的孩子是我的！"

所有人的目光像箭一样射向了一个奇怪的身形——木驼六！

那一刻，徐逸锦震惊至极。但她很快就冷静了下来：活下去，活下去是最重要的！为了自己肚子里的孩子，更为了金氏肚子里的孩子！因此，对于阿木的说法，她并未反驳，只是走到金氏身边，抓着她的手臂，说："咱们进屋吧！"

想不到金氏一下子就甩开了她，一边倒退一边喊："不，我不进！我不进！我不要住在这里了，万一土匪再回来呢？"

"家里的东西都已经被抢光了，还有什么值得他们再回来的呢？"

"那也不行！老爷……老爷就是在这儿被杀的，我只要一闭眼，就能想到昨晚的情景。锦姑娘，我太害怕了，难道你就不怕吗？"

"这是我家，我为什么要怕？"

正当两人争执不下时,脑子转得最快的关雪桐突然看了眼阿木,说:"你不是说徐逸锦肚子里的孩子是你的吗?怎么,你就放任她们两个住外头?这要是传出去,外头人不会说我们霞枫村的男人没个担当?我们霞枫村这么多年的好名声,可不能让你给败坏了!"

徐逸锦惊愕地转过头看向关雪桐,关雪桐没理她,只是继续吩咐阿木:"赶紧回去收拾收拾你那茅草房,一会儿就接她们走!"

由不得任何周旋和妥协,两个女人就这样被安排了接下来的去处。至于另一名当事人阿木,尽管他此刻还有些蒙,但他知道他必须尽快消化自己刚才脱口而出的一切。于是,他以最快的速度移动他的驼背,回到家中,用他十一根手指头快速而周到地打扫清理了茅草房包括茅厕、鸡笼狗舍在内的所有角落。当徐家两名神仙般的女眷出现在他眼前时,他没敢抬头看她们一眼,没有开腔说一句话,只是低头将她们迎进了还飘着茅草味的屋里。

进了木家的茅草房,金氏是吃啥吐啥。说来也奇怪,之前同样害喜得厉害的徐逸锦自打端起木家黑黑的糙碗的那一刻起,便吃得很香,不管那糙碗里是米糠汤还是南瓜藤,她都能呼噜呼噜一口气咽下去。她经常一脸无奈地看着脸都快吐绿了的金氏,想哭,但就是没有眼泪。她心里万分悲哀:再这样下去,金姨肚子里的孩子恐怕是保不住了,他们徐家恐怕真的要绝后了!

她那没有眼泪的深深悲哀都被阿木看在了眼里。虽然她们进木家门快一个月了,但彼此几乎还没有说过话。白天,阿木做好三顿粗食,看着一个吃,另一个吃了吐。入夜,徐大小姐和金氏如同连体人一样,同进同出,在阿木的破木板床上和衣躺下。阿木自己则抱着一床薄被到隔壁的柴房,夜夜看着天慢慢透亮。每夜,他都侧耳仔细聆听隔壁的任何一丝动静,他甚至能分清哪一缕呼吸是徐逸锦的。金氏几乎夜夜轻啜,徐逸锦只是轻叹几声,然后带着一口仙气轻轻睡去。

在金氏端着糙碗吃了吐、吐了吃的第三十八天,徐逸锦发现阿木跟往常不一样,没有做饭煮汤招呼她们,天黑了都还没回来。她们等了一天一夜,实在饿得不行的徐逸锦喝了一碗又一碗水。直到深夜,徐逸锦听见柴门响了,随后传来阿木的轻声呼唤:"大小姐,掌灯。"

徐逸锦点了一把火篾出来给他照亮,只见他拖了一样很沉的东西,看不清是什么。阿木也没多解释，只道："再等两三个时辰，给你们做吃的。"

迷迷糊糊，徐逸锦被金氏推醒了。黑暗中，金氏的双眼就像一头饿到极点的母狼放出了闪亮的蓝光，着实让徐逸锦吓了一大跳！但她随即闻到了一股扑鼻的肉香——对，没错，是肉香！她和金氏同时跳下了床，肉香吸引她们走向镬灶间。正在埋头拉风箱的阿木一抬头看见她们，也吓了一跳，随即反应过来："我在山上放了套，好多天了，昨夜终于被我守着了，是黄麂，再一会儿就可以吃了。"

那一夜，金氏吃得几乎直不起腰，最后涕泗横流，对着徐逸锦大哭："咱徐家血脉能保住了！能保住了！"

曾有一段日子，阿木觉得自己见着大小姐不再眩晕了。因为自从认了大小姐给自己当老婆，他就几乎没再敢跟大小姐讲过一句话，即便有什么需要交流，大多也都是通过金氏传递的，除了那次给她们做麂肉吃。他猜测，甚至到现在，大小姐也没看过他脸上是否长齐全了眼睛、鼻子和嘴巴，这样他反倒觉得踏实。

可是，那一天，阿木不记得那是徐老爷第几个"七祭"，只记得一大早他在镬灶间煮番薯汤，木门吱呀一声被推开，披着身后一缕金灿灿晨光的大小姐就飘进了镬灶间。那情形一如两年之前，阿木瞬间又透不过气来，毫无征兆地开始猛烈眩晕。他晕乎乎地站起身，只看着大小姐贴近，一句话也说不出来。

他看不清眼前越来越近的大小姐的脸，只听见声音："阿木，你知道我爹埋在哪里吧？你能陪我去看看他吗？"

那一天下午，阿木晕晕乎乎就带着徐逸锦上了山。徐逸锦日益沉重的身体决定了她是一步一挪上山的，即便如此困难，她也绝不让阿木碰她的手。万千艰难，到了父亲的坟头，徐逸锦居然没有掉一滴眼泪，呆坐一时，转身默默离去。才刚转出树林，强忍在胸口的一口悲气没吐出来，便一头向下栽去。阿木惊呼一声，闪电般伸手抱住了徐逸锦。这时候，巨大的眩晕袭来，阿木作为大小姐的人肉垫子，两人一起倒在了正长得厚实的芦苇丛中。阿木费劲地扭过头，看到夕阳为大小姐雕塑般的侧面镀上了一层夺目的金红色光晕。他想：我不会就这样抱着她死在这里吧？好吧，就这样死了吧，死了算了！

当然，阿木没有死，徐逸锦也没有死。在太阳即将落下西山的那一刻，徐逸锦醒了,也终于看清了阿木那张黑脸上的眉眼是周正的,五官是齐全的,甚至是不难看的。而当她那被夕阳的红光晕染的脸庞微微向阿木侧过来的时候,阿木没有一点眩晕,而是浑身的热血猛地沸腾。他觉得自己一直在膨胀,快崩溃了,一翻身,将大小姐压在了身下。他的驼背就像一座小峰突兀在夕阳下,也勾勒出了一层突兀的红光。

"木天轩——"徐逸锦凄厉的一声长叫,让阿木伸向她的左手第六指定格在夕阳中,成了一个勾染红晕金边的奇怪的符号。他清楚地听到大小姐厉声喊叫的不是"阿木",也不是"木驼六",而是"木天轩"。

对,木天轩!他是堂堂正正的木天轩,他秀才出身的门第怎容"木天轩"做出如此勾当?于是,木天轩默默翻身下来,低着头,一语不发,却伸手轻轻将大小姐从芦苇丛中扶起来,就这样,一路扶着,直至回到茅草房。

从此,徐逸锦开始直接跟阿木对话,而不是通过金氏传话,但是,每次对话之前,都会客气地加上一句隆重的称呼:木天轩。这隆重的称呼,让阿木更觉得肩上担子的沉重。原来他阿木是将镬灶盘在小腿肚上的,一人吃饱全家不饿,但现在,算上两个女人以及她们肚子里的孩子,突然增加了四口人,阿木每天想得最多的是怎么填饱大家的肚子。于是,他开始疯狂地接活。

其实,楠枫方圆百里受过徐家恩惠的百姓很多,这个时候,就会明里暗里不断给阿木活干。阿木到哪家做活,总能拿到比平常多很多的酬劳,今天东家多给他一袋粟粉,明天西家让他背一筐马铃薯回家,甚至还有偷偷塞给他几个鸡蛋让他带回家给家里怀着孩子的女人补身子的,日子居然就这样紧巴巴地过了下去。

3

徐姓是霞枫村的大姓,木家却是独姓。阿木的祖上是从瑞安仙岩的一个环山都是花岗岩的山头底角迁到霞枫村的,因此,阿木在方圆百里内并没有亲戚。加上他命硬,楠枫霞枫村的木家如今就剩他单丁了,30多岁还娶不上亲。本来他也无所谓,想想谁家愿意将好好的女儿嫁给这么一个脸黑、驼背、六指,还穷得叮当响的独姓人呢?虽然其间也有媒婆上门给阿木讲过几回媒,可那女方不是歪嘴斜眼跛脚就是哑巴聋耳花眼的,阿木看了几回之后,心便凉了,娶亲这事,他感觉似乎是烂根的豆芽,蔫在箩筐里了。

这一天,阿木家的柴门被人敲响了。是金氏开的门,对方说:"我是木家的人,从仙岩来。"

来人是阿木爷爷的小兄弟,小阿木爷爷20岁,大阿木父亲6岁,因此,阿木从小称他为"姆爷"*。对于这个姆爷,阿木先前只闻其名不见其人,直到阿木爷爷驾鹤西去那一天才第一次见过。阿木惊叹于他与父亲容貌的相似,简直就是双胞胎兄弟!这一回姆爷登门,刚好是要找金氏的,因为远在瑞安仙岩的他听说阿木"捡"了一个识文断字、花容月貌的老婆。他不在乎对方是谁的女儿,只是觉得既然讨老婆,就应该明媒正娶,于是特意坐了两天一夜的船,从温瑞塘河走水路来到了楠枫这个驼背侄孙儿家中,要为西去的大哥家唯一的血脉张罗一个像样的婚礼。

金氏请客人坐定,对方就直奔主题:"咱是上辈人,虽然眼下情况非常,但成家立业,总得照祖上的规矩来,让你们家小姐有个正经名分……"

一番话,让金氏幡然醒悟,她为这些日子自己只顾口腹全然忘却身份而羞愧万分,为自己只顾腹中血肉却忽略责任而难过万分。于是,金氏当即与姆爷合计约定:农历七夕是个好日子,就在那天让木天轩和徐逸锦拜堂成亲。

这一天,当阿木回家看到姆爷突然造访感到非常吃惊,对姆爷和金氏决定给他们举办婚礼这事更加吃惊。当然,姆爷看到徐逸锦的身形时也非常吃惊,但是谁也没有告诉他这不是他们木家的骨肉,应该说,那一刻他看见花容月貌的徐逸锦便欣喜万分,一掌拍在阿木的驼背上,大叫一声:"好啊!"

在等待七夕的日子里,阿木每天都觉得很别扭,没再抬头看大小姐一眼。因为他知道,只要他一抬头,保证眩晕症又犯!

金氏拖着日益沉重的身躯为徐逸锦做婚礼的各种准备,她觉得此刻得肩负起徐家长辈的责任。她沉浸在这种责任和忙碌中,根本没有去分析自家大小姐对这次婚礼的反应。事实上,徐逸锦从见到木家姆爷的那一刻起,一直到听姆爷向她宣布重大的婚礼讯息,一点反应也没有,不是脸上没有反应,而是真的从里到外从头到脚都没有任何反应,她觉得这与她无关,只是与木家有关,而她不是木家人。

---

* 姆爷:小叔公。

徐逸锦每天面无表情地吃饭、睡觉、做针线活，全然看不见金氏和阿木为七夕那一天的各种忙碌。如今金氏虽然落魄，但她能唱一口绝妙的鼓词曲，见人便赔几分笑，暗地里还是为她赢得了霞枫村很多大姑娘新媳妇的青睐。这些力量悄悄地帮助着阿木七夕的婚礼有序而隆重地筹备着，这些日子是金氏在失去徐老爷以及一切后最快乐的日子。

终于，到了七夕这一天。阿木的茅草房缠红挂彩，一派喜气。一切按照楠枫平民百姓娶亲的套路来，酒席摆在阿木家不大的院子里。

那一天，虽然是夏末秋初，霞枫却出奇清凉，只有跑堂的师傅不停地擦拭着额头的汗滴，其他人都干干净净清清爽爽地吃着喜酒。人们暗暗感叹命运的神奇：他阿木竟能娶徐家大小姐！而且马上要为木家添丁！

不管乡邻们怎样劝酒，不管男人们怎么起哄，阿木也只是浅尝辄止。他如此坚定的力量来自对眩晕的恐惧，他千万个不愿意自己的洞房花烛夜因为眩晕而倒在他的新娘子面前，他一定要清醒万分地做新郎，也让徐家大小姐清清楚楚地知道现在她已经真正成了木家的人。

在徐家大小姐上次婚礼发生虎口惨案后，楠枫百里已经没有人过分闹洞房了，徐逸锦的第二次婚礼在乡人们对命运啧啧称奇的一番感叹后便散了。

站在还飘着酒香但已清理干净的院子里，阿木迟疑着，迟疑着。他已经数不清此刻是自己第几次抬头寻找天上的牛郎织女星了，他多么真诚地祈祷上天，不要让他接下来的人生像牛郎织女那样悲情缠绵，他愿意一辈子像老牛一样为他的仙女辛勤劳作，平安终老，哪怕大小姐第一个孩子不是他木家的血脉，他也一百个愿意当这个孩子的爹，并且将这个秘密一辈子烂在肚子里。

阿木绕着自己的小院子走了大概七七四十九圈之后，终于迈进了自己的洞房，惊奇地发现大小姐居然还靠床坐着。从大小姐第一次被领着迈进木家柴门时，阿木见到的大小姐一直是一身素衣，非黑即白，连半点花色都没有。今天，阿木眼里那床上红衣红裙的新娘身上发出的不是红光，而是被一轮金色的光晕笼罩着。眩晕再次向阿木袭来，他不能把持，跌跌撞撞向了婚床。他努力不撞向大小姐，觉得此刻即便倒了，也要倒在婚床的另一头，免得撞着大小姐，撞跌了她头上的凤钗，撞落了她肩上的霞帔，甚至撞破了此刻梦一般的春宵……可是，他还是控制不住自己的身体,他分明就是向那一团金色的神奇光晕硬生生地撞去!

就在阿木觉得自己要撞倒大小姐的时候,他分明感觉到一只柔绵的手臂缠绕住了他,他猛抬头寻找大小姐的目光,此刻,他看到了一个笑容,稍纵即逝犹如闪电,但他分明看见了!他觉得自己没有力量接住那个电光石火般的笑容,便带着大小姐一起倒在了他新婚的红罗帐里!

可就在此刻,金氏惨烈的一声呼号划裂了阿木的红罗帐。阿木跳了起来,还没坐定身子,金氏的呼喊就越来越凄厉。他赶紧将徐逸锦扶起来,来不及穿鞋,冲向金氏的厢房。只见金氏浑身是血,厉声嘶喊,身下已经看得见孩子伸出的一只脚!

阿木赶紧去请产婆,当产婆赶来的时候,金氏已经快说不出话来了。阿木又马不停蹄飞出门去,半个时辰后请来了郎中。

孩子被产婆拉了出来,活的,是个男孩。金氏也被那个阿木拼了命请过来的郎中救回了一命。在金氏放空的眼神中,徐逸锦给孩子取名为徐若空。

可奇异的是,那个郎中收了诊金,在收拾好药箱打算回家的时候,只是在门槛上轻轻摔了一跤,便没了气息!

郎中也姓金,家中人丁清冷,并无子嗣,金家人听从了算命先生的卦,认定金郎中是替金氏和她的新生儿当了替死鬼,拒不前来收尸,一定要木家披麻戴孝,设灵堂为金郎中办理丧事。

木家的颜色在昼夜之间由红变白。金郎中的灵堂小小的,即便白日有阳光的时候,金郎中的牌位也在新生儿软绵无力的哭声中渗出丝丝寒意。已成为"木嫂"的徐逸锦,那新嫁衣如中魔咒一般,又只穿了一天,便又换上了惨白的孝服。

阿木在百忙之中抽空看了看大小姐的脸。在外人面前,他几乎不招呼徐逸锦,没人的时候,他依旧叫逸锦"大小姐"。整个丧事过程中,他始终没有发现大小姐的表情有什么变化,只是抱着金氏的儿子、她的弟弟徐若空发愣。

料理好金郎中的丧事后,阿木老觉得背后发冷,一连几天都如此。他开始害怕了,就跑到陶公洞去,想问问在那里修炼多年的道士。

陶公洞被道家誉为"天下第十二福地",距离阿木的霞枫村不过二十里地。

此时正是香期,他特意在洞外静候一夜,第二日一早便叩门问道。他担心自家命硬,柴门草房早年留不住父母,如今更是难留大小姐和她的家人。

当陶公洞的山门被阿木叩开时,出来的是一个小道童。

阿木诚心问道:"你家师父可曾起床洗漱?"

小道童说:"我家师父上山去了。"

阿木吃了一惊:"明明我一夜都守在门外,何曾看见师父出门过?"

小道童说:"真的,才刚出门。你沿着白云岭走,快一点,兴许能追上。"

阿木顺着小道童手指的方向,直奔前山那条峻岭。他从小就听乡人们说起过,因为高耸入云,岭上长年云雾缭绕,故称白云岭。

不知追了多少里路,上了多少级台阶,听见前方水声隆隆,转了一道山弯,原来有一处山崖瀑布。山岭在瀑布处又狠狠拐了一个弯,等弯过这山崖瀑布,忽然山岭一片寂然,前面白云朵朵,一位道人鹤发童颜,正静立在远处一块巨石上,仰面赏云。

阿木上前躬身作揖,切切道出心中的苦悲困顿。道人听后朗声笑语:"山中何所有,岭上多白云。只可自怡悦,不堪持赠君。"

那一日,道人除了这四句之外,到底还跟阿木谈了些什么,谁也不知道。只是阿木回家后,脸上一扫悲苦之色,身上难寻困顿之形,乡邻们此后只见他勤勤恳恳做工种地,日出而作,日落而息。

转眼就到了徐逸锦的生产之日,早在几天前,阿木就将产婆请到家中候着。第一日不见动静,第二日不见动静,一连六日过去,丝毫不见徐逸锦有生产之意。产婆在木家白吃白喝了六日,都觉得不好意思了,跟阿木说:"看来这是个呲皮囡儿*,我还是先回去吧,有动静了我再来也来得及。"

产婆前脚刚迈出木家的柴门,不到半个时辰,徐逸锦便觉得自己肚子有点异样,丝毫没有别人说的产前的那种阵痛,而只是像吃坏了肚子。

没多久,羊水便破了。阿木慌了,切切地说:"我我我我,我去追产婆!"

身后传来徐逸锦冷静的声音:"不用了,你去准备热水、剪刀、白酒和干净的纱布来,快点就是了。"

当阿木手忙脚乱转身去准备好这一切,刚一脚踏进门槛,就听见了孩子落地的哭声。他匆忙跳到窗前,徐逸锦绵软无力地悠悠递来一句话:"好了,是个儿子。"

---

* 呲皮囡儿:调皮、不懂事,又磨蹭的女孩。

阿木惊喜地将孩子洗净包好,递给床上的大小姐,说:"给孩子取个名字吧。"

阿木的耳畔又递来一声很轻但绝对坚定的话:"已经取好了,叫木醒初。"

迎着阿木吃惊的目光,徐逸锦舒展了一个阿木从来没有见过的笑容,轻声对阿木说:"孩子就姓木好吗?以后你就别再叫我大小姐,叫醒初娘吧!"

阿木不知道,徐逸锦在历经丧夫丧父以及与母亲和妹妹生离后,万般痛苦,难以释怀。她不明白为何上天不容她一分一毫,就这样劈头盖脸急匆匆地将厄运重重砸在她的身上。直至金氏在血泪中将弟弟递交到她手里的那一刻,她盯着这个血团一样的小肉体,忽然觉得豁然开朗:原来钱财是人生最大的孽障!

在没有钱财的日子里,她珍惜着金氏的孩子,更是期待自己的孩子。她有时候甚至觉得自己是幸运的,因为上天没有将徐家赶尽杀绝,甚至还将赤贫的阿木送给她,这是她的福报。她觉得上天让她活着,是让她为徐家积攒过多的财富赎罪。于是,她将她记忆中所有跟财富有关的日子一笔抹去,干干净净,不留任何痕迹。她觉得那顶多是她人之初的一场梦啊,以至于当她的孩子到来的时候,她甚至感受不到一点生产时本该有的痛苦。她觉得阿木的姓真是好啊,木、木,人生如木,人生如树,多好!她觉得这样才是对的,就该这样——她徐逸锦大梦初醒了!

第二章
神 奇 的 夜 晚

这天清晨,霞枫村9岁的小牧童季小满正赶着自己主家——关家的黄牛娘,带着那只刚落地的小牛犊,晃晃悠悠地踩着村中的石头路往村外的楠枫江畔走去。走着走着,他回忆起了那个非同寻常的满江雾岚的清晨,在一群白鹭和灰鹭的叫声及振翅的弧线里,他以为自己遇见了天外飞仙。他不断回想着徐家大小姐投来的那轻轻一瞥,任凭那头牛娘和小牛犊越走越远……

"小满——小满——你这个只知吃不知做的童子痨*,牛跑了都不知晓,看我回家不拿竹丝篾抽你!"

远处传来了季小满母亲方婶恼怒的呼叫声。季小满猛一回头,只见母亲一手拉着牛娘的牛鼻绳,一手拿着一把竹丝篾拍打着小牛犊的身体,一边扯着嗓子喊着,手忙脚乱地往歪脖子溪萝树这边赶。

季小满转身就跑,怕母亲那抽小牛犊的竹丝篾落到自己身上。

方婶在身后叫得更响了:"你个童子痨,你给我站住,快站住!"

季小满一边跑,一边回头看着母亲牵着牛鼻绳,那双缠过又放开的"解放脚"在溪边的鹅卵石上跑得东倒西歪,忍不住咯咯笑。方婶越发恼怒,可是跑不过猴精一般的儿子,只好紧紧攥着牛鼻绳,站在歪脖子溪萝树下一边喘气一边喊:"季小满,你别跑了,娘不拿竹丝篾抽你。娘这么急地寻你,是咱小少爷找你上学堂呢!"

---

* 童子痨:骂小孩子的话。

季小满一听，立马收住脚步，回声说："啥？上学堂？"

"是啊，就是小少爷叫我来寻你上学堂去哩！"

季小满风一样奔回方婶身旁，拉住母亲的衣角，急切地问："姆妈*不骗我？"说罢，一溜烟地往村子里飞奔，留下方婶用那半大的"解放脚"在后面一扭一扭拼命赶："你等等我，等等我……"

季小满径直往立在村子东头那棵巨大的风水树下的小学堂跑去。楠枫的小村庄要么没有学堂，要么只是在村中祠堂或者三官庙中借个场地，请个先生开设几个混合班。而霞枫村是大村，小学堂自然不同一般。季小满飞奔而去的学堂名叫"楠枫高级小学"，如今是一所完全小学，有六个年级，每个年级都有两个班。学校有礼堂，有操场，前后还有两个天井，天井里种着杨柳、月月红、石榴、美人蕉。操场的大樟树下挂着一块铁板，敲起来响，当钟用。礼堂有一架风琴，每次上音乐课时，要三四个小学生去抬。这里可是像季小满这样的放牛娃梦想的天堂，此刻，他站在小学堂的门口还一脸蒙，不明白为何主家关少爷会让他到小学堂来，他只觉得心怦怦跳！

关家是霞枫村另一大户，关家老爷、太太阳寿不长，早早西去，留下兄弟四人，大哥与后面三个弟弟年纪相差很大，父母去世后便早早当了家。

与徐玄廊的田多地多而聚财并不相同，关家在楠枫山乡虽然土地少，但是山中林木多，并且在外商号多，关家其实是楠枫的"隐形大财主"，财富与徐家不相上下。但由于关家男人多半寡言少语、心思缜密、城府颇深，平常又极其不愿意露财，使得关家在外人眼中并不如徐家厉害。到了关家老大手里，这种财不外露、低调内敛的做派更是到了登峰造极的地步。

关家四兄弟品性不同，性格迥异，此刻季小满惴惴不安地站在小学堂门口要见的是关家最小的兄弟关中瑜。那一刻日头差不多才一丈高，季小满看见小学堂的院子里往校门这边走过来一个高大挺拔的年轻人，朝阳从他的头发上、肩膀上顺着那一袭长衫滚落下来，每跨一步，就好像有很多亮亮的碎金珠子随着那富有朝气的脚步在地面上下蹦跶。季小满朝他鞠了个躬，恭恭敬敬地喊了一声"关先生"。是的，他没有喊自己主家最小的少爷为"关少爷"，而是喊"关先生"，因为这位关家小少爷确实是这楠枫高级小学的教书先生，主要教美术，还会教算术和体育。

---

* 姆妈：妈妈。

季小满的这一声"关先生"，还包含着些许生分，因为关家小少爷关中瑜在季小满降生在关家大院西边披舍后多年的岁月里，并不在霞枫村中，他在大哥关中翰的安排下，一直在外求学，直到从国立杭州艺术专科学校毕业，才被大哥拽回了老家霞枫村，进方圆几百里最高级的小学堂当了教务主任兼教书先生，也成了楠枫江学历最高的小学先生。

关家老大之所以硬要老四回乡，是有他自己缜密又无奈的算盘的。肩负着守住家族隐秘和巨大财富的重大使命，关中翰大老爷有过无数个不眠之夜。四个兄弟中，他自己虽然精于商道，但是文化程度不高。父母西去后，他本指望着二弟关中岳能成为帮手，没承想二弟却整天不思商道、不关心家业，只顾着敬仰和崇拜楠枫江第一家徐家的老爷徐玄廊。徐老爷虽是一方乡绅，却志怀高远，整天和老二念叨什么"居庙堂之高则忧其民，处江湖之远则忧其君"。老二每次从徐老爷那里回到家，嘴里念念不忘的都是"好男儿要从军救国"。终于有一天，老二满怀一腔热血，不辞而别，远去从军了。所以关中翰一直执拗地认为，二弟不愿意兄弟同心守住家业、远走他乡抗日从军，从此音信渺茫，都是受徐老爷蛊惑、拜徐老爷所赐，但他又没有真凭实据，无从发作，只能心藏怨恨，对徐老爷敬而远之。

关中岳走后，关中翰曾经花尽力气，想把从小顽劣的三弟关中天培养成才。可是这老三在村中见鸡斗鸡、见狗斗狗，硬是带着一帮混小子整天犯事，越长大越刁钻蛮横，如果不是自己要老三在祖宗牌位前立下"财不外露，不然赶出家门"的血誓，这老三差不多已成村中一霸了！

眼见着老三不成器，而远在外城的商铺急需监管买卖，因此，关大老爷的家书一封封急急如律令地发向省城，让四弟一毕业就马上回乡。虽然老四关中瑜一开始并不愿意回乡做一个乡村教书先生，但是，关中瑜不是一个性格刚烈的人，他生性融通、不执拗，更重要的是，他虽在外求学多年，但是极度热爱自己家乡的山水和传承千年的耕读文化，薪火相传也是他人生的一大梦想。因此，经过剧烈的思想斗争后，他告别恩师，回到了生养他的血脉故园。

这个阳光灿烂的早晨，关家小少爷——楠枫高级小学年轻英俊的关先生，请了9岁的放牛娃季小满来到学校，朗声跟他说："解放军要来了，放牛娃可以来上学堂了！"

"啥，解放军？我能上学堂？"

季小满小小的身体有点打战。他不知道自己怎么忽然之间就可以上小学堂了，这上小学堂为何和"解放军"有关系，"解放军"又到底是个啥军呢？

他带着开心得快飞起来的心情，一路蹦着跳着回家去，打算告诉自己的父母以及牛娘和小牛犊这个天大的好消息：自己明天就可以去小学堂上学了！但是，他蹦到村中唯一的街巷中央街的半路，忽然怯生生地停住了，因为前面走来了几个穿灰蓝色衣服、背着枪的人。季小满赶紧收住脚步，然后往后退了几步，缩在了中央街的一个石鼓墩旁边，心里直打鼓：他们是兵？

中央街路亭里还有许多正在谈古论今说女人的男人，他们和季小满一样，瞬间安静了下来。

一个腰间别着手枪的男人在季小满面前停下了脚步，伸手摸了摸季小满那圆圆的脑袋，季小满本能地又往后退了一步。那位"手枪军官"笑着开口了，但口音很奇怪，乡民们很勉强地才能听懂他说的话："小朋友，不要怕！"他又转头对路亭中的男人们大声说道："乡亲们，都别怕，我们是共产党的部队！"

看这群人面带笑容，说话和气，季小满放松了一些。

只见那位军官继续大声说："乡亲们，我们的部队今晚会进村，打算晚上住在你们的小学堂里，谁家有柴能卖一些给我们？"

中央街所有听见了他说话的村民都好奇地看着，但没有一个敢接嘴说自己家有柴。季小满见他向旁边手里提着小油漆桶的兵递了个眼色，这个兵就在路边石头墙上唰唰唰写了几行醒目的大字。季小满当然看不懂，也不感兴趣，他满脑子都在思考一件事：这些兵晚上要住在小学堂，那明天我上学的事情不是要黄了？

看着那几个当兵的离去，季小满赶紧跑回家，没见到姆妈。他觉得很饿，三两口吃了一碗冷饭，就又返回中央街上看热闹。中央街此刻聚集了更多的人，他们大多围在那刷了几条标语的石头墙下。只见路亭旁卖南杂开小商号的丁账房正架着老花镜，一字一顿地念着墙上的红字："穷人要翻身，参加解放军！耕者有其田……"

丁账房正念着，季小满和村民们正茫然听着，忽然有人气喘吁吁地跑来说："那些兵……那些兵，他们进村了！"

人们都大吃一惊，急匆匆掉头就往家跑。季小满也跑，一边跑一边小脑瓜子里浮现出几年前的事情。那时候他才5岁，但那一天的情形就像烙印一样，永远烙在了他的心里。

那一天上午,关家的一个佃农跑来说:"小满姆妈,快逃,日本兵来了!"

全屋的人顿时乱作一团,方婶拉扯着还睡眼蒙眬的季小满说:"孩子,快醒醒!日本兵来了,快逃命!"

姆妈挑了一担被、一箩衣,拽起季小满就随着众人过了江,拼了命才上了青崖坑底避难。在山岙里,小孩子哭了,大人们忙用手捂住他们的嘴。季小满亲眼看见一只大公鸡啼鸣时,被来顺伯伯扭断了脖子。大家挨饿受冻了一天一夜,第二天回村,见来顺伯伯那不愿意逃命的小脚老母亲头上包着一块布,说是被日本兵刺伤的。她说日本兵杀了一头猪、一头牛,吃饱喝足就走了。

除了日本兵,季小满对于"兵"的其他印象,还来源于姆妈的一些描述。姆妈常跟他说:"你出去放牛,如果遇见黄衣服的兵来了就赶紧逃,哪怕牛不要也要先逃。姆妈曾亲眼见到黄衣服的兵逮住一个过路的人当挑夫,那个人不愿意,被打了两枪托,嘴里的血就直直吐了出来!"

"兵",凶神恶煞般的形象!但是在今天季小满的眼里,却是不一样的,他甚至觉得可亲。好奇心驱动着他驱赶着害怕,一路小跑又跑到小学堂的门口,但发现门口有哨兵背着枪把守。他退回几步,但终于还是忍不住将脑袋小心翼翼地往校门里面探,这一探,让小小的他发现了一个新世界!

2

日头偏到了西边,这一日的夕阳和朝阳一样,是金红色的。金红的余晖散落在关家小少爷,哦不,是楠枫高级小学年轻的教务主任关中瑜的头上、肩膀上,又顺着那颀长的身体散落了一地金辉。而此刻,他的脚步如此轻快。他数不清自己今天在学堂和堂姐关雪桐的家来来回回走了多少趟,但一点也不觉得累。

早在三天之前,在县公安局当警卫队队长、现下在楠枫指导工作的堂姐夫叶繁晟已经代表县委通知乡农会一位老主任汪仁信,说省军区某军分区警备第二团第三营第一连带着秘密任务南下楠枫腹地,要驻扎在楠枫高级小学。汪主任是老革命,当即来到小学堂找年轻的关中瑜商量部队落脚扎营的事情。

接到任务的关中瑜一趟又一趟和汪主任来到叶繁晟家中,汇报、落实部队驻扎学堂的各项事宜。但是年轻的关中瑜并不知道,这一支部队深入楠枫腹地,所要进行的秘密任务就是:剿匪!

那一趟关中瑜刚从叶繁晟家中折回学堂,在校门口的风水树下一眼就看见了探头探脑的小牧童季小满。

季小满一见关中瑜,就急切地拉住他的衣角问:"先生,学堂里来了这么多兵,明日我还能上学吗?"

关中瑜笑着不回答,领着季小满,和门口荷枪实弹的哨兵打了个招呼,将他领进了学堂的大门。季小满一辈子也不会忘记那个傍晚,楠枫高级小学的操场和位于操场尽头的大礼堂。

操场上,一排一排穿灰制服的兵整整齐齐地席地而坐。但是也有几个背枪没穿制服的,后来季小满自己扛了枪却也没有穿制服的时候才知道他们是刚加入部队的新兵。不一会儿,只见刚才那个在中央街和他说话、摸他头的"手枪叔叔"发出了一声命令,士兵们站起了身,从身上解下干粮袋,在操场上变戏法般地就地起灶,倒出米来做饭,一会儿后,炊烟弥漫了操场,烟火让季小满熏出了眼泪。但他没有离开,半眯着眼在他们中间走呀,看呀,听呀,先是紧张,后来慢慢就放松了,自然了。有两个兵看见他那滑稽的样子,忍不住还摸了摸他的头。季小满并不在乎谁摸他的脑袋,他的注意力全部集中在那一堆堆靠在一起的枪上,看着那在夕阳下闪着寒光的刺刀,觉得很锋利,忍不住伸出一根小指头,怯怯地摸向它……

"不要动!"一个兵和善地制止了他,惊得季小满像一只木鸡,顿时呆在一旁,那个小小的手指头僵在了半空。

不一会儿,饭熟了,士兵们非常有秩序地吃饭。一个年纪看上去才十七八岁的女兵用一个铝饭盒盛了一盒饭,递给了一直在边上看着的季小满。季小满不敢接过来,转身退回到操场的石阶上。这时候,只见汪主任和几个小学堂的老师领着一群村民从校门口进入,他们怀里都抱着一大捆柴爿,拥向了操场。

天色暗下来,操场中用柴爿点了篝火,士兵们席地而坐。这时候,汪主任站在篝火前,扯着嗓子对乡亲们说:"乡亲们,乡亲们,今天驻扎在我们霞枫村小学堂里的士兵是中国人民解放军,现在我们就请解放军的王政委给大家讲话!"

季小满惊讶地发现原来白天在中央街上摸自己脑袋的那个"手枪叔叔"是政委,可是啥叫政委? 季小满不懂,而接下来这位"手枪政委"讲的话,季小满也是一句没听懂。但是,他第一次听到了好多新的言语,什么农民翻身要参军、妇女要参加妇女会、儿童要参加儿童团。妇女会? 儿童团? 季小满越听越好奇。

王政委讲了好长一段话,可是乡民们和季小满一样,都听得大气也不敢出。等他讲完了,季小满看见那个刚才盛饭给自己的女兵站了起来。在篝火的映照下,那一张剪着短发的圆脸像一颗刚成熟的桃子,水水的,红润润的,美极了! 只见女兵伸出双手,对着士兵们一挥:"解放区的天,是晴朗的天。预备——唱!"顿时,操场上响起了嘹亮的歌声,歌声冲过小学堂的围墙,直冲星空。

女兵指挥士兵们唱了一支又一支歌,后来就变成这边叫一班唱,那边喊二班唱。忽然有人高喊:"女兵班,跳一个!《南泥湾》,来一个!"士兵们热烈鼓掌,只见一群女兵被战士们推着站到了刚才指挥大家唱歌的女兵身后,她们的腰身上都裹了一根宽宽的红绸,在战士们整齐的歌声中,一起舞动红绸,跳了起来!

那一天晚上,季小满不知道自己最后是怎样拉着关先生的衣角回到家中的。虽然这个神奇的夜晚让他如在梦中,但是在回家的路上,他还是很清晰很执拗地问关家小少爷:"先生,明天我能到小学堂上学吗?"先生的回答是肯定的!

第二天清晨,季小满第一次让姆妈用香胰子把自己的脸擦了一遍又一遍,喝了满满一碗番薯汤,腋下夹着姆妈为他准备好的布书包,里面包着一管毛笔和几张打着田字格的黄色花胶纸,早早飞奔到楠枫高级小学。但是,等了好久,楠枫高级小学的学生们也陆陆续续都来了,他们和季小满一样,都没有听见操场上大樟树下那块当钟用的大铁板响起来。季小满很焦急:先生们都到哪里去了呢?

3

天还没全亮透,位于霞枫村村东头那片竹林下的一间茅草房里却已有了很大的动静。雄鸡开始喔喔喔引吭高歌,几只小羊羔拱着羊圈咩咩地要吃的。紧接着,婴儿响亮的哭声起来了,然后传来一个年轻妇人慌乱的叫声:"阿木,阿木! 锦姑娘,锦姑娘……阿空哭得慌哩! 气快背过去了!"

茅草房的男主人木驼六听到喊声,一骨碌就从东厢柴房的破木板床上起了身,披了件衣服就开了门。还未透亮的晨曦中,他的驼背有点模糊。

叫唤的是金氏,她大名金盈盈,乳名阿满,出生在离霞枫村不到三十里地的云岩村。云岩村与霞枫村隔着楠枫江,两两相望已经千年。霞枫居东,云岩位西,是楠枫三百里流域最负盛名的两大族村。云岩村初建于元代延祐(1314—1320)年间,竣工于明代初年。与霞枫村建村后几大姓氏平分天下、最后徐氏一枝独秀不同,云岩自建村以来,金氏血脉独占鳌头,千年传承。云岩与霞枫以楠枫江中游的一块巨石"狮子岩"为界,世称"云岩金、霞枫徐"。

金盈盈祖上以种植烟草起家,几代累积,家境颇丰,到了金盈盈父亲一辈手里,金家几个兄弟从祖上传下来的土烟种植到经销一条龙的营生转向了罂粟的种、产、销。楠枫江沿岸的百姓称罂粟为"乌烟",金盈盈父亲正当盛年的时候,家中种植的乌烟已经满足不了楠枫两岸药店的需求,收购价水涨船高,金家的财富也滚滚而来。虽然金盈盈也是父亲的姨娘所生,却极得父亲宠爱,因为她出生的时候,正是家中财气最为旺盛的时候。金老爷常常从药店收回一袋袋白花花的银子,回家后抱着糯米粉团似的金盈盈不放手,在她粉嫩的小脸上亲了又亲:"金盈盈、银盈盈,你是我金家的招财盈盈! 金钵银钵满盈盈!"

那个年月,楠枫江虽然种植罂粟风行,但是老百姓还是很清醒地流传着一句谚语:"乌烟瘴气,金银落地;乌烟上床,家破人亡。"这就像为金家定制的咒语,由于常年与收购乌烟的药店伙计打交道,金老爷渐渐吸上了乌烟,然后就像瘟疫一样传给自己家中的男丁,于是,金家上下至此着魔似的染上了鸦片。

如果说童年的记忆是有味道的,那么金盈盈童年的记忆就是那呛鼻的乌烟味。她清晰地记得小时候,掌灯后父亲从外面回家,先不吃饭,而是直接躺倒在床上开始叫:"阿满,阿满,去镶灶孔里给爹点一管烟来!"

父亲口里的那一管"烟"不是寻常的土烟丝,而是颜色乌黑的极似中药的一小团黏糊糊的黑丸子。金盈盈听到父亲的叫声,一边应答着,一边在母亲妆奁盒边上一个描了金漆的匣子里挖出一小块,在手心里揉成一个黏糊糊的小团子,塞进父亲日常挂在腰间的一管长长的竹节很粗大的烟筒头上的烟斗里,然后跑进灶间。灶间的灶孔外面有一个用大石板隔出来的火塘缸,用于储存火种。那时的金盈盈个子小,不用弯腰,只低头,将父亲的长烟斗伸进火塘缸,对准被灰烬覆盖着的木炭使劲吸几口,烟斗里的乌烟便冒出了白烟,再吸几口,乌烟便点着了。每次在这个过程中,小小的金盈盈总是拼了命地憋住气,不让那呛鼻的味道进入自己的胸腔,但是每次总还是会被呛出眼泪来。

其实,那个小小的金盈盈很是抗拒父亲派给她的这个活儿,但是,金家出来的孩子真是不负一个"金"字!从小,金盈盈对那白花花的银子就有一种狂热的喜爱,就像她喜爱一种叫作"鼓词"的地方曲艺。不管她是如何不情愿给父亲去装鸦片点鸦片,可是她实在无法抗拒因给父亲点烟而换来的赏钱。

父亲并不明确跟她说如何奖赏她,而是每天早上故意在枕头旁边留下几个银角子,出门时大声对她说:"阿满,好好收拾爹的枕头边!"

金盈盈心领神会,赶紧走到父亲的床头,先伸手去摸枕头边,一摸一个准。不出个把月,父亲留在枕头边给她的银角子就可以让自己的母亲去换一个银番钱*。再积攒一些时日,5个银番钱便能换一只1钱5的金戒指。

小小的金盈盈每次替父亲点完乌烟后,总要在火塘缸前站一会儿。她要往里面再添几块木炭,免得火塘缸的火种灭掉。因为父亲点完乌烟后,家中叔伯们会陆续来火塘缸点燃他们各自专属的长烟管里那一坨坨乌漆墨黑的乌烟。多年以后,金盈盈才弄明白那一管管小小的烟管为何就如一个个可怕的无底洞,将金家巨大的财富吸得精光。

日子在小阿满不断给火塘缸添炭火中过去,终于有一天,金家的火塘缸再也没有星火了,因为金家男丁们因为个个吸食乌烟,不是死就是残。金家的女眷们有的跟着男人吸乌烟一同西去,幸存下来的就如同那座曾经气派无比的金宅无奈倾斜一般,不是离就是散。而小阿满金盈盈却在父亲尚存一口气的情况下,进了楠枫流域第一大家徐家做了徐玄廊老爷的妾。她那寒碜的花轿不是从徐家大门进的,而是从徐家一棵高大雪梨树下隐秘的水门进的,除了带进徐家一个青春的身体和一张标致的脸,她还带进了一腔让人一听就酥软又有无限遐想的东瓯鼓词。

那一年,徐老爷40岁,她18岁。

这个夜里,已经失去一切的金盈盈睡得很不踏实,她一直在做梦,一会儿梦见

---

*银番钱:银圆。

自己还在替父亲装乌烟斗，一会儿梦见金家火塘缸里的火怎么也点不着……她已经醒了好几次了，那是被儿子的啼哭叫醒的，她抱起孩子坐起来，迷茫地环顾了一下四周，除了从茅草房门缝里钻进来的丝丝冷风，她看不清任何东西。到天快亮的时候，这个并不属于她的家里，唯一一只留着配种的公鸡开始打鸣。和着公鸡高亢的叫声，她怀里的孩子也开始拼命地哭，是哭得背不过气来的那种哭。于是，她紧张的呼喊声叫来了那个驼背、六指，还大她许多的女婿。

木驼六凑近一看她怀里的孩子，也吃了一惊，转头朝屋外大喊："醒初娘，醒初娘，你快来！"

那一夜，"木嫂"徐逸锦也没有睡好。准确地说，自从她进入这孤立于村东头竹林下的茅草房后，就几乎没有睡过一个整觉。

很长一段时间，她觉得自己就是那只在上海教会学校里读过的卡夫卡英文原版《变形记》里的甲虫，生活是如此荒诞，却又如此真实。历经生活种种的不可思议，徐逸锦似乎觉得那只甲虫的厚壳让她隔绝了生活赋予她的一切。她无喜无悲，无嗅无味，每天只感觉到一颗小小的心脏在她的腹中顽强地跳动。直到她的孩子急产而来、夺门而出的时候，她忽然发现身边这个驼背、六指的男人姓木真是太对了，既然"木已成舟"，何不就此借"木"渡过一切呢？那一场生产，就如徐逸锦自己的重生一般，她把自己的身体同刚刚落地的儿子一起，从那个厚厚的甲虫的壳里退了出来，从此，她不再是那个风华卓绝甲楠枫的徐家大小姐，而是霞枫村第一丑第一穷的木驼六的老婆木嫂、木驼六儿子木醒初的娘！

昨晚，木醒初隔个时辰就往徐逸锦怀里拱着找奶吃。徐逸锦身形单薄，一对哺育期的乳房并不大。楠枫江流域的接生婆对产娘的乳房很有研究，她们将长得像一对寿桃的乳房叫作"寿桃奶"，将长得像一对蒲瓜的乳房叫"蒲瓜奶"。一般来说，"寿桃奶"比"蒲瓜奶"要小，哺乳期时，奶水也没有"蒲瓜奶"足。但是哺乳期过后，"寿桃奶"一般依旧傲然挺立，而"蒲瓜奶"却容易干瘪下垂。

徐逸锦是典型的"寿桃奶"，而金氏是十足的"蒲瓜奶"。可是不知为何，徐逸锦的奶水反倒很充足，而金氏无论怎么贪嘴，吃进去的东西却只照应了自己的身体，让自己的身形圆润了一些，产奶量仍旧很少。

徐逸锦以"四大皆空"之意给这个同父异母的弟弟取名徐若空，这个可怜的孩子真是"空"啊,刚落地连吃口饱奶的奢望都成空。可这小东西又特别倔,就算自己的娘奶水不够,也坚决不吃姐姐的奶。万般无奈之下,金氏只好每天熬点米汤喂着,但徐若空还是天天吐着小舌头,摇头晃脑、东拱西探找奶吃。

为了填饱家里骤增的这几口,阿木拼了命地干活,甚至还从羊倌家里赊了一只怀孕的母羊来养,说好替羊倌养母羊,产下小羊羔不管几只,养大了留下一只给他,其他都还给羊倌。不久前,那只奶羊产下两只小羊羔,由于阿木羊草打得足,那奶羊吃得饱,奶水很足。

阿木也跟着为那个小他30多岁的舅爷子吃不饱奶水犯愁。昨天傍晚,他去给奶羊添草料,见小羊羔在羊圈里吃奶吃得欢,那边又听见舅爷子饿哭,灵光一现,连忙转身回灶间拿出一只粗碗,跪着挤出一碗羊奶,急急地端到金氏的屋里,一推门正撞见金氏解开怀,舅爷子嘬着她一只"蒲瓜奶"却吸不出几滴,便咧开小嘴死命地哭。

那一幕如闪电一般击中了阿木,他的身体晃了好几晃,手中的粗碗也跟着晃,羊奶都晃洒了小半碗。他赶紧将粗碗放在糙木桌上,涨红了脸,转过脸背对着金盈盈结结巴巴地说:"喝……喝,阿空喝……喝羊奶,趁……趁热……"一边说,一边逃出了金盈盈的屋子。

金盈盈在他身后连忙喊:"等等,你等等,就这样给阿空喝吗?"

听见动静,徐逸锦抱着自己的儿子来到金盈盈屋里,只见金盈盈已经拿了一把小勺子一口一口给徐若空喂羊奶,赶紧说:"使不得,要消毒的!"

金盈盈头也不抬地说:"不是刚挤出来的羊奶吗,还热热乎乎的。哦,啥叫消毒? 这奶有毒?"

徐逸锦答道:"不是有毒,是会有细菌,要煮开了晾凉再给阿空喝。"

金盈盈说:"古话讲得真没错,饱汉不知饿汉饥啊! 自家的孩子吃得饱饱的,不知道你这可怜的弟弟饿得惨吗? 你看看你看看,就像梁山上下来的,这小嘴咂巴得这么欢! 煮开了晾凉再喂他,他都快饿背过气去了!"

徐逸锦腾出一只手,想将粗碗夺下来去煮羊奶,可是看着弟弟那猴急的小嘴巴,又不忍心了,将手收了回来。想不到这一收手,差一点要了弟弟的命。第二天凌晨,徐若空上吐下泻,几番折腾下来,那小小的身体已经气若游丝。

徐逸锦也开始慌了，对阿木说："你赶紧去村里找郎中吧！"

阿木听徐逸锦的话，掉头急匆匆出了家门往村中跑。

郎中的药房开在中央街的花亭边上，当阿木深一脚浅一脚往中央街赶的时候，刚好赶上中央街的村民们聚在花亭边上的石头墙边看那几条刷得鲜红的标语。

霞枫村的中央街沿着一条长堤临水而建，三百多米的道路全用鹅卵石铺就，清朝时成了担盐客的必经之路。挑担的盐客走累了，需要歇脚，于是，堤岸上边陆续盖起了客栈、店铺等。清末，长堤发展成为粗具规模的商埠。

街上临水的一边建有木制的美人靠，那是专供挑担的盐客休息的地方。美人靠对面便是几十间各类店铺，每间店铺都是两层建筑，基本为前店后屋的格局。为了替盐客遮风挡雨，霞枫的先人们干脆将一边屋檐向前延伸，连上美人靠的上端木椽，披上瓦盖，形成了浙东南独一无二的有瓦盖的商业街巷，有点类似岭南的骑屋。

已有几百年历史的中央街南端是霞枫村寨墙的南门，门边高阶上有乘风亭。从乘风亭折回中央街正中的地方，一湾绿水环绕着一个水中半岛——横琴屿。横琴屿一头连接中央街，屿上有一座古亭，重檐攒顶，朴素庄重。亭中有对联曰"名师留奇迹；怪匠逗行人"。因为古亭周边种植了几株一日变三色的木芙蓉，因此霞枫人把这个古亭唤作花亭。

花亭地处中央街最中央的地方，又是各色商贾往来的必经之地，渐渐成了霞枫村的新闻发布中心。当阿木忙于一家五口的生计而无暇他顾时，其余村民却总会被这个新闻发布中心发布出来的一些新鲜名词绊住归家的脚步。

阿木上气不接下气地跑到花亭，完全不关心为何墙边人头攒动，费劲地拨开人群，挤到郎中的药房前，却见大门紧闭。他焦急万分地逮住一个男人问："郎中……郎中去哪儿啦？"

"你还不知道啊，郎中一家去年就跟着他在南京当官的亲戚跑了！"

阿木一听，眼前一黑，差一点瘫坐在地上。他更加无心管中央街上的那些人和标语，郁郁地掉头往回走。走到村口的时候，不知道该怎么办，干脆坐在村口一块大石头上抹起泪来。

忽然，他发现前面来了一队背枪的兵，吓得起身就跑，一时心急，被脚下几根茅草绊倒在地，腿上被石头划破了口子，鲜血直流，疼得他抱着腿龇牙咧嘴。

正疼得哼哼叫，只见两个背着画有红十字箱子的兵急急地跑到阿木跟前，蹲下来，一边开箱，一边说："老乡，别怕，我们是解放军！"

他们利索地给阿木上了药、包扎了绷带，然后扶着阿木起了身。其中一个问："老乡，你是村里人吗？我们送你回家！"

阿木惊慌失措，又点了点头，一边走，一边惶恐地问："你们是郎中吗？"

那两个兵笑了："我们是军医。"

于是，那个命悬一线的小小阿空得救了！

当晚，阿木赶到村中的高级小学堂，想找那两个军医表示感谢，可是，他看到了和关家小牧童季小满一样让他震撼的场面。他看见了那两个军医，但是他不敢上前，不敢说话。他呆呆地站在人群当中，看着篝火伴随着解放军的歌声直冲云霄。那晚，他也和小牧童一样，不知道是怎样回家的。

回到家后，他发现大小姐（他的心里永远这么称呼徐逸锦）点着一盏油灯一直在等他。他结结巴巴地描述着所看到的一切，但是总也描述不清楚。最后他说："醒初娘，你是见过世面的人，明天一早，你带上家里的那些鸡蛋，去小学堂谢谢那两个军医吧！"

不承想，第二天，霞枫村的高级小学堂里又发生了离奇的事情。

第三章
工 作 队 来 了

小牧童季小满从家中到霞枫高级小学要穿过那条长长的中央街。但是这一次,他觉得中央街很短,一眨眼的工夫就到学堂了。可是当他探头往学堂里一望,忽然感觉此刻的学堂与昨晚的学堂不大一样。

季小满小心地迈进了学堂的大门。操场被打扫得非常干净,没有留下一点昨晚篝火的灰烬,操场上、礼堂里已经没有一个兵,谁也不知道他们去了哪里。小学生们陆陆续续来了,进入了各自的教室。季小满挟着母亲为他准备的布书包,站在空荡荡的操场上,不知该如何是好。

"季小满!"小牧童一扭头,看见关中瑜大步流星地从校门外走向他。还没等他开口,几个年轻的先生紧跟着也走了进来。

季小满惊愕地看着先生们匆匆走进教室,大声地说:"同学们,同学们,我们不教书了! 我们决定了,我们要去参军! 参加解放军去了!"说完就转身离开教室,又匆匆地出了校园。

包括季小满在内的这群小孩子都被先生们的举动镇住了。呆了好久,一个学生说:"先生都走了,咱们也回家去吧!"

小学生们各自理了书包回家,季小满还呆立在操场上,身边站着同样没有离开的关先生。他俯下身对季小满说:"我刚才找你,就是想告诉你学堂有好几个年轻的先生要去参军,这课一时半会儿没法上了,所以咱们也先回家吧。"他的眼神里充满着对季小满的歉意。

季小满被关中瑜拉着手，很不舍地迈出了小学堂的大门。

忽然，他看见校门前方那棵几百年的大樟树下站着一个他那个年纪无法描述的美妙的身姿，他"呀"了一声后，赶紧拉了拉关中瑜，说："先生，那个是舴艋舟上下来的仙女……"

关中瑜没有听懂他在说什么，抬眼一望，不禁也在心底"呀"了一声。虽然他从小受国画熏陶，但他在国立杭州艺术专科学校专攻的却是西洋美术。这一刻，他有点不敢相信自己的眼睛。在这个括苍山脉的腹地，居然有这样浑身上下洋溢着一股浓郁书卷气的妙龄女子，就如同从西洋画中走出来的女子！

一声轻俏的"关先生"从大樟树下传来，关中瑜有点不太相信自己的耳朵：她是在叫我？

关中瑜往前迈了几步，由于步子太大，让身边牵着的季小满打了个趔趄。季小满赶紧调整了一下步伐，紧紧跟上。

对面那个素衣黑裙的女子也朝他们走来，等到跟前，盈盈一笑："关中瑜，做了先生，就不认识我了？"

关中瑜恍然大悟：哦哦哦，原来是徐家与他年纪相仿的大小姐徐逸锦！这是他们自年少时各自外出求学后在家乡的第一次相见，上一次相遇，应该还是孩童时期。

两人还来不及叙旧寒暄，忽然，一群人在关雪桐的带领下急匆匆地往学堂这边走来，身后跟着一大群村中的老老少少。

关雪桐发现了关中瑜身边的徐逸锦，眉头皱了一下，说："四弟，正好，带上这大财主的女儿进学堂开群众大会吧！"

就这样，徐逸锦在人流的裹挟下也进了小学堂的大礼堂，大礼堂里站满了黑压压的群众，显得有点乱。关雪桐手拿一个喇叭筒跳上了礼堂的台子，站在正中央，清了清嗓子，说："乡亲们，省里和县里都派了人来，共同组成霞枫村的农村工作队，这位就是省里派下来的王队长，大家欢迎！"

季小满有点诧异：咦，这不是昨天的王政委吗？咋没跟着那群兵一块走，今天还成王队长了？

王队长当然不知道一个小牧童的心思，此时他开口说话了，但他是山东人，说的话大家几乎都听不懂。于是，王队长说一句，关雪桐就用楠枫土话翻译一句，整个讲话就显得特别长。但是，他们的讲话始终充满激情，这种气氛感染了大家，台下气氛渐渐热烈了起来。

季小满始终盯着台上的王队长。他身穿军装，背上的铺盖还没来得及放到住宿地，只摆在一边，显得风尘仆仆。他身体两边交叉着挂了很多东西，左边军用背包、口杯、毛巾，右边就是那把让季小满无限好奇的手枪。

即便关雪桐用土话翻译了王队长的话，季小满和身边的许多大爷大娘一样，还是没有听懂台上的人到底讲的是什么。但是，他牢牢记住了一句很是朗朗上口的话，后来上了学才知道那叫押韵："千年铁树开了花，穷人翻身坐天下。"

会开了挺长时间，最后，大家散去的时候，关雪桐忽然大叫了一声："徐逸锦，你留下！"

关雪桐的母亲和徐逸锦的母亲毕氏是四代表亲，但是如果按血统溯源，关雪桐和徐逸锦并没有血缘关系，因为关雪桐不是她母亲亲生的。

关雪桐的父亲和关中翰四兄弟的父亲是亲兄弟，在霞枫村有"小诸葛"之称，平日里做中介的营生。但他似乎专门做房屋和田地的买卖中介，因为他精明地意识到，能做房屋和田地交易的一般都有一定的经济基础，这样获得的佣金也相对多一点。他的精明头脑确实让他和家里的小日子过得还算宽裕，但是，他却有非常烦恼的事情，那就是妻子毕氏不会生育，却生性强悍，坚决不让他纳妾。并且越是不会生育，就越担心丈夫外出偷腥。而偏偏这位关二爷生性好色，老婆越善妒，越盯得紧，他的色心就越重。这样一来，关二爷和自己的悍妻整天玩猫抓老鼠的游戏，双方都觉得很累。于是，有人给不会生育的毕氏出了一个主意：给关二爷典个老婆，生个一男半女，有了子息，这样就能收住男人的心了。

"典妻"是旧时浙东南比较流行的一种习俗，虽是一种临时性的婚娶方式，但也是讲究仪式的，要经过媒证、订约、下聘、迎娶等环节。一般典妻均要经过订立契约的过程，契约主要写明典妻的时间、租价及要求等。典期一般为三至五年，租价以妇女的年龄、典租时间长短而定。契约一旦订立，被出典的妇女就得供人玩弄，为人生儿育女，最后还得与自己所生之子女骨肉分离。这是违背人性的一种恶习，但是却神奇地存在了好多年。

关二娘在经过激烈的思想斗争后，终于同意关二爷典妻。但是，她对即将来到这个屋檐下的女人做了严苛的规定：出典期间，既不能回家与原来的丈夫同居，也不能回家照看自己的孩子。这些都好理解，因为当时这些要求都是被写到契约中的常规内容。但是，关二娘还有一条奇怪的规定：关二爷与典妻每次同房时，必须由她搬张凳子坐到卧室的外厅等候，一旦完事，关二爷必须回到她的卧房，不能多停留一刻。

事实究竟是不是如此不得而知，但是好歹典妻怀孕了，生下了一个丫头。关二娘倒也稀罕这孩子，除了喂奶，其他时间不许典妻碰。关二爷更是欢喜得不得了，典妻还没出月子便寻思着要她再生个儿子。关二娘怕关二爷离不开典妻的身子，心中那股妒火越烧越旺；便越发虐待她。那典妻虽穷，但性子并不软弱，于是关二爷家中便经常闹得鸡飞狗跳。

关二娘除了霸占孩子外，还时时刻刻像一只誓死捍卫自己领地的母狼，寻找所有的借口和机会对典妻进行"撕咬"。那典妻知道自己要是再不逃离，将来怎么死都不知道，便开始日夜想念老家贫穷却敦厚的丈夫以及其他几个年幼的孩子，最终在小女儿和活命之间选择了后者。于是，她逃走了！

关雪桐出生的时节，刚好是楠枫江流域桐花飞舞的时节。那天，她那不是亲娘的娘抱着她，提着装了三斤龙眼两斤乌枣的纸蓬包来到徐家，找有学问的徐家老爷给女儿取名字。徐玄廊沉吟了一下，便说："春末夏初，桐花似雪，美哉。就叫雪桐吧！"

自从徐逸锦搬进木家的茅草房，关雪桐没再见过她。在关雪桐心目中，短时间内被命运如此重击的一个千金小姐，如今应有的面目要么是形容枯槁、目光呆滞，要么是猥琐恐惧、狼狈不堪，想不到再一次见到徐逸锦，看到她素面朝天布衣粗裙站在那里，身上还是散发出一种不可阻挡的光芒！一股强烈的妒意深深击中了关雪桐——不行，我必须要把她的气焰打压下去！

在这强烈的念头驱动下，等大会结束，关雪桐便厉声叫住了正往礼堂门口走去的徐逸锦。

徐逸锦回头一看,似乎有点吃惊,迎上去轻轻叫了一声:"雪桐姐姐。"

关雪桐板起脸一本正经地说:"叫我关主任!"

徐逸锦往后退了一步,顿了一下,叫了一声:"关主任。"

关雪桐的眼睛并没有看着她,而是向上斜,盯向了大礼堂前方一棵粗大的橡木,同时吩咐:"明天叫你家男人来一趟,有事找他做。"

于是,从第二天开始,阿木每天一早就被关雪桐和工作队叫到小学堂,直到天黑才回家。一周之后,阿木回到家,对徐逸锦和金盈盈说:"明天……明天,关主任让你们也去小学堂!"

金盈盈很紧张地问:"叫我去干什么? 我不去!"

但是,第二天一大早,关雪桐带着几个背后背着长枪的干部,咚咚咚敲开了阿木家的柴门,大声叫道:"木驼六,快叫你们家的财主囝和财主婆起来跟我们走!"

金盈盈一见这架势,吓得瘫倒在地:"你们……你们……要枪毙我吗……我还有个吃奶的儿呀……"

2 🍁

木驼六第一次被关雪桐叫到小学堂那天,看见关家老三关中天正戴着一个八角的军帽忙活着。木驼六对关中天的这种表现并不觉得意外,前两天木驼六冲到中央街找郎中救徐若空时就看见了关中天和他那荣光无限的堂姐关雪桐一起走在队伍中间,手舞足蹈地向关雪桐兴奋地比画着。

按理说,木驼六和关中天是完全不同的人。一个单身独个儿,居无定所,除了那个驼背、六指的特点和赤贫的名声让他成为霞枫村一个特殊的形象存在外,别无长物。而关中天不愁吃穿,家中兄弟四个,个个相貌堂堂。就这样两个怎么看也不属于同一个圈子的人,却莫名地被命运纠缠在一起。

木驼六虽木又驼,但那双比别人多长一个手指头的手却是灵巧无比。他要是做什么东西,只要看上几眼,几乎都能无师自通。关中天与关家其他三个兄弟不同,从小那顽劣的个性无人能比。刚启蒙没多久,不是天天挖空心思整先生,就是从私塾逃出来,到处偷鸡摸狗。关大爷除了打,想不出别的辙。

关中天小时候的顽劣不是一般孩子的好奇顽皮,他就是要玩些邪乎的。有一年冬天,他从火塘缸里抽了一根还燃着明火的柴禾,将架在东游廊里的柴垛给点着了,如果不是那一天刚好在院子里晒太阳的人多,救火及时,他们关家的那一座祖屋早已烧成灰烬。还有一次,村中有老人去世,他将供在灵堂里用来点长明灯的菜籽油偷偷换成了水,使得念经的和尚搞不明白为何一添"油",灯就灭,而关中天就躲在一旁看办丧事的一家干着急,偷偷捂嘴笑。这还不过瘾,他居然将牛粪涂满老人的棺材板。被发现后,那家人将他拎到关家,关大爷气得抢起棍子,口里喊着"打死你这个不成器的逆子",却被关大娘死命拽住。关中天从家中飞奔而出,那几日收留他的就是木驼六。

小时候,关中天对木驼六还是心生敬佩的,因为木驼六有一双巧手,能自己做火铳。旧时楠枫流域山岭峻峭、山林厚密,藏了很多野兽,常有饿极的老虎出入村子袭击猪牛羊,野猪成群糟蹋粮食就更不用说了。因此,像霞枫这样的大村,一般都有打猎队。打猎队的队员由财主家的家丁和村民组成,一般猎枪和火药的费用由村中大户提供。关大爷知道自家老三顽劣不堪,火铳又不是闹着玩的事情,怕闹出人命来,因此严禁老三碰火铳。可越是禁止,关中天就越是想碰这玩意儿。全村的猎人都已经得到关大爷的吩咐,绝不能让他家老三接触到火铳。

那一日,被父亲赶出家门的关中天居然在木驼六那漏风漏雨东倒西歪的破草房里摸到了一杆锃亮的火铳,关键那还是木驼六自己做的,这让关中天无比激动。他想试一下这火铳是不是管用,于是,趁木驼六外出讨营生的时候,他在那间破屋子里摸索了三天,终于摸索出火铳的各个门道。当他觉得自己都已搞明白的时候,便装上火药,背着火铳到山间乱转。终于,他发现了一头埋头啃草的老牛,费尽吃奶的力气举起那杆和自己差不多齐身的火铳,砰一声就将那头无辜的老黄牛击倒在地。他为自己无师自通的神奇枪法感到无比自豪,当然,接下来他就被放牛娃扭住胳膊,用牵牛绳捆得结结实实地送回到村子的祠堂里。最后,关大爷以多少银子了结此事不得而知,关老三安然无恙,但是,木驼六却因此受了牵连,五年间流落异地,不敢回乡。

这五年间,关家也发生了很多事,先是关大爷和关大娘急病而亡,二是老二关中岳远走从军,老大关中翰开始当家。当木驼六在外辗转多年回乡时,关中天已长成个半大不熟的毛头小伙子,但是,他在乡间打作*混蛋的"技艺"却日臻成熟,身边跟着一帮流氓地痞,俨然成了一个小"混世魔王"。

当木驼六将徐家大小姐徐逸锦迎进他的茅草房时,一股邪火开始在关中天的胸中点燃。但是,当他再次见到已经成为"木嫂"的徐大小姐的时候,他心中刚刚燃起的邪火像被一层厚厚的湿棉被压住了,火没点着,却让他透不过气来。

在金盈盈的哀号中,徐逸锦面无表情地和她一同出现在了楠溪高级小学大礼堂的台子上,手中还抱着各自的孩子。而台下的拥挤程度不亚于往年最重大的楠枫十里八乡大会市的戏台,那里不仅站满了霞枫的村民,还有从外乡被动员过来或者自发赶来看热闹的乡民。

让关中天惊讶的是,自己家的两个女人被押到台上,木驼六居然不见踪影。他不知道,那一刻的木驼六被关雪桐派去整理工作队住处的马厩了。

进驻霞枫村主持农村工作的那个腰间别手枪的王政委,也就是如今的王队长,进村后头一天和士兵们一起扎营住在小学堂,第二天一大早第一件事就是问配合工作的关雪桐工作队将住在哪儿。关雪桐虽然知道乡里吩咐过工作队要和村民们同甘共苦,但还是打算把他们安排在比较像样一点的村民家里住。因此,关雪桐那几日天天安排木驼六到村里做工作队住处的联络跑腿工作。但是王队长去木驼六提供的几处农户家庭走了一圈,马上否定了关雪桐的安排。最后,他们挑了几家住处破旧的农户,向村党员了解了他们是否是政治历史清白的老实农民,然后才住进去,并对干部们说就是要和这几户穷苦农民同吃同住同劳动,要贯彻落实党的"三同"政策。

那一天,木驼六第一次听到"三同"这个新名词。那一刻,他不知道工作队的"三同"是党的优良传统,流传到后来,将成为楠枫流域的革命历史佳话。

大礼堂里的气氛渐渐热烈,台上除了徐逸锦、金盈盈以及她们的孩子,还有附近几个村被拉来的地主、富农和伪保长一干人等。人们激动地喊着口号,王队长拿着大喇叭,示意台下黑压压的人群保持安静。正在这时,大礼堂的大门咣当一声被

---

* 打作:调皮捣蛋。

打开,闯进了木驼六和季小满。木驼六结结巴巴地报告:"不好了,王队长……不好了,关主任……那那那,那匹母马要生小马驹了!"

3

这些日子,一些巨大的变化让季小满觉得这个世界很不真实。短短几天,先是关先生告诉他可以上他做梦也想去的小学堂,但却因为其他年轻的先生投笔从戎而停课,让他的学生梦还没开始便无着落。又只有短短几天,他从一个只知道在溪边放牛拔草、在田畴追风逐蝶的放牛娃,变成了一个有新身份的小大人,这个身份叫"儿童团团员",是关家二房那位看起来让他有点害怕的关主任让当的。

那天,关雪桐把季小满那当煮吃嫂*的姆妈方婶叫过去,说是让季小满当儿童团团员。因为楠枫方言里"团"和"臀"同音,方婶一听就不乐意了,说:"二房小姐,哦不,关主任,我们家小满虽粗愣,虽不识字,但也不能去当个'臀员',好歹也是个康健的身子,哪能只当个'臀'来使呢?"

关雪桐一听,一开始放声笑得花枝乱颤,但旋即止住笑,脸色秒变,很严肃地说:"儿童团是个很光荣的组织……"然后将儿童团的使命、职责、任务向他们母子二人讲了一通。

方婶听得云遮雾罩,最后说:"不还是儿童的'臀'吗?"

关雪桐有点无奈,只好说:"那这样吧,我又不骗你家小满干什么坏事情,你就让小满先跟着你们前屋的石小筑吧,他是咱们村的儿童团团长。"

方婶又不明白了:"石小筑? 他都二十了,俩月前都娶媳妇了,再咋整他那个'臀'也早已经不是儿童了,咋他还能当儿童'臀'长?"

关雪桐这时候脸上挂不住了,不耐烦地说:"跟你讲再多也是瞎子点灯白费蜡!明天早上你让小满到乡公所找石小筑就行了。我爹娘就在你们眼前,我会让你家小满去偷鸡摸狗不成?"

这句话倒是说通了方婶,第二天方婶就让季小满早早去找石小筑。

后来季小满才知道,当时为了增强政府的辅助力量,最大程度发动群众,除了

---

*煮吃嫂:厨娘。

工作队，乡里还成立了民兵队、农会、妇女会，然后再将全村的儿童组织起来成立儿童团。为了不让那些没有参加民兵队、妇女会的小青年的力量流散，也干脆将他们纳入了儿童团。因此，霞枫村的儿童团年龄跨度很大，共有六七十人，也算是一支强大的群众力量。

虽然和石小筑有着11岁的年龄差距，但这并没有让季小满感觉别扭，反倒觉得有个大哥带着很踏实。更何况，季小满听说小筑哥高小毕业，到乡里开会都能记笔记。还听说他胆子大，说话有板有眼，口齿清晰，声音洪亮，工作积极，整天跟着工作队跑，石大伯又很支持他，家里、田里的事全都不用他管，工作队的同志常夸他是农村工作中涌现出来的积极分子。

于是，虽然学没上成，但是季小满开开心心地让小筑哥给他的右手臂套上了一个写着"儿童团"字样的红箍箍，"儿童团"是他人生中最早认识的三个字。但是，他非常惊讶地发现，那一天，儿童团还来了一个人，小筑哥也给他的右手臂套上了那写着"儿童团"字样的红箍箍，这个人就是比他们都大出好几截的木驼六！

季小满不知道的是，关于木驼六能否套上这个红箍箍，"上头"是有过激烈的争论的。有人说，木驼六家里有财主图和财主婆，决不能让他加入这个组织。另一派的观点是，木驼六方圆百里最穷，是标准的贫苦群众，应该吸收为团员。两派激烈争论了好多天，差点要打起来了，最后由王队长拍了板：现在形势严峻、任务重，要团结每一个值得团结的劳苦群众，毕竟木驼六不是财主，没有剥削别人。于是，季小满和木驼六一同成了霞枫村儿童团的团员。

儿童团主要的工作任务是站岗、放哨，有时也跟着民兵队巡逻，或者送通知、贴标语，有时还要挨家挨户去动员群众参加会议等。民兵队收缴了村里各种土武器，将其中几把大刀、长矛给儿童团团员站岗用。季小满当上儿童团团员的那天，小筑哥告诉他，群众出村走亲戚，都要到村、乡政府开路票（通行证）。村里在村口的路廊设立了检查点查过路人的路票，如果发现有人没有，就要他们回去；如果认为有人可疑，就把他们带到民兵室审问。

但是季小满还太小，干不了这些重要的工作，于是，他被分配与木驼六组成一组，除了替工作队在村中物色合适的住处，还有一项工作就是重操他的本行——放牧。当然，这一次，除了放牛，关键是还要放好工作队里那两匹并不太强壮的马，其中一匹还是快要生养的母马。

那一天，木驼六带着季小满咣当一声撞开大礼堂的大木门，喊出那句话后，季小满发现，阿木叔的嘴巴张在了那里，抬起的脚步也悬在了半空中。

原来，木驼六看见了金盈盈和自己的醒初娘各自怀抱一个孩子，和邻村的地主、财主们站成一排，头深深地低在了胸前。

季小满拉了拉木驼六，轻轻地叫了一声："阿木叔！"然后，牵着木驼六僵硬的手，畏畏地缩着身子进入了会场。

其实，没有人听清木驼六刚才喊了什么，因为他的喊声已经被一声声响亮的口号淹没了。

王队长好不容易才让大家安静下来，开始讲话："乡亲们，今天这场群众大会虽说主要是因为丢了大队的牛，但是乡亲们觉悟很高，把丢牛事件当成一次诉苦大会，这很好！新社会了，咱们农民兄弟就是有觉悟！"

关雪桐接过喇叭，大声说："乡亲们，台上站的都是剥削我们的剥削者！现在咱们老百姓翻身做主了，他们心里会甘心吗？如今咱队里丢了牛，你们说会是谁干的？你们有苦诉苦，有冤说冤，把以前是如何受剥削的都说出来！今天大家都踊跃发言，特别是新干部要带头！"

听说新干部要上台说话，台下有了一点小骚动，大家相互推托着，都不敢上去。关雪桐看了一圈，就让新当选的农会主席张连福第一个上台。

季小满紧紧盯着张连福，见他很不自然地上了台，清了清嗓子，说："同志们，乡亲们，今天——"然后就卡住了。他忙转头看着工作队的同志和其他村干部，关雪桐赶紧给他提示，他讲了几句就又卡住了，回头，但这回关雪桐给他的提示他没明白，于是只好吐唾沫，似乎有吐不完的唾沫。

台下有群众悄悄地说："这真是古话讲的'上台发台瘟，落台讲不完'！"

好多孩子笑出了声，但是很快就被大人训斥了："真不懂事，你们这些碎细儿*！"

好不容易张连福讲完了，接下来关雪桐将村里的广兴妈请上了台。

虽然广兴妈是个老太太，也不识字，但是她比张连福的口才强多了，一上台就

---

*碎细儿：毛头小孩。

号啕大哭,痛不欲生地讲述当年自己的腿是如何被日本鬼子打断、村里的伪保长是如何抓壮丁,使她痛失儿子的,一下子就将现场的气氛带动了起来,台下的口号声又是此起彼伏。

接下来就有很多群众自动到台上控诉了,有诉日本人的,有诉国民党的,有诉地主、伪保长的。会场的气氛越来越热烈,台上人的头越来越低。

忽然,金盈盈怀中的徐若空大哭了起来,广兴妈猛地再一次跳上台,伸手就要从金盈盈的怀里夺孩子,一边大喊:"父债子还,剥削者的罪,儿来还!"

所有人的目光被金盈盈一声凄厉的叫声吸引了过去:"皇天哪……"

第四章
铲毒大英雄

1

楠枫江两岸，那些古村落就像千年遗珠，穿越时空，散落在楠枫江边。它们从何而来？历经千年时光，它们曾经散发出怎样的光芒？为何流淌到20世纪中叶，又大部分珠光暗淡？

楠枫江上了一点年纪的老人都知道，近千年前，北方的金国女真人举兵南下，中原王朝不堪一击。在开封的北宋为金国所灭，徽、钦二帝被俘，宋钦宗的弟弟赵构逃往南方。那几场残酷的战争破坏了北宋人平静的生活，无数人流离失所，成千上万的中原官员及民众像潮水一样仓皇向南逃亡，史称"南渡"。楠枫江大部分古村落就是"南渡"的结果。孩子们如果问："我们的祖先是从哪里来的呀？"老爷爷们总会说："掰开你自己的小脚趾看看，如果是一大一小成两瓣的，那就是从中原南渡而来的哦。"

虽然那时深入基层到霞枫村当工作队队长的王大正并不清楚楠枫江两岸众多的古村落里有多少人的祖先是从中原南渡而来的，但是那一天，风华绝代的金盈盈在楠枫高级小学大礼堂里的一声"皇天哪"，在他听来却有一丝说不出来的亲近感。那一刻，金盈盈分明是自己山东老家戏台上一个高吊嗓子的落难的俏娘子。

王大正从小特别喜欢山东老家的一种地方曲艺，叫作"高调梆子"，当地人称之为"高调"或"高梆"。那高调梆子曲调高昂激越，每每演到剧情激烈处，台上不管是生是旦，都会扯着嗓子舍命唱，因此，又被人称为"舍命梆子腔"。不知为什么，王大正小时候在老家时，每当戏台上有旦角扯着嗓子唱得高亢激越的时候，他都会听得浑身起鸡皮疙瘩，一曲下来，他便有一种酣畅淋漓的通泰之感。自从他来到南方之后，好久没有听到女人这样高亢决绝的声音了，顺着那一声同样让他起鸡皮疙瘩的声音，他不由得抬头仔细看了看金盈盈。

此刻，王大正眼前的金盈盈披头散发，脸色惨白，厉声尖叫着死命护住怀中的孩子，但是那眉眼却并不凄厉。她脸若银盘、鼻若悬胆，嘴唇虽无血色，却宛若樱桃，王大正觉得自己看到了一个活生生从戏文里走下来的薛宝钗！

台下，一个已显苍老的身影想抬脚前去为金盈盈和徐逸锦说情，但是，却被身边的女人死死拉住，他就是徐家原来紧紧跟随在徐老爷身边的长年戴老五。群众的怒火愈演愈烈，他只好深深地看了一眼徐逸锦和金盈盈，摇了摇头，躬身悄悄从人群中退了出来，此后，与徐家再无交集。

广兴妈"父债子还"的口号声极具感染力，台下几名妇女一边跟着喊一边跳上了台，和广兴妈一起步步逼近金盈盈。金盈盈的脸色越发苍白，双眼却渐渐红出了血丝。她又急又气，终于一口气没上来，咕咚一声跪倒在地，晕了过去，怀里小小的徐若空如一个小皮球，一下子滚到了台子的边沿。王大正眼疾手快，一个箭步跨上去，抢住了孩子。在那短短的几秒钟里，他看清了襁褓中的那个从没见过父亲的小婴儿仍旧在酣然深睡，全然不顾周遭的世界翻江倒海。那一张小脸也是脸若银盘、鼻若悬胆，清秀的眉宇间却似乎透露着丝丝忧郁。

王大正的目光还停留在徐若空的脸上，关雪桐紧跟着凑上前一步，说："队长，你不能抱剥削者的崽！"

王大正连忙将孩子递出去，想不到关雪桐根本没有伸手接孩子，小小的徐若空在短短不到一分钟的时间内，再一次滚落在台子上！这一回，他那个长他20岁的姐姐徐逸锦已经飞奔往前，半条腿铲跪了下来，一手抱着徐若空该叫外甥的木醒初，另一只手已经将徐若空的襁褓提了起来，双手一同将两个孩子搂在了怀中。

台下的木驼六有点蒙，站在那里，那一刻，他觉得自己的身子真的如一根木头，不会动弹了！他没有想到，身边的季小满倒是一个箭步冲上了台，但是，他只是站在了晕倒的金盈盈和怀抱两个孩子并且半跪着的徐逸锦中间，不知该怎么办。

这时候，方婶也上了台，她说："救救人吧，先救人吧，再不救就要出人命了！"

王大正看着这情形，大手一挥，说："先救人！"

于是，季小满和方婶费劲地将金盈盈往台下抬。几个女人拥上来，七手八脚放平金盈盈，有掐住她的人中的，有使劲拧她手臂弯的……终于，金盈盈又一声"皇天哪"从胸口喷出，醒了过来。

关雪桐一见人醒了，便拿起大喇叭对着台下喊："都别看热闹了，今天的会还没开完，大家有苦诉苦，有冤诉冤，咱们不能放松警惕！"说着，斜了半跪在地上的徐逸锦一眼，"新社会了，咱们翻身做主人，一定要将坏分子的气焰打下去！"

台下的群众一听，刚才渐渐平息下来的情绪立刻又被点燃了，纷纷挥舞着手臂，口号声像箭一样射向了怀抱两个孩子的徐逸锦。

渐渐地，人群往前拥，有人开始撸起袖子，蠢蠢欲动。终于，广兴妈以及她身后的那几个妇女再一次冲上了台，每个人的头上似乎都冒出了复仇的青烟，那一团团正义的青烟将半跪在台子上的徐逸锦和两个孩子紧紧包围，越裹越浓，眼看着火星即将迸发，眼看着就要燃成烈火，将他们三个烧成灰烬！

一声声声讨、一股股青烟、一颗颗火星，忽然，就像拉响了警报器，警醒了刚才像个木头人一样僵在台下的木驼六！此刻，他猛然醒了过来，台上那个被围困的"剥削者"不是别人，是他的老婆，是他的醒初娘！于是，他猛地抓过门口的木门闩，紧紧横握在胸前，就像关公紧握着他的青龙偃月刀，奔赴战场。

那个矮矮的身形像个田螺一样快步移上了台，挡在了那一群头上冒青烟的女人前面，赤红着脸，以一种连他自己都觉得吃惊的平生最大的声音对关雪桐说："她是醒初娘、醒初娘！是我老婆，是我贫苦农民木天轩的老婆！谁敢动我的老婆一根汗毛，先问问我手中的门闩答不答应！"

一根木门闩画出了一条楚河汉界。徐逸锦抬起头，看着"楚河"那一头的阵营，那一方刚刚冒出的青烟似乎瞬间被压了下来，星火不再。而那一把"青龙偃月刀"下，她看见一股凛然的气息从木驼六鸡胸驼背的全身晕开，罩住了她和她怀中的两个孩子，就像孙悟空给唐僧画出的那一个平安圈。

于是，因为生产队丢牛事件而引发的轰轰烈烈的"诉苦大会"就这样在驼背、六指的贫农木天轩的一根木门闩下戛然而止，这让关雪桐很没有面子。她曾经在王队长面前拍了胸脯，作为最合适的人选，她肩负着配合工作队全面做好村里工作、树立典型的重大使命,她觉得以她丈夫的威望、以她对自己家乡的熟稔和热情,这一场"诉苦大会"不精彩也难。然而,她没有想到半路杀出个木驼六。

关雪桐有一个神奇的能力,她似乎从来不会正视自己的任何失败,也从来不去分析或者总结不成功的原因,而总是能以最快的速度从上一场有漏洞的事情中抽身出来,转移注意力。此刻,她的思绪和情绪已经迅速从这一场"诉苦大会"中抽离。看着台下黑压压的群众渐渐从大礼堂散去,她转身去找她年轻的堂弟关中瑜,因为,另一项新工作她必须马上开展,而这需要得到她堂弟的大力帮助。

关中瑜也刚从大礼堂回到自己的办公室,他的心久久没有平静下来。

这些日子,他亲眼所见、亲身经历,共产党的队伍来到他们的村子,对老百姓秋毫无犯;县里工作队的革命同志与群众同吃同住同劳动,对小学堂的先生们也非常尊重,大大小小的事情,王队长都来和他有商有量。

关中瑜从小多才多艺,学一样成一样。小时候体弱,父母就请了个南拳师父教他打南拳。父母让三哥关中天与他一起练,但是关中天三天打鱼两天晒网,师父喊站桩,转个身,他早已溜到村子里斗鸡走狗。而关中瑜没出一年,坐桩、丁桩、跪桩样样稳当,骑龙步、拐步、盖步步步到位。不过几年,那童子功便练得精到。再加上成年后天天拳不离手,看似斯文的关中瑜如若动起手来,几个汉子是近不了他的身的。

他似乎是个全才。那些个丝竹管弦到了他手里,摸索一些日子便能成曲调。但是,打拳和吹拉弹唱还不算他最感兴趣的,小时候家里请了油漆师傅来刷油漆,师傅将一张配八仙桌的四尺凳漆好后,随手拿毛笔在四尺凳的两头勾勒了一些花鸟虫鱼,关中瑜一看觉得这个太好玩了,跟着油漆师傅描了几天,便能勾画出像模像样的图案来。由此,他迷上了绘画,在父母送他到城里上了中学后,干脆自作主张考了省城的国立杭州艺术专科学校。父母当年指望天资聪慧的老四能够考个大学,学些在他们眼中厉害的学问,比如律师、医生之类的。但是,所谓"将在外,君命有所不受",这一回,关中瑜自己做了主张,在省城学了一身中西结合的绘画技艺回来。

关中瑜并不是一个性格非常鲜明的人,虽然他从小习武,有一身好功夫。也许是大哥对二哥投笔从戎有着严重的反感情绪,诸如"好铁不打钉,好男不当兵"之类的话语常年挂在大哥嘴边，并且严禁他与当兵的接触，因此关中瑜在外求学时并没有参加任何党派。但是，由于多才多艺，关中瑜成了学校剧社的活跃分子，经常能接触到学生中的地下党员，从他们那里早早学会了《南泥湾》等新歌曲，回乡后，《东方红》《没有共产党就没有新中国》这些流行的新歌曲以及扭秧歌、打腰鼓、耍花棍等文艺的新花样，他几乎听几遍、学几下便会。

那些日子，关中瑜觉得自己学会的这些新东西就像是有满满的能量积攒在他的身体里。周遭的世界变了，一切变得生气勃勃，一切变得欣欣向荣，男女老少都感受着一个崭新世界的到来。而那些积攒在关中瑜身体里的能量一直在东撞西窜，似乎需要一个出口释放出来，以便与这个新世界无缝对接。因此，当堂姐找到他，说要尽快成立"儿童团革命宣传队"的时候，关中瑜知道身体里积攒的那些劲儿该往哪里使了。

他找了几个学生娃娃组成了一支腰鼓队，但是，那几个孩子中，很难找出一个特别出挑的。正在他犯愁的时候，小牧童季小满吹着短笛进入了他的视野，他一拍双掌："对呀，怎么忘了这个好苗子！"于是，放牛娃季小满第一次以霞枫村"儿童团革命宣传队"队员的身份迈进了小学堂的教室。

自从当了"儿童团革命宣传队"的队员，季小满吸引了平生最多羡慕的眼光。因为霞枫周边几个村也成立了"儿童团革命宣传队"，但是，他们都没有那新鲜又神奇的腰鼓队。首先是因为他们村没有那红红火火的腰鼓，而关中瑜通过省城的同学，在杭州的乐器行买了十只大腰鼓，再托在丽水运粮的船民从水路运了回来。

乡里常常游行、开大会，那个时候，就会由一个民兵高举着红旗，后面紧跟着的就是敲腰鼓的霞枫村"儿童团革命宣传队"。季小满和他的小伙伴们一路敲、一路唱，到了乡里的大会场，腰鼓队就先表演几套，每一次，季小满都自豪无比地接受着所有羡慕和赞许的目光。

仅仅这些还不能完全体现霞枫村儿童团腰鼓队的重大作用，后来，关主任说，现在妇女得解放，婚姻自由了，村里那些童养媳都要解除婚约回娘家去。关主任亲手解除了几起童养媳封建婚姻后，再亲自为这几个童养媳做媒。她极其热心地说服新人，说现在新社会提倡自由恋爱，婚礼更要新事新办。办喜事不要吹吹打打，新娘也不坐花轿，步行到新郎家。为倡导落实关主任提出的新风尚，村干部要儿童团腰鼓队去助兴,于是,季小满和他的腰鼓队就取代了霞枫村婚礼中已经热闹了千年的"吹打班",万众瞩目地走在迎亲的队伍中了。

那些日子,季小满的心情就像春风中的纸鸢一样,越飞越高,他常常觉得自己快乐得快要飞上天了。直到有一天,在楠枫江著名的千年梯田里,季小满和他的儿童团团员们与一种苗壮成长的植物不期而遇,一场不寻常的"战争"一触即发!

2

往年,春天一到,季小满就觉得自己和那老牛每天都游荡在画中了:黄的油菜花,紫的苜蓿,粉的桃花,白的梨花,还有大片大片绿油油的麦苗,在春风里一会儿齐刷刷地往东,一会儿齐刷刷地往西。江边的溪萝树抽出了新芽,嫩绿嫩绿的,季小满常常在这画中和老牛游荡,忘了回家。

但是,这个春天不一样了,季小满根本没有时间去田间做"画中游"。已经是光荣的"儿童团革命宣传队"队员的季小满和他的小伙伴们到处打着腰鼓,接受着各种赞美。

这一天,季小满和腰鼓队队员们刚从乡里参加完一个大会,在木驼六的带领下开开心心地往回走(因为关先生去参加另一个重要会议了)。平日里他们都走大道,但是今天有一个队员说上次他在附近的山头发现了一个雉鸡的窝,想去看看是否已经孵出小雉鸡来。阿木一听就来了兴趣,心中盘算着能否抓只雉鸡回家给两个哺乳的女人补补身子,于是,就急匆匆地跟着这一批毛孩子往那个叫鸟鸣山的山头走去。他不知道这座鸟鸣山是不是霞枫周边海拔最高的山,但是他知道鸟鸣山上有一个由祖先们世代辛勤"雕琢"出来的人间杰作,那就是层层叠叠的梯田。

阿木听老人们讲过,千年前的鸟鸣山是群鸟的乐园,聚集了数不清的鸟儿。世代更迭,鸟粪赋予了这片大山肥沃的山地,因此,自霞枫和附近村庄建村以来,就有村民舍近求远,到鸟鸣山来开垦梯田。

鸟鸣山西靠浙南大山,东临大海,每到初夏,太平洋水汽便会聚在山的东坡,鸟鸣山刚好就是在这个水汽丰沛的地方。历经千年耕作,鸟鸣山梯田已是人类在大地上雕刻出来的艺术品。就是这一级一级由先人们鬼斧神工般雕琢而成的杰作,使霞枫和附近村庄的村民们世世代代在这大山里得以栖居，繁衍生息。

因为是山地，夏天引水种稻谷，秋末播种麦子，一开春，麦苗便破土而出。但是，这一天，木驼六带着那一群腰鼓队队员们来到鸟鸣山的这一片山坳里的时候，并没有发现层层叠叠的梯田上本该有的一大片一大片的麦苗，取而代之的是一大片开着蝴蝶状艳丽的花朵在风中飘摇，熠熠炫目。展望那层层的梯田，就像铺上已经添了花的锦缎。

"哇，好美啊！"队员们被眼前的美景震撼了，有几个小姑娘发出了赞叹声。

"原来还不信，还真有人又偷偷种乌烟了！"木驼六不禁吃了一惊。

当年东瓯城里烟馆盛行，规模大的烟馆叫"大土行"，有广仁昌、泉春、坤记、苏吉昌、慎顺、慎源六家。这些大土行贩售的鸦片形若西瓜，其中最著名的叫"金花红"，每个重约两斤，价值银币二十元左右。

还有一种规模小一点的烟馆，先从大土行那里购得正货，再"开灯"供吸食者享受，或卖到乡下，类似零售服务商。比如马元武、王岩明、银翠、金翠、潘昆、伍老大、凌子耀、公秤支、阿有等等。

后来全国禁烟，东瓯城的烟贩暂时收手了，市面上公开的贩售转入地下。但是，因为属于暴利行当，那些烟贩就使出浑身解数，勾结贪官污吏，私下售烟一直也没有断绝。

在天高皇帝远的霞枫，木驼六那个已成冤魂的大财主"老丈人"徐玄廊和现在挺风光的关家都雇人在山里种了大面积的乌烟，只是如今，木驼六知道徐家的罂粟地早已分给农民种粮食了，这一大片梯田中是否有关家种的乌烟就不知道了。

田里的乌烟长得很旺，差不多有季小满那么高了，有的已结出鼓槌状的小果，在春风下摇头晃脑。季小满对这些奇怪的果实心生好奇，想伸手去摘，被木驼六厉声喝住："碎细儿，别乱动！"

转了几个梯田，木驼六发现乌烟一丘比一丘长得好，一丘比一丘长得旺。他觉得有点不对劲，但说不上来哪里不对劲。正当他思忖着，山坳边转出几个戴着斗笠、腰间别着竹爿刀的农民来，见到木驼六他们，先是吃了一惊，但发现是一个驼子带着一帮碎细儿，也就不再正眼瞧了，径直走向乌烟田，拿起刀，往还未完全成熟的果实上横向划上一刀，瞬间就有白色的汁液冒了出来。

季小满和小伙伴们看得晕乎乎的,木驼六却看得心里发毛。因为他知道,金子有多金贵,这东西就有多金贵;魔鬼有多可怕,这东西就有多可怕。他已经记不清自己见过多少个因为这东西而家破人亡的人家了,比如金盈盈的娘家。

楠枫江人把收割乌烟叫作"劈乌烟",就是在乌烟成熟的时候,先在果实上横向割一刀,收集白色的汁液,等过半个月再竖向割一刀。这样大概分几次"劈",汁液流得差不多了,这乌烟也算收割完了。

能种麦子的地儿就能种乌烟,秋末冬初种下去,来年春末夏初就能收割。地势高点的梯田天气冷,乌烟成熟得也早点,被称为"立夏早";而在地势低一点天气暖和一点的地方种的就成熟得晚一些,大约是在芒种时节,于是就叫作"芒种迟"。

乌烟与麦子最大的区别在于种子的留存时间。陈麦种子留个三五年已经很不错了,但乌烟种子留个五十年没有问题,据说长的还可以留个三四代人。

木驼六和小队员们愣愣地看着那些戴斗笠、别竹片刀的人,他们中有人认出了那个驼子就是霞枫村的阿木,回头冷冷地对他说了一句:"不关你们事,你带这班碎细儿回去吧,别多嘴!"

木驼六也认出了他们是石梁乡的乡民,便转身对孩子们说:"回家吧!"

这群半大的孩子才回头没走两步,其中一个高个子的叫徐贤统的孩子就说:"木叔,我知道他们种的这些是乌烟!王队长跟我爹讲了,乌烟是毒品,贫下中农要积极铲除毒品,谁家铲乌烟有功,就给谁家奖励!"

这个叫徐贤统的孩子今年14岁,刚高小毕业,也算是队里有文化的人了。因为当过秀才的父亲多病,家里极穷,这次工作队下来,他们那家徒四壁的破屋就成了工作队的住处了,因此,徐贤统每天能最及时最近距离地听到王队长给他们宣传的各项政策。

说罢,徐贤统便拿着手里的红旗旗杆,到了一丘种着乌烟的梯田里,将旗子一插,大声说道:"你们种的是毒品,我们要响应人民政府的号召,坚决铲除毒品!"

说着便拿起旗杆,往那垄罂粟花上掠过,一大片罂粟花和半大的果实顿时被掠蔫了头。

对方一见,顿时跳将过来,一巴掌将徐贤统拍倒在垄上。季小满大叫一声:"打人啦!"带着孩子们挥舞着腰鼓鼓槌,冲进梯田,围住那打人的大人一通乱捶!

木驼六见状，一边回头对一个机灵的孩子说："快，快回村叫人！"一边自己也冲进了田里……

3

这一年的春天，楠枫江沿岸虽然已经桃红柳绿、春色盎然，但是关家大哥关中翰的脸上却一片阴霾。几个月前，邻县温垟乡有两兄弟从台湾逃回来，带回了一个准确的消息：从霞枫村出去当军官的关中岳在去台湾岛的船上不幸身染重病，命丧台湾海峡。关中翰听到消息如五雷轰顶，连夜赶往温垟找到那户人家。两兄弟说只知道关中岳的尸骨安葬在高雄，但是关中岳的妻儿现在在何方却无从知晓了。那一刻，关中翰恨不得马上赶到高雄去，但他哪怕花再多的钱，也无法买到一张船票，去到海峡的那一头，将二弟的尸骨收回老家来安葬！

这一切，关中翰对家中老三和老四只字未提，因为他敏锐地感觉到，此事不能让任何人知道。

当与他都做乌烟生意因而积聚了巨大财富的徐玄廊死后，他在替自己感到万分庆幸的同时，也为自己的低调隐忍感到一丝丝得意。他曾经固执地认为徐玄廊之死只不过是徐大老爷自己太没有心机而已。但是，这几个月看着家中老四与工作队密切接触，每天忙忙碌碌、意气风发的样子，他又觉得世道确实与以往不一样了。而自家小牧童身上发生的巨大变化也完全超出了他的预料，他渐渐觉得自己连个小牧童都难以掌控了，这一切，让他敏锐地感受到确实该好好审时度势一番了。他马不停蹄地奔赴东瓯城，以最快的速度将城里的绝大部分商号转手盘给他人，收回一箩筐一箩筐的银番钱，再想尽办法将这些白花花的银圆换成一根根金条。

等一切置办妥当，他选了个楠枫江雾岚浓酽的凌晨，偷偷用舴艋舟将金条运回了祖屋，连夜埋在祖屋地底下。因为他有一条人生哲理：病要晾，财要藏。意思是一个人如果生了病，一定要到处宣扬，这样就会得到很多治病的信息，得到很多救助；但是，钱财一定要藏好，不然最容易招来灾祸。而在他眼里，不管世道如何变，只有黄金是最为稳定的财富。当然，他没有想到若干年后，在命运的安排下，他的这些黄金会变成他诚心资助家乡基础建设的最主要的来源，变成了家乡体育场、医院和学校的一块块砖、一片片瓦，以及一根根铁路的枕木。

这一切，关中翰做得悄无声息，而在明面上，他竭力支持家里的两个弟弟参与工作队的工作，并频繁地与以前几乎不往来的堂妹关雪桐夫妻俩走动。虽然是血脉堂亲，但原先关中翰对这个堂妹是敬而远之的，主要原因在于关家两房娘子关系不睦——关大娘看不起二房没有儿子，而关二娘生性刚烈，也不示弱。关大娘不幸染痨病去世后，关大爷也紧随其后撒手西去，关二爷顾念兄弟情分，哭了几声，关二娘却冷冷地说："风水轮流转，四个儿子命硬，还不是阳气太足冲爹娘啊！现在看看哪个还敢说我关家二房阴气重，只有闺女，没个依靠！"

可巧的是，关雪桐也刚好非常需要以往从不待见她的大伯家的几个堂兄弟的配合与支持，想不到关家老大主动找上门来，这让她有点意外。但是，为了尽快将工作队的工作顺利推进，她与关家老大一拍即合。因为她要快速准确地为自己当警卫队队长的丈夫物色聚拢村中一批让人怕三分的顽劣青年，教育他们进步，在地方严峻的治安、防匪环境下，充分发挥他们的作用。其中，关家老三关中天是最好的带头人人选。而老四关中瑜本身就是进步青年，对革命工作充满热情，又是远近闻名的从省城回来的高才生。关雪桐将关中瑜的各大优势桩桩件件向王大正做了极力推荐，王大正也觉得这是一个难得的好人才，于是特别器重，工作中重大的事情几乎都请小关先生一起来商量。

今天，关中翰却遇到了一个大难题。小弟关中瑜急匆匆地回到家中，非常严肃地问他一个问题："大哥，你讲实话，鸟鸣山梯田那里的乌烟田是否有你的份？"

关中翰大吃一惊！他还没想好如何回答老四这个棘手的问题，那边，带着"鸡毛信"的腰鼓队队员气喘吁吁地来到农会一报告，农会主席张连福压根儿没想到要先向王队长和关主任报告，操上家伙，带上几个村民，自顾自就往鸟鸣山赶去！

鸟鸣山那一丘罂粟花田里，那个叫徐贤统的孩子躺在田埂上不省人事，木驼六和一群孩子扯着要逃跑的石梁乡那几个农民死不松手。

正对峙着，张连福和几个拿着扁担、钉耙的村民赶了过来，一见情形，大吼一声，冲进了梯田，抢起家伙就打。对方也不甘示弱，于是，那一片在阳光下绚丽无比的花田，成了两边村民械斗的战场。顿时，罂粟的枝梗伴着鲜血、花叶，伴着孩子们的哭喊声冲出田埂、飞向山谷……

最后,石梁乡的那几个农民拖着受伤的身体边打边逃,嘴里却呼叫着:"霞枫村的狗生儿们,你们等着……"

木驼六不知道自己那驼背上挨了多少棍子,他顾不得疼,连忙和同样挂了彩的张连福他们将徐贤统抬回村。村里郎中说,因为是正午,太阳又当头,对方的那一掌刚好打在徐贤统头顶心的百会穴。而这百会穴是百脉之宗,贯达全身,这孩子怕是凶多吉少!

张连福一听就跳了起来,顾不得自己身上有伤,一把抓起一根又粗又长的门闩,没走两步,重重地将门闩扔到地上,闷声说道:"石梁乡那狗生的杂种,等着,吾阿爸*回家拿火铳去,非撂倒你们几个狗生的不可!"

木驼六也跳了起来,将整个佝偻的身体挂在张连福身上,拖住他不让走:"福哥,我知道你心疼外甥,但可别蛮来,火铳不认人的,真出人命事儿就闹大了!"

原来张连福只有一个姐姐,嫁了个多病的徐秀才,常年辛苦劳作,生下徐贤统没多久便撒手西归。徐贤统是张连福养大的,说是外甥,其实在张连福心中,这外甥与儿子是没有两样的。如今外甥这样了,他哪能放过石梁乡的那些人。

正在他和木驼六拉扯的时候,王大正带着关雪桐和关中瑜等人赶了过来。

王大正看了孩子的情况,说:"救孩子第一,马上组织人将孩子送到东瓯城里的医院!"

又回头严肃地对张连福说:"现在是新社会,有党组织,不能像旧社会土匪那样蛮干! 罂粟是毒品,党中央都发文件了,铲除罂粟也是我们工作队的重点工作,这些工作都要依靠群众,你作为农会主席,要带头做好这项工作,怎么能蛮干,影响大局呢? 对于毒品我们绝不能手软,更不可留情。咱们统一部署,要发动群众,分片包除!"

王大正说得斩钉截铁,又有理有据,张连福听得连连点头,很是佩服。于是,他和关家姐弟等人快速将人员分了工,分头到户上布置工作去了。

这个时候,关中瑜的心情非常复杂。他从小不管家事,被家人送到外地求学,可谓是"两耳不闻家中事,一心只读圣贤书"。而老大日常也从不和老四谈家里各种营生。但是,不管怎样,他隐隐觉着大哥的生意和乌烟多少有些勾搭。以前不注

---

* 吾阿爸:男子狂傲的自称。

意,自从工作队来了以后,他便开始关注《浙南日报》上登载的关于中央要坚决铲除毒品的消息。而今天,木驼六和孩子们在鸟鸣山梯田的遭遇,让他更加心生疑惑:关家虽然暗地里家境殷实,但是,到关老大手中,田地并不多,有的几亩地也大都在鸟鸣山。现在鸟鸣山的梯田里种了这么大片的乌烟,这与自家那几亩梯田肯定有什么关系,因此,他非常认真严肃地问了大哥那个问题。

"你一个读书人知道什么?教书先生不要管这些田地里的事情!"大哥关中翰依旧阴着脸,不正面回答四弟的问题,甩手径直出了门。

第二天一大早,霞枫村的民兵、妇女、儿童团团员在关雪桐和张连福的带领下,王大正队长别着他那把手枪,雄赳赳地走在队伍中。他们举着红旗,带着麦饼,背着柴刀和锄头,奔向鸟鸣山的千年梯田。

季小满和石小筑冲在最前面,挥舞着柴刀,欢叫着一起奔上一片梯田,唰唰唰,向长得正欢的乌烟劈去,柔嫩的乌烟即刻成片倒下。但是,他们惊奇地发现,他们并不是最早来铲乌烟的,因为上面最向阳的梯田里已经有人在了。大家定睛一看,竟然是关家老大带着几个短工在拼命铲。

一见王大正和关雪桐,关中翰赔着笑脸说:"队长、主任,我是昨天听我们家老四说起,才知道上级有铲除乌烟的指示。我想我应该积极主动听中央的话,所以就带头来铲自家的这点乌烟了!"

关雪桐一听,大声说:"乡亲们,你们看,中翰大哥大公无私,带了这么一个好头,咱们还愣着干什么?"

于是,后面的民兵、妇女、儿童团团员紧紧跟上,一丘梯田挨着一丘梯田,一条垄接着一条垄,所到之处,就像理发师操纵剪刀,把一缕缕姑娘扎着花的长发给剪掉了。

日头才到正午,鸟鸣山梯田里那一片片的罂粟都已经倒地。人们坐了下来,拿出水和麦饼开始吃午饭。每个人脸上都红扑扑的,就像打了一场大胜仗一样。

午餐不到一个小时,倒地的罂粟被正午的太阳一晒,都萎软了。张连福开心地摸着季小满的脑袋说:"这些乌烟秆叶很肥田的,铲毒当肥料,今年的水稻一定大丰收。小满,过年时你们家可以天天吃白米饭喽!"

看着鸟鸣山梯田里自家的罂粟成片倒地,关中翰的心中阵阵生疼。要知道,他们铲的哪里是乌烟，而是活生生地抢了他关中翰的黄金，铲的是他的心肝！但是，他把所有的痛惜和不甘都收了起来，藏在他那张笑脸里，因为鸟鸣山被铲倒的只是他众多乌烟田的一小部分。这千年史诗般的梯田上的乌烟田，大部分还是归石梁乡的几个大财主所有，而关中翰那极为隐秘的"乌烟王国"在深山里。不过关中翰肯定怎么也想不到，几个月后，由于铲乌烟运动形势紧张，识时务者为俊杰的他只好痛彻心肺地任由那些"黄金"烂在深山老林里，也不敢声张。

此刻，他来鸟鸣山，一方面是因为可能有人知道那一丘最向阳的乌烟田是他关中翰的，与其等人报官，还不如自己先来做个了断，也是将功补过；另一方面，他也是想看看，这次铲除乌烟，到底是像以前那样走个过场呢，还是动真格的。而现在，他算是看真切了：动的是真刀真枪！

关中翰的脑子在紧张地快速飞转：几百里外那深山里的"乌烟王国"看来凶多吉少，怎么办？还没容他想出点什么，王大正说："今天乡亲们都干得很好，尤其是关家老大关中翰，主动带头铲除自己家的罂粟，这是很难能可贵的，我们村的这个先进典型一定要大力宣传。石小筑，你们儿童团回去编一段文明戏，到乡里去演出，做一个禁毒的正面典型宣传！"

王队长话音刚落，大家纷纷转身，向关中翰投去了赞许的目光，齐声向他鼓起掌来。

张连福整合了队伍，起身凯旋了。年轻的几个走得快一点，早冲到前面的山坳里往外走。也许是刚才铲乌烟用力过猛，体格差一点的妇女儿童走得越来越慢，渐渐地，队伍拉开了距离。

妇女们一路叽叽喳喳地正说着话，忽然，前面有两个年轻的民兵折回头跑了过来，向王大正报告：山坳拐角处有好多石梁乡的汉子手持棍棒扁担钉耙，气势汹汹地要拦截他们。走在最前面的关中瑜先生已经和石梁乡的人打起来了，由于双方人数悬殊，霞枫村已经有人被对方扭住了。

张连福一听，抓起柴刀喊着"这班狗生的，等着吾阿爸去收拾"就要冲过去，被王大正厉声喝住："张连福，你又要蛮干了！关雪桐，你赶紧整编妇女会和儿童团，绕田间小路离开。其余人，跟我走！"

当季小满和其他儿童、妇女安全回到村里的时候，没过多久，王大正队长带着铲烟大部队也安全地回到了霞枫。季小满很遗憾自己没有参加那一场"战斗",但是,从小筑哥绘声绘色的描述中,他知道了自己的关家小少爷——年轻的关中瑜先生是如何以一敌百,如何夺了人家的棍棒、扭住对方领头人、拖住对方一众人,等待王队长带领大部队赶到的,而王队长如何拔出手枪,威风凛凛地朝天鸣枪镇住了石梁的乡民,又是如何一番大义凛然的报告,将对方讲得心服口服,乖乖垂了双手,红了脸掉头回转的。

听着这一切,季小满的眼睛中就像闪出了星星,那星光一会儿直直地投向王队长,一会儿又直直地射向关先生。小小牧童心中,盖世英雄横空出世!

其实,在这一场"铲毒保卫战"里,大家忽略了另一个人物,那就是关家老大关中翰。

关家祖上曾有女儿远嫁福建闽南,福建地区的武功早在明代中期就已崭露头角。老人说,霞枫现在男女都会几手的南拳,就是从关家的福建先人家传来的。

关家南拳套路短小精悍,结构紧凑,短手连打,步法稳健,攻击勇猛,以"快拳"著称,对手经常在还没看清套路的情况下就已经败北。关家四兄弟从小练的便是这"快拳"。

这一场"铲毒保卫战",关中翰其实一开始一直跟在四弟关中瑜身后,眼观六路耳听八方,一旦发现小弟稍显一点下风,立马出手解围。在他审视斟酌了小弟和对方的较量后,便知道只要自己稍加保护,小弟应战完全没有危险。于是,他便将所有能展现小弟威武的机会都让了出来,他只有一个目的:在王队长面前,关家老四是这场"铲毒保卫战"的英雄。

他的目的达到了,四弟关中瑜成为铲毒英雄,县里召开英雄会,给发了大奖状。

那一天,当关中瑜胸佩大红花回到家中,却发现大哥的脸色比盛夏雷雨前的乌云还要黑……

第五章
遇见了天仙

1

　　不知从何时起，徐逸锦能以最轻巧而快捷的手法喂饱孩子，把孩子用布包兜在背上，然后，到柴间抱一捆阿木不知何时储备好的木柴，熬出一锅金黄的番薯汤。这一切在如今的徐逸锦手中，似乎已经可以做得行云流水，她自己都觉得有点不可思议。曾记得自己有一次回乡过年，在园子里采了带着好多个梅花苞的梅枝，回到闺房，寻出一只久置不用的空梅瓶，看着积了许多灰尘，一时唤小丫头没见答应，就拿去厨房清洗。到了厨房，瞧见母亲正指点家里的煮吃嫂做黄麂肉，忽然心血来潮，随手将洗好的梅瓶往水缸边一放，就缠着母亲说自己也要学做菜。刚一伸手，煮吃嫂就笑了："千金小姐学这个干吗？你那拿笔的手哪是拿锅铲的。夫人你看，小姐这么反着拿锅铲，一炷香的工夫都盛不起一碗粥哦！"

　　母亲说："事干*事干，要事事自己干。做姑娘时不学点，将来嫁到婆家会被嫌弃的。古书说新媳妇嫁到婆家要'洗手作羹汤'，现在不学，将来手洗得再干净，也做不了羹汤哟！"

　　徐逸锦不会知道，她为了那一个随手放在水缸边的梅瓶而折返厨房的那一瞬间，木驼六见到了这个仙女般的女子，并犯下了眩晕症。而之后，她会在木驼六那四面漏风的镬灶间洗手作羹汤。

　　看着那土灶粗铁的锅中金黄色的番薯汤，此刻的徐逸锦轻轻地摇了摇头，发出

＊事干：事情。

了一声连野猫也听不见的苦笑。

徐逸锦端了一碗番薯汤，连同怀中的儿子木醒初一同送给了西头草房里的金盈盈后，便顺手将她床头换下来的尿布、衣物收拾起来，挽着一只木鹅兜*，推开了草房的柴门，到村前那一条清澈见底的楠枫江去涤荡污垢。

刚出柴门，阳光打在徐逸锦的脸上，她觉得有点晃眼睛，便把手搭在额头上，放眼望向楠枫江。

虽说是楠枫江山水孕育出来的，但是，徐逸锦自小被父亲送往上海教会学校读书，暑假里也常在上海自家的商号里帮忙，或者外出学习钢琴，除了过年回乡做短暂停留，她其实对自己的家乡并不是特别熟悉。而当她作为一个女人，身怀六甲被怒气冲冲的父亲带回家乡时，还没缓过神来，不容她做一丝准备，命运便将一场又一场厄运砸向了她，又容不得她做一点点梳理，便成了如今这么一个手挽尿布脏衣、下水涤垢的农妇。

此刻，把眼光放向前面一大片春光中的徐逸锦忽然觉得需要将这一切梳理一下了。于是，她跨过了一大片开满紫色苜蓿的田埂。她盯着自己的双脚，小心翼翼地走在田埂上，发现田埂上长了许多毛茸茸的黄色小花。她知道这种可以吃的野花叫"棉菜"，每年清明前，自家的煮吃嫂会带着一众小丫头去田埂上采摘柔嫩的棉菜，回来在石臼里捣成汁，和上好的蒸熟的糯米捣成糯糯的糯米团，然后将长年挖来的新鲜竹笋和鲜肉、咸菜一起剁碎，再放进虾皮，包在里面，下面垫一张清香的柚子叶，上笼屉蒸熟，等到清明上坟的时候，就能吃上风味独特的棉菜饼了。

看见田埂上的棉菜花，徐逸锦忽然眼圈一红：哦，清明快到了，父亲！但是，她很快就收住了眼泪，她不想在这么大好的春光里再去想父亲或者其他亲人。穿过田埂，她走在溪流中一条长长的碇步上，走到一半，她停了下来。那一天，不知为何，这条号称"楠枫江第一长碇"上空无一人，徐逸锦把手中的木鹅兜放了下来，脱了鞋，干脆坐在了碇步上，将一双鲜藕似的小腿伸进了清清的溪水里。

毕竟还是早春，清冽的溪水让徐逸锦打了一个寒噤。但是，她并没有缩脚，而是任由溪水急急滑过自己的双腿。一些她叫不出名的小溪鱼围了过来，在她那一双白玉般雕琢出来的脚边游来游去。阳光下的水面上，一切都闪闪发光，她忍不住

---

* 木鹅兜：形似大鹅的可以手挽的圆木洗涤用具。

俯下身子，双手掬了一捧溪水，畅快地喝了一口又一口。水珠从她的指缝间掉落，跌进了溪水中，阳光下，就像一串串珍珠跌落了下来。

看了好一会儿小鱼，徐逸锦终于收回了双脚，擦干穿上鞋。她刚站起身，几只白色的水鸟啾啾叫着，划过水面，阳光下，便开出了一朵朵金灿灿耀眼的水花。如果溪边那几棵冒了新芽的溪萝树会说话，那一刻见到徐逸锦脸上闪过的笑容，一定会大声告诉路过的人们："你们看哪，那个美人儿笑了！"

可惜的是，那一刻，没有任何一个人见到这个美人儿那稍纵即逝的足以醉人的笑靥。她低下头，在清冽的溪水中，有点笨拙地涤荡干净木鹅兜里的衣物和孩子的尿布，起身缓缓地走过碇步，折返到长满小黄花的田埂上。那一刻，她的脑子里忽然跳出了那个长于武而短于文的吴越国创建者钱镠的一句名句："陌上花开，可缓缓归矣。"

一切都在春风中醒来，徐逸锦走在回茅草房的路上，忽然听见一阵"叽叽叽叽"的娇嫩叫声，她好奇地往那声音处张望，只见一个货郎挑着一个大大的竹篓，一个个黄黄的毛茸茸的小脑袋争先恐后地往外伸着，那个货郎颤悠悠地挑着担子，一边嘴里不紧不慢地吆喝："鸡崽，鸡崽，卖小鸡崽喽——"

这世间，也许生命最初的模样都能吸引住人们最柔软的目光吧，随着小鸡崽在货郎那圆扁的竹篾笼子里"叽叽叽叽"的声音，很快，阳光下，一群小媳妇、媛子儿*就被孩子们拉着，围住了那一笼毛茸茸的小鸡崽。

货郎在一棵大樟树下撂下担子，拿下草帽，从腰间扯了一条白汗巾，立在一旁擦着额头的汗，一边任由这群小媳妇和媛子儿叽叽喳喳带着孩子围着小鸡崽东看西摸。

人群中，一个十七八岁模样的媛子儿弓着身开心地挑选小鸡崽，背后一根长长的油黑粗辫子也随着那青春曼妙的身姿欢快地甩动。不经意间，她一回眸，瞥见了远远一棵乌桕树下，徐家大小姐徐逸锦亭亭玉立，分明是往这边张望着，但是双脚却没有再往前挪半步。

这媛子儿有个很文雅的名字，叫梁上燕，是徐家原来的煮吃嫂梁婶的女儿。梁婶是徐逸锦母亲毕氏从娘家陪嫁过来的，那时她还是个姑娘，后来与徐家雇的一个姓梁的割麦客好上了，却不愿意离开自己的主家大小姐，于是，这个家境贫寒的割

---

* 媛子儿：未婚姑娘的统称。

麦客就进了徐家做长年。老梁生性老实，是个值得托付的人，不仅毕氏放心，就连徐玄廊对他也很放心，出资为他们在徐家热热闹闹地办了结亲酒。

来年春天，当他们的第一个女儿出生时，请徐老爷赐名，徐老爷望着屋檐下正辛勤哺育雏儿的燕子，吟出几句白居易的诗："梁上有双燕，翩翩雄与雌。衔泥两椽间，一巢生四儿……嗯，你们梁家喜得千金，就叫梁上燕吧！"

也许是沾了老爷诗文的灵气，这个叫梁上燕的姑娘自小聪慧，长相也是分外水灵可人。徐逸锦其实仅大她四五岁，从小也拿这个燕儿当妹妹看待。可这世事变幻不是常人所能预料得到的，何况她们几个小小的媛子儿。那些日子，燕儿不知道为何那个常年不在家的大小姐忽然就回来了，还带回了一个白面书生，也不知为何忽然间成了寡妇的大小姐瞬间失去了一切，更不知道为何一夜之间自己马上要打铺盖跟着父母和弟弟妹妹们从徐家大院搬出来，回到父亲的老家去。

当老梁拖家带口回到老家后，发现家徒四壁，养活这一大家子实在是一件天大的难事。为了不让孩子挨饿，于是，他们夫妻便托人在霞枫村为大女儿燕儿找了户做油漆的人家。那油漆匠的老婆特能生，一年一个，就像藤上结瓜一样，几年就结下了一串孩子，忙不过来，到处找人帮忙，刚好，有人就将燕儿带过去替那户人家看孩子了。

回到霞枫村后，燕儿就打听主家大小姐的下落，当她发现大小姐已成为阿木叔的老婆时，惊讶之余，还是暗暗替大小姐庆幸。刚开始一段日子，她还能抽空抱着主家的孩子到孤立在村头溪边的那座茅草房看看大小姐、听听金姨娘那一唱就让她着迷的鼓词调，但没过多久，关主任就将她们召集起来，教育她们说："徐家是财主，是剥削者，你们都是被剥削者，要与她们划清界限，要当新社会的妇女同志。"

于是，与村里所有人一样，她的脚步开始在那座茅草房里绝迹。直到今天，她不经意间看见远远站在乌桕树下的大小姐，心里忽然震了一下，觉得有点尴尬。

正当梁上燕转身呆呆地将目光投向徐逸锦的时候，忽然，随着一声口哨，一个白面修身的男子手里拿着一根柳枝，蹿进了正在叽叽喳喳选鸡崽的女人堆里，嘴里嚷着"叫你挡住吾阿爸的大道"，抬起一脚，将那装满小鸡崽的竹篾笼子踢出了老远，笼里的小鸡崽"叽叽叽叽"发出了嘈杂的惊叫。女人们慌乱地抱紧自己怀里的孩子，定睛一看，原来是关家老三关中天！

货郎跳了出来,对着关中天喊道:"你做什么!为何踢我的鸡崽笼?"

关中天将手中的柳枝往货郎的肩头一压,斜着一半身子说:"吾阿爸就踢你的鸡崽笼子了,咋样?"

女人们一见是关家老三,都不敢吭声了。那货郎是个外乡人,身体不算强壮,不知道关家老三的底细,把肩膀从关中天的柳枝上抽了出来,双手握紧了手中的扁担,气氛顿时紧张了起来。

眼看着火星就要四溅,梁上燕突然跨到了两个男人中间,一手紧紧按住货郎的扁担,一边扭过头急急地对关中天说:"三少爷,人家好好卖几只小鸡崽,不碍你走道儿啊!"

正在气头上的关中天一听,也没看清是哪个,扬起手中的柳枝就要往梁上燕的一张粉脸上抽。忽然,身后传来一个声音:"这一鞭你要是能下得来,我就算你是你们关家的英雄汉!"

关中天回头一看,手中的柳枝就悬在了半空……

2

楠枫乡虽然耕读传家,但农闲时乡民好赌一直是一大陋习,"捺花会"便是其中之一。他们管"押注"不叫"押",而叫"捺",更加富有蛮力动感。楠枫的"花会"一般设"太平""银玉"等34个花神名,由花会师预先写在一个花会筒中,挂在树上。四方赌客各选一名,压上赌钱,由专人收齐送到花会坛里,交给坛主,等待开筒。押中一名"花会",投入一元便得三十元,楠枫双溪一带还流传着《花会谣》,最后一句便是"一个捺牢赔三十,哪个姐姐不爱财"。

关中天是花会场的老客,虽长得一表人才,乡间男人所有的陋习却几乎无师自通。但是,也正是因为长得一表人才,他在选女人方面倒是眼界非常高,一般乡间人认为有几分姿色的媛子儿,在他眼里都是凡物,这一点让他在占尽霞枫"蛮人"各种陋习名头的时候,还留有一点名节:关家老三不撩女色。但是殊不知,这关老三在女色前面矜持清高是有原因的,那就是自从他知道男人将来要娶妻生子的那一刻起,他就立志要娶徐家的大小姐徐逸锦为妻!越往后,他懂事了,他越发觉得,这人世间,唯有徐大小姐这样的人间仙子,才配得上他关中天的一表人才。可徐家大小姐常年不在霞枫村中,关老三的希望也越来越渺茫。为此,他曾经向自己的大哥要求,给他盘缠到大上海去,但是,大哥一口回绝,这让他很郁闷。

好在毕竟是好玩又顽劣的年纪,很快,对打作、火铳、赌博的兴趣盖过了他对徐逸锦的向往,特别是迷上捺花会以后,他大部分时间都混在花会场里。但是不久后,他敏感地发现周边的气氛渐渐不对:工作队对花会场管得越来越严了!本村的花会场已经门可罗雀,他只好到邻村去,谁知邻村的也不是藏就是躲,让人很没兴头。就像今天,"花会"才挂上,那边便传来声音:"工作队来抓赌了!"

于是,大家作鸟兽散。

他走在半路上,看见几只鸬鹚在溪边的竹排上打盹,而船夫却不见踪影,正想着可以拿这几只鸬鹚出出气,下了溪滩,刚跳上竹排,手还没够着鸬鹚,那边刚好折返的渔夫传来了一阵吼声:"关家的混小子,想偷我的鱼鹰不成?快滚,离我的鱼鹰远点儿,要是惊了我的鱼鹰捉不到鱼,明天就上你们关家要粮去!"

被渔夫骂了一通,气得关中天回到岸边,狠狠地扯了一根粗柳枝,一边走,一边见什么抽什么。抽着抽着,觉得心头还有一口闷气没出,于是,就张嘴唱了起来:"天也愁,地也愁,天愁无云难行雨,地愁五谷难丰收;穷也愁,富也愁,穷愁无银度日子,富愁他人借与偷;官也愁,民也愁,官愁上司下命令,民愁官府来揩油;农也愁,商也愁,农愁无钱来养老,商愁蚀本利难求……"

楠枫乡民自古好歌善舞,关中天的曾祖就是个唱戏的。关家祖上曾经有个名扬八百里瓯江的戏班子叫"落霞春",关中天记得他们唱的地方曲艺叫"乱弹"。这乱弹戏唱念做打,文武兼备。关中天的父亲不愿意学戏,但他爷爷在世时却强让自己的四个孙子跟着学传家戏,希望能有后世子孙传承这独一无二的戏种。但是老大关中翰和他爹一样认为唱戏是下三烂的行当,嗤之以鼻,坚决不学;老二更不喜欢这些脂粉之物;老四关中瑜生性聪慧,一点就通,但是后来关家老人见老四是块读书的料,怕耽误他日常的时间,也就没有强制他学;老三天分倒很好,但是,他只喜欢武戏,因为"乱弹"中南拳和武技兼收,一开唱便激越高昂,倒也是跟着爷爷学了几出。比如他特别喜欢唱《将军姓戚名继光》:"月光光,唱西塘,骑杉马,过杉塘。杉塘水深飞过渡,将军姓戚名继光。身骑大马背大刀,率领三军守海疆。海贼打个死翘翘,戚将军威名四海扬。"

关中天正唱着,路遇货郎挡道,看见一大帮女子叽叽喳喳,更觉得晦气,一脚踢翻了鸡崽笼,故意挑衅货郎,寻思着货郎瘦弱,想干上一架出出闷气,想不到先是被个不知好歹的小丫头压住了扁担,手中的柳枝才刚扬起打算往小丫头身上抽,接着身后传来的声音又是如此不可抗拒!

那一声并不响亮,甚至有些娇俏,但它分明就如棉布包裹着一个大石块,直直朝关中天的后背滚了过来,重重地撞击在他的后背,让他瞬间挺直了原本弯在一边的背。他震了一震,恼怒地回过头,分明看见了一张多少次入他梦中的俊脸。

"徐逸锦!"他脱口而出。

徐逸锦的祖父特别喜欢戏文。他是清末的秀才,但是不知为何,寒窗苦读却考运不济,屡试不第。他在乡里有一个诨号,叫"嘘嘘篇"。

传说徐老太爷平日饱读诗书,却并不属于天赋特别高的那种读书人,每到赋诗作词之时,他总是眉头紧锁,绞尽脑汁也半天折腾不出两句来,就像通畅的流水被闸门关住了似的。当他的文思憋到一定程度的时候,他总要到房外的道坦*里对着墙角的几株小草撒一泡尿。这一泡尿撒了以后,就像那流水的闸门忽然被打开了一般,他回到书桌前,拿起松墨往端砚上只用左磨三圈右磨三圈,便文思泉涌,落笔成章。因此,落得一个诨号叫"嘘嘘篇"。

这个以"嘘嘘篇"闻名乡里的徐老太爷特别懂得文雅,在他眼里,楠枫"落霞春"的乱弹戏就是乡村文化最风雅的代表,因此,只要徐家一有什么动静,便请"落霞春"来搭台唱戏。大概也就是在关中天七八岁的光景,当他跟着唱戏的祖父到徐家来玩耍时,第一次见到比他小不了几岁的徐家大小姐。小小的关中天不知如何形容那么一个小小的可人儿,只拉着祖父的衣角问了一句话:"爷,那个小媛子是观音菩萨跟前的女童子吗?"

而让他印象更深刻的是有一年正月初六,霞枫村中舞龙灯接财神。那一年不知为何,场面搞得特别大,乡里要选几个童男童女骑高头大马去拜祠堂,选了关中天扮演红脸绿衣的财神关公,而与他并肩而立的,是被大人们装扮成送子观音的徐逸锦。一路上,关中天不断地侧过脸来看立在他身旁的"送子观音"。

---

*道坦:院子。

那个时候，他并不知道年幼的徐大小姐是"观音菩萨"，而是觉得这就是从天上刚刚飞下凡间来的真的天仙。骏马走着走着，身旁锣鼓喧天、旗幡翻飞，关中天觉得自己的脸一阵阵发烫。如果没有油彩，估计那一刻关中天的脸色不用扮也能完全胜任关公了。从那个时刻起，他的心中就有了一个很明晰的目标：将来我要把身边的这个天仙娶到家里头！

只可惜，徐家大小姐对关中天的心思一无所知。她从来没有正眼看过关中天一眼，因为那一年开了春，刚启蒙的徐逸锦就跟着舅舅到大上海上洋学堂去了。

当鸟鸣山上绝世奇美的罂粟花成片成片地倒在千年梯田里的时候，英气勃发的关中瑜胸佩大红花从县里授奖回到霞枫的关家大院，本以为大哥关中翰会兴高采烈，想不到，却见大哥黑着一张脸。

关中瑜感觉气氛很不对，有点纳闷，转身到八仙桌边摘下胸口的大红花，发现三哥双手抱腿，蹲坐在厅前八仙桌边那张老旧的花梨太师椅上。没有多久，关中瑜听到了三哥的解释，只是略过了与徐逸锦相关的部分。事实上，昨天他与徐逸锦不期而遇，霎时，徐逸锦在霞枫高级小学大礼堂上挨批斗的场面呈现在了他眼前。

那一天，关中天无论如何也想象不到自己多年后再见到梦中的那个人，居然是脸色惨白、目光呆滞如行尸走肉一般的怀抱孩子的村妇。他觉得就像一个自己万般珍爱的完美无缺的神像被瞬间击碎，他拼尽全身力气想躬身，用双手捧起原来的美好，但是，那些美好已经被现实碾轧得粉碎，怎么捧也捧不起了。他感到自己像是被一阵雷电击中一般，他的心强烈地告诉他快离开会场，但不知为何，他的身体就是不听使唤。

当台下群众的情绪像火星冒烟一般，眼看着就要燃成明火，将台上怀抱两个孩子的徐逸锦吞噬。徐逸锦抬起了原本深深低在胸口的头，透过那一缕从额头挂下来的黑发，关中天分明看见了她一脸惊恐！

那一刻，关中天脑子一片空白，但是他的双脚已经大步往前迈。他正打算跳上台去保护这个女人和她怀中的两个婴儿，不想那一边木驼六早已经紧抓一根粗门闩，像关公紧握着他的青龙偃月刀般奔赴战场，护着徐逸锦几人杀开一条"血路"，突出了重围。

关中天再一次感觉自己被雷击中，他说不出那是一种什么样的感觉，他懊恼自己判断不出那一刻是否该保护徐逸锦，而当他打算冲上台的时候，那个救人的英雄不是他，而是木驼六！他感觉到迷茫、惶恐、痛心……所有的情绪汇总在一起，却不知道到底为什么。

那一天开始，他常常被这种不得解的痛楚困扰着，而这一次，他手执柳枝回头看见的徐逸锦，与那天礼堂台上那个如惊弓之鸟的女人，已经完全是两副模样了。

春风下、阳光中的这个女人身穿一件苎麻粗布蓝衣裳，白皙的双颊分明有淡淡的红晕，不见半点凄苦。虽然神情沉静，但眉宇间分明有一股慑人的英气。关中天心头一震：那个凡间少见的人儿又回来了！他即刻垂下了双手，默默退到一边，眼看着那些个小媳妇、媛子儿再一次围住了货郎。

女人们叽叽喳喳，小鸡崽们也叽叽喳喳。一阵嘈杂声中，他眼看着徐逸锦手挽一个金黄色的木鹅兜娉婷而去。他觉得心中那一股莫名的复杂情绪又涌了上来，垂头丧气地往独立在村头桥边的小酒馆走去。关中天的酒量并不好，但是，他居然向小二要了一大海碗的老酒汗，也没要菜，觉得口干舌燥，几口就闷下了一碗酒！

这老酒汗可不是一般的老酒，在楠枫江沿岸有着非常悠久的酿造历史。江浙一带称黄酒为"老酒"，但楠枫江两岸农家酿造的老酒汗却不是黄酒，而是以黄酒当水，一百斤优质黄酒只能蒸提酒汗一斤。简单地说，就是拿黄酒蒸馏白酒。楠枫古人把蒸馏过程中那一滴滴像汗一样滴下来的高度白酒形象地称作"老酒汗"。这老酒汗酒精度有64度，晚清时曾被列为贡品，酒质清洌醇芳，饮后香留齿颊，杯空留香。一般酒量好的汉子三杯入腹即打酒嗝，口鼻生香。

这老酒汗为何如此厉害，除了特别的酿造工艺，还有一大奥秘就是贮存方法。一般楠枫酿酒人会将蒸馏好的老酒汗装进用陶土制成的里外都上了釉的酒坛里，贮酒前会在酒坛子外面刷几层石灰水，这样就能阻止阳光直射。再把装老酒汗的酒坛子放入地下窖池，酒坛子的底部都是用高和宽均为半丈左右的长方形花岗岩垒砌成一个让酒坛子稳坐的底托，这底托里又用黄泥、石灰浆、糯米和鸡蛋清调成的糊糊填充，酒坛子就稳稳地坐在这个酒托里，然后在地窖里沉睡。储存的年份越久，这老酒汗就越好入口，但是，后劲也就越足，一般称自己能喝酒的人，二两陈年的老酒汗下去，头便晕了。

这平日里不胜酒力的关中天一海碗老酒汗下去,不多时,整个人便云遮雾罩。他不知道自己在小酒馆的饭桌上趴了多久,等醒来的时候,天色已经暗将下来。他觉得自己浑身燥热,起身扩了扩胸脯、拉了拉肩头,脚下腾云驾雾,但依旧清醒地去柜台付了酒钱。正打算离开,身旁出现一个俏丽的身影,手中拎着一把锡酒壶,正往门外走去。关中天稳住了脚步,定睛一看:这不是白天按住货郎手中扁担的梁上燕吗?

看见她,关中天的心头不知为何倏地就闪现出徐逸锦的模样来。他紧跟着梁上燕出了门,门外,人声已经渐渐稀疏,天边一弯新月,月色下前面那个青春丰硕的身段如此曼妙。

关中天不紧不慢地跟着,但是,他身体里的热量再一次往上升腾,慢慢聚集,越走越觉得燥热,整个身体仿佛要着火了。于是,在一个僻静处,他实在按捺不住心中的一团烈火,快跑几步,一把抱住曾经是徐家小丫头的梁上燕,开始动手动脚。

梁上燕吓得大叫了起来,挣扎中,关中天脚下一个不稳,带着梁上燕一起摔倒在旁边的草垛上。梁上燕趁机快速爬了起来,抄起手中的锡酒壶就朝关中天的头砸了过去,然后转身就跑。

第二天清晨,梁上燕的主家婆娘咚咚咚一阵擂门,将关家老大从睡梦中擂醒。再然后,关中翰使出浑身解数,好歹将那个婆娘打发了回去,回头威逼老三说明白事情原委。关中天对大哥说了实话,关中翰一听,就勒令老三不许出门,等着老四回到家中,商量怎么处理他所干的好事。

关中瑜听完,一脸正色地说道:"三哥,糊涂啊!果然喝酒误事,你怎么能随便轻薄妇女呢?如果传出去,那燕儿姑娘将来怎么做人?要不,你就娶了她?"

关中天一听,噌的一下从太师椅上跳了下来:"什么,你让我娶一个小丫头?怎么可能!"

关中瑜说:"三哥,现在是新社会,哪还有谁是谁的丫头?妇女也当家做主人了,男女平等。"

又回头认真地对关中翰说:"大哥,明天去问问那燕儿姑娘,她如果愿意,可以请媒婆到她家门上提亲。"

关中翰听了,眉头紧锁,脸色越发青黑,但是依旧一语不发。

正当关家兄弟三个僵在一处的时候,门外匆匆进来了儿童团团长石小筑,气喘吁吁地对关中瑜说:"关先生,王队长请你赶紧去一趟乡里,说在小垟山发现了土匪的踪迹,县里警卫队叶队长也来了!"

3

这些日子的忙碌和这几天的惊心动魄,让木驼六很难有更多的时间停留在家中。除了想尽一切办法上山砍柴,保证家里的灶头不断炊火之外,他甚至无暇顾及他的茅草房里那两个女人和两个嗷嗷待哺的孩子这几天是否吃得饱、睡得安稳。

他也没有时间思考为何工作队的同志偏偏看上了他,吩咐他去做这些那些。队里的同志对他很亲切,丝毫没有看不起他的意思,这让他也乐意接受关主任派给他的各项任务,但是,他心里却对家里的女人充满着歉疚。

自从徐逸锦和金盈盈进了木家的茅草房后,徐大小姐几乎没有和木驼六当面说过一句话,但这在木驼六看来,是很正常的。虽然如今木驼六已经正式和徐逸锦拜过天地,徐逸锦也以"木嫂"自称与木驼六对话了,但是,木驼六还是从来未曾将这个仙子般的女子与"老婆"二字等同起来。至于他们分房而眠,金盈盈的理解是:徐家大小姐的新嫁衣只能穿一天的魔咒让木驼六心有余悸。但是,木驼六是否这么想,外人就不得而知了。

别看木家现在是这般光景,祖上也是诗书传家,小时候祖父教诲的"仁义礼智信、温良恭俭让、忠孝廉耻勇"还时常响在木驼六的耳畔。在他看来,饥点寒点穷点都不是什么太对不起祖宗的事情,但是,不孝有三,无后为大。

对于女人,一开始阿木的想法是最朴实的,那就是得给木家延续香火。这么多年,他的童男之身并没有多少性的冲动。然而,当他在徐家厨房见到大小姐身披霞光、手捧梅瓶从他身边飘然而去的那一刻,他身体中一股沉睡多年的气流直冲脑门,这股气流盘旋在他的头顶心,横冲直撞,却不知从何处突围,导致了他强烈的眩晕。他很吃惊自己对女人觉醒的起点居然如此之高。那个女子?他阿木?怎么可能?

然而,命运却亲手将那个让他天旋地转的女子送给了他,并且明媒正娶拜过天地。木驼六心里一千个欢喜,他才不管人家是不是财主囡,是不是黄花闺女。但是,他还是不敢近大小姐的身。

木驼六背驼，但是心不驼，眼也不驼。随着日子的流淌，他一点点感受到大小姐对他的放松，甚至偶尔还有那么一点点亲近。比如早晨，他起床煮好番薯汤，推门送进去的时候，大小姐如果正在喂奶，也只是侧了一侧身。如果已经奶好孩子，大小姐还会伸手摘去沾在他头发上的柴草。大小姐是如此自然，但是他却觉得自己的心跳顿时加快。那些时候，他总是放下碗，匆匆转身就出了房门。

虽然关主任整天派人叫木驼六做各种辛苦活儿，但他甚至有点感谢关主任。如果不是那一场霞枫村史无前例的"诉苦大会"，谁也不会将那个威风凛凛犹如关公耍大刀的形象与他木驼六联系在一起。如果不是那天，在闹哄哄乱糟糟中，自己护着那两大两小回到自家茅草房，前几日夜里听见自己在隔壁咳嗽，大小姐是不会亲自掌灯下厨给自己煮一碗放了红糖的甜姜汤的。

木驼六端过徐逸锦递到床头的姜汤，发现大小姐看他的那一双眼睛在豆大的油灯下却如夜空中最闪亮的两颗星星。他想躲避，但是，却舍不得移开目光。

他听见大小姐对他说："被衾这么薄，你不冷吗？"

那声音就像开春时门前稳稳流过的溪流，那么清缓，却能瞬间流遍木驼六全身。

"哦哦哦，我不冷。醒初娘，你若冷，明天我去请个弹棉郎，给你弹床新棉被。"木驼六认真地看着徐逸锦说。

徐逸锦放下姜汤，转身出去关了房门，在门口，禁不住抿嘴笑了一下。

第二天，启明星还高悬在天边，木驼六就已经出了门。他没有先去工作队住处的马厩喂马，而是一溜烟跑到村中弹棉郎的家门口，咚咚咚一阵猛敲。

弹棉郎搓着惺忪的睡眼，披了件衣服开了门，不高兴地说："阿木，你发什么疯啊，这么早来敲门不说，哪有开春时节就要弹新棉胎的？要么夏天翻新旧棉被，要么秋后弹新棉胎。接下来天气马上要暖和了，现在弹新棉胎，等到了梅雨天，你打算用新棉胎储梅雨水啊？我看你真是昏头了！"

"你你你，你别管，我付钱，你做就是了！"阿木也不恼，笑着对弹棉郎说，"现在离梅雨天还早着呢。春天脸，孩儿面，说不定明天就来个倒春寒呢，你赶紧给我弹新棉胎就是！"

弹棉郎打趣道："哟，看来在财主囝身边蘸了点墨水，说起话来一套一套的了。好好，我就给你弹床新棉胎吧，你自己再包上个鸳鸯被面，包你鸳鸯戏水不早朝哦。

阿木,你有这样的桃花运,比得上戏文里唱的当年那个唐明皇喽!"

弹棉郎的话音刚落,就被弹棉嫂拿着一把竹丝篾狠狠抽了一肩头:"你个死鬼,一大早讲的个什么腌臜话!那个女人是财主囡,冻死活该,你还将人家比戏文里的杨贵妃,被关主任和工作队的同志听见,有你好果子吃!这棉胎我们不弹!"

说罢,就要将木驼六推出门外。

弹棉郎恼了:"你这老宁客*真是冤心*!财主囡是个读书人,又没有剥削你。再说她现在是木嫂,是贫下中农的老婆。古话说嫁鸡随鸡、嫁狗随狗,在家从父、出嫁从夫,她老子没了,她现在嫁了阿木,就是贫下中农!"

弹棉嫂听了,想不出别的话来反驳,只好嘟嘟囔囔地将手中的竹丝篾往地上一甩:"这床棉胎要弹你弹,我是不给你压木盘的!"

木驼六开心地说:"弹棉嫂,不用你压,牵面纱、压木盘、张棉弓的活,统统我来!"

自此往后,木驼六天不亮就起床,在忙好工作队的各项任务后,就急匆匆地赶往弹棉郎家中帮忙,虽然弹棉嫂依旧没有好脸色给他看。

弹棉郎看他来得勤,说:"阿木,明天这床棉胎弹好了,我用上好的红棉纱线在上面给你牵一个大大的红双喜!"

随着弹棉郎手中长长的弹棉弓发出咚咚咚咚的富有弹性的声音,那一朵朵跳跃的棉花,就像一朵朵明艳的春花,开在了木驼六的心中。

晌午时分,木驼六在徐秀才家的马厩边打盹。但他并没有真睡着,因为弹棉郎说,今天日落时分便可上门去取那床新棉胎了。此刻迷迷糊糊中,木驼六仿佛看见那用红棉纱牵出来的大红双喜正在雪白的新棉胎上熠熠生辉。

在木驼六的眼里,徐秀才的破房子没有比他的茅草房好到哪里去。因为家里没个婆娘,这破房子从正间到毗舍到厨房,到处乱七八糟,脏得像猪窝。马厩就更是不用说了,只剩四根旧木柱子歪歪斜斜地强撑着一个破棚盖子。但是,自从工作队住进来之后,先是工作队的同志撸起袖子,洗洗涮涮,里里外外清扫了一番,算是可以住人了。然后,工作队的同志让徐秀才在道坦围墙外用红油漆刷出了几条大

---

* 老宁客:对已婚女子不敬的统称。

* 冤心:闹心。

标语:"中华人民共和国万岁""旧社会把人变成鬼,新社会把鬼变成人"……

那些鲜红的大字似乎有一种魔力,瞬间让那座破屋罩上了一圈光芒,每天都会有人在这破房子的矮围墙前驻足,不识字的村民们会不自觉地跟着徐秀才一字一顿地朗读那些充满魅力的大红字。

没出几天,徐秀才这千年无人搭理的破房子忽然之间成了一块"风水宝地",特别是村里的老宁客们,在关主任的带领下,来徐秀才家中抢着洗衣、扫地、擦桌,不管王队长怎么说,总还有人给工作队的同志挑水、送柴禾。最后,王队长下了一个死命令,工作队的同志必须自己动手料理个人生活事务,决不允许群众代劳,不然坚决处分。这事还让霞枫村的许多进步妇女不高兴了好一阵子,但是,她们还是让家里的男人一起将徐秀才的破房子修整一新了。

木驼六在马厩边才打了一会儿盹,就被一阵声音吵醒了,抻着脖子往正间的堂前看了看。那正间的板壁上挂着党旗和毛主席像,堂前摆放着一张八仙桌,八仙桌上不仅有笔墨纸砚,还有一瓶洋墨水,那是王队长的钢笔专用的,日常王队长和工作队以及村里干部们就在这里开会、办公。

此刻,关雪桐那个在县里公安局当警卫队队长的丈夫叶繁晟匆匆来到正间堂前,不一会儿,关中瑜关先生和儿童团石小筑也匆匆到来,再然后,木驼六看见农会主席张连福带着民兵队队长也赶来了。他心中纳闷,隐隐感觉到有大事发生,正好石小筑到马厩边撒尿,禁不住问了声:"咋啦?"

"小山鸡来了!"石小筑提了裤子,扔下一句话,匆匆返回正间堂前又开会去了。

木驼六听了心里一震!这石小筑口中的"小山鸡",指的就是匪首麻阿寿!麻阿寿枪法好,脚马快,因个子矮小,又好斗殴,所以被称作"小山鸡"。他的土匪队伍扩展到一百余人后,便到处烧杀抢掠。楠枫乡里小孩哭闹时,只要说声"小山鸡来了",那些小孩就绝对不敢作声了。

木驼六急匆匆地给老马和马驹儿添了一些草料,从徐秀才家的水门飞奔而出。他没有朝村边自己家的茅草房奔去,而是径直奔向村中弹棉郎的家门——他要先取回那一床有红双喜的新棉胎!

第六章
楠枫剿匪记

这些日子白昼渐长,傍晚五点多了天还亮着,徐逸锦不断听着门外的动静:这个点了,阿木怎么还不回家?

金盈盈已经好几次推门进来,说:"锦姑娘,那菜籽头要是再热一次就黄了,豆腐热了又热,煮出窟窿来就不嫩了。"

徐逸锦知道,金盈盈的肚子早就唱起了"空城计",其实自己也很饿了。

在还没有开"诉苦大会"之前,那些喜欢听金盈盈唱鼓词曲的新媳妇、媛子儿还会趁着点空闲,背上孩子、带上手里的针线活儿,到木家的茅草房来坐上一两个时辰。

一开始,她们一般很少主动和徐逸锦直接对话。在她们的心目中,徐逸锦还是那个与她们不一样的大小姐,洋气、高贵,似乎离她们还是有十万八千里。

其实,最初她们来木家,除了本着楠枫女性善良的天性,想帮帮这两个可怜的女人外,很大程度是因为对那个从小就常年在大上海的徐逸锦大小姐充满好奇:这么一个看起来不食人间烟火的洋学生,怎么会是老辈人嘴里那种克夫又克父的扫帚星呢?而她们来到木家后,发现徐大小姐虽然云淡风轻,但是,她的笑容似乎有一种魔力,让人自然而然地被吸引过去。她们愿意亲近那淡淡的笑容,希望能听大小姐讲讲外面的世界,解答一些她们想不明白却没人给她们解答的问题。而事实上,大小姐每一次都能在她们最初小心翼翼的提问中,给出她们想要的答案,时常让她们感到在这个茅草房里、在大小姐这里，能让她们看见一个从未看到过、想到过的神奇的世界。

金盈盈也就是在她们的帮助下，成功地在木驼六赤贫的状况下，给徐逸锦张罗了一个完全合乎楠枫礼仪的婚礼，虽然那个婚礼的喜气也没能熬过一天一夜，徐逸锦的红嫁衣宿命般地没能穿到新婚的第二天早上。

这些个小媳妇和媛子儿还真诚地教会了金盈盈和徐逸锦作为女人最基本的一些生存方式，比如纺纱、织布、烧锅灶，还教她们辨别小鸡或小鸭的公母以及田边各种野菜的名字，还有如何泡黄豆、磨豆腐……

金盈盈总是偷懒，刚学个开头便开始唱曲儿，女人们喜欢听，就任由她唱。而徐逸锦则老老实实、认认真真地学习着生活的各种最基本技能。她们互为老师，相互默契，也各自欢喜。

可惜的是，没有多久，这种女人们之间的"默契"和"欢喜"因为"诉苦大会"戛然而止。虽然已嫁给木驼六做老婆，但是，徐逸锦永远还是那个楠枫第一大财主的财主囡，何况还有一个只知道唱鼓词的财主婆！木驼六用那一根粗门闩虽然暂时挡住了扑向财主婆和财主囡身上的阶级仇恨，但是，也挡住了原先那些女人在茅草房建立起来的友谊，从此，谁也不敢再往茅草房来了。

但是，今天，却有了例外。

金盈盈打开柴门一看，诧异地轻唤了一声："燕儿！"

徐逸锦闻声出来，看见倚在柴门口的梁上燕双眼红肿、神情恍惚，与昨日白天见到的那个阳光下的可人儿判若两人。

一见自己原本的主家人，梁上燕叫了一声"姨娘、小姐"后，便哇一声哭开了。

听了梁上燕的哭诉，金盈盈义愤填膺，拉起梁上燕的胳膊就说："走，我给你找他们关家要说法去！你一个黄花大闺女，凭什么任由他们欺负？这以后可怎么做人，怎么嫁人！"

"金姨，不得莽撞！"

徐逸锦挡住了金盈盈，上前把手轻轻搭在梁上燕抖动的肩头，撩起了她被泪水胡乱粘在鬓角处的几缕黑发："来，燕儿，坐！"

金盈盈很奇怪徐逸锦到底施了什么魔法，只见徐逸锦对梁上燕轻轻讲了一些她听不太懂的话，梁上燕就不哭了，然后仰起头，眼神还是困惑地问道："大小姐，男女真的能平等吗？"

金盈盈一听，也睁大了眼睛盯着徐逸锦。

徐逸锦淡淡一笑，看了梁上燕一眼，再侧脸看了金盈盈一眼，说："这要看咱们女人能不能自强了！"

送走了梁上燕，金盈盈说："阿木怎么还不回来，我饿死了，等不了了，不然一会儿阿空又吸不出奶水要咬我。这小饿死鬼上下两排都冒两颗牙了，力气可大，肚饿的时候咬他娘还真是带狠劲儿的！"

说罢，金盈盈抱着徐若空去了厨房，舀了一碗稀饭，就着几片麦麸粗饼，一口粥一口饼地吃了起来。当然，那盘已经热过两回的菜籽头开始发黄，金盈盈夹了两口就不吃了。然后，她盯着那一盘并不多的豆腐，夹了两块，觉得细腻中带点豆香，还有一丝丝甜味，实在是太好吃了，忍不住又夹了几筷子。

看看原本就不多的豆腐被她三夹两夹没剩几块了，她恋恋不舍地放下筷子，打算再喝一碗粥，因为麦麸粗饼很难咽下。她忍不住又伸出筷子夹了那盘子里的豆腐，说："豆腐啊豆腐，不是我贪嘴，是我们家阿空比醒初长得弱啊，我的奶水比醒初娘少啊，你们就体恤体恤我们娘儿俩吧！"说着，她的筷子直直往盘子中的豆腐"杀"了过去，就三两下，只剩最后一块了。

金盈盈一边盯着那块豆腐，一边对眨巴着眼睛看着自己的怀中的儿子叹了一口气，说："儿啊，都是为了你啊，以后你长大了有好吃的就留几口给你醒初外甥吧！"说完，那最后一块豆腐也落入了她的肚子。

金盈盈喝完了最后一口粥，抹了抹嘴角，有点满足，又有点心虚，探头看了看徐逸锦那边，天刚好暗下来，徐逸锦掌了灯。趁着天还没完全黑，金盈盈从镬灶间里以最快的速度，抱着儿子回了她自己的小屋。

徐逸锦再一次到门口看了看，昏暗中仍不见小石路上木驼六那个矮小的身影。她轻轻掩了柴门，裹紧了怀中的孩子，慢慢地在小路上往前走，一边走，一边对自己的举动有点纳闷：我这是怎么啦，为何会对他越来越牵挂？是这么些日子以来，他对我们母子几个竭尽所能的保护和照顾？是我觉得世事莫测，唯他可依靠，还是因为我已经和他拜了天地，是他正儿八经的婆娘……徐逸锦抬头看了看刚刚升起的启明星,叹了一口气。

忽然,只见前面一个粗粗矮矮的人影往这边移动,她觉得是木驼六,又觉得不是,因为木驼六没有那么粗大。

正疑惑着,对方已经叫她了:"醒初娘、醒初娘,你咋出来了? 天黑,小心石板路上滑!"

那一头,木驼六背着一个厚大的东西,急急地往她这边奔。

徐逸锦正要问他背的是啥,就听他说:"你看看你,天都黑了,外面又凉,冻着了你和娃咋办? 赶紧赶紧,咱回屋去!"

一边说一边腾出一只手,从后面扶着徐逸锦往家走。

徐逸锦不禁笑了:"你这背的啥?"

木驼六头也不抬:"新棉胎!"

徐逸锦说:"真做了呀! 那赶紧先吃饭!"说着就伸手拉他去了镬灶间。

拉住木驼六的那一刻,徐逸锦感觉到那一只手并不小,而且如此温暖。可是,当她看见空空的豆腐盘,有点不好意思地对木驼六说:"金姨等你很久了,大概实在饿得慌,没给你……剩下豆腐……"

木驼六说:"我没事,就是你没的吃了……哦哦,瞧我这脑袋,差点忘了!"

他转身飞奔回房,从新棉胎里掏出两个鹅蛋,又匆匆到灶间递给徐逸锦:"赶紧吃,还热的,是弹棉郎背着他婆娘塞给我的!"

徐逸锦把怀里的木醒初递给木驼六,转身去灶膛里添了把火,热了粥和已经发黄的菜籽头。端上饭桌的时候,看见木驼六把木醒初放在膝盖上,两只胳膊搂护着怀里的木醒初,腾出双手在油灯下小心翼翼地剥鹅蛋的蛋壳。

木驼六一见徐逸锦过来,不等她把盘碗放在桌上,就将手里的鹅蛋往徐逸锦的嘴里塞:"趁热吃,看你又瘦了。这段时间我被工作队叫去干这干那,都没有时间给你们娘儿几个找好吃的。不过我已经在鸟鸣山上放了野兔夹,明天去看看有没有夹到个野兔崽子。"

徐逸锦被半个鹅蛋塞住了嘴,说不出话来,但是,她的胸中渐渐升腾起一股暖流,赶紧放下盘碗,剥开另一个鹅蛋,也往木驼六的嘴边送。

木驼六说:"你吃你吃……"话还没说完,那个鹅蛋就被徐逸锦塞进了他的嘴里。那一刻，他觉得这是世界上最好吃的东西！

那一个夜晚，启明星迟迟不落，星辉下，在徐逸锦的眼中，那一床洁白的崭新的棉胎就如一朵祥云降落在她的身边。

楠枫江流域女儿的嫁妆里总少不了一床母亲亲手从纺纱、织布、扎染、缝制一条龙的被子。先是由极其复杂的地方工艺制作出一种叫"蓝夹缬"的布料，再用这种布料做成一床"夹子被"。这床"夹子被"也叫"百子被"，母亲将"夫妻恩爱、多子多福、福寿绵长"等许多美好的祝愿都缝制在这床新婚被子中。因为是闺帷之物，所以在新婚特定的时期似乎总被一种羞涩而隐晦的意蕴覆盖着。

虽然徐逸锦短短时间里成过两次亲，但是第一次带着那个外省的同学匆匆回乡，母亲来不及做任何准备，那床有象征意义的"夹子被"就更无从谈起了。而与阿木成亲，别说母亲已经不知去向，就算在她身边，那种情形，从已无完卵的徐家大院里被扫地出门，哪还有什么东西让自己带得出来呢？何况她与阿木各处一室，哪能想到"夹子被"这种充满特殊意味的风情物件呢？

但是，这个晚上，看着这一床崭新的棉胎，发现上面那个大大的用几根红棉纱牵出来的红双喜，徐逸锦觉得已经足够活色生香，有没有"夹子被"已经不重要了。她舍不得将那床新棉胎铺开来，就让它憨憨地可爱地卷着，因为那样，那个红双喜就能刚好匍匐在棉胎最上层的正中央。那个夜晚，徐逸锦和儿子木醒初紧紧挨着那一床新棉胎，睡得特别安稳。

一觉到天亮，徐逸锦醒来，发现木驼六又不见了。

此刻，木驼六怀揣昨晚剩下来的两个麦麸粗饼，扛着一把火铳，早早上鸟鸣山梯田深处茂密的树林子里去了。

从鸟鸣山半山腰的梯田往大山里面走，再爬一段山岭，便能到鸟鸣山草木最繁茂的地方。据说前几年虎豹野猪常出没，如果没有武器傍身，一般人是不敢往林子深处走去的。木驼六也只是在靠山岭石阶边的草丛里放上铁夹子，专门捕捉野兔山鸡之类的小东西。因为鸟鸣山人迹罕至，山岭古道旁边的草丛也特别深厚。木驼六将火铳往身后一背，挥着手中的一把柴刀，一边斫草一边往前走，没多久，就发现自己前天放的铁夹子上真的夹着了一只野兔子。木驼六欣喜万分，正打算向那野兔扑过去，忽然，听见山岭上传来一阵匆匆的脚步声，夹带着一些外地口音，那声音焦灼中带着些粗暴。木驼六赶紧把火铳抱在胸前，躲进了草丛里。

这草丛外的石阶旁有一座年久失修的凉亭，他刚藏好身，那亭子里就来了二十来个大汉，随身带着各式各样的武器，有棍棒、马刀、棒头枪、双叉等。衣服也各式各样，不兵不民，木驼六看不出他们到底是什么人，倒有点像戏文里的绿林大盗。

木驼六侧耳只听那些人叽里呱啦地讲着话，可他大部分听不懂。他很费力地伏在草丛里，隐隐看见那凉亭里的汉子们喝水、吃干粮，不时还有人给其中一个身形矮小但非常精悍的人递吃的拿喝的，神情很是恭敬。

那么嘈杂的话语中，木驼六不断地听到他们称呼那个小个子为"司令"，直到他听到一句"麻司令"的时候，忽然心头一震：哎呀，麻阿寿？小山鸡！

那一刻，阿木双手紧紧地握着那把火铳，将身子更深地贴在草丛里，大气也不敢出。

大约躲了不到半个时辰，那群人拥着小山鸡离开旧凉亭，继续赶路。

直到他们消失在山岭古道的尽头，木驼六才从草丛中迈出麻木了的双腿，走之前，还不忘回头去铁夹子上取了那只早已不能动弹的野兔子，慌里慌张地下了山岭。

这个夜晚，金盈盈很是欢愉地吃了一顿野兔子肉。在那张缺了半只桌脚、用一块砖头才能垫平稳的几乎已经看不出油漆颜色的八仙桌前，她看见徐逸锦用一只和八仙桌差不多暗旧的锡制酒壶温了一壶老酒。她有点惊讶家中怎么还有老酒，当然这个她不感兴趣，因为她滴酒不沾。她全然记不得今天是她的"女婿"木驼六36岁的生日，因为这张餐桌上根本不可能有长寿面，尽管当初木驼六那远道而来的姆爷上门提亲的时候已经给过她木驼六的生辰八字，她也不知道那一张红纸后来被细心的锦姑娘收了起来。此刻她所有的注意力全部集中在桌上那一大盆野兔子肉上，在喝完最后一口兔肉汤后，她对自己今晚的奶水量很有信心了，于是心满意足地抱着徐若空早早回房歇息去了。

镬灶间的灰塘缸里还埋着几个番薯，带着火星的柴草灰在慢慢地烤着它们，渐渐地，空气里弥漫着番薯被渐渐烤熟的香甜气息。八仙桌旁的小摇篮里，木醒初在这香甜的气味里也睡得甜甜的。油灯有点昏暗，看不出木驼六的脸色已经发红。他站起身，拿起筷子在那个蓝边的大粗海碗里扒拉了几下，找出一块像样一点的兔肉夹到徐逸锦的碗里,一边嘟囔着:"腿上的腱子肉都让金姨给吃光了!"

徐逸锦笑了笑:"我吃饱了,来,再喝一杯。"说着,又给木驼六满上了一杯酒。

木驼六忽然起身,身子有点晃,但还是很快控制住,去找了另一个杯子来,也倒了一杯酒,递到徐逸锦跟前。

"阿木,孩子要吃奶呢!"徐逸锦道。

"嗯嗯嗯,就一杯,好吗?"

看着菜籽油油灯下阿木熠熠闪光的一双眼睛,徐逸锦接过了酒杯。

木驼六说:"以前听我娘说算命先生给我算过,说36岁本命年会有个大坎。如今,我有你,有儿子,每天干活都很有劲儿,还想得起啥坎不坎的。自从娘不在了,连我自己都想不起自己是哪天生的,你居然能记得起来,我……我……我木天轩真是八辈子修来的福啊!"

徐逸锦一听,一仰头将那一杯酒干了,双眼看着手中的酒杯说:"如果没有你,我们娘儿几个现在还不知道在哪里呢。"

菜籽油的油灯快燃尽的时候,阿木晃了晃酒壶,咧嘴对徐逸锦笑了笑:"空了!你喝了酒,明天我的醒初会不会醉奶啊?哈哈。"

徐逸锦被他逗笑了,她惊讶于自己今晚的荒唐:怎么可以喝酒!但是又觉得是如此释怀:终于喝了酒!

她觉得心跳得有点快,以至于拿油灯的手有点抖。她拿灯照着木驼六,一手轻扶他的手臂。木驼六抱着甜睡中的木醒初,跨出镬灶间的门槛,来到徐逸锦的睡房。刚把孩子放下,那油灯就灭了。但是,在透过木窗映照进来的月色下,木驼六依旧看见了那一床叠得四四方方的新棉胎。他轻轻打开了那一床新棉胎,顿时,月色下,一团祥云出现在两人眼前。

木驼六忍不住伸手去摸了摸那个浮在"云"中的红双喜,但是很快,他就缩回了手,起身往门外走去。只听见身后一声轻唤:"木天轩,别走!"

顿时,木驼六觉得一股热血涌上心头,他猛地转身就紧紧将徐逸锦抱住了!他感觉得到徐逸锦浑身打战,那带着一丝酒气的呼吸哈到他的脸上,竟是如此香甜!

木驼六手脚一阵忙乱,在徐逸锦身上猛然摸索,终于抓住了那一对他无数次在梦中见到的"寿桃奶"!热血继续往上涌,他用身体推着徐逸锦急急往床边走。

徐逸锦以最快的速度伸手从身后扯过那一床新棉胎,于是,木天轩与徐逸锦就这样坠落在那一大朵天外来的"祥云"中……

2

东方的启明星已经高高升起。自从工作队进村后,每天这个点,木驼六早早就已经起床了。但是,如今的他,每天只恨夜太短。在那床如祥云般的新棉胎里,木驼六已经掉进了一个妙不可言的温柔乡,他甚至觉得自己的福气堪比帝王,他常常在脑子里蹦出戏文里听来的一句诗:"春宵苦短日高起,从此君王不早朝。"

当金盈盈第一次发现木驼六清晨从徐逸锦房间出来的时候,吃了不小的一惊。渐渐地,她发现徐逸锦的脸色越来越红润,眉宇间那一丝丝欢愉渐渐扩散开来,先是那一双眼睛经常呈弯月形,然后,金盈盈感觉到那个身形越发轻盈,阴霾似乎被徐逸锦身上散发出来的这些明丽的感觉一点一点驱散了。

毕竟是过来人,见阿木和锦姑娘每天春风满面,金盈盈的心绪越发复杂。她高兴,但不知道是替阿木高兴还是替锦姑娘高兴;她惆怅,也弄不清楚到底是为锦姑娘惆怅还是为自己惆怅。她一直习惯锦姑娘和阿木分房而眠的事实,如今忽然变化,她一下子对这一段姻缘理不出个头绪来,于是,她只好以张口就来的歌谣表达自己的某种情绪。

早上见阿木烧火、锦姑娘煮汤,她便抱着徐若空,倚靠着镬灶间的门框,有一句没一句地唱道:"并蒂莲开花一枝,结个姻缘共枕栖。你有情来我有意,海枯石烂永勿离。"

入夜,看着星星闪烁,她便端一把竹椅,坐在道坦里,摇着膝上的徐若空,轻一声重一声地哼着:"天上星星对星星,哥哥吹笛妹接音。一曲青山绿水美,哥哥妹妹心相近。"

有时候半夜了,翻云覆雨后的木驼六和徐逸锦还能听见那屋的金盈盈长一声短一声地从一更天唱到五更天:"一更起来看看天,布帐铜钩分两边,布帐还有铜钩伴,小妹无郎难得眠。二更起来看看天,妹妹绣鞋放两边,绣鞋还有丝袜伴,小妹无郎难早眠。三更起来看看天,蜡烛放在灯台边,灯台还有蜡烛伴,小妹无郎难成眠。

四更起来看看天，金钗放在妆台前，金钗还有手镯伴，小妹无郎难深眠。五更起来看看天，月光西挂在天边，月光还有星天伴，小妹无郎难安眠。"

但是今天早上，金盈盈的《五更思春谣》还没唱到第四更，一阵激烈的呼喊声就从村子中传了出来。紧接着，只听得仓促杂乱的脚步声、女人孩子的哭喊声、火篾的噼啪声、汉子们的叫喊声一起涌入了木驼六孤立在村头的茅草房里。

木驼六跳了起来，在黑暗中摸了火铳，徐逸锦抱起孩子，领着慌成一团的金盈盈往堆满柴禾的柴仓里躲，木驼六则紧握火铳守在堂前。

他侧耳倾听，不一会儿，便听见张连福一边跑一边叫："王队长、王队长，土匪们往鸟鸣山的方向跑了！"

"同志们，小山鸡诡计多端，鸟鸣山树木繁茂，天还黑，他们在暗咱们在明，为防止出更大意外，暂停追捕！"

木驼六听出追到门口说话的是工作队的王队长。

"队长，你左手边就是农民木驼六的家。茅草房前面溪水里那一个连一个立在水中的方石块，就是号称三百里楠枫江最长的碇步，外人要进村，除了从风水树下小酒馆前面那条石桥上过，另外唯一的途径就是走水路从这条长碇步过来了。我建议咱们现在进木驼六的家中跟他商量一下，这里得设立一个据点。"

木驼六听出那是小学堂关中瑜先生说的话。

不一会儿，木驼六便听见张连福用力地敲响了他的柴门。

木驼六做梦也没有想到，他的茅草房会与一场载入史册的战斗联系在一起，成了这一场艰苦卓绝的"楠枫剿匪记"的战略要地。

那个凌晨，是小山鸡匪部从外县流窜到嘉宁县境内第一次进入霞枫村抢劫。木驼六暗自懊悔自己没有觉悟，那天下山后只顾着炖好野兔子给家里的女人孩子吃，而没有当即向工作队王队长或者警卫队叶队长汇报。但他又一想，那个晚上如果汇报了这事，那新棉胎里的好事也就难说了呀……

事已至此，他便暗自下定决心，把那一段山上的遭遇埋在心中，不再声张。于是，当张连福敲他家的柴门时，他以最快速度打开门，将王队长和关先生他们迎了进来，爽快地答应将他的茅草房当成剿匪的一个据点。但很快，他就后悔了。

他向王队长讲述了自己家的特殊情况，问王队长自家的两个女人和两个孩子如何安置。王队长和关先生商量了一下，说："这样吧，你让家里的女人孩子收拾一下，我们工作队和你们家的女人换一下地儿，这些日子你家的女人带孩子到徐秀才家去住，工作队的同志暂借你家作为据点。县里公安局已经由张局长亲自带队，和叶繁晟队长在赶来的路上，即刻就到，他们也会分头驻扎在四周村边的农户家中。"

木驼六环顾了一下院子里的人，发现关家老三关中天也在，他有点诧异，但又觉得很正常。像这种非同寻常的场面和时刻，关中天必定会在。但是，木驼六不知道他到底是以什么身份出现，儿童团团员吗？

木驼六佩服地看着王队长一只手按在腰间那把手枪的枪套上，一边有条不紊地布置着战斗任务。那一刻，他觉得手握火铳的自己也是这战斗队伍中的一员，一股自豪感在胸中升腾而起……

霞枫村外西边的溪流上，那一条据说建于清咸丰三年(1853)的长碇步曾经是霞枫村民外出的唯一通道。但是，自从在村东头的楠枫江上架了一座石桥之后，这碇步便成为农人外出到对岸鸟鸣山方向农耕的捷径。

从木驼六的茅草房出来，先行一大段块石铺就的小路，至埠头才到碇步。这条碇步南北走向，全长有一百多米，石磴216步，每步石磴的两侧用抱石斜撑，每隔六七个石磴旁增设一磴，称为"子碇"，以便行人交会。村中乡邻懂得礼让三分，见有慌急者跑来，抑或老人过碇步，大家不约而同都要先在子碇上等待。

此刻，关家老三关中天作为木驼六茅草房剿匪据点的重要侦察员之一，他的任务是日夜守候在茅草房，观察前方碇步的过往行人以及外界的风吹草动。

对于这楠枫最长的碇步，关中天是再熟悉不过了。从小到大，他经常在上面飞奔雀跃，以此来消耗他过剩的精力。他也没少在这碇步上捣蛋，每天早课前，他总会带领几个调皮鬼跑到碇步头，等候对岸邻村跨碇步过溪来霞枫小学堂上学的女学生。见她们走近了，关中天便带领早早脱了鞋、挽起裤脚的调皮蛋们踩进溪水中，用双手掬水猛地向她们身上泼。女生们站在碇步上进退不得，便会哭骂起来，直到村中学堂上课的钟声急促传来，关中天才带着一群猴孩子一哄而散……

当然，只知道捣蛋恶作剧的关中天是顾及不到这碇步之美的。夏季暴雨后发大水时，碇步旁的水色、水势瞬息多变，犹如浪淘珠玑，雪卷千堆，霎时变成"弧流"

一线，气势磅礴。如果山洪暴发，水再大时，楠枫江便浊浪滔天，碇步完全淹没于一片汪洋之中……每当这个时候，关中天总能看到他心目中的英雄好汉，那就是他的祖公爷爷，凭借一身功夫，照常探水过碇，如履平地。

关中天在木驼六的茅草房里和儿童团团长石小筑以及其他民兵已经守候了几天几夜，不见小山鸡匪部动静。今天一早醒来，发现下雨了，雨越下越大，前面的溪水也飞快上涨。关中天感觉不是很对，但又一下子不知道哪里不对。还没到午饭时间，他不断地到路边张望，因为这些日子以来，让他感觉到很意外的是，来给他们送饭的居然是梁上燕！月夜下自己醉酒后干的那桩荒唐事，现在想起来还让他后悔万分，他一直想找机会给燕儿姑娘道个歉，又不确定她对自己是个什么态度。

其实，梁上燕自从那晚与大小姐聊过后，就被她说的女人要自立的新鲜道理震撼了，根本无暇去想关中天以及那些糟心事。后来关主任开始组织村里的妇女给几个侦察点的同志做饭送吃，她毫不犹豫就参加了后勤队。每天送餐到茅草屋时，看到关中天的身影，她也视而不见。

午间，雨越下越大，梁上燕送完饭后，戴起一个大斗笠打算回去，刚走入道坦，关中天就在她身后为她打了一把大大的油纸伞，并深深地看了她一眼，欲言又止。

梁上燕接过伞，径直出了柴门，结果不到两分钟就传来了她凄厉的哭喊声："救命啊！"

屋内关中天和县里派下来的公安同志以及民兵们抓起枪就往屋外冲，只见大雨中的埠头，梁上燕被两个凶悍的汉子劫持着，一路往水边的碇步拖去。

关中天大喊："放开她，放开她！"

由于水流已经没过了碇步，越来越湍急，对方似乎有点犹豫，但还是拖着梁上燕，打算强行过水，并抬起另一只举着驳壳枪的手，往关中天这边就是一枪！

第一枪没打中，仓促间，梁上燕挣脱了他，开始往回跑。另一个拿长枪的汉子也举起枪，冲着她的背影就开了火，霎时，梁上燕就倒在了血泊中！

公安的同志和民兵们一阵火力，长枪汉子很快毙命，那个"驳壳枪"也倒在了埠头的鹅卵石上，但他只是受了轻伤，被活捉了。

原来，小山鸡的武装第一次进霞枫村抢劫失败后，一直躲在鸟鸣山中不敢轻举妄动。由于人数较多，熬了几天，已经断粮断炊了，于是小山鸡就趁下雨派这两人下山来探探虚实,摸摸路径,打算再发起一次武装抢劫。

想不到这两人过了碇步一上岸就遇到从茅草房送饭出来的梁上燕,便将这女子绑了,打算探探村中解放军的情况。但是他们没有想到,遇到的竟是如此烈性胆大的一个女子!等王大正和叶繁晟赶到,梁上燕已经在关中天怀里没了气息!

王大正立即布置上山剿匪事宜,关中天睁大一双血红的眼睛说:"队长,给我一支枪,我要报仇!"

接着又吼:"没枪是吧?我有,我借木叔的火铳!队长、姐夫,我要当解放军。让我去,我一定要报仇!"

深夜,县公安局的张局长对那个俘虏进行了强大的政策攻心。终于,天还没有亮,在那个俘虏的带领下,剿匪突击队跨过被大水漫过的水碇步,快速往鸟鸣山出发。队伍中,多了手握火铳的关中天和木驼六!

3

为这一场非同寻常的剿匪战斗,张局长已经等了好久了!他一直密切关注号称"杀人魔王"的小山鸡匪帮的动向,这一次,当他接报小山鸡残部在霞枫村长碇步埠头发生的事件后,就飞速赶来,与王队长、叶队长火速制订剿匪计划,奔在队伍的前头,越过碇步,直冲对岸的鸟鸣山!

为了追歼小山鸡及其麾下各小股流窜的土匪,张局长他们已经花了前后一年多的时间,一方面发动群众,喊出了"活捉小山鸡,立功上杭州""消灭小山鸡,农民好分田"等口号,一方面和各地干部一起做土匪家属的工作,还在上海找到了小山鸡的勤务兵,切断了小山鸡的后援。

经过数次围剿,情报传来,如今小山鸡的身边只剩不多的几十个匪徒。但越是这个时候,小山鸡越是穷凶极恶,没么好对付。怕刚刚被王队长策反的俘虏不靠谱,因此,特意请熟悉鸟鸣山地形、火铳枪法又好的木驼六当向导。

雨已经停了,在天刚刚亮的时候,剿匪部队抵达上次木驼六遭遇土匪的那个破凉亭。

木驼六手握火铳,和石小筑、张连福押着俘虏走在队伍的最前头。

一路上，关中天红着双眼几次冲到前面，想给那个俘虏一火铳，但是都被张局长拉住，示意他冷静，小声但是非常严肃地跟他讲剿匪的重大意义，讲对家国仇恨的理解，讲共产党对待俘虏的政策，讲参加革命的伟大意义等。终于，关中天冷静了下来，但是他强烈要求加入共产党的队伍，张局长赞赏地点了点头。

走在队伍前头的木驼六听了张局长的话，心里也觉得热血沸腾，但是，他并没有像关中天那样，提出要加入共产党的队伍，因为他觉得自己这辈子的好日子才开头。他白天辛勤劳作，知道要凭自己这和常人不一样的身形获得养活目前一家五口的口粮，那得付出比常人多得多的辛劳；夜里他虽贪恋徐逸锦的身体，但远远高于他在身体上得到的满足的，是那个曾经让他看一眼就犯眩晕病的大小姐给他带来的平等感。他觉得以前那个与徐逸锦成亲又丧身虎口的白面书生只是他木驼六的化身，他才是那个人的魂，如今只是化为原形回到徐逸锦身边而已，他们的心灵是平等的，徐逸锦就是前世老天已经安排好馈赠给他的最好的珍宝。如今，他怎么会舍得放下这修炼千年才能得到的稀世珍宝而去参军呢？

想到这一些，木驼六忽然有点懊悔自己今天上山当向导这件事。

正当他心绪有点恍惚的时候，关中天报告说凉亭里发现了地上有一些刚擦过但因受潮未燃着的火柴棒，还有几个干粮袋。

那个俘虏一看，说："是他们！"

再往上冲了一段，到了一个沙质的平坑。这是鸟鸣山最奇特的一块，其上有一个早已荒芜的龙王庙。木驼六猛然发现地面有脚印，但是搜了两圈，这脚印却断在龙王庙的门口，不知道通往哪里。俘虏交代说小山鸡诡计多端，一定是他带着土匪倒退着走路，起点、终点的痕迹都用树枝抹去了。

那边，王队长报告张局长："庙里有余火，还有个空弹壳！火星还很旺，说明土匪刚离去。"

"追！"张局长一声令下，剿匪队伍急起直追。

果然，没追出多久，队伍便遭到土匪的伏击。

霎时间，枪声密集，剿匪勇士们在民兵的配合下，利用熟悉的地形，很快将敌匪逼进了包围圈，用六挺轻机枪和冲锋枪对敌匪进行猛烈射击，一边打一边高声喊话："缴枪不杀，优待俘虏！放下武器，将功补过！"

很快，敌匪大部被歼灭，剩下大概只有四五个人还在负隅顽抗。

"报告首长，那个戴金链子的就是小山鸡！"忽然，俘虏在旁边叫了一声，张局长抓过一把冲锋枪对着目标猛烈扫射，击中小山鸡的脚踝，剩下的几个土匪拥着小山鸡火速撤退。

剿匪部队乘胜追击，但是，由于一夜大雨，山路泥泞，他们的鞋子与泥巴粘在了一起，走路很费力气。为了防止掉队，政委出身的王队长不断给大伙儿鼓劲。

在快到鸟鸣山山顶的时候，大家还没有搜索到小山鸡的踪迹，张局长命令大家就地休息。

木驼六尿急，放下火铳到旁边茂密的茅草丛中打算小解。忽然，他发现了草丛里的血迹，即刻惊骇大叫："首长，首长，有血迹，有敌情！"

话音刚落，砰一声枪响，一颗子弹迎面而来，木驼六扬起那只六个手指头的手倒下了！这个毫无战斗经验、带着对娇妻弱子以及刚开始的美好生活无限眷恋的农民木天轩，倒在了他人生第三个本命年的坎上，那个曾经如关云长一样势不可当却又驼背的矮小身体挣扎了几下，再也没能重新站起来！

张局长在木驼六发出惊叫的那一瞬间，抓起冲锋枪就冲了过来。在一串火力从张局长的冲锋枪中猛然射出的同时，一颗罪恶的子弹也射向了他。这位身经百战的战斗英雄扑通一声倒在了木驼六的身旁，同样没能重新站起来！

"张局长——"随着王队长、叶队长等人悲怆的怒吼，雷鸣电闪般的火力集中发动，躲在草丛中的几个土匪一个也没窜逃出来。

身负重伤的小山鸡被怒火中烧的关中天一枪送上了西天，而击毙他用的正是那杆关中天从木驼六手中借来的锃亮的火铳。

昨天的雨不小，似乎将这几天的阴霾一扫而空，天空分外澄碧。这几天借住在徐秀才家中的徐逸锦早早起床点上火，在镬灶里煨了番薯汤，转身在睡在另一张床的金盈盈的床沿敲了敲："昨晚阿空有没有尿床呀？今儿天好，趁日头亮堂，咱回家将道坦扫扫干净。要换季了，也将被褥床单都搬出来涮涮晒晒吧。"

喊了几声，那床的阿空都咿咿呀呀答应姐姐了，可是金盈盈却没有动静。徐逸锦知道她又犯懒病了，回头对绑在自己身后的儿子笑道："阿初啊，你看，你姨婆昨晚吃酒了吧,咋又犯酒困了呀?"

床里头的金盈盈立马接嘴道:"我可不知道那间破草屋里还藏着几坛子好酒咧,要吃,也轮不到我这个孤老婆子,还不是你们小夫妻嘴对嘴吃了滚棉胎去啊!"

徐逸锦听了,脸一红,不再搭理她。阿空哭闹了起来,金盈盈这才懒洋洋地起了身。不多久,她俩就各自抱着孩子回到了村头溪边的茅草房。

徐逸锦很吃惊,房内居然没有一个人。又不知为何,木醒初一进柴门就哇哇大哭,怎么也哄不停。徐逸锦检查了半天,也没发现儿子发烧或者被虫子叮咬,只好将儿子交给金盈盈,自己一个人手脚笨拙地撑开那竹子做的"水架绷",从屋内搬出了那床新棉胎,费力地将它架了上去。

看着阳光下熠熠闪光的红双喜,徐逸锦将脸贴紧棉胎,心跳忽然加快了起来,脸也越发红了。她寻思着,这些日子想办法腾出时间,一定要学着织一段苎麻布,然后请人印上蓝夹缬,自己给自己做一床百子被,先练练手,学会了,将来如果老天有眼,能让她给阿木生个女儿,也要亲手给女儿准备百子被。

木醒初一直在哭,没有停歇的意思。徐逸锦晒好棉胎,面对哭个不停的儿子,有点无奈,又觉得有点莫名其妙,直到木驼六的尸体被抬回他的茅草房。

闻讯后,金盈盈惊叫了一声,旋即哭喊着扑向了徐逸锦:"我苦命的锦姑娘啊!"

徐逸锦整个人如同石化了一般杵在那里,有点缓不过神来。她只看见王队长的嘴巴一张一翕的,就像一条离开水的鱼在空气中张合。她没有听见王队长嘴巴里发出的任何声音,她觉得这个世界静止了,眼前的一切都冒着星星,没有多久,她便瘫软在道坦的石头地上。

在徐逸锦昏厥的时间里,金盈盈呼天抢地:"我苦命的女婿呀,你睁眼看看! 你就这么走了,你睁眼看看我们啊! 你就这么走了,我们孤儿寡母四个该怎么活呀! 我苦命的姑娘啊! 我苦命的儿呀! 我苦命的外孙子! 皇天哪,我的命怎恁苦啊!"

王队长不知该如何安慰金盈盈,他也没有更多的时间去思考,因为,他得立马和叶繁晟队长带着张局长的遗体赶到县里去处理张局长的后事。这边的事情,他只能交代给匆匆赶来的关中瑜和关雪桐了。

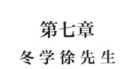

第七章
冬学徐先生

说来也怪，自从木驼六的尸体停在阳光下的道坦的那一刻起，徐若空和木醒初这对同岁的舅甥几乎一夜之间长大了，从此很少哭闹。

金盈盈很害怕，她不知道那一天徐逸锦在醒来后，关雪桐和关中瑜对她说了一些什么。之后，关中瑜经常来，一来就进屋对徐逸锦讲很多话，说要给木驼六争取一个"战斗英雄"的称号。虽然如此，金盈盈还是再也没见徐逸锦笑过，她感觉那个行尸走肉般的锦姑娘又回来了！但是，与她的第一次新婚丧夫，到丧父失母，再到她们进入这间茅草房时的沉默不同，这一回，锦姑娘的眼睛里已经变得空无一物。

徐逸锦在床上躺了整整两天，第三天便起身了，把木醒初交给金盈盈，第一时间盘点了家里所有贮存的能吃的食物，然后找出木驼六留下来的所有农具，开始狠命地干活。她到后山挖竹笋、到溪里摸螺蛳、去田间地头采野菜……

金盈盈不知道徐大小姐一夜之间是如何学会这些的，她只知道锦姑娘拼了命将山间、地里、水中能搜集到的所有食材全部搜集过来往家里搬。她不敢说话，只有尽职尽责地带好两个孩子，看着徐逸锦像个木头人一样里里外外忙碌着，一刻也不得歇。

有一天傍晚，天快擦黑了还等不到徐逸锦回来，两个孩子饿得忍不住，开始哭闹。金盈盈一边哄一边不断地往柴门外张望，实在哄不住，转身想去镬灶间看看有什么可以给俩娃垫一垫的。刚一出房门，只听见柴门口咚的一声，她吓了一大跳，畏畏缩缩地摸出去一看，是徐逸锦背着一袋番薯丝，仰身躺在柴门口。

金盈盈拼尽全力将徐逸锦扶起来，徐逸锦护着肚子说："今天挖了一袋竹笋，去村外换了这一大袋番薯丝来，加上家里存的那些，够咱吃十天半个月了。我肚子里有孩子了，这几天让我歇歇，歇息足了，再想办法弄下半个月的。"

"什么？你有喜了？这这这，你咋不说？你这身子，这万一……哎呀，皇天哪，我那苦命的阿木女婿啊……"

"别哭了，哭能填饱肚子？你快去墙头南瓜藤上摘一把南瓜叶，把早上喝剩的那点粟粉糊糊再加点水放锅里煮一煮，我这是饿的，头晕得厉害！"

看着徐逸锦纸一样煞白的脸色，金盈盈赶紧连跑带跳地去后院墙撸南瓜叶，一边撸叶子，一边嘟囔着："这阿木留下骨肉了，老天也算有眼。可是，眼下这四口都不知道该怎么活下去，要是再添一口，可怎么养得活呀！"

捧着那个蓝边的大粗碗，徐逸锦一口气喝了两碗南瓜叶子汤。放下碗，她觉得饱腹感是此刻最满足的感觉。她全然不顾金盈盈看着她喝汤时那充满忧愁的眼神，什么也不想，只用心体会肚子里那个小生命传递给她微弱而又顽强的信号：活下去，活下去，一定要活下去！

徐逸锦觉得这些日子，自己的肚子里简直住了一只觅不到食物的饿虎。傍晚两碗满满的南瓜叶汤喝下去，不到二更天，肚子便全空了，咕噜噜将自己叫醒。她努力想了想镬灶间还有什么吃的没有，忽然听见金盈盈也没睡着，她在隔壁幽幽地唱着《哭七七调》："一七当来哭哀哀，二七当来见思量，三七当来做道场，四七当来观香台，五七当来送钟台，六七当来见阎王，七七当来祭灵牌。手拿红被待郎来，思思量量哭一场。盼望奴夫活转来，小妹祭夫去烧香。不见吾郎伴奴来，守守亲夫面皮黄……"

金盈盈的声音哀哀弱弱的，再往后的夜里，她唱得更弱了，因为她实在饿得没有力气了。这段日子，她几乎尝遍了她说不出名字的野菜，每当徐逸锦指着碗里的野菜告诉她那叫"野箕头"，这叫"打碗花"，还有那一碗叫"秋风丝"的时候，她总是叹一口气，鼓足勇气举起筷子，将那些她看来都一样的野菜往嘴里送，因为她要留下仅有的那点番薯或者芋头给徐若空和木醒初吃。她每吃一顿野菜，就会问徐逸锦："锦姑娘，这野菜咱们能吃到头吗？"

日子就这样过着,直到有一天,柴门外传来了喊声:"金盈盈,金盈盈在家吗?"

金盈盈探头一看,是季小满和小学堂的关先生来了。她很困惑地看看徐逸锦,在徐逸锦的示意下,迎了关先生进了道坦。

如今,儿童团团员季小满早已是楠枫高级小学的一名小学生,虽然他比别的同学高出了一大截,却并不妨碍他在田字格里一横一竖认认真真地学写字。只是他觉得这些字比村前溪中的小溪鱼和小溪虾灵活多了,左右都很难弄,先生说"横平竖直",而他总是横不平竖不直,写得歪歪扭扭。还有算术课上的加减乘除,真的比吹短笛不知道要难上多少倍。什么难懂的曲子,只要他一听,就能在那支随身携带的短笛中吹出来,但是,这加减乘除,真是比吹一出戏文还难哪!

季小满有一个别人都不知道的"知音",那就是金盈盈。在去关家做活前,小满的母亲方婶是在徐家煮饭的,季小满就出生在徐家大宅的镬灶间。那一日,他那做煮吃嫂的姆妈还在灶头做饭,忽然肚子疼了,还没迈出镬灶间的门槛,季小满就掉了下来,那一天刚好是小满时节,因此就取名为季小满。

季小满牙牙学语的时候,正是金盈盈成为徐家姨娘的时候。那时候金盈盈还没见喜,看见养得肥嘟嘟的季小满很是喜欢,成天跑镬灶间逗季小满玩乐,常被大娘徐夫人苛责:"主子没个主子的样,常往下人房里跑成个什么样子! 难道也想当个杨排风不成?"

金盈盈一只耳朵进一只耳朵出,全把大娘的话当耳边风,还是三天两头往镬灶间跑。每次她抱起季小满,对着他那红扑扑的小圆脸唱小曲的时候,季小满那圆溜溜的大眼睛盯着她就不动了。方婶一边做事一边打趣:"这碎细儿长大了肯定是个'厚佬',看着好看的新媳妇小媛子,眼珠子就要掉出眼眶了,脸皮真是够厚的!"

楠枫人将色眯眯、脸皮厚的人形象地称为"厚佬"或者"厚皮佬",而金盈盈却对这个"小厚佬"着实喜欢,"小厚佬"也是在金盈盈成天的小曲儿声中长大的。方婶说季家上溯几代人都五音不全,怎么生个季小满却张嘴能唱,闭口能吹,兴许前辈子是金盈盈的儿子,投胎投错了,投到她怀里来了。金盈盈后来有了喜,都觉得是这"小厚佬"给她带来的运气,只可惜这运气没有多久就灰飞烟灭了。

自从金盈盈跟着锦姑娘住进木驼六的茅草房,季小满每天来溪边放牛时,总会进来打一声招呼,和两个孩子玩一会儿才走,也常常带些山枣野花来。但是,工作队进村后，季小满成为儿童团团员，要站岗、放哨、送信、打腰鼓，忙得不亦乐乎，来茅草房的时间也越来越少了。

今天，见到季小满领着关中瑜上门来，金盈盈很是欣喜，同时又很好奇他们此行的目的。关中瑜一笑："我这是为办冬学来请先生了！"

"冬学？啥叫冬学？为谁办呀？"金盈盈一脸茫然。

"就是冬天农闲时召集大家读书识字呗。"季小满急忙接嘴了。

原来关中瑜这一回是带着县里的一个文件来找徐逸锦的。快入冬了，乡间也进入了农闲，县府根据中央精神，制定了冬学训练实施办法草案，计划训练千余名群众教师，作为今后冬学的骨干和速成初等学校的教员。

徐逸锦一听，想起陆游《秋日郊居》中的那句"儿童冬学闹比邻"。

陆游曾经这样解释自己的那句诗："农家十月，乃遣子弟入学，谓之冬学。"

徐逸锦问道："是给乡里的孩子们补习吗？"

她只说对了一半。事实上，新中国成立后，为提高人民的文化水平，全国各地都开展了轰轰烈烈的扫盲运动。办冬学、办民校、办速成识字班是各地扫盲的主要教育形式。它既是历史上冬学教育的延续，也是全国性扫盲运动的环节之一。

关中瑜说："县里要办冬学，咱村是大村，又是史上的状元村，县里点名咱村要办成先进。你是大学生，也是全县唯一的一个会洋文的大学生，你这样的人不请出来做先生的先生，真是太可惜了！县里领导一听我说有你这样的人才，就让我马上上门请你呢！"

徐逸锦听了，脸色平静地说："我新寡，家里又有这么重的负担，怕出去误人子弟。"

关中瑜说："有报酬的，县里领导想得很周到，不会让你饿着肚子去教书。"

金盈盈一听，赶紧接话："锦姑娘，这多好啊！有一首歌谣是这样唱的：'衣破难遮身，糠菜半年粮，两眼不识字，世代为文盲。'给乡亲们扫盲，又不饿肚子，多好的差事啊，赶紧应了关先生，谢谢县里的同志哦！"

徐逸锦没有反应，关中瑜说："你不是给乡亲们当先生，而是给将来的老师们当先生。后天上午在咱村有个冬学动员会，你先来听听吧。"说完便带着季小满大步流星地跨出了茅草房的柴门。

季小满一边走一边回头，再看了几眼大小姐，心想：她要是能成我的先生，那该是多好的事啊!

2

如果这次动员会是在楠枫高级小学的大礼堂开,徐逸锦是断然不会去的。如果不是关雪桐上门再三做徐逸锦的思想工作,徐逸锦也是断然不会去的。

听关雪桐讲得头头是道,徐逸锦心想:此刻的她怎么与上一次在大礼堂里的样子完全不同? 难道一个人可以如此健忘吗? 那我是不是确实是身心修为不够?

徐逸锦不知道,关雪桐虽然从小到大都对徐逸锦心怀妒意,但是她的爱人叶繁晟却是个心胸豁达的革命干部。更何况在工作队王队长的身边做事,她也学到了许多做群众工作的方式方法,因此,她也经常反思自己。这一次,在办冬学这事上,她似乎撇开了对徐逸锦的一些偏见。

为了响应党中央提出的"办冬学"的号召,嘉宁县以自古素有状元之乡的霞枫村作为典型。但是,短期内要建教室是不现实的,怎么办? 因地制宜! 其他村"办冬学"借用民房、庙宇,或办在群众自己家里,你带桌子他带凳,有的还用块红布做面小旗子扎在树顶上,标志这里是大人们的学堂。好在霞枫村有一个气派的徐氏大宗祠,是办冬学最好的场地,因此,动员会如期在徐氏大祠堂的戏台上举行了。

这戏台平时以做戏为主,今天忽然让几个学习积极分子上台,他们一下子说不出话来。这些也难不倒关中瑜,他早有准备,编了几段快板,让季小满带领儿童团团员上台一阵打:"不识字,财主欺,明账不算,逼粮又逼地。不识字,真可恨,写信、算账要求人。鸟无翅膀不能飞,人无文化步难行,如今有党来领导,拿出干劲把盲扫。毛主席领导好,为我们想得多周到,不要钱的先生上门把书教。提起了庄稼人,真呀真苦恼,从小一直忙到老,不识字的苦处说呀说不完……"

一阵快板下来,那些积极分子的热情瞬间被鼓动起来,讲话就很顺溜了,加上干部、积极分子以及冬学教师的上门动员,上冬学的农民越来越多。很快,霞枫村连头发花白的老农、裹脚的老太太都会唱:"冬学、民校实在好,识字明理心开窍。"农民们积极地走向这新的"文化战场"。

毕竟霞枫村只是这场办冬学运动中的一个先进典型村,要在全县掀起办冬学热潮,远非打快板这般轻松,其中最大的问题就是师资力量严重不足,县政府委派关中瑜承担解决这个问题的重任。

对于这迎面而来的师资难题,关中瑜向县里领导提出"能者为师"的解决办法,具体就是各乡各村按地域先将有一点文化基础的农民集中起来,到附近条件较好的大村,请正式老师或者文化高的乡村文化人给他们做突击培训,再让这些短期突击培训出来的"冬学老师"回到各自的乡村教"扫盲班"的学生。一批培训结束、达到标准,再培训一批。这样通过不断为"冬师"队伍"造血输血",便能逐步解决师资队伍人数不足的问题。

县里领导非常赞赏关中瑜的建议,立即决定以霞枫村做试点、推典型。乡民们听说后,便将这些速成老师笑称为"百字先生",意思是自己刚认识一百个字就出来教学生。

当关中瑜提出请大学生徐逸锦来任此次集中培训的老师时,县里的领导经过了一番激烈的争论,最后终于同意让徐逸锦担任这次冬学师资力量培训的老师,兼任冬学教程的编写者。

楠枫江流域自古尊师重教,不管男女,一律将老师称作"先生"。徐逸锦要成为"先生"的"先生"了,这消息像长了翅膀一样传遍了霞枫村。听到消息后,有两个人特别激动:一是小牧童季小满,他立即主动要求当徐先生的小助手,搬凳搬桌、联络叫人抢在前头;另一个就是关家老三关中天,他随即报名,成为那"百字先生"的一员。当然,关中天的文化水平远远超过了"百字先生",学员笑称他为"千字先生"。

自从鸟鸣山剿匪之后,关中天就像变了一个人,常常将自己闷在家中,郁郁寡欢。如今关中瑜看到三哥主动来参加"冬师"培训,非常高兴,就请他配合徐先生做编写扫盲教材的工作。

关中天和徐逸锦都未曾想过,有朝一日他们会成为"同事"。命运就是这么神奇,他们就这样开始了一段不可思议的共事生涯。

根据冬学冬办春散、农事忙闲、家务轻重等不同情况,在关中瑜的指导下,徐逸锦和关中天他们先制订了"农闲多学,农忙少学,大忙放学"的原则,再设置了时事课、文化课、农技课、歌唱课等课程。这些都还好办,但是,冬学教材是一项大工程。徐逸锦提出"夜师"骨干先走访摸底,将课程分为初级扫盲班和高小提高班来进行编写。

没多久,关中天就见识了徐逸锦的聪明才智。

经过一段时间的摸底和准备,由徐逸锦主笔的冬学教材很快就出炉了:扫盲班的教材叫《农民识字课本》,高小班的教材叫《农民小学试用课本》。每一课的课文都很短,内容紧紧贴近百姓生活。徐逸锦在每一篇课文后都做了详细注释,方便文化水平不高的教师讲解。

编写教材的任务完成后,徐逸锦开始给集中到徐氏宗祠的"冬师"人员上课。让关家兄弟眼前一亮的是,想不到从大上海回来的徐逸锦能想出这么多灵活而又能让乡亲们喜闻乐见的扫盲识字办法,别说他们兄弟,就是工作队的王队长和其他同志也不禁一致拍手称绝。比如见物识字,学员在课堂上学了新字,回家就将这些新字贴在对应的物品上。徐逸锦还用硬纸板做了很多识字卡,发给学员随身携带。在凉亭、路口、树下等地段,也设置了识字牌,这样过路的人都可以学一学。

虽然时值隆冬,但是,冬学的热潮就像一股暖流,吹遍了霞枫村老老少少的心,他们开始拉着徐逸锦的手叫"逸锦先生",徐逸锦的脸上也渐渐有了笑意。

今天,第一期冬学师资班的学员要结业了。徐逸锦刚进教室,便见关中天正拿着一张《浙南日报》给学员们读新闻。

徐逸锦说:"今天怎么想出读报纸、听新闻、识新字的新花样呀?"

正问着,关中瑜也跟进了教室,说:"读报纸好啊!报纸上讲形势、讲政治,就是一个无声的好老师。我就是常常看报纸,不断地学习,才有进步,才跟得上形势。小学堂里有份报纸,以后,我常借给你们学习用。"

今天的结业典礼让徐逸锦很惊喜,学员们居然以"山歌扫盲"的形式开头,将学到的文化知识编了好多个小节目,有的学员在底下背熟了几句,可是一轮到自己上台就忘记了,引来阵阵笑声。

最后,关中天放声高唱扫盲歌,一边唱一边偷瞄徐逸锦。他觉得自己有点可笑,多大的人了,自从和徐逸锦一起办冬学,怎么就变得和季小满一样大了呢?在课堂上眼睛就不自觉地往徐逸锦那边瞟,等放学回家了,心里也还是她。早上早早来学堂,就想她也能早点到。好几次觉得心里有小火苗一直往上蹿,总想和她说点什么，但是话到嘴边，看着她礼貌的微笑，虽然近在眼前，却又觉得远在天涯。于是，心里的那点小火苗便暗下去，夜深人静时，又一点点蹿出来，按都按不住。

关中天觉得浑身不舒坦，他得给自己找一个出口，于是，在这结业典礼上，他攒足劲儿大唱扫盲歌，学员们听到那么大的声音先是一愣，继而爆笑。

见到徐逸锦眉眼里的忍俊不禁，关中天觉得自己舒服多了。但是，他不知道，家里的另一个人对他这些日子的动静并不舒服，那就是他的大哥关中翰。

关家双亲去世得早，关中翰很早就当家。长兄如父，除了老三关中天从小刁蛮难管教外，老二和老四都对他敬重有加。老二客死他乡，他痛断肝肠，所幸老四很争气，才让他放下了悲伤。

关中翰是个审时度势的人，不久前老四说打算让王队长当他的介绍人，加入中国共产党，关中翰没有反对，觉得顺应时势为英杰。老四积极上进、意气风发倒也是正常的，想不到老三这个从小到大闻名四里八乡的赖伦客*自从参加"办冬学"后，简直像变了一个人。他不明白这"办冬学"到底有什么魔力，于是他越发仔细地观察着。在他揣着长长的竹烟管，背着双手，多次到冬学的大祠堂后，从老三紧紧追索徐逸锦的目光中，他发现了端倪。

第一次在大祠堂看见身怀六甲的徐逸锦，关中翰还是吃了不小的一惊：这个死了两回男人的寡妇、生过一个娃的孕妇，居然还是如此摄人心魄！这个女人身上散发出来的一种独特的吸引人的东西无法用语言描述，只觉得见到她，就会被一种看不见摸不着的气韵所笼罩，让人极想接近却又心生卑微、心生卑微却又不由自主被吸引。关中翰暗自感叹：这样的女人怎会生在楠枫这样的乡野之地！

但是，自从关中翰从老三的眼中和举动中发现了秘密之后，他又大吃了一惊：这三百里楠枫，大概也只有关家老三这样不知天高地厚的愣头青才敢对徐逸锦动心思，如果任其发展下去，接下来将一发不可收拾！这几年，他关中翰夹着尾巴做人、韬光养晦、苦心经营，才冒死藏住那些家传的财富，如果老三和这财主图扯上关系，还带着一个地地道道的财主婆不说，家里还有财主儿和财主孙，那将是一个怎样不堪设想的后果？不行，这绝对不行！得想办法把老三心中的小火苗浇灭，决不能让他因为这个女人而火烧连营！

_____
＊赖伦客：不务正业的刁蛮的年轻人。

关中翰曾经想和老四联手，但又不知如何开口和老四提这事。于是，他一直在等待机会。然而，老三心中的小火苗分明已经开始冒火星了，关中翰真的很着急！

这边关中翰心中正着急得如热锅上的蚂蚁一般，那边他的两个弟弟却各自开心。老三关中天开心的是结业典礼上他滑稽又夸张的歌唱让徐逸锦笑了，老四关中瑜开心的是由他负责的嘉宁县"办冬学"活动取得圆满成功，霞枫村不仅成为嘉宁县的先进典型，还即将被县里推送到东瓯城里做典型代表接受表彰。此刻，他正在第一届"冬师"结业典礼上宣读伟大成果：

"今年我县成立冬学委员会，出版《冬学快报》，举办冬学师资训练班，由霞枫村自编的教材，得到全县冬学学员的普遍欢迎，已被采纳为东瓯市统一的《冬学课本》和《农民识字课本》，并在全市推广。大办冬学提高了农民的文化水平，推动了农业生产的发展。我县农民业余教育高潮时期，扫盲运动搞得轰轰烈烈，不少乡村出现了祖孙三代、男女全家上冬学和夫妻相赛、父子相教的好现象。霞枫村为我市取得'办冬学'活动圆满成功做出了巨大贡献，应予霞枫村及相关人员以重大嘉奖！"

顿时，教室里掌声雷动。

关中瑜接着说："过几天县里领导会亲自来咱村送奖，县里还上报了徐逸锦先生的'东瓯市冬学先进典型'资格，到时候她还要去城里接受嘉奖呢！"

大家又是一阵欢呼。此刻，关中天却很安静，他看着徐逸锦。教室窗外的阳光透进来，照在徐逸锦身上，她一手托着自己的肚子，浅浅地笑着，那一脸的安详，让关中天顿时想起了一个形象——观世音菩萨……

3

这些日子，徐逸锦的身子越来越沉重，但她的眉眼却是越发舒展开来。她每天除了回家吃饭，就是忙冬学的事情，两个孩子都扔给了金盈盈。

如果不是因为办冬学，季小满的母亲方婶来茅草房要是被关主任知道，肯定要挨批。金盈盈在徐逸锦忙冬学的日子里，越发盼望方婶来，如果没有方婶，金盈盈觉得这种日子怎么过下去都不知道了。

这一天天还没亮，方婶端着一升黄豆往村头的木家茅草房走去，打算让金盈盈泡了水、发了豆子，明天磨豆腐。在半路，她惊讶地发现关家老大关中翰急匆匆地往村外的渡头走去，本想叫一声关家大爷的，不承想关家老大黑着个脸，理也没理她。

方婶不知道，关家大爷这一脸的黑，是冲着徐逸锦来的。昨天晚上，关中天回到家，两眼放光。饭桌上，关中翰有意和他东拉西扯，故意在徐逸锦的名字上旁敲侧击。关中天是个聪明人，一听，心中便明白了几分。他一边夹起一根长长的菜梗仰起脖子往嘴里送，一边看似漫不经心地说："这样的女子谁不喜欢？"

"谁喜欢也不许你喜欢！"关中翰放下筷子，脸如黑炭。

"凭什么？！"关中天也放下了筷子。

关中翰低声吼道："别说她是个财主囝，也别说她已经生过一个娃，现在又即将临盆。她可是嫁一个死一个，新娘的被窝还暖的，新郎的身体已经冰冷硬挺！那个白面书生看似是被老虎吃了，还不是那女子命硬？木驼六如果不娶她，会死得这么惨？"

关中天一听，站了起来："你知道什么？木叔是被土匪打死的，又不是被她打死的！"

关中翰说："你们那么多枪，那么多人，怎么偏偏死了阿木？"

关中天说："张局长不也牺牲了吗？他是为救木叔光荣牺牲的，木叔死得也光荣！"

"等等，你再说一遍，张局长是怎么死的？"关中翰紧紧盯着老三。

关中天不知大哥为何对这个感兴趣，于是将那天木驼六和张局长如何倒在"小山鸡"枪口下的情形再叙述了一遍。话音刚落，关中翰的眼角闪过一丝狡黠的神情，说："吃饭吧！"弄得关中天莫名其妙。

第二天一早，天还没亮，关中翰便匆匆往村外走。他要尽快叫醒艄公渡他过江，好赶到嘉宁县政府去。

那一天上午，徐氏大祠堂被打扫得干干净净，张贴了新标语："热烈欢迎县冬学委员会领导莅临霞枫指导工作！"学员们和关中瑜一样，有点急迫地等待今天县里的领导来到大祠堂，带来正式的官方好消息。

徐逸锦今天觉得身子越发沉重，离临盆大概还有一个来月，这个月连脚踝都肿了，一按一个手指印。想想这冬学告一段落，马上也要过年了，真该好好歇一歇。

委员会也给发了薪水,可以买刀肉给金姨和两个孩子过个年了。

但是,与关中天以及学员们想象的完全不一样,没有奖状、没有红花,取而代之的是关雪桐和张连福的一脸严肃和凝重。他们到了祠堂,立即将关中瑜以及几个骨干教师叫到祠堂的一个厢房开会。会议上,关雪桐说:"县里下了消息:经过具体实际调查,鸟鸣山剿匪战斗中,由于霞枫村农民木天轩的干扰和失误,直接导致了县公安局局长张金生同志的壮烈牺牲。经研究决定,撤销木天轩上报'战斗英雄'的资格,立即撤销木天轩爱人徐逸锦上报'东瓯市冬学先进典型'的资格,并勒令停止徐逸锦一切关于冬学的教学活动,以免造成恶劣影响!"

关中瑜愣住了,不解地说:"可是,徐逸锦没有参加鸟鸣山战斗啊……"

此刻的关雪桐心里也有一种莫名的失落感,她替木驼六惋惜,更替徐逸锦惋惜,但是她没有解释什么,径直走了。

午后的太阳很晃眼,但是徐氏大祠堂的冬学课堂里却被一阵阴郁笼罩着。

县里的领导吃了自带的午饭,正打算离开,忽然那边传来了一阵惊呼:"不好了,逸锦先生要生了!"

季小满赶紧跑回家通知母亲,等方婶带着产婆赶到,孩子已经落地,是个姑娘。

看着这个比预产期早了一个月来到人世间的小人儿,方婶心疼地说:"我的好娃娃,你急什么,要来也好歹让你娘舒坦一些,定定地将你迎过来,咋这么折腾你的娘亲哟!"她一边说,一边好生纳闷:大小姐这么一个单薄身子,咋生个孩子就像下个蛋似的呢?

但是她的结论下得太快了,那边徐逸锦脸色惨白,身子蜷成虾背似的,呼吸急促地道:"痛,痛,肚子太痛了!"没有多久,下身就一摊红。

在场的所有人都大吃一惊,方婶哭喊道:"快快,叫郎中!"

关中瑜说:"乡里郎中治不了这产后大出血,赶紧送县医院!"

闻讯赶回的关雪桐沉吟了一下说:"还是要考虑身份的,先叫郎中吧!"

关中天一听,一拳砸在八仙桌上:"去他娘的身份! 这都什么时候了,命要紧还是身份要紧?!"

"你你你,你咋骂人? 她不是财主,起码也是财主图! 听说她的亲娘和姊妹还跑去了海外,也许还私通海外!"

关中天瞪起双眼往关雪桐走去:"人命关天,你要是再给我扯这些乱七八糟的,信不信我这一拳打你到溪滩头!"

"你你你,你没有立场!"

在关中天和关雪桐吵得不可开交的时候,关中瑜和方婶赶紧准备了担架。

最后,在王队长一句"救人要紧"的指示下,徐逸锦连同早产的婴儿,一同被送到了县医院。

徐逸锦给女儿取名木念初,等她带着小阿念从医院出来回到霞枫村的时候,刚赶上楠枫江在1952年的第一场雪,雪并不大,但下得不依不饶。

徐逸锦怀抱孩子,从楠枫江南岸放眼望去,天空中,千万条银线交织而下,飘逸着倏然入江,无声无息、无踪无影。她心中漾起无限茫然:江雪尚能有去处,"千军万马"也能归大江,往后这日子,我这一家五口,脚下可有路,又能通向何方呢?

她小心翼翼地踩着雪,正欲喊一声"艄公",忽见远处白雪下出现了一个小黑点。那个黑点一点一点靠近了,是一条小船上站着个一身蓑衣的人。水面银光闪闪,船头积满了雪,那人一动不动地屹立在皑皑白雪之上——究竟是谁?

渡船稳稳地驶向徐逸锦,偌大的箬笠帽下,徐逸锦看清了关中天那一张俊逸的脸庞,吃了一惊。

关中天矫捷地跳下船,动作麻利地系好缆绳,伸手半抱半扶地帮徐逸锦上了船。

金盈盈实在想不明白,这样的时刻,徐逸锦为何如此坚决地不让关中天进他们木家的茅草房。这一爿寒风冷雪中的茅草房,这嗷嗷待哺的三张小嘴,是多么需要一个男人的支持,何况是家境殷实的关中天!

徐逸锦在礼貌又坚决地将关中天拦在柴门之外后,进屋第一句话就是认真地对金盈盈说:"靠山山会倒,靠人人会跑。日子长着呢,咱们要靠自己!"

对于徐逸锦而言,没有什么月子可坐,没有什么年节可过。她没有时间悲伤,也没有时间哀叹,一到家,就像刚失去木驼六那一刻起一样,第一时间又是将家中所有的粮食储备清点了一番,看看能否熬过去。

她再将"办冬学"所得的所有报酬拿出来,摊给金盈盈看,然后说:"这是我们现在所有的家产。咱们坐吃山空,得想办法让这些钱再生些钱出来。"

"锦姑娘,你快说这钱怎么生钱?"金盈盈听了,眼里有了光芒。

"金姨,你去邮局将二舅寄过来的十元钱取出来,咱们做本钱。如今没有说不让做小买卖,咱们徐家几代经商,这个门道你我都懂。如今趁年底,家家都需要办年货,我有一个老同学在东瓯城里的麻行码头卖水产干货,店面就开在咱们家以前在麻行街上'徐锦盛'南杂大货号的不远处。她和我关系挺好,咱们就去她家采办一些回来……"

"啥?你咋知道我有这十元钱?一定是方婶给你说的,这个多嘴婆!"

原来,那天方婶不仅给金盈盈带去了一升黄豆,还带去了一个好消息:有人给她带信,说在上海遇见金盈盈的二哥金达生了,也就是徐逸锦以前在上海读书时叫"二舅"的那个人。他在硝碱公司当会计,与金盈盈失联后,心中甚是想念。这一回偶遇家乡来人,很快就修书一封,并且转来了十元钱的邮局汇款单。那个带信人怕受连累,不敢直接交给金盈盈,连同信和汇款单,让方婶转交。

金盈盈本想紧紧攥着这十元钱的汇款单,不到万不得已不拿出来,想不到锦姑娘早已打好了它的主意。金盈盈眼里刚刚发出的光黯淡了下来,但是,回头看看那三张在寒风中冻得通红的小脸,看看锦姑娘没有血色的脸庞,她无奈地环顾了一下这个漏洞百出的家,终于,一咬牙一跺脚,拿出了那一张汇款单。

然而,她想不到取这笔钱,还如此大费周折。

去县城的邮局兑领汇款,要先到村里盖印。当徐逸锦带着金盈盈过去时,张连福吃了不小的一惊:"你们哪来这么一大笔钱?"于是,他们超乎寻常地细致盘问,比如汇款人是谁、在上海做什么行当、家庭成分是什么之类。

金盈盈畏畏缩缩地回答,张连福说:"你要老实点,要是说假话,小心我对你不客气!"

费了好大的周折,终于盖来了证明公章。在县城兑换了这笔钱后,徐逸锦让金盈盈带着孩子先回村,自己则戴上一个能遮住大半张脸的草帽,马不停蹄地坐船去了东瓯城的麻行码头。一上码头,徐逸锦看着这麻行街巷上原来有一半都属于自己家的老字号,且当自己什么也没看见,径直走向巷子尽头的水产干货铺,见了老同学,采办了炊虾、海盐干儿等小型海产干货,装上袋子,想赶上回嘉宁县的小火轮。可她毕竟力气小，背不动那沉重的袋子，半路歇歇走走，赶到安澜码头时，眼睁睁看着那轮船已经离岸，突突突地向北驶去。

她又舍不得住店，在寒夜的巷子里找到了"徐锦盛"南杂大货号的马厩棚子，打算在这里将就一夜。为保护这一袋水产干货，她不知与闻到腥味前来抢食的野猫大战了多少回合，终于熬到天明，第一个登上了第一班开回楠枫江的小火轮。

第八章
暂 别 茅 草 房

1

金盈盈等了一夜，到第二天清晨，她还是没有等到锦姑娘带着说好的水产干货回家。已经是腊月廿二了，后天就是镬灶佛爷上天言事的时候了，她觉得该好好拜拜镬灶佛爷。

每年腊月廿四，楠枫是家家户户要拜镬灶佛爷的。因为楠枫人相信这一天镬灶佛爷都要上天向玉皇大帝禀报这一家这一年来的善恶，到除夕夜再返回灶底，奉旨赏善惩恶，或赐福或降灾。所以廿四夜，家家都要打扫得干干净净，供上灶糖给灶王爷，吃了嘴甜甜的，希望他"上天言好事，回宫降吉祥"。

而楠枫江的大户人家就更有讲究了，像徐家这样的，这一天一定要准备芋头和荸荠。"荸荠"在楠枫方言里与"盘财"谐音，芋头的意思则是"有余有盼头"，所以吃了这两样，意在财源滚滚，年年有余。

此时此刻，雪停了，可是金盈盈着急啊：哪来的芋头、荸荠和炒米糖呢？她给两个孩子煮了些吃的，喂了小阿念一些米糊糊。她自己则一点胃口也没有，唯一的念头就是赶紧去找这些东西，提早祈求镬灶佛爷保佑锦姑娘平安归来。这个家如果没有锦姑娘……

"不会的不会的！"金盈盈不敢往下想，她将小阿念裹得紧紧的，捆在背后，一手拉着徐若空，一手拉着木醒初，在雪地里深一脚浅一脚地往中央街走去。

虽然年边的风很冷，但是雪后初霁，阳光洒在中央街的商铺里，在徐若空和木醒初看来,简直就像来到了一个五彩斑斓的万花筒中。他们小小的身影紧贴着金盈盈,四只眼睛滴溜溜地转动,好奇地看着身边的一切。中央街上捣年糕的、扎龙灯的,裁缝铺里母亲为孩子缝制新衣的,杂货店里父亲为儿女买年货的,还有忙着整理祭拜灶王爷和分岁酒时用到的各样祭品的……大家为过年,个个都忙得不亦乐乎。

金盈盈在中央街上漫无目地走着,她身无分文,拖着三个孩子东张西望。

这个风姿绰约的少妇虽然目光茫然,但并不妨碍她引起中央街各色人等的关注,这其中当然也包括打算去猪肉铺抬猪腿的关中翰和关中天两兄弟。

一见金盈盈,关中天不顾大哥的阻挠,几步就跳到她跟前问:"金姨,你怎么到街上来了? 逸锦先生呢? 我寻不到她!"

金盈盈侧身站在阳光下,额头上似乎有细细的汗珠渗出,在阳光下熠熠闪光,那无助的眉眼着实让人不知不觉生出怜爱来。站在一旁的关中翰盯着这个曼妙的身姿有点发呆,他知道金盈盈的艳名,以前徐老爷在世时,关中翰也没少去徐家,但是,几乎看不见徐家的家眷。想不到今天在这里,关中翰见到了金盈盈,他站在一旁悄悄地将金盈盈从上到下、从下到上仔仔细细看了个分明,不知为何,心中冒出了三个字:可惜了。

关中翰不知道关中天和金盈盈讲了些什么,只见老三双手往上一擎,两个孩子便到了他的怀里。金盈盈紧紧跟在他身后,去向了杂货铺。

关中翰远远地看着,觉得事态严重。因为,中央街上,很多人已经停下了手中的活儿,像看西洋镜一般地看着那一幕。

不管中央街上的人们怎么看、怎么说,金盈盈权当自己没看见,也没听见。她非常开心,这是她平生第一次空手出门,满载而归。她想,她为何要在乎那些人呢? 她得赶紧带着这些荸荠、芋头、炒米糖回家去,跟镬灶佛爷说快点让锦姑娘回家来。

关中天想跟着去木家茅草房的脚步被关中翰再次厉声的呵斥绊住了,他悻悻地跟着大哥抬了那猪腿,也回家去了。

金盈盈欣喜地发现,吃了她敬供的炒米糖和那么一堆好吃的,镬灶佛爷真的显灵了。隔天日头才过晌午,柴门就响了,金盈盈看见徐逸锦吃力地背着一大袋米回来,更神奇的是,她还带来了几条叫"籽鲚"的鱼儿。

金盈盈满脸疑惑地问："锦姑娘，你不是去进货了吗，怎么去买米和鱼啦?"

徐逸锦笑了，伸手在身上掏了几下，掏出一个手绢包，打开让她看。

"哪来这么多钱?!"金盈盈大吃了一惊。

徐逸锦摘下草帽，掸着身上的尘土说："不是偷的，不是抢的，是我在响山埠头赚的!"

瓯江到了乐清湾便向东流入大海，楠枫江在一个叫响山埠的地方与瓯江汇合，瓯江潮的潮水只能涨到响山埠，因此，以响山埠为界，一边的楠枫江清澈见底，一边的潮水则发黄浑浊。这里生活着许多神奇的物种，比如著名的籽鲚鱼。因为产量不多，籽鲚成了楠枫乃至东瓯城婚宴上的珍馐。

也正因为这里水域宽阔，东埠头起来便是楠枫江的大源，西埠头靠岸便是楠枫江的小源，四面通衢，因此，自古以来，响山埠就是楠枫江以及神仙居、乐清湾走水路到东瓯城的必经之地。这里旅店林立，挑夫走贩常常在此歇脚，慢慢地，响山埠头就成了一个人气很旺的小市场，歇脚中转的人们往往在这里买上所需，再匆匆回家。但也因为人员庞杂，这里也是鱼龙混杂的码头。

徐逸锦不愧是大商家出身，除了在洋学堂学回来一身学问，她的身上自然也流淌着徐家营商的血液。当她万分疲惫地背着那一大袋与夜猫战斗一夜保护下来的小虾皮、小海盐干儿，赶上一大早的小火轮坐到响山埠头，上岸后打算再走上三四个钟头回霞枫的时候，发现埠头人们快速忙碌地做着各种年货的交易，浓浓的年味使得这个埠头更显得杂乱无章，但是几乎每个人动作都挺麻利。大概这个地处交通枢纽的埠头都是南来北往的过客，大家都希望能尽快完成交易，好赶回家过年。徐逸锦灵机一动:为何不在这埠头直接将这一大袋货脱手呢? 省得自己背着它走上三四个钟头，再回到霞枫村的中央街去贩，还不知道是否有人买财主图的东西呢。

于是，徐逸锦将草帽的帽檐低低地往下一拉，选在离埠头不远的凉亭边上，站住了身，将袋子敞开了口。她鼓足勇气，才喊出两声:"炊虾、海盐干儿要不要哇?"旁边就围上了一群买柴回来的斫柴客，问了价钱，觉得公道，叫着:"来一斤!""我两斤!"

但是徐逸锦发现了一个大问题:她没有秤!

正在她面露难色之际，在路亭里卖烟草的大爷递给了她一杆秤。她连声道谢，赶忙接了过来,可是随即又尴尬了:她不认识秤!

这时,斫柴客们发出了笑声:"不认秤?小老板,你就看着给货,我们钱给少了你也没得怨哦!"

其中一个年长的斫柴客拿过了秤,对徐逸锦说:"姑娘,看你这么单薄的身子,背这一大袋货,累坏了吧?别听这班粗人贫嘴,来,我帮你称,谁也不敢少你一个子儿的!"

不一会儿,"姑娘"徐逸锦的袋子就空了,后面来的几个背树客十分遗憾:"咋就没了?我家老娘就喜欢闻这小虾皮的鲜腥气呢!"

徐逸锦人生中的第一笔买卖就这样出乎意料地在潮水江水汇聚的响山埠头顺利完成了,她不仅收获了钱、粮食、籽鲚鱼,更重要的是,徐家营商的血液开始在她心中一点点醒来。

农历腊月廿六了,马上要过大年了,霞枫村的人们在忙碌着各种过年准备的时候,工作队的王大正队长也异常忙碌。

自从进入霞枫工作队工作后,王队长经历了各种事,一桩桩一件件,困难重重,甚至惊天动地。但是,王队长在霞枫村关中瑜、关雪桐、张连福、石小筑等人的配合下,工作卓有成效,多次受到上级的嘉奖。这个年底,霞枫村的各项工作胜利结束,工作队即将撤出霞枫村。

王队长对于撤离工作是非常有经验的,因为当年解放军每一次离开驻地,当地群众又是送吃又是送物,军民鱼水情,那依依不舍的离别场景阻碍了士兵们继续前行的脚步,因此,他让工作队选一个清晨悄悄开拔,自己则留下来第二批走。

但是,在王队长离开霞枫村的前一天,他遇到了一个不同寻常的请求。

乡绅关中翰这些天不断邀请王队长去家中吃老酒,而关中翰请一次,王队长就拒绝一次。这个早上,关中翰急匆匆来到徐秀才家工作队的驻地,拿着政府对关中天在鸟鸣山剿匪战斗中的嘉奖奖状,罗列关中天的各种特长,语言恳切,请王队长批准关中天参加中国人民解放军,去部队接受革命大熔炉的教育。

王队长听了关中翰一番陈述后十分感动,赞赏关中翰有眼光,思想进步。但是他说他如今算是转业到地方专做农村工作,并不属于部队序列,他的战友们绝大部分都还在部队,年后他可以和他们联络一下。

关中翰听了，语气有点着急："那王队长您看，是否能年底这几天就联系，马上让我家老三外出参军？"

王队长有点纳闷。关家家境并不困难，老四关中瑜更是嘉宁县难得的青年才俊，虽然听说关中天过去刁钻蛮横，但是鸟鸣山剿匪战斗结束后已经迅速成长，特别是在办冬学过程中，配合徐逸锦和关中瑜做了大量工作，而这关家老大为何急着要将自家老三往外送？

见自己没有说服王队长的理由，关中翰只好实话实说："王大队长，真的是张不开嘴的事情……我家老三迷上了那个财主囡……您说，这这这，成何体统！这怎么行，我必须让他离开霞枫村！队长，您无论如何要帮我一把……"

话题就这样在两个中年男子之间别扭地展开，最后，关中翰终于得到了满意的结果。

村里干部、百姓多多少少听到工作队要撤出村子的消息，于是，村干部、民兵、儿童、妇女们都各自准备了鸡蛋、鞋底、溪鱼干、烟草等各式各样好携带的礼物，打算去送他们。群众代表来到徐秀才家，发现工作队早一天已离开村子，只留下王队长对大家说自己明天走，请他们先将东西都拿回去。等村里的干部群众拿着各自的礼物回家去后，王队长就悄悄走了。听到消息的干部群众赶紧赶过中央街，跑到渡口，王队长的舴艋舟已远去。站在埠头的群众埋怨干部，干部们互相埋怨，几个妇女的眼睛都红了。

乡亲们不知道，那小小的舴艋舟上，不止王队长一个人，他还带走了关家老三关中天。他们即将走向浙西北，一起搞第二期农村工作，并且肩负起那里依然严峻的剿匪任务。

2

俗话说：正月正月慢。忙碌了一年的农人们还在慢悠悠地享受着他们的新春，过了正月初十了，霞枫村一切似乎都还在那个叫"年"的氛围里。俗话说"小姑娘爱花袄，小小子爱花炮"，木家柴门里的一对小小子也对花炮充满了向往。他们被门外的花炮声吸引着，常常出门捡花炮，调皮忘了回家。

这一日，快到晚饭时间了，徐逸锦还不见徐若空带着他的小外甥木醒初回家来，她有点着急，就出门去寻，一路走一路叫唤，终于在通往村中的路亭里听到了两个小子的回音。

徐逸锦快步走近路亭，看见村中个子高高的长人伯坐在路亭里弓着背忙碌着，阿空和醒初正在一边帮忙，小手小脚忙得不亦乐乎。徐逸锦仔细一看，两个孩子正在帮长人伯打草鞋。

瓯江一带农人们穿草鞋是稀松平常的事儿，但是在这个路亭里，徐逸锦第一次听说草鞋也分两种，一种叫"草鞋"，还有一种叫"蒲鞋"。草鞋只有一层厚厚的底，前后各有一根长长的"鼻梁"，弯上来连着四个搓好的草圈子，绑在脚背上，就像后来年轻人时髦的凉鞋。而蒲鞋则是方方的头，包起来就像一只小船。草鞋是稻草编的，农人们下田劳作时穿，一般能劳作的农人自己都能编。但是蒲鞋不一样，它是由蒲草编的，是穷人家的精巧物件，是下田劳作回来，洗了沾满泥土的脚套进去在家里穿的。编得好的蒲鞋扎实又柔软，穿在脚上很服帖，夏天穿着比布鞋还透气还凉快。但是因为做工费时费力又精巧，一般农人编不了，平常都是向手巧的农人比如长人伯购买。

徐逸锦仔细看了看长人伯编蒲鞋的工具，其实挺简单，只有一张矮矮的长凳，前头固定了一个木架子，以便套住两根绳子。这两根绳子分成四股，便成为蒲鞋的"经"。编蒲鞋的人跨坐在长凳上，把一条宽腰带绑在身上，前面那两根固定在木架子上的绳子就拴在腰带的扣子上，然后把蒲草一小撮一小撮地套过四根绳子，来来回回地编结。刚才阿空和醒初两个小子就忙着在旁边给长人伯递已经捶扁的蒲草。

徐逸锦一看，说："长人伯，你的手好巧！"

"大小姐，老了，眼花，看不清，做事靠摸，摸得太慢了！"长人伯回头慈眉善目地回徐逸锦的话。

徐逸锦大吃一惊，长人伯居然还称呼她为大小姐，吓得她赶紧说："长人伯，可不敢这么叫我的哦，叫我醒初娘吧。"

长人伯依然笑着说："这儿又没外人。当年徐老爷很是待见我的，你们家长年、短工的蒲鞋，都是让老戴来我这儿买，我从来不用为没有生意发愁呢。那时候年轻啊,哪像现在,一天也做不出一双来,要的人又这么多!"

徐逸锦一听,来了兴致:"长人伯,这不难学吧,你教我做如何?"

长人伯慌忙站起来说:"这可不成!这哪是你大小姐做的事。你那细皮娇贵的手,哪里是做这种粗活的。再怎么不济,你那也是拿笔的手!"

徐逸锦被长人伯一说,愣在了一旁。长人伯见她不声响,便一边管自己打蒲鞋一边说:"大小姐,人这命其实也不是天生的,只不过是三十年水流东、三十年水流西而已。徐老爷在世时,对我们这么仁心仁德,我们都记在心中的。唉,不提了!你们娘儿几个,有啥重活儿就让孩子们来吱一声。"

徐逸锦听了,忽然觉得一股久违的暖意涌上心头。

自从从徐家大院被扫地出门后,命运劈头盖脸地把各种厄运扔向她,但其间也让她不可思议地享受了阿木给她的片刻欢愉。这期间,她几乎没有时间去思考内心深处的东西,她想不到自己被一个目不识丁的老农民的几句硬生生的话语击中,感觉那几句话直抵她孤独的灵魂。这么多日子以来积累的所有情绪都似乎如山洪突破了一个缺口,她忽然瘫坐在凉亭里的那一堆蒲草上,像个孩子似的放声痛哭!

长人伯由她哭,只是在一旁默默地继续编他的蒲鞋。

徐若空和木醒初见状,愣了好一会儿,随即紧贴住徐逸锦,也放声大哭。

等他们娘儿几个哭够了,长人伯站起了身,说:"你是读书人,脑子好,学这些还不容易?就怕你吃不起这个苦!来,坐这儿。阿空,给你姐姐递蒲草。"

徐逸锦一听,一抹眼泪,从蒲草团上跳了起来,腿一抬,就打算跨骑到蒲鞋凳上。不承想长人伯拉住了她,说:"女娃娃家,可不能像大老粗这样拿蒲鞋凳当马骑。来,侧着身子坐!"

徐逸锦一听就笑了,连忙从了长人伯的示范,斯斯文文地侧身坐上了蒲鞋长木凳。长人伯教了几次,徐逸锦就学会了。然后,他们达成了一个协议:长人伯做一只蒲鞋凳给徐逸锦,他揽活,做不过来的,都交给徐逸锦来做,收益分成。

那个傍晚,金盈盈在家等得心慌,也一路叫唤着寻了出来,在凉亭里看见徐逸锦侧身坐在蒲鞋凳上打蒲鞋,以为自己看花了眼,只当这凉亭是戏台,里面正演着穆桂英挂帅,那杨门女将威风凛凛地出征西夏,大破天门阵呢!再定睛看看,两个娃娃在边上也忙得不亦乐乎,她的嘴张得就像塞了个大鸡蛋!

正月十五，木家的檐廊下就多出了一张崭新的蒲鞋凳，道坦里堆了许多长人伯新割来的蒲草。从此，那条长长的蒲鞋凳上，徐逸锦每天像穆桂英挂帅一般，侧身坐在上边，手下的蒲草就是她的千军万马，由她指挥，任意驰骋。弟弟徐若空和儿子木醒初就像身边的两员大将，一个递蒲草，一个剪鞋边，忙得不亦乐乎，就差一面战旗在风中猎猎作响了。

每隔半月，长人伯会挑着这编得又结实又漂亮的蒲鞋，连同他自己结的草鞋，和徐逸锦一起到响山埠头去。没有多久，长人伯那一担子草鞋、蒲鞋就被南来北往的斫柴客、背树客、种麦客、卖绡客和弹棉郎们一扫而空。渐渐地，徐逸锦的手头有了一点积余，但是，她的手心开始结出了厚厚的老茧。

日子在长了老茧的徐逸锦的手中很快过去。中央街和小学堂以及徐秀才院墙上的标语不断地更换着内容：从"抗美援朝、保家卫国""美帝国主义是纸老虎"到"反贪污、反浪费、反官僚主义"，再到"反行贿、反偷税漏税、反盗骗国家财产、反偷工减料、反盗窃国家经济情报"。金盈盈好歹能明白"抗美援朝"，因为她们家也缴了"援朝粮"，但"三反""五反"这些就不懂了，直到有一天，张连福带人上门来，砸了锦姑娘的蒲鞋凳，她第一次听说锦姑娘从"财主囡"变成了"资本主义工商户"。

那一天，站在道坦一堆高高的蒲草堆上，张连福大声宣读了新规定："对违法资本主义工商户处理的基本原则：过去从宽，今后从严；多数从宽，少数从严；坦白从宽，抗拒从严；工业从宽，商业从严；普通商业从宽，投机商业从严！"

在不断地接受批评、接受教育后，金盈盈终于明白张连福为何带人一脚踹飞那条让她们一家五口赖以生存的蒲鞋凳。

有人看见徐逸锦在响山埠卖蒲鞋，于是马上报告关雪桐。关雪桐听到这个消息后有点吃惊，但是一开始并没有什么动作，直到有人不断地报告说财主囡徐逸锦不思悔改，不知道从哪里弄来东方绸、肥皂、电池等紧俏的物品，在响山埠贩卖，因为价廉物美，生意很俏，关雪桐才引起重视：那还了得，这还不是严重的"资本主义工商户"？还是严重的"投机倒把"，必须立即打击剥削者子女这种"复辟"行为！

于是，木家檐廊下那张让一家五口生活有所依靠并且有点起色的"救命凳"就这样被销毁了。金盈盈也从中得知了几个大消息：东瓯城里掀起了"三反五反"运动,农村则要成立农业生产互助组。农户们十家八家联合起来进行群体生产,同时要组织农村供销合作社、农村信用社,农民私人投股成为社员。

关雪桐悄悄地对金盈盈说了一句颇为温情的话:"销毁你木家的蒲鞋凳,其实是保护你们全家,不然,像逸锦这样的私人经商户,很快就会成为私商、奸商,到时候可是要吃大亏的哦!"

生钱的营生断了,金盈盈又接到一个让她更加沮丧的消息:在上海谋职求生存的二哥,因为曾在上海硝碱公司任职,被降职降薪并下放到车间进行监督劳动。此时他自身难保,从此再不可能接济这乡间的妹妹了!

隔年霞枫村成立了农业合作社,金盈盈和徐逸锦没有田地入社,当然不算农业合作社的成员,按理说也不参与农业生产。但是,张连福提出来:财主婆、财主囝不参加农业生产,那不又成剥削阶级了吗?一句话提醒了其他村干部,于是,徐逸锦带领金盈盈开始了她们从未干过的义务劳动,内容包括:清除全村的阴沟污渍、打扫全村垃圾、开会摆凳、加固堤塘、挑河积粪等等。

金盈盈不知道徐逸锦都是凭怎样的毅力一声不吭将这些活儿忍着做下去的,因为她自己经常在扁担将肩头压肿、堤坝抬泥脚下打滑摔倒、扫阴沟被臭气熏晕的时候,坐地崩溃大哭,而徐逸锦总是等她哭完了,默默地把她拉起来,继续做着这一切。

开春秧苗插种后,张连福代表村干部分给木家一个奇怪的任务:不管刮风下雨,每日傍晚,木家两对母子各要拿着一根长长的竹竿,在秧田中央轻手轻脚地来回扑腾,追捉埋在秧田里的蝗蛾,然后捧着抓到的蝗蛾向村部汇报。

初春的田间还很冷,看着小若空和小醒初赤着双脚在冰冷的秧田里跟着母亲跑来跑去,小脸和小手都冻得通红,季小满很想下秧田去帮忙,但是他刚卷起裤脚,那边石小筑厉声制止:"小满,别忘了你是儿童团团员!"

于是,这两对母子在秧田里滑稽的样子,永远刻在了季小满的心中。

一个插秧季节,他们要负责二三十天的捉虫任务,稍有怠慢,张连福就会训话:"你们想要对抗劳动改造吗?"

天气渐渐转热,转眼到了夏天。

每年的七八月份是台风季,东瓯城乡每年都要历经好多个台风的摧残。木家的茅草房已经越发破旧,台风季节天气多风,常常阴云密布。为了预防坍塌,徐逸锦和金盈盈在扫垃圾的时候,见到粗一些的木椽、麻绳就捡回家。这个台风季来临之前,她们俩使出了吃奶的力气,将茅草房的屋檐顶柱用麻绳扎紧,下面压了几块大石头加固,终日惶惶不安地等待着一年中一定会来的几个大台风。

终于,这一年中最大的一次台风来了!入夜,一阵阵猛烈的风暴如虎狼咆哮,冲击着她们的破壁寒窗和屋顶上的茅草。在阵阵的惊悸中,风越刮越大,徐逸锦眼见情况不妙,急匆匆喊金盈盈拉起孩子们往自己这边立柱的正间跑。

金盈盈和徐若空刚跑出廊檐,便听到砰的一声巨响,回身看时,茅草房的那一角已经被飓风吹倒,金盈盈睡房上方的木椽和茅草以及压在茅草上的石头通通塌在了刚逃出来的床上!

"皇天哪!"金盈盈抱着儿子放声大哭,徐逸锦也紧紧抱住一双儿女瑟瑟发抖。

狂风中,只见关中瑜身穿蓑衣,和两个民兵一起赶到木家。他头上的箬笠帽早已被狂风吹走了,浑身湿透。他手里紧紧攥着不知哪里弄来的几件雨衣,和民兵一起裹起三个孩子,让金盈盈和徐逸锦紧紧跟着他们,顶着风,艰难地往大祠堂走去。

因为这场50年一遇的大台风以及所裹挟来的大暴雨,使得溪水猛涨,西村村头离溪水最近的木家茅草房就这样在这场狂风暴雨中消失了!

站在一堆乱茅草和破木椽纠缠在一起的废墟上,徐逸锦深深叹了一口气:这个曾经为她、金姨和孩子们遮风避雨的家,这个曾经有阿木给过温暖、曾经孕育了阿木骨肉的家,再也没有了!

台风过后,霞枫村人人自救。但是,关于财主婆金盈盈一家该如何安置,村干部们又展开了激烈的争论。这个时候,长人伯站出来说:"平时咱们见到落水的阿狗阿猫也要救吧,现在就眼看着他们一家五口睡天底下吗?"

有的村民还在犹豫,忽然有人站出来声援长人伯:"总不能将孤儿寡母逼上绝路吧,这修茅草房的人工我来出!"

大家一看,不免都有点惊讶,因为说话的是关家老大关中翰!

于是,很快就有了结论:在茅草房修好前,先让他们一家五口借住在大祠堂,但这段时间的食宿费用得用劳动换取,那劳动就是每天上山去给合作社挖桔梗。

本来这桔梗任由村民挖，因为可以增加私人收入，曾经一度，霞枫村不管男女老少都上山挖，附近的四海山、乌隐孔等地几乎每天人声喧哗，使得附近山头的桔梗很快被挖光了。后来村里管起来了，附近又没有桔梗可挖，因此，这苦差事就落在了徐逸锦和金盈盈的头上，她们只好战战兢兢地往更远的高余山去找桔梗。

高余山是农民放牛的好地方，每年冬天，农民都会在高余山头放火烧山，到第二年春天，青草又绿葱葱的一片。而这次大台风过后，山岭特别滑，徐逸锦和金盈盈带着箩筐，几乎是趴在山岭上往上爬。当她们好不容易爬到高余尖时，山尖顶上空突然停了一只大鸟。它形如刀鹰，能一动不动地停在空中好久好久。

金盈盈尖叫了一声，徐逸锦则直起身子望着那刀鹰远远地飞走，痴痴地想：做一只刀鹰多好啊，多么自由！

3

大雄鸡才叫三遍，徐若空便被姆妈唤醒了。他揉着惺忪的睡眼，努力让自己小小的身子先坐稳，可是眼皮又不听话地耷拉了下来，他在床上又蒙了好一会儿。那一头，姆妈伸出脚又推他了，他用一双小拳头再次揉了揉眼皮，这次他感觉自己真的醒来了，于是，他借着微弱的晨光，套上搁在床头的外套，下床给姆妈找衣服。

他一直不明白姆妈为何不在头一天晚上吹灭油灯睡觉前将衣服放在床头，第二天一醒来伸手就能拿得到，而总是在他睡意最浓的时候推醒他，让他下床去找昨晚不知道扔在哪个角落里的衣服。他也记不清是从何时开始，姆妈就这样让他捡衣服。实际上，自打他记事起，他的心中经常为一个问题困惑：到底姐姐是自己的娘，还是娘是自己姐姐？

三年前那个大台风的夜晚，赖以生存的茅草房在狂风暴雨中轰然倒塌，徐若空在姆妈的哭声和大姐无助的眼神中，就像一个天赋异禀的早熟的童子，冷静地记住了这场天灾，也记住了关先生和那些大人对他们的救助。多少次姆妈和大姐从外面回来累瘫在地时，他总能给她们带来最大的欣慰，因为他将家里两个晚辈带得稳稳妥妥的，如果可能，还会带他们外出捡一些树枝柴火回来。

他甚至会发明创造一些小工具，比如说，姆妈有一次给村里扫垃圾的时候带回来不长的几条铁丝,他灵机一动,拿出了吃奶的力气,将那铁丝的一端弯成一个小圆圈,他的小手刚好可以套进去,另一端则在大石头上磨了好久,等磨尖了,他就拿着这根"铁丝拐杖"到屋后一片不大的桉树林子里,很快就串起了一串树叶,比木醒初用小手捧落叶的效率提高了好多倍。第一根实验成功后,他马上动手给阿初也做了一根。于是,大姐引火烧灶时每次都要夸奖一番自己的小弟弟,因为这焦脆又含油的桉树叶比用其他柴火引火不知道好用多少倍!

有时他也会和阿初带上阿念,到祠堂外的三官殿里玩。

与其他村子相比,霞枫村的三官殿比较大,也气派,因此有人将霞枫的三官殿叫作"三官宫"。确实,在三个小小孩的眼里,这就是一座"宫殿":宫宇三间,坐西朝东,悬山顶木结构。除正面外,其余三面都由石墙砌成。宫顶用绘着七彩的天花板装饰,孩子们并不能看懂上面到底画的是什么,只觉得色彩斑斓,煞是好看。

三官宫后面青山倚靠,山脚一丘水田和三排地坪,宫外一条通往西山的小路和三官宫隔开一点距离,正面一条细细的水涧环宫而流。石墙外一片平地上长着许多古木,其中最醒目的就是一株有两百多年历史的苦槠树。这棵树不仅成了三官宫前面狭小的道坦里的一把大华盖,还将树枝远远地伸出去。外围有一条一米多高石头筑成的小山岗,山岗的凸处筑着一个三官爷墩。

这些都不神奇,神奇的是这三官宫的背面,宫下有一石桥跨架在溪涧上,石桥下面乱石重叠,溪流淙淙,水涧里杂草丛生,常有蝾螈、娃娃鱼等奇怪的生物出现。苦槠树强劲的树枝远远探过来遮住了石桥,石桥下的石洞夏天幽风阵阵,非常舒爽,那条细细的溪涧在穿过石洞之后十来米便汇入了宽阔的楠枫江。

几年来,每到春末,徐若空就琢磨着如何带木醒初到桥洞下探一回险,但直到入夏,还没琢磨出该如何从高高的石壁上下去。那大人几步就能跨下去的石壁,在他们几个眼里,简直就是悬崖峭壁。

然而桥洞下面那些小动物太吸引人了,有一种被村里人叫作"山巨"的动物,其实并不巨大,只是类似牛蛙的一种特别生物,这种生物和娃娃鱼一样,生活在极其纯净的水中,喜阴怕热,楠枫江人认为是滋阴的绝佳之物,但是很难抓到。它们在盛夏季节经常在桥洞下呱呱呱呱地欢唱,弄得徐若空心里痒痒的,很想去抓一只过来研究一番,这并不"巨"的"山巨"到底和水稻田里的青蛙有啥不同。

但是，他一提出这"宏伟战略"，木醒初就张大了嘴："姆舅、姆舅，咱咋下得去桥洞啊？"

徐若空说："所以一起想办法呀！"

木醒初歪着脑袋想了许久，说："姆舅、姆舅，咱们要是下去了，阿念咋办？"

不知为何，从能讲话开始，木醒初总是"姆舅、姆舅"连着两声呼唤自己的小舅舅，而对妹妹木念初，总能很干脆地叫"阿念"。

对于"姆舅"，木醒初是很佩服的，他总是在姨婆和姆妈不在家的时候，带他们兄妹去探索属于他们的小小而又神奇的世界。但是，每当姆舅提出冒险的建议，比如去门前楠枫江靠岸的浅水边摸江螺，木醒初便直摆手加摇头。

楠枫江有许多黑色的细长的螺蛳，与壮硕的黄褐色的田螺有别，大家将这种溪水中的螺叫"江螺"。江螺浑身细长黝黑，性凉寒，味苦，是败火的一剂良药，当地人生了疗疮、长了癞痢，都下水摸江螺捣碎了熬汤喝。那汤水青绿色，放点农家自酿的黄酒，虽然清苦，但是别有一番清味，据说还能治疗肝炎。

因为江螺喜欢水凉，因此大都聚集在江中深潭里，只有少数会在清晨或者傍晚慢慢移到浅水边。好多次徐若空想挽起裤脚下水摸江螺，都被木醒初拽住："姆舅、姆舅，溪里的卵石太滑了，我不敢，你也别敢去！"

徐若空一直觉得这外甥讲话与别的孩子不一样，比如阻止他下溪水应该说"别去"，但他会说成"别敢去"。

木醒初对语言一直有着强烈的兴趣，比如他就特别喜欢听金盈盈用特有的口音讲故事。每到夏夜，繁星满天时，金盈盈会摇着一把蒲扇，给趴在竹床板上的孩子们讲"嫦娥奔月""田螺姑娘"等等，常常徐若空和木念初听睡着了，木醒初还瞪大着眼睛，缠着金盈盈说："再讲一个，再讲一个！"

如果金盈盈不讲了，木醒初一定还会追问：

"那月亮里的小兔子会在桂花树下撒尿吗？"

"哪天主人家偷懒忘了挑水，田螺姑娘怎么藏水缸里呢？"

金盈盈不回答他，早已侧身迷糊了，于是，木醒初便一个人看着月亮，担心桂花树下的那只小玉兔会朝桂花树撒尿。

天气越来越热了，姆妈和大姐在家的时间越来越少，徐若空带外甥和外甥女来到三官宫外的石桥上的时间也越来越多了。苦槠树庞大的树冠就像把大凉伞将三官宫后的小石桥也遮住，三个孩子坐在石桥上，听着蝉鸣，看着远处的白云在山峦上一片片飘过。但是，终究有一天，徐若空禁不住石桥下"山巨"一阵阵的蛙鸣声，挽起裤脚，小心翼翼又充满激情地下桥洞去探险了。

霞枫村自古以来有明确的"乡规民约"，其中有一条就是不得随便伐树，因此，千年传承，古木苍虬，新树葱郁，人们在村中行走，转角就能遇到亭亭如盖的千年古树，它们守望着历史，守望着这里乡民的世代烟火，赠予阴凉，赠予庇佑。

此刻树荫下，原楠枫高级小学教务主任关中瑜先生脚步匆匆，走得满头大汗。如今他已经不再是小学堂的教务主任，而是楠枫中心小学的关校长。

关校长匆匆而行，是因为新成立的楠枫中心小学成为嘉宁县西北片区的中心学校后，担负着西北片区六个乡的教学和指导其他小学的工作任务。他要召集这些教学点的负责人，召开第一次暑假会议，为新学年的开学做各种准备工作，比如扩建原有的小学堂。

"姆舅！姆舅！快救救我的姆舅！"

正想着学校的事，突然，一阵凄厉而又稚嫩的哭喊声传入了关中瑜的耳膜，他吃了一惊，以最快的速度往孩童惊恐的呼告声处飞奔而去！

只见徐逸锦的小女儿木念初呆若木鸡地站在一旁，而儿子木醒初一边在那小石桥上跑，一边哭喊尖叫。见有大人来了，小手指着石桥下小水涧十米远的楠枫江上，哭道："那那那那，我姆舅，快救救我姆舅！"

关中瑜不假思索，如离弦之箭冲下石桥，纵身跃入了楠枫江！

夏天的楠枫江正是旺水期，加上前天刚下了一场大雷雨，水流很湍急。关中瑜奋力向前游，但是徐若空小小的身子被水流冲得也很快。万幸的是，那天他刚好穿着一条姆妈亲手缝的背带裤，那背带又刚好被一棵大溪萝树伸向水面的一条老枝干勾住了，只不过他的头还是没入了水中。关中瑜奋力向前抓住了他，将他从水中拎了上来！可是，拎上岸的阿空已经脸色惨白、双目紧闭，几乎没有呼吸了。

关中瑜抱着孩子狂奔在田野间，此刻，他急需一头老黄牛。

正所谓天不绝人，刚好长人伯牵着一头老黄牛从田间往远处走，关中瑜大声叫："长人伯,长人伯! 快停停!"

那声音已经变了样,长人伯一听,牵着牛就赶了过来。见到这个情形,心中已经明白了七八分,将阿空往老黄牛的牛背上用麻绳一绑,用竹丝篾狠命地抽打着老黄牛,老黄牛就狂奔了起来! 终于,牛背上阿空那小小胸腔里的水在老黄牛的狂颠中从口中喷出,随之而来的是他长长的一声哭喊!

当金盈盈听到这消息,一声"皇天哪"之后便瘫坐在挑泥的水库坝上,徐逸锦也不拉她,撂下担子就往三官宫的田里奔去。

当从鬼门关处走一遭的徐若空看见徐逸锦后,姐弟俩紧紧抱在了一起。

八月份的最后一天,徐若空和木醒初成了小学生。

因为学生太多,而原来的楠枫高级小学扩建还不到位,于是,一年级新生的教室就临时设在三官宫中间三官大帝的佛像面前。

木醒初对新教室充满好奇,第一天入学,他仔细观察了变成小学堂的三官宫:左边是老师宿舍,右边是老师厨房。书桌只有两排,右边设四张,左边设三张。他因为个子高,坐左边最后一张,姆舅却被安排在右边的第一张桌子。

当然,他们不懂这是一个一到三年级的复式班。开学这一天,班主任请来了关校长,关校长亲自教他们读"开学了"三个字,木醒初只看了一遍就记住了。

从"开学了"三个字开始,每天放学后,两个孩子都会兴高采烈地向大人们汇报当天所教的新字,木醒初总比他的姆舅讲得好、算得快。

金盈盈不计较这些,她觉得村里能让这两个孩子上学已经是格外的恩典,她这些日子主要在琢磨一件事情:等到中秋的时候,如何能弄到几个月饼,好好去关校长那里道谢,虽然关校长一直说"不用谢不用谢"。

早上起来去扫街,一个常常请教金盈盈做鞋的小媳妇又拿了鞋样来请教她,得到帮助后,为了表达感谢,送了一些做鞋的布料给她。她眼前一亮,回家熬了两夜的灯油,一双轻巧结实又耐用的布鞋就做好了。

中秋那一天,金盈盈带着一双布鞋,手里提着锦姑娘不知从哪里弄来的一个装着北枣的纸蓬包,带着儿子徐若空,将头发梳得一丝不乱,到关家门上去了。

关中翰很惊讶金盈盈会在中秋节登门,他更惊讶历经命运如此磨难的财主婆一开口，那一句"关家大爷"依旧软糯柔绵，让他身子晃了一晃。

看到金盈盈拉着儿子，关中翰很快明白了她的来意，说："我家老四今天被县里领导叫去忙公家事了，你不用客气。遇到这事，谁都会救孩子的，这是天意，更是你家儿子命大。"

金盈盈听了，糯糯地说："关家大爷，鞋是我自己做的，这纸蓬包里也就几颗北枣。关校长是孩子的救命恩人，这点东西按说是真拿不出手，可我们孤儿寡母的，还希望您别嫌弃！"

看着金盈盈将鞋子和纸蓬包递过来的双手，关中翰又有点吃惊：这拿了好长时间扫把的一双手并不见粗糙，还是那样水嫩。他嘴上说"别客气"，却不由自主地接过了金盈盈递过来的东西。

金盈盈看他接了，红着脸说："关家大爷，真是难为情哦，这纸蓬包里的东西昨晚被阿空这个贪吃猫吃了不少，我又没钱重新买……"

关中翰一听就哈哈大笑："这些事，哪个碎细儿小时候没干过？"

他随即打开纸蓬包，将里面所剩不算太多的北枣都往徐若空的衣裤口袋里塞："来来来，你尽管放大胆吃，都是你的！"

金盈盈一见，"呀"了一声，赶紧伸手去挡。那一刻，关中翰的双手自然而然地抓住了金盈盈的手臂，那绸缎般的感觉滑过了关中翰的手，更滑过了他的心！

第九章
少 女 金 盈 盈

1

这几年,关中瑜觉得自己实在是太忙了。组建中心小学是一件大事,而霞枫村试办初级农业合作社也是开天辟地头一回。为此,关雪桐是忙了这头搞不定那头,按下葫芦浮起瓢,着实吃不消。许多事情,比如上头的政策内容等,除了张连福、石小筑等人帮忙之外,还要来请教关中瑜。

中秋节的早上,关中瑜接到县委组织部的通知,请他快速到县里去。

原来这一年,嘉宁县的优良金橘品种罗浮橘受到了国外友人的大力称赞,东瓯市打算委托省里将罗浮橘的种子出口,需要有人将说明书翻译成英语。县里分管农业的领导想到关中瑜这个名牌大学生,关中瑜笑着说:"这个我真不在行,我给你们请一个好手来!"

第二天,关中瑜就带来了徐逸锦,让她留在农业局做翻译说明书的工作,自己则匆匆往县委去。

到了县委大院,曾任霞枫村工作队队长,此刻已是嘉宁县县委副书记的王大正一见关中瑜就笑盈盈地递给他一杯热茶,说:"你小子总那么有朝气,快坐!"

王大正虽然已是县里的副书记,但他工作的重心一直在嘉宁县农民的吃饭问题上。王副书记天天泡在田间地头,其中很多工作得到了关中瑜的大力支持。

随着农业合作社工作的越来越深入,王副书记身边急需像关中瑜这样的年轻人,于是,那一天喝了王副书记一杯热茶后,关中瑜成了县委秘书科长。他未曾料想到，王副书记将带领他和嘉宁县的干部群众做一件震撼全国的创举，这个创举被记载为中国农村全面改革的源头之一，那就是"包产到户"。

自从霞枫村成立农业合作社之后，关中瑜已经好几次向王副书记提出过自己的一些困惑，比如社员吃的是大锅饭，出勤不出力，社员的生活水平不能提高，好多农户无法解决温饱问题。

王副书记当然看到了这些实实在在的问题，于是，开始由关中瑜具体牵头，在霞枫村组织一个"星火社"做试验探索。

当王副书记到霞枫村第一次为"多劳多得，按劳分配"的劳动原则开大会的时候，村民们炸开锅了。

长人伯一拍大腿说："原来你们心里和眼里都看得明的呀。这段时间累死胆小的，闲死胆大的，笑死不干的。你们看看现在那些人上工的样子：早上排排队，回头烟妹妹（吸香烟），晚上开开会。干起活来一大片，走起路来一长串。这样大呼隆，别说增产增收，就是老本也难保。这个'包产到户'太好了，早该这么干了！"

那一次大会后，长人伯分到了三亩地，石小筑一家分到了五亩地。

此外，还具体规定村里实行"三包制度"，即包肥料、包工资、包产量，缴给村里一年一千斤产量后，多出来的按比例私人拥有。

王副书记像以前在村里当工作队队长时那样，衬衫披在汗衫外，一只手插在腰间，一只手不断地边讲边舞。但是，村民们发现王副书记有一个惊人的变化，那就是他讲话再也不用翻了，只是那硬学会的楠枫话夹杂着浓重的山东口音，让人听起来就想笑。

村干部在认真地按户分地，忽然，长人伯提出来："阿木家的那几个孤儿寡母也要分田给他们吧！"

张连福一听立马跳了起来："什么？！旧社会我们受财主剥削，现在还要分地给财主婆、财主囡和财主崽？不行！绝对不行！"

季小满抢白道："你胡说，徐若空和木醒初不是财主崽，他们是学生！学生不剥削人！"

站在一旁的关雪桐很严肃地制止了他："小孩子懂什么，轮不到你说话！"

但是，方婶扶着季小满的肩头说："关主任，金盈盈和逸锦先生是从财主家出来的,但是那个苦命的阿木是贫农吧?阿木走了后,她们一直是靠自己劳动过日子,我们见过她们剥削人了吗?"

下面的小媳妇和媛子儿齐声道:"没有!"

在一旁一直不说话的关中翰一看,也把话题接过来:"旧社会将人变成鬼,新社会不是将鬼变成人吗?那就要分田给他们,将他们变成劳动人民!"

王副书记一听,大手一挥称赞道:"讲得好!"

于是,徐逸锦、金盈盈和孩子们第一次分到了新社会的土地。

王副书记又说:"县里在霞枫开展'包产到户'的试验探索,就是按照多劳多得、按劳分配的原则,一边抓生产,一边还可以搞副业。"

大家很好奇:"可以搞什么副业呀?"

王副书记将插在腰间的一只手换成了另一只手,插到另一边的腰间,说:"这副业可不能乱搞,也是劳动。大家在集体劳动外,如果还有力气,就再用自己的劳动力去赚点钱,比如担箬竹呀。"

石小筑说:"对对,我就担过箬竹,那可是相当辛苦的事。"

就这样,徐逸锦和金盈盈由于劳动力太小,孩子都未成年,也被允许搞一点副业。一时间,大家按照多劳多得、按劳分配的原则,一边抓生产一边搞副业,不到一年,粮食大增产,经济效益大大提高,整个村子被一种劳动的热情和丰收喜气笼罩着。但是,没过多久,这种热情和氛围戛然而止。

有一天,关雪桐拿着一张《浙南大众报》又召集大家开大会,会上说,现在认为"包产到户"是"倒退的做法",有人已经投诉了。

果然,很快,大家就接到了停止试验"包产到户"的通知。随即,他们得知王副书记被革职了。

2

徐家的祖上喜欢戏曲,楠枫尽人皆知。早年徐逸锦的祖父——那个以"嘘嘘篇"闻名乡里的徐老太爷,那么宝贝"落霞春"戏班也尽人皆知。但是很多人不知道,稀罕"落霞春"的除了徐老太爷,金盈盈那吸乌烟吸得家破人亡的爹也是个戏痴。

当年,逢年过节,不仅徐家在乡里喜庆盛典、迎神赛会、社火鬼节、神诞佛事请关家的"落霞春"来唱大戏,金家红火时,金家老爷也常常不惜重金请关中翰的爷爷关老板来唱戏。自然而然,金盈盈就迷上了那出将入相的戏台子上的生旦净末,当然她最迷的还是莺莺燕燕的多情公子和美娇娘的戏。但是,她没有想到的是,现如今,时代变了,这祖上一直迷的"乱弹戏"也改名为"嘉昆"了。

这几天,锦姑娘带回来一个消息:县里的嘉昆剧团参加了省里的戏剧观摩会演,演员们演了一出叫《荆钗记·见娘》的昆剧,轰动了戏曲界。

徐逸锦说:"我国有一个昆剧表演艺术大师姓俞,俞先生看了咱们的昆剧,很是称赞呢,说'南昆北昆,不如嘉昆'!"

金盈盈一听,撇撇嘴说:"我才不管啥'南昆北昆'还是'加昆减昆'呢,我只听戏文好不好,生旦做得好不好。听我爹爹说,咱们这儿的戏以前都叫'南戏',我爹爹说自古安阳出才子,阳平出戏子。安阳才子写的戏,让阳平的戏子演到楠枫江,明朝的时候起就年年从过大年演到七月七。对了,锦姑娘,你知道一个叫汤什么祖的人吗?"

"汤显祖?"徐逸锦有点奇怪,金盈盈怎么会问汤显祖?

金盈盈说:"对对对,汤显祖!我爹爹说那个汤显祖来过东瓯城呢!我爹爹说,咱们以前常看的《拜月亭记》先是那个关汉卿写的,后来咱们这有人抄着再写,就成了自己的戏文了。"

徐逸锦一听,笑了,心想:姨娘一口一个"我爹爹说",就似一个小姑娘,真的很是可爱啊!但徐逸锦心里也佩服,别看金姨娇憨的样子,对这戏文还真是心驰神往。于是她打趣:"你爹爹讲的一点也没错。还有《荆钗记》,现如今是咱嘉宁昆曲的头牌曲目了,在省里演出轰动了,这几日回来,在县里还演着呢!那里面角色可齐全了,真叫一个藏龙卧虎,有你喜欢的生角杨银友,我喜欢的老旦章兴梅呢!"

金盈盈一听,叫了一声"皇天哪——"跳到徐逸锦跟前,紧紧握住徐逸锦的手说:"锦姑娘、锦姑娘,我……我……能去县里看看杨银生吗? 我……我……能去看看这《荆钗记》吗? 我爹爹以前带我看过的!"

此刻,徐逸锦发现眼前的金盈盈哪里是一个历经磨难的苦命孩子的娘,分明是一个怀春的少女,那一双明眸里闪烁着羞涩又充满向往的光芒,那一刻,嘉宁县城的昆剧团舞台上的那一出《荆钗记》就是她生活的明灯！徐逸锦似乎听到了这几年金盈盈因为恐惧、饥饿、身心的苦痛而常常发出的那一声"皇天哪——"变成了昆曲唱腔，激越清亮、一唱三叹！

看着金盈盈那一双孩子般的眼睛，徐逸锦摸摸自己的口袋，毫不犹豫地将里面所有的钱都掏出来给了她！

"皇——"金盈盈伸出一只手摁住了想叫出"皇天哪"的嘴，随即抱起徐逸锦转了一圈，"锦姑娘，我的锦姑娘，你咋恁懂我的心思啊！皇天哪——"

第二天清晨，楠枫江的渡口，老艄公披着蓑衣才刚刚往长长的竹烟筒里装上烟丝，那一头就传来金盈盈莺莺燕燕的呼唤："艄公欸——摆渡欸——"

那一声，不仅唤醒了楠枫江滩林溪萝树上歇息的水鸟，也将另一个正匆匆赶来打算摆渡的男子唤得骨头酥软起来。

这一个细雨蒙蒙的清晨，关中翰没有想到自己会因为听见金盈盈的一声"艄公欸"而走起路来如腾云驾雾一般。关中翰从来也不信什么"百年修得同船渡、千年修得共枕眠"之类的话，但这一趟的同船渡，他开始动摇了。

或许好多日子不出门了，又或许是许久不坐渡江的竹筏了，筏至江中，一个激浪打来，竹筏摇晃得厉害，金盈盈不禁东倒西歪了起来。关中翰赶紧扶了她一把，还没容他缓过神来，又一个浪头，金盈盈一个趔趄就栽进了关中翰的怀中。等她好不容易站稳了身子，赶忙连声对关中翰说："关家大爷，真是对不住，对不住啊，这这这，水浪那么急的……"

看着金盈盈双颊泛起的红晕，几年前中央街阳光下，金盈盈那糯米藕般的双臂的感觉就像锦缎似的再一次拂过关中翰的心，但是他的脸上并无多大波澜，只是问了一句："你往哪儿去？"

金盈盈赶紧接话："往嘉宁去，听说那……"忽然，她感觉自己不能说是去县城看戏，只好硬生生将后面的半句话咽了下去。

渡过江，又坐了汽车，到了县城，正打算各走各的，金盈盈伸手拽住关中翰的衣袖说："关家大爷，这车票的钱，我还是给您吧！"

关中翰一听，正色道："若空娘，新社会都这么多年了，你怎么还按老规矩称呼人呢？你得叫我关大哥！"

金盈盈的脸又微微一红："好哩，往后就唤你关大哥哩！"

关中翰道："既然是乡里的大哥，还说啥车钱呢！那我就先走了，你也走好啊！"

还没等金盈盈回话，关中翰就掉头急匆匆地走了，他有点担心自己再不走，会接着问金盈盈往哪边走、去做什么，担心自己会一直陪她去目的地。他不愿意再想下去了，但是，他做梦也没有想到，那一天晚上，在嘉宁县昆剧团的戏院里，他居然看见了金盈盈，而且就坐在他的侧前方！

也许就是血液里的东西，不管关中翰以前对自己的爷爷和爷爷手里红极一时的"落霞春"戏班如何抵触，也不管年少时以拒不学戏表达自己的不屑，但是一直在那气氛和环境的晕染下，那音律、戏文、身眼手法步，似乎无处不在地钻进了关家几个兄弟的身体发肤。几个弟弟都在爷爷的调教下接受并学习了一段时间的戏，关中翰虽然顽强地抵制着，但是，内心深处，他还是喜欢。随着年龄的一点点增长，随着祖父、双亲的离世，特别是二弟客死他乡，又得小心翼翼地装穷，盘算甚至设计关家的生活，性情沉郁的关中翰常常无法排遣自己的压抑和郁闷。每当极度压抑的时候，他就到厢房去，打开爷爷留下来的那布满灰尘的戏箱子。这个时候，那些蟒袍大靠，那些凤冠霞帔就放射出独特的光芒，瞬间照亮了关中翰灰暗的心。

那个时候，他禁不住感叹戏剧是何等神奇：小小的一方舞台，如何将天南地北、山河湖海尽收其中，才子佳人、帝王将相各逞其能，恩怨情仇在咫尺之地表现得淋漓尽致。几个人只需套上件戏服，就造就了如此神通。

关中翰最喜欢丑角，看着那戏箱子里的一件件戏服，就能报出那些由丑角作为重头戏的折子戏，比如《一文钱》的罗梦、《儿孙福》的观灯。如今，关中翰发现随着年岁增长，心中那一份家传的喜欢似乎渐渐醒来。他不但很快接受了"嘉昆"这个新称呼，而且时时关注着"嘉昆"的各种信息。这一天，当他得知《荆钗记》的一出折子戏《见娘》轰动全国梨园的时候，也激动得一夜未眠，第二天起来便要赶到县里去看戏。但是他做梦也没有想到与他一同舟车劳顿来到县城的金盈盈，居然也是赶来看戏的，这太让他感到意外了！

而在散场的剧院里，金盈盈也发现了关中翰，这也实在让她大感意外！那一刻，她觉得自己仿佛做了贼一般，赶紧耸肩垂头，侧着身子随着人流往剧院外面溜。

走了好长一段路,金盈盈感觉到身边的人渐渐走散了,她的脚步慢了下来。再往后,在县城的巷子里,她走得晕头转向,彻底分不清南北了!年少时家里有生意在县城,她经常来,本以为很快就能走回今夜要歇息的小旅店,想不到日月变天,连路也变了。

"皇天哪——"金盈盈口中喏喏地低声叫着,心里发毛。

忽然,身后传来了一声"若空娘",她回头一看,如获救星:"关家大爷!哦哦哦,关大哥!我……我……我,我迷路了!"

在这个如迷魂阵般已经变得陌生的巷子里,金盈盈不知道自己是如何也像被灌了迷魂汤似的,稀里糊涂地就跟着关中翰到了他今晚的住店,稀里糊涂地就跟着关中翰上了他今晚将要歇息的房间。一直到关中翰将房间的窗户关上,那木窗略显沉闷的砰的一声震醒了金盈盈,她猛地退后到门边,战战兢兢地问:"关大哥,你你你,你这是做什么?"

昏黄的电灯下,关中翰眼里的金盈盈轮廓模糊,但是,那一份如兔子般的不知所措,越发让他心动。他一步上前,将身子抵在门上,一手拉暗了门边的电灯,一把将金盈盈拉入了自己的怀中,将身子紧紧地抵住金盈盈。

金盈盈只听得关中翰的呼吸一阵紧似一阵,胯间被一个硬物抵住,越逼越紧。她惊恐地叫了一声:"皇天哪,你要干吗!"

关中翰紧紧地拥住了金盈盈,将一口口的粗气吹在了她的耳根,一边喘气一边低沉地说:"别叫,别叫!盈盈,好盈盈,千万别叫唤。来,来,咱们到床上去。去,去,咱们到床上来……"

金盈盈听傻了:他居然叫我"盈盈"!

多少年了,居然还有人叫她"盈盈"!她身子一软,差点瘫在关中翰的怀里。关中翰随即抱住她,就往床边挪去。

就在此刻,门外传来"哗啦啦"一声响,原来是住店的客人在走廊里打碎了热水瓶。也就是那一声惊醒了金盈盈,她以最快的速度从关中翰的怀里抽身出来,夺门而去。

3

等金盈盈失魂落魄地回到霞枫村,就接到了一个特殊的任务——去村东的九峰山下拉大风箱。她在去县城看戏的路途中就发现田间地头垒起了数不清的小土炉,每个土炉都火光冲天。她不知道那是在做什么,直至到了九峰山下才知道,那叫村村户户"大炼钢铁"。她被山脚一座用红砖砌成的大高炉吓了一大跳:这是啥时候竖起来的呀? 一夜之间自己长出来的吗? 她在那边上看见了许多小红旗和标语,写着"超英赶美,以钢为纲""共产主义是天堂,人民公社是桥梁""人有多大胆,地有多大产"等等。这瞬间的巨大变化让金盈盈禁不住轻轻在口中叫了一声"皇天哪",更不知道这个大高炉居然是大字不识一个的张连福去邻村依葫芦画瓢设计出来的,而张连福已经在关雪桐的主持下成了霞枫村第一任生产队队长。

一夜之间,全国各地要"大办公社""大炼钢铁"的消息传遍了祖国山乡,当然很快也传到了偏于一隅的霞枫村。关雪桐拿着报纸到村里来开会,会上说:"现在,中央已经确定要把钢铁作为第一位的大事来抓,我们要坚决贯彻落实中央精神,咱霞枫村不能当落后村!"

长人伯听了,往草鞋上磕了磕烟斗里的烟灰,说:"咱们农民,懂炼钢? 那是城里工厂工人干的活儿,咱们可干不来。何况现在都快立秋了,咱们一季能完成一年的任务?"

关雪桐一听,脸放了下来:"长人伯,你别觉得自己年纪大就可以瞎叨叨! 这报纸上都报道了,各地从农业战线都传来喜讯呢!"

关雪桐读报读得起劲,可是下面的人都一脸懵懂。

不管大家如何议论,这大炼钢铁的事情可是一刻也不能耽搁了。村里没人懂高炉的设计,张连福拍着胸脯出来说:"不会咱就学呗,不就是起个高炉嘛。石小筑,你下午就跟我去柳村学习起高炉的办法,咱学回来就是。"

于是,那天下午,张连福带着石小筑和大队会计,马不停蹄地赶到柳村,爬上了柳村高炉,量出了高炉的所有尺寸,让大队会计画出草图,带了回来。

第二天一大早,大队的年轻社员就按照会计画出来的草图,在九峰山脚下砌起高炉,出口接地处挖了个小小空穴,直径约三四十厘米,一口气干到了第三天中午,高炉就建造完成了。

张连福很自豪,但是马上有人提出来:"这刚买来的大风箱谁来拉?"

紧接着有人就起哄:"金盈盈呗!"

于是,财主婆金盈盈就被叫来拉这个原本需要两个人拉的大风箱了。

一时间,九峰山脚下的炼钢工地沸腾了。人们拉来铁砂、木柴、黑炭,张连福一声令下,在炉膛里点了火,就开始炼钢。

金盈盈拼命地拉风箱,没一会儿就已经汗流浃背。张连福在一旁焦躁地大喊:"财主婆,你偷懒,拉了这么半天,怎么就是不见铁水出来?"

有人说:"张队长,这大风箱要两个人拉的!"

于是,徐逸锦立即被召过来,和金盈盈组成了"拉风箱二人组"。

不管徐逸锦和金盈盈如何使劲,那铁砂始终无法熔化。

张连福急了,踹了一脚金盈盈,吼道:"你们两个废物,就是不好好拉风箱!滚一边去!石小筑,你们给我上!"

可是,哪怕是像石小筑这样五大三粗的小伙子轮番上阵拉大风箱,哪怕炉火已经烧得极旺,那高炉子里也吐不出想要的铁水来。

张连福有点蒙了,连拍脑袋在那里叫:"这是訾哪*回事呢?"

这时候,长人伯在旁边幽幽地说了一句:"炉子里都是铁砂,砂多铁少,訾哪出得了铁水哦!"

季小满在旁边听了,说:"那我一会儿回家将家里的破柴刀和旧镰刀拿来投进炉子里。"

石小筑一听,也一拍脑袋说:"这个办法好啊!大家都赶紧回家,把家里的废铜烂铁都拿来!每个人都要拿,谁都不许少!"

大伙儿纷纷飞奔回家,张连福一转身,看见金盈盈和徐逸锦还杵在原地不动,对着金盈盈大吼一声:"你们俩还不回家拿废铜烂铁来?!"

金盈盈懦懦地说:"我家没有废铜烂铁。"

张连福瞪起眼睛吼道:"财主婆,你们别要狡猾,回家去找,必须找出来!"

---

*訾哪:怎么。

徐逸锦拉起金盈盈说:"回家吧!"

她俩回到家中,里里外外找了半天,除了找到几根扫垃圾捡来的细铁丝外,再也找不到别的废旧的铁器了。金盈盈无望地用眼睛再环视一遍草房,忽然眼前一亮,盯住了那一口铁锅!

徐逸锦顿时明白了:"咱就这一口铁锅,拿去炼了钢,咱拿什么做饭?"

金盈盈根本不回答她,走上前,拎起那口铁锅就往柴门外冲。徐逸锦在后面紧紧跟着:"你等等!"

到了九峰山脚,高炉前已经堆起了高高的一堆废铜烂铁。只见石小筑几个大小伙子光着膀子哼哧哼哧拉风箱,张连福把一把把破柴刀、锈锄头往高炉里扔。

又继续连烧了两个小时,仍见不到任何东西出来。这个时候,炉体冒出了浓烟,大家开始紧张,张连福也越发焦躁不安,因为再烧下去,高炉极有可能爆炸!

这时候,忽然见一个矫健的身影扒开人群,弯下腰开始检查热浪滚滚的炉口。不一会儿,只见他戴着白粗纱的手套拿着一根粗铁棍,将堵在炉口的残渣迅速扒拉了出来,继续不断地通炉口,终于,一条红红的火流淌了出来!

刹那间,大家鼓掌欢呼了起来:"炼出钢铁了,炼出钢铁了!"

在一片欢腾之中,大家忽略了刚才舍命捅炉口的人就是关家老四关中瑜。

因为县里的"包产到户"受到批判之后,王副书记被降职,关中瑜也回乡参加合作社的劳动建设。昨天傍晚,他爬上这高炉看了,发现炉内一层耐火砖也没有铺到底,就觉得不对劲。今天,他被水利局的领导叫到水库工地商量事儿,当他赶回来的时候,发现高炉通红,张连福他们正蛮拉风箱,而高炉边上正里三层外三层地围着社员们!

等那"钢铁"凉了,关雪桐赶紧拿来一块红布,让张连福将"钢铁"缠起来,说:"土洋结合,我宣布霞枫村大炼钢铁成功!"然后打算敲锣打鼓向管理区报喜。

在一片欢腾声中,有个半大的碎细儿快嘴说道:"这些哪里是钢铁,就是个铁疙瘩哦!"

第十章
生 活 集 体 化

1

外地人听不懂东瓯楠枫话,除了觉得发音和语法奇怪外,有一些词组的组合也非常奇怪,比如一日三餐被说成"吃天光、吃日昼、吃黄昏"。

这一日,在外忙了一天的徐逸锦回到家,见金盈盈还没回来,就进了镬灶间打算"煮黄昏"。可是家里的铁锅已经拿去炼钢了,今后要如何做饭呢?

正发着愁,柴门外金盈盈声响很大地进门来,大声招呼着:"阿空、阿初、阿念,以后你们不用饿肚子了! 锦姑娘,咱们都不用饿肚子了!"

一直以来,都是徐逸锦将外面的新信息带回家,这一回,这么一个天大的好消息,却是金盈盈带回来发布的。

徐逸锦转过身,笑着说:"还好家里还有几个洋番薯*,饿不着你了!"

金盈盈不接锦姑娘的话,继续说:"以后咱就不用自己打柴挑水、开伙煮饭了,可以吃食堂了!"

这一回轮到徐逸锦好奇了,和孩子们一起问:"啥叫'吃食堂'呀?"

金盈盈"黄昏"也不吃了,干脆坐在堂前给徐逸锦和孩子们讲这件新鲜事儿:"刚才我在中央街听说公社要办个大食堂,就办在三官宫里,家家户户将家里的饭桌凳椅搬过去就可以。关主任说了,只有放开肚皮吃饭,才能鼓足干劲生产。凡是农村人口,一律参加村大队的农业生产,以劳力出勤为标准,发给咱们食堂证,吃饭

---

*洋番薯:马铃薯。

真的不用花钱了,这叫什么什么……哦,对,叫'向共产主义过渡'。不过,咱们得先将家里所有的粮食都上交给公社。"

徐逸锦听了,觉得有点不可思议,可是,三个孩子已经开始欢呼雀跃。

果然,不出两天,霞枫村的三官宫里就开始洋溢起一种从未有过的欢乐气氛,全村老老少少第一次在吃饭不花钱的食堂里吃了一顿最幸福的饭,人人心头洋溢的快乐正如三官宫里一条大红的标语:"吃饭不要钱,老少尽开颜;劳动更积极,幸福万万年"。

不出几个月,徐逸锦和金盈盈惊喜地发现徐若空、木醒初和木念初几个孩子的身高噌噌噌地往上蹿。但是,这种让人欢欣鼓舞的场面在不久后就发生了变化。前所未有的自然灾荒,让饥饿像一场可怕的瘟疫,席卷整个中国大地!

食堂里,先是一斤饭票只能盛到九两左右的大米饭,不久,一日三餐就变成了"天光"和"黄昏"喝粥,只有"日昼"吃干饭,基本没什么配菜了。再过些时日,"吃天光""吃日昼"和"吃黄昏"都变成了"喝稀粥"。

有一次,有个人吃完粥不走,用指头刮堂里盛过粥的粥桶放嘴里吸吮,还伸长舌头舔粥碗,被关雪桐看见了,责问道:"真是太不像话了!你就那么能吃?我就给你十个白面包,不能喝水,你要是一口气能吃得下去算我请客,如果吃不完,就罚你三天不准来食堂吃一口。"结果那人不喝一口水就把十个白面包都咽下去了,还再吃了半个,从此,他得了个绰号就叫"十个半"。

食堂的粥越来越稀,稀到什么程度呢?按照长人伯的话来说,如果能在那锅粥桶里潜水下去,肯定也摸不上来几粒米。但是,霞枫村的农业生产却越抓越紧,男女老少日日夜夜都在田里做农活,关雪桐倒是带头上阵,天天泡在田间地头。可是,风也调雨也顺,生产也搞得轰轰烈烈,到了秋收,这收成着实让人着急。

那一日,生产队正在报今年秋收的产量,忽然有人来报,供销社好多磅各色洋毛绒被偷了!

霞枫村的供销社就在大祠堂里,商品都由区里的供销社计划分配下来,是村里小媳妇和碎细儿、碎囡儿*最爱去的地方,那里有花洋布、花被单、洋绒线,还有搪瓷脸盆、热水瓶等紧销的生活用品,当然,还有让碎细儿、碎囡儿嘴馋的裹着花花绿绿

---

*碎囡儿:小女孩。

糖纸的糖果。

在供销社值班的社员喘着气报告,昨晚柜台上有响动,他打开手电筒大喊了几声,发现没有动静了,以为是老鼠跳动,就回到铺在柜台桌上临时搭的床铺上继续睡了。但今天一早清点货物的时候,发现丢了好多磅各色洋毛绒。

正在食堂埋头喝那稀得可以当镜子照的粥的社员们一听,那呼噜呼噜的喝粥声都停了下来,大家立刻猜测谁是那个胆大的毛贼。有人说应该是男人,女人不敢半夜去供销社偷洋毛绒。有人却说男人去供销社偷东西肯定不只是偷几磅洋毛绒,会有力气偷更多值钱的东西。

大家议论得正起劲,在一边一直没有发声的关中翰忽然说:"咱霞枫谁家对这锁有研究? 哪些个女子对现代的毛衣针织最巧手?"

众人一听,手中端的海碗都放了下来,一致将目光投向了金盈盈!

霞枫老少都知道,金盈盈的外婆家是以制锁发家的,那时候的铜锁叫"绍锁",楠枫江也把这些铜制的横开锁叫"枕头锁"。"绍锁"以两为单位,最小的叫"二两锁",以偶数递增,最大的约七寸,叫"十二两绍"。金盈盈的姆妈嫁到金家,据说娘家就陪嫁了很多制作精良的铜绍锁,而金盈盈姆妈自然带来了开锁的绝活,谁家的门户箱柜丢了钥匙,找金盈盈的姆妈,必定手到锁开。好在楠枫江两岸自古民风淳厚,世代夜不闭户,鲜有偷盗,金盈盈姆妈的娘家锁生意并不红火。而手巧的基因被金盈盈姆妈转移到刺绣和针织上,跟着姆妈,金盈盈从小拿针线的手也特别巧,做媛子儿时绣花,嫁到徐玄廊大老爷家,是霞枫村第一个能用洋毛绒织毛衣的女子,那手织的鲜亮的毛衣穿在旗袍外面,惹得多少小媳妇和媛子儿争着来围观。

张连福一声令下:"果然是财主婆贼心不死,绑起来送公安!"

金盈盈的双手即刻被几个民兵扭到背后,身边的饭碗乒乓一声,摔在地上砸得粉碎。木念初吓得哇哇大哭,徐逸锦搂着几个孩子,大步跨到金盈盈前面,急急地对张连福说:"你们没有调查,不能冤枉人!"

但是,不由分说,财主婆金盈盈已经被五花大绑。徐逸锦将无助的目光投向了关中翰,关中翰却将脸别了开去。他自己心里很清楚:对金盈盈求而不得的郁闷连同所有深埋在内心的一切对生活和形势的盘算,都快压得他透不过气来了。原本以为在那个财主婆诱人的身体里,这种长久的压抑会找到一个出口,能有一个疏通的通道,想不到,在那么关键的时刻,一个与他毫不相干的热水瓶让他功亏一篑,金盈盈居然跑得无影无踪!那个晚上,他恨不得冲出房门将门口打碎热水瓶的家伙狠揍一顿,可是,他只能强忍着听金盈盈咚咚咚地远去的脚步声,然后,像招待所服务员打扫地上热水瓶的碎片一样,一声不吭地将心中的碎片一片片收拾起来,熬了一个晚上,又一声不吭地回到了霞枫。

县城的那一场《荆钗记》让关中翰心乱如麻,金盈盈的身影时刻在他的心中挥之不去。好在生产队大办食堂,他可以每天洗了一把脸就匆匆走出家门,在三官宫的大食堂里见到金盈盈。在谁也察觉不到的角落里,不管是吃"天光""日昼"还是"黄昏",关中翰的目光总是穿越众多的八仙桌以及八仙桌上的盘儿碗儿碟儿,甚至直接忽略那个"美貌冠楠枫"的徐逸锦,直达金盈盈那柔柔糯糯的身段。那些时刻,关中翰总觉得金盈盈是《红楼梦》里的史湘云,而他多么希望自己就是贾宝玉,金盈盈一转身就会对着他莞尔一笑,然后欢欢喜喜地叫一声"爱哥哥"。可是,那个曼妙的身子从来也没有朝他转过来,而且,见到他就躲。

今天,他故意误导大家怀疑金盈盈,因为他认为这是一个机会,他不能放过任何一个可以制造和金盈盈接触的机会。他非常有信心,如果金盈盈因此被抓到公安局去,他就让小舅子叶繁晟帮他解救金盈盈,漂漂亮亮上演一出"英雄救美"的戏码,到时候,他不信金盈盈还不会对他感激涕零、言听计从。

但是,关中翰没有想到,当徐逸锦大声抗议无效的时候,有一个人站了出来,执拗而坚定地道:"这事得调查侦破,等有结果再下结论。"

说这话的人不是别人,居然是自己的亲弟弟,老四关中瑜!

关中瑜话音刚落,就展开了详细而周密的"盗绒案"侦破计划。

他首先分析,以金盈盈和徐逸锦特殊的身份,她们在霞枫的一举一动都在干部的监督和群众的目光聚焦中,如果是想盗绒给孩子们织毛衣,哪怕织成了,也是断然不敢穿出去的。那么,就算是金盈盈开锁偷的,她们最大的可能就是转手卖掉。而徐逸锦和金盈盈这几年间,除了公家有任务,几乎很少离开霞枫。就算她们盗卖洋毛绒,本村的村民谁也不敢和她们做交易,那么交易的地点也只有在方圆上百里唯一的交易市场——当年徐逸锦卖蒲鞋的响山埠。

关中瑜当即带着公社的介绍信,和季小满、石小筑等人一起启程往响山埠赶去,吩咐响山埠所有卖洋毛绒、布匹的店家以及做中介的行贩,一旦有人拿洋毛绒过来贩卖交易,立即报告。

果然,第二天响山埠就传来消息,说柳村有一个懒汉拿了几捆洋毛绒来交易,那洋毛绒上还沾着许多泥土。那个懒汉姓鲍,懒得远近闻名,很好辨认。

关中瑜他们一接到报信,即刻带着介绍信前往柳村公社,在柳村公社干部和县里公安的配合下,就在鲍懒汉家中的柴仓里搜出了还没有来得及转手的另外几捆洋毛绒。鲍懒汉一看村干部带着民兵和公安来了,当即就招供,说自己实在饿得不行,就打起了供销社的主意。想想偷隔壁霞枫村的总比偷自己村的风险小,于是就先来霞枫踩点,发现霞枫供销社院墙刚好有破洞,就趁夜深,从院墙的破洞钻了进去,再从供销社的气窗爬进了柜台,想不到那院墙的破洞比较小,因此就选了体积小而轻的洋毛绒。因为洞口确实狭窄,拖着那几捆洋毛绒出来的时候,上面就沾带了好多泥土。

这起"盗绒案"就这样在关中瑜的智慧和能力下迎刃而解,徐逸锦和金盈盈自然是对他感激万分,而他怎么也想不到,那一头,他的同胞大哥一口闷气不知从何处发泄,只能高一声低一声地无端呵斥自己的老婆。

关中翰的老婆不明白自己哪里又惹到比天还大的关大老爷了。当然,现在关中翰不许家里人以"老爷"称呼他。别人可以叫叔、叫哥,后来叫同志、叫社员,但这病恹恹的关家大娘一直找不到合适的称谓去称呼自己的丈夫,只好"喂喂喂"地叫。一般情况下,丈夫是不搭理她的,除非烦了要吼她。这次她就又被莫名其妙地吼了一顿。

2

日子就在社员大搞农田基本建设和在大食堂吃饭中悄悄过去。但是很快,人们发现大食堂的一日三餐中几乎找不到米了,一开始还能拿个菜瓜和着粟粉、糠麸做些饼子来充饥,后来连这些也没有了。于是,关雪桐就组织妇女社员挖野菜。

金盈盈终于将苦菜、秋风丝、马齿苋、竹叶草、杨树叶、柳树叶、槐树花、榆树叶等凡是能往嘴里填的野菜和树叶都认了个遍。只是每天早上,她洗了一把脸,带着孩子们站在大食堂的门口，看着门口贴着的那副开始褪色的对联时，就会变得非常迷茫。那对联写的是："食堂巧做千人饭，公社温暖万人心"，横批是"人民公社好"。不过她还是愿意相信关主任经常挂在嘴边的一句话："人民公社是桥梁，共产主义是天堂。"她在耐心地等待，她相信，只要活下去，终将有一天，能到达共产主义的天堂。

面对可怕的自然灾荒，为了加快基本农田建设，兴修水利，每一家都得出劳力。贫农阿木家，当家人木天轩已经去世好几年。为了照顾家中的三个孩子，金盈盈留下来，而徐逸锦作为木家的正劳力，再一次被生产队叫到龙脊背水库工地挑泥。

正在猛长个子的徐若空和木醒初，肚子里就像住着两只小老虎，随便什么都能吞进口，转个头，肚子却又空了。

快到端午节了，生产队大食堂几个主事的社员说这好歹也是个大节，得想办法找几斤玉米面来做几个野菜馉馇让孩子们当粽子吃，解解馋。

虽然金盈盈没有去工地出劳力，但是她要每天在食堂洗碗，而徐若空和木醒初也不是在食堂吃白饭的，他们必须每天给食堂拾柴禾。

那一天，徐若空和木醒初正拿着戳了满满树叶的铁丝往食堂搬的时候，看见灶台边的大笸箩里面放着玉米面和几筐已经焯熟了的野菜，十几个大妈正忙着做野菜馉馇。做好的野菜馉馇放在大锅上一蒸，因为皮很薄，不用几分钟就熟。

虽然还没到饭点，看着那放在一边正冒热气的野菜馉馇，徐若空伸手就拿来往嘴里塞，一嚼，发现又苦又咸，但是，这丝毫没有影响他快速咽下肚子去。他扭头示意木醒初也吃，但是他那个外甥只在一旁咽口水，却不敢动手。

阿空狼吞虎咽连吃了五个，那笸箩一下子空了不少。正当阿空伸手拿第六个的时候，被刚进来的关雪桐一把抓住了手！

接下来的严重后果是：徐若空因偷食，三天分不到食堂的一口粮。而每一天，阿空是靠姆妈和两个外甥那本来就少得可怜的野菜糠麸汤的份额里悄悄匀出来的一点填肚子。当然，他知道绝大部分是姆妈从自己碗里拨拉过来的。

每一次帮姆妈洗完一大摞一大摞的碗，从食堂出来，徐若空发现姆妈的注意力根本不在他们三个身上。他看见姆妈的眼睛一直盯着路边，看见蚂蚱就抓，一路抓了好多只蚂蚱，将自己的衣襟卷起了一个小边边，抓一只就存在里头。

回到家，姆妈直奔镬灶间并关上了门。阿空在门缝里看着姆妈的一举一动：她在镬灶间找不到一根柴禾,急得团团转,转了几圈,干脆一屁股坐下来,停了一下,将蚂蚱拿出来直接放嘴里嚼,嚼了几口就立马吐了出来,皱了皱眉头,闭上眼睛,再停了好久,又抓了一只放进了嘴巴。阿空瞬间明白了,他推门进去,扑在姆妈的怀里哭道:"姆妈,别着急,阿空给您戳树叶子去!"

没有多久,阿空就戳了一铁丝的干燥的桉树叶子回来。他飞奔进镬灶间,那桉树叶子在灰塘缸里燃起了火焰,金盈盈将衣襟兜里的蚂蚱全部倒了进去。瞬间,只听得噼噼啪啪,那些蚂蚱炸出焦脆的声音的同时,也发出了从未闻到过的香味。金盈盈用小木棍夹起一个放进嘴里一嚼,眼睛直发光,赶紧夹起一个塞进了儿子的嘴里。没两分钟,这一衣襟兜的蚂蚱都落入了母子俩的肚子里。

于是,接下来的日子里,金盈盈带着三个孩子穿梭在田间地头,他们捉活物的范围从蚂蚱扩大到毛毛虫、蝴蝶、蜘蛛等等,运气好的时候,还能抓到老鼠和青蛙。

阿空带着阿初和阿念非常有劲头地在树林里和茅草房来回穿梭,搬运回来一铁丝一铁丝的桉树叶子。

可是好景不长,终于有一日,正当金盈盈带着孩子们烤老鼠的时候,张连福带人闯了进来,又将金盈盈抓走了。因为那段时间,为了防止社员们在家设私灶,村里安排民兵爬到祠堂的屋脊背上去瞭望。当他们发现村西头木家茅草房的烟囱里居然冒出了烟,顿时愤怒难当:果然,财主家还是存有私粮!

但是,当他们冲进茅草房的镬灶间,发现金盈盈带着孩子们烤的是老鼠和蚂蚱、毛毛虫的时候,他们的脚步骤然停歇了下来。

尽管如此,张连福还是说:"不管烧的是什么,都是开私灶,都要抓起来!"

于是,金盈盈又被饿了一天一夜,等她回到茅草房,看见儿子正带着两个外甥在吃刚剥了皮的青蛙,而阿念的小手里正拿着一只生的青蛙腿在猛啃!

所有这一切,远在龙脊背水库工地挑泥的徐逸锦一无所知。她所有的注意力都在如何用那又红又肿的肩头多挑几筐泥上,这样,她就能多得几个工分,能按照这多出来的工分挤一点余粮出来,让人尽快带回家去。当然,那些所谓的余粮也就是几斤玉米粒或者有一股霉味的黄豆粒。

徐逸锦和关中瑜分配在一个组,但关中瑜并没有经常在工地,因为他被抽调出去搞电机了。不过他还是会开着拖拉机运炸药雷管到工地来,哪一组的拖拉机坏了,他都会随时回来修理。

徐逸锦这个组年纪最长的姓朱,虽然不是真的出纳,但是因为兼职记账,所以大家还是管他叫朱出纳。这个朱出纳人很瘦,力气很小,抬不动石头,但是脑子聪明,于是,指挥部就将放雷管炸药的工作也分配给了他,这样,他就可以少抬石头,在工地上记工分,开山岩的时候,点点雷管炸药就可以,比徐逸锦这样的女人干的活儿还轻松。

日子在徐逸锦又红又肿的肩头上又过去了一小段,忽然有一天,消息传来,霞枫不办公社食堂了! 徐逸锦听到了心焦如焚,不知道金盈盈和三个孩子接下来拿什么东西果腹。

这一天,关中瑜开着拖拉机又送雷管炸药来,因为工地遇到一个大山崖,明天要开岩炮,既需要削平这个山崖,又刚好可以在这个山崖上开出岩石来。除了这项任务,关中瑜还负责给工地劳动的社员们介绍他们搞电机科研的新形势,介绍面粉机、粉碎机、割麦机、脱粒机等等。朱出纳听得饶有兴趣,一直拍手说:"这脱粒机太神奇了,只用把麦子在坡上割成挑子挑回来,一包一包塞进脱粒机就脱出麦子了。然后还有啥磨粉机,不要人不要牛不要磨子就能出麦粉,太神奇了!"

其他社员却听得直打瞌睡:"这个机那个机,那也得先有麦子啊!"

徐逸锦也觉得很累,就悄悄起身往女社员的工棚走去。周边没有一个人,工地上写着"水利是农业的命脉"的红旗在风中猎猎作响,她有点害怕,不禁回头看了看,这一看,她没忍住"啊"地惊叫了一声! 因为她发现后面一双眼睛在星夜里闪着光,紧紧地盯着她!

徐逸锦的心扑通扑通狂跳了起来,她转身就跑,想不到那个黑影快速追上了她,一双瘦削的手紧紧抓住了她,随之就将她扑倒在工地的沙堆上。

徐逸锦拼命挣扎,但是越挣扎,那个瘦削的身体就将她箍得越紧。粗重的呼吸吹到她脸上,那个人终于发声了:"大小姐、大小姐,你让我想得好苦啊!"

徐逸锦终于听清楚了,这是朱出纳的声音!

朱出纳一只手像一根细钢筋似的紧紧箍住徐逸锦,另一只手直接伸进了徐逸锦的衣襟乱摸。徐逸锦屈辱又不可名状的眼泪夺眶而出,大叫道:"你放开! 放开我！放开我！"

可是，徐逸锦哪里挡得住早已经狂热了的朱出纳，被他瘦削得像一根木棍的身体死死抵住，根本动弹不得。她强烈又无望地挣扎，只有天上的星星看得见她滚滚而下的泪水。她觉得已经难逃这个劫数，反抗的力气渐渐小了下去，一句平生说过的最恶毒的话从喉咙里迸了出来："你不得好死！"

"朱出纳，你这个畜生！快给我滚起来！"

徐逸锦不知道那个夜晚关中瑜是如何发现他们，并一把将朱出纳从她身上抓起来扔到沙堆上的。多年后，他只是简单地回答了三个字："凑巧吧！"

第二天，徐逸锦直奔工地，发现关中瑜已经回去了，只留下了几包雷管和炸药。朱出纳正要去摆炸药，看见徐逸锦有气无力地往山崖这边走，他那深陷的眼窝冷冷地看了徐逸锦一眼，恰好抬起头的徐逸锦接住了那个眼神，心头不免一凉。

朱出纳放好了炸药，点燃雷管，那边队长一声长长的哨子声响起，所有人都退到了红线外。

按理说，很快，几声巨大的爆炸声就会在山谷响起，而大家对这些声响早已熟悉，没有谁会害怕，但是徐逸锦的心忽然跳得很快，她紧张地等待着那些巨响。

不知为何，巨响并没有如约响起，半天了还不见动静。

有人在边上嚷道："只听说打仗有哑弹，咋这开岩炮也有哑炮啊？朱出纳，你那只鸡爪昨晚摸大肚婆的孕肚子了吧！"

大家哈哈哈地笑了，朱出纳阴沉着脸，拿着火柴一声不吭地往埋放炸药雷管的石窠走去。当他弯下腰弓下背探头去看的那一瞬间，只听得轰轰轰连续几声巨响，刚才那"哑炮"发出了震天的爆炸声，朱出纳的身体随即也随着那冲天的火光被炸得四下飞散！

"皇天哪！"徐逸锦摁住了自己张大的嘴，发出了一声惊叫！

所有的人都愣在原地，随即惊叫声和哭喊声骤然而起。

指挥部的队长愣了好久，才命令现场的男人将朱出纳收殓。

那一天，工地停工了，一股怪异阴沉的气氛笼罩着整个龙脊背山头。

快到傍晚了，徐逸锦的心还是跳得很快。她怎么也没想到，自己昨天那句平生说过的最恶毒的话居然真的应验了！太阳渐渐西落，她觉得心中实在无法平静，鬼使神差般地一步一步往工地上走去。

夕阳如血,洒在那些粗大的石块上,徐逸锦分不清哪些是残阳,哪些是朱出纳的鲜血。她神情恍惚,呆呆地看着那一片乱石,目光迷离,而后直接瘫倒在乱石堆前。

晚风忽然大了起来,吹得工地上的两条标语呼呼作响,那标语上写着一副对联:"龙脊背建电站,敢笑龙王无能;楠枫江换新貌,羞得嫦娥逊色。"

3

这些日子,关中翰一直没有搞明白老四关中瑜为何常常从龙脊背水库的指挥部跑回家来,而且一回家,就是让大嫂给自己做饭。一开始,关中翰以为是前些日子大办食堂把老四给饿的。这大办食堂,对于像金盈盈、徐逸锦这样的家庭来说,一开始着实是一件大好事,可是,关中翰却暗地里叫苦:所有的人都吃大锅饭,就意味着他不能在吃这一方面随心所欲了。

除了已经浸润在血液里祖传的对南戏的喜欢,关中翰的另一大爱好就是吃。他觉得,人生在世,一切外在的物质都是虚无的,只有吃到自己嘴里然后落到肚子里的东西才是实实在在的。

尽管他从祖辈手里接过来的隐形财富不比徐玄廊少,但他穿得就也只是比一般的乡人清爽一些,住的也就是爷爷手里留下来的几间瓦房,既无雕梁也无画栋。这几年,每年夏天都有几次大台风刮到霞枫村,关中翰也只是在台风过境后,修修补补那些个漏雨漏风的地方,修检一下房顶的瓦片。几年过去,那老屋也越发显得陈旧。关家大娘一直在唠叨:"正间那个花窗被台风吹走了,你也找人来修修……门柱也烂了,也该换扇门了吧……"

关中翰就吼老婆:"花窗没了,钉几根木条子就行,还穷讲究什么?我连你这个病秧子的婆娘都懒得换,还换什么门!"

关家大娘被他吼得脸上一阵白一阵红,不知是喜是悲,找人悄悄拿木条子钉了花窗、修了门柱子,再也不敢吭声。

关中翰对穿的、住的,甚至对老婆都似乎没有什么欲望,但是,关家大娘从来不敢怠慢丈夫对食物那旺盛的欲望。那种欲望,不是果腹就行,而是不管在器皿、食材、刀工、火候以及食物的颜色搭配上,都要有讲究。

一般人不知道,关家的镬灶房里藏了多少低调的奢华。且不说那关中翰悄悄从各地搜罗来的食材,就连灶台下烧火的火钳也是白生铁特意打制的,里面掺了白钢,拿在手里沉甸甸的,小孩得用双手才能夹住木柴往灶膛里送。

关中翰在老婆也算体面的陪嫁中,对各类圆木家私和锦缎被面丝毫不感兴趣,唯一对一套瓯窑烧的龙凤碗深感兴趣。

楠枫江两岸嫁女儿,不管贫富,都要为女儿准备一套高脚碗。楠枫方言里,"碗"与"稳"谐音,意思是这门亲事稳稳当当,祝福女儿出嫁后,日子也过得稳稳当当。

一般人家嫁女儿的高脚碗是一套十个碗心白釉而周身大红釉彩样式的,寓意步步高升。但是,家境殷实的人家嫁女儿的高脚碗,却是十个描了龙凤的金边高脚碗。关家大娘不但带来了一套龙凤金边的高脚碗,还带来了一对用鎏金铜雕做底座的描金闷碗。这闷碗其实就是一个精致的白瓷炖盅,盅身上仔仔细细地描上了一龙一凤,那一对龙凤脚踏祥云,似天外飞仙,满身贵气地飞入了这人间烟火。

关中翰对那一对龙凤闷碗爱不释手,当然,他更爱龙凤闷碗里炖出来的银耳莲子羹、桂花圆子酿和酒糟乌鸡汤。凡是做这些炖品,他都要亲自动手,让老婆在灶间给他拉风箱,自己则点燃一杆烟,在镬灶间静候,慢慢地等香气一点点地从龙凤闷碗中渗出,他便深深地呼吸,一丝丝地将香气吸入肚中,细细用心先品尝一番。那最后的火候,总是由他亲自烧火把握,一直到他认为可以开盅了,才要老婆和他一起洗手净面,坐下来好好享受一番。只有那个时候,他才会对老婆和颜悦色。

这鎏金铜雕底座的龙凤闷碗也是关家大娘衡量自家男人心情的晴雨表,如果哪一天他打算用它们炖东西了,那一天不管外面天气如何,家中一定风和日丽,否则,关家大娘又得小心挨吼了。

大办食堂之后,虽然家中不许开伙了,但关家大娘从来不用担心自己会吃不饱,因为关家的暗室里藏了吃不完的粮食。这时候,她才明白这么多年来,为何丈夫不请人翻修这越来越旧的老宅。白天在食堂跟着别人喝野菜汤,晚上回来,关中翰就搬出从东瓯城里买来的"洋油炉子"做东西吃,哪怕是民兵们爬上大祠堂的屋脊背看遍全村的烟囱,也发现不了他们家暗暗做吃的秘密。

每次关中瑜回到家，大嫂总是体贴地拿出饭团或者麦饼递给老四。

关中瑜很纳闷："大嫂，哪来的？"

关家大娘总是小心翼翼地说："问你大哥。"

那头关中翰则很含糊地说："你吃饱要紧！"

这些日子，平日里很少返家的关中瑜频频回来，每次回来就向大嫂要饭团、干面疙瘩或者麦饼。这一回轮到关家大娘纳闷了：一向对吃不讲究的老四怎么忽然变得这么能吃？大概是在外面真的饿慌了。

关中翰却发现了老四的不对劲，他曾经旁敲侧击地问过老四，也没问出什么来，但是，敏锐的神经告诉他，这一定和女人有关系，何况老四早到了婚娶的年纪。

这么多年，四邻街坊来提亲的人络绎不绝，但老四总是笑笑说："工作这么忙，事儿这么多，不着急这事儿。"

关中翰的直觉没有错，这些日子关中瑜频频回家要粮食，确实是和女人有关系，而这个女人，还是徐逸锦！

那一天，一头栽在乱石堆里的徐逸锦被人发现后，已经不省人事。回到工地处理事故的关中瑜一听，立马开了拖拉机，马不停蹄地将徐逸锦送往嘉宁县城的医院。在医院里，徐逸锦几天高烧不退，满脸红彤彤的，嘴唇起了一层层干皮。

望着病床上昏昏沉沉的徐逸锦，关中瑜的心紧紧地揪了起来。他忍不住伸手去摸徐逸锦的额头，被烫得缩回了手。但是，他还是将徐逸锦那一双没有一丝血色的瘦手紧紧地握在了自己手里。当他触摸到徐逸锦手掌心的一个个老茧的时候，心再一次被深深地震了一下：这曾经是一双何等细腻何等柔软的手，那宛若凝脂的指尖当初划过他的掌心，是何等温润！

是的，关中瑜曾经握过这一双温玉般的手，而且不止一次。

第一次，还是早在办冬学的时候，关中瑜和徐逸锦在霞枫小学堂为冬学扫盲班编教材。关中瑜发现自己常常分心，先是盯着徐逸锦那一双握笔和翻书的手发愣：这一双曾经握过十里洋场风花雪月，也曾握过世事百态变幻风云的手是如此纤细，不知道会有怎样的一股劲道呢？自己可以握一握这看起来如软玉一般的手吗？渐渐地，他发现自己盯住徐逸锦的身影就不愿意移开视线，他很想知道徐逸锦那深潭一般的眼睛到底有多深，里面有没有他的倒影。再然后，他发现自己在课桌边徐逸锦的身旁,总要将她身上的丝丝气息深深地吸入鼻中,然后进入心田。最后,他发现自己已经深深地喜欢上了徐逸锦。

终于有一天,就在第一期"冬学冬师"放学后,当所有的学员离开,当徐逸锦关上学堂的门窗打算回家时,关中瑜第一次紧紧握住了徐逸锦的手!可是还没等他开口,徐逸锦就以最快的速度将手从他的掌心抽走,转身离去。

关中瑜快步上前拦住了她的去路,而那个"逸锦先生"看着他,叹了一口气,轻轻地说:"关先生,我现在这个情形,想什么,也是多余的!"说罢便绕过关中瑜,飞也似的走了,那指尖留在关中瑜手心中如温玉般的感觉,却久久不散。

关中瑜第二次握这双手,是在他带徐逸锦去县里翻译罗浮橘资料时。在种满了罗浮橘的农业局大院,刚好是橘花开满枝头的时节,整个大院被橘花特有的清香所弥漫。那一天,关中瑜看见了一个不一样的徐逸锦。

一簇簇的橘子花下,徐逸锦开心地跳起来要摘,却够不着,便像个孩子似的咯咯笑着,笑足了,又跳,还是够不着,又笑。

那笑容和笑声是关中瑜从未见过的,他愣了好久,忽然缓过神来,连忙伸手摘了一大捧橘子花,递给徐逸锦的同时,又紧紧握住了她的双手。

徐逸锦很快又将手抽了回去,不过那一回,她不再称呼关中瑜为"关先生",而是在抽回手的时候意味深长地说了一声:"谢谢你,中瑜……"

而此刻,关中瑜轻轻抚摸着这一双已经骨瘦如柴、掌心长满老茧的手,眼眶禁不住湿润了。他不知道如何保护这个女人,他不知道有什么办法让这一双手再温润回来,再细腻回来。他能想到的就是将家里大嫂不断给他的那些来路不明的食物带到病房,喂给徐逸锦吃。

那些在医院的日子,他不断地给她带来食物,徐逸锦也不问,关中瑜给她什么,她就吃什么。她的心中只有一个念头:快好起来,快快好起来,离开医院,她要赶紧回到她的茅草房去,看看金姨和家里的三个孩子怎么样了!

那一天,关中瑜来到病房,发现徐逸锦已经将自己收拾得很利索。她把自己的双手放进关中瑜的掌心,示意他拉扯一下,随后果断地离开了病房,不管护士在身后叫唤:"喂喂!医生说你还不能出院……"

关中瑜匆匆帮她办了出院手续后就陪她坐车回到了霞枫村,可是,徐逸锦没有在自己家的茅草房前听到孩子们的打闹嬉戏声，也没有听见金盈盈软软糯糯的不像呵斥的呵斥声，等待她的，是茅草房的一片冷清。徐逸锦一边呼唤着孩子们的名字一边推开柴门，走过长满荒草的道坦，只见正间和镬灶间的木门上都落了锁！

徐逸锦心中猛地一惊，叫喊的嗓音已经变了调："阿空……阿初……阿念！金姨、金姨，你在哪里？你将孩子们带到哪里去了？"

关中瑜也大吃一惊："你先别急，咱到中央街去问问情况！"

徐逸锦掉头就往村子里奔去，没跑出多远，就见长人伯匆匆地迎面而来，气喘吁吁地对他们说："刚听生产队的人说在嘉宁县城看见你们了，我就猜是你们回来了！大小姐，你先别着急啊，金盈盈跟着村里那个灵姑婆外出讨饭了，三个孩子也都去了，是往北去的。"

徐逸锦一听，眼里冒出了金星，一脚没站稳，瘫坐在了路边的石头上。她抚着胸口大口喘气，想要喊什么，可是又硬生生地憋了回去。

长人伯说："大小姐，天不饶人，人要自己饶自己。如果金盈盈不是实在没办法，也不会走这一步。讨饭就讨饭吧，总归能让孩子们有点吃的！"

关中瑜在一旁扶住了徐逸锦的肩头，防止她摔倒，但是，他的心中也已经波澜起伏：这天灾人祸，霞枫人居然要出去讨饭了！

长人伯说："一会儿我家侄子从鸟鸣山砍柴回来，我就带上他去北边找。大小姐，你先回茅草房歇息，我一定将人给你找回来！"

徐逸锦腾地站了起来，紧紧抓住长人伯的双手："长人伯、长人伯，你帮帮我，你一定得帮帮我！"

这一回，徐逸锦的眼泪就像开了闸的小溪，再也止不住了。

关中瑜别过了脸，他的眼眶也已经湿润了。

目送长人伯远去的背影，关中瑜扶起徐逸锦慢慢地回到了茅草房。

坐了半晌，关中瑜也不知道如何安慰徐逸锦，就和徐逸锦道了别："你自己小心自己的身子啊，我先回去了，一会儿再来。"

说完，就径直奔回了家："大嫂、大嫂，快点快点，给我做麦饼。做十个！"

关家大娘吃了一大惊："三伏天的，一下子做这么多麦饼，会馊掉的。"

"那就给我麦粉。另外，有肉没有？没有就算了，给我一袋麦粉，外加咸菜虾皮就行!"

关家大娘一脸懵懂,搞不明白老四这些日子到底怎么了,回家就一个劲要吃的,但是从来没像今天要得这么火急火燎的,也从没要一袋麦粉。她吞吞吐吐地说:"这个,这个要……问问你大哥。"

关中瑜一把拉住大嫂:"大嫂,这些要拿去救人命的,等不及问大哥了,快给我拿来,大哥那边回头我自己跟他说!"

就在关中瑜不由分说的坚持下,关家大娘极不情愿地搬出了一袋麦粉外加几斤咸菜和虾皮给了小叔子,关中瑜背起来就往村西头的茅草房奔去。

当他刚刚将那一袋麦粉放在木家的镬灶间,柴门外忽然传来一阵嘈杂声。

徐逸锦和关中瑜连忙奔出门外,只见前面长人伯带着一群陌生人迎面走来。人群中,金盈盈衣衫褴褛,面色蜡黄,一手拖着一个孩子,三个人的身形都可以用"纸人"来形容了。

徐逸锦看着那面目全非的三个人,差一点没认出来。但很快,她的视线就停在了走在人群后面的几个人手上,再也无法移开。

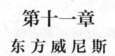

第十一章
东 方 威 尼 斯

从小到大，家里养过多少条狗，金盈盈记得一清二楚。楠枫人没有给看家的狗取名字的习惯，一律以"啰啰啰啰"来叫唤自己家的狗。楠枫的乡间田野里也长着很多狗尾巴草，楠枫人会将狗尾巴草唤作"狗啰啰"。

金盈盈还是个媛子儿的时候，她父亲也喜欢养狗，但是，和楠枫乡间几乎所有的男人养狗的目的差不多，那是为了吃狗肉。之所以能记得从小到大家中养过的狗，是因为金盈盈与乡里别的人家不同，她给每一只狗都取了名字。这些名字深深地烙印在她的心中，每一次父亲要杀狗的时候，她都会哭得惊天动地。邻人们要么觉得这媛子儿有菩萨心肠，要么觉得她脑子有问题。

金盈盈实在想不明白，老天怎么就这么不开眼，她对狗有如此的菩萨心肠，怎么会遭此恶果呢？她觉得自己上辈子一定是欠了那些狗狗的，哪怕这辈子对狗狗们如此慈悲，也换不来与狗狗们之间的相安。她永远也不明白，就算是她上辈子欠狗狗要还的，也是由她来还，怎么会让无辜的阿初来还呢？

在徐逸锦被派到龙脊背水库挑泥挣工分的日子里，起先，公社食堂里还是有粥可以吃的，再往后，开始以野菜果腹了。可是，没有多久，食堂不办了，金盈盈拉着三个孩子站在自家茅草房那连个锅都没有的镬灶间里发呆。她看着那成了一个黑窟窿的灶眼，心想：那一天锦姑娘不让我把铁锅扔进大高炉里炼钢铁也许是对的，可是，现在就算有那口铁锅，又有什么用呢？家里一点下锅的东西也没有啊！

金盈盈牵着木念初往村中走，想去碰碰运气，看看谁家能不能匀一口破锅给她。一出门，在溪边的小路上遇见了村里日常给人家"讲灵姑"的灵姑婆，只见那灵姑婆背着一只大麻袋正往家里去，那麻袋里面看起来装了不少东西。

楠枫流域不算太迷信，但是，遇到家中生老病死、小灾小祸的，也少不了占个卜、求个仙。妇人们特别信任那些个说自己能和神灵对话的灵姑婆，霞枫村的灵姑婆就是大半辈子靠给人设道场"讲灵姑"过日子的。可是新社会了，要反封建、破迷信，灵姑婆的生意一落千丈。更何况到了如今这样的年头，人人都为肚子愁肠百结，谁还会请她去讲什么灵姑？

这灵姑婆没嫁过人，一人吃饱全家不饿。如今，她断了财路，又没有家人接济帮扶，那就只有饿肚子了。吃食堂的时候，见金盈盈一个人拉扯着三个孩子，她也不避讳，不管金盈盈是不是财主婆，经常来帮衬着去打打饭、照看阿念。后来食堂不办了，她就不知去向了。村里人说，灵姑婆背着个麻袋外出讨饭去了，过个十来天会背一袋吃的回来，吃完了又出去讨。

这一日，金盈盈在小路上遇见灵姑婆时，她刚好讨了一袋吃的回来。

见到金盈盈手里牵着面黄肌瘦的木念初，灵姑婆停下来，赶紧从麻袋里掏出一块粟粉饼递给她。看着孩子吃得差点噎住，灵姑婆怜爱地说："苦命的孩子！"然后问金盈盈这些锦姑娘不在的日子怎么过，金盈盈一听便一声"皇天哪"哭了出来。

灵姑婆拉住金盈盈的手说："哭也哭不出吃食来啊！现如今活下去最要紧，靠锦姑娘在水库挑泥，你想想她那个肩头能给你们娘儿四个挑来吃食？她自己不饿死已经是万幸了。要不，我带你们一起出去吧，多背个麻袋嘛！"

金盈盈一听："皇天哪，我这是什么命啊，这辈子要轮到我去讨饭！"

灵姑婆劝道："朱元璋都讨过饭哩，你讨个饭有啥的？只要能活下去，讨饭又咋啦？我要不带着你，就怕你出去还讨不来吃食呢！"

金盈盈一听，更是悲从中来：我金盈盈这辈子居然有朝一日要讨饭！不过，那一天她还是跟着去了灵姑婆家中，因为灵姑婆说自己有一口破锅可以送给她。

送金盈盈出门时，灵姑婆又叮咛了一番："你要是真不行了，就跟我出去吧！"

很快，灵姑婆的话就灵验了。看着阿空、阿初和阿念那三双黯淡无光的凹陷的眼睛，金盈盈一咬牙，终于背起一个大麻袋，拉着三个孩子跟着灵姑婆出去了。可是她做梦也没有想到，才第一天跟着灵姑婆到了镇子上，在镇上的一个小饭馆门口，他们就遭遇了两只恶狗的疯狂围攻。

惊慌失措中，金盈盈抱起木念初，惊叫着："阿空、阿初，快跑！"

但是，那两只恶狗的凶狠程度完全超出了金盈盈的预料，徐若空蹲下身子捡石头的瞬间，两只大狗扑倒了他。在一旁的木醒初一见，不知道哪里来的勇气，不顾一切地扑向了两只大狗，用小手狠命地拉扯着它们。两只大狗一同转身，恶狠狠地同时咬向了瘦弱的木醒初！

木醒初的惨叫和徐若空的惊叫同时响起，紧紧抱着木念初在前面狂奔的金盈盈再一次回头时，木醒初已经被恶狗咬得遍体鳞伤，倒在了血泊中，而灵姑婆手里拿着一根打狗棒，呆若木鸡地看着眼前发生的一幕……

再后来，就是刚刚出院回到茅草房的徐逸锦看见了金盈盈身后那向她走来的一群人，他们的手上，抱着断了气的木醒初！

霞枫村外的那一片枫林里，当年徐玄廊老爷曾经感慨万千的地方，他的无字碑旁，除了陪伴他一起安眠的两个女婿外，又添了一座小小的新坟。

木家遭遇如此变故，生产队有人不免心生恻隐：虽然娘是财主囡，但那死去的木醒初是贫农的儿子。何况徐逸锦如今那快被风吹倒的身体，就算去龙脊背水库，也挑不动泥了，应该重新给她安排一个工种。

有人说："朱出纳死了，徐逸锦有文化，是不是可以让她当出纳？"

想不到徐逸锦死也不从。于是，有人又说："两个女人总要有一个为生产队出力拿工分，那就让财主婆出来劳动！"

这一回，公社给金盈盈分配的工作比徐逸锦在水库挑泥稍微轻松一点：割草。

霞枫的人们已经好多日子没有见到灵姑婆了，据说她吓得不敢再回村。

人们每天见金盈盈戴着一个偌大的箬笠帽，背着一个大草筐，手里拿着弯刀，没精打采、有气无力地跟着社员们去山坳里割草。

人们经过村西头楠枫江长碇步前的木家茅草房时，总忍不住伸头向柴门张望，但是，他们一直都不曾见到徐逸锦的身影。有好心的婆娘们暗暗担心：这锦姑娘这一回会不会为儿子一病不起呢？

终于有一天，他们看见徐逸锦出现在了楠枫江艄公的渡船上，她不是一个人，而是一手牵着一个孩子，那是她的弟弟徐若空和女儿木念初。

人说嘉宁县境内八山一水一分田。以瓯江为界，嘉宁踞江北，而江南的东瓯城，这个始建于晋代的千年古城也是沿山而建。

小小的东瓯城里就有九座山，据说1600多年前，晋明帝太宁元年（323）决定修建郡城时，恰巧有一个名叫郭璞的跨界奇才客寓东瓯，故请他"为卜郡城"。

年少的徐若空很奇怪这位设计了东瓯城的郭璞并非东瓯土著，而是山西闻喜县人。当他怯生生地跟着姐姐第一次从麻行码头踏上东瓯城的时候，他越发好奇当年郭璞怎么会选了这么一个多山的地方来建城。

徐逸锦此刻没有心思游历东瓯城，但也不忍心阻止弟弟的无限好奇心，就将脑子中尘封多年的史料搜了搜，然后告诉徐若空，当年郭璞建城前为选址，登上瓯江南岸的西郭山，见数峰错立，状如北斗，刚好有一座叫"华盖"的小山锁住斗口，便对父老乡亲说："若城绕山外，当骤富盛，但不免兵戈水火。城于山，则寇不入斗，可长保安逸。"因此就建城于山，东瓯城也被叫作"斗城"。

为了使天上人间心心相印，郭璞还在城里的地面凿了二十八口井，对应天上的二十八星宿。据说选址奠基完成后，面对"西居""南市""东庙""北埠"的宏伟蓝图，郭璞曾豪情满怀地预言："此去一千年，气数始旺。"

想到这一句，再看看自己和身边的两个孩子，徐逸锦不禁暗暗叹了一口气：已经过去一千多年了，这东瓯城内"旺"字何在？

发出这一感叹时，徐逸锦已经和自己年幼的弟弟徐若空、女儿木念初安顿在东瓯城内一座曾经名噪一时的"涉园"里，那里曾经是徐逸锦外婆的娘家。

徐逸锦小时候，每年夏天放暑假，父亲总会派家里忠心耿耿的长年老戴去上海将徐逸锦接回老家霞枫，消几日暑气后，便会将她送到东瓯城自家的商号里。在东瓯城，虽然徐家也有自己的园子，但是，徐逸锦还是最喜欢住在外婆的娘家。

徐逸锦的外婆姓周，周家祖上在清嘉庆年间在东瓯城里圈地十七亩，建起了这座园子。周宅南北有河，正门叫谢池巷，是为纪念晋代在东瓯任永嘉太守的谢灵运而建。后门叫府学巷，后门对岸就是周氏大祠堂，祠堂前有一对大石狮，祠堂里的栋柱要两人合抱，足见当年周家祠堂的气势宏伟和周家的巨富。

每年夏天，徐逸锦总要走进外婆娘家那铺着厚厚青砖的巨大门厅，大门的横梁上有一块藏青石匾，上刻"涉园"二字。外舅公说，这"涉园"是取陶渊明《归去来兮辞·并序》中的"园日涉以成趣"之意。在小逸锦的眼中，这"涉园"就是人间乐园，因为这里有太多的房子，可以和表兄弟姐妹们玩捉不完的迷藏。

周家大屋纵深五进，每进有正屋七间，边置轩房，共设大小中堂36个，光道坦就有30个。东侧叫驻春园，西侧就叫涉园，园内有大花厅，悬挂一个大大的匾额，上面写着"种莲池馆"。外舅公非常喜欢知书达理、文气十足的小逸锦，总是细心地跟她说那是取北宋周敦颐的《爱莲说》之意。园中有假山、水池、廊榭、花墙，种有桃、竹、梅、柳，四季如春。而让小逸锦最感兴趣的，是这园中还有一个叫"崇善堂"的戏台子，可以做南戏看的。戏班子一来，楠木、红木制的太师椅、八仙桌就抬出来放置在园中，院子里要热热闹闹好多天呢！

这一天，当徐逸锦再一次进入周家大屋时，这里已经挂上了"矾矿驻东瓯办事处"的牌子。

东瓯物产十分丰富，有"世界矾都"之称。距离东瓯城一百多公里的地方，有个有名的矾矿，那个镇子就被叫作矾山镇。当年，周家一个姓柳的长年到矾山当了矿工，后来成了矾矿驻东瓯办事处的主任。当他在城里到处为矾矿找办事处驻地时，忽然想到了周家大屋，就向上面打报告，很快得到同意，兜兜转转，他又回到了当年的周家大屋。

这位柳主任面慈心善，家风厚道。家里有个弟弟，和关中瑜是同学兼好友。从杭州毕业回来后，虽然一个在东瓯城里，一个回到了楠枫乡下，但两人仍通信不断，一直相互牵挂。就在不久前，关中瑜在信中与柳家小弟说了自己对徐逸锦的心思，并说明了徐逸锦目前的丧子苦难和困境。柳家小弟以前也常听大哥说起徐逸锦，就将徐逸锦的事情和大哥说了。柳主任一听，想到当年周家老爷对他的好，赶紧让弟弟写了一封信寄给关中瑜。信中说现在矾矿驻东瓯办事处人员越来越多，大部分是单身汉，正缺一个煮饭、洗衣、打扫卫生的"阿姆"，如果不怕心里有委屈，可以让徐逸锦带着两个孩子一起回到周家大屋，包吃住，月工资12元。

在接到柳家小弟的信后，关中瑜马上通知了徐逸锦。金盈盈一听，叹了口气说："皇天哪，锦姑娘，你这是要回周家大屋当下人呢，你能做得了吗？"

徐逸锦深深地看了她一眼,说:"现如今还谈这个? 总得想办法给孩子们找一口饭吃啊!"

于是,连夜收拾了没啥可收拾的东西,第二天,在金盈盈千般无奈、万般不舍中,在徐若空强忍的泪水中,关中瑜陪着徐逸锦三人坐上了从楠枫出发的舴艋舟,往东瓯城去了。

舴艋舟在楠枫江走了一天一夜才到了瓯江潮能涨到的沙头湾,他们在那换了一只大一点的舴艋舟。因为沙头湾是感潮江段,须等到落潮时才能开船,因此,从霞枫出发,到第三天的清晨,舴艋舟才在东瓯城的麻行码头靠岸。

当徐若空擦着睡意惺忪的眼睛,跟着大姐踏上东瓯城的土地时,他知道,他将和此刻还在混混沌沌中的小外甥女木念初一起,迎接一个新的世界。

2 🍁

徐若空跟着大姐和关中瑜,带着木念初第一次踏进涉园,涉园之大并没有让他惊叹,反而是园子里的某些事情让他觉得很新奇,又很不解。

还没安顿好行李,天就开始下雨,外面道坦里一个和自己年纪相仿的小姑娘一边收衣服一边高声叫道:"阿妈,赶紧来收衣服,下雨了,衣服都要被雨打烂了!"

随着一声应答,一个高个子大婶急匆匆撑了油纸伞往门口走去:"阿姆,你真显能,阿妈要赶紧去媳妇街办要紧事,你再显能一点哦,把衣服都收好,别让雨水打烂衣服哦!"

虽然楠枫江是瓯江的支流,楠枫话和东瓯话同属一个语系,但是,这口音和俗语的差别还是巨大的。徐若空听得有点蒙:几滴雨就能将衣服打烂了? 莫非这城里的雨比我霞枫的雨厉害? 还是我霞枫的土布衣服比东瓯城里的洋布衣服牢固? 霞枫的雨顶多也只是将衣服打打湿呀! 还有,收件衣服,就是"显能量"了? 这"能量"也真是"显"得太随便了。那大婶还说要去媳妇街,难不成这东瓯城里还有一条女婿街?

阿空实在忍不住了,去问大姐,大姐一听就笑了,是近段时间以来难得有的笑容。她说:"霞枫和东瓯里的当然都是一样的雨啦,东瓯话'打烂'就是'打湿'的意思,在你听来是说得有点夸张呢。那条街也不叫媳妇街,出门右拐向西,得走挺远的路,那里以前都是河道,西边那条宽一点的河道叫喜富河,后来填了河道变成路道,大家就将喜富河叫成喜富街了。还有,东瓯城里夸孩子乖,都叫'显能'。咱们如今到了城里,和以往在霞枫完全不一样了,咱们寄人篱下,你原本就很'显能'的,接下来要带着阿念更加'显能'哦!"

阿空点了点头,可是快天黑时,他又担心地问徐逸锦:"大姐,咱们这趟出门来,别说没有带脸盆脚盂,就连晚上的油灯蜡烛也没带呢,晚上咱咋洗脸洗脚,是不是还要夹暗摸*了?"

在阿空的无比担忧下,天色很快就暗了下来。正好,那个柳主任跨进了他们的房门,亲切地说:"该吃黄昏了,你们头天来,今天的黄昏就到我家吃吧!"

说着,柳主任就弯腰将木念初抱了起来。

徐逸锦说:"柳主任,我们……"

话还没有说完,正在外面给徐逸锦一家置办基本生活用品的关中瑜和柳家小弟回来了。小柳放下手中的东西,不由分说就拉着徐若空往外走:"你这是和我们客气什么? 走走走,吃饭去!"

阿空感觉小柳叔叔的大手很温暖,那只大手牵着他,穿过两边砌了青砖勾了白边的长长的走廊,再走过一道上面有木拱的门,走进了柳主任家的厨房。在那间厨房,他看见了刚才说衣服被雨水打烂了的小姑娘,那个和他差不多大的小姑娘是柳主任的大女儿,名叫柳叶春。

柳主任站在厨房门口啪嗒一声拉了一根绳子,顿时,房间里大放光明。

徐若空抬起头,顿时明白了:城里有电灯,不用担心晚上夹暗摸了。

明亮的空间里,阿空看清了这房间里的所有人。

柳主任家有四个女儿,最小的还抱在手里。阿空见在灶台上忙碌的那个大婶身形瘦高,脸上没有什么肉,颧骨也有点高,没有什么表情,和脸圆圆的、一说话就有笑意的柳主任完全是两个模样,莫名有点怕她。

除了老大柳叶春一直在帮母亲摆碗端盘、摆筷拿勺外,老二抱着最小的坐在一旁的小凳子上朝着阿空笑。老三一点也不认生,噔噔噔过来牵上木念初的手,就要

---

*夹暗摸:摸黑。

往八仙桌下面的凳子上爬。柳家大婶呵斥了一声："老三你小心点！"柳主任就招呼大家坐了下来。

八仙桌上的食物让徐若空很惊讶，但他没有让任何人发现他的惊讶。他一声也不响，悄悄地扒拉着那满满的一碗白米饭：太香了！

柳主任见他不敢夹菜，连忙在他的饭碗上夹了一节带鱼，说："小后生，别客气，吃了还有！"

徐若空一边吃，一边用那一双乌黑的眼睛扫着桌上的菜肴。八仙桌上的菜，除了带鱼，其他的他几乎都不认识。最奇怪的是一盘贝壳，灰白色的外壳不像楠枫的田螺那样光滑，而是有一小格一小格的横切面，显得无比坚硬，不知道要怎么打开它们，更不知道如何下口。

阿空发现阿念也对那一盘小贝壳产生了兴趣，只见她忽然从椅子上站起身，伸出手就抓了一个，直接放进嘴巴咬。这一咬，大概硌得她牙齿发酸，赶紧又吐了出来。大家一看，都笑了。

小柳叔叔拿起一个，用双手的几个指头紧紧夹住小贝壳，指甲顶住贝壳的沿口，一用力，贝壳就剥开了。可是，阿空一看吓了一跳：这小贝壳里面居然是一肚子血肉，那鲜红的颜色，就像是生的牛肉。

小柳叔叔看见了阿空的表情，说："小后生，这是花蛤汤汁，看起来像鲜血，所以我们就叫它血蛤。但这里面不是血哦，可鲜了，来，尝尝！"说着，就递给了他那盛着血蛤肉的半片贝壳。

阿空看了大姐一眼，大姐用眼神鼓励了他，他就伸手接了过来，闭起眼睛将那血蛤肉连汤带汁地吸入了嘴里。然后，他就睁大了双眼，做了一个很夸张的表情。那喜悦的可爱的表情逗得大家又笑了，关中瑜打趣道："阿空，这血蛤会把人的眉毛鲜掉的！"阿空赶紧摸了摸自己的眉毛，大家笑得更欢了。

在笑声中，徐若空觉得自己吃了长这么大以来最好吃的一顿饭，那血蛤又软又韧，还带着大海的淡淡的咸味，他真的担心自己的眉毛要被这血蛤给鲜掉了！

好久没有如此快乐地吃一顿"黄昏"了，徐逸锦的脸上也渐渐舒展了开来。

关中瑜抱着阿念回到柳主任给徐逸锦一家三口安顿的小房间，打开刚刚买来的网兜，拿出一些盥洗用品。

徐逸锦去道坦的水井里打了一桶水回来,叫阿空来洗脸。

刚擦了脸的阿空忽然拿着毛巾愣在一边,问徐逸锦:"大姐,只有一个洗脸的面盂,那咱们在哪里洗脚呢?"

关中瑜接话道:"脚也在这面盂里洗的。"

阿空听了大失所望:城里人不是爱干净吗,怎么脸和脚都可以在同一个盆里洗呢? 我的霞枫虽然是乡下,但是我们洗脸有面盂,洗脚有脚盆,洗衣服有鹅兜,洗尿布有子孙桶。看来这城里人的讲究也只是空讲啊!

徐若空在东瓯城里醒来的第一个早晨,太阳已经几黄竿*高了。他起床一看,大姐不在屋里。他轻轻地走到小房间另一张床边,看到自己的外甥女木念初也已经醒了。她好奇地闪着那一双好看的大眼睛问舅舅:"姆舅,我没听见公鸡叫,这天怎么就自己亮了呢?"

阿空觉得外甥女问得可有趣了,笑道:"是啊是啊,我也觉得呢。快起来,咱们到外面找找那没叫你起床的大公鸡!"

于是,乡下娃徐若空带着外甥女木念初在偌大的院子里找了一通,别说大公鸡了,连根鸡毛也没有看见。于是,阿空带着阿念穿过了周家大屋错综复杂的走马楼回廊,绕过了廊榭花墙,最后跨出了青砖门庭,就融入了东瓯城这清晨市井的滚滚烟火中。

一出周家大屋的大门,徐若空一抬头就看见了一个路牌——谢池巷。站在巷口,阿空和阿念都吃了一惊:这又长又宽的路巷中间居然是一条清清小河。

那一刻,徐若空根本不知道东瓯城里错综复杂的水系堪比威尼斯水城。他紧紧地拉着阿念的手,放眼望去,只见清晨的阳光下,河水清冽,青苔嫩绿,小鱼游弋,他都数不清谢池巷河道上有几座小桥,只看见这些小桥有的是青石铺就,有的是原木搭建,样子都不一样。

桥上,大人们拉着那些与阿空同龄的背着书包的孩子行色匆匆,全然不顾河道基石间那些探头探脑的蟛蜞、小蟹,也全然不看河道两边的垂柳、红花。而桥下,这些河道就是周边居民的通途及市贾买卖所在,小船往来不绝,那些小贩驾船沿河叫

---

*几黄竿:长竹竿。

卖,一声一声和霞枫不一样但是能听得懂的口音传入了阿空和阿念的耳中,让阿空听得有点恍惚:这里的河道和楠枫江是多么不同啊!

当然,这些小桥流水和小贩小船是不足以体现东瓯城的气派的。继续往前走,阿空见识了什么是城里的大屋。

在沿河两岸鳞次栉比的建筑里,阿空和阿木被一个八字大门吸引住了。大门前面左右门当气派非凡,阿空不自觉地就拉着阿念迈进了那敞开的大门。只见细竹婆娑,兰花幽香,通过砖瓦花窗的天井门台就见到一个大道坦,道坦两侧放了两个大鱼缸,缸内有好多条水泡眼的金鱼游得欢畅。鱼缸旁有一口古井,井边放置了石凳、石桌。阿空探头往"上间"中堂张望,只见堂中两侧放着堂椅、茶几,正堂前放了八仙桌和长条桌,桌上古瓷瓶、小屏风放得井井有条……

"谁家的小孩,找谁啊?"一声粗粗的嗓门响起,吓得阿空拉着阿念赶紧逃出了那个气派的大门台。

一出来,水巷那浓浓的烟火气扑面而来。阿念被横巷口阿青裁缝店的老司*给吸引住了,因为他的脖子上挂着一根长长的皮尺。

一阵琵琶声传来,阿念转头一看,发现裁缝店隔壁开着一家乐器店,那悠扬的琵琶声就是从弹琵琶的叔文老司手指头下传出来的。

再过去一户,是做鞋补鞋的店铺,店主"李鞋佬"总是坐在自己家门口做活,等顾客上门来,是从来不出去揽客的……

阿空和阿念觉得自己的小脑袋有点看晕了,他们回到了外面的水巷,只听得汩汩的河水穿巷而过。河埠头有许多女子在洗衣服,木头做的连子挞*此起彼落,清脆而频繁。忽然,下边的河道里传来了唧唧唧的声音,他俩同时探头望去,只见河道里出现一艘破旧的小船,船舷上放了一个竹筒,筒上开出一个大概一尺长的槽隙,有一个衣着同样破旧的老人拿着一根小棍子唧唧地敲响那个竹筒。岸上有孩子见了,回头往沿河的屋内喊了一声:"阿妈,敲梆船的来了!"

"哦,你把昨天那冷饭倒给他吧!"

只见那老人将一个在顶端绑着小饭钵的长竹竿高高擎起,岸上的孩子便将昨

---

* 老司:有手艺的师傅。

* 连子挞:捣衣杵。

夜的残羹冷菜倒了进去。

阿空看明白了:原来这敲梆船就是乞丐和他的"讨饭船"。

看见乞丐吃饭,阿空和阿念摸摸自己的肚子,忽然发现里面也很空。

阿空有点茫然地抬头看了看,已经不知道自己现在离昨晚睡觉的那个"家"有多远了,更不知道"家"里大姐发现他和阿念不见了之后,是怎样一个崩溃的状况。

柳主任立马将办事处的同志都派出去找孩子,他的弟弟柳彦方则去找了一条船,和几个水性好的小伙子跳上船沿河开始找——这水城,最怕的是孩子掉进水里。关中瑜则从谢池巷匆匆出发,沿着路巷,挨家挨户地找。

或许是楠枫话特别的口音,或许也就是冥冥之中特殊的缘分,关中瑜在谢池巷另一头的巷口一家炸灯盏糕的小店面里找到了那两个正在狼吞虎咽的孩子。

徐若空和木念初也看见了关中瑜,飞奔了过来,说:"关先生关先生,阿婆请我们吃灯盏糕呢,这是天底下最香最好吃的东西了!"

店面里一个慈眉善目的阿婆笑着迎了出来,说:"你这粗心的阿爸,怎么现在才来找孩子啊? 我看这俩孩子在我店门口眼馋了好久,就知道他们还没吃饭,也没钱,看着孩子可怜,就先煎两个灯盏糕让他们吃了!"

关中瑜连声道谢,也不解释自己和孩子的关系,付了钱,赶紧抱起阿念就往回走。阿空一边紧紧跟着关中瑜,一边小跑在旁边喋喋不休:"关先生,这灯盏糕里面有肉、萝卜丝、鸡蛋、葱花,我的妈呀,这世上怎么有这么像灯盏的糕点呀,这天下怎么有这么好吃的东西啊! 以后我长大挣钱了,一定天天买灯盏糕给我大姐和阿念吃,还有,还有您……"

这虚惊一场的"走失事件"就这样在徐若空对东瓯名小吃灯盏糕喋喋不休的无限崇拜中结束了。

3

天气渐渐转暖,曾经头沾枕头就能入眠的金盈盈夜不成寐。或者好不容易睡一会儿就被噩梦惊醒,因为她常常会梦见一群恶狗死死咬住木醒初不放。

以前的清晨,如果不是徐逸锦派孩子们来叫唤,金盈盈是断然不会自己醒来的,可是如今,她常常是眼睁睁地看着天放亮,听着屋外的金姜儿叫响第一声、第二声,然后叽叽喳喳吵成一片。

金姜儿是一种非常美的小雀儿,背后是锦缎似的黑羽毛,胸脯和尾翼都闪着美丽的金色,圆头圆脑的,很是可爱。

一赌气,金盈盈起了床,去道坦里拿了一根长竹竿,气呼呼往屋外的树枝敲去,嘴里嚷嚷着:"该死的,还嫌我不够倒霉吗,吵吵吵,吵吵吵!"

金姜儿们哄的一声惊飞而去,在树冠上盘旋了一会儿,又陆陆续续停回枝头,继续没头没脑地叽叽喳喳叫成一团。金盈盈赶了三五次,金姜儿们来来回回也三五次,最后,气得金盈盈将手中的长竹竿一扔,索性坐在道坦里长一声短一声地大哭了起来:"皇天哪,我的命怎么恁苦啊……锦姑娘啊,你们都走了,丢下我一个人,我一个人怎么过啊,皇天哪……"

她一哭,树上的金姜儿顿时安静了许多。金盈盈忽然察觉到了,抬头看了看树梢,收住那拔长音的哭腔,重重地叹了一口气,去镬灶间搜了半天,只搜出几根干枯了的番薯藤。她舀了一碗水,将那几根番薯藤煮了煮,嚼了下去,对自己说:"也算已经吃过天光了吧!"苦笑一声,背起草篓往屋外走去。

走在初春的田埂上,金盈盈的双眼是不离开脚下的视野范围的。如今,别说苦菜、棉菜、秋风丝、野箕头、打碗花这些,就是草根树皮她也得见到一点就挖一点,毕竟这些都是她的口粮啊!

时间久了,金盈盈也知道了这割草的门道。说是割草,实际上大部分是割新树枝,也有小部分是割山地上的真草。按距离远近,分为割远山草和近山草两种。远山草就是荒山每年用火烧掉后重新抽枝发芽生长出来的嫩枝,如雪雪头、羊乌炸、炸树等。这些草大部分生长在离霞枫村较远的地方,来回起码有十里路,割草时社员们需要携带干粮,一般每日只能割一担。近山草又名树头,或称"割树头",因它是杂木林树顶上发出的新枝,一般每日青壮年可割两担。

金盈盈今天就是跟着社员们去割近山草,快到山上才发现自己忘了带草刀。她原本打算回家去拿,张连福即刻凶她:"你这样一来一回,太阳都要落山了!你别耍花招,就先用双手拔,中午大家休息的时候再借刀给你!"

等到了山上,社员们发现这些近山草刚从被火烧过的草根上长出,还是嫩的,连忙争先恐后地用手开拔，因为这些嫩草是可以填肚子的。

金盈盈一看，也争着去拔，但是这回，张连福马上又制止了她，递给她一把雪亮的草刀，说：“你别拔草了，去割那边的葛藤！”

金盈盈恋恋不舍地望了那叫“雪雪头”的嫩草，只好接过草刀，到另一边跟着几个壮年男子割葛藤。

葛藤还嫩的时候，是肥料中肥力最强的一种。它一丛就有好几条藤，割的时候需要用手紧紧握住，然后用刀放在根部一一割断。

这是很费劲的活儿，金盈盈手小，根本抓不住那么多条葛藤，割了半天也没弄下几条来。正当张连福打算再痛骂她一顿的时候，金盈盈忽然尖声叫了起来！

惊蛰刚过，万物复苏，社员们上山割草，最怕的就是刚刚出洞不久的蛇，金盈盈此刻惊叫就是因为她碰到了一条翠绿的蛇！这条蛇并不大，但是浑身翠绿，和葛藤的新枝难分彼此。此刻，它正朝金盈盈发出咝咝的响声，金盈盈毛骨悚然，惊叫着扔掉柴刀，赶紧往后退，想不到脚下一绊，往前一扑就倒在地上。本已经打算逃跑的蛇以为金盈盈要攻击它，张嘴猛地就咬了金盈盈一口。

在金盈盈凄厉的惨叫声中，张连福一看，也大叫了一声：“坏了，竹叶青！”

这个年初，嘉宁县的人民代表大会召开了，霞枫公社好多社员惊讶地发现关家老大关中翰成了人民代表。有人说是关家老三在部队当了大官了，也有人说是老四在东瓯城里找到好位置了，还有人说是关中翰平时救了许多被蛇咬伤的人，反正关家四兄弟，大家几乎已经忘掉了那个早年客死他乡的老二关中岳。只有长人伯捋捋花白的长胡子说：“蛇有蛇路、蝎有蝎道，各有路数，都别瞎猜了！”

大家听了心里还是犯嘀咕：关家老大虽然能治蛇毒，长人伯怎么说也不能净拿蛇蝎来打比方啊。但这话谁也不敢说出口。

社员们对关家老大还是很佩服的，因为他曾向县里提出了一个抗击饥荒的招数，县委根据他的建议，立即开展了一个“制造代食品运动”，运动一开展，全县各个公社都成立了领导小组。

今天，县委在霞枫公社召开农村标兵生产队工作会议，会议的中心主题是学习霞枫公社“制造代食品运动”先进经验，互相交流总结，力争今年实现秋粮生产大丰收。

关中翰在会上刚做了典型发言，只听得季小满慌里慌张地跑来，上气不接下气："关大爷，快点快点，快救救金姨的命，竹叶青……竹叶青咬了她！"

会场上霎时鸦雀无声，关中翰急切地问："人呢？"

季小满说："人抬下山来了，现在在你家游廊里！"

关中翰大吃一惊，拔腿就往家里跑。这一路上，他觉得自己的双腿发软，心也慌得厉害。

游廊的竹床上，金盈盈脸色煞白，浑身发抖，见到关中翰时，眼神里闪现出极度的痛苦、无助、恐惧，又夹杂着强烈的求生欲！

关中翰看到那一双极其复杂的眼睛，觉得自己的心猛地被铁锤捶了一下，但是他马上将所有的注意力集中到金盈盈的伤口上，没有再看她的眼睛。

伤口在金盈盈的右手手腕处，有毒蛇的两个齿痕。他转身问身旁的张连福："嗯，是竹叶青的齿痕。蛇多大？"

张连福说："不算很大，大概两指粗。多长？嗯……一尺？嗯……两尺？"

关中翰听张连福支支吾吾，急急地朝他吼了一声："到底多大？"

石小筑说："应该是两指粗，不到两尺长。"

关中翰如此关切地问咬伤金盈盈的竹叶青有多大，那是因为他知道春雷动，惊蛰起，冬眠出来的蛇是最毒的。它们的身体大小直接决定了攻击人时排出毒液的分量，如果排毒量少，那么中毒者存活率就高，救治的把握性就更大。

"皇天哪——痛死人啦！怎么恁痛的哦！皇天哪——"剧烈的疼痛让竹床板上金盈盈的"皇天哪"叫得气若游丝，这更加让关中翰心疼不已：伤口有少量渗血，已经呈烧灼样，手掌也已经红肿得像个馒头，开始出现血水泡了。所幸的是，关中翰的老婆已经很有经验地处理起了伤口。

关家大娘姓白，有一个很好听的名字叫白月瓯。白月瓯的爷爷是楠枫江有名的捉蛇人，跟蛇打交道长久了，常年研究治蛇毒的草药，成了远近闻名的蛇医。

那一年，关中翰14岁。也是惊蛰刚过，因为不喜欢跟爷爷学戏，在爷爷管教几个弟弟学戏时，关中翰从家里溜了出来，在村外的树林里和几个伙伴玩耍。他眼尖，看见地上一动不动地躺着一条蛇，于是拿起一根小树枝去拨，见它还是不动，以为是条死蛇，便好奇地用手去抓，想不到那条蛇居然弹起来狠狠咬了他一口。

咬他的是一条银环蛇，刚开始，伤口不肿不痛，关中翰没在意，继续和伙伴玩耍，谁知几个时辰后，他就突然瘫倒在地，失去了知觉。当大人们将关中翰火速送往白家时，关中翰已经呼吸微弱了！

当关中翰在白家的医馆里醒来的时候，发现白月瓯正在抓蛇。那是白爷爷在惊蛰后抓过来的一篓蛇，因为竹篓的口子松了，十几条蛇正满屋子乱窜。关中翰吓得差一点从病床上弹起来，白月瓯见了，抿着嘴笑他。那一刻，她的手指头正紧紧攥着一条银环蛇的七寸。

因为蛇伤严重，关中翰在白家的医馆住了一个多月。在这一个多月里，白月瓯教会了关中翰如何识别毒蛇、如何拿捏蛇的七寸，还教他认那些治蛇毒的草药。俗话说"一朝被蛇咬，十年怕井绳"，但这句话对关中翰一点也不起作用，他反倒对白月瓯教给他的关于蛇的一切都产生了浓厚的兴趣。

当然，关家是绝对不允许长房长孙成为一个蛇医的，因此，疗好伤，关中翰便依依不舍地离开了白家的医馆。而此时，情窦初开的白月瓯已经深深地喜欢上了他。但关中翰对白家的依恋根本不在白月瓯，因为白月瓯没有花容月貌，瘦得也像一根入冬的枯蛇一般，根本吸引不了他，他不舍的是那谜一般的毒蛇以及奇幻的疗毒医术。

转眼关中翰和白月瓯都到了谈婚论嫁的年纪，关中翰还时不时就跑去邻村的白家研究蛇毒。一来二去，麻秆似的白月瓯不知怎的就嫁给了一表人才的关家老大关中翰，传说白月瓯的嫁妆里，就有许多治蛇毒的奇药，外加一条活生生的银环蛇。

白月瓯让男人们避开，自己解开金盈盈的衣裳，拿出家传的蛇毒散和菜籽油调和，打算涂满金盈盈的胸口。关中翰则飞奔出村，亲自上门去请老丈人。

白老爹善良敦厚，早年参军时，用祖传的草药方子救助了不少被蛇咬伤的战友。白爷爷仙去后，他便退伍回到村里继承了白家这间小小的医馆，继续服务乡里。因为乡民生活都不宽裕，白老爹治蛇伤经常不收诊费，遇到拖家带口、经济拮据又伤情严重需要住在医馆疗伤的，他还会吩咐白家大娘烧菜做饭接济着。十里八乡说起白老爹，没有不竖大拇指的。

因为他的到来，金盈盈那一只别人认为非要截掉不可的右手被保了下来。听到这个消息，有人替金盈盈感到庆幸，有人赞叹白老爹的医术，但也有人说："一个财主婆,有必要这么去救吗?"

白老爹一听,怒发冲冠:"哪个龟孙子讲这样断子绝孙的话！阿狗阿猫遇了难,菩萨都会发善心,何况是一条人命！"

德高望重的老蛇医发了话,谁也不敢再瞎说什么了。

老爷子临走前对女儿女婿说:"你们俩给我听着,咱们蛇医救人,不仅要竭力救命,还要好好治病。如今这病人无依无靠,身体虚弱,如果后续不好好调理一番,受了如此大难,身子骨恐怕很难复原。咱白家有规矩,救人救到底,你们俩留她在家好好养一段时间,过段时间我再来看看。"

关中翰一听有点发愣,不知该如何接话,而白月瓯早已经接过父亲的话头:"阿爸,您就放心吧,我从小在爷爷身边,这类事做得还少吗？您安心先走归家,过一段时间再接您来瞧瞧。"

关中翰的心中掠过一阵惊喜:这难道是天意不可违吗？

就这样,白家老父亲的光芒也照耀到了金盈盈身上,使得原本快走投无路的她暂时进入了一个"金钟罩"内,在白月瓯的宽厚仁心下,安心地在常人难得一进的关家大院开始了非同寻常的一段疗伤时光。

关中翰没有让白月瓯觉察出他一丝一毫的异样,所有对金盈盈的治疗,他都不会亲自上手,而只是配好草药,让老婆去给她敷。白天,他尽可能在外面忙碌——他也确实很忙——而每当掌灯时分,他总要紧赶慢赶地回家来,因为如今,镬灶间的那一张八仙桌上多了一个用左手吃饭的金盈盈。

昏黄的洋油灯下,看着金盈盈沉迷于食物之中,那吃饱饭的幸福感觉,像一团有甜味的雾气氤氲在整个镬灶间,包容了关中翰全身,让他的心也跟着甜了起来。他享受金盈盈的咀嚼声、吞咽声、喝汤的呼噜声,那些声音在他听来,简直就是由人间烟火谱写成的丝竹乐,深深地勾住了他的心,以至于他常常忘了将碗里的饭吃完。

当金盈盈可以下地活动的时候,她发现关家如今虽然人丁不旺,但镬灶间却非常大,连着镬灶间就是披舍,楠枫人一般将生产工具、木料等堆在里面。金盈盈总觉得,关家的披舍黑洞洞的,特别深邃。

是的,也许女人的第六感往往是正确的。关家的披舍确实不同寻常,那一堆厚厚的木柴后面确实别有乾坤,不久后,这个惊天的秘密将朝她洞开。

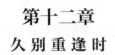

第十二章
久别重逢时

这个午后,白月瓯觉得很闷热,一用力就胸口闷,气儿喘个不停。她觉得有点纳闷:明朝才立夏,杨梅还没开始上红,按理说天气应该还是凉爽的。楠枫有句古话叫"吃了重五(端午)粽,破袄远远送",意思是说只有过了端午节天气才真正开始热起来。她想,自己应该是每年都会犯的气喘病又犯了,再算算日子,这金盈盈来家养伤的时间也不短了,该去问问爹爹,是否再来一趟看看伤情,可否让她回去了。对,明天立夏,四季八节里夏天的第一个节气,吉利,那就明天回趟娘家吧。

在回娘家之前,白月瓯有几件事需要交代金盈盈:一是她会做好几个大麦饼放在竹饭篮子里,"餐到"时分,各取一个热热就能吃了,因为她只在娘家待一个晚上就会回来;然后是让金盈盈跟着她去关家后门的菜园子里看看,该拔的草药今天拔了,洗洗晾在游廊里。

在关家养了这么些天,金盈盈还真没去过他们的菜园子。等她跟着白月瓯去一看,有点傻眼:这哪是菜园子,分明是一个草药园子!

白月瓯见她愣在那里,笑了笑说:"我也没个儿女,家里人丁少,闲来无事就种这些来玩的。"

见金盈盈感兴趣,就一一给她做了介绍:"这是青木香,平肝止痛,解毒消肿;那是土牛膝,活血祛瘀,泻火解毒,主治女子闭经的;这个是马兰根,治小儿口疮的;那个红梨头草和半枝莲都是治疗疮的……这几味草药这些天可都用到你的手上了,你的蛇伤能好这么快，都亏得有它们呢！"

金盈盈一听，赶紧双手合十，朝着这些草药猛拜了几拜："大慈大悲的草药仙们，金盈盈拜谢你们的大恩大德啊！"

见金盈盈那憨憨的样子，白月瓯忍不住笑了，心想：这苦命的妹子除了生得俊俏，那没心没肺的心性还真是讨人欢喜呢。

虽然年纪也不小了，但是，金盈盈面对每一样新鲜的草药都欢畅得像个媛子儿一样发出欣喜的叫声。忽然，白月瓯只听得她又欢叫了："皇天哪，你家的菜园子里还有指甲花呀，这可是我小时候的最爱啊！"

面对一丛开得热热闹闹的指甲花，金盈盈的两眼放出了久违的光芒。

楠枫江的媛子儿将凤仙花叫作"指甲花"，因为摘下这凤仙花，加点矾矿来的明矾，放进小石臼里捣成汁，小心地用苎麻叶子裹在指甲上，过个一夜，十个手指甲就染成玫瑰红的样子了，洗涤也不掉色。

金盈盈从小就爱臭美，所有的花卉中，她唯一能悉心养护的就是这指甲花了。因此，今天在众多草药里，她一眼就认出了它。她蹲在指甲花前久久凝视，口中喃喃着："不知啥时候能再染染这指甲花呢！"

白月瓯一抬头就看见了金盈盈的侧脸。虽然才过了一个多月，这原本深凹的两腮已经丰润了起来，那脸上红是红白是白，渐渐又显露出水蜜桃的气息。天气有点热，一颗晶莹的小汗珠从金盈盈的鬓角处渗出，在阳光下熠熠生辉。

白月瓯又叹了一口气，心想：这身子比猪还好养……这些年可也真是苦了这么个美人。那一刻，她心中忽然又闪过一个念头：要是借她的肚子给关家留个种，岂不是好事！呀，我老爹让我留她在家住，这么长的时间也不来看看她的伤情，是不是就是这个意思啊？

想到这里，白月瓯被自己吓了一大跳。她觉得自己的胸更闷了，差点喘不过气来。她努力使自己镇定下来，心虚地偷偷看了一眼金盈盈，幸好金盈盈还在对着那一丛茂盛的指甲花憨憨笑着呢。

想到这里，白月瓯觉得自己就像做了贼似的。但是她又觉得这个贼得马上做，不然过了今夜，她便再无勇气去做了。她在菜园子里六神无主了起来，转了好几圈，踩到了好多株车前草和绞股蓝。

金盈盈叫道:"关家大娘,看好你的脚下,别踩着那些个宝贝,它们可是我的救命菩萨呢!"

终于,白月瓯下了决心,她匆匆地出了门,找到季小满,让他去给正在开会的关大爷捎个口信,就说下午她要回娘家去请爹爹,让他早点回家给金盈盈换药。

吩咐好季小满,白月瓯又匆匆回家,径直蹿进镬灶间开始和面、剁馅,以最快的速度做了几个喷香的麦饼,还做了几个可口的小菜。然后,手里拿着一个锡酒壶,把金盈盈叫到八仙桌前,对她说:"我得马上回娘家,'黄昏'你和关大爷就吃这两个麦饼,还有几个小菜。这酒壶里我已经打了一壶糯米酒,麦饼有点干,你关大爷喜欢就点老酒的。但是他喜欢吃甜麦饼,这个我用菜刀在面皮上划了十字的是你关大爷吃的,你吃那个,那个麦饼里面我给你夹了满肚的肉,可香了!记住啊,一定别弄错了!"

金盈盈一听,咯咯笑着:"我巴不得现在就吃那满肚肉的香麦饼呢,哪会弄错,放心吧!"

白月瓯说完就夹着一个布包匆匆出门回娘家去了,留下金盈盈面对那两个诱人的麦饼和八仙桌上的几碟小菜不断地咽口水。幸好,没多久,太阳偏了西,只听得那楠木的大木门吱呀一声,金盈盈知道关中翰回来了。

白昼已经长了,他们吃麦饼的时候天还亮的,夕阳从窗棂射进来,照在了金盈盈的脸上。

忽然从三个人变成了两个人吃饭,关中翰和金盈盈都觉得有点尴尬。但是很快,金盈盈的所有心思都集中在那一个久违了的人间美味满肚肉的麦饼上了,她埋头猛吃,没有看关中翰一眼,也没有和他说一句话。

关中翰并没有吃那个甜麦饼,而是给自己斟了满满一杯酒,连喝了三杯,咂了咂嘴,说:"真渴!"

几乎将整个麦饼吃完了,金盈盈才停下来看了关中翰一眼,说:"嗯,是渴!"

关中翰给她斟了一杯酒,说:"你干吃麦饼怎能不渴,来,喝一杯润润!"

金盈盈忽然觉得真的很渴,于是接过那杯糯米酒一口就干了,还觉得渴,又连着喝了两杯,然后一抹嘴,说:"再喝就醉了!"

三杯酒下肚,金盈盈的胆子大了起来。她忽闪着那双永远有少女感的眼睛说:

"关家大爷,有一个问题我一直想不明白,现在就你一个人,我可以问吗?"

关中翰笑了:"这么神秘,你问吧!"

"都这样的荒年了,怎么你们家还有这么多好吃的?"

关中翰怔了一下,迎着金盈盈的眼睛,说:"你要是我的人,我就一定不会让你饿肚子!"

金盈盈的脸腾地红了起来,她觉得自己的肚子发烫,有一股热气往上升腾。

关中翰站了起来,走到金盈盈的跟前,说:"你跟我来!"

金盈盈的身子往后缩了缩,关中翰见她不敢动,便点起了一盏带玻璃罩的洋油灯,将灯芯扭到最大,让油灯发出最亮的光。

他端着那一盏明亮的洋油灯引导金盈盈绕过八仙桌,走向了屋外那一间放农具的披舍,然后径直走向披舍里那一个高高的鼓风机。

鼓风机后是一扇大门板,关中翰呼啦一声拉开门板,金盈盈一看,惊呆了:那扇大门板后面居然是一个密室! 不,准确地说,应该是一个巨大的粮仓!

关中翰进去后,将洋油灯放在了粮仓旁边的石柱礅上,扬扬手召唤金盈盈。

那一刻,金盈盈觉得此情此景就如同一个挖宝客挖到了宝藏,要与她分享一般。她不由自主地进去了,发现那个大粮仓四面各自立着一对劈成对半的粗壮的圆木,每一半的圆木上都凿着宽宽扁扁的凹槽,每个凹槽上都用一块横木板挡着,金盈盈抻长了脖子一看,那里面可都是白花花的大米!

她觉得肚子一阵烫似一阵,那火辣辣的感觉不断往上翻腾。她以为是自己看花了眼,仿佛回到了当年在徐家当姨太太的时光! 此刻,她的眼神从粮仓开始游离,似乎当年徐家的各种奢华又回到了她的身边,她恍若隔世,她晕头转向,她觉得自己心头的这股热火是被这满仓的大米惹起的。但是,她做梦也没有想到,她心头的这股热火是因为白月瓯在她那个满肚肉的麦饼里下了药,那三杯陈年的糯米酒就像是药引子,让她在这个神秘的关家密室粮仓里如干柴烈火,一点就着了。她凑到洋油灯的灯罩前,噘起那花骨朵一般的双唇,呼的一声将灯吹灭了。

黑暗中,关中翰看不见金盈盈,但能听出她的呼吸越来越急。关中翰把手伸了过去,碰到了金盈盈的腰身。金盈盈一下子就靠了过去,伏在了关中翰的胸前,紧接着一把抱住了关中翰的双肩,指甲都抠进了他的肉里,身体微微发抖,喃喃:"皇天哪,怎么会恁样子哦,焦躁得很、渴得很呢,怎么会恁样子哦!"

关中翰也很吃惊。金盈盈就算震惊于谷仓里的粮食储备,也不至于震惊到身体上来,更不至于让这个自己魂牵梦绕又思而不得的尤物在忽然之间如此对他充满身体的饥渴。但是,他忍不住伸手去抚摸金盈盈的背,想不到金盈盈就像是一只忽然受到惊吓的猫,弹跳了起来。关中翰本能地往后退了一步,一不小心,那谷仓的挡板被顶了出来,霎时,仓里的谷子倾泻而出,落了一地,而这一次,关中翰和金盈盈就在这满地的谷堆里迫不及待地成了"好事"……

当白月瓯带着自己的蛇医老爹回到家的时候,发现关家大院里已经不见了金盈盈的身影。白老爹满腹疑惑,关中翰只是淡淡地回了一句:"她好了,回家去了。"

白月瓯满脸歉意地为老爹煮了点心,等他吃完,打点了鱼干、酱油肉让老爹带上,和关中翰一起一直将老爹送到楠枫江埠头,看着载着老爹的舴艋舟扬帆远去,才回到家中。白月瓯发现关中翰没有像往常一样急急地出门去公社做事,而是回家径直倒头就睡,午饭也不起,一直睡到天黑才起身。

关中翰到镬灶间一看,老婆已经准备了好酒好菜,桌上居然还有一碟凤尾鱼。他有点奇怪:这凤尾鱼虽然肉质细腻,极其鲜美,但是只有在咸淡水交界的地方才有,极其珍贵。

看着关中翰疑惑的眼光,白月瓯朝关中翰神秘地笑了笑,说:"料想你昨夜会辛苦,今天一早特意让你小舅子去响山埠头高价收的。"

关中翰一听白月瓯的话中有几个字眼很特别,心中发虚,看了她一眼,问道:"什么叫我昨夜辛苦?"

白月瓯白了他一眼:"你敢对镬灶佛爷说自己昨夜不辛苦吗?"

看着白月瓯脸上诡异的笑容,关中翰大吃了一惊:难道这么多年我小看了这麻秆似的病恹恹的婆娘?她不是一直懵里懵懂、稀里糊涂的吗?我关中翰看外人从没走过眼,难道这同床共寝了多年的婆娘会比我的城府还深?

想到这里,关中翰不禁觉得后背有点发冷,再看了一眼白月瓯,说:"你们白家不是向来为人实诚吗?有什么话,你就直说吧!"

白月瓯忽然冷笑了一声:"实诚,那也得看跟谁!你这个人心思这么重,跟你成亲这么多年了,你什么时候将我当心肝、当肺腑过?什么屁事不都闷在自己那个葫芦里？跟你这么多年了，你那根青肚肠里有几条蛔虫我也早已清楚，只不过我不会生养，没有替你关家留下后，心中愧疚，平日里装糊涂，由着你的性子来罢了。你早早就看上人家金盈盈了，那年上县城看戏回来我就发现了。我瞧着金盈盈的小心肝不黑，性情儿也讨人欢喜，只是命苦，老天不待见她而已。这一回被竹叶青咬了，如若不是我用了心思，你往细里想想，谁家的婆娘会留这么一个自己丈夫朝思暮想的人在自个儿家里，还好吃好喝伺候了这么些日子？人家可是财主婆，咱这是担了多少风险的？幸亏有我老爹罩着。"

这一番话说得关中翰张大了嘴巴，半天合不拢来。他像是第一次认识眼前这个人，盯着她，眼睛也不会眨了！

既然打开了话匣子，白月瓯索性一股脑儿倒了出来："其实刚开始我也只是想讨你欢心才将她留下来。也许是她前世作了孽，这辈子徐家的债让她来还，但是你看她那双眼睛，看着人间世道还是不夹深仇大恨的，还是干干净净的，只是缺了点心眼而已，这样的人心思都不会坏。这几日我越发觉得她性情好，很讨人欢喜，就忽然想着成全成全你吧，想办法借她的肚子给你留个后，所以……"

"所以什么？"关中翰急切地追问。

"所以，昨天我在她的那个满肚肉的麦饼里加了点料，放得还不少。怎么样，成了吧？"

见老婆斜着眼睛看着自己，从牙缝里挤出了这一句"加了点料"，关中翰忽然觉得脸上烧了起来，背后却越发觉得冷。他再一次像看陌生人一般从头到脚审视了白月瓯一番，一把抓住白月瓯的细瘦胳膊："你在我的红糖麦饼里又放了什么？"

"我没有！"白月瓯拼命挣脱，叫道，"你这个没良心的！我都是为你好，为你们关家好！你就说昨晚到底成没成？"

关中翰非常生气，他一把甩开了白月瓯的胳膊。白月瓯非常委屈，又不服气，开始在关中翰面前一把眼泪一把鼻涕起来。

她不知道，她虽然用计让丈夫在金盈盈身上如了愿，但是以关中翰如此多疑而阴沉的性格，他是绝对不允许白月瓯这么做的：首先，他对自己老婆看走了眼，这让他觉得那是对他智商极大的侮辱；其次，他要得到自己朝思暮想的女人，得凭自己的智慧和心思，这应该是只属于他和金盈盈之间的绝对秘密，而如今是自己的老婆亲自下药"助阵",那简直就是让他如赤身裸体于大庭广众之中一样感到羞耻!

"你这个多事的老宁客!"关中翰狠狠地撂下了一句话,一甩门,头也不回地出去了。

2

不像楠枫乡野,前后房屋有道坦间隔,东瓯城里的房子因为间距比较近,徐逸锦觉得城里的夕阳一晃就在屋檐上不见了。

傍晚时分,她到五马街的副食品公司"五味和"去买了些油盐酱醋,等回到涉园时,就听见园子里柳主任的老婆正在一声声哭骂丈夫,她的女儿们哇哇大哭,小阿念也在哭,道坦里似乎一片混乱。

徐逸锦加快了脚步,刚一进门,只见柳主任的老婆坐在地上,见到她,一骨碌起了身,瞪了她一眼,扭身往屋内走去。

徐逸锦看得出,柳主任的老婆那瘦高的背影似乎都冒着一股子怒气,这让她有点吃惊——昨天这柳家大娘还热情地来招呼她一起包粽子呢,也是因为这个她才想起来要过端午节了,怎么今天忽然就鼻子朝天不理人了?

见父母吵得凶,柳叶春害怕地搂着刚才闯祸的三妹柳叶新躲在道坦的角落里,而徐若空手中握着拳头,气呼呼地一脸不服气。

木念初见到姆妈,哭着向徐逸锦扑了过来,手里拿着一个已经碎了壳的煮鸡蛋。那是早上徐逸锦给他俩煮的,还找出一个用五颜六色的丝线编的"卵袋",将阿念的那个鸡蛋小心地放进去,看着阿念开心地去找柳家姑娘们玩。

东瓯方言里将蛋叫作"卵",端午节吃鸡蛋如同吃粽子一样重要,拿着鸡蛋相互撞击,不碎蛋壳的会成为"卵王",那是孩子们在端午节最喜欢玩的游戏。今天这一出,也是和这游戏有关。

一大早,木念初看到柳家四姐妹每个人胸口挂着四五个卵袋,每个卵袋里不仅装了鸡蛋,还装了淡绿色的鸭蛋。那鸭蛋壳可比鸡蛋壳硬多了,她舍不得撞碎自己那唯一的一枚鸡蛋,就不打算拿出来比赛。但是刁蛮的柳叶新不依不饶,硬要逼着木念初拿出来比。徐若空说:"这不公平,鸡蛋要和鸡蛋比,鸭蛋要和鸭蛋比,有本事你也拿鸡蛋和我的鸡蛋撞撞看。"

柳叶新一听,气道:"比就比!"三两下就从自己胸前的卵袋里拿出了两个鸡蛋两个鸭蛋。想不到这四个蛋都不敌徐若空手中那个小小的红皮鸡蛋,柳叶新一着急,就抢起拳头砸在了挂在木念初胸前的卵袋上。只听噗的一声,那个木念初倍加珍惜的鸡蛋炸裂在卵袋里。瞬间,木念初哇的一声哭了起来,柳叶新还不罢休,转身抢过一下子愣在一旁的徐若空手里的鸡蛋砸在地上,还踩了一脚。

这一幕刚好被正打算出道坦去上班的柳主任看见,他扬起手,一巴掌就拍在自己三女儿的肩头,吼道:"你这刁蛮的童子痨,怎么恁蛮!"

柳家大娘听见了,出来狠狠推了一把木念初:"你这个乡下来的害人精!"

木念初一屁股坐在了地上,徐若空握紧了拳头,一头撞向了柳家大娘,柳家大娘躲闪不及,也一屁股坐在了地上!

柳主任一见,非但没有去扶她,反而大声朝她吼:"你这么大的婆娘,不管教自己的孩子,还和孩子一般见识,真是没羞脸!"

柳家大娘一听,索性坐在地上大声哭了起来:"我就知道那个小的是害人精,大的更是吸人精。你是不是早已经被大的吸走魂了?你说!你说呀……你要是袒护那个吸人精,你就是没有立场,你想害死我,你想害死这个家!皇天哪,三界啊!皇天三界啊——"

道坦内大的小的正哭成一团,徐逸锦就迈了进来。柳主任又瞪了自己的老婆一眼,柳家大娘一骨碌爬起来,气呼呼地往房间里走去,砰的一声关上了门。柳主任满怀歉意地看了徐逸锦一眼,转身也出了涉园。

徐逸锦赶紧拍了拍木念初的后背,然后再言语安抚柳家的两个姑娘。她看见她们胸前不仅挂了鸡蛋鸭蛋,还挂了香囊,忽然为自己没有给阿空和阿念做香囊而深感歉意,但是,她准备了午时茶和重五盐。于是,她让阿念抬起头,再把阿空和柳家姑娘喊来身前,轻声细语地只对孩子们说了三言两语,孩子们就破涕为笑,乖乖地争先恐后地跟着她到厨房去了。

孩子们刚才所有的不快很快就在相互抹盐的打闹声中烟消云散,他们一边咯咯咯笑着、闹着,一边高声唱着童谣。忽然,门外传来一阵敲锣打鼓的声音,然后就听见关中瑜和柳彦方在外面叫唤:"孩子们,快出来,快出来,塘河里热闹兮哦!"

孩子们出去看热闹,徐逸锦就进厨房收拾午饭要准备的东西。忽然,她想起昨天柳家大娘吩咐过让她到华盖山脚下的炼丹井去打重五水来。

东瓯人将端午称为"重五",而炼丹井是郭璞建城时在对应天上"二十八星宿"的位置凿的二十八口井。后来据说容成子在华盖山修道炼丹就是用的这口井的水,因此东瓯城里的人都叫这口井为炼丹井。

徐逸锦问:"阿春妈,重五节喝炼丹井里的水是为了得道成仙吗?"

柳家大娘当下就露出了鄙夷的神色:"乡下人真的是不知道嘞。这叫'重五节收重五水',可以凌晨收,也可以午时收。当然,越早越好。这重五时节收的水长年不腐,可明目,也可做药用。你记得明早去收凌晨的重五水哦!"

坏了,怎么把这事忘了!徐逸锦脑中忽然浮现出柳家大娘那张长长的脸,赶紧抓了一只水桶往外奔,心想:错过凌晨的了,要赶紧赶上午时的,赶紧赶紧!

刚一出门,水巷里的景象霎时惊艳到她了:除了停泊着斗志昂扬打算竞渡的红、黄、蓝、白、青五色龙舟外,还有一只彩舟尚未装扮齐整,但那只大龙舟的光彩瞬间吸引了徐逸锦:"呀,龙舟抬阁!"

徐逸锦已经多少年不见端午的"抬阁"了,此刻,她又把那要赶在午时前取重五水的事情抛在了脑后,双眼紧紧地盯着水巷里的"抬阁龙舟":那龙舟身长约数丈,龙舟上有亭,结彩高矗,亭里面横着一个精巧的秋千架,其上站着几个粉嫩的小孩,孩子们各扮成古人杂剧里的角色。龙舟两旁插着五色绸旗,前头有一扮相很俊俏的小童,头戴金冠,双插雉尾,身穿蓝缎洒金蟒袍,面如冠玉。龙舟尾坐着一个小女孩,头戴珠簇凤冠,身穿湖色纱衫、大红裤子、三雨弓鞋,手执画楫,貌若天仙。

徐逸锦忽然想起了童年时的自己,和关中天肩并肩地站在楠枫正月里的抬阁上。只不过楠枫江的抬阁是大人们抬着的,而不像城里水巷里的龙舟抬阁。

关中天!这个名字出现在徐逸锦的脑子里的时候,她被自己吓了一跳,觉得脑中的一根神经已经"短路"了很久很久,此刻忽然被接通了一般。她朝自己摇了摇头,想将那一根神经再次摇断,但是,不知为何,就是断不了。她将目光再次放远,紧紧地盯住龙舟抬阁前面的那几只单色"斗龙",耳旁传来了孩子们的歌谣:"南塘端午赛龙舟,台阁笙箫喜漫游。蒲剑雄黄除五毒,饱尝角黍乐悠悠……"

终于,"关中天"三个字在她脑中消失了,取而代之的是金盈盈。孩子们的歌谣渐渐轻了，徐逸锦仿佛听见了金盈盈一边做香囊，一边轻轻吟唱着："千针密缕做香囊，弟妹纷争扰满堂。还要安排七姓缙，东家西舍走忙忙。"

徐逸锦的目光黯淡了下来，口中念道："金姨、金姨，你可好？"她转身走出了看热闹的人群，拎着手中的水桶，一步一晃地往炼丹井走去。

从谢池巷向东往炼丹井，要先折向北，经过公园路的中山公园。也许今天周边的人们都被河道里热闹的龙舟吸引过去了，平常人来人往的中山公园北门此刻稍显冷清。忽然，一个孩子清脆的声音传入了徐逸锦的耳朵："阿公、阿公，我看到了，我看到了，真的看到了哦！"

循着那孩子欢快的声音，徐逸锦猛一抬头，只见中山公园北门的空坦上也围了一群人，人群中央竖着一面小小的旗幡，上面写着"米粒刻字，有价观赏"。徐逸锦很好奇，就赶紧往前走几步，挤进了人群。

只见榕树下一桌一椅，椅子上一名俊逸风雅的花甲老者端坐中间，桌上摆着几个扁木盒子，木盒子里均以黑布衬底，上面摆着几颗米粒，还有几张麻将牌。桌子一边摆着一把放大镜，另一边居然还摆着一架显微镜！这引起了徐逸锦极大的好奇。她发现那几个扁木盒子的旁边写着一行字：两分钱显微镜观赏，现场自来水笔刻字。徐逸锦瞬间想到了小时候学过的文章《核舟记》。

徐逸锦旁边站着的一个小伙子拿起了放大镜，对准一张背面刻着鲁迅先生头像的麻将，大叫了一声："哇，这鲁迅先生的头像都是用字组成的！"小伙子佩服不已，拿出两分钱赶紧递了过去。

一名老者也掏出两分钱放到桌上，说："麻将牌毕竟大，我就看看米粒吧，这米粒上真的能刻字？"

说罢，眯起眼睛在显微镜下仔细看着一颗小米粒，一字一顿地念了出来："为了忘却的记念……"

老人瞬间被镇住了："这这这，太神奇了，就这么一颗小米粒，我这昏花的老眼居然也能看得见！你这这这，是怎么刻出来的？"

这时候，旁边又挤进来一个中年人，说："老伯，这叫'微雕刻字'。"

那正襟端坐的花甲老者抬头看了中年人一眼，只见那中年人穿着四个兜的中山装，右兜里插了两支自来水笔。他先拿出了其中一支，问道："先生，什么字都能刻上去吧？"

花甲老者微笑着颔首，不出几分钟便刻好了中年人要的两个字。中年人拿过来一看，喜笑颜开，赶紧将右兜里的另一支钢笔也拿了出来。

花甲老者和徐逸锦同时眼前一亮，花甲老者拿着那支钢笔反复端详，中年人则一脸疑惑："先生，这种钢笔不好刻字吗？"

"不不不，当然不是。好笔，好笔。你要刻什么字？"老者问。

中年人说："那就刻'卫红'吧。"

花甲老者拿笔的手不动了，说："真要刻这俩字？可惜了！"

站在一旁的徐逸锦轻声说："这可是'绿宝派克'呀！"

花甲老者原本眯着的双眼霎时睁开了，盯着徐逸锦说："姑娘，你知道它？"

徐逸锦浅浅一笑："这可是派克之王哦！"

中年人和围观的人们正纳闷地听着他们的对话，忽然，人群中挤进了一名警察，他的身后跟着一个穿军装的人。

花甲老者脸色忽变，赶紧伸手去收拾桌上的显微镜。

3

从东瓯城小南门的内河轮船码头踏上岸的那一刻，关中天觉得阳光有点晃眼睛。他眯了一会儿眼，再睁开时，发现眼前的东瓯城与他记忆中的已经大不一样。

那一年，大哥关中翰让他跟着王大正队长走出霞枫村，一刻也不能缓。到了部队新兵连训练后，没多久，便被派到东海前线的部队去了。刚到东海连队，那凛冽的海风刮得关中天连气都喘不过来，海岛的空气里都是鱼腥味，但是，关中天连自己也想不到，他会这么快就适应了连队的生活。

关中天所在的警卫排任务很是重要，警卫员经常要跟首长一起下连队或外出执行任务。关中天紧跟首长，他的聪明机灵和学得快、用得快很受首长赏识，他百发百中的好枪法更是在部队里受人景仰。因为水性极好，关中天在作为代表参加的漳州九龙江武装泅渡演习中脱颖而出，为所在部队争了光。所有这一切，让关中天完全忽略了海岛部队的艰苦。大哥关中翰来信问他需要什么的时候，他自豪地回信："大哥，不用给我寄吃的，也不用给我寄用的，在部队的大熔炉里，我一定要严格要求自己，成为一名真正的革命战士，为报效祖国立功、为家乡争气。我要在生活上艰苦朴素、在军事上练好过硬本领。这一切都是用钱买不到的，我一定会好好当兵，好好磨炼，用实际行动回报大哥对我的期望。"

关中天把这些内容抄到了日记上，这日记被政委发现了，又被抄到了连队的黑板报上。关中天觉得很不好意思，但是，他又觉得很自豪。他是真心诚意要让自己在部队好好学习，好好锻炼。

这一年的端午节前夕，关中天接到命令，要他们与当地民兵实行军民联防，同学习、同训练、同备战、同劳动，团结一致，建起一道坚不可摧的军民共同抗敌的海上长城。因此，在端午节后，关中天即将前往东瓯城下辖的海岛县——洞天岛去执行军民联防的任务。端午节前一天，他回到了阔别已久的家乡的城区。

在东瓯军分区的安排下，关中天很快做好了各种前期的准备工作。端午节这一天，他在已经转岗到东瓯市公安局工作的老战友的带领下，好好地逛了逛东瓯城。他对战友说："小时候到过中山公园，今天就再去瞻仰一下中山先生吧。"

于是，他们来到了华盖山脚下的中山公园，想不到被中山公园北门的一圈人给吸引住了。当他和战友挤进去的时候，人生的偶遇让他感叹命运的神奇：在这里，他不仅遇见了徐逸锦，还遇见了他的干爹端木鸿先生。

正在摆弄那支已经很少见的"绿宝派克"钢笔的花甲老者一见进来了两个穿制服的人，下意识地伸手去收桌子上的显微镜。关中天一看那一双瘦而长的手背上有一片隐约形似白鹤的胎记，大吃一惊，抬头仔细看了看眼前童颜鹤发的老者，脱口而出："鸿伯伯！"

关中天口中的鸿伯伯大名端木鸿，是东瓯城里人，因为迷恋昆曲，当年与关中天的爷爷成为莫逆之交，与徐家老爷徐玄廊也是好友。他特别喜欢关家四兄弟中的老三关中天，因为不管是在端木鸿自己还是旁人的眼里，关中天和他很是相像，于是端木鸿开玩笑让关中天认他为干爹。但是不知为何，这认干爹的礼仪一直没有做，而端木鸿心中已经认定了关中天这个干儿子。因为没有过干亲的各种礼数，关中天一直称呼端木鸿为"鸿伯伯"。

当年徐逸锦和关中天在楠枫的抬阁上扮演关公和观音菩萨的时候，端木鸿见到小逸锦，惊为天人，于是就和徐老爷开玩笑："徐老爷的千金美冠楠枫，你若舍不得赠予我做干女儿，将来就做我干儿子关中天的夫人吧！"

此刻，端木鸿听到关中天的呼唤，抬起头，脸上也露出了惊喜的神情："小中天！"

关中天和端木鸿激动地握起了手，而徐逸锦则愣在一旁，半天说不出话来。她不知道自己的心为何怦怦跳得厉害，也不知道自己该怎么办，便打算转身悄悄挤出人群。想不到，没走出几步，身后传来关中天激动的声音："逸锦先生！"

关中天想，也许是天意，也许是真的有感应，在他和鸿伯伯紧紧握手的那一刻，他已经敏锐地感觉到身旁有一双不寻常的眼睛在注视着他，当他确认那是他魂牵梦绕的徐逸锦的时候，徐逸锦已经挤出了人群，他拔腿就追了上去！

中国文人自古多少都有些雅癖，不管过得好不好，生活中总得有几件"小事"被他们拿出来消遣一二。于是，文人们便有了浮生偷闲的时刻，总生出一些不为外人道的小乐趣。

但是，端木鸿与古人的那些略显羞赧而小众的雅癖不同，他大大方方地"秀"自己的雅好，除了跨江到瓯江北岸追自己心中的嘉昆戏班之外，当年东瓯城里端木家"鸿公子"还有很多雅好，比如微刻、焚香。

他觉得世间巨大而嘈杂，有人觉得走进山林听山间风过就能安静下来，有人觉得独饮香茗能让人身心安静，而他则喜欢将大大的世界细刻在微末之间，在一炷烟中得意，感觉焚一缕馨香，九衢尘里偷闲，便能在呼吸间抚平尘世烦乱。

别以为这端木"鸿公子"焚香听曲、金石微雕，所癖尽是雅事，其实不然，这位鸿公子最讨人喜欢的是，他一点也不像一般文人附庸风雅一身酸腐气，而是紧贴人间烟火气。在他所有的癖好中，他最爱的是酌酒和赏味。这是别人给他封的，他自己则说得很直白："我这辈子，醉里乾坤大，壶中日月长。古今智者，大多是从一醉方休的境界中认识世界，彻悟人生，修炼品性。魏晋名士酒笑山林，旷达萧散。咱们饮的不只是酒，是乱世中的一种不受拘束啊！"

年轻时的端木鸿，学过李白醉酒在江中捞月，学过袁枚倾心为饭粥写单。开心请人喝酒吃饭，不开心也请人喝酒吃饭；有事请人吃饭喝酒，没事也请人吃饭喝酒。

东瓯城里的厨师,如果手中的菜肴没有被鸿公子品尝过,那是根本没有参评大厨的资格的。

今天,端木鸿就请到了东瓯酒家的大厨亲自站炉台,按照端木鸿亲开的菜单,烧出布袋鸭、咸菜鸡、蒜子鱼皮、三丝敲鱼、绉纱全蹄等名菜,等候关家兄弟、徐逸锦等人共赴这一场不同寻常的重逢宴。

徐逸锦没有想到,今天她居然能见到这么多她想见的和不想见的人。除了端木鸿和关中天,关中瑜请来了已经在东瓯任人武部部长的王大正。也就那么巧了,那几日,刚好在嘉宁县当公安局局长的叶繁晟到东瓯城里学习,而关雪桐说牙不好,县里的牙医她看不上,就跟着来到东瓯城看牙齿。王大正一听关中瑜说关中天回来了,开心地赶紧跑到人武部的招待所,将这个消息告诉了叶繁晟。

当关雪桐在东瓯酒家见到徐逸锦的时候,她和徐逸锦都觉得非常意外。

眼前的徐逸锦,上身穿了一件很普通的细花布衬衫,下身是一条蓝布裤子,看得出来已经洗得很旧。她没有像一般的东瓯女子要么剪了学生头,在耳朵一旁挑起一缕头发,扎上绢头花,要么将长头发编成两根麻花辫子,垂在背后。看得出徐逸锦也是留了一头长发的,但是,她将所有的头发往后梳,先编了一根长辫子,然后将这根乌黑的麻花辫盘在了脑后,光洁的额头和天鹅般的脖颈似乎闪着细瓷般的光泽,那一种通体素净清雅的气韵,在那举手投足中自然流动,浑然天成,不是哪个女子想学便能学来的。

关雪桐又一次感到困惑:生活对徐逸锦如此无情,但岁月在她的容颜上为何总是手下留情? 在这样一张让所有人都忍不住想将目光多停留一会儿的脸上,怎么就看不出丝毫困顿和苦涩呢?

徐逸锦也打量着关雪桐:一头利落的短发,那张红扑扑的脸上还是那样,似乎永远有光芒向外扩散。徐逸锦一直觉得关雪桐身上的那种光很刺眼,但是,也会让人再看两眼。

"来来来,都且落座。今天是个什么好日子啊,寻遍这东瓯城里南市、北埠、东庙、西居、中子城,也寻不出此一刻东瓯酒家里如此的才俊荟萃啊!"

端木鸿打着趣进了雅座,手里端着一碟"江蟹生"。

在东瓯,生食可以报出一大串来,主要是海鲜或者素菜。因为东瓯方言的特别,因此,会将许多生食的菜肴反过来叫,比如"鱼生""江蟹生""虾生""虾蛄生"或"盘菜生""豆腐生"等等。

按东瓯人的口味,所有生食中,唯这"江蟹生"的味道最令人叫绝。所以不等其他菜上桌,关中天已经将筷子伸向了那一盘"江蟹生",一边吃一边夸张地叫:"哎呀呀,啊呀呀,眉毛要掉盘子里了!"

徐逸锦也笑了,她觉得关家父母似乎将关中天和关中瑜出生的顺序弄反了。看着一脸淡定的关中瑜,徐逸锦觉得他应该是哥哥,甚至应该是自己的哥哥。

徐逸锦被自己这个念头惊了一下:她有四个妹妹和一个弟弟,从来没想过自己如果排行靠后会是什么样子。从小到大,父亲一直让她独立,在上海,除了不用在钱上操心,所有的事情都是她自己拿主意。而假期回到家乡,父亲一直拿她当儿子,家里大小事宜,甚至城里城外一些生意上的事情也和她商量,她几乎从来没想过自己能在父母面前撒个娇。而此刻,不知为何,她忽然发现这几年这么累,要是有个哥哥就好了!

想着想着,她不由自主地看了身边的关中瑜一眼,而关中瑜瞬间就接住了她的视线,再也不愿意移开。但是此刻,他们俩都没有发现,关中天手中忙着夹"江蟹生"的筷子已经停在了半空中……

第十三章
海 山 仙 子 国

俗话说,"一朝被蛇咬,十年怕井绳",可是在金盈盈那里,似乎一切都可以用不合常规的逻辑去颠覆。从一条小青蛇那里死里逃生后,金盈盈非但没有恨蛇入骨,反倒对这些让一般人毛骨悚然的生物产生了浓厚的兴趣。她甚至想了解这楠枫江的山脉里到底有多少种毒蛇,哪些是最毒的,它们都长什么样。

本来觉得自己每天上山割草可以有更多机会遇见"小青"们,但是,渐渐地,她发现组织交给自己的劳动任务变轻了许多,不用每天上山割到定额的草,而只是些跑腿、喊话的事情。那一段时间,霞枫生产队的干部们立下了军令状,誓夺全县的生产流动红旗,生产任务很重,农民除了夜里休息时间属于自己外,其余的时间都是属于生产队的。

生产队队长张连福最忙,他每天给队里社员安排生产劳动任务,社员如果有事不能参加劳动必须向他请假。张连福也最辛苦,"天光"饭前须先通知社员今天的劳动内容,饭后又挨家挨户地叫社员上山去劳动,吃罢"黄昏"饭,夜里还要组织社员来记工分。时间一久,发现忙不过来,骂了一句:"吾阿爸田里都忙不过来了,还成天要忙这些事!"

关中翰给他出了个主意:叫个人给你跑腿喊话呀!于是,这些事就都轮到金盈盈头上来了。

别人觉得那几样工作毫无价值,但是,金盈盈却觉得极其有意思,因为她这样在家家户户、田间地头跑来跑去，几乎认识了生产队所有的劳动力，认识了田里所有的农作物，这对她来说极其重要。

首先，作为一个人人避之不及的财主婆，她可以和每一个参加劳动的人说话了，虽然一般被通知到的人常常连应也不应她一声，但是她觉得没关系，起码她开口和对方说话了。其次，她分清楚了田里极其丰富的农事内容。

在徐逸锦带着两个孩子到城里干活的这几年，金盈盈是"镬灶打在腿肚子上"，走到哪吃到哪，一人吃饱全家不饿——可问题是吃不饱啊！

这个问题，在关家的秘密谷仓里有过和关中翰的那一次销魂之夜后，似乎就不存在了。因为白月瓯的睁一只眼闭一只眼，关家秘密谷仓里的粮食就也秘密地不断地进入木家茅草房的镬灶间。当然，金盈盈那日渐恢复生气的身子也会随之滚入关中翰的怀抱。

但是这段时间，关中翰到茅草房的次数少了很多。

那一晚，金盈盈睡得有一阵没一阵的，很不踏实，直到凌晨才深睡。当她完全醒来时，发现已经晚了。她来不及洗漱，赶紧去镬灶间拿了两个熟土豆，一边揉眼睛一边往生产队赶。

一到生产队，发现气氛不太对，张连福黑着脸，一件外套悬空架在肩头，插着腰站着，一只手拿着长烟筒，一只手在空中挥舞，说着什么，两只袖管在肋骨旁边晃荡着，显得很滑稽。

季小满站在一旁，一脸惶恐地听着训话，不断点头——因为他把生产队的牛给丢了，而且是那头最能下小牛犊的老牛娘。昨天他找到天黑也没能将老黄牛找回来，本指望着老牛能像老马那样识途，但今早去牛栏一看，梦想落了空。他觉得实在瞒不过去了，只好如实向生产队交代了丢牛的事情。

张连福一听就炸了，这黄牛可是他们生产队里最重要的生产资料！这段时间，第二次流动红旗评比被霞枫隔壁的碧莲公社给夺走了。看着碧莲的社员们在鸟鸣山岭上红旗招展、锣鼓喧天，迎接流动红旗的队伍浩浩荡荡自霞枫的渡船头上山一直排到鸟鸣山的半岭，张连福不服气了，回来立即把大家伙儿召集了起来，说："这面红旗曾经是我们霞枫劳动人民苦干、大干干出来的，是我们霞枫劳动人民心血的结晶，我们不但要鼓足士气、重振雄风，从碧莲公社把红旗夺回来，还要夺全县畜牧业生产的先进红旗!"

这之后,霞枫村就贴出了醒目的大标语:跳上擂台赶丽水,压倒碧莲超梧田。火烧连营七百里,铲光田坎见青天。

在这样的关键时刻,丢了牛,那不是直接影响大家的战斗士气嘛!

"不行,季小满,你得马上去给我找回来!这是关系到流动红旗的大事!"

张连福一脸焦躁,旁边有人见金盈盈匆匆迈脚进来,对张连福说:"队长,这事情太重要了!其他社员劳动任务太重,抽走一个劳动力就落下一段劳动进度,大家都抽不开身,就让财主婆和小牧童一起去找!"

张连福一听,马上点头,大手一挥:"财主婆,今天你要是找不回那头老黄牛,你就和那老牛娘一样,别给我回家了!"

金盈盈有点错愕,但是她还是一边点头,一边抓起身旁的一个草帽,一脸懵懂地跟着季小满往鸟鸣山上走去。

其实,金盈盈这几年没少跟季小满去放牛。牵着牛爬到平时少有人去的山顶,放眼望去,天空低得似乎触手可及。山脚下阡陌纵横,很远都见不到人影。找一处青草茂盛的地方,迫不及待地甩开牛绳子,金盈盈觉得自己就是树梢上的那只金姜儿,自由自在。

邻村的放牛娃常常会聚拢在一起玩放牛娃们的游戏,尽管平日里孩子们对"财主家的小老婆"避而远之,甚至会鄙视和捉弄她,但在山顶上,几个回合下来,他们发现那个被别人妖魔化的财主婆其实有点憨。他们相互打闹,牛儿们在一边悠闲地啃着青草,甩着尾巴,天地间好像只剩下头顶的云和脚下踩不倒的软软的草地。而让小牧童们最得意的是,只要金盈盈在,他们和对面山上的临县的小牧童们"撞山歌",就保准不会输。

括苍山脉交通不便,层峦叠嶂,因此有"隔山邻居"一说。两个山头的人,隔空讲话都能听得清清楚楚,但是,如果要走到一处,那得翻山越岭走个半死。因此,放牛的小牧童们常常在两个山头以"撞山歌"来比赛取乐。

霞枫周边的人把这种娱乐方式称为"牧童撞歌",歌词与歌意大多是带挑衅性的,一问一答,答不出的一方垂头丧气,而胜利的一方那一天在完成放牛任务后,就像在前方杀敌凯旋的勇士,雄赳赳气昂昂地赶着牛儿回家转。

每次撞完山歌,金盈盈都会和小牧童们一样仰面躺在草地上,嚼着甜甜的草根,耳边草尖挠着耳朵,痒痒的。鼻间闻到的是好闻的青草香、泥土香,还感受着太阳的温暖。风在耳边微微拂过,直到天边的云变成五彩色——太阳就要下山了。

可是,今天完全不一样。金盈盈和季小满已经找到晌午了,还没有找到那头老牛娘。季小满说:"这样不是个阵儿,咱们分头找吧!"

于是,金盈盈就这样独自找了一个下午,依然毫无所获。此刻,孤身一人的金盈盈看着天边渐渐暗淡的云朵,心里开始发毛。饥肠辘辘的她从鸟鸣山上下来,全是阴森森的山路。望着黑压压的山影,她感觉自己头重脚轻,全身鸡皮疙瘩一阵一阵地鼓起来。

她越走越快,慌乱中,总觉得前后左右被妖魔鬼怪包围着。走到半山腰的时候,她的心里一阵一阵地发颤,山脉回旋,四周发出的声音忽然犹如大山崩塌,忽然又似鬼哭狼嚎,她觉得自己快软瘫在这半腰的山岭上了……

在极度恐惧中,她忽然想起小时候看过的一个讲鬼故事的戏文,戏文里说山鬼最怕铜器的声响了,那戏里的道士从头到尾手里拿着一只铜铃,一路走一路摇,那些鬼怪都不敢近身。想到这里,金盈盈赶紧伸手摸了摸腰间,幸好,还有三把铜钥匙。她抖抖索索地将那几把铜钥匙从裤腰带上扯了下来,学了那道士的样子,拿在手里拼命地抖。瞬间,她觉得耳旁的各种怪叫声小了很多。

就这样,靠着那三把铜钥匙发出的可怜的叮叮咚咚的声音,金盈盈连滚带爬地回到了村子里。等走到自家的茅草房前,她以为自己快死了。她瘫坐在柴门口,像狗一样地大口大口喘着气。忽然,她的眼前出现了一个黑影,她吓得惨叫一声,晕了过去!

在金盈盈焦头烂额满山找老牛娘的时候,关中翰正匆匆渡江到对岸,坐上班车往嘉宁县城去。昨天,他接到县卫生局的通知,让他今天一早就到县里去。

走在县城的嘉宁街上时,关中翰忽然放慢了脚步,一种奇怪的念头在他心中升腾:得给盈盈买点什么。

嘉宁街是一条百年老街,相传这里原是一片湖塘水浦,楠枫江在浦东的龙山上首自东向西直流而下,和龙翔山、屿山将水乡分隔成上嘉塘、中嘉塘和下嘉塘三塘。路口溪自北向南贯穿上嘉塘,在上嘉塘弯了几个弯,而后注入楠枫江。因溪流弯弯曲曲像鹅的头颈,故上嘉塘一段又称鹅浦。县城嘉宁就坐落在美丽的鹅浦湾上,鹅浦湾有水运码头,瓯江每天的潮汐,溯楠枫江而上直抵鹅浦,久而久之,形成一个小小的街市,就叫嘉宁街。嘉宁县城几乎所有的客栈和店铺都集中于此,是楠枫江流域山民和东瓯城之间的通衢以及客货最大的集散地。鹅浦河的水很奇怪,它会随潮涨而浊,那是瓯江带着浑浊的咸水往上涨;反之,则随潮落而清,那是因为楠枫江清澈的溪流冲刷而来。因此,也有人将这种潮水叫"双色潮"。

关中翰无心观潮,他在一个卖花布的布摊前停了下来,因为他忽然想到金盈盈身上的那件花袄已经旧得看不出花色来了。那一刻,他的双眼盯着那几匹花布,觉得简直是看见了春天满山的桃花。

关中翰家中没有姐妹,又从小性格内敛,也从不和媛子儿打闹,来往的都是一班混小子。虽然娶老婆也有不少年头了,偏偏白月瓯不喜打扮,从不施脂粉,麻秆似的身子穿什么对他来说都没有感觉。可自从和金盈盈好上以后,他就有了一种奇怪的感觉,走在路上也开始注意看那些媛子儿梳的是什么头,穿的是什么衣裳,甚至会关注到她们的头花和围巾。谷仓一夜后,关中翰从金盈盈身上深深地感受到了一种从未有过的体验:就像宠爱女儿一样地怜惜疼爱一个女人,原来是能让自己的心很柔软、很温暖的,这让他对生活忽然有了一种美好的期待。

看见一个胡子拉碴的大男人来买花布,卖布的大婶打趣道:"家里的囡儿多大呀? 给囡儿扯布,也别忘了老婆的哦,不然晚上老婆只让你喝汤喽!"

关中翰尴尬地笑了笑,他真不知道该扯几尺花布才可以给金盈盈做身花衣裳。别说花衣裳,他一辈子也没给女人买过东西。

看着愣在那里的关中翰,女摊主说:"唉,大叔,你带了几尺布票? 带了几尺布票,我就给你量几尺花布回去吧。"

"哦哦,布票。这个……这个,我还真没想到。我……没带。"

关中翰很懊恼,也怪自己平日里都不管这些家常事,哪里会事先想到扯布用的布票、买粮用的粮票、买油用的油票这些婆娘们的事儿呢! 他悻悻地掉头离开了花布摊,往卫生局走去。

到了卫生局,一位姓鲍的副局长见到他,很热情地紧紧握住他的手说:"中翰同志,你能来太好了!"

鲍副局长虽然很热情，但是他的表达能力却很糟糕，关中翰听了半天，终于听明白了事情的原委：因为嘉宁县是红军十三军的发源地，而关中翰的老丈人白老先生当年就隶属于这支光荣的队伍，还因为用神奇的家传蛇医医术治好了被蛇咬伤的战友，如今，为了发扬红十三军的革命传统，也为了弘扬嘉宁蛇医的神奇医术，根据上级命令，据说是省军区领导亲自吩咐，要在嘉宁县里建立一个蛇类研究站。为这事，局里曾经派人去和白老先生沟通，但是，白老先生以还想继续服务乡里为由婉拒了。于是，就请关中翰来商量，看能不能帮忙做做工作。如果实在一下子说服不了，那么就请他们夫妻先来，将这个光荣的牌子先挂起来，反正他们夫妻俩也都有一门治疗蛇毒的好手艺。说到光荣处，鲍副局长握住关中翰的手就晃得厉害。

　　关中翰听后，很诧异此刻首先跳入自己脑海中的一个问题是：我们到县城来了，盈盈咋办？但是，毕竟是关中翰，很快，他的大脑就快速地将所要考虑的各项事宜都转了一遍，根据鲍副局长开出的条件，迅速排列组合了"来与不来"的各种利弊，他内心的一个声音渐渐明晰：来！不仅自己来，还得想办法借这个机会，让盈盈离开霞枫。离开老家换个地方，也许能有办法让"财主家的小老婆"这几个字从盈盈身上变淡一些，甚至隐藏起来。于是，他果断地答应了卫生局的安排。

　　最后，鲍副局长再一次紧紧地握住关中翰的手说："中翰同志就是觉悟高，党和人民感谢你！"

　　顿了一下，又有点难为情地说："中翰同志，只是有一事要先知会你一声，就是……就是这研究站的房子一下子还没有合适的地方，新建在屿山上的畜牧站挺大，还有很多空房子，局里打算将蛇类研究站的牌子先挂在那里。那里房子很宽敞，环境也很好，就是离咱这嘉宁街有点远，你看如何？"

　　关中翰一听，正中下怀：这多好，少人干扰。于是，就满口答应了下来，临走时特意问了一句："除了带家属，我可能还需要个把帮手，可以再带一两个人相帮吗？"

　　鲍副局长爽快地说："这块牌子不仅只是蛇类研究站，还是咱们县里的一块红色牌子，县里领导都很重视，会给你解决身份编制问题，其他人做临时工，没问题的！"

2

关中翰高兴地离开了卫生局,当他途中折返嘉宁街的时候,目光不再停留在花布摊前,而是直接进了金银店,给金盈盈买了一个雕着龙凤的银镯子,因为买银镯子不用这个那个的计划票。

关中翰马不停蹄地坐车回来,当他兴冲冲地渡过楠枫江来到村西头的茅草房前时,下弦月还没升上天。瘫坐在茅草房前的金盈盈没看清是他,惊叫了一声,倒在了柴门的门槛上。关中翰连忙将她扶在怀里,急切地又摇又晃:"盈盈,盈盈,别怕,是我。你快醒醒,是我!"

被唤醒的金盈盈一见是关中翰,扑在他的肩头放声大哭。那一刻,下弦月刚刚升上天,在朦胧的月色下,怀里的这个可人儿越发楚楚动人,关中翰心头一阵热气冒上来,抱起金盈盈就冲进了茅草房……

一切归于平静之后,关中翰并没有告诉金盈盈关于蛇类研究站的事情,而是将那只银手镯拿出来套在了她和月光一样白的手腕上。

金盈盈惊喜地将手臂高高擎了起来,让手镯在月光下发出美丽的光晕。她依偎在关中翰的肩头,一边轻轻地哼着:"月光光,照嘉塘。嘉塘殿,大灯光。芝麻盐,配天光。子带豆,配日昼。菜咸干,配黄昏……"

然而,关中翰的算盘子并没有颗颗拨得准,当他回家提出要趁这次机会带走金盈盈时,白月瓯不干了。

都说女人心海底针,细到极致且别说,问题在于摇晃不定。当前些日子心中还盘算着如何借金盈盈肚子用一用的白月瓯发现关中翰对金盈盈动了真情,心中就如猫爪挠心,说不出是怎样火烧火燎的味道。

一直对丈夫唯命是从的白月瓯和关中翰大吵了一架:要么不带财主婆,要么谁都别走。关中翰很生气,吼了她几句,半天下来,发现跟自己的老宁客根本讲不清道理,心想:去得成去不成的主动权是在白月瓯手里,不是他关中翰最后能说了算的。留得青山在,不怕没柴烧,先让着白月瓯,能去成嘉宁再说,慢慢再想办法将盈盈弄过来。于是,他砰的一声带上门走了。

不出几日，县里派来了一辆绿色油漆的货车，停在了霞枫村对岸。

白月瓯一个人让艄公来来回回渡了好几次船，将家什差不多都搬上车后，关中翰才慢吞吞走来上车。

一路上，晕车的白月瓯吐得晕头转向。她满怀希望地到了嘉宁县城，发现他们的车子只是路过那赫赫有名的嘉宁街，那些店铺只在她眼前一闪而过，最后将她和她的丈夫以及那一车家什拉到了城中一座名叫屿山的矮山上，这让她大失所望。

这座屿山很是奇怪，不偏不倚，就坐落在县城中央，海拔只有70米，状如孤屿。山脚下倒是热热闹闹的，可他们住的半山腰实在有些冷清。白月瓯的嘴翘得老高："早知道是这个夜里鬼灯都提出来的地方，我才不来呢！"

早早来迎接的鲍副局长一看白月瓯的脸色，有点尴尬，赶紧介绍说："你们别看这屿山虽然不大不高，却有着一个很有意思的传说。明朝时，嘉宁一位姓何的县令得了一个宝贝叫蛙蟆眼镜，戴上它可以识别山川河流，能看得出何处为风水宝地，何处有精灵藏匿。一天，他来到上嘉塘，看到屿山中间高、两边低、两头微翘，像一座笔架。戴上蛙蟆眼镜一看，屿山原来是一条头北尾南卧眠的蛇！"

关中翰一听鲍副局长的介绍，一拍大腿说："看看看看，这就是缘分！我们搞蛇类研究，就刚好来到了这'灵蛇'上来研究，有'蛇'就有'财'，真是巧缘啊！"

嘉宁方言中，"屿"与"蛇"同音，而"蛇"又与"财"同音，白月瓯一听丈夫这么解释，就把噘起来的嘴放下了。当县里敲锣打鼓将她的红军老爹请来一起挂上"嘉宁县蛇类研究站"的大牌子时，她感觉到无上光荣，安心地帮丈夫打点了站里各种事务后，开始一边在屿山过起了和霞枫乡村完全不一样的日子，一边紧紧盯着丈夫的一举一动，提防他回霞枫去找金盈盈。只可惜，霞枫有一句古话叫"有心不怕你厉禁"，意思是夫妻之间如果真想要在外有人，哪怕一方再严厉禁止也无济于事。白月瓯没有想到，自己恰恰就落入了这句古话里。

在离开霞枫之前，关中翰不仅预留了足够的生活费给金盈盈，还打算给她找一只小狗来做伴。想不到木醒初命丧恶狗的事情，让金盈盈死也不肯接受关中翰的这一番好意。关中翰还是担心她孤单，就给她买了几只大灰鹅。楠枫的大灰鹅性子很躁烈，见到陌生人会嘎嘎嘎地冲过去啄，厉害的能啄破人的裤腿。关中翰心想，这些呆头鹅虽然不能看家护院，起码也能报个信儿什么的。

除了几只大灰鹅，关中翰对金盈盈也算是费尽了心思，他居然给她弄来了只有楠枫深山里才有的一种奇怪的动物赤麂。这又叫黄麂，长相乖巧灵秀。在关中翰看来，金盈盈有时候像极了这黄麂，从不发愁，也不动气，憨憨的、萌萌的，遇事总是无辜地忽闪着一双大眼睛……

当金盈盈第一次看见那头黄麂在茅草房的道坦里溜达的时候，开心地大笑了起来，而关中翰就像一个慈父看着女儿受宠的娇俏模样。

但是，那一刻的金盈盈不知道，生活给予她的欢愉只是片刻的，更大的灾难已在不远处等待着她……

3

对于出生在瓯江北部山区的徐若空来说，关于大海的印象，一是来自小时候姆妈给他讲的"哪吒闹海"故事里的那个"海"，二是来自小学时的课文《精卫填海》。

当徐逸锦告诉他过几天他们一家三口就要跟着柳主任一家一起到柳主任的老家洞天岛去的时候，徐若空和木念初都觉得很突然。

徐逸锦说："你们没见五马街上贴满了大标语吗？"

"对对，妈妈，我们学校也贴出了大标语。妈妈，什么是'牛鬼蛇神'呀？"木念初一直觉得姆舅喊姨婆"姆妈"很是土气，她从来不喊徐逸锦"姆妈"。

木念初还没问完，徐若空就打断了她的话："小屁孩管那些干吗？"

木念初白了姆舅一眼，但是，母亲接下来的话让她有点丧气。

原来，柳主任要调回老家洞天岛去工作了，柳叶春又快要有弟弟或者妹妹了。柳主任怕老婆再生孩子有危险，身体也不太好，就想请徐逸锦辞了矾矿驻东瓯办事处的差事，带上两个孩子和他们一起到洞天岛去帮忙伺候月子，以后就帮忙带孩子。当然，柳主任说了一个很好的条件：去了洞天，可以想办法帮忙落实两个孩子到正式学校去读书，结束孩子们在东瓯城里借读的尴尬境况。

徐若空一听，喜出望外，木念初却噘起小嘴一脸不开心地说："妈妈，我不想离开城里去乡下。"

但是，这事儿由不得她，不管她的小嘴巴翘得有多高，第二天，她还是乖乖地跟着妈妈、姆舅和柳家大大小小一群人渡江过海,踏上了洞天岛。

岸上迎面走来一个五十开外的渔民,古铜色的肌肤在阳光下闪着光,一头和年龄并不是很相符的银发倔强地挺立在脑袋上。他粗糙强壮的手里拿着一根扁担,一见柳主任就直奔过来,将扁担在他们的行李里一抻,将重担挑在了肩上,声如洪钟地说:"柳主任,你好你好。我姓易,叫易海生,是县里派我来接你们的。本来已经替你们安排好了宿舍,只是前几天海风太大,房间的玻璃被海风刮破了好几块,还有一扇门也没弄好。县里领导吩咐,让你们先到我的村子里住两天,乡亲们已经给你们准备好房间了。拉行李的板车在前面,我们住的地方也不远,走半个小时就到。"

"半小时!这样的土碴子路,我挺这么大的肚子,怎么走得动!"柳家大娘一听就叫了起来。

易海生扭头笑着说:"看样子得叫您嫂子。嫂子别着急,早听说嫂子快要临盆了,我们还准备了一辆板车,等下拉着您走就是。"

"这还差不多!"柳家大娘撇了撇嘴。

顺着弯弯山路,一行人蜿蜒上行,到了半山腰的一个小渔村。

跟孩子们一样,徐逸锦也好奇地睁大眼睛看着周围。只见午后的小渔村,房前屋后晒着渔网。石头房的院落里,三五妇人一边织渔网,一边闲散地聊着天。狗儿也懒散地趴在一旁,见了生人来也不吠。村中几乎所有的房子都是依山而建,掩映在绿树之中的一座座石头房屋在明丽的阳光下熠熠生辉,翠绿的树叶在微风摇曳中闪烁着点点金光。面朝大海,会看见海鸥从上空飞过,迎风伸展着双翅,借助风力在空中优美地滑行。

和楠枫江的民居一样,这个小渔村家家户户的房屋前面也有道坦,但是又不同,因为这里的道坦没有院墙。站在徐逸锦他们借居几日的住所前的道坦里放眼望向大海,只见前方的海中礁石林立,徐逸锦忽然想起了文天祥《乱礁洋》中的诗句:"海山仙子国,邂逅寄孤蓬。万象画图里,千崖玉界中。"

临时住所的门口架着一只大锅,一开始徐逸锦不知道那是做什么用的,直到前面海滩的渔船靠了岸,拉上了一筐筐新鲜的虾皮,面朝大海的各家敞开的道坦里几乎同时生火煮水,徐逸锦才明白那些铁锅是煮虾皮用的。每一口大铁锅几乎能装得下整筐还带着浓浓大海味道的鲜虾皮，锅里翻滚着虾皮，就像在煮海。

那鱼腥味其实挺冲，但是徐逸锦并没有觉得不舒服，因为她的注意力不仅被未曾见过的煮虾皮吸引过去，还很好奇这些虾皮煮熟后怎么办。

徐逸锦很想问问那些渔家女，可又觉得大家已经这么忙了，不好意思打扰她们。但是，她却发现女儿阿念已经在一旁忙得不亦乐乎，一会儿帮忙舀起鲜虾皮倒进锅里，一会儿给锅底添柴加火。

而让徐逸锦更加吃惊的是，那些忙忙碌碌的渔家大婶大妈虽然没有停下手里的活儿，却一直乐呵呵地跟阿念聊天。要知道，她们满口阿念一个字也听不懂的方言，而阿念居然用表情兼手脚并用和她们聊得眉飞色舞……

在来洞天岛的船上，徐逸锦就已经注意到，这里的老百姓其实说两种方言：闽南话和清音话。这闽南话洞天县城讲得多，而清音县的清音话基本与东瓯城里话很像，只是口音不同而已。

匆匆歇息了几个晚上之后，随着那些铁锅的火焰渐渐熄灭，煮熟的鲜虾皮又被装进了箩筐，一筐一筐地运到晒场晾晒。等最后半筐熟虾皮装进箩筐，易海生又将接柳、徐两家的板车拉了过来，一车装着他们两家的行李，一车装着柳家大娘以及那装了一半虾皮的箩筐，呵呵笑着说："主任嬷！这半筐虾皮您带上，坐月子的索面羹里抓一把放进去，那可是添不少鲜呢！到了县里的宿舍，有什么缺的尽管吩咐！"

对于前面带着职位、后面添个"嬷"字的称呼，在这里的方言中有类似"某某夫人"的意思，是尊称。比如称老师的夫人为"先生嬷"，称技术顶级的手艺人"老司头"的夫人为"老司嬷"等。柳家大娘听着易海生一口一个"主任嬷"，心里挺受用，嘴上说着"不要客气"，身子却早已挪到了箩筐的边上，瘦削的脸上也有了笑容，一笑，嘴角显出了两道已经不浅的皱纹。

将行李安顿在已经修整一新的县宿舍里，拖家带口的一群人来到了一家叫"东方红"的饭店。

俗话说，靠山吃山，靠海吃海。洞天的饭馆，和楠枫的以山货为主食材不同，这里的餐桌理所当然是大海的馈赠。但是，在洞天长大的渔民以及他们的后代，其实最馋的是肉。柳主任平日里最喜欢吃的是章鱼，因为小时候吃不到肉，总是父亲出海捕到什么吃什么，而章鱼肉吃起来的感觉很像猪肉。

大概离开家乡时间有点久,刚一回来,觉得那些鱼虾有点腥,于是,柳主任就打算要点米醋去去腥气。但是,清音话里"醋"和"去"是同音的。柳主任朝服务员扬了扬手,服务员来了,问:"要什么?"柳主任说:"去。"服务员就走了。

　　等了一会儿,醋还没拿来,柳主任又叫来那个服务员,又说了一次:"去!"服务员又一脸困惑地走了。

　　又过了一会儿,醋还是没拿来,柳主任站了起来,抬高了嗓门:"我说去啊,怎么还没来?"

　　服务员也生气了:"你这位同志,你叫我来我就来,你叫我去我就去,我到底要怎么做?"

　　桌上的所有人都快笑翻了,而阿念听明白后,也学着柳主任,一个劲地朝服务员喊:"去、去,我也要去啊!"

　　正在大家笑得前仰后合的时候,一个熟悉的声音从门口飘了进来,徐逸锦正待仔细辨认,一个熟悉的身影已经随着那熟悉的声音推门走了进来——居然是几年前在东瓯城中见过的关中天!

　　关中天也没有想到自己居然在这样一个原本和霞枫、和关家、和徐逸锦八竿子也打不着的地方,又一次见到了她! 他觉得是上天有心,特意为他将徐逸锦送到了洞天岛! 他想赶紧迈步到徐逸锦眼前,跟她说如今能在洞天岛再次相见就是天意,不管他们是因为什么来到洞天岛的,他都要让他们跟他走,立刻、马上!

　　他的心怦怦地跳着,他已经来到徐逸锦面前了,他要告诉徐逸锦,他爱她,也同样会爱她的弟弟和她与阿木的女儿! 这一次,在这没有一个霞枫人的海岛上,她逃不掉了,他要马上向连队领导打报告,他要娶她,她再也别想说"不"了。

　　徐逸锦看着关中天的眼里闪着非同寻常的光芒,那一张热切的脸正一点一点不顾一切地向她贴近、贴近……

　　忽然,柳家大娘"啊"地大叫了一声,捂着肚子瘫倒在地上!

第十四章
新 手 月 里 嬷

关中天没有想到,自己那鼓得像遇到危险时的河豚身子一样的勇气,就这样被柳家那着急从娘胎出来的小子给放掉了。

这一天,刚修好门窗的柳主任的宿舍里,随着一阵阵婴儿嘹亮的哭声,一阵阵欢乐欣喜的气氛飞扬了出来:柳家大娘终于给柳家生了个儿子!

这是柳家大娘回到老家最大的自豪和荣光,因为这么多年,她跟随丈夫从南海岸线到东瓯城,又从东瓯城回到北海岸线。虽然丈夫给予了她稳定的生活,但是她总觉得自己的忧思也如这长长的海岸线一般不知何时是个尽头。

终于,这一天来了,在连生了四个女儿之后,她在回到阔别已久的老家的最初时刻,让这多年的忧思戛然而止。她觉得世人称洞天岛是"洞天福地"真是一点错也没有,于是,她当机立断给儿子取名为"福天"。

徐逸锦也很替柳家大娘开心,打趣说:"阿春妈,要是再生个弟弟,是不是叫'福地'呀?"

看着那个粉嘟嘟的小福天,徐逸锦觉得自己的心也跟着软软的。这么些年,徐逸锦觉得自己从里到外一直紧紧绷着。如今,命运让她和这么一个小生命相遇,她的"柔软"之心似乎忽然醒了,她想她一定会尽心尽力好好对待这个小生命。但是,作为"月里嬷",徐逸锦还真是头一遭。

东瓯城乡,女儿出嫁后,生孩子坐月子,一般是娘家打点月子里的方方面面,比如给女儿送"月里羹"，给女儿叫伺候月子的"月里嬷"，等等。

所谓"月里羹"，就是娘家给分娩的女儿送去补身子的营养食品。

东瓯城乡送"月里羹"的风俗大致相同，一般是孩子落地后，女婿赶紧带上早已准备好的礼物到老丈人家去"报生"。老丈人、丈母娘就会将一个已经装得满满的"盒盛"送给女婿带回去，那"盒盛"里装有福寿糕、花生、鱼鲞、鸡蛋、猪肚、黄鱼、红糖等美食，还有给孩子的衣服裤袜。当然，其中最主要也决不能缺席的是一种用特殊工艺制成的面食——索面。因为在满月以内，任何客人来看产妇，一定要吃"月里嬷"精心准备的索面汤。

添丁的人家一个月子里吃掉上百斤索面是非常正常的。索面吃得越多，一是说明产妇胃口好，养孩子容易，是大好事；二是反映这户人家亲友众多、人脉深广，有面子。因此，到添丁人家去道喜，东瓯城就干脆说成到某某家去吃索面汤，可见索面的重要地位和深刻意义。

徐逸锦虽然生过两个孩子，但压根就没坐过月子，也没有人给她送过月里羹。想到这里，徐逸锦不禁红了眼圈，但是，她很快调整了心态，这一次，她倒真的想好好给阿春妈当一次月里嬷，看看女人的月子到底是怎么坐的，客人来送月里羹的时候，她得好好煮上一碗索面汤，让柳主任和"主任嬷"有面子。

可是，这只是徐逸锦的一厢情愿。柳家大娘的第五个月子才开始，客人的第一份月里羹还没送到，徐逸锦的第一碗索面汤还没煮出来，柳家大娘已经向徐逸锦发了一通大火，这突如其来的"喷射"，弄得徐逸锦哭笑不得。

因为县里分给柳主任的宿舍才刚弄好，柳家大娘生了儿子，就像凯旋的将军一样回到新居。结果等到她踏进房间的一刹那就大变了脸色，尖着原本就不细的嗓门叫道："要死了要死了！这双门柜的镜子怎么不给我蒙上纸呢？晦气晦气！快快快，去给我蒙上！统统蒙上！"

徐逸锦瞬间明白过来这要求肯定是与风俗有关，赶紧找来几张报纸，将衣柜的镜子给蒙得严严实实。但是，柳家大娘从那一刻开始就再也没有好脸色给徐逸锦看，对徐逸锦作为月里嬷的所有工作，不是横挑鼻子就是竖挑眼。

柳主任在洞天县是新官上任，来家里送月里羹的客人自然络绎不绝。徐逸锦潜心研究索面汤，不去计较柳家大娘的种种牢骚和呵斥。客人来的多半是妇女同志,她们惊诧于新来的柳主任家的月里嬷洋气得就像城里教书的先生,更惊叹于那个一点也不像月里嬷的月里嬷居然能做出一碗碗别具风味的索面汤。她们一边吃,一边充满好奇地和徐逸锦说话,徐逸锦那得体而又风雅的言谈让她们觉得自己的月里羹送得特别有价值。没出多久,徐逸锦就从她们那里得知了柳家大娘头一天为镜子没有蒙上纸而大动肝火的具体缘由。

原来,以前海岛医疗条件很差,女人生孩子大部分是土法接生。有些产妇生产时失血过多,营养又跟不上,身体比较虚弱,脸色苍白,若冷不丁看到镜子里自己的巨大变化,容易受到惊吓,这样不利于产奶,自然也不利于哺乳孩子了。

徐逸锦听了,觉得有道理:幸亏当年阿木的茅草房里连块镜子都没有,不然她大概也会被自己那惨白的脸色吓着。

这一天,刚送走了一批客人,柳家大娘又找碴了。她指着刚在外忙了一天回到家的柳主任大声呵斥:"你个没脑子的萝卜头!都吃了这么些日子了,天天鸡呀鸭呀,你就不明白,做咸的就是菜,做甜的才是补品!你这是存心不打算补补我这弱身子吗?"

在外间灶台上忙活的徐逸锦听得出柳家大娘故意将声音抬这么高是指桑骂槐,但她根本没往心里去,也就笑了笑。忽然,一个调皮的念头在徐逸锦的脑边一闪,她打算捉弄一番柳家大娘,让自己也乐上一乐!

一连三天,不管是鸡鸭鱼肉还是索面汤,徐逸锦都用红糖来烧,不放一粒盐。第一天,柳家大娘觉得那碗史无前例的红糖索面汤还挺好吃的,鸡鸭肉放了红糖也勉强能吃,可是那用纯糖烧成的海鱼,吃到嘴里的怪味不知该如何形容。但是,为了证明她那"咸的是下饭菜,甜的才是补品"的歪理,她憋住气都吃了,尽管吃了以后觉得胃里直反酸。第二天她开始觉得反胃,而第三天,她举着筷子无奈地望着那一碗红糖索面,知道今天是无论如何都咽不下去了。

从外间的灶头边探头偷偷看着柳家大娘包着头巾坐在床上,举着筷子又皱眉又撇嘴的滑稽样子,徐逸锦忍不住耸了耸肩,缩着脖子抿嘴笑了:徐逸锦啊徐逸锦,原来你也这么坏的哦!

忽然,柳福天响亮的一声啼哭,让徐逸锦意识到自己的恶作剧有点过了:阿春妈吃不下饭,可不是饿着小福天了吗?坏了,这玩笑开大了……她拍了一下自己的脑袋,赶紧进了里屋,说:"阿春妈,今天我真是晕了头,这鸭子还没煮熟透,这索面也被我烧得太烂了,我赶紧给你换一换!"说完,端起那甜索面和甜鸭子逃也似的出来,以最快的速度油煎新鲜猪肉,重新给柳家大娘煮了一碗放了鲜肉、鸡蛋、虾皮、紫菜和墨鱼的索面汤。

看着柳家大娘三口两口将那一大碗索面连汤带卤地吃完,徐逸锦长长舒了一口气。她心里想:使坏也挺好玩,就是心理负担有点重,不划算!

回到灶间,等她将灶台收拾干净,徐若空和木念初就风风火火地跑了进来,阿念的口中还嚷嚷道:"妈妈妈妈,中天叔叔来了!"

阿念的话音才落,关中天已经迈进了门。徐逸锦有点尴尬,关中天的眼神更是飘忽不定。

阿念说:"妈妈,中天叔叔说下周是七夕,岛上要给孩子们过节,每家有孩子的都可以接七星亭,我和姆舅也想接。"

"七星亭?"徐逸锦好奇地问,"我只知道七夕是我们阿空的生日,怎么岛上还会给小孩子过节?"

关中天说:"我其实也是刚听说。今天易海生来连队借彩绸,说是孩子们接七星亭的时候用。"

说曹操曹操到,门外传来了一阵叽叽喳喳的声音,柳叶春带着妹妹们拥着易海生来家了。三妹柳叶新跑进内屋,对柳家大娘说:"阿妈阿妈,海生伯伯说帮我们接七星亭。"

易海生进门来说:"主任嬷,柳主任工作太忙了,你们初来乍到,孩子也多,我想下个礼拜的七夕节你们还没准备好接七星亭吧,我就来看看是否需要我帮忙的。"

从大家的七嘴八舌里,徐逸锦听明白了。根据古老的传说和习俗,这洞天岛上的七夕节已经由单纯的牛郎织女相会演绎成了儿童的成年礼、感恩节和护佑节。

在孩子们的急切恳求下,在柳主任嬷的"恩准"下,当然也在关中天叔叔的热情推动下,柳家的四个女孩外加徐家的两个孩子都开开心心地参加了这别开生面的洞天岛七夕节活动,徐逸锦也有幸旁观了一番。

那一天,徐逸锦带着孩子们来到易海生家,厅堂供桌上早已经供着请回家的七星亭。那七星亭足足有七层,第一层的两根亭柱上分别装有两个泥偶,正面门额上挂有"七星夫人"的匾牌,阁内正厅贴着七仙女的画像,两侧有彩笔花卉饰品,门、窗、阁檐等雕镂装饰栩栩如生。后面的就简化为泥偶的头,每个泥偶身上都穿着花花绿绿的纸衣裤。

除了七星亭,易海生家的供桌上还摆着七样干品、七样熟食以及七双筷子、七个酒杯、七盏茶,还得摆上七朵"指甲花"、七块胭脂粉、七条彩色丝线。

晚上七点一到,易海生的老婆就从供桌上请出七星亭,再从土地公龛请过一个香炉,点燃七支香,上香跪拜,口中喃喃祈福:"七月初七天门开,七星娘娘坐莲台。信女坚心举香拜,有花有粉请您来。保佑平安又赐福,每日无事免消灾。"

易家大娘一拜完,回头招呼孩子们一起到桌前面向七星亭,双手合掌轻声祷告:"保庇,保庇!保庇孩儿长大成人,全家平安吉祥!"

大约燃了半炷香,易家大娘拿来了一个金纸炉,将金纸点燃,然后将那个精巧绝伦的七星亭放进了金纸炉。

看着金纸炉里闪闪的火光,徐逸锦下意识地跟着众人一起双手合十,心中默默祈祷:愿世人和睦,天下太平!

2

天刚亮,道坦里的大灰鹅开始叫了,金盈盈骂了一句:"呆头鹅,还真把自己当公鸡啊,吵死个人!"忽然一想:不行,如今这个家里的人只有自己一个,"吵死个人"还不是咒了自己吗?

"呸呸呸,你们三个该死的'头',要死你们先死!"

金盈盈从小到大就愿意给动物们起名字,在她的眼里,动物和人是一样的,都有自己的脾气、性情,都应该拥有自己的名字。于是,只要经她手养的家禽家畜,一定都有名字。如今,茅草房里三只灰鹅就分别叫树头、石头和铁头,大概是希望身边有坚硬一点的东西给自己壮胆吧。

关中翰送给她那只黄麂时,欢喜之余,她歪着脑袋想了一下,对关中翰说:"我给它想好名字了,就叫黄中翰!"

关中翰大笑了起来:"你这混沌的小脑袋瓜子里能想出什么合乎常理的正事儿

来呢？好吧,你喜欢叫黄中翰就叫黄中翰吧,都依你!"

这些日子,金盈盈觉得村子里的气氛越来越奇怪。今天被三个"头"吵醒后,她像往常一样赶紧到大队去,准备带上箩筐上山割草。可是,队里又没有人。

已经好几日了,他们都到哪里去了呢？金盈盈满腹疑惑地拿了草帽从大队出来,迎面碰到了季小满的妈方婶。方婶说:"你赶紧回家去吧,感觉不对,中央街上贴了好多标语。张连福和队里的社员们这几日去公社开什么誓师大会了,我感觉你又得躲一躲了。"

金盈盈听了喃喃道:"怪不得咱大队没人上山,也没人下田了。"她瞬间感觉背后一凉,感激地望了方婶一眼,转身匆匆地往家走。

一到家,她赶紧将树头、石头和铁头赶进鹅笼,又将正在道坦里闲庭信步的黄中翰往镬灶间赶。

正忙活着,门外响起了咚咚咚的撞门声。金盈盈战战兢兢地开了门,果然,张连福带了一大群人径直闯了进来。这一次,金盈盈惊讶地发现张连福穿了一件绿军装,手臂上戴着一个红布箍。几个同样戴着红布箍的年轻人揪住她,不由分说将她的双手反剪在背后。她下意识地大叫一声:"疼死人嘞!"

"你老实点!"张连福厉声吼了她之后,就站在道坦的正中央高声宣布:

"要破除几千年来一切剥削阶级所造成的毒害人民的旧思想、旧文化、旧风俗、旧习惯,霞枫大队就从金盈盈家开始! 大家分头搜,好好搜!"

金盈盈没有明白他们说什么,但是此刻,她的双腿抖得厉害。

不一会儿,这些人就将树头、石头、铁头和黄中翰赶了出来。

金盈盈知道等待她的是什么,她在口中用只有自己才能听见的声音密密切切地念道:"阿弥陀佛阿弥陀佛阿弥陀佛……"

下午,霞枫小学的礼堂里又出现了金盈盈的身影,这一次,与她一起上台的还有邻村的几个人,他们家里据说搜出了很多旧书、旧家具、旧账本等等。让金盈盈实在不能明白的是,那本与她毫无关系的她从未见过的旧账本怎么就成她的了,还变成了这次最严重的证据。台下愤怒的群众冲上台,对着金盈盈就是一顿狠揍。

当金盈盈再一次睁开眼睛的时候,她发现自己被扔在离家几十米的田里,四下一片漆黑,只有天上的星星朝她眨着眼睛。她抬了一下胳膊,觉得能动,她又抬了一下腿,发现右边的小腿钻心地痛。她在田里不知道又趴了多久,终于,在露水打湿了她全身的时候,她爬回了自己的茅草房。

楠枫江的下游流淌到嘉宁县县城一段,与上涨的瓯江潮汇合,浑浊的江水穿越城东而过。但神奇的是,县城上嘉塘的内河河水却清澈无比。

嘉宁街西边尽头便是这条碧光粼粼的上嘉塘河,河西岸是屿山东边的山脚。这几年,沿河开出了一条大马路,陆陆续续建起了一些民房。

上嘉塘河的河埠头东边有一座三孔石桥,那是城西通往东岸唯一的一座桥。桥的对岸有一个小村落,就叫桥旁岸,上嘉塘人民公社所在地就在那里。

码头东首有一座八角亭,造得八面玲珑。亭子中间那青石打成石鼓形的石凳有两百多斤重。关中翰总是想不明白为何那两张石鼓凳总没有规规矩矩地待在它该待的地方:这一次经过时它们是这样摆着,下一次再来时,就已经朝另一个方向摆了。直到有一天,他才知道是好多年轻的后生拿两张石凳子试臂力,所以不断地挪动它们的位置。

这一日,关中翰在桥旁岸的公社里办完一些公事,步履矫健路过八角亭的时候,又看见几个年轻后生正在亭里推着石凳子玩。他是习武之人,也心中痒痒,很想去试试。但是,天色已经完全暗了,他也该早点回屿山上吃晚饭了。可转过八角亭,一踏上夜色中的嘉宁街,关中翰的脚步就放慢了下来,他被嘉宁街夜晚的独特景致给震撼到了!

此刻的嘉宁街居然比白天还热闹,不到两百米的街面上摆了不下百张竹床。这个点,差不多家家户户已经吃过了"黄昏",无论大人小孩,就都摇着蒲扇到刚刚当街支好的竹床上乘凉。一时间,东家长西家短,街面上便热热闹闹甚至是沸沸扬扬的了。

看着孩子们绕着竹床嬉笑打闹着,看着年轻妈妈对孩子们的一声声故作凶狠、实则慈爱的叫骂声,关中翰忽然觉得心中一阵失落袭来:我关中翰已过不惑,膝下依旧空空荡荡,两个在外的弟弟还是孑然一身。这不孝有三,无后为大,为关家,我如此费尽周章、苦心经营,这份家业将来到底传给谁呢?想到这,关中翰的心中忽然揪了起来:盈盈!

关中翰忽然觉得他的心已经守不住了，他要见到他的金盈盈，立刻、马上！可是，早已经没有班车了。

不行，不行，必须见到她，再不见到她，关中翰觉得自己已经不是自己了。他拔腿就跑，飞奔到通往霞枫的公路上！

月夜下，那条公路上的碎石子被关中翰踩得沙沙响。当他满头大汗停下来的时候，心中有点绝望：就靠这双脚，这几十公里的碎石子路如何走到头呢？他垂头丧气，望着天边的明月喃喃地叫道："金盈盈，金盈盈……"

忽然，身后一阵马达声传来，关中翰猛地扭头，只见一辆拖拉机往他这边开来。迎着拖拉机头的射灯，关中翰连忙猛舞双手一阵大喊："停一停，停一停！"

司机是一个年轻小伙子，让拖拉机停下来后，关中翰不由分说就上了后斗，一屁股坐在装得高高的玉米棒子上。

那小后生说："老司，你可坐稳喽，拖拉机马达声音大，你要是从后斗上被抖下来，我坐前面可听不见哦！"

关中翰说："明白明白，我坐扎实了就是。"

那小伙子又回头说："老司，我只开到响山埠，离霞枫还有好长一段路呢！"

关中翰有点烦了："你就开你的吧，后面的路我自己想办法！"

就这样，当拖拉机后斗上的关中翰跳下来的时候，觉得屁股已经全麻了。随着马达声渐渐远去，他抬头一看，月亮已经滚到天空正当中，自己孤零零地站在碎石子的公路上，身影很短。关中翰迈开腿，在碎石子路上大步前进。

不知道走了多久，又来了一辆运蛎灰的拖拉机，关中翰又跳上了后斗。他觉得自己运气很好，因为这辆拖拉机一直将他"拖拉"到了霞枫村外的渡口旁。

此刻，当睡梦中的艄公被关中翰超分贝的喊声给叫醒，撑着渡船来到关中翰身边时，吓得大叫一声，趴倒在渡船里："白无常啊！"

关中翰哈哈笑了起来："老艄公，我不是白无常，也不是黑无常，你快看看仔细，是我！"

月色下，被那一拖拉机的蛎灰震得浑身灰白的关中翰让老艄公抖抖索索了好一会儿，才将撑篙重新拿稳。

渡船靠上滩林的那一刻，关中翰脱了衣服，在溪水里把自己那一身蛎灰粉洗干净。他顶着湿漉漉的头发，直奔金盈盈的茅草房。但让他纳闷的是，深夜的茅草房居然没有上锁！他满腹疑惑地推门而进，一边轻声叫唤："盈盈、盈盈……"

金盈盈猛然竖起耳朵，以为自己是在做梦，不敢应答，但是她真真切切地听到了关中翰的呼唤声。当她确定床前站着的是关中翰的时候，那一声"皇天哪"叫得比任何时候都要幽怨。

此刻，关中翰不知道金盈盈已经在床上躺了两天两夜，水米未进！

半个月之后，当金盈盈从县人民医院骨伤科病房出来的时候，关中翰径直将一瘸一拐的她带到了屿山上的蛇类研究站。

面对愣在一旁的白月瓯，金盈盈不知道自己的手脚该往哪里放……

3

东瓯城的夏天其实并不是很热，主要得益于瓯江口凉爽的江风，但傍晚时分徜徉在江滨的关中瑜却还是感觉到心里一阵阵烦闷。

自从徐逸锦带着两个孩子跟着柳站长一家去了洞天后，自己是三天两头给她写信，但是，都泥牛入海，徐逸锦没有回给他只言片语。这是他心焦的重要原因，但是，还有另一个让他心焦的事情，那就是他工作问题的落实。

帮徐逸锦一家三口在东瓯城落脚后，他自己也在涉园附近的东瓯纸伞厂谋了一份工作。凭着科班出身的美术功底，没多久就脱颖而出。他原本以为自己可以在这里大展宏图，想不到不久，东瓯纸伞厂就全面停工了，关中瑜几乎处于失业的状态，他刚刚被激发的对东瓯传统工艺美术浓厚的激情硬生生被拦腰斩断了。

伏在瓯江江边的栏杆上，望着滔滔东去的瓯江水，关中瑜觉得眼前一片迷茫。正当他打算回住处的时候，忽然身后有人在他的肩头拍了一下，他回头一看，柳彦方气喘吁吁地站在他身后："老兄，找你找得好辛苦。有要事和你说，关于你工作的事情！"

关中瑜一听，两眼发了光："快说快说！"

"纸伞厂目前看，算是完了。你还记得我以前和你提过的洞天的贝雕吧？"

"贝雕？当然记得，你说洞天三件宝是贝雕、貂皮和玛瑙，那可是咱们东瓯工艺美术的瑰宝啊！我见过，小贝壳、大世界，这个好玩！"

"你真想玩？这年头，也只有你这样的人才会真心珍爱这些老祖宗的宝贝。我老家的一个姨夫和你一样，可是现在不让公开弄了，他悄悄在洞天二轻系统下面的服装社车间里弄了个贝雕工场，正缺人。我想你那位徐大美人被我哥嫂带到洞天，你早已经魂不守舍了，干脆帮你们牛郎织女一把，想办法让你们团聚。我前些日子写信给我姨夫，你看，这是他的回信，他也着急盼着你这位美术专业的大才子过去的，吃住他都给你安排好了！"

关中瑜一把抢过柳彦方拿在手中的信，急急忙忙看了两遍，开心地将柳彦方抱起来转了个圈。柳彦方双脚着地后摸着自己的胳膊说："我的妈呀，鸡皮疙瘩都起来了！两个大老爷们呢，吓死我了！"

关中瑜知道早在宋、元间，中国民间就流行有螺钿镶嵌和贝贴等工艺。这些色彩富丽、形状奇异的贝壳是大海对人类的馈赠，而贝雕就是海岛百姓对大海最好的艺术回馈。但是，当他此刻站在洞天岛上柳彦方姨夫的贝雕工场里的时候，还是被那些个贝串、贝堆、贝雕画和圆雕给震撼到了。

关中瑜更没有想到，他来到洞天岛上与徐逸锦见的第一面会是在那样一个混乱的场面之中。

原来，徐逸锦到了洞天岛，先是跟着柳主任一家住在渔民易海生家里，她第一封报平安的信给关中瑜留的就是易海生的家庭地址。易海生安顿好他们后就出海打鱼了，他的老婆不认识字，将关中瑜一封又一封的来信随手塞在镬灶间的碗橱抽屉，然后就忘了。徐逸锦以为关中瑜无意回信，就不再打扰他，于是，关中瑜那一往情深的相思付诸东流。而今天，当她得知关中瑜已经来到洞天岛，就落脚在柳家姨夫那里时，忽然觉得心头如小鹿乱撞，差一点失态。她赶紧将柳家大娘的月里羹做好，给小福天洗好澡，换上干净尿布，不管柳家大娘准不准假，换上干净的布衫就出门了，出门之前还在镜子里照了一下自己的头发乱没乱。

洞天岛本岛不大，但是道路却是随着岛屿的地形态势起起伏伏。柳姨夫的贝雕工场并不远，徐逸锦却跑得气喘吁吁。当她出现在关中瑜面前时，关中瑜好像是见到了一个满脸汗珠的仙女下了凡，心想：原来仙女也流汗啊。但是，他说出口的第一句话却是："喔呀，这是天兵天将下天界来了吗？"

徐逸锦忍不住扑哧一声笑了出来，在一旁的柳姨夫也笑了："有这么仙女般的天兵天将吗，你咋不说天蓬元帅呢？"

想象过无数次重逢的场景，关中瑜没想到在陌生的洞天海岛，他和朝思暮想之人的重逢如此带有喜感。但是这少有的喜感，很快就被一阵匆匆的脚步声给打断了。

"柳老司、柳老司，不好了！外面有人来破什么旧了，赶紧逃吧，不然要挨揍了！"

柳姨夫一听，愣在了原地。

"哇哇哇……哇哇哇……"柳福天的哭声特别大，柳家大娘翻了个身，一边拍着柳福天一边大声喊："阿念妈！阿念妈！"

喊了几句，没见应答，柳家大娘心中一股怒火腾地就升在了喉咙头：这个小寡妇，又怠慢我！

心中的怒火还没发出去，柳主任刚好迈进了家门："哎哟，我儿子哭得好大声！"

柳家大娘一看，那股怒火噼里啪啦朝着丈夫吐了出来："都是你，早跟你说不能带着这种小寡妇随身走的，你看看你看看，我喉咙都喊破了，连个鬼影也不见！这是想饿死我还是想饿死你儿子啊？饿死我事小，饿死你儿子，看你还怎么向你们柳家祖宗交代！"

柳主任被老婆一顿劈头盖脸骂晕了，喃喃地说："好好的，咋死啊鬼啊的，好歹也是个人嘛！"

柳家大娘一听，忽地一下就坐了起来，指着柳主任的鼻子骂开了，那又尖又高的声音吓得柳福天哭得更起劲儿了："我就知道你没安好心！当初你第一次见到那个小寡妇，那双牛眼睛快贴到人家脸上去了！好看吧，好看有个屁用，沾上她的男人还不是沾一个死一个！你再沾沾看！我已经忍她很久了，这种扫帚星你还舍不得扫出门去啊？她再待下去，我担心你儿子也会沾晦气！"

柳主任吼了老婆一句："越说越不像话了！"

"啊，我不像话？！是，她像话，那个小寡妇确实像'画'，那张画一样的脸只能贴墙上看看的，咋伺候起我来了？有本事你把她挂起来，让我伺候她呀！好看是吧，小心你沾上她也像她前面的那几个男人一样！"

"你发什么疯，净说些连狗也不要啃的鬼话！"柳主任一边骂着自己的老婆，一边无趣地退出房门。

柳家大娘一蹦而起，追着老公不依不饶。

忽然，门外传来一阵骚动，紧接着，柳姨夫拖着几个大麻袋神情紧张地进了柳家的门，同时进来的，还有徐逸锦和关家老四关中瑜！

柳家大娘一见徐逸锦，一股怒气冲上来，可还没等她开口伤人，柳姨夫已经冲她挥手说："阿春妈，快找个隐秘点的地方将这些宝贝藏起来！破什么四旧五旧六旧的，这些贝壳螺壳堆的都是我花心思研究出来的新宝贝，怎么就成了要被砸烂的旧东西了呢？不可理喻，不可理喻！"

柳家大娘愣在那里了，她不动，但也不敢不动。因为柳姨夫虽然是丈夫的姨夫，但也是于她有养育之恩的人，并且还是她的媒人。因此，她在柳姨夫面前是绝对不敢造次的。

她正磨磨蹭蹭不愿帮忙，柳主任已经伸过手去了："姨夫，赶紧赶紧，你和你的这些宝贝就都避一避。"

等大家七手八脚将那些用服装厂边角料严严实实包好的贝雕藏在了一个安全的地方后，徐逸锦和关中瑜才在分别多日后，仔仔细细地看了对方。

关中瑜轻轻地拿起徐逸锦的手，看着那手背上的一大块青紫，心疼地放在嘴边吹了吹，说："刚才这么乱，怎么就砸到你了呢？我那么大个儿的不砸，偏偏找你这细胳膊去砸！"

徐逸锦抽回了手臂，笑了："那搁贝壳的柜子又不长眼睛，那些人这么凶，动作那么猛，那柜子不是倒向我的，就是砸到别人的。我没那么不经碰的，你看，壮实着呢！"说着，徐逸锦就举起了自己的胳膊，紧握拳头，还上下夸张地伸了几下。

关中瑜见了，心想：原来你也会这么调皮的！但是，他心中非常清楚，生活给予这个女子如此重压，不仅没有压垮她，还将她身上原本深深隐藏的那股子韧劲、豁达和开朗都压了出来，甚至连平时难得一见的调皮劲儿都压出来了。

关中瑜深深地望着徐逸锦，眼中有点泛潮：生活，真的不可思议！

生活的确不可思议，原本投奔柳姨夫打算在洞天的贝雕工艺美术上好好做点事情的关中瑜，此刻不知道该何去何从了。如果不是柳主任热心相留，他知道自己已经让徐逸锦很为难。那个"柳主任嬷"每天看他和徐逸锦的时候，鼻孔几乎是朝天的！但是，生活的变幻莫测，真的是谁也无法预料。

这一日，柳主任神情焦灼地匆匆回到家，翻箱倒柜开始找东西。柳家大娘觉得不对劲，问了几句，柳主任一反常态，低声吼了回去："老宁客懂什么，别瞎叨叨，外面的事儿不是你好随便问的！"

就在昨天，有人看见柳主任的桌子上放了一本金圣叹批注的《天下才子必读书》，当时柳主任只听那人嘀咕了一句："你现在看这些，不怕有人告你想翻天？"立马有人冲进他的办公室搜了一通，没有发现其他的，但是走的时候，领头的狠狠地敲着他的办公桌，说："老实交代，如果隐瞒封建的旧家产，后果自负！"

柳主任赶紧回家，将家里的箱柜翻了个底朝天，翻出了一些旧书和旧式的零碎物件，一股脑儿打包在一个旧布袋子里。柳家大娘一看自己公公当年留给她的旧账册和一只镶银的鸡血藤镯子也被丈夫收进了那个布袋子，赶紧跳下床一把扯住："你脑子哪根神经搭牢了，这可是你们柳家传世的东西！"

柳主任再一次瞪了老婆一眼："你懂个屁！"然后，夹着那个布袋子就出了房门，走进厨房找了一个脸盆，再找了几件旧衣服，将那几本账册和鸡血藤银镯子压在了脸盆底下，匆匆出门走向了海滩边。

趁着夜色，他将那个布袋子奋力地向海中扔去。想不到东西太轻、海水浮力太大，一下子就重新冒出了海面。柳主任吓了一跳，赶紧在海边找了一块大石头，和那个布袋子紧紧捆在一起，用自己最大的力气，将它们抛向了海中，直到不见了踪影，才放心回到家中。可是，造化弄人，那一日是农历十六，潮汐特别大，柳主任走后没多久，那个布袋子就被冲回了海滩。

第三个晚上，徐逸锦刚给柳福天洗完澡，外面就敲锣打鼓冲进了一群人，而柳主任被押了进来。只听一声令下，翻箱倒柜、拆墙撬地，瞬间，柳家刚安顿好没有多久的新家霎时成了"战场"！

这一场迅雷不及掩耳的"战斗"在小福天惊天动地的啼哭和他四个姐姐的瑟瑟发抖中结束了。徐逸锦做梦也没有想到，命运会将一个与她毫无血缘关系的刚出生不久的小婴儿——柳福天，以一种不可思议又不得不接受的方式送入她的怀中……

午后的海风吹来,洞天岛最西北的一个偏僻小渔村里,这海风掠过树梢,发出了一阵阵让人心中发毛的呼呼声。但是,一座破败的石头房里却传来了少女木念初的欢笑声:"海生伯伯,再讲一个,再讲一个!"

此刻,木念初拉着渔民易海生粗壮的胳膊,缠着易海生继续讲海的寓言故事。徐逸锦抱着小婴儿柳福天走到阿念跟前,轻轻对她说:"阿念乖,海生伯伯的海洋故事是好听,你看姆舅缠着海生伯伯再讲鱼故事了吗? 大家都还有那么多事情要做,来,你帮妈妈抱着小福天,妈妈要和海生伯伯、中瑜叔叔还有姆舅一起去搬石头,不然,咱们这破房子上的瓦片都要被海风掀翻了,下雨你就要淋在雨里了!"

看着母亲凝重的神情,阿念听话地放开了易海生的粗胳膊,小心翼翼地接过了母亲递过来的小宝宝柳福天。她努力学着母亲的样子,尽可能用最佳姿势,让柳福天在她单薄的怀抱里舒服一点。

其实这些日子,她也被突如其来的冲击吓坏了。她不知道为什么和和气气的柳伯伯一下子就被人押着游街,更不明白那个天天尖着嗓子对自己妈妈和姆舅还有阿春姐姐的柳伯母忽然就一头栽倒在地死掉了。

就那么短短几天,柳家的一切变化让木念初害怕,又让她惶恐不解。她惶恐地看着柳家四姐妹在妈妈的带领下,身穿白丧服匆匆下葬了她们的妈妈,她很不明白为何柳伯伯不能来。妈妈叹了一口气说:"唉,柳伯伯被隔离审查了!"

那一日,阿春姐姐带着三个妹妹一脸悲伤地跟做贝雕的柳爷爷走的时候,木念初又不明白为何她们的小弟弟福天不跟她们一起走,而是抱在了妈妈的怀里。

妈妈又叹了一口气说:"你柳伯伯在老家没有其他亲戚了,贝雕柳爷爷家里困难,年纪又大了,养不了小福天。从今往后,小福天就是你的弟弟,咱们和姆舅要一起把他养大。"

"那以后我们住哪儿呢? 怎么养活我们自己呢?"

木念初对前途充满了迷茫,她抬头看了看姆舅,姆舅过来安慰她说:"别怕,有姆舅呢! 海生伯伯已经替我们找到了住的地方,一开门就能看见大海呢! 海里不是有很多鱼吗? 咱们可以捉鱼吃呀!"

那天一大早,易海生拉着那辆曾经接他们进岛的木板车来了,还带来了两个箩筐。木念初抱着柳福天坐在易海生的木板车上,关中瑜挑着一箩筐的东西,徐逸锦和徐若空在后面推着易海生的木板车。

他们在起伏很大的海岛土路上走了很久很久,终于在天黑的时候到了一个叫八仙岙的小渔村。易海生的朋友们已经等候在那里了,他们都热情地过来帮忙。阿念觉得这些伯伯叔叔都长得差不多,都有一身黑黑的皮肤,脸上的皱纹都挺深,都会朝她友善地笑,都穿着松松垮垮的灯笼裤。

第二天天色暗下来的时候,孤立在八仙岙海边礁岩上的这座石头房在大家的帮助下已经收拾得差不多了。这时,易海生的渔民朋友们已经送来了番薯丝和一些海货。然后,他们在易海生的组织下,一起帮助这一个组合奇特的"新家庭"共同谋划他们的未来。

徐逸锦其实很清楚,像易海生这样淳朴忠厚的渔民,此时此刻,对柳福天和将要养育小福天的她,既是"救孤"又是"济困"。但不管是出于什么,徐逸锦都非常感激易海生及其朋友对他们最及时的救助,不至于让他们在这个非常陌生的孤岛上无处可去、无处可依。但是,她又很为难:除了易海生,他们都以为关中瑜和她是夫妻。

而此刻,关中瑜又不愿意离开他们。他对徐逸锦说:"不管怎么样,我都会和你在一起! 嫁给我,让我来照顾你们!"

徐逸锦半晌无言,而后只说让她好好想想。但是,她清楚地听到自己内心深处有一个强烈的声音在说:"让他留下来,留下来!"

没有多久,易海生他们已经将徐逸锦一家的生计安排妥了:徐逸锦目前主要的工作是养育柳福天,而徐若空和木念初两个少年跟着村里的妇女们学习织补渔网。至于这个新家庭的主劳力,他们倒有点为难了:这么一个洋气的大先生,真的可以跟他们下海打鱼讨生活吗? 想不到关中瑜的回答如此坚定:"当然,必须的!"

易海生不太相信地问关中瑜:"你是楠枫山里出生的,山里和海里可真的不一样哦。第一,你会游泳吗? 水性好不好?"

关中瑜听了哈哈一笑:"海生大哥,这个你就问到点子上了。楠枫虽在山里,但我可是从小在楠枫江水里泡大的。我小时候一只手拿脸盆放头顶,一只手摸溪中岩壁上的螺蛳,踩水半个小时就能摸回一脸盆的螺蛳呢!"

易海生听了说:"那还不错!"

但旁边的另外一个老渔民意味深长地说了一声:"江和海还是不一样的哦,毕竟溪流江水比不得大海的风浪呢!"

是的,在这个完全陌生的孤立在东海洞天岛背阳的海盂小渔村里,等待关中瑜的将是什么样的未来? 等待徐逸锦一家的生活又将是如何的? 望着眼前茫茫的大海,徐逸锦心中想:大海,将会给出答案吧……

第十五章
狂风卷巨浪

又一次大难不死的金盈盈原本以为到了县城应该是车水马龙、楼房林立,商铺鳞次栉比,至少应该比霞枫村的中央街热闹很多吧,可是,纵观这座被四周山脚下民居包围的屿山,她有点失落:和楠枫江那些高耸的翠峰比起来,这屿山也就是一个小山丘。难怪这里的人会管它叫"屿山儿",这可不就是大山的儿子嘛。

霞枫村四周的大山上苍松古樟、层峦叠嶂,而屿山上只有孤零零的几棵树,树旁还有孤零零的几座坟。山地上种着小麦、番薯、洋毛芋之类的农作物,这让金盈盈有些恍惚了:我这是到了城里还是到了另一个山头呢?而让她更加恍惚的是白月瓯对她的态度。

当那一天,她跟在关中翰的后面,手足无措地站在白月瓯面前时,白月瓯惊讶的表情在脸上大约只停留了三秒钟,随即就极其热情地拉住了她的手说:"哎呀呀哎呀呀,怎么现在才来啊妹妹!都是我的错,原本应该是我早点带你来的,现在还让大老爷们儿出面!"

又转身对关中翰嗔语:"你看看你看看,这妹妹的脸没有一点血色,这身板儿也薄了这么多,都快成纸片人了,你不心疼我也心疼啊!"

关中翰听了,尴尬地应了几声,搬过一张凳子,扶着金盈盈坐了下来,说:"好好待她就是,交给你了!"转身就出了门。

看着这个男人的背影,白月瓯和金盈盈都愣了一会儿。随即,白月瓯放开了拉着金盈盈的手,脸上忽然像挂了霜,冷冷地对她说:"这山上人少,边上还有几座孤坟,别人怕不怕鬼我不知道,我是不怕的。只有鬼见不得人,哪有人怕鬼的!"

金盈盈不知道该如何接白月瓯的话,坐在凳子上,只是将双眼看向了自己的脚尖。忽然,只听白月瓯的语气一下子变得热情而柔和:"哎呀哎呀,你看我只顾说什么人呀鬼呀的,妹妹这腿看起来伤得不轻,你就安心在这儿好好养,没人打扰你。哦哦,看我啰唆的,你一定是饿坏了吧,来来,煮索面给你吃!"

没有多久,一碗满满的索面就端到了金盈盈的面前,上面铺了两个金灿灿的煎鸡蛋和一个大鸡腿。

可是,第二天,关中翰一早就出门了,金盈盈没有见白月瓯来喊她吃早点,午饭时,只面无表情地随手给了她一个黄面包。到了晚上,关中翰回来了,白月瓯又是满脸笑容地端出了满桌的菜肴。

就这样在白月瓯不断随时切换的脸色和饭桌上不可捉摸的菜肴中,凭借着原本很不错的体质,金盈盈的腿伤很快就痊愈了。

这些日子,她被安排在关中翰夫妻宿舍的隔壁,这砖瓦的宿舍按理说隔音应该不错,可不知为何,门窗的木板都特别薄,夜深人静时,有人经过门前的走廊都能听得很清楚。金盈盈有时候觉得自己很像以前家里养的狗,能熟悉而准确地判断出关中翰和白月瓯的脚步声。不管是谁停在她门口,她的心都禁不住狂跳。可是,这一个来月,他们夫妻俩谁也没有敲开过她的房门。

整日无所事事的金盈盈在这一日觉得该出去透透风了,于是,傍晚时分,她拄着一根拐杖,慢慢地将自己挪出了宿舍,往屿山的山腰走去。

在山间吹了一阵晚风,金盈盈打算往回走,走出几步,便发现脚下一颗颗晶莹剔透的红色野果子。她开心地叫了一声:"呀,红帽*!"

顿时,她觉得口舌生津,那是她最喜欢的童年野外美食!

她像个孩子似的边摘边吃,忽然,脚下踩出了沙沙声,她一看,又开心了:呀,焦黄的桉树落叶铺了一地,像给林间的土地铺上了毯子。她坐了下来,可是,转念就想到阿空和阿初那年用细铁丝戳回来那么多的桉树枯叶,茅草房的镬灶间里,闪耀的火苗映着孩子们红扑扑的脸……

---

*红帽:覆盆子。

想到这里，她不禁放声大哭。正哭着，一抬头看见关中翰冲她走来，一把抱住她："你急死我了，满山找你！太阳都快要到西边山头的山顶了还不回家，天黑了，你还能找到回家的路？亏了你的哭声，不然我还找得着你？"

关中翰一边数落着她，一边伸手擦去她满脸的泪花。擦着擦着，关中翰就将那一张梨花带雨的脸捧到了手心，喃喃地说："忍得我好苦！"

说完，他就将金盈盈压在了身下，地上的桉树枯叶沙沙的声音一阵比一阵响。

透过关中翰的肩膀，透过那肩膀后高大桉树枝叶的空隙，金盈盈看见西边的太阳一点一点落下山去，西天万道霞光。她觉得这西天醉了，她觉得躺在桉树枯叶上的自己也醉了……

当他们回到宿舍，厨房里，白月瓯独坐在已经摆好三副碗筷的饭桌前，房顶上一盏15瓦的电灯发出昏黄的光，饭菜上也罩着一层昏黄的颜色，猛一看，似乎那些饭菜都已经不新鲜。但是，白月瓯极其热情地招呼金盈盈吃饭，那饭菜又是如此香甜可口。

这个夜晚，金盈盈一直觉得自己口渴，辗转反侧，无法入眠。她侧耳仔细听着隔壁的一举一动，但是，隔壁开着的窗户里没有传出任何响声。

夜更深了，忽然，隔壁的房门开了，金盈盈竖起了耳朵，清晰地听见关中翰的脚步声在她的房门前停了下来，只一会儿，她就听见了敲门声。她一跃而起，门一开，不由她有半句言语，关中翰就将她拥到了床上……

所有的一切，让她惊讶又不得解：他这是怎么啦？白月瓯不就在隔壁吗？

让她更没有想到的是，没有多久，她就听见了白月瓯停留在她门口的脚步声，转了好几圈，再过了一会儿，她的房门上就响起了白月瓯的敲门声。

屿山的东南有一座小庙叫"光明殿"，是供奉陈靖姑的娘娘祠。当白月瓯知道这位陈十四娘娘不仅是替天行道、怒斩蛇妖的神仙，还是赐子的大神时，心中就越发不安了！

嘉宁人常在农历初十去给陈十四娘娘进香。那天恰逢初十，白月瓯去光明殿找了灵姑。灵姑听了她的一番陈述，当即给她唱了大词："唱大词，唱大词，九月菊花开几枝，光明殿里香事盛，十四娘娘闪灵旗。"然后神秘又真诚地跟她说这大词是专门替未生育的女子唱给陈十四娘娘的，但若想要得到娘娘懿旨，还要专门敬制米粉桃献给娘娘。白月瓯听了，立刻回家做了一篮糯米粉桃，恭恭敬敬地献给了娘娘。这时候，灵姑才将"娘娘懿旨"传达给了她——白月瓯祖上是蛇医，家中常年饲养毒蛇，娘娘是灭蛇妖的神仙，与白月瓯无缘，她此生怀孕生子无望，但可以借他人之身替夫家延续香火。

白月瓯一听，愣了好久。她想：这娘娘真是灵啊，我心中担心的她竟然全明了！但这娘娘也没有料到我早已打算借他人之身为关家传宗接代，只是这最后的目的还没有达到罢了。今日还得感谢娘娘指点，这次回去，就要快快将事情再推进推进！

于是，白月瓯拜别了娘娘，匆匆从光明殿出来，沿着光明殿前的小山岭下到了山脚。嘉宁百姓将光明殿山脚下新建不久的那一条临水的街道叫成"光明殿下"，如今，这条新街道上各种店铺林立，人来人往。更重要的是，这里新建了一个菜市场，县城上下周边的农民都将自家种植的果蔬还有自养的鸡鸭挑过来叫卖，这里也就成了嘉宁县城家庭主妇聚集的地方。

这一日，白月瓯和已随丈夫在县城生活的关雪桐就重逢在这个新建的"光明殿下"农贸自由市场上。

当关雪桐听说金盈盈跟着关中翰来到研究站的时候，非常意外。面对这位本家堂嫂白月瓯，关雪桐的眼神极其复杂：金盈盈到底和关中翰什么关系？但是，这位本家堂嫂却神情自若地说："是你关大哥请来为蛇类研究站帮忙的临时帮手。"

关雪桐不知道，眼前这位堂嫂在镇定的神情背后，那颗心却似乎被一只无形的手拿捏住，甚至还扭了一下！

几天后的傍晚，白月瓯在厨房精心烹制了晚饭。在灶台上，她拿着一颗神秘药丸的手在不停地颤抖。她知道，上一次在霞枫老家，就是这一颗药丸，让关中翰的魂被金盈盈真真切切地勾走了！她后悔不该自己亲手做局，但她更后悔的是如此这般却一直还没有让金盈盈的肚子替她怀上关家的种。

当初关中翰来屿山做蛇类研究站，自己就好几夜睡不着：不带金盈盈来，那么原先的如意算盘就会落空，自己强忍的窝囊气也将付诸东流；如果带着一起来，关中翰的身心就会全扑在她的身上，自己的这一口气又如何咽得下！但是，到了屿山，她又后悔了：关中翰开始对她不闻不问，更加冷若冰霜。

在这样一个几乎被悬空在山脚人间烟火之上的地方,人生地不熟的她,那种彻骨的孤独和失落无处可说。这时候,她越发热切地希望自己身边能有个孩子,甚至也开始念想金盈盈那没头没脑的好性子和姣好的身形,心想:这事搁在当年,也不就是家里娶了个小的吗?来了个小的,有人说个话做个伴,总比每天面对关中翰那张挂了冰霜的脸要好。

这样一想,她忽然就想通了。就在她想亲口对关中翰说明天自己去霞枫将金盈盈接过来的那个夜晚,关中翰居然一夜不归,半个月之后,他的身后就跟来了那个手足无措的财主婆!这让白月瓯极其恼火:这事真要做,也得我这当大的来出面啊!虽然那一刻她将那一腔的怒火强忍住了,但接下来的日子,她的内心极其痛苦地在"留下"和"滚蛋"的问题上不断地斗争着,每天脑子里似乎有两个小鬼一直在拿着长矛相互刺杀,今天"留下"的刺赢了,她就做了好菜好饭叫金盈盈吃,明天"滚蛋"的小鬼刺赢了,她就让那个财主婆饿几顿。

不行,这样下去我会被脑子里的两个小鬼撕裂的!白月瓯想到此处,当机立断,将仅剩的一颗药丸掰碎了,拌入饭菜,让他们吃了下去。

入夜了,她来不及收拾碗筷,来到房中,极其别扭地劝关中翰去隔壁。

关中翰起初还莫名其妙,一来二去,药丸开始起作用了,他一跃而起也就去了。

白月瓯觉得自己的心被锥子狠狠扎了一下,她强忍着疼,坐在窗前仔细听着隔壁的响动。终于,她忍不住了,从凳子上弹了起来,在隔壁的房门前转了三圈,就敲响了隔壁的门……

接下来的日子,金盈盈成了嘉宁蛇类研究站的临时帮手,她每天忙忙碌碌,而白月瓯则关注着她的一举一动,特别是她身体的变化,甚至关注她每天早上端出房门的痰盂,里面有没有女人月事的迹象。

这一日,才刚起床,白月瓯将日历又翻过了一页:已经整整56天了,金盈盈的痰盂里一直没有月事的迹象,她心中的期待越来越迫切!可是,她仔细看了看金盈盈的脸,又没有任何不一样的神情。她自己没有生育过,不知道女人怀孕害喜会从什么时候开始,正当她纳闷又无法得知真相的时候,一个人的到访,让她忽然觉得解开这个谜团有了希望。

2

嘉宁县委上下都知道叶繁晟局长是个铁面无私的老干部。这些年,他在嘉宁县兢兢业业工作,踏踏实实升迁,从来没有假公济私,没给自己的家属关雪桐安排工作,为此,关雪桐没少和他吵。

关雪桐说自己当年在霞枫村虽然是村民选的妇女会主任,但不管从能力水平还是工作经验上说,组织都应该给她安排正式工作。

但是,叶局长铁面无私地说:"干部家属有能力有水平的多的是,我要是给你安排工作了,那我还怎么起带头作用!"

这么多年,最让关雪桐憋屈的就是自己一直不能成为干部中的一员,伴随她的身份永远是"干部家属"。她很不服气,又在家坐不住,于是到县城的城关生产队来帮忙。生产队觉得她是县里领导的爱人,又热心爱张罗,于是就让她跟着几个搞妇女工作的同志一起干。时间长了,她就成了队里的"百忙官",虽不是真正的干部,却已经很有干部的架势了。但是这段时间,她觉得自己手头的工作不是很顺手,因为她对中央的精神有点吃不准。于是,她非常谦虚地请教她的革命伴侣叶繁晟同志,而叶局长也总是能给她及时的帮助。

这一天回到家,关雪桐要请教的问题是:根据精神,要创作出反映四类分子通过教育改造取得的成果,这个典型可不是那么好抓的。

叶繁晟说:"你不是说金盈盈到蛇类研究站帮忙做事了嘛,这不就是一个改造的好典型?"

霎时,关雪桐对丈夫再一次充满了敬佩:"你的思想觉悟总是比我高,我这就上山找金盈盈。"

白月瓯对关雪桐的到访欣喜万分,根本不问她为何踏月来访,拉住她就问:"怀孕了啥时候会吐?"

关雪桐诧异地看着已显老态的白月瓯,不解地问:"你怀孕了?"

白月瓯赶紧摇了摇头,意识到自己有些失态,马上表示:"没有没有,就是随便问问!"

可是,做了这么多年妇女工作的关雪桐极其敏锐地反应过来了:"是金盈盈?"

白月瓯的脸上一阵白一阵红:"关主任,哦不,大妹子,好歹你也是关家这根藤蔓上下来的瓜。你看你们二房种瓜得瓜种豆得豆,而我们大房的这几个兄弟,死的死,走的走,摊上我又不会生养,这将来我到了下面,别说没脸见祖宗,阎罗王也会刁难我的! 所以,那金盈盈……"

关雪桐瞬间明白了,她跳了起来,说:"都什么年代了,封建思想的流毒在你这里还是这么深! 你这是开妇女同志回旧社会的倒车! 坚决不行,马上叫她来问问,是否已经有了!"

白月瓯一把拉住了关雪桐:"祖奶奶,使不得使不得,这要是让你关大哥知道了就了不得了,这个家非得散不可! 宁拆十座庙,不毁一桩婚,大妹子不打算毁了我这个家吧? 这些日子我好吃好喝伺候着她,就当是典妻生子吧。"

关雪桐一听,坐了下来,蹙眉对白月瓯说:"你可真是糊涂啊! 你还想让当年我娘的悲剧重演吗? 这典妻生子是旧社会的糟粕,你要是还这么做,如果金盈盈和关大哥的事情暴露了,有什么后果你不清楚吗? 你这个家还要我来拆吗?"

白月瓯一听,背后一冷,站了起来:"那那那,那怎么办?"

关雪桐往门外看了看,凑近了白月瓯的耳朵说:"那这样吧,你仔细观察金盈盈,如果真的有反应了,马上来告诉我……"

关雪桐话音刚落,隔壁房间就传来了金盈盈的呕吐声。白月瓯瞬间脸色煞白,关雪桐却神情镇定地对她说:"这样单条心*了。现在明摆着有了,明天你来我那儿,我给你准备好打胎药。"

望着星空下关雪桐的背影,白月瓯发现自己的身子在发抖。

第二天,关中翰接到县里打来的电话,说县委机关这段时间要搬到霞枫去办公,开展建设社会主义新山区工作,霞枫是关中翰的老家,需要他一同前往,做一些对接和协调工作。结果关中翰刚走,白月瓯就听说学校停课了,屿山上的光明殿也被学生砸烂了。白月瓯害怕了:看来关主任讲得对,金盈盈肚子里的种不能留!

于是,在捍卫家庭和孩子之间,她再也不纠结了,她已经明确地做出了选择。她急匆匆下山找到了关雪桐,关雪桐居然真的替她准备好了药。

---

*单条心:干脆。

而让关雪桐万万没有想到的是，那一天晚上，嘉宁县委大院发生了轰动东瓯城的大辩论，正在大院观战的关雪桐因为内急匆匆回到宿舍时，被横躺在门口的一个人吓了一大跳。她定睛一看，惊呼出声："金盈盈！"

金盈盈一见她便伸出一只手紧紧拉住了她："关主任，救救我，关家大嫂说她救不了我，叫我来找你救命……"

关雪桐一边说着"你不能躺在这里"，一边就想把金盈盈拉起来，一拉，发现她身体下一大摊血迹！

关雪桐顿时明白了，赶紧说："你等着，我给你叫人去！"然后飞奔回大院叫来了叶繁晟等几个人，七手八脚地将金盈盈抬到和县委大院一街之隔的人民医院。

手术连夜做了，可第二天医院就开始全面停业，医生护士都不再来上班。

金盈盈怎么办？正当关雪桐一筹莫展之际，叶繁晟及时告诉她一个信息：昨天刚接到关中瑜的信，告知了他们在洞天的情况。

"对，金盈盈是徐家人，应当送还给徐家，放在我这儿算什么？老叶，赶紧帮我找辆车，把金盈盈送到洞天去！万一……"

渡江过海，金盈盈不知道自己是如何一路辗转来到洞天岛上的，与自己儿子和锦姑娘的久别重逢，竟然是这样被"索命鬼"一路牵引而来！

在徐逸锦看来，如果这世上真有长不大的人，那么金盈盈肯定算一个。如此死里逃生，在见到生离死别的儿子和亲人后，金盈盈只将她的"皇天哪"痛快淋漓地叫了一番，便如无事人一样了。养了几日，吃了几日洞天的海货，今天，八仙岙小渔村面海而立的石头房里，已经能够听见金盈盈抱着小福天一起传出的咯咯咯的笑声。

但是，徐逸锦无暇感叹金盈盈强大的生命力，此刻，她正考虑这关系极其复杂的一家六口的吃饭问题。对于易海生和他的弟兄们事先给她全家所做的安排，徐逸锦自己悄悄做了一点改变：金姨的身体还没有完全恢复，就让阿念在家帮她一起带小福天。阿空已经开始学习织补渔网，关中瑜已经开始出海捕鱼，而自己，不正是这个家的"正劳力"吗？自己就完全可以像那些没有出海讨生活的村民一样另谋出路。

徐逸锦戴起一个大斗笠就去了渔码头。她对自己说："徐家祖上这么大的生意都做得这么好,这大海的生意,我肯定也能在渔码头摸出点生意经来。"

让徐逸锦没有想到的是,八仙呑地处洞天岛最西北,虽然呑中能避风,但是,毕竟一年之中只有夏季大台风来的时候,各渔村的船只才会在此汇聚,平时进出的还只是本村的几只小渔船,因此,渔码头的生意其实还是很清冷,这让徐逸锦有点失望。她在冷清的鱼市上转了转,忽然见一个皮肤黝黑的瘦小的中年妇女有点吃力地提着一个大竹篮在码头的一角停了下来。她一停下来,立即有人围了上去。

徐逸锦好奇那竹篮里是什么东西,也挤进了人群,伸头一看,那竹篮里的东西着实长得奇怪,猛一看就是一个个顶部开了小圆孔的小圆石圈,外皮呈灰白色或者灰黑色,很粗糙,个头小小的;仔细看,这东西体外有六片大的壳板护住外围,内壳口又有四片小的壳板组成盖子,像戴着一顶藤帽,里外两层防卫,紧紧保护肉身。

徐逸锦问旁边的人:"这东西叫什么? 是贝壳吗? 能吃吗?"

边上的人说:"能吃,叫'且啦'!"

"且啦?"徐逸锦听糊涂了。

那个黑瘦的妇女见状,便用东瓯话跟她说:"'且啦'是闽南语,东瓯话叫'戳嘴',普通话叫'藤壶'。它们是生活在海滨礁岩,靠摄食浮游生物为生的小海鲜。"

听着这么"书理"的科普介绍,徐逸锦吃了一惊,随即认真看了看眼前这个妇女:脸色黑黄,但那一双眼睛却闪现出与普通渔家妇女完全不同的神色。当她张口说话时,还透露出知识女性的气质。徐逸锦正纳闷着,旁边的买家说:"苏老师,今天的且啦个儿比平日大,您一定费了不少劲吧。来,都给我,多少钱?"

"苏老师?"徐逸锦正疑惑着,旁边的苏老师提起竹篮,将藤壶全倒进了买家的尼龙袋子里,随口说了一个价,对方没有讨价还价,付完钱就走了。

洞天岛上有个心照不宣的约定——买藤壶,不还价,这是因为采藤壶特别辛苦和危险。这些相貌奇特的藤壶一般都生长在偏远无人小岛的礁岩上,挖藤壶的一般是渔家主妇,她们平时三五人一组,划着小舢板登上这些孤岛,本身就挺危险的,而为了挖到更多大一些的藤壶,她们身系绳索,下到没法行走的峭壁或礁缝上去,用一种类似钢钎、俗称"且钎"的木柄铁头钎将它们一个一个撬下来。藤壶外壳坚硬,她们常被划破手脚,再加上礁岩溜滑,浪涛汹涌,一着不慎,险象环生。

当然,这些事情都是以后苏老师跟徐逸锦说的。

苏老师在麻利地做完这一次买卖后，收拾了秤杆，对徐逸锦笑笑说："你就是村头刚来的那家主人吧。我和海生很熟，早听他说起你们了。那天我儿子也帮你们修补石头房了呢，他跟我姓的，叫小苏。"

　　"哦哦，原来那个叫小苏的小伙子是您儿子。"徐逸锦感激地说。

　　收了秤杆，苏老师说："走，一起回家吧。我家离你的石头房不远，我儿子几天前出海了。对了，就是海生安排你家男人跟我儿子的渔船出海的，你不知道吧？"

　　一听苏老师说"你家男人"，徐逸锦觉得自己的脸上发烫，但又不知道如何解释，只好转移话题："别人都叫您'老师'？"

　　苏老师回头对她笑了笑："对，我以前是老师，是本岛上的。现在不教书了，但也在家闲不住，就和叔伯姆姆们去铲藤壶、挖泥蛏、捉跳鱼，还养紫菜。反正靠海吃海，只要你手脚勤快，在海边饿是饿不死的。"

　　苏老师语气平淡地说着，没有觉察到身边的徐逸锦早已心潮澎湃。直到她的双手被徐逸锦紧紧抓住，抬头看见晶莹的泪珠在面前这个风姿卓绝的女子的眼睛里打转，顿时吃了一惊。但是，她以为只是这个外地女子来到人生地不熟的地方偶遇了一个知识妇女，有点感慨罢了，就没有多问，轻轻拍了拍徐逸锦的手说："没事的，过一段日子就熟悉习惯了。八仙呑的渔民大部分都很淳朴，你应该有文化对吧，他们对识字的人都挺尊重的。"

　　见徐逸锦一点头，那眼眶里的泪水跟着掉了下来，苏老师连忙打趣："听说你是楠枫山区来的，没见过这藤壶吧？藤壶很奇怪的，凡是海浪冲溅到的地方都可存活，即使把整个礁岩上的藤壶全挖光，过不了多久，海浪一冲刷，它们又会重新长出来。老渔民说，海水中有一种叫'藤壶水'的潮流，这种潮流一来，礁岩上便齐刷刷长满藤壶，长势旺得很嘞。"

　　两人说着话，不觉已经到了呑口，迎面碰上了苏老师的儿子小苏。

　　苏老师一脸诧异地问："你们怎么回来了？"

　　小苏看了徐逸锦一眼，说："您赶紧回家看看吧！"

　　然后回头对母亲说："再不回来，恐怕要出人命了！"

3

关中瑜觉得自己实在低估了大海的能量,自己这么好的水性,居然一出海便成了一个彻头彻尾的"海上瘫",为此他深感不解。

人生第一次出海捕鱼,关中瑜一开始兴奋不已,他觉得大海是宽容的,会馈赠热爱生活、不放弃生活的人,一定会帮他成为一个好渔民。想不到一出乐清湾,大海便给了他一个下马威——他已经眩晕得根本无法站立。

船越走越远,关中瑜开始呕吐。第一天,他将肚子里所有的东西吐光;第二天,他已经什么都吐不出来了;第三天,他开始发烧,嘴角的皮像皲裂的土地。船上的老大包括小苏在内,看到关中瑜这样的情况,果断决定返航。有船员嘀咕了一句:"一网还没拉上来就回去吗?"被船老大狠狠瞪了一眼:"命要紧还是鱼要紧?"

当徐逸锦和苏老师匆匆赶回家时,关中瑜已经脱了人形,双颊绯红,喘着粗气。徐逸锦一看,眼圈就红了。

苏老师安慰她:"不碍事,年轻人,喝几碗牡蛎汤,吃几个猫耳朵就回来了。"

果然,在苏老师的指点下,徐逸锦切了细细的姜丝,将新鲜的牡蛎和墨鱼的内脏一起熬成汤,只调理了两天,关中瑜便恢复了,嚷着要吃猫耳朵。一开始,徐逸锦不知道啥叫猫耳朵,从苏老师那一打听,才知道其实就是淀粉类的甜食,类似于汤圆之类的食物,但又不是面食,而是用番薯粉做的。

在苏老师的指点下,徐逸锦很快学会了做猫耳朵。那一个夜晚,远处的灯塔照进了石头房内,屋外细雨淅淅沥沥,海风肆虐着,湿湿的风令人顿生寒意。但是,石头房里,那一个个猫耳朵可爱地躺在姜丝红糖的海碗里,热气腾腾。关中瑜一口一个,外皮微韧,内馅香脆,他觉得自己整个味蕾都沾满了甜滋滋的气息。不一会儿,便像个孩子似的将空碗给徐逸锦看,调皮地说:"还要!"

烧退了,身子也恢复得差不多了,但关中瑜还是一见到船便眩晕。于是,徐逸锦便来到苏老师家提出想跟小苏上船出海,惊得小苏下巴快掉到地上了。他结结巴巴地说:"大姐,这洞天的习俗,女人是不能上船出海的!"

苏老师在围裙上擦着双手从厨房出来问:"小徐,为何忽然有这种想法?"

这世上大概只有苏老师会叫自己"小徐"吧。徐逸锦感激地看了一眼苏老师，说："苏老师，您看我这个家，现在大大小小六张吃饭的口，靠补几张网，如果不是您和左邻右舍帮忙，恐怕早已揭不开锅了。"

小苏还是一脸惊愕："中瑜哥都半条命地回来了，你怎么行？"

徐逸锦耐心地跟苏家母子解释自己当年从东瓯往返上海，都是从东海走的，每次同舱的人连黄疸都吐出来，她一点问题都没有。

苏老师说："小徐，这渔船和大轮船还是不一样的。"

徐逸锦说："苏老师，我真的没有问题！"

就这样，在徐逸锦的软磨硬泡之下，小苏终于同意徐逸锦上船做了"掌部"，也就是炊事员。

那一天风和日丽，苏家的渔船驶出了乐清湾。海风抚过站在甲板上的徐逸锦的全身，此刻的她忽然有一种神奇的感觉：那一缕缕的轻风仿佛就是一根一根的羽毛，不断地粘在她的后背上，不一会儿，她觉得自己真的拥有了一双无形的翅膀。

那一刻，蓝天白云下，徐逸锦感觉到前所未有的广阔，她感觉到自己的身子从未如此自在和轻松，她感觉到自己此刻只要一顺势，真的就能乘着海风飞起来。她不知道该如何表达自己的这种心情，一噘嘴，吹起了口哨，还拍着手打起了拍子。

忽然，身旁传来一个老渔民愠怒的喝声："别吹了！"

徐逸锦吓得一哆嗦，原来她犯了渔船上的禁忌：千万不能吹口哨，那会引浪招风；更忌拍手，因为拍手意味着"两手空空"。

徐逸锦吐了吐舌头，赶紧溜进了厨房开始准备饭菜。

船继续前行。傍晚时分，海面依旧风平浪静。大家都没有回船舱休息，有经验的老渔民知道，现在是墨鱼大发的时节，但是，墨鱼喜欢往有礁石的地方聚集。因此，入夜行船，要特别注意暗礁。凭着经验，全体船员严阵以待。

谁知风云突变，徐逸锦刚在厨房洗碗，忽然间就狂风大作，渔船瞬间颠簸得厉害，盘碗都差点摔在船板上。

船老大说："大家稳住，前面的海礁发现了墨鱼群，开始下网！"

风浪更大了，渔船颠得人都快站不住了。

徐逸锦跑到甲板上，被船老大大声呵斥回船舱。不一会儿，徐逸锦就听见小苏大叫:"网太沉,墨鱼大发! 快快快,收网收网!"

徐逸锦又跑到甲板上,只见小苏和其他渔民铆足力气,用小肚子顶着手臂,似乎要将全身的力气都用上。徐逸锦摇摇晃晃地想往前冲,帮他们一起拉渔网。此刻,雷电大作,大雨倾盆而下,海风更加肆虐了。徐逸锦还没有抓住渔网的尾巴,一个风浪袭来,将她掀翻在甲板上。她奋力爬了起来,终于抓住了渔网的尾巴,和前面的渔民们一起使劲拉渔网。小苏回头看了徐逸锦一眼,那眼神里充满了敬佩。

颠簸中,所有人都死死抓住渔网。小苏再次回头朝着徐逸锦高声叫了一声:"大姐,抓紧渔网,小心风浪!"

话音刚落,一个巨大的海浪迎头打来。那巨浪就像是长了一把看不见的银钩,硬生生地将在渔网尾端的徐逸锦钩进了大海! 而这一刻,因为巨大的风浪所产生的轰鸣声,以及所有人的注意力都集中在那一网墨鱼身上,包括小苏在内,没有一个人发现他们身后的徐逸锦已经不见!

当他们拼尽全力将那一网沉沉的墨鱼拉上船的瞬间,轰的一声,又一个巨浪打来,渔网哗啦撒在甲板上的同时,一个重物被海浪裹挟着也摔在了甲板上。船员们吓了一跳,小苏定睛一看,惊呼了一声:"徐大姐!"

就在几分钟前,徐逸锦觉得有一股强大的吸力,就像宇宙黑洞把她拉进了海里。霎时,身边似有千军万马在嘶叫,在奔跑,在搏杀。她在海里奋力游动,竭力让自己的脑袋探出海面。海浪狂暴得像个恶魔,徐逸锦努力跟随着它翻腾的节奏,尽一切可能让身子与海浪保持平衡。

忽然,徐逸锦感觉到又有一股无法言说的强大力量将自己高高拉起,又感觉自己顺着这排山倒海之势在空中画了一道长长的弧线,然后就再次被一股强大的力量推回到了渔船的甲板上。神奇的是,徐逸锦居然没有被海浪甩晕,因为她刚好落在那一堆渔网的绳子上,给她的落地起到了很好的缓冲作用。

小苏和渔民们扔下手中的墨鱼,呼啦啦围上来,将徐逸锦抬进了船舱。渔老大惊讶了半天才说出一句话:"这辈子我也没见过能这样在海里死里逃生的人!"

第二天,当渔船返回时,刚好太阳从东方高高地升起。迎着明丽灿烂的朝霞,徐逸锦的眼神有点迷离。她来到船头,手搭凉棚,把目光放远,恍惚见到海滩上站着好几个人,其中两个高个子的男人让她如此熟悉。

在海滩焦急等待渔船靠拢的两个男人正是关家两兄弟——关中天和关中瑜。

因为徐逸锦料想关中瑜是绝对不允许她跟着小苏上渔船出海的,于是就跟关中瑜说自己跟苏老师去海边找小海鲜了。当关中瑜在村中遇到苏老师知道实情时,徐逸锦已经远出东海了。那一刻,他忽然有一股强烈的寻求帮助的意识,于是,他直奔三哥关中天在本岛的连队,想了解部队是否可以联系到渔船。

由于海岛训练任务繁重,加上那一段时间连队连续接到海防军事的密令,因此,关中天无暇分身,没有一点空隙外出去关注徐逸锦的近况。他原本打算忙完这一阵子就马上去找柳主任正式提出带走徐逸锦他们,谁知四弟忽然造访,这让他非常意外。虽然四弟很简单地叙述了他到洞天的缘由、柳家的骤变以及现如今他和徐逸锦一起在八仙岙生活的经过,但是,关中天已经清醒地感觉到眼前的这个四弟不仅是自己的骨肉兄弟,还是自己最强大的情敌!

关中天心中五味杂陈,但是他看着四弟眼中的那份焦灼,判断不出四弟和徐逸锦现如今到底是一种什么样的亲密关系。

四兄弟中,关中天内心最喜欢的就是极其聪慧又善良笃定还熟读诗书的四弟。早年在霞枫办冬学时,他压根儿不会将四弟和徐逸锦往男女情事上去想。结果兜兜转转,在他们三人都离开家乡来到这个边远的海岛时,命运却让关中天已经能很清晰地分辨出四弟对徐逸锦非同寻常的感情。但是,想到自己这么多年来对徐逸锦的向往和坚持,关中天对自己说:“不能轻易放弃,哪怕对方是亲兄弟!”

于是,他请示了上级准假后,跟着四弟赶紧到八仙岙等待苏家渔船的消息。

看着远处阳光下,徐逸锦站在渔船的船头,一只手缓缓抬起来,搭在前额,海风吹着她的头发向身后飘着,关中天不禁感慨:不管在哪里,那一举手一投足,她怎么永远如歌、永远似画?那种美好,永远难以言表!这样的女子,世间确实少有,我真的配得上吗?但是,心中另一个声音马上告诉他:不,感情永远是排他的!你等了她这么多年,不能后退!

看到小弟关中瑜大步流星地奔向渔船,关中天也紧紧跟上!作为军人,他三两步就跨在了关中瑜的前头。但是,当他将双手迎向徐逸锦,想将她扶下船舷的时候,徐逸锦只是朝他微微一笑,而将双手递向了他身后的关中瑜!

关中天只得尴尬地上了船,小苏和船老大开心地和他打招呼:“关指导员,您怎么亲自来了？这一回真是有惊无险,大风暴遇到了大墨鱼群,人员无伤,我们这一次丰收了! 只是徐家这位女同志受到了大惊吓,她被海浪卷进了海里,又被海浪抛回了甲板,真是太神奇了。这女同志,大难不死必有后福啊!"

关中天听了,大吃一惊! 他愣了好一会儿,连忙帮着小苏一起将一大箩筐的墨鱼抬下船。再一抬头,远远看见前面关中瑜扶着徐逸锦,那两个人的背影,让他心中不知是什么味道。但是,此刻,心中的声音越来越响:不,不行,哪怕是亲兄弟,也要讲清楚,谁也不能这样不明不白!

于是,他当机立断,放下担子,冲上前去,喊住了关中瑜:"四弟,我有话和你说。"

关中瑜回了一下头,说:"三哥,赶紧的,一起回家,有事咱们明天再说!"

第十六章
明月出关山

因为地处瓯江的入海口,瓯江大量的泥沙冲积,洞天岛周边的海域并没有湛蓝的海水,但是这种浑黄的海水和周边赤黄的礁岩反倒在色泽上让人有浑然一体的感觉。此刻,天边的云层很厚,压得关家两兄弟的心情也异样沉重。

还是关中瑜先开的口:"三哥,我知道当年你匆匆离家参军的真正原因,但是我真的不明白,这么多年了,在别的事情上你不是天不怕地不怕吗,为何这事你就是不敢说,就是一直没有行动? 如今知道我有心思了,你又出来掺和?"

关中天对着被厚云压得似乎低矮了很多的海面长长叹了一口气:"小弟,你不觉得我们关家男人在这方面似乎天生就缺点什么吗? 我知道我一直没有勇气,因为我一直觉得自己配不上她。所以,我逃避。但是,这些年,你不是几乎都在楠枫,都在嘉宁吗? 为何你不勇敢些?"

关中瑜一听,情绪开始激动:"你怎知我没有? 而且你现在不是看见了吗? 如果我不勇敢,没有真心真意,我会一路从霞枫到东瓯城再到这人生地不熟的洞天岛? 如果不是为她,我会到这鸟不拉屎的八仙岙来? 她身上就是有一种魔力,这种魔力会让你忘我,会让你不去想其他的一切。不管她过往如何,不管她是不是寡妇、有没有孩子,你就会觉得跟她在一起,别说你能不能保护得了她,你反倒能从她身上看到力量,得到激励。这种魔力,真的是别人根本没有的! 我珍爱她,更佩服她。在她面前,我常为自己是堂堂八尺男儿感到羞愧! 但现如今,这种羞愧早已化为另一种力量:和她一起,渡过所有的难关,包括改变自己对情感和对生活的种种不勇敢!"

关中天侧过头,看着小弟的脸上放出了不一样的光彩。他渐渐明白,朝夕相处所产生的情感力量,不是他那种压抑在内心深处的情感所能抗衡的,所有的默契、所有的和谐、所有自然而然的亲近和步调一致,不是一朝一夕可以做到的。小弟听完他刚才对徐逸锦多年的隐秘情感,非但没有感动,还似乎有很大的意见。

关中天说:"苏联电影里都说,生活和爱,除了情感,还要面包。如今你这样的生活状态,你能给她面包吗?况且不是她一个人,金盈盈、徐若空、木念初,还有那个小婴儿。如今的你,能从哪儿找到这么多面包?而你三哥我能!"

关中瑜一听,脸色忽然变了,他红着脸,嗓门大了起来:"面包?哈哈,你知道这些年她是怎么过来的吗?这些年你在哪里,我们兄弟俩又给了她什么?她不是也挺过来了吗?如今,这么大的风浪都过来了,靠山她能吃山,靠海她吃不了海吗?"

关中天愕然。他回避了弟弟犀利的目光,喃喃地说:"我们别争了,让她自己做一次选择好不好?"

海浪阵阵,执拗地冲击着关家两兄弟脚下的礁岩。由于礁石并不高,顽强冲上来的海浪打湿了兄弟俩的裤脚。天越发暗淡下来,海面上的云似乎越来越低,好几艘在附近作业的小渔船都在匆匆回港,一艘陈旧的渔船却往关家兄弟的方向驶来。关中天有点纳闷:"靠岸的沙滩在左边,这渔船怎么往咱这儿来了?"

渔船越来越紧,眼看就要撞上礁岩了。千钧一发之际,渔船骤然停了下来,船舱里出来一个年轻的后生,哭丧着脸朝他们大喊:"礁岩上的大哥,我的船十有八九被海草缠住了,我爹发高烧躺着不能动弹,我水性不是很好,一个人不敢下去,有劳你们二位回村报个信,快叫水性好的人来帮忙下水割海草!"

关中瑜一听,说:"天马上要黑了,回去叫人恐怕来不及了。"

关中天则早已在一旁脱了衣裤,对他说:"小弟,你在这边看着,我下水去!"

没容关中瑜多说,关中天已经下了海,和那船上的后生各拿一把弯刀沉入海底。关中瑜在礁岩上焦急地盯着水面,实在太揪心了,他干脆攀着礁岩下到了水边。

不一会儿,两个人浮了上来,关中天气喘吁吁地对关中瑜说:"确实是被海草缠住了。现在大部分海草被我们割掉了,但有几根缠得太深,我让小伙子上船发动马力往后退,我在水下帮着往后推一把。但一个人的力量恐怕……"

"哥，我下！咱们从小不都是楠枫江的'浪里白条'吗？"说着，关中瑜便也脱了衣裤跳进了海里。

在水下，兄弟俩齐心协力配合着船上的小兄弟。

在马达一阵轰鸣中，渔船往后退，但是，巨大的反作用力将兄弟俩往后弹。凭着多年训练的经验，关中天很快站稳了脚跟，可是实在很不凑巧，关中瑜被弹到了一块礁岩上，锋利的岩石擦过他的右肩膀，顿时血流如注。

当关中天扶着小弟回到八仙呑的石头房时，徐逸锦被关中瑜一身的血吓坏了！她立即派阿念去向苏老师一家求救。

苏老师带着药箱急匆匆赶往石头房的路上，遇见了刚才那个求助的小伙子。被小伙子搀扶着的父亲说："苏老师，我们真是遇见好人了啊，我认识其中一个，是洞天岛驻军部队的指导员，解放军同志真是咱们老百姓的贴心人！"

苏老师停下来递给他几片退烧药，来不及和他们爷俩多说几句就急忙往徐逸锦家中赶去。

仔细检查并包扎好关中瑜的伤口后，苏老师对焦急的徐逸锦和关中天说："真是造化啊，万幸还是皮外伤，没有伤筋动骨！我已经用黄药水给伤口消毒了好几遍，还包上了消炎粉，明天再来换。只是这几日不能碰海货，不能吃易'发'的东西，吃地里长的东西都没有关系。"

关中天觉得很自责，是自己将弟弟约到那个礁岩上，是自己让弟弟下的海，如果自己再加把力把船推出去就好了！他抬眼看着徐逸锦，眼里充满了自责和愧疚。但是，他很快发现徐逸锦根本没有注意到他的任何举动，她所有的心思都在弟弟肩膀的伤口上，所有的关爱都在弟弟的身体上，他似乎已经看到了徐逸锦的那一颗心在为弟弟的伤口而紧紧揪了起来……

苏老师开始收拾药箱，徐逸锦请她稍等，再让女儿木念初去请苏老师的儿子将正在外村织补渔网的徐若空叫回来。等所有人都来齐了，徐逸锦宣布要开一个家庭会议。

她将自己的衣襟拉了拉，发现衣服没有任何褶皱之后，开口道："这是家事，所以就请苏老师来做个证。接下来，我打算后半辈子正式和关中瑜一起生活，不管别人怎么看，不管老天怎么安排，我将永远不再与他分开。"

所有人都大吃一惊，关中瑜就像一个正在昏睡的人忽然惊醒了一样："你说什么？你愿意嫁给我？"

"是的，我愿意嫁给你。"徐逸锦的声音依旧轻轻的、缓缓的，但是，每一个人都听到了那轻缓声音的背后有一股不可动摇的、坚定的、强大的力量！

海岛的朝阳渐渐将天边染成了金黄色，也将临海而立的村头那一座石头房洒上了金晖。苏老师连夜赶制的大红"喜"字剪纸和从七星亭艺人家里借来的大红灯笼，瞬间让石头房焕发出一派喜气。

金盈盈在慌乱之际，很快用满心的欢喜接受了这个非同寻常的姻缘。"新女婿"是关家人，虽然她的心中还是别扭着，但一想到徐家上下几口即将有一个正儿八经的男主人，况且这男主人知书达理、年富力强，还知根知底，于是，她对自己轻叹了一声"同是天涯沦落人"之后，便将所有的芥蒂抛向了东海，开开心心地跟着苏老师一起张罗这仓促的婚礼了。

金盈盈见过许多能干的女人，但她觉得谁也比不过苏老师，她实在是太佩服苏老师了。在短短几个小时之内，苏老师能连夜调动八仙岙这个小渔村所有能用于举办婚礼的资源。就像电影里的快镜头一样，傍晚时分，石头房已经是一个喜气洋洋的洞房了。

没有像平常百姓家娶亲嫁女一样在道坦里支开大锅开酒席，但苏老师亲自穿上围裙，用当天各家各户凑起来的海鲜，做了满满两桌海鲜大杂烩，易海生更是扛着一坛老酒汗直奔而来。

在夕阳的余晖中，喜宴即将开始。徐逸锦穿了一身干干净净的碎花小布袄，平日里一直盘在脑后的粗辫子也放了下来。金盈盈不知从哪里找来了一根红丝带，一定要扎在锦姑娘的大辫子上。徐逸锦死活不让，一旁的关中瑜伸手向金盈盈要了那根红丝带，拉着徐逸锦的手出了房门。

并肩迎风站在海崖边，关中瑜紧紧抱住了徐逸锦，说："你知道吗，这么多年，我做梦都想着你能成为我的新娘！"

徐逸锦点了点头，说："我知道，我知道！来，你帮我扎上这红丝带，从今往后，关中瑜、徐逸锦，永远紧紧绑在一起，再也不分离！"

关中瑜激动得几次都抓不住徐逸锦乌黑的长辫子,好不容易,他憋得满脸通红,终于将红丝带扎在徐逸锦的发梢。

徐逸锦牵着关中瑜的手说:"我们对着大海一起喊'我们结婚啦'好不好?"

关中瑜自然无有不应,于是,两个人激动高远的喊声越过海面,似乎直冲大海的尽头。

海风呼呼,徐逸锦发梢的红丝带也随风飞扬。她拉着关中瑜说:"走,快走吧,大家都等着喝咱俩的喜酒呢!"

关中瑜只是点头:"对对对!走走走!"

可他拉着徐逸锦没跑两步又折回海崖边,对着大海高声喊:"大海做证、蓝天做证、太阳做证、白云做证,脚下的石头们,你们一同做证:关中瑜爱徐逸锦,海枯石烂永不变心!"

一见他俩回来了,金盈盈嗔怪着说:"都什么时候了,大家满吞找你们俩!讨冬瓜*的碎细儿们都来了!"

正说着,一群孩子在苏老师的身后笑嘻嘻地蹿了出来,其中领头的一个小女孩拉着徐逸锦开口就唱:"脚踏新娘房,一来讨冬瓜,新人新头面,新郎笑哈哈!"

接着,就将地上的一对烛台升到了桌上:"烛台升一对,后代大富贵!"

唱完,几个孩子争先恐后地往婚床上坐,小姑娘又唱:"东瓯师傅真灵光,做了眠床四角方,左边雕龙又雕凤,一对鸳鸯坐中央!"

旁边正听得有滋有味的阿念俏声喊道:"唱错了唱错了,我家的是'两头端'的木板床,哪来的左雕右雕的龙凤床?"

关中瑜一听,说:"阿念,等着,明天就有了!"

阿念心想:你骗人!但很快,她的注意力又被那些小孩子吸引过去了。

孩子们越唱越起劲,苏老师开始来赶了:"碎细儿不懂事,快吃喜酒了,还缠着新人。来来来,这些冬瓜都给你们,赶紧吃好吃的去吧!"

厅堂里的酒席开始了,金盈盈拉着苏老师喝了好几杯易海生带来的老酒汗,一眼瞥见了呆坐在一旁的关中天,于是接过苏老师的酒壶,挤到了关中天就坐的四尺凳边,给关中天满满斟了一杯,说:"我是姨你是哥,亲爹亲娘都不在,咱就是长辈,

---

*讨冬瓜:旧时浙南山区婚俗之一,人们将冬瓜比作娃娃,讨冬瓜即意为让新人早点抱娃娃。

替他们开心哪！来来来，干几杯，就开了这紧锁的眉头。喝几杯，想开了，没有走不通的路，没有解不开的愁。来，干！"

见金盈盈自己仰头先干了，关中天心一横，仰头连干了几杯。

不一会儿，金盈盈脸上就泛起两朵桃花，煞是好看。

关中天说："你唱两句吧！"

"好的嘞！"应声一落，金盈盈敲着碟儿就唱了起来，"龙凤书作天缘配，鸳鸯绣枕华柳明。金宠兰挂玉麒麟，花猪洋酒白鹤瓶。琴瑟记同旗锣伞，双礼记挂万年青。百忍堂前笙歌乐，鼓乐喧天永乐亭……"

第二天，等徐逸锦醒来，发现关中瑜早已起床。她开门一看，晨曦中，关中瑜正弓着背在道坦里磨各种小贝壳，旁边还放了调料盘以及几样木匠的工具。

徐逸锦不知道自己的新婚丈夫新婚头一天打磨这些小贝壳要做什么，她换下了昨天的碎花新嫁衣，戴上斗笠，套上胶鞋，依旧跟着苏老师下海滩，候着潮涨潮落，耐心等待小虾小蟹和小牡蛎们。等她将身上的鱼篓装满，踏着余晖回家时，惊讶地发现自己那张婚床已经被抬到了道坦里，木床的床杠、床头都被关中瑜拆开，上面都画上了精美的龙凤图案，而这些活灵活现的龙凤里，还镶嵌着关中瑜早上精心打磨过的小贝壳。晚霞中，它们发出了耀眼的光芒。

木念初盯着这刚刚出炉的活色生香的龙与凤，非常兴奋。她知道中瑜叔叔有着常人不一样的本事，但她不知道中瑜叔叔居然只消一天就将她昨天随口说的话变成了现实，她对中瑜叔叔顿生敬佩。

徐若空也站在这龙凤床前，简直入了迷！他从小喜欢画笔，喜欢颜料，更喜欢画画时自己的身心进入一个非同寻常的绚烂的世界。但是他知道，他不能再向已经被生活压得快直不起腰来的大姐提出非分的要求。他只有在沙滩边，随手捡起地上的小树枝，随便乱画。

不知什么时候，身后传来一个声音："喜欢吗?"

徐若空一回头，欢快地脱口而出："喜欢，姐夫！"

"姐夫"这两个字在徐若空那里似乎是早已叫熟的，是如此顺口，但在关中瑜听来，似乎还觉得不好意思。他轻轻"哦"了一声，随即就自在了："你若喜欢，就先跟我学吧。我这里有一本书，叫《怎样画人像》，你有空先琢磨琢磨。这岛上有一门工艺绝技，叫螺钿贝雕，我也着实喜欢。可我也没琢磨透，你若也感兴趣，咱们俩一起研究呀。"

徐若空开心得快要跳起来了，但又有些为难："姐夫，我还得去外岛补网呢。"

关中瑜一听，摸了摸徐若空的脑袋说："放心吧，姐夫不会饿着你，更不会饿着你姐姐的，也不会饿着阿念和小福天！明天你就别去了，陪姐夫去海边捡贝壳！"

"捡贝壳？你肯定咱俩去海边捡贝壳玩不会被姐姐骂？"徐若空一脸担忧。

关中瑜见他一脸为难，笑着拍拍他的肩膀说："小小年纪，忧思不用那么深哦。你听我的，明天再把阿念也带上！"

徐若空正百思不得其解，忽然见苏老师的儿子小苏和小苏的爱人登门来访。

和一般常年在海边劳作的渔家女不一样，小苏的爱人长得白白净净，身段苗条。徐若空一眼看见了他们手里各拿着几个奇怪的用竹篾扎的东西。

小苏直奔关中瑜："这是我爱人小余，她有挺重要的事情，我这回帮不了她的忙，想来想去，关四哥是大学生，见多识广、心灵手巧，这事找你帮忙一定没错！"

关中瑜还没有看明白那用竹篾扎的是什么，在一旁一直默默观察不作声的徐若空忽然说："小苏叔叔，你们这竹篾扎的是海鸟吧？"

小余转身惊喜地说："你真能看出来我们扎的是海鸟吗？"

关中瑜将那竹篾模型放在地上，仔细看了看，然后点了点头。

小余说："我们村以前有二月十二挑鸟灯的民俗，但是那些会扎鸟灯的老人大都走了，这扎鸟灯的手艺没怎么传下来。这段时间县里说要搞民间文艺会演，不知道谁又重提了八仙岙的挑鸟灯，县里文化局的领导就把这个任务交给我们文化站了。要重新排出挑鸟灯舞，那得先有鸟灯啊！这任务重，时间紧，我正犯愁呢，小苏说关四哥您是美术大学毕业的高才生，所以就向您求助来了。"

关中瑜一听，来了兴趣。他看了徐若空一眼，发现阿空眼里也放了光。

几乎同时，两人异口同声："我们试试！"

几个月过去，八仙岙的村民们奔走相告：好久不见的挑鸟灯又回来了！

第二天,八仙岙家家户户聚集在礁岩下的大沙滩上,翘首盼望着。

天色渐渐暗了下来,一阵锣鼓铙钹响起来,然后,一只只活灵活现的鸟灯便出现在了大家的面前。渔民们惊喜地发现,这些鸟灯除了还原了以前鸟灯的样子,还用各种海鸟的羽毛做了巧妙的装饰,更加活灵活现。

踩着阵阵鼓点,一只只鸟灯鱼贯而出,来一只,人们就欢叫一阵。当所有的鸟灯在人们的欢呼声中聚齐在大沙滩上后,精彩的鸟灯舞在小余的指挥下就开始了。

站在人群中观灯的金盈盈是如此自豪,这些精巧的鸟灯,几乎都出自自己的儿子徐若空和新女婿关中瑜的手,而那跳鸟灯舞的队伍里,木念初是如此出众,如此耀眼!

踩着锣鼓铙钹的节奏,和她的年轻伙伴们时快时慢,手中的鸟灯高低盘旋、左右翻飞。它们有的好像在飞翔,有的好像在昂首仰望,有的收翅歇息,有的就像在引吭高歌……

欢乐的气氛随着这些栩栩如生的鸟灯越来越浓郁,忽然,木念初叫了起来:"哎呀哎呀,我的脚陷进沙窝里了!"

没有沙滩经验的木念初忽然像个木头人,"钉"在了沙窝里,她扭着身子,开始东倒西歪了。旁边的小伙伴发现了,伸手帮忙去拉,一用力,两个人都倒在了沙滩上。人们笑得更欢快了,那阵阵善意的欢笑似乎唤醒了那些鸟灯,渔村的欢乐,随着那些"海鸥""白鹭""信天翁"飞翔到大海的那一边……

徐逸锦并没有参与到这场八仙岙久违的狂欢中,因为渔村里留下了一部分妇女要准备狂欢后的盛宴。

这场盛宴是在苏老师的主持下进行的,但是,苏老师和她的妯娌姑嫂们与岛外来的女人徐逸锦在宴席菜品的准备上有了一个小小的争执。

洞天土地资源稀缺,山地的土壤也并不肥沃,很难种出水稻,因此,除了海货,山地出产最多的便是番薯。像苏老师这样巧手的主妇们就地取材,"山""海"搭配,巧妙加工,即成佳肴。番薯粉溜、番薯粉煎、番薯粉芡、猫耳朵、鱼丸、鱼糕、泡丸,这些菜肴主食几乎都和番薯粉有关。而这些让人舌尖生鲜的食物里,有一道别致的菜,叫"洞天敲鱼"。

徐逸锦第一次去苏老师家时,苏老师正在厨房里用一根圆木棒咚咚咚地敲着一块鱼片,而垫在这片薄薄的鱼片下面的,就是一层雪白的番薯粉。

徐逸锦觉得一片方寸鱼片被敲得像戏台上的鼓点一般,实在太好玩了,她来了兴致,说:"苏老师,我试试。"

徐逸锦撸起袖子,先在砧板上抹上一些干淀粉,鱼片也滚上淀粉,然后放在砧板上用圆木棰敲打,边敲边撒干淀粉,边给鱼片翻身,不一会儿,就敲出了一张小薄饼,拿起来一看,薄得似乎可以透光。

"哈哈,成了!"苏老师赞许说,"聪明,一学就会!"

然后,就将这块纸一般的敲鱼片直接下到了烧开的锅里,打了个滚,捞起来再过了一下冷水,对开切成了几小块,夹起一块让徐逸锦尝。

"呀,又鲜又滑,真好吃!"徐逸锦赞道。

但是今天,徐逸锦发现苏老师以及一帮女人忙碌的满桌美食里总缺点什么,她忽然灵机一动,想改进这一道"洞天敲鱼",谁知话刚出口,女人们就表示反对:"海岛的男人口味执拗,怕改不了哦!"

不过没有多久,她们就收回了刚才说的这一句话。

3

参加八仙呑村挑鸟灯的渔家人第一次发现,原来每天司空见惯的日常海货不仅可以弄得更好吃,还可以弄得像画儿一样好看。

八仙呑由于地处偏远,物资贫乏,老百姓日常对生活的要求不高,饭桌上求得温饱即可。平常出海,渔船上只有一口大铁锅,捕到什么就在船上烧什么。

捕了螃蟹,蒸一下;捕到墨鱼,煮一下;捕到对虾,烫一下……带鱼旺发时,将整条带鱼扔进锅里煮熟了,等稍微凉一点,一手端一只粗海碗,另一手就拎起整条熟透的带鱼对着那个大粗海碗抖几下,那些带鱼的鱼肉就都抖进了碗里,端起来就呼噜噜当饭吃。

渔村的渔民们这种最原始最淳朴的饭桌文化一直延续着,在徐逸锦看来,这样当然可以保留海货食物最纯正的风味,但是,除了这最简单的吃法,还应该赋予食物更多的创造,所谓"色香味型器"俱佳。特别是在"型"和"器"上,渔村的厨师都不是很在乎。徐逸锦心想:八仙岙这么好的海货,又有这么好的番薯粉,苏老师她们已经发挥了想象力,能将鱼片和番薯粉和在一起敲成薄鱼片,那为何不再创造一下呢?

正想着,刚从狂欢的沙滩兴奋地跑回来的女儿木念初一边莽莽撞撞推门进来,一边喊:"妈妈,妈妈,我又饿又渴!"

看着满脸通红的阿念,徐逸锦一边替她擦汗,一边脑子里忽然有了一个念头:对,将敲鱼片做成汤,这鲜香味就能扩大好多倍,还解渴落胃!

徐逸锦重新切了一块大一点的黄鱼肉,仔细地去皮、剔骨,在砧板上撒了一把雪白的番薯粉,细细地将鱼肉敲成纸样的薄片,再用刀切成细细的丝。她扫视了灶台前众多的食材,将已经煮熟的白鸡的鸡脯肉掰下一块,也细细地撕成细丝,再切下小白菜下面那段洁白的菜梗放水里焯过,也细细地切丝。等同样洁白的"三丝"都切好了,徐逸锦就在锅里加了鸡汤,烧沸后,再将翠绿的油菜、深红的火腿片、橙红的胡萝卜、金黄的生姜切成丝,再放一点盐,加点料酒,将"三丝"在汤里"打个滚",于是,一道色白汤清、鲜香可口、鲜嫩爽滑的七彩敲鱼汤滚烫出锅了!

木念初急着用搪瓷汤勺舀了就吃,徐逸锦轻轻打了她的手,说:"这么没规矩,大人们还没来,菜还没上桌呢!"

"妈妈,这是什么汤啊,看着就馋人呢!"

苏老师她们闻声也探过头,看到了那一碗不一样的七彩敲鱼汤。

苏老师说:"阿念,尝尝! 我也尝尝!"

两个搪瓷汤勺分别送进了一老一少的嘴里,顿时,诸般滋味已尽在苏老师和木念初的舌尖弥漫开来:甜中透辣、辣里溢香、香中渗鲜、鲜里带甜……呀,简直妙不可言。

木念初边吃边说:"妈妈,这敲鱼弹得像根橡皮筋!"

苏老师说:"有这么好吃的橡皮筋吗?"

如果说七彩敲鱼汤是那一场鸟灯盛宴的序曲的话,那么,后面的一道道看似平常的海货菜肴,徐逸锦却让它们以非同寻常的造型赢得了满堂彩! 因为没有人见过,平平常常的海货鱼虾,随手在用的那些家常粗碗陶碟,经徐逸锦的手,变得完全不一样了:用几根焯水的长葱将过了盐水的蛏子立起来捆在一起,就像穿白裙的姑娘腰间扎了一根绿腰带;墨鱼来回用横刀切道道,滚水一烫,就成了墨鱼花;泛着银光的带鱼切成段,下面垫上绿的菜子叶,上面摆上几朵横面切成小红花的胡萝卜,霎时变得花红柳绿;鳝鱼的身段盘成了弯,两个弯拼成了一个圆,下面垫了韭菜,拿谷糠一熏,变成了盘香……

大家忽然发现,原来自家粗朴的寻常盘碗可以变得这么光芒四射,而里面盛的分明还是自己日常吃的海货,可今日面对它们,居然舍不得动筷子了。

沙滩的狂欢中,关中瑜惊喜地发现柳姨夫也在现场。

人群中,柳姨夫紧紧握住关中瑜的手说:"刚才找你好久!我就一直相信洞天岛的这些好东西能回来,想不到在你手里提早回来了!太感谢了!我这里还有一个好消息,县里成立贝雕工艺厂了,是东瓯工艺美术研究所和咱们县二轻局直接挂钩的一个单位,叫我当厂长。上面对咱贝雕厂的美术技术水平要求很高,这个需要科班学美术的人来,我哪儿吃得消,所以这个负责美术技术的领导只能你来做。我向领导推荐你了,领导说厂长还是我当,你当个副厂长。你会不会觉得委屈?"

关中瑜一听,觉得自己的心一阵狂跳!他有点不敢相信自己的耳朵,但是看着柳姨夫一脸的真诚,他相信了:这么多年,组织终于又想起他了!

"好好好,太好了!"关中瑜一听,双掌一拍,拔腿就往回跑,但徐若空已经抢先他一步。此刻,徐若空气喘吁吁地站在徐逸锦面前,拉着徐逸锦急急地说:"大姐大姐,我以后不想织渔网了,你答应我,你答应我!"

徐逸锦来不及擦手就被弟弟拽出了灶间。她有点吃惊,向来沉稳寡言的弟弟怎么忽然变得这么兴奋,向来听话的弟弟怎么又提出不去织补渔网。这几个月因为要准备鸟灯已经耽误了,如果往后都不去……他应该很清楚现在家里的生活条件啊。

正纳闷着,关中瑜也来了,他还没开口,徐若空对着他正儿八经地叫了一句:"姐夫!我要跟你们学螺钿贝雕!"

"贝雕?"徐逸锦有点不解。

当关中瑜如此这般地跟她说明了情况后,想不到徐逸锦比他还激动:"好啊好啊,这可是大好事啊！先别说捡回你的老本行,最重要的是你能为社会做事、为国家做事了,真是太好了！"

她又转身对弟弟说:"阿空,姐姐一定支持你去学螺钿贝雕,我们不去织网了,不去了！"

徐若空开心地拉着姐姐转了好几圈,可是,他忽然想到了什么,停了下来,说:"我和姐夫都去弄贝雕,那家里的经济收入怎么办？"

关中瑜也把心怀忧虑的目光投向了徐逸锦,但是,他们得到了徐逸锦轻柔而坚定的回答:"家里有我呢,你们尽管放心！"说完,转身回到灶头,继续和苏老师她们忙活开了。

村里的盛宴正式开场。

虽然村民们第一次见到家常菜可以美得像画儿一样,但做得再美的菜,也还是让人吃的。在苏老师的招呼下,这些所有有着前所未有的艺术造型的菜品还是在大家的惊喜中落进了嘴里。

大家正吃得开心,苏老师见徐逸锦一直没有动筷子,便问:"自己做的菜还不满意啊,咋不吃？"

正问着,忽然徐逸锦脸色发白,颓然坐了下来。苏老师吃了一惊,赶紧伸手去拉她。只听扑通一声,徐逸锦一头栽倒在地……

晨曦渐渐爬上窗台,一缕金色的阳光透过窗棂轻柔地洒在关中瑜眼前这个小婴儿粉嫩的脸上。关中瑜觉得不可思议:这是我的？这真是我的小天使吗？

昨天,苏老师从产房抱出孩子对关中瑜说:"这真是你千年修来的福啊,这么好看的女宝宝,真是一点也没有浪费她妈妈的容颜啊。可我左看右看,觉得还是像你更多。你看看那双长睫毛,就像从你那里刻板下来的。这宝宝发扬了你俩所有长相的优点,将来你这老丈人只用等着媒人踏破门槛喽！"

从那一天徐逸锦一头栽倒在挑鸟灯的盛宴现场起,关中瑜竭尽所能让徐逸锦的孕期达到最好的状态,他一直在期待这还没出生就能将妈妈顶翻在地的大力宝宝到底是个什么模样。而这个早晨,当晨光如此温柔地照在她的脸上的时候,关中瑜终于看到了这张天使一般的小脸。他的目光扫过这张小桃花似的脸上的每一根汗毛,觉得自己的心软得快要化了。可他还是觉得很恍惚:这真的是我的女儿吗?他忍不住伸出一根手指头,想轻轻触碰一下她那吹弹可破的皮肤。

当关中瑜的手指头距离宝宝脸蛋只有毫米之时,宝宝忽然轻轻抖了一下,吓得关中瑜赶紧将手指头缩了回去。

这时候,一旁的徐逸锦醒了。她睁开眼睛的第一时间,给了关中瑜一个甜甜的笑。关中瑜觉得自己的心又化了,他捧起徐逸锦的脸说:"老婆,你辛苦了!"

"讨索面汤吃的来喽!快让三伯伯看看小宝宝!"随着门外传来的爽朗笑声,关中天迈进了房门。

不管关中瑜同不同意,他非要抱一抱宝宝。关中瑜只允许他抱一分钟,可关中天抱过来就是不放手。最后,两个大男人讨价还价,以关中天抱五分钟为准。

"三哥,行了啊,五分钟了!"关中瑜几乎是从关中天手中抢宝一样地抢过孩子,"喔喔喔,你看看你看看,宝宝都被你弄醒了!"

关中天的目光不舍地从宝宝身上移走,然后转移到了徐逸锦的脸上:虽然已经过了花样年华,虽然历经风浪,但是,那一张脸依然是那样明丽动人,让人心动。

关中天恍惚了一会儿,忽然想起一件事,问:"四弟,你也算是老来得女了,哈哈。宝宝叫什么大名呢?"

关中瑜说:"三哥,你这也有点夸张吧,咱年轻着呢!哈哈,还真没取名字呢,要什么大名? 就叫'宝宝''贝贝'? 对对,就叫'宝贝'!"

徐逸锦转头对关中天说:"三哥,你看看,这个人有点乱阵了!怎么能没有大名呢?你是伯伯,就请三伯伯给赐个大名吧!"

关中天说:"不不,你是文化人,我不敢当!"

关中瑜一听,接过话来:"本来我还真舍不得给我宝宝取大名,既然逸锦这么说了,那就听她的呗,谁教她最辛苦、最伟大呢!"

关中天哈哈一笑:"都说好汉怕妻,原来咱关家有活生生的例子啊!那我恭敬不如从命了,想想、想想啊……"

关中天走来走去,想不出个所以然来,说:"再让我抱抱,再抱抱就有灵感了!"

关中瑜把孩子递给了他,说:"这回只许抱三分钟!"

大概在两分半的时候,关中天说:"宝宝啊宝宝,咱们关家几代子息都是阳盛阴衰,你的到来,就像是咱关家的一轮明月啊。咱们来自楠枫山间,别忘了根,就叫关山月吧!"

关中瑜和徐逸锦一听,都点头称赞。

关中瑜急急地抱过女儿,开心地轻轻叫着她:"关山月、关山月!月月,我的小月月,我的好月月!"

从关中天一进门,徐逸锦就注意到,今天关中天没有穿军装。

她说:"军人出口就是非同寻常。李白和陆游都写过关山月,有壮士肝胆心,有女儿侠骨气。好名字!"

又问:"三哥今天怎么没穿军装呢? 也让我家关山月先感受一番侠骨气。"

关中天说:"这也是我此番来要和你们说的正事呢! 我这个人家乡观念比较重,打算退伍转业到地方,组织上已经同意。昨天通知下来,转业回咱们老家嘉宁县二轻部门。我还是很喜欢这职位的,过几天就回嘉宁了!"

正说着,徐若空从外面回来,和关中天打了招呼后,说:"姐夫,听说咱们贝雕厂有名额可以到西安艺雕厂去学习,我想去,可担心别人说姐夫是副厂长……"

关中天一听就说:"古人举贤都不避亲仇呢,新社会了,思想还那么落后! 谁有意见? 我说去!"

"我同意了!"一声爽朗的声音传来,只见柳姨夫迈进了门。他带来了一个礼盒,里面放了许多洞天祝福新生儿的小礼物。

放下礼物,柳姨夫说:"关副厂长,你真是双喜临门呀! 组织上派你去西安艺雕厂交流,还派你去敦煌观摩学习,我们贝雕厂也同意徐若空这样勤奋好学天分又好的年轻人和你一起去取经交流!"

徐若空开心极了:"厂长,太好了,我和姐夫这一回真是去西天取经了!"

柳姨夫说:"我当贝雕师傅带过的徒弟也不少了,还真没见过阿空这么又聪明又用心又刻苦的徒弟。前段时间天气那么热,雕刻车间朝西北,西晒的太阳将车间烤得像蒸笼,阿空汗衫都湿透了也不出来,还憨憨地说不热,要不是我将他拉出雕刻车间,恐怕中暑了也不知道。"

徐逸锦听了,眼眶不禁红了。她觉得这些年来,金姨不在身边,小小年纪的阿空早已经把自己当成了家里的顶梁柱。阿念调皮的时候,徐逸锦没工夫管她,说也奇怪，只要阿空轻轻跟她一说，阿念就乖乖地听话去读书了。阿空越长大，徐逸锦似乎越从阿空的身上看见了父亲的影子。

她回头对关中瑜说："你好好带阿空，他是有天分的人！"

关中瑜看出了徐逸锦眼中对徐若空热切的期待，他认真地点了点头。

过了两天，关中天办理好了退伍转业的所有手续，关中瑜和徐若空也整理好了去北方的行囊。

当八仙峤的渔船泊进港湾的时候，越过那三十三海里海峡，关家兄弟一同站在了东瓯城的株柏码头上。

从这个码头向东，关中瑜和徐若空出了东海，在上海公平路码头起身，再一路向西，为洞天的贝雕寻找艺术的新生。而由这个码头向北，就是关中天阔别已久的家乡——嘉宁县。

第十七章
得以心安处

关中天来到大桥镇，行李简单得连他自己都觉得不可思议。

大桥镇是嘉宁县的西大门，西连青田、缙云，南望东瓯城，自古就是东瓯城与青田、丽水、缙云等地物资中转的重要水运枢纽。有着悠久农商传统的大桥镇百姓心灵手巧，因此，号称"百工之乡"的大桥镇历史上曾经也是千年商埠。但是，随着时代的发展，商业似乎渐渐在大桥百姓的生活中不再那么显眼，他们似乎被时代禁锢在田地里，面朝黄土背朝天，日子却还是过得紧巴巴的。

前几年，关中天转业到了家乡嘉宁县的二轻部门工作后，便一直孑然一身。现在县里派他下基层，到大桥镇来工作，他便也轻装上阵，谁知第二天早上一起床，他发现自己居然连块肥皂也没有带。他赶忙放下牙刷，匆匆从宿舍往外走，但不知道该去哪里买肥皂。

迎面走来一个身形瘦小但是非常精干的中年男子，怀中抱着一大捆雪白的粗纹布，看见关中天，便停下了匆匆的脚步，热情地打招呼："关领导，这么早啊！"

关中天是转业干部，当地人一直这么称呼他。

关中天一见来人，也很高兴："陈支书，遇见你真好，正愁不知道去哪儿买块肥皂呢！你怀里抱这一大捆布做什么？"

"肥皂？你跟我来，菰江大桥头的那些货摊上，针头线脑、鸡毛蒜皮，啥都有。"

八百里瓯江从青田进入东瓯境内，首先就是从菰江大桥头的南岸蜿蜒向东，与发源于括苍山脉的楠枫江一起携手奔向东海。

东瓯城里人自古就将位于瓯江北岸的嘉宁县域分成两部分,位于东北的楠枫江流域被称为"楠溪",而位于西北的菰江流域被称为"西溪"。

不管"楠溪"还是"西溪",总有一些凭借天时地利人和,成为物资集散的商埠头,比如当年徐逸锦卖蒲鞋的楠溪响山埠,比如现在陈支书要带关中天去的菰江大桥头。

陈支书大名陈轻舟,是大桥镇附近一个叫枥村的村支部书记,与关中天打过几年交道。在关中天眼中,陈轻舟是大桥镇上一名"非典型"农民,除了日常村支书的工作外,农忙时他是田里的一把好手,农闲时他则是村里乃至大桥镇有名的民间调解员:东家造屋多占西家一尺地啦,桥头家的牛踩了桥尾家的稻苗啦,上屋的雨水漏到下屋去啦,老大家的儿媳比老二家的少给公婆口粮啦……

凡此种种,只要双方争执不下的,都会不约而同地说:"叫陈支书来评评理!"于是,陈支书一到,两相安好。

陈轻舟将怀里的那一大捆粗纹白布掂了掂说:"我老婆要的。她们几个老姐妹带着几个新媳妇搞了个花边社,专门给外国人挑花。哦哦,按书上讲,就叫供应外贸的,这是你们二轻管的。"

"挑花?哦哦,对,就是那十字绣吧!"

关中天明白陈支书口中的"挑花",在东瓯城乡可谓家喻户晓,是东瓯城乡妇女补贴家用的一个很好的经济来源,历史可以追溯到明代。它成本低、活儿美,不用风吹雨淋,只要有订单,几个妇女、媛子儿坐在屋檐下或道坦里,手拈银针彩线,依循十字布或白细布的经纬,挑绣出由无数个斜十字排列而成的图案,花鸟、龙凤、走兽及吉祥字在她们的银针下,无不栩栩如生。

但让关中天有点意外的是,大桥镇的挑花规模比一般乡镇的大得多,而且为了追求更大的利润,她们已经开始通过自己的途径,直接从外国商家那里拿订单。

陈轻舟边走边说:"这几天被我老婆搞得烦死了。她那边的姐妹想接更多的订单,可是,请人翻译又得付一大笔钱。"

关中天说:"现在咱东瓯的挑花已经畅销很多个国家和地区了,是很需要翻译人才的!"

陈支书说:"我老婆这批老宁客这几天异想天开,嚷嚷着说要学英语。她们连自己的名字都写得歪歪扭扭,斗大的字不识一箩筐,还想学英语! 我笑她,她就和我急,还天天盯着我上哪儿去给她们找个英语老师来!"

关中天听了非常惊讶。外贸花边也是他来大桥镇主抓的二轻工作的主要内容,群众需求这么大,一定要想办法大力支持! 忽然,关中天的脑海里闪现出当年在楠枫办冬学的场景:徐逸锦! 对,把徐逸锦请回来!

"陈支书,我这里有个现成的英语老师,早年是从上海教会学校毕业的,讲英语那简直就跟咱们讲土话一样顺溜!"

陈轻舟一听,眼睛就放了光:"那太好了,拜托您赶紧替我们去请! 工资什么的我来说,这些事儿,我老婆她们听我的!"

关中天说:"她也是咱们嘉宁人,只是现在住在洞天岛上,老家在楠枫,如果来大桥镇,恐怕没有落脚的地方。"

陈轻舟一听,说:"这个好办。你知道我家的大木屋,旧是旧了点,但足够宽敞。这样的老师请来,就住我家呗!"

关中天一听,双手一拍,说:"好,我马上写信给她,想办法把她请过来!"

陈轻舟没有看见关中天说这句话的时候,两眼放出了不一样的光,只是感觉他的语调有点抖。但陈轻舟并没有在意,因为说话间,他们已经来到了菰江大桥头。

关中天第一次见识到清晨的菰江大桥的桥头与一般乡镇的大桥桥头是如此不同。一大早,这里俨然已经是一个自由市场:除了传统的油盐酱醋茶外,还有别的乡镇市场不多见的尼龙网袋、钥匙扣、发夹、皮革表带等时髦新鲜的玩意儿。因此,关中天轻而易举地买到了肥皂以及所有他想要的生活用品。回到镇里的办公室,他第一时间拿出笔和纸,给远在洞天的徐逸锦写了一封信。但是,当他要将信塞进信封的时候,想想不妥,又拿出了新的信纸,将"徐逸锦"的抬头改成了"小弟",之后再将内容稍作变化,重新誊了一次,信封上明明白白地写上"关中瑜同志收"几个大字,再三校对了地址后,才小心翼翼地投入了绿色的邮筒。

自从信发出去后,关中天每天都在等待来自海岛的回信,可是不知为何,时间一天天过去,那封信如泥牛入海,杳无音信。关中天不禁纳闷:地址写得清清楚楚,难道这信被八仙呑的海风刮走了不成?

饭菜已经热了两遍，可徐逸锦还是没有等回丈夫关中瑜和弟弟徐若空。

不算明亮的灯光下，关山月的眼皮子已经开始打架。看着她鸡啄米似的在餐桌边撑不住脑袋，姐姐木念初觉得又心疼又好笑："妈妈，咱们先吃吧，关叔和姆舅天天这么晚回家，你看月月，脸都快掉进饭碗里了！"

徐逸锦轻轻叹了一口气说："你们先吃吧，我去贝雕厂看看。"

夜晚的海风吹拂在徐逸锦的脸上，她感觉很舒服。在海岛的这几年，她已经非常习惯空气里那股独有的淡淡的海腥味。每次风带来这种味道，她就实实在在地感受到大海带给自己的慷慨馈赠。她很感恩，在这个偏远的海岛，虽谈不上世外桃源，但是，柳姨夫、海生大哥、苏老师、小苏等人，都无私地给了她力所能及的帮助，她常常想：洞天洞天，真是洞天福地啊！

但是不知道为何，每次看到蓝天碧海中展翅翱翔的海鸟们，她就觉得内心深处有一股执拗的力量在蔓延，自己的身体仿佛跟着这些海鸟飘在了空中：我的根真的会扎在这里吗？

远处洞天贝雕工艺厂的灯光还亮着，徐逸锦的脑子里立刻就浮现出弟弟徐若空在雕刻车间里专注的样子。前段时间，徐若空在传统贝雕的基础上，创新搞出了一个螺钿贝雕《春临图》，获得了省轻工产品展览会的三等奖。拿了奖状，他就更痴迷了，一头钻进雕刻车间，常常忘了回家吃饭，下决心下一次要拿一等奖。这事非但他自己在折腾，如今已是洞天文化馆馆长的关中瑜简直就和他穿一条裤子，两人常常在雕刻厂秉烛夜谈不言归。

见到徐逸锦过来，两个大男人就像小学生见了先生一样，赶紧放下手里的刻刀，关了灯，乖乖地跟着徐逸锦回家吃饭了。

两人吃了饭，还在讨论着他们的新作品。徐逸锦转身抱起他们换下的衣物，打算去道坦的井边洗衣服。她习惯性摸了摸关中瑜的衣兜，忽然发现有东西，拿出来一看，是一封信，信封上的压脚是"嘉宁县第二轻工业局"。她的心忽然咯噔了一下，将那封信塞进了自己的裤兜。洗完衣服进屋后，见关中瑜正在灯下看书，她拿出那封信，说："是三哥来的信吧，都说了啥？"

在徐逸锦看来，自己刚才说的只是极其平常的一句问询，而让她没有想到的是,关中瑜的反应这么大。他腾地站了起来,将那封信从徐逸锦的手中一把抢了过来,说:"你怎么可以随便看别人的信!"

徐逸锦愣住了:她认识关中瑜这么多年,还是第一次看见关中瑜对她拉下脸。她讷讷地说:"我没看你的信啊,我只是想知道是不是三哥来的信,想知道他在嘉宁好不好。这样有问题吗?"

关中瑜说:"如果不好,我肯定会跟你说的,我没说就说明都好呗!"

徐逸锦听了,说:"你这是什么逻辑? 一家人,相互之间通个信息,报个平安,不是很正常的吗? 你接了三哥的信,可以和我们说一下三哥在那里的情况呀。"

"不就是家长里短的事儿嘛。"关中瑜的声音有点发虚。

徐逸锦是何等聪慧的人,她抬起头,盯住了关中瑜的眼睛,发现他眼神飘忽不定,觉得这里面绝不会只是"家长里短"那么简单。她擦了擦手,靠近了关中瑜,将双手搭在了丈夫的肩头,然后,顺着肩膀往上摸,轻轻捧住了关中瑜的脸,说:"瞧瞧、瞧瞧,这么好看的鼻子,会不会长出个匹诺曹的长鼻子来?"

关中瑜一听,笑了出来,抬起胳膊,将徐逸锦的双手紧紧握在自己的大手中,说:"老婆,咱现在的一切都很好对不对? 这些年,月月渐渐长大,福天他爹也把孩子接走了,八仙乔虽然称不上遗世独立,但是毕竟替你和金姨遮挡了外面的风风雨雨。你看,柳姨夫、苏老师、海生兄弟他们给了我们多少帮助,如今的一切,是何等值得珍惜,对不对?"

徐逸锦有点吃惊地听着关中瑜说出这一番话,她点着头,但是,心中更激起了对关中天那封信内容的好奇。她还没说出那一句"我看看",关中瑜已经将她紧紧拥在怀里。那一个夜晚,关中瑜对她是如此温存,又是如此缠绵……

结果第二天一早,徐逸锦还是提出要看信。关中瑜没想到徐逸锦是如此执拗,没办法,只能把三哥的来信给徐逸锦看了。他递信时是自信的,他相信徐逸锦一定是舍不得离开他、舍不得放下如今这一切的。结果这一次,他有点自信过头了!

当徐逸锦看到关中天来信的落款时间是在一个月前时,她的心情非常复杂。短短几行字,就像一道光,在她的眼前照亮了一条路。那条路牵引着她,她脑子里跳出的几个字就像是那条路上脱缰的一匹野马:回去! 回去! 回嘉宁去!

看着徐逸锦泛红的双颊和两眼放出的光,关中瑜知道,他之前说的一切,在三哥这封家书面前已经黯淡无光、苍白无力了。

纵然心中一百个不愿意,关中瑜还是坐下来和徐逸锦、金盈盈一起开了个关于未来的家庭会议。金盈盈一听,激动得声音都不一样了:"当然回去! 出门千日好,不如回乡一日安哪! 回回回,我第一个举手同意!"

最后,关中瑜说:"那我也同意吧,只是我这工作的调动没那么方便,你们先回去,我慢慢找调动的合适机会吧!"

徐逸锦感激他的宽容,更敬佩他的理性,她认真地将关于这个家庭的未来做了一份详细的"规划书",一脸真诚地递给了关中瑜。关中瑜仿佛回到了当年在霞枫,与徐逸锦一起做办冬学计划时的场景,不知怎的,他的心跟着徐逸锦的这一份计划也悸动了起来,故乡、嘉宁,也在向他招手了……

当这一份《家庭未来计划书》向其他三位家庭成员公布的时候,却被徐若空一口回绝,无论徐逸锦怎么做思想工作,阿空就是三个字:"我不去!"

2

栎村是一个人多田少但自然风景极为优美的小村子,全村大部分人都姓陈。与别的偏僻小村庄的脏乱相比,凡是来到栎村的人都会很惊奇地发现这个村子虽小,却极其干净,这得益于村中的一个能人,此人便是陈轻舟的父亲陈白云。

这陈老先生祖上在乡间行医,等他成年后,家人便送他到东瓯城的药铺里当学徒。陈老先生天资聪慧,而且性格开朗,喜结交朋友,特别喜欢饮酒,一来二去,便与东瓯城里有名的美食公子端木鸿成了莫逆之交。世事变化,沧海桑田,陈白云出师后回到嘉宁栎村做了赤脚医生。由于识文断字、为人正直,又救死扶伤,陈白云在村子里的威望很高,村中但凡有什么纠纷,都找他决断,那些年,他是栎村最佳民间调解员。后来,他这种特别的技能就像一门独门秘籍,传给了他的儿子陈轻舟。陈轻舟成为栎村支部书记后一心为公,加上父亲陈白云的威望,将一个小小的栎村管理得井井有条。而他的夫人,就是端木鸿的大女儿端木锦瑟。现如今,端木鸿也跟着女儿女婿住在这个小村庄里。

栎村村前是一片开阔的良田,村后有一条山涧,沿着山涧是一条千年古道,越往里走越是水草丰美,村人喜欢在这条溪涧的中心地带放羊养羊。在亲家公的帮助下,端木鸿一眼相中了溪流淙淙的水涧边一处废弃的护林房,修修补补、收拾收拾,就成了端木一家的落脚点。这山涧中的古道山岭是嘉宁县通往青田的必经之路,自古担盐客、背树客、弹棉郎进进出出,所以其实这处护林房并不冷清。端木鸿灵机一动,便也跟着在这山涧放羊养羊,还干脆开了一家羊肉馆。面对淙淙的溪流,他给自己的羊肉馆挂上了一个充满禅意的牌子——溪心羊仙馆,过路的脚夫吃了端木家的羊肉,无不对店名感到服气:吃了溪心羊肉,羊成仙,人也成仙!

徐逸锦在关中天的张罗下,在陈家的东厢房安顿了下来。夕阳西下的时候,陈家老少带着徐逸锦她们走进了栎村村后的那条山涧。走着走着,关山月忽然对母亲说:"妈妈,这里忽然让我想起了一个成语——渐入佳境!"

徐逸锦拍拍她的手,说:"是啊。结庐在人境,而无车马喧,想不到紧挨栎村就有这么好的有意境的地方!"

夕阳透过山岭古道旁的一片竹丛,照在一块没有经过任何雕琢的桃木牌子上,这木牌子甚至凹凸不平,上面写了几个很古朴的隶书:溪心羊仙馆。再推开分别写着"吃肉""酌酒"大字的两扇同样未经雕琢的木门,便闻到一股香云飘在种了竹兰梅菊的院子里,而非寻常羊肉馆那般充满了羊膻味。

厅中摆了一张古旧的八仙桌,一位鹤发童颜的长者端着一大碗羊肉来到八仙桌前。徐逸锦惊喜地叫了一声:"鸿伯伯!"

徐逸锦非常感慨:人生何处不相逢呢? 这人世间变幻莫测,谁也不知道人生的下一个拐点会拐向哪里,遇到何人! 但是,这世间如鸿伯伯这样的人,也着实稀有。不管尘世风云如何变幻,他始终最爱两句话——醉里乾坤大,壶中日月长。

看着端木鸿亲手做出的一桌别具一格的山间美味,徐逸锦又想:古今智者,许多是从一醉方休的境界中磨炼心性、彻悟人生、修炼品性。魏晋名士笑傲山林,旷达萧散,而如今,在这样的一个古道山涧旁,端木鸿饮的不只是酒,而是旷世烟火中的一种无拘无束吧!

第二天,徐逸锦开始为镇里组织的挑花女们上英语课,兼为她们的挑花订单做翻译。陈轻舟的爱人锦瑟大嫂她们几位妇女同志学得还是挺认真的,但没过多久就有人开始当"逃兵"了。有的说自己一大把年纪了,这些蚯蚓似的字母哪儿还记得住,有的说家里的羊这些日子没人拔草了,有的说孩子晚上没人带了……诸如此类,导致来上课的人越来越少。

这日,刚到花边社门口,徐逸锦就听见里面叽叽喳喳的。在纷杂的声音当中,她总算听明白了几句话:"就说那两句英语,就写那么几个洋文,我们就得将一针一线辛辛苦苦'挑'出来的钱分给她,她这钱赚得也太容易了吧!"

另一个声音说:"现在大桥头很多人在卖塑料虾,比我们挑花赚钱赚得快多了。你们看,金村、壬田、桥下几个村的挑花社都不接外贸单了,我娘家大嫂姐妹几个都做塑料虾和塑料蝴蝶,那东西比挑花活儿轻松,工钱还多多了!"

"挑花单子接少了,咱们为啥还养着一个洋文先生呀?"

听到这些话,徐逸锦觉得一阵尴尬袭上心头。她默默地正打算转身往回走,迎面遇到了脚步匆匆的陈轻舟,他一见徐逸锦,就拿着一张报纸给徐逸锦看,一边激动地说:"徐老师,您快看看,大新闻,这实在是中国的特大新闻啊!"

徐逸锦凑过脸去仔细看了看,那报纸上赫然写着一个大标题:《高等学校招生进行重大改革》。

几天后,当徐逸锦打开自己租住的栎村陈家的大门时,惊讶地发现自己的弟弟徐若空风尘仆仆地站在暮色中,肩上背着一个大包袱,手里紧紧攥着一张报纸,那张报纸,跟陈轻舟给徐逸锦看的那张一模一样。

徐若空见到徐逸锦的第一句话就是:"大姐,我要考大学!"

这么多年,在大姐的爱护教导和姐夫的关照下,他有幸读完了初中。虽然后来,高中的大门已经对他紧紧关闭,但是,大姐总是想方设法地变出各门高中科目的教科书给他。他如饥似渴地学习,一有不懂就请教大姐,他太佩服大姐了,觉得她简直就是天下最厉害的全科老师。

从徐若空来到栎村的那天开始,他就正式成了徐逸锦的学生。与他一同学习的,还有栎村几个和他一样有志于考大学的年轻人,其中就包括陈轻舟的外甥。一时间,陈轻舟家的院子白天书声琅琅,夜晚灯火通明。谁也不敢轻易打扰他们,一股前所未有的浓郁的学习气氛深深感染了大家,也打动了大家。

唯独有一个人对这些不感兴趣,那就是徐逸锦的大女儿木念初。她更感兴趣的事,是去村后山涧古道里的溪心羊仙馆看端木爷爷做饭,一看就是一个大白天。

徐若空和他这几个临时同学都知道,时间对于他们来说太宝贵了,从看到这张报纸开始,到考大学,只有短短一个多月。他们都是理科生,这期间要复习语文、数学、政治和理化四门功课,对于长久没有捧起书本的他们来说,谈何容易?何况,再过一周,他们就要先参加县里组织的一次高考初试,等初试结束,再筛选出复试者去参加全省统考。

这次初试,徐逸锦比徐若空他们几个还紧张,最后名单公布,所有人都取得了复试资格。这个结果,给了徐逸锦无比的信心。

天气越来越冷,转眼就到了十二月份。终于,中国大地上一场具有划时代意义的考试来临了!

考试前一晚,徐逸锦再一次检查了弟弟的准考证:准考证右侧贴着弟弟的照片,英俊又羞涩。左侧印有考试时间表,背面是细小的字体,密密麻麻印着"考试须知",下面依次是考区、考点、报名号等内容,字体是用蓝色模具盖的印刷体,只有姓名一栏是手写。也许是因为太激动吧,弟弟将"徐若空"三个字写得有点歪。

一切打点完毕,徐逸锦忽然想起一件事:得给弟弟找块手表,好让他在考场上掌握时间。陈家只有陈轻舟有手表,可是他早已给了同样要考试的外甥。徐逸锦转而想到了关中天,于是,她抓起手电筒,在一片昏暗和凛冽的寒风中直奔镇上的二轻宿舍,敲开了关中天的门。

第二天,徐若空却并没有把那块姐姐借过来的梅花牌手表戴在手腕上,他小心翼翼地将手表放在自己衬衣胸前左边的口袋里,为了防止它掉出来,还拿了一枚别针把口袋别起来。

考场上,徐若空见到好几个考生因为紧张晕了过去,他旁边的考生年纪看起来比他还大,胡子拉碴,一场考试不知道掉了几次笔。前桌的是一个毛头小伙子,不断地报告要上厕所。

四场考试中,徐若空最有把握的是数学,等考完试出来,考生们都唉声叹气:"几何题、代数题太难了,那最后一题电学,谁能做得出来啊!"

而徐若空就做出来了,而且他觉得自己一定是对的。但是,对于政治题,他则一点把握也没有。他很后悔自己这几年痴迷于贝雕,都不关心国家大事,现在真是后悔也来不及了。

回到家，徐逸锦最关心的是作文题。徐若空说："作文的考试题目叫《路》，我就写了这几年专心做贝雕的一些事情。"

接下来便是漫长的等待，终于，关中天给他们带来了一个消息：明天嘉宁县政府的大院会贴出公告，张榜公布统考后有资格进入下一轮体检和政审的考生名单，让徐若空他们几个收拾一下，立即动身跟他到县城去！

这是徐若空第一次站在嘉宁县的县府大院里，这里栽满了橘树、桃树和冬青，青砖灰瓦，安静肃穆。几幢红漆走马廊青砖小楼掩映在樟树下，前面是一个大池塘，池塘边栽种了好多柳树。柳枝抚过池塘水面，不断有鲤鱼浮上来，与柳叶嬉戏。

大院里的画面是如此美好，但徐若空根本没有心思去欣赏。他挤在柳树后面一条并不宽阔的水泥路上的人群里，盯着前方墙上的红纸，急迫地想要搜寻到自己的名字。

人群里发出一阵阵欢呼，同时，也伴随着一声声哀叹。忽然，早已挤在前面的陈轻舟的外甥发出了欢呼声："哇，有我！有我！"

徐若空觉得自己的头皮开始发麻，紧接着，又听到另一个一起跟大姐学习的伙伴叫了起来："看到了，看到了，我也上了！"

徐若空拼尽全力挤到前面，才刚站稳身子，陈轻舟的外甥又一声惊叹："太好了，阿空，你也上了！"

关中天也挤进了人群，一眼看到了大红榜上徐若空的名字："阿空，你太厉害了！快快快，你们快回大桥镇去，向你大姐报喜！"

徐若空欣喜万分地再看了一眼那张火辣辣的红榜，上面"徐若空"三个字就像烙印一样，永远地烙在了他的心头，终生不忘！

3

嘉宁县大桥镇栎村支书陈轻舟家的院子里挤满了来贺喜的人，人们带着满满的祝福、真诚的羡慕和发自内心的敬仰，不断地向徐若空、陈家外甥还有另一名考生表达祝贺，每一次祝贺后面都会加上一句："你们的徐老师太厉害了！"

徐逸锦只是笑,虽然不太言语,但是她的脸上也泛出了不一样的神采。

金盈盈一边不断地泡茶,一边不断地回答:"我家徐老师可是当年的名牌大学毕业的!"她就像一位新闻发言人,精准无误地回答着人们的各种问题。

与此同时,在嘉宁县政府宿舍,关雪桐在房间里踱来踱去,她的儿子关建国坐在一边,神情非常复杂。

关雪桐这几天为一双儿女的事情到了极度焦虑的地步,她已经给正在带队下乡的丈夫叶繁晟打了好几通电话,电话一直是他的秘书接的,回答永远是"叶副县长去村里了"。

关雪桐很窝火:都什么时候了,老叶的心里还永远只有群众!儿女不也是群众吗?如今这么关键的时刻,他怎么不先回家来关心关心自己家的两个群众呢?

古话说"悍母出弱子""慈父养逆女",这两句话在关雪桐的一双儿女身上体现得非常明显。由于夫妻俩一心扑在工作上,儿子叶建国从小就到处寄养,生性与他那单薄的身板一样敏感懦弱。也许是觉得亏欠孩子,叶繁晟对后来生的女儿非常溺爱。说也奇怪,与儿子刚好相反,女儿叶欣欣长得五大三粗、黑皮糙面,而且脾气火爆。关雪桐经常非常郁闷地想:怎么就将他们兄妹俩生反了呢!

今天,面对坐在床沿一声不吭的儿子,关雪桐说:"虽说不对外公布成绩,可我好歹打听到了。怎么说你好呢?按理说上了榜,应该祝贺你,可你这也弄得太悬了!这个分数,就算过了体检和政审,好的大学又怎么能有机会上?"

叶建国还是一声不吭,叶欣欣跳了起来,朝关雪桐吼开了:"我考不上你嚷嚷,我哥考上了你还嚷嚷!你就知道嚷嚷!"

关雪桐没好气地说:"你给我闭嘴!老大不小的人了,不好好读书,也不好好想办法收拾一下自己,早点把自己给嫁了!"

母亲的一番话直接点燃了叶欣欣:"现在可是提倡晚婚!你口口声声说自己是做妇女工作的老革命,我看你就是封建思想,就是重男轻女!你想早点把我从这个家赶出去啊?你给我听好了,我这辈子还就不嫁人了!就给你当个老姑娘了!"

听着母亲和妹妹高一声低一声、没完没了的吼叫,叶建国站起身,默默地走出了房间。关雪桐一看,赶紧跟了出去:"哎哎哎,你别走啊,我得给你想办法,你这分数太危险了!"

关雪桐马不停蹄地赶到教育局，找相熟的招生办主任想办法去了。她在全县上榜的所有考生名单里发现了徐若空的名字，而更让她惊讶的是，徐若空的分数居然是最高的——他居然是嘉宁县的高考状元！

这年的冬天有点冷，但对于徐逸锦一家来说，冬日的阳光一次又一次地照进了心灵。全家人都和徐若空一起，欢欣鼓舞地在等待一封神圣的信件——大学录取通知书。可是，都快过年了，不知道为什么，其他两个同学的录取通知书都到了，可徐若空的却迟迟不见！徐逸锦也开始沉不住气了，她鼓足勇气，跑了一趟嘉宁县教育局。

嘉宁县政府大院褪了色的红漆走马廊里，正从招生办主任办公室走出来的关雪桐远远地就看见一个俊逸不俗的身影，那个身影她太熟悉了：徐逸锦！

多年不见的徐逸锦还是那个在人群中一眼就能认出来的仙女模样，关雪桐忽然觉得很憋气，用手按了按胸口，转身到樟树下远远地看着。她看到徐逸锦进了招生办，她知道，等待徐逸锦和她弟弟的，将是一个残酷的事实。

果不其然，一会儿工夫，徐逸锦就失魂落魄地从招生办出来了。她实在不知道如何跟弟弟开口，也实在想不明白，多年来一直表现良好的弟弟为什么会过不了政审这一关。

等回到陈家，徐逸锦不敢直视弟弟的眼睛，也不知该如何安慰弟弟。她想不明白，为何到了现在，还是逃不开宿命。

让她有点意外的是，徐若空表现出来的那种豁达和坦然，远远超乎她的预料，反倒是他不断地安慰徐逸锦："大姐，没事的，没上大学的人多了去了，八仙岙到现在还没出过大学生呢，大家不都过得好好的吗？这下干脆了，我回去可以安心做我的贝雕了，本来我在贝雕上就有新思路要去尝试。放心吧，姐夫不是被调到县里了吗，你们可以团聚了，而我还有彩霞呢，你们就等着喝我和彩霞的喜酒吧！"

彩霞姑娘是洞天岛上苏老师的小女儿，徐若空和她恋爱多年，两人已到了谈婚论嫁的地步。

第二天，徐逸锦无限惆怅地送别了弟弟，正在路上慢腾腾地走着，耳边传来陈轻舟有点焦灼的呼喊："徐老师，您在这里啊，总算找到您了！快跟我去镇里，镇里领导有要紧事找您呢!"

陈轻舟带着满脸疑惑的徐逸锦急匆匆地迈进了大桥镇政府的大门,里面有名干部一见她,就立马站起来握住了她的手,说:"徐老师,久仰久仰!"

原来,这名分管教育的干部接到上级通知,以后高考会增加一个新科目——英语。时间这么紧,镇里的中学正在到处物色英语老师,可是一下子找不到,正着急呢。刚好一次会议上,陈轻舟把外甥考上大学的情况说了一下,顺带把培养他的徐逸锦的情况也说了。于是,在这个历来崇尚耕读传家、尊师重教的山间小镇,春节过后,徐逸锦就会顺理成章地成为那座赫赫有名的济安中学的英语代课老师了。

与一般的乡镇中学直接以镇名来命名不同,大桥镇的中学不叫"大桥中学",而是有一个非常别致的校名——济安中学。所谓"济安",正蕴含了全校师生"与时共济艰难,同创平安盛世"的宏图大志。当年日本战机没有炸毁的这所嘉宁名校,历经世事沧桑,依然保持着别具一格的文脉风骨。

除夕之夜,站在陈轻舟家的院子里,听着不绝于耳的鞭炮声,关中瑜非常感慨。他没有想到,人生兜兜转转,回到嘉宁的第一个除夕,是在与自己看似毫无关系的另一个小山村度过的。

栎村的除夕很热闹,在十二点的钟声敲响之前,家里的男主人要抓紧放三个鞭炮,那叫"关门炮",意思是一年到头,赶紧将各种好运气关在家门里。十二点的钟声一敲响,男主人又要再放三个鞭炮,意思是开门大吉,红运当头。

关中瑜学着陈轻舟的样子,两分钟之内,在木念初和关山月的欢呼声中,将六个裹了红纸的大鞭炮红红火火地送上了天。

当一切喧嚣归于宁静,关中瑜和徐逸锦并没有回屋,他们手牵手走在村外的田埂上。寒气袭来,但他们并不觉得太冷,清冽的空气里,田野的气息让他们感觉到很踏实。

关中瑜紧拥着徐逸锦,抬头望着满天星辉,非常感慨:"来生还很长,终于,我们回来了! 我们可以踏踏实实地重新在一起了! 往后我一定好好照顾你,照顾这个家。过了春节,县里就给我安排好宿舍了,月月也可以转到县里去上学,咱们带上阿念和金姨,一家人一起在县城好好过,再也不分开!"

徐逸锦紧紧依偎在关中瑜怀里，听着关中瑜有力而沉稳的心跳，过了好久才开口："你还记得自己当年在校园里的日子吗？"

关中瑜说："当然，校园生活是人生最不可忘记的时光，特别是那些先生，更是恩惠永存！"

徐逸锦仰起头看着关中瑜说："我记得当年办冬学的时候你就和我说过，我会是一名好老师，对吗？"

"那当然！"关中瑜不假思索地脱口而出。

徐逸锦接住他的话说："现在就有一个让我站上三尺讲台，成为好老师的千载难逢的机会！"

接着，徐逸锦就将济安中学请她做英语代课老师的情况如此这般地跟关中瑜说了，关中瑜听后，沉默许久才开口道："还是推辞吧。好不容易我回来了，你带上金姨和孩子们跟我去县城，随便找个什么活儿，也难不倒你，为什么还要分离？"

徐逸锦也沉默了，又过了好久才开口："我也不想分离，可是，你寻遍嘉宁乃至东瓯城，还能再寻到像济安中学这样的学校吗？这些年，我们的心太乱了，我需要一方能将心安下来的地方。在这里，我们的灵魂能找到安宁。"

当年的济安中学不仅名师群英荟萃，更是为国家培养了无数栋梁之材，可谓桃李竞秀。那时抗日战争正趋激烈，中华大地烽火漫天，炮声隆隆，人民水深火热，流离失所。但嘉宁菰江的山旮旯里，济中校园内却传出琅琅书声，看不到乱世凄凉狼藉的惨状。相比之下，那里犹如一处世外桃源，绛帐弦歌不断，一番清平景象。

关中瑜忽然感觉到一阵冷，便说："走吧，夜深了，越来越冷了！"

天幕中，启明星已渐渐升起，似乎夜幕渐渐被曙光拉开，白茫茫的晨雾开始流动。远眺，那些村庄里的房顶已经微微地显出了轮廓，屋顶、树木都好像飘浮在云雾间，徐逸锦忽然想起了在蓬莱阁上看到的海市蜃楼……

几个小时前，嘉宁县政府大院的一间宿舍里，关雪桐正满脸喜气地准备着年夜饭。是啊，还有哪一个除夕过得比今年更舒心呢？她已经如愿将本来属于徐若空的进名牌大学的名额换到了自己儿子叶建国的头上，还给一直游手好闲的女儿叶欣欣在有名的济安中学谋了一个代课教师的职位。虽说远了点，在西边的大桥镇，但这样不惹眼,过个一年半载,乡下中学更有机会转正。当然,所有这一切,都是她悄悄做的,而她那个整天忙于下乡工作的老叶一直被蒙在鼓里。

想到这些,关雪桐长长地舒了一口气:终于,家里的两个老大不小的子女在这个新年过后都将走向新生活了。但是,她也隐隐感到,命运再一次让她与徐逸锦有了非同寻常的交集,那种不可名状的不安,再一次在她心底深处生根。

第十八章
金姜儿归巢

16岁的邹庆放满头大汗赶到教室的时候，又已经迟到十五分钟了。这是他在这个星期内的第三次迟到，他站在教室门口，不敢进门。

讲台上的徐逸锦侧过脸，仔细看了一眼这个皮肤黝黑的男孩子：个子不高，但身形匀称。一双眼睛像被太阳晒得锃亮的乌豆，虽不大，却熠熠发光，让人一看，就觉得是个聪明的孩子。因为跑得急，大冷天的，他的额头上居然冒出了细细的汗珠，一缕头发黏糊糊地粘在额头，显得这张脸有点滑稽。与明亮的双眸形成鲜明对比的，是他那一身已经明显小了的旧衣裳，颜色灰暗，膝盖和胳膊肘的地方磨得马上就要破出洞来。他穿着一双不合脚的解放鞋，那根被系得紧紧的鞋带让人明白他在努力不让自己的双脚掉出那双大鞋。

邹庆放搓着手，那忸怩的样子让徐逸锦觉得有点想笑。但想起这是他本周第三次迟到，不免神情严肃了起来："来，说说迟到的理由。"

邹庆放还没有开口，他的同桌就抢答了："老师，邹庆放又帮他小叔牵棉纱了，他下了课就是个弹棉郎！"

听到"牵棉纱"，徐逸锦心头震了一下。她当然明白那是什么意思，当年木驼六为她定做的新棉胎上，就牵着又细又匀又密的棉纱，还牵了一个火红的"囍"。但是，一个学生娃，为何每天要干弹棉郎的活呢？

看着邹庆放的囧样子，徐逸锦心一软，说："进来吧！"

趁学生抄写单词的时候，徐逸锦仔细看了看邹庆放的作业。这孩子虽然常常迟到甚至旷课，但是却一点就通，学得又快又好。看着他埋头认真的样子，徐逸锦有点纳闷：别人家的弹棉郎都挑担走四方，他们家怎么在家弹棉花呢？

下了课，徐逸锦查了查邹庆放的其他作业，发现都做得不错。问了班主任，班主任说这孩子很聪明，就是常旷课。

第二个星期，邹庆放好几天没来上课，但是这一次，他的班主任说他这回不是旷课，而是退学了。徐逸锦吃了一惊：这么聪明的孩子，家里怎么就不让他读书了呢？放了学，徐逸锦特意跟着邹庆放的邻居兼同桌到了邹庆放家里。邹庆放不在家，但是，他的家庭状况还是让徐逸锦有点吃惊，家徒四壁都不能形容这个家的破败！

在这个四面透风的破房子里，徐逸锦发现邹庆放的父亲早已去世，母亲是个盲人，上面有个聋哑的奶奶，下面还有三个妹妹。当她见到邹庆放的小叔时，骤然明白为何他不像别的弹棉郎一样挑担走四方，因为他是小儿麻痹症患者，右脚不能点地，身体的重量完全压在左脚上，而左脚似乎也不是完全健康的。

听说老师来了，有小伙伴将正在外面送棉胎的邹庆放火速叫了回来。一见徐逸锦，邹庆放非常难为情，结结巴巴地说："徐老师，您……怎么……来了？"

在邹庆放的介绍下，徐逸锦得知这个七口之家完全是依靠他的盲眼母亲和跛脚小叔在家接一些零星的弹棉活儿才勉强维持。过年的时候，母亲就跟邹庆放说新学年实在拿不出学费了，但是邹庆放不甘心，向学校申请借读两个月，如果这期间家里筹得出学费就继续读，不然就退学。过了年，母亲突然咳得厉害，两个月到了，别说学费，家里连开锅都成问题，所以只好退学了。

邹庆放在向徐逸锦描述这一切的时候，那双原本黑豆一样明亮的眼睛黯淡了下来，而且一直盯着已经破出一个洞的解放鞋的脚尖。

徐逸锦听了，许久说不出话。临走，她掏遍自己的口袋，结果找出的那点钱让她很为难：不管是给邹庆放的母亲买药还是给邹庆放交学费，显然都差得很远。她想了想，将手里的钱都递给了邹庆放，说："这点钱，先给你妈妈买点药。明天你来上课，学费的事情，老师来想办法！"

怕邹庆放和他妈妈不收，徐逸锦逃也似的从邹家出来。回家将装钱的信封掏出来，除去房租和一家人的伙食费，已经所剩无几，看来根本凑不齐邹庆放的学费。她有点沮丧，但也实在不愿意看到这个孩子就此断了上学的路。她的脑子转了起来，忽然，她想到了一条路子，于是，晚饭也不吃，出门直奔镇上关中天的二轻宿舍。

徐逸锦星夜到访，让关中天吃了一惊，当他听完徐逸锦说要助学时，更是吃了一惊。他说："菰江大桥虽自古是商埠，但是这些年工商业凋敝，土地少而贫瘠，大桥镇以及周边的几个村庄都很贫穷。今天我们帮助了邹同学，还有好多个张三同学李四同学怎么办？"

"怎么办？那就先帮一个呗。总不能眼睁睁看着这么天资聪慧的孩子没书读吧！"徐逸锦叹了一口气。

关中天说："好吧，你说咋办就咋办，反正你说的都对！"

徐逸锦一听，有点不好意思："挺沉重的话题，怎么一到你这儿，就成了轻松的事儿了？"

关中天笑了，那一双眼睛一刻也不愿意离开徐逸锦。

徐逸锦拿了钱，掉头就走，关中天连忙拉住她："你也不看看几点了，一个女同志独自走夜路，你说我会放心吗？来，我送你！"

关中天抓起一只手电筒为徐逸锦照路。一路上，关于教育，关于学生，两个人谈了很多，而学校普遍存在的贫困学生情况，是他们的核心议题。

就这样，邹庆放重新坐在了济安中学的教室里。可没出几天，徐逸锦又听到了一个非同寻常的消息。

按理说已经是放学时间，但是，济安中学的教务处门外却挤满了学生。徐逸锦本来不打算管闲事，想收拾一下教具就回家去。但是，听到路过她办公室的几个学生说："这回邹庆放可惨了，叶欣欣要整死他了。他咋这么傻，叶欣欣也敢惹。"

徐逸锦对这两个路过的学生直呼老师的名字有点恼火，但是，她听到"邹庆放"三个字，就不由自主跟着他们，满脸疑惑地站在教务处的人群外。

春节过后，叶欣欣与徐逸锦一同成了济安中学的代课教师，只不过徐逸锦教英语，而叶欣欣教语文。因为是同一个年级段，她俩同在一个办公室。徐逸锦背地里听其他老师说本来学校是打算让叶欣欣教初一新生的，但叶欣欣嫌初一的孩子太吵闹,就换来教高一了,谁知这高一的课不是她想换就能教得下去的。

其实,叶欣欣自己在学校时读书就很一般,如今凭借母亲的运作,进入济安中学来当语文教师,直接教正处于叛逆期的学生,实在有点勉为其难。特别是邹庆放这个班级,别看邹庆放家境不好,但从小学到高中,因为他为人仗义,点子又多,一直是班级里的孩子王。对于新来的老师,邹庆放能很快掂量出他们的教学水平。

这个班级的男生原本对英语一点也不感兴趣,但是,自从徐逸锦来上英语课后,那纯正的英语发音、渊博的知识、轻柔又智慧的教学,无不让学生们折服。除此之外,徐老师那卓绝脱俗的风姿,更让学生们经常陶醉在她的课堂上。男学生们乖乖来上英语课,女学生们则开始模仿徐老师的言谈举止。与别的女老师普遍的齐耳短发不同,徐老师总是喜欢将一根粗粗的麻花辫盘在脑后,很多女孩子也开始梳这样的发型。很快,这个班级的英语成绩突飞猛进,教务主任和班主任见到徐逸锦都笑逐颜开。

叶欣欣则与徐逸锦形成了鲜明的对比,她经常被学生捉弄。有一次,县里语文摸底统考,学生们从考场一出来,叶欣欣就拉着他们说:"这一次的作文题目不难,《旱》。你们都是农民的孩子,对于旱涝是最敏感的。去年我县就大旱了,想必你们是将去年自家田里遭遇旱灾的情况大书特书了吧……"

正当叶欣欣高谈阔论的时候,其他同学都抿嘴笑,但是不敢开口,只有邹庆放接了一句嘴:"老师,你早上洗脸的时候没洗眼睛吗?试卷上的作文题目不是《早》吗?怎么到了你这就成《旱》了?鲁迅先生知道了,要'出离愤怒'了!"

叶欣欣一听,赶紧重新拿起试卷仔细看了看,试卷的作文题一栏上赫然写着一个"早"字!她一把扯过样卷,转身砰一声关了教室的门,关门之前,还狠狠盯了邹庆放一眼!

平日在办公室里,老师们经常听叶欣欣的大嗓门不断地抱怨,今天说食堂的饭太硬了,明天说宿舍的灯太暗了,后天说办公室热水瓶的水有气味了。因为身材高大,她还经常抱怨办公室空间狭小:"鸡窝一般大的办公室,连臀也转不过来!"

有老师实在听不下去了,就揶揄了她一句:"叶老师的臀是有点大!"

一句话气得叶欣欣将手中的粉笔盒重重地砸在了办公桌上,粉笔瞬间寸断!

此刻,站在教务处门口的人群里听了一会儿,徐逸锦大致搞明白了事情的由来。

叶欣欣在上课时，说司马迁在忍受了无数次宫刑后仍然坚持完成了《史记》，学生们都在抿嘴偷笑，邹庆放毫不客气地站了起来，说："老师，您还是先搞明白啥叫'宫刑'吧！"

叶欣欣当即翻阅了放在讲台右侧的《新华字典》，当她查清楚"宫刑"为何意的时候，脸色大变。盛怒之下的她走到邹庆放的课桌前，厚厚的手掌啪的一声重重拍在邹庆放的课桌上，同桌的铅笔盒都被震得弹了起来："你，马上给我滚出教室！"

邹庆放看着叶欣欣，也不示弱："凭什么让我滚出教室，我说错什么了吗？"

叶欣欣的脸色变得黑紫，将教室的门哐当一声拉开来，指着门外，扭头对邹庆放说："今天，你必须给我滚出这教室的门！"

邹庆放一股执拗劲儿也上来了："凭什么？凭什么?!"

见呵斥无效，叶欣欣又回到邹庆放的课桌前，一伸手就将邹庆放扯了出来。

在高大的叶欣欣面前，邹庆放越发显得瘦小，但是，他双手死死地抠住门框，还用那双破了洞的解放鞋死死抵住，竭尽全力不被叶欣欣揪出教室。

巨大的动静惊动了隔壁的几个教室，老师和学生们都跑了出来。教务处主任来了，将叶欣欣和邹庆放都叫进了教务处，后来，校长也来了。

那一天晚上，学校没有让邹庆放回家，而是让他的同桌去叫了邹庆放的母亲来到学校。邹妈妈摸索着来到儿子面前，不由分说，扬起手就狠狠地甩了儿子一个响亮的耳光，一边打一边号啕大哭："你这不争气的童子痨，怎么不将你从小痨死，跟着你那死鬼爹爹去了，省得你我都这么苦啊！"

叶欣欣见邹庆放的母亲并没有向她道歉，而是在教务处大哭，心中的火腾地上来了："怪不得，有怎样的娘就有怎样的儿！"

邹庆放一听，冷不丁拱起身子，一头撞过去，将叶欣欣撞倒在地。叶欣欣反过来压住邹庆放，一顿拳脚上来，场面一片混乱……

第二天，让叶欣欣和学校都没有想到的是，邹庆放在校园门口拉了一条横幅，上书：饭桶叶欣欣，不配当老师！

这下事情闹大了，情况一路上报，关雪桐在得知消息的第一时间便起身赶到了大桥镇。最后的处理结果是：责令济安中学开除"严重违反课堂纪律，侮辱老师，造成极度恶劣影响"的学生邹庆放。

对于这样的结果，叶欣欣并不满意，她在自己的宿舍里对母亲哭诉："你必须要把我从济安调走，马上、立刻！"

关雪桐极力忍住心中的恼火，哄着女儿说："你也不看看实际情况。能将你搞到这里教书，你得珍惜啊。现在教育局很多人都盯着我看，说我替女儿走后门，你爸爸已经很恼火，批了我好几次了。如今你还跟学生闹出这么大的事儿来，马上调，你觉得可能吗？你好好给我熬一段时间，等时机成熟了，在这小地方先转正，我再想办法将你往嘉宁中学调。记住，这事儿你不能跟你爸爸提半个字！"

一周后，邹庆放来向徐逸锦道别。他拜了小叔的一个师兄当师父，打算跟着弹棉郎的队伍出去讨生活。

望着渐渐消失在菰江大桥头的那个孤单的身影，包括徐逸锦在内的所有人都想不到，就是那个单薄的身影，将给大桥头的百姓生活带来一场不同寻常的大变革。

2

这是南方乡村少年邹庆放人生的第一次远行，但是他没有想到，这第一趟门出得实在有点远。

跨过菰江大桥的桥头，邹庆放跟着其他人先坐拖拉机到渡口，再乘舴艋舟扬帆向南，渡过瓯江，几乎用了一天的时间，才到了东瓯城里的株柏码头。去上海的船票紧张，邹庆放排了几天几夜，可轮到他的时候，票刚好卖完了。幸亏他个子小，又机灵，就躲在高大的师父身后，在挤挤挨挨的人群中蒙混过关。到了上海转火车，在火车上见缝插针坐了一天一夜，又转了一天的汽车，一路颠簸，最后才到了湖北的一个小镇。

下车时已经是下午三点多钟了，师父要邹庆放在车站守着工具和行李，自己和其他人去找活干。邹庆放一个人在车站等到天黑才见师父回来，急着问："找到活了吗？"

师父没好气地回答："哪能一下车就找到，没有这么好运气的。"

邹庆放的肚子咕噜噜地响了起来,此前师父在东瓯城的东门大榕树下买的几斤全国流动粮票,这几天在旅途中已用完了。本想到了湖北后再去买湖北省的流动粮票,但是师父失算了,这个偏僻的小镇一下子找不到卖粮票的地方。没有粮票,就买不到米饭、面包、面条,师徒只能继续饿肚子。

见师父有点颓丧,邹庆放说:"师父,我去碰碰运气!"

不一会儿,邹庆放就带着大家来到了一家不用粮票的小店,师父夸他机灵,然后买了三个粗粮窝头,总算填了填肚子。

邹庆放咬着窝头说:"有点碜牙,比番薯干饼还难吃。"

师父看了他一眼说:"俗话说肚饱肉也苦,肚饿麦麸果。明天我继续去找活干,如果找得到就有饭吃、有地方住,今天晚上不去住旅馆,就在车站过夜!"

回到只有三间平房的小车站,邹庆放环视四周,发现门窗都残缺漏风,水泥地也不平,里面两张供旅客坐的旧靠椅早就被两个乞丐占领了,他们师徒只能睡在地上。

天气已经转凉了,夜里越发冷,师父吩咐邹庆放和另一个徒弟把厚衣服都穿上,然后把两爿弹棉的磨盘翻开,找瓦片木柴来垫平,让邹庆放躺下。邹庆放一看,赶紧让一爿给了师父,还忙去搬砖头给师父做枕头。邹庆放的师兄把弹棉弓放在一旁,找了张旧报纸挨着他们就躺下了。棉弓、磨盘、砖头、旧报纸组合成了"床",一觉醒来已天亮,邹庆放觉得骨头疼得差点起不了身。

师父带着师兄又出去跑了一圈,还是没有找到合适的活。回到车站,见邹庆放正和一个乞丐争论。师父一看就明白了,邹庆放将工具、行李放在一张椅子上,又坐着另一张。乞丐说自己已在这里住好几天了,这是他的地盘。邹庆放据理力争:"是你的? 是你家祖公爷的业? 告诉你,这是公家的地方公家的椅,谁早就是谁的!你到别的地方去找!"乞丐说不过他,只好站在椅子边死乞白赖。

师父看乞丐面黄肌瘦,又是残疾人,就对邹庆放说:"让一把椅子给他吧,我就睡在地上,不是还有个磨盘吗?"

在湖北和乞丐争了三个晚上的地盘后,师父遇见了一个同乡,那同乡说在这里没办法找到活,而新疆伊犁有"大活",于是,大家一合计,就汇成一支队伍,直接"开拔"新疆了。

邹庆放记不得到底坐了几天几夜的火车,他们终于到了伊犁。

路上师徒互相说话调笑,一个说我们师徒像唐僧去西天取经,一个说如果到新疆还找不到活干,倒真的希望有哪个神仙收了他当坐骑。

伊犁的寒风刺骨,新组合的队伍到了落脚点,师父一放下行囊就出去找活了,这一回,他带上了邹庆放。

一直到第二天,师父和邹庆放才回来。大家正纳闷,师父却带来了一个好消息:伊犁棉麻公司正招募弹棉师傅,前来应征的足有50人,且清一色是浙江东瓯人。公司出了奇招,谁弹的棉胎能撑起80公斤重的石头且不会受损变形,厂里的棉胎业务就交给谁管。

师父花了足足20个小时把柔韧的新疆棉弹得"烂熟",又横竖斜覆盖了四层棉纱,再用大磨盘反复磨。机灵的邹庆放给加粗的经纬纱线涂了糨糊,那纱线就变得很硬。最终,这床超级棉胎让师父赢得了"美差"。

此后,邹庆放披星戴月地开始系统学习弹棉技艺,渐渐地掌握了传统弹棉的十四道工序。就这样,平日里,他把一团团棉花卷紧,捧在插满铁钉的铲头前上下来回地摩擦、铲细,脸上沾满了灰尘与棉絮,一不留神就会被铁钉划破手。要是纱线不小心割进了指头里,再痛也只能忍着……

邹庆放的弹棉郎生活就这样在新疆这片广袤的土地上展开了,他本以为自己的余生也会在这里度过,但是想不到,到了年底,一封家书催得他不得不放下"手艺":小叔因为腿脚不便,有一次走山岭时摔下山崖去世了,奶奶伤心欲绝,也病倒在床。

邹庆放放心不下祖母、母亲和三个妹妹,只得背起少得可怜的行囊,又不知道坐了几天几夜的火车、汽车,一路颠簸,匆匆奔回大桥镇那个风雨飘零的家。

只是回来了,要靠什么生活呢?邹庆放多么渴望能抓到一根稻草,救一救他的家。没想到天无绝人之路,这根救命的"稻草"真的来了!

一天,一个货郎摇着拨浪鼓来到邹庆放家门口。对小商品极为敏感的邹庆放仔仔细细地观察起货郎担里的那些东西来。忽然,他的眼前一亮:一只虾!一只塑料编织虾!金黄的虾身、草绿的虾须、乌黑的眼珠、殷红的大钳,真是栩栩如生啊!

而那只虾的下面,就是一个银光闪闪的钥匙圆环扣!

邹庆放脑中忽然灵光一现:生产这只小虾! 于是,他花一毛钱买下了这只绚丽夺目的塑料虾。

快过年了,这几天,金盈盈一直在忙着做各种过年的准备,却忽然接到通知,让她去大队接电话,说是县里打来的。她急急忙忙地去了,可徐逸锦等到天快黑,还是没见她回来。

家中的大门敞开着,月光倾泻了进来,没有人说话。

终于,金盈盈披着一身月光跨进了道坦外的大门,准确地说,她是"唱"进来的:"天上清清地清清,造起花船送凶神。送去凶神南海外,吉星移来保太平!"

一进门,金盈盈一屁股坐在八仙桌前的四尺凳上,手一扬,高呼了一声:"锦姑娘,烫酒来!"

徐逸锦很是意外,但还是应答了一声,没多久就从厨房给她烫了满满一锡壶糯米老酒来,还用高脚碗给她盛出了两碗溪鱼干和花生米。

金盈盈又对着木念初说:"阿念,去,拿三个酒杯来!"

木念初第一次见到四平八稳坐在八仙桌前的姨婆,忽然感觉有点不真实:这是平日里那个软软糯糯甚至懒洋洋的姨婆吗? 此刻姨婆那一声"阿念"忽然让木念初缓过神来:这是自己家里辈分最高的长辈,只不过自己一直忽略了而已! 她赶紧去拿了三个酒杯,恭恭敬敬地放到金盈盈面前。

一切准备就绪,金盈盈没有开口,只是极具仪式感地将眼前三个空酒杯斟满了酒。当她端起酒杯抬起头的时候,大家发现她的双眼里已经满含泪水。她双手颤抖着端起一杯杯酒说:"第一杯酒,敬天! 第二杯,敬地! 这第三杯,敬徐家祖宗!"

三杯酒敬完,金盈盈重新端坐在八仙桌前,说:"锦姑娘,给我倒酒!"

徐逸锦不知道她要干吗,但还是认认真真地给她倒了满满一杯酒。她接过来,也不喝,一开腔,又唱上了:"凶星远退千里外,祥光赶来进门庭。清高松竹风送动,富贵牡丹插玉瓶。新造画船新又新,画龙画虎画麒麟。开口便是金鸡叫,出口便是凤凰音!"

此刻,厅堂里犹如有一只远离鸟巢的"金姜儿"快乐归巢,徐逸锦和木念初都屏住呼吸,静静地沉浸在金盈盈的音乐世界里。

终于,金盈盈停了下来,幽幽地说:"锦姑娘,我不再是财主婆了,你也不再是财主囡了!"说罢,热泪长流……

徐逸锦心里一紧,还没问话,门外传来了"叮铃铃"的自行车铃声,开门一看,是关中瑜连夜从县城坐吉普车到大桥镇又在镇上借了一辆自行车赶来,一进门就朗声笑道:"金姨,恭喜啊!"

徐逸锦的心也怦怦跳了起来。

关中瑜说:"告诉大家一个好消息,咱们家金姨现在是一名公社劳动者了! 这次全县批准了3705名'坏分子'摘掉'帽子'!"

跟着一起来的陈轻舟说:"这么大的好事,咱们得哈*几杯啊! 这几颗花生米和几条小鱼干怎么行。"

他转身对端木锦瑟道:"赶紧去炒几个好菜来,咱们庆祝庆祝!"

月夜下的栎村,窗外夜风习习,屋内笑声盈盈。只听得金盈盈拉着关中瑜说:"来,猜个拳! 一门团圆,福寿双全,三生有幸,四季发财,五子登科,六国封相,七星降福,八斗奇才,九卿一品,十全十美!"

3

济安中学清晨的铃声很清脆,晨光中,徐逸锦匆匆走进教室。刚迈进教室的门,徐逸锦见到前排的几个女孩子动作很快,似乎将手中的什么东西往抽屉里一推,赶紧拿出英语书放到课桌上。徐逸锦有点纳闷,因为这段时间以来,这种情况已经多次出现。而明显地,平时课上很认真的两个女孩子开始呵欠不断。

下了课,徐逸锦留了个心眼,她端着粉笔盒和课本出了教室,两分钟后又折返。这一次,她看见了女孩子们凑在一起,她们的手中是鲜艳的玻璃丝小金鱼,而那两个上课打瞌睡的女孩子正在用五彩缤纷的塑料细丝飞速地编织着小金鱼。

徐逸锦顿时明白了。这段时间,大桥头出现的那些小金鱼、小蝴蝶,原来不只飞进了大桥镇周边几个乡村,而且飞进了教室,懂事的女学生已经开始利用课余时

---

*哈:喝。

间帮着母亲、姐姐编织这些小商品贴补家用,甚至开始为自己挣学费了。

徐逸锦不知道自己该不该阻止这些孩子。她知道她们心灵手巧,愿意为家庭付出,但是菰江自然资源的匮乏、土地的贫瘠,一直让她们的家庭不能给予她们彩色的童年以及丰厚的嫁妆。但是,如果放任她们痴迷编织这些小商品,势必会影响学业,徐逸锦觉得这是自己成为老师以来遇到的第一件让自己困惑的事情。

几个月前的一天傍晚,徐逸锦刚吃完晚饭,忽然门外传来敲门声。开门一看,她既惊喜又意外:"邹庆放!"

邹庆放见了老师,将自己离开学校后这半年辗转颠簸、一路西行的故事一桩桩一件件地讲了出来,听得徐逸锦唏嘘不已,不断心疼地拍着邹庆放的肩膀。临走时,徐逸锦转身到衣柜的抽屉里,拿出一点钱塞给邹庆放,说:"先给奶奶抓点药。"

邹庆放走到大门口,忽然又往回跑,将手里的两个小玩意儿塞到徐逸锦的手里,说:"老师,差点忘了,这是送给您的小礼物,不贵,一个才一毛钱!"

等邹庆放远去的背影消失在视线中,徐逸锦打开手看了看,忍不住笑了:一个半大的小伙子,居然给她送了两只活灵活现的可爱的塑料小虾和小金鱼。

昨天,邹庆放又来拜访,而与上一次的萎靡无助完全不一样,这一次,他的眼睛发亮,因为走得急,额头、鼻尖上渗出的小汗珠让他整张脸看起来亮晶晶的。他急急忙忙地拿出一卷蜡纸,还有一根蜡纸笔、一块蜡纸垫板,对徐逸锦说:"老师,老师,我有事求您!"

他将自己发现了塑料小虾小金鱼商机的来龙去脉陈述了一番,再将这段时间红火的生意描绘了一番,徐逸锦看出了他内心抑制不住的欣喜和希望。然后,邹庆放从裤兜里掏出一沓钱塞到徐逸锦手里,说:"老师,这是您之前帮我垫付的学费,还有给我奶奶治病的钱!"

徐逸锦吃了一惊:"你哪来的钱?"

邹庆放拉着徐逸锦的手说:"老师,您放心,这些钱都是我从那些小虾、小蝴蝶、小金鱼身上赚来的,干干净净的。我真没想到这小玩意儿会有这么大的商机。您想啊,咱大桥镇咱栎村有的是人,咱们的阿妈阿婶阿姐一个个手都那么巧,咱们经济落后,现在花边厂的业务又不稳定,闲人又多,这些塑料编织的小玩意儿不用生产设备投入,成本少,男女老少一学就会。我已经试了几个月,效果出奇地好,现在大桥镇几个村的大婶大妈都在向我要编织的生意,可是客源也只有咱嘉宁周边一带。我就想,为何不先到咱们东瓯城临近的黄岩、丽水、青田去试探一下是否有人喜欢呢?如果有订单,咱们这么富余的劳动力就可以解决啊。我想用蜡纸刻印一些征订塑料虾的业务信发到外面试试看。"

徐逸锦有点好奇:"你知道怎么发业务信吗?"

邹庆放狡黠地朝她眨了眨眼:"我都打听到了!先到大队开个介绍信,到公社盖个章,说是社队企业的业务,然后再到二轻部门盖个章。二轻那里有很多黄岩、青田、丽水等地的小商品工厂的地址,按那上面发过去就行。老师,我今天来,一是您字写得那么好,想请您帮忙将我的业务信刻蜡纸。还有一件事是……"

"是什么?"徐逸锦还没吭声,在一旁的金盈盈早已听得按捺不住。

邹庆放就回金盈盈:"您女婿的三哥不是在咱二轻当主任吗?二轻那里就拜托您了!您人这么好,想必关三伯都听您的呢!"

金盈盈一听小后生夸她,开心得眉眼都笑成了弯月。

邹庆放接着对她说:"我还有很多事需要您帮忙呢!听说您的手也是出了名的巧,明天我就拿些玻璃丝线来,让您也赚钱!"

金盈盈一听,用胳膊肘推着徐逸锦说:"你听听,这小后生多机灵!自家人不帮自家人吗?"

徐逸锦说:"蜡纸刻字我可以替你弄,就是二轻那儿我可吃不准!"

金盈盈听了马上接话:"庆放,明天我陪你去!"

关中天这几天非常忙,因为不断有人来单位报告大桥镇忽然冒出了很多塑料编织的地下工场。今天,他刚进办公室,给自己泡了一杯茶,报纸才翻开还没来得及看,下面一个股长便急匆匆地来报告:"刚才县里来电话,说明天市里领导要来检查工作,镇里领导说让我们先去看看大桥头的那些小摊贩是否又出来捣乱了。"

关中天听了,一收报纸,跟着股长就往菰江大桥走去。结果还没到桥头,前面已经乱哄哄一片了,只见好多摊贩拎着自己装满小商品的篮子东奔西窜,一时间,鸡儿飞、狗儿跳、人儿跑、篮儿掉……

关中天加快脚步赶到桥头,只见县里的领导早已在现场,指着镇领导气呼呼地说:"就你们大桥镇,三令五申了,到现在还明摆着这么多'资本主义的摊儿'。农民应该守本分,应该规规矩矩在田里劳动生产,要'农业学大寨',怎么能投机倒把,搞资本主义那一套?必须严肃整改!"

看到县里领导那样子,关中天心里不太舒服。他在旁边不吭声,默默等领导训完话,人都散了,才往镇里去。但是,到了菜市场门口,他发现刚才在大桥头被驱散的那些小商品的"篮子"已经集聚在这里,而且生意比在大桥头还红火。

人群中,最火的摊子上,一个半大的小伙子站在一张小板凳上吆喝着:"玻璃丝金鱼玻璃丝虾,美得好像一枝花!快来买啊快来买,可以当作钥匙扣,轻轻巧巧不离手!"

关中天一听,心想:哟,还押上韵了!挤进去看了看,发现这小伙子个子瘦小,身手灵活,目光精明,一边吆喝一边麻利地拿货找钱。他摊子上的货篮里,除了塑料彩丝线编织的龙虾钥匙扣外,还有五彩斑斓的金鱼钥匙扣、蝴蝶钥匙扣、小鸟钥匙扣,总之,比别人篮子里的货要多、要好。不一会儿,他的篮子就快见底了。

忽然,人群里挤进了陈轻舟的爱人端木锦瑟。她将一大包补货交给了眼前这个小伙子,一边摸着脸上的汗一边说:"还要补多少,姐妹们正加紧干呢!"

猛一抬头,她看见了关中天,有点不好意思,放下东西,转身就走了。关中天紧追了一阵子,才把她追上。

端木锦瑟见关中天态度和蔼,又是徐老师的三伯,心里也就放下了戒备,跟关中天聊开了。

"关领导,您虽说是东边楠枫江的,但咱都是瓯江江脉的人,您应该清楚咱们大桥和你们霞枫一样,八山一水一分田,这点田地养不活人呢。我家老陈是个甩手掌柜,一心为公,他哪里知道我当家的苦。上有老下有小,靠我一个人里里外外,年份好,风调雨顺的话,勉强能吃饱肚子,可一年下来手里也没钱了。我家还算好的,现在我们栎村劳力差一点的家庭还有吃不饱肚子的。你像那个邹庆放,就刚才那个孩子,去年被学校开除了,小叔也去世了,眼看着家里就要过不下去了。幸亏这孩子机灵,发现了一个赚钱的好门路。您知道我们大桥镇各村各户的媛子儿、老宁客都会挑花,手巧着呢,别说那些个玻璃丝的小虾小鱼一学就会,就是鸳鸯蝴蝶、杨梅石榴都难不倒我们。编织这玩意儿多好,把家务活料理完,几个姐妹坐下来,边聊天边劳作,轻轻松松就能把钱赚了。"

端木锦瑟讲了一通之后,又有点难为情:"关领导,您不会报告到县里吧？我们这不是投机倒把,是用劳力兑伙食啊,全凭力气和手艺换点钱。"

关中天听了若有所思。他想点头,可是,又不知道自己该不该点这个头。他决定再跟踪几天,看看他们干的到底是不是正经活儿。

连续三天,菰江大桥都演绎着"猫抓老鼠"的游戏:邹庆放他们摆出摊卖了没多久,就有人来驱赶。一阵鸡飞狗跳之后,邹庆放们立马转移到菜市场门口,菜市场门口立马又被围了起来,买家不断。有关部门接到消息后,又派人到菜市场驱赶。

不管在大桥头还是在菜市场门口,都是邹庆放的摊子前围的人最多。但他们大多并不是买来自己玩,而是要贩卖到其他地方。这些绚丽的小动物出现在嘉宁及其周边地区,给孩子们的童年带来了彩色的快乐,给大姑娘小伙子们平添了一抹亮丽的青春色彩,当然,最重要的是给这些抢着要货的小商贩带来了不错的收入。

关中天终于搞清楚了,接下来他打算去编织的现场看看。在端木锦瑟的引领下,他看到的是一个个农村妇女手绷牙咬,满头大汗,干得热火朝天的场景。他心头一震,脑子里闪出一个词:勤劳致富。

徐逸锦也不知道金盈盈是啥时候陪邹庆放去找的关中天,总之接下来的几天,金盈盈帮着邹庆放一起发出了一百封征订塑料虾的业务信。

想不到二十天后的一个晚上,邹庆放拿着一大堆回信一溜小跑地找来了:"好消息,特大好消息！你们猜猜,我们一共收到了多少元的业务订单?"

大桥镇的小商贩自古以来就有自己行商的行话,特别是对数字有非常别致的称呼,一叫"出",二叫"彳",三"王"四"打"五"斗"六"开"七"星"八"炸"九"弯"十"大出",特别是"百""千""万",分别称作"横""撇""方"。

邹庆放比出了"五"的手势,金盈盈说:"五横?"

邹庆放摇摇头,说:"不是'五横',是'五撇'！"

金盈盈简直不敢相信自己的耳朵:"什么,五撇！那十块头叠起来得有多高啊！皇天哪！"

徐逸锦一听,也开心:"还真是那么一回事啊！金姨,你可有事干了！"

金盈盈张开双手，盯着自己的十个手指头说："看我这双巧手，闲了这么多年，这回终于可以派上用场了！"

于是，金盈盈迅速加入了端木锦瑟她们的编织队伍，很快就在原来单一的塑料小虾、小蝴蝶、小金鱼的基础上开发出了好多新品种。

等关中天再次来到大桥头，便惊讶地发现邹庆放的摊位上除了最初那几只亮晶晶的小虾、小金鱼等等之外，还新增了黄莺、青蛙、公鸡。除了小动物，甜蜜的水果也出现了，杨梅、石榴、荔枝……这些用塑料丝编织的小东西栩栩如生、鲜艳夺目，人们依旧将他的摊位里三层外三层地围住，嚷嚷着要货。

忽然，前面传来一阵骚动，很多摊贩端着自己的小货摊赶紧跑，动作慢一点的，将能收的收走，收不走的就放在那，人赶紧先溜。

只见吵吵嚷嚷的人群里，几个派出所的人直奔邹庆放的摊位，不由分说就将他扭住！邹庆放一边挣扎一边叫道："你们为什么捆我？我没偷没盗，凭什么抓我？"

一干人由不得邹庆放挣扎反抗，绑住了他就往派出所去。

与此同时，也有人急匆匆地来叫徐逸锦："徐老师，您家金姨被镇上叫过去了，您赶紧去一趟！"

第十九章
编织新希望

金盈盈和邹庆放在大桥镇派出所的房间里坐了好久也没见有人来找他们俩，这让金盈盈很是纳闷。她问邹庆放："他们怎样你了没有？"

"怎么会，你们又不是什么坏人！"伴着这底气十足的声音，关中天进了门。他和派出所的干部说了几句话，派出所干部再问了邹庆放和金盈盈几句话，做了一个笔录，就让他们回去了。

"等等！"金盈盈和邹庆放脚还没抬起来，门外又进来一个领导模样的人，冲着关中天说，"你作为负责人，主管的阵地严重失守，这两个就是典型的走资本主义道路的家伙，怎么能说放就放呢！"

等徐逸锦赶到派出所的时候，关中天居然和那位领导打起来了！再往后，县里发了一个文件，对关中天进行了行政记过处分。没过多久，关中天就辞职了！

得知这一消息，所有大桥镇认识他的人都大吃一惊。

这天，邹庆放早早收了摊儿，去菜市场买了好多熟食，又带上两瓶好酒，叫金盈盈去学校请了徐逸锦，自己则直奔关中天的宿舍。

掌灯时分，四个人聚齐。徐逸锦给关中天斟了满满一杯酒，正要说什么，关中天端起酒杯说："徐老师！"他从来没叫过徐逸锦"弟妹"，对她的称呼只是从以前办冬学时的"逸锦先生"改为了"徐老师"，"别的什么话都不用说，这一杯酒往后，我打算过一种从没过过的新生活！"

金盈盈端着酒杯,问得很困惑:"三伯!"嘉宁的女人在家中男性亲戚面前,总是自觉地降低一个辈分,跟着孩子称呼,"你这可是铁饭碗呢,人家挤破脑袋想抢还抢不来,你咋自己端起来砸掉呢?"

关中天看着杯中酒,晃了几晃,一仰脖子就一饮而尽,说:"人生得意须尽欢,莫使金樽空对月啊!"

徐逸锦见了,赶紧再给他满上一杯,自己也满上,对着关中天只一拱手,也一仰脖子一饮而尽:"莫愁前路无知己,天下谁人不识君?"

关中天一听,哈哈大笑,对邹庆放说:"庆放,从明天开始,我跟你学做生意,收不收我这个老徒弟?"

邹庆放赶紧给自己倒了满满一杯酒,规规矩矩、恭恭敬敬地端到关中天眼前,说:"如果能请到您一起干,那简直就是我邹庆放三生有幸啊!"

关中天为邹庆放的塑料编织小商品生意规划了一份蓝图:"物美价廉又是老百姓喜闻乐见的接纳度很高的生活用品,这种低投入、高产出、劳动密集型的小商品一定要快速抓住商机,不能只在嘉宁以及周边地区寻找销路,一定要走出去。"

徐逸锦马上接话:"对,生意赢在快、准、稳! 不能打没有准备的战役。"

看着邹庆放一脸惊讶,金盈盈笑笑说:"庆放,你可别小看了你的徐老师,徐老师祖上几代可都是大商户,做生意那可不是一般人能比的。而我不敢说自己会做生意,但在他们徐家,这生意经的气儿闻了好多年,也闻懂个几分呢!"

邹庆放第一次听说满腹诗文、满口英语的徐老师还有这样的底子,惊喜万分:"徐老师徐老师,您赶紧教教我最赚钱的生意经!"

徐逸锦笑了:"都是陈芝麻烂谷子的事儿了,时代不同了,要用新思维新方法做新生意!"

"对,徐老师讲的很对!"关中天说,"做生意我是外行,这个还得请教徐老师!"

徐逸锦对他报以一笑:"这几天你若没事,先到东瓯城里去一趟,东瓯城商品聚集地就是东瓯第一百货公司。但是你不用去百货公司里面,可以在外面的五马街转转,因为人流集中,很多小商品贩子都在那里交换各种信息,一定也有塑料编织的。做生意,信息准确是第一要务!"

那一个夜晚,邹庆放认识了一个不一样的徐老师。

第二天，他将摊位交给妹妹，自己就跟关中天一起坐第一班轮船往瓯江南岸的东瓯城奔去。他们只在第一百货公司的门口转了半个钟头，邹庆放对徐老师就佩服得五体投地了。果然，那里有好多个手挎货篮的流动摊贩，在他们的篮子里，邹庆放惊喜地发现了很多他们大桥镇所没有的新品种。

关中天毫不迟疑地掏钱，让邹庆放将所有能发现的新品种全部买了下来。他们兴冲冲地将这些新品种带回来，送到徐逸锦和金盈盈的手里。金盈盈一看，两眼放光："真是太漂亮了！好看实用还不贵，这么好的宝贝，谁不喜欢呢！"

邹庆放紧张地问："这些您都会编吗？"

金盈盈拿起来上下左右前前后后仔仔细细地看了一遍，说："就这些还能难倒我？放心吧，比这难十倍也难不倒！过几天你就看我怎么给你做出样品来吧！"

看着邹庆放不是很信任的眼光，徐逸锦朝他点了点头。

金盈盈像个孩子似的拉起徐逸锦的手说："你看，你徐老师替我做证呢！"

很快，邹庆放和关中天给金盈盈找来了编织各种新样品的塑料丝线。看着一个个新品种的样品在自己的手中诞生，金盈盈喜不自禁，甚至忘了吃饭，忘了睡觉。她完全沉浸在一个全新的世界当中，那个第一次完全找到自我的世界。

但是，没有多久，她就笑不出来了，因为她的锦姑娘在学校那边出事了！

济安中学校园有一个古色古香的文化长廊，在文化长廊和教学楼中间是一个半圆形的花坛，不管四季，花坛里总有花儿按着季节，像是接力赛一样地开放。蝴蝶在校园里翩翩起舞，用它那美丽的身影吸引着徐逸锦的目光。

徐逸锦每天早早地到学校，除了因为需要给学生辅导早自修之外，她更不想错过学校每天的升旗仪式。每当鲜艳的五星红旗在银白色的旗杆上升起并迎风飘扬的那一刻，徐逸锦总是感觉到心里特别踏实。

对于眼下这种生活状态，虽然和丈夫以及小女儿离多聚少，但她感觉是充实的。关中瑜一直希望她能放弃"代课老师"的身份，但徐逸锦并不打算离开济安中学。关于这个问题，两人有过数次交流，都不欢而散。最后，关中瑜以要给女儿力所能及的最好环境为由，将关山月带在身边，并将女儿安排进了嘉宁县实验小学就读。徐逸锦虽也表示过反对，但在这一点上，关中瑜毫不让步。

这周学校开运动会,那是济安中学一年一度最受师生欢迎的活动之一,各班级除了抓紧选拔运动员,加强训练之外,学校食堂也在努力"备战"。这个偏于乡村一隅的中学日常的菜品其实非常简单,但有一个传统,就是每年的运动会期间,食堂都会做馒头来犒劳运动员和老师们。

东瓯的方言很有意思,很多词组与普通话差别很大。比如,东瓯人口中的"豌豆"是普通话里的"蚕豆",但普通话里的"蚕豆"又刚好是东瓯话里的"豌豆"。而北方人说的包子,东瓯人叫作馒头,因为在东瓯人的意识里,馒头就是带馅儿的面包,特别是带肉馅儿的面包,那可是一般农家子弟日常吃不到的稀罕物。只是毕竟经费有限,为期三天的运动会,每人每天限量两个馒头。食堂也人手有限,每天晚上,当天没有晚自习的老师就会来食堂和面。那一天,刚好轮到徐逸锦和叶欣欣。

晚饭时分,食堂的师傅都去窗口给师生打饭了,为了能早点回家,叶欣欣撺掇徐逸锦早点去厨房和面。徐逸锦答应了,但是她靠近叶欣欣的时候,一股酒气扑面而来。她惊讶地看了叶欣欣一眼,因为上次在中秋老师聚会上,她已经知道叶欣欣的酒量并不好。

叶欣欣看徐逸锦盯着她,没好气地说:"晦气。下午张老师介绍的那个男的,自己那个猪头样,还看不上我,说的什么鬼话,我还留他情面干吗,几句就将他骂回去了!心里感觉不痛快,就蒙了几口老酒汗。"

徐逸锦说:"老酒汗可是有60多度哦,你要心疼自己的胃呢!"

见徐逸锦讲话体贴,叶欣欣的声音也轻了下来:"唉,我妈催得紧,烦死我了!"

两个人说话间,天色暗了下来。徐逸锦拉开厨房昏黄的电灯,撸起袖子,和叶欣欣抬出了面粉,打算和面。才将面粉倒进大脸盆,那边有学生来叫:"徐老师,邹庆放在学校门口找您!"

徐逸锦看了叶欣欣一眼,叶欣欣说:"你去吧,我力气大,心里正有一口晦气没出,就朝这一大锅面粉出气吧!我老爸是山东人,和面我在行!"

徐逸锦有点诧异,但还是感激地朝叶欣欣笑了笑,说:"那就辛苦你了,我去去就来!"

对于叶欣欣,徐逸锦有种说不出的感觉。平常她在学校给人的感觉是今天还对你热情万分,明天就对你视若路人,谁也摸不透到底哪种样子才是她的真实样子。徐逸锦平时尽可能对她敬而远之，但她万万没想到，就在她出校门看邹庆放明天要发出去的业务信内容的那几分钟时间里，在昏暗的灯光下，在酒精的作用下，叶欣欣犯了一个极其严重的可怕的错误！

第二天，济安中学一年一度的校运动会在雄壮的《运动员进行曲》中开幕了，师生们沉浸在激动人心的比赛当中，操场上加油声此起彼伏，紧张又欢乐的气氛笼罩着整座校园。但是，有运动员陆续倒在了赛场上，很快，裁判、老师里也不断有人倒下，一时间，欢乐的运动场惊慌成一片，学校的广播发出了刺耳的声音："紧急通知，紧急通知！因为有大批师生身体不适，需要立即送医救治，运动会即刻停止，所有身体状况良好的人员马上到操场集合，加入抢救队伍！"

2

这是徐逸锦感觉到人生中寒意来得最早的一个秋天，她坐在空无一人的教室里，觉得一股彻骨的寒意紧紧包裹着她！

这几天的事情就像电影一样，一幕一幕回放在她的脑海里。她已经被县公安局约谈了三次，并在派出所被留置了三天。等她出来的时候，学校已经归于平静，但是对她来说，再也不能平静了，因为她再也不能站在讲台上给学生们上课了，她已经失去了这个资格！

她压根儿也没想到，这世界上竟有如此颠倒黑白、口是心非之人。那天晚上，叶欣欣错把厨房里的蟑螂药当成发面用的小苏打倒进了面粉里，幸亏那瓶蟑螂药只剩一点点了，她第二次放的才是小苏打。虽然只有一点点，在那么大的面团里起不了多大的作用，但这个量足以让早上吃了馒头的师生们上吐下泻，体质弱一点的则直接倒在了操场上。

这次事件立即引起了轩然大波，专案组马上进驻了学校。案件当然得从源头查起，叶欣欣、徐逸锦也是在第一时间被叫到了专案组。当徐逸锦听到叶欣欣说出的那一番话时，她惊呆了！叶欣欣向专案组告发，那天晚上确实是她和徐逸锦一起分到和面任务，但是关键时刻，她自己上厕所去了，等她回来的时候，徐逸锦已经将面和好了，因此，所有的过程她并不清楚！

徐逸锦听得张大了嘴巴,好久才憋出一句话:"你……你怎么颠倒黑白!"

那天晚上来找徐逸锦的学生和在校门口等她的邹庆放都替她做了不在场证明,但是,徐逸锦还是没有办法完全证明自己的清白。

一年前才因为邹庆放事件来过大桥镇的关雪桐又直奔学校而来,当她从女儿口中听到实情后,气得在女儿的后背上狠狠拍了一巴掌:"你这个惹事精!这种玩命的事儿也能惹得出来!幸亏还没出人命!"

一边教训女儿,救女心切的关雪桐一边立马紧张谋划。她动用了所有能动用的资源,想尽了一切办法,最后的结果是:经过公安局严密的调查取证,济安中学发生的不是蓄意而为的投毒事件,而是食物中毒事件。这样一起严重的食物中毒事件在全县引起了恶劣影响,学校负有重大的责任。为了严肃整顿学校纪律、整改食堂管理制度,将对此次中毒事件的值班人员进行严肃处理。但是,学校的绝大部分老师对最后的结果感到非常诧异:为什么同样是值班人员和代课老师,叶欣欣毫发无损,而徐逸锦却被劝退了。

原本事件发生当天,正在下乡的关中瑜听说后也赶紧往学校打了电话,在校传达室接听电话的徐逸锦还非常镇定地说:"你别担心,这事我自己心里清楚,我没有关系的,我相信组织、相信上级一定能够把事情调查清楚。"

谁知最后学校要劝退她,她震惊、愤懑,她要替自己正名。她第一次激动地打电话给自己的丈夫,在电话里,她哭了,但是,电话那一头,关中瑜非常坦然地安慰她:"不当老师就不当老师了,这回你总可以收拾收拾自己,收拾收拾行李,带着金姨和念初回城了吧,咱们一家可以团聚了呀!"

徐逸锦放下电话,不知道该怎么描述那一刻自己心里的滋味。

她徜徉在傍晚的校园里,晚自习的铃声刚刚响起,太阳刚刚落下山,启明星升起来了,非常耀眼。

徐逸锦抬头看了看天,喃喃地问那颗启明星:"这到底是怎么了?原来不管什么时候,这世上总有颠倒黑白、指鹿为马的人存在!"

她再一次环顾了校园,花坛的花儿并没有因为夜晚的来临而歇息,文化走廊依然文韵洋溢,教室里灯火通明……对于这一切,她的目光是如此留恋。

最后,她站在了操场光溜溜的旗杆下,对自己说:"明天,红旗依然高高飘扬!"

她去办公室收拾了自己的东西，其实很简单，就是一本字典、几本英语书和备课本。想了想，她拿起了每天陪伴自己的黑板擦，装进了随身小布袋，走出了学校的大门。

校门口，门卫老伯探出头，亲切地和她说："徐老师，常回来走走，我一直在这里，等你回来！"

徐逸锦听了，心里一暖。

出了校门，徐逸锦的脚步有点乱，她不知道这一刻该往哪里走。哪儿才能够让自己的心宁静一点呢？

走着走着，不知道一股什么样的力量牵引着她往大桥镇关中天的住处走去。

自从上次辞职后，关中天就从宿舍搬了出来，另租了一户人家的房子住下，白天就跟着邹庆放一起发业务信。

关中天开了门，看到一脸落寞的徐逸锦，非常吃惊。

徐逸锦见到他说的第一句话是："我想喝酒！"

关中天连忙说："好好好！你等着！"

他把徐逸锦让进了屋里，大概不出半个钟头，徐逸锦的面前就摆上了两瓶满满的老酒汗。

一碟花生米，一碟虾皮，两个酒杯，两双筷子。灯光下，关中天给徐逸锦斟了满满一杯酒，徐逸锦干了，再给她斟满一杯，她又干了。给她斟第三杯的时候，关中天有点犹豫，徐逸锦却坚决地说："满上！"

又问："你就不陪我喝上一杯吗？"

关中天抬头看了看她，端起酒杯一饮而尽："来，你说，要怎样哈？"

东瓯话里，"喝酒"发音成"哈酒"，这"哈"字成为重音从关中天的口中发出来，徐逸锦觉得特别好笑。她笑得像个孩子，说："咱猜拳，你输你哈酒，我输我哈酒！"

关中天一听，也哈哈一笑："这是我看家老本领，童子功好多年不用了呢，技痒！来，输了你不许赖皮！"

当然，最后肯定是徐逸锦输了。但这正中她下怀，她就是想让自己大醉一次。等醒来的时候，她发现关中天披衣在灯光下坐着，只是手里捧着一本书。见徐逸锦醒了,他收了书,笑笑说:"以后还敢跟我猜拳哈酒吗?来,哈口水,我送你回去吧!"

星空下,徐逸锦觉得自己的脚步有点飘。但是,她好喜欢这种感觉。在石子路上,她故意将自己的脚步踩得沙沙响,一边还大幅度地将手甩得高高的。那一刻,她觉得自己就是个毫无顾忌的孩子,一边走,一边回头对关中天说:"这酒越哈越明白。我想清楚了,过几天收拾东西,带上金姨和念初回县城去,和你弟弟团圆喽!"

县府大院的橘子树上已经结出了一颗颗愣头愣脑的青果子,关山月这两天再也没有心思关心它们什么时候成熟了,她扳着手指头在数星期天什么时候到来,因为这个星期天,她就可以和爸爸一起到大桥镇去接妈妈和姐姐、姨婆回到县城了。她兴奋得像只小蝴蝶,在关中瑜面前飞来飞去。

星期天一大早,关中瑜早早把女儿叫醒,给女儿梳了一根又长又漂亮的辫子——这几年,因为独自带娃,他已经练就了一手独到的编发技艺——开上昨天早早借好的吉普车,一路风驰电掣地开往大桥镇。但他没有想到,他兴冲冲地来,却没能兴冲冲地回。而此番"团聚"行动最大也最直接的阻力,居然来自金盈盈!

关中瑜知道金盈盈有一副唱歌谣的好嗓子,也知道她有一双做女红的巧手,却不知道她还有不为人知的自我认知。自从她来到这个世界,殷实的家境让她有过无忧无虑的童年;后来虽然成了姨太太,但嫁的毕竟是方圆几百里头一个的大财主;这些年,虽为长辈,但徐逸锦是她最可靠的生活支柱,从某种程度上说,她几乎是徐逸锦的一个大孩子。这一切,让她感觉既幸运,又懊恼。幸运的是锦姑娘始终在自己身边,但她又懊悔自己对这个曾经风雨飘零的家庭毫无贡献。

但是,如今不同了!那些五彩斑斓的玻璃细丝让她的生活瞬间也变得五彩斑斓,让她忽然之间找到了自己存在的价值——原来她还这么重要,不仅是对这个家庭,不仅是栎村,甚至是大桥镇,都在热切盼望她能早点编出塑料小商品的新样品,那些样品给大桥镇多少人带去了希望!而今天,这个也比她小不了几岁的女婿忽然要来接她们离开栎村,离开大桥镇,那……那邹庆放的订单怎么办?那些新样品怎么办?那些等着她出样品的家家户户怎么办?

"不行,绝对不行!要走你们走,我是坚决不走了!"

不管关中瑜怎么动员,金盈盈不为所动。关中瑜将三哥关中天请来,买来好酒好肉请金盈盈吃饭。饭桌上，金盈盈不夹肉，不哈酒，张嘴就唱："买米要靠东瓯街，烧柴要靠青田山。农人挣钱要靠肩胛担，盈盈我十指钱赚翻！"

唱完，脸朝天花板，声音却冲着关中瑜说："我这辈子没赚过几个钱，如今好不容易能赚钱了，看谁还将我再当成那无用的人！"

在金盈盈的歌谣和白眼中，关中瑜觉得自己没招、没辙，只好向徐逸锦求助。但是，徐逸锦总是回避他的目光。

关中瑜又望向木念初，阿念倒是很坦然地直说了自己的想法："叔，你这算是征求我的意见对吧，那我就讲明白自己的想法啊。本来就打算和你们讲，这一回我是不打算跟你们回县城的。其实我对那些塑料虾蟹蝴蝶花儿什么的也不是很感兴趣，我就是对端木阿公的灶台感兴趣。我这几天也想明白了，每个人都有自己的路子，我考不上大学，但是，行行出状元，我喜欢当个厨子。端木阿公说了，下周他就收我为徒，我将正式拜师学习做纯正的瓯菜。哎呀呀，哈哈哈，憋在心里一直不敢说的话今天终于说出来了，好痛快呀！"

木念初的一席话，听得在场的所有人都大吃一惊。木念初热切地看着徐逸锦说："妈妈，你是最民主的人，你会支持我的对吧！"

徐逸锦正不知该如何回答，门外传来了邹庆放的声音。他风风火火地进门来，一见这场面，说："徐老师，家庭大聚餐，来得早不如来得巧，看来我有口福啊！"

他只是开开玩笑，并没有坐下来动筷子，而是拿出了一沓汇款单，兴奋地说："你们猜，上一次我们发出去的一百封业务信，最后完成订单的汇款是多少？"

金盈盈两眼发光："快快，快给我看看，多少？多少？！"

邹庆放比出了"八"的手势："八撇！"

"皇天哪！"阿念学着金盈盈，欢快地叫了一声，故意将尾音拖得老长，还带了几个拐弯儿。

邹庆放神情恳切地说："老师，学校不去就不去，到我们这里来吧。三伯上次不是说要和我一起干吗？我们已经发出去一千封业务信了。您看，这是新的业务信内容，我们想求您帮忙修改，下个星期打算再发出一千份！"

关中瑜听到这话，立时将目光聚焦在了关中天的脸上。

3

夜深了,嘉宁县府大院里,关中瑜办公室窗外的橘子树已经看不清树叶的清晰模样,但它们在夜风中轻摇着,依旧送来阵阵清香。

凭借关中瑜的才干和为人,上级早就将他列为重点培养对象。去接徐逸锦之前,有关领导已经找他谈过话,要将他升迁至重要领导岗位。此刻,他的办公桌上正放着他新官上任后第一次签发的文件。他再一次仔细认真地看过,然后放下笔,走到窗前,打开窗户,深深地吸了一口气,思绪还是不能平静:一个是自己的亲哥哥,一个是自己最信任的心爱的妻子,他们一个说辞职就辞职,一个刚说好全家团圆却转眼就反悔。那个小镇到底有什么样的魔力,那几只五颜六色的塑料编织小虾小鱼和蝴蝶水果到底有什么样的魔力?

那一天,徐逸锦最终还是没有迈上关中瑜借来的那辆绿色吉普车。

关山月紧紧地抱着徐逸锦不放:"妈妈,妈妈,为什么不来橘子大院?妈妈,妈妈,我要你来,我要你每天给我梳辫子,每天给我穿花衣服!"

徐逸锦只是紧紧拥抱着小女儿,柔声说:"乖宝宝,你听爸爸的话,跟爸爸好好在橘子大院,妈妈有空了就马上过去看你们!"

徐逸锦一放开关山月,给她关上车门,关中瑜就立即猛踩吉普车的油门。他用马达的轰鸣声掩盖着自己的失望和郁闷,那一刻,他第一次感受到徐逸锦给他的另一个词:伤心!

然而他的这些想法,徐逸锦是不会知道的,她只是很纳闷,有着千年经商传统的大桥镇为什么就没有一个商品贸易相对稳定的集市卖场,可见土地对于菰江流域的人们来说是何等金贵!也正因为如此,占着交通便利这一先天优势的菰江大桥才成为小商贩们聚集的一块"风水宝地":从菰江大桥出发,上可走陆路,翻山越岭、四通八达;下可走水路,隔江过海、四海通衢。

等过了年,徐逸锦又来到桥头,因为好久没来,她被眼前这番景象震惊了:桥头上熙熙攘攘,商贾往来。短短几十米的大桥上,几乎是一米一个摊位。在这边做生意的,除了大桥镇周边包括栎村在内的几个村子之外,还有很多来自黄岩、青田的,省外有福建的,甚至远到江苏的。他们讲着带有浓重乡音的普通话,勤勉而热情地招揽着顾客。大桥上一片繁忙,徐逸锦的眼前忽然浮现出张择端的名画《清明上河图》。

邹庆放发出去的业务信越来越多,收回的业务门单也越来越多,这一次,居然有十万元!

这么多门单,单凭栎村的妇女同志是远远完成不了这么重的生产任务的,怎么办?订单就是财富,可不能眼睁睁看着它们付诸东流,一定要保质保量地完成!

关中天马上召集了徐逸锦、邹庆放和端木锦瑟开会,要把这些业务分摊出去。关中天发动自己在二轻工作时积累的资源,将每个村的编织能手组织起来,推举一人负责领取、发放原料和回收成品,最后统一上交到邹庆放那里,每个负责人从生产总值中抽取5%作为工资。这样一来,就很快将十万元订单的任务分配了下去。

一时间,大桥镇周边的几个乡村,家家户户的门庭道坦里彩丝翻飞、笑声盈盈,一篮篮一筐筐的塑料编织饰品很快就汇聚到邹庆放租用的仓库里,再由仓库一车车一船船地北上南下,而金钱也就像一股股涓涓细流,源源不断地流向大桥镇的四面八方。那些批评大桥镇是"资本主义的防空洞""投机倒把的避难所"的声音渐渐轻了、淡了,甚至消失了……

第一批十万元的订单顺利完成后,在徐逸锦的努力下,本来游走于流动摊贩之间的那些鱼虾和水果第一次成功地摆上了东瓯第一百货公司的柜台,那些明亮的玻璃柜台前依旧挤满了喜爱它们的大姑娘小伙子。于是,乘胜追击,徐逸锦想,既然东瓯的百货柜台卖得这么好,为何不试试外地的百货公司的大柜台呢?

于是,第一批以"钥匙配饰"为名的塑编工艺品向全国小百货批发站发出了雪片似的业务信。徐逸锦负责起草、刻板、油印一条龙,端木锦瑟和金盈盈负责发信。金盈盈按照关中天提供的地址,一边一封封开心地装着那些业务信,一边嗔叫着:"皇天哪,这——么——多,我的手快要断了。锦姑娘啊,晚饭你得喂我吃嘞!"

金盈盈的辛苦没有白费,短短时间,大桥镇已经数不清有多少由三五人自发合作、挂户经营的单位加入到"编织大军"里,社队企业也迅速地加入了进来。

而让徐逸锦他们异常惊喜的是,原来大桥镇有一支独一无二的购销员队伍,那就是走南闯北的弹棉郎!

这些弹棉郎趁回家探亲之时，将这些轻便绚丽的塑料编织饰品带出去，总是很快脱手。后来，他们干脆从带购销实物变成带业务信，人人都成了大桥镇小商品强大的推销员。一时间，大桥镇出现了"家家户户有工做、各人能人赚大钱"的红火场景。

转眼又到年底，这天，邹庆放急急来报，说有人来争他们在菰江大桥头最好位置的那几个摊位。徐逸锦连忙跟着邹庆放到了大桥头，她发现来争摊位的人不是栎村人，而是大桥镇里的商户。原先他们也跟着卖塑料编织钥匙扣饰品，但这一次，徐逸锦发现他们货摊上最显眼的位置已经摆上了人造革尼龙网袋、发卡、表带、手套、皮包等其他物品。

匆匆平息了桥上摊位的纠纷，徐逸锦去了趟关中天和邹庆放合作的仓库，关中天正皱着眉头说："这个月的塑料丝进价猛涨，这样下去，大家不仅没什么赚头，还要亏本！"

对于塑料丝成本的飞涨，两个月前徐逸锦就感觉到不对劲，今天大桥头别人摊位里内容的变化也证实了她的担忧。好多原来合作的商户，从上个月开始，已经不从他们这里进塑料丝了。

这世间的事儿，正如金盈盈的歌谣里所唱，月儿有圆就有缺。这个月，徐逸锦他们没能按时完成订单，当然，随之而来的，是他们赔付了一大笔钱。

汇出最后一笔违约赔偿款的时候，徐逸锦去镇里要了一本《菰江大桥镇志》。她将那本已经发黄的镇志连夜通读了一遍，发现大桥镇真的是一个名副其实的"百工之乡"，这里的百姓，千百年来除了耕读传家之外，还会各种各样的手艺，几乎家家都有手艺人，户户都有老绝活。而这么多手艺人当中，这些年来，弹棉郎占据了半壁江山。

东方升起启明星的时候，徐逸锦才合上那本镇志。此刻，她并不觉得疲倦，而是由衷地感叹和钦佩这个贫瘠的土地上能有如此聪慧而勤劳的乡亲们。她对自己这一次巨大的亏损忽然就释然了：这么多行当，这么多营生，还怕养不活自己吗？有什么可愁的，只要自己再用心一点，再细致一点，一定会发现新的商机！

她匆匆喝了一碗粥，又往菰江大桥的桥头走去。朝阳下，摊贩们已经开始忙着摆摊。徐逸锦一个一个摊位看过来,忽然,在桥尾的一个角落里,她发现了两张陌生的面孔。徐逸锦在他们的摊位前停下了脚步,他们的摊位上没有塑料小虾,也没有别的,而是摆着几盒纽扣!纽扣的品种很单一,一种是铁路工人制服上的"铁路扣",还有一种徐逸锦不认识,她拿起一颗问摊主,摊主告诉她,那叫"铝皮扣"。

从对方的口音中,徐逸锦快速地判断出他们是黄岩人,便多打听了一些信息。身后传来一阵自行车铃声,徐逸锦回头一看,是镇上的邮差:"徐老师,这么巧,您在这啊,刚好有您的一封信!"

徐逸锦接过邮差递过来的信,打开一看,不由得变了脸色!

信是弟弟徐若空从上海寄来的,其上说自己被一个日本来的文物贩子骗了,还欠了其他人一万元,已经不想活了。

徐逸锦风尘仆仆赶到上海,见到不吃不喝、形容枯槁的徐若空,禁不住失声痛哭:"傻弟弟啊,东西没了就没了,借的钱姐姐来还,你咋这样和自己过不去啊!"

与徐若空一起的还有一个老华侨,他向徐逸锦讲述了事情的来龙去脉。

原来这一切,还要从当初徐逸锦结婚时,柳姨夫当作新婚贺礼送给她的一张矮脚小倭几说起。这张小倭几是明末清初镶嵌漆器大师江千里的作品,代表了当时最高级别的螺钿贝雕工艺水平。它没有被徐逸锦带去大桥镇,而是留在了洞天岛,几乎每天被徐若空把玩。

渐渐地,徐若空发现了很多问题:洞天全岛多年来开发、生产的贝雕属于传统螺钿工艺中的"硬螺钿",却没有与之相对应的"软螺钿"。

所谓"螺钿","螺"是指以鲍贝、夜光螺为主的原料,"钿"为工艺。并且螺钿还不是贝雕的精华,精华的当数螺钿漆器或者螺钿金银。而这张小倭几,就是将软螺钿贝雕的手法用在了漆器镶嵌上。

宋元时期,软螺钿漆器出现高潮。尤其是南宋时期,政治文化中心南移,东瓯城外洞天岛这么一个不产漆的地方,却依靠人民的勤劳和智慧,成为当时的漆艺中心,所产的螺钿漆器号称天下第一!这是多么了不起的事情啊,只可惜如今从中国走出去的曾经是"独门秘籍"的东西,反倒已成绝唱。徐若空暗暗发誓,有朝一日一定要让螺钿漆器在他的手里重新唱响在中国的东海之滨!

徐若空没有想到,梦想这么快就有了实现的机会。

那一日，他遇见了一个洞天岛的老华侨，说有一个日本朋友专门做收藏，手里就有从洞天岛流出去的南宋螺钿漆器！徐若空知道姐姐的这张小倭几出自大家之手，如果能从日本人手里买回南宋时洞天人做的螺钿漆器，那会是怎样伟大的一件壮举啊！于是他着了魔似的天天盯着那位老华侨为他牵线搭桥，终于，有一天，那个日本人来上海了，答应见面。但是他有一个条件，就是要看一看徐若空手里那张小倭几。徐若空不假思索，用棉被裹上小倭几，装进一个大麻袋，背在肩上，跟老华侨一起，从东瓯城的株柏码头坐了一天一夜的轮船，直奔上海。

当小倭几出现在日本人面前的时候，徐若空发现他的眼中瞬间放出了光芒，但他还是面无表情地对徐若空说："难辨真伪，需要带到日本去甄别。"并表示如果是真品，他将以对折的价格将一件南宋洞天人做的螺钿漆器朝服盒让给徐若空。但空口无凭，需要徐若空交付定金一万元人民币，而由他带出去的小倭几则由老华侨作为担保人，写了字据，三方各执一份为凭。

徐若空不由分说就向老华侨借了一万元人民币交给了那个日本人。可是，单纯的他哪里知道这完全是一个骗局，老华侨介绍的根本不是什么收藏家，而是常年混迹在日本的文物贩子，老华侨也是被蒙在了鼓里，当了一回冤大头！

徐若空和老华侨发现上当后，发疯似的寻找日本人，可惜都是徒劳。徐若空几近崩溃，差一点就跳进黄浦江了，是老华侨舍命拉住了他，让他给家人写信。

徐逸锦将带来的一万元钱还给了老华侨，带上呆若木鸡的弟弟踏上了回东瓯城的轮船。当然，徐若空不知道这一万元是徐逸锦这么多日子以来和金盈盈起早贪黑、拼死拼活干出来的所有积蓄，也是她们打算再大干一场的所有本金！

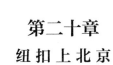

第二十章
纽 扣 上 北 京

今天的这一顿晚饭吃得非常沉闷。金盈盈本想说几句俏皮话,但是觉得自己的脑子和喉咙都像生了锈似的。她看了一旁的关中天一眼,关中天会意,放下筷子说:"我难得来吃顿饭,徐老师今天的饭菜做得可真不咋的。"

徐逸锦苦笑了一下,说:"今天还真没心思做饭菜,那一盘豆芽好像忘了放盐。愁啊,阿空忽然来这一出,咱们接下来的本钱都流到东海去喽!"

关中天安慰说:"你说得对,钱如流水,是活的,今天流到东,明天就流到西。这一回流到东海,明天就流回来了!"

徐逸锦叹了一口气说:"那天在大桥头跟那两个黄岩客打听到了,他们的铁路扣和铝皮扣都是他们县自己的纽扣厂生产的,但是他们进的都是残次品,所以生意时好时坏。我本来已经盘算好,咱们去黄岩进正品纽扣,先在大桥自己的摊位上试一下,如果能卖得动,就将塑料编织饰品慢慢收拢,专门卖纽扣。可现在好,本钱没有了!"

"徐老师、徐老师!"门外响起了敲门声。

"邹庆放!"金盈盈欣喜地去开了门。

邹庆放一进门,就将一沓钱放到了八仙桌上,说:"徐老师,那天你跟我讲的黄岩人卖纽扣,我也去打听了。他们这些日子的生意越来越好,我就问他们批发纽扣的厂家。他们开始不肯说,我死缠烂打又好酒好肉地招待了他们三天,现在他们已经将纽扣厂的地址告诉我了！这是我现在能拿得出来的钱，都在这，可能有点少。"

徐逸锦有点吃惊："庆放，你不是刚将家里的破旧屋子重建了吗？另外你奶奶和妈妈治病花了那么多钱，还要供妹妹们读书，哪里还有余钱？告诉我，你这钱哪里来的？"

邹庆放摸了摸头，说："老师，不瞒您说，这五百元是我向在外弹棉花的亲戚借的。我不想咱们的生意就这样一蹶不振，我相信老师您和三伯一定有办法将咱们的生意重整旗鼓的！"

关中天一听，精神一振，说："我一人吃饱全家不饿，镬灶打在腿肚子上，在哪里都可以开伙。为革命工作这么多年，我也没有多的积蓄，大概就剩五六百元吧。这样，我出五百，剩下来的咱们路上吃饭用。"

金盈盈一听，欢呼了起来："皇天哪，菰江桥下水徘徊，人心一齐流财来！"

徐逸锦一听，紧皱的眉头松了开来，说："明天一早我就去大队开介绍信，说走就走！"

第二天，徐逸锦和关中天带上邹庆放，怀揣一千元，风尘仆仆地赶到黄岩东风纽扣厂。可他们发现纽扣厂安安静静，没有人在生产。供销科也冷冷清清的，见有业务员上门，科长很是高兴，赶紧将他们要的铁路扣和铝皮扣搬出来。

徐逸锦多了个心眼，问："你们还有别的纽扣吗？"

科长说："有是有，但是我们这供销科人手挺少，厂里生产的有机玻璃扣都没有推销出去。"

"有机玻璃扣？"徐逸锦好奇地问。

供销科科长转身从抽屉里拿出了几袋样品，哗啦啦倒在桌子上。大家一看，一堆五颜六色半透明的扁珠子纽扣在阳光下熠熠生辉。

"哇，好漂亮的扣子！"徐逸锦数了一下，大概有三十多种颜色。

她如获至宝，但是不动声色地问："批发什么价格？"

对方报过来的价格让关中天也面露喜色。

第三天，菰江大桥的桥头，邹庆放家的摊位上忽然里三层外三层地被包围了。那一堆堆五颜六色的有机玻璃纽扣就像彩虹一样，闪耀着绚丽的光芒，迅速吸引着来自青田、丽水等周边的进货客。没出一个星期，他们用一千元进的货就已经全部卖出,回家盘点了一下,净赚了五百元!

即刻带上这一千五百元,他们马不停蹄地再次返回黄岩进货,但是这一次,他们却傻了眼。这家纽扣厂大门紧闭,门口贴着一张告示:因为特殊原因,工厂暂停生产和经营。

三个人灰溜溜地回到大桥镇,徐逸锦不甘心,对关中天说:"你在二轻这条线上向外地的同行打听打听,看哪里还有纽扣厂。"

关中天一拍脑袋:"对哦,我有一本通讯录,下午就去邮电所打几个电话。"

隔天关中天就带来了好消息,说江苏有好几家生产有机玻璃扣的纽扣厂。徐逸锦和关中天、邹庆放一商量,觉得如果去江苏进货,仅凭这一千五百元,投入太少,得想办法再寻找一些资本。

刚好那一天是星期天,关中瑜带着关山月回来了。

关山月见到妈妈,噘着嘴不理她。徐逸锦搂过关山月,说:"月月,是妈妈不对,妈妈又失约了。但是妈妈真的很忙啊,忙着赚钱给月月买花裙子呢!"

关山月依然噘着嘴巴:"爸爸也很忙啊,但是爸爸对我就比你对我关心多了!"

入夜,等关山月安睡后,徐逸锦心生歉意,对关中瑜说:"这些日子真是辛苦你了,月月对我的批评我都接受,批评得对!"

灯光下,关中瑜侧身望了望徐逸锦,忽然发现她的眼角有了好几道不浅的皱纹,他大吃一惊,心想:我的仙女会长这么深的皱纹吗? 他连忙坐在了徐逸锦的正对面,捧起她的脸,再仔细看了看。

徐逸锦被他弄得很不好意思,说:"你干吗?"

关中瑜说:"不行,你别干了。别说这趟你要去江苏,以后也别干了!"

徐逸锦吃了一惊:"你这是怎么啦? 我还正想问问家里还能不能拿出点钱呢。"

关中瑜说:"你知道你对我有多重要,你知道我有多心疼你,可我心目中的婚姻不是这样长期两地分居。我不需要你赚多少钱,我只要每天下班回家后,开门时能看见你给我的笑容,那时我一定会拥抱你!"

徐逸锦低下了头:"我知道,作为妻子和月月的母亲,我确实不合格!"

"那就别知道错误却坚决不改。别固执了好吗? 跟我回去吧。生活清贫一点,我不怕,你也不怕。回来吧!"

徐逸锦不作声了,半天才抬起头说:"不知道为什么,在这里,在大桥镇,我能找回徐家人血液里的东西,那股劲儿在我身体里复活了,我不能放弃!"

砰!关中瑜将拳头沉闷地砸在了桌子上,然后,再也不跟徐逸锦讲一句话。直到第二天,关中瑜带上关山月离开家门,也没有再看她一眼。

徐逸锦怅然若失,在送走他们后,跟在大女儿木念初身后,不知不觉就来到了古道山涧旁的溪心羊仙馆。

见到端木鸿,徐逸锦才开口叫了一声"鸿伯伯",双眼就红了……

半天时间后,从溪心羊仙馆出来,徐逸锦的脸上已经风轻云淡。她脚步轻快,双手紧紧捂住口袋,因为这里面,有鸿伯伯给她去江苏"扩大经营"的赞助款。

第二天,徐逸锦整装待发。临行前,她去了一趟镇里的邮电所。她要打个电话给自己的丈夫,告诉他,鸿伯伯是如此支持她,希望因鸿伯伯的鼎力相助得到丈夫的谅解。但是,这通电话没能打通,因为关中瑜正在一场突发的灾难现场紧张地指挥着救援工作。

每年的农历二月十二,十里八村的人都会赶来嘉宁殿看社戏、观龙船,谁知这次嘉宁殿对岸的渭石大队社员乘渡船来看热闹时,渡船严重超载,在江中翻了,不知道有多少人掉到了水里。

嘉宁殿下、楠枫江的岸边已经聚集了大量的人,他们也焦急地观看着救援船奋力救人的场景。正在一旁指挥的关中瑜心中忽然闪过一念:女儿关山月也和小伙伴们约着来这里玩了,不知现在是否在这些人群里,她安全吗?她妈妈要是在身边就好了!但是,现场紧急的情况很快就让关中瑜将这一闪念抛到脑后。

而此刻,嘉宁西大门的菰江畔,他的爱人也正跨上一艘轮船去往东瓯城,再从东瓯城坐汽车到金华,然后坐上金华火车站的绿皮火车,一路向北。

火车上,徐逸锦在瞌睡中,她不知道丈夫指挥救援了多少人,也不知道那一个夜晚,自己的小女儿差点在拥挤的人群里走丢了。

直到第二天凌晨,关中瑜的秘书才将关山月找回来。当关中瑜赶回办公室的时候,关山月蜷缩在办公椅上睡着了。关中瑜紧紧地将女儿抱在怀里,那一刻,一股说不清的火气慢慢从他心中升起。

这一趟为了节省费用,邹庆放留守大桥镇,徐逸锦和关中天带着介绍信,舟车劳顿,好不容易找到了江苏几家生产有机玻璃纽扣的工厂。但是,厂家说所有纽扣都得由当地供销社统一进货,拒绝个人进货。徐逸锦和关中天费了好大劲儿也没有得到同意,只好失望地离开工厂。到了门口,供销科的一名女同志悄悄地跟他们说仓库里有一些次品货可以低价卖给他们。徐逸锦同意了,她其实是想趁机和这名女同志多交流、多沟通,以便了解更多的信息。

果然,从这名面善的女同志那里,徐逸锦和关中天得到了一条非常重要的信息:其实他们不用这样长途跋涉到江苏来,纽扣生产并不复杂,浙江黄岩路桥镇就有很多生产厂家,他们可以到黄岩联系生产流程,自产自销不是问题。

带着这条重要的信息和这名女同志推荐的几个黄岩纽扣厂地址,徐逸锦和关中天掉转马头,直奔黄岩。

这一回,一找一个准,他们在黄岩的好几家纽扣厂进了很多新货,并且与一家工厂约定,下一回请他们指导购买机器,并来大桥镇传授生产纽扣的技术。

回到大桥镇,徐逸锦开心地发现别人的摊位还是用门板、箩筐卖货,而机灵的邹庆放不知道从哪里弄来了一个带玻璃的旧柜台。当五颜六色的有机玻璃纽扣一摆上去,在阳光下熠熠闪光,还没等他们吆喝,就已经有很多人围上来了。

徐逸锦给每颗纽扣的定价不高,只要一分,一个下午就售罄了。更让他们惊喜的是,有几家还打算从他们那里进货,自己也在桥上摆摊售卖。

晚上,徐逸锦算好账,按住账本问关中天和邹庆放:"你们猜,今天是卖货收的钱多还是订货收的钱多?"

关中天笑了:"这还能难倒我? 当然是订货的多!"

第二天,他们去黄岩进货的队伍里,除了多了端木锦瑟,还多了端木锦瑟在娘家津村的几个弹棉郎。他们手里拿着去年赚来的辛苦钱,也跟着徐逸锦、关中天直奔黄岩路桥了。

这一趟,他们在路桥发现了纽扣的新天地。原来就在隔壁县,有那么多品种丰富、样式新颖、质量上乘的各式纽扣,他们觉得自己就像是找到了一个小小的宝库。

大桥镇人除了吃苦耐劳、精明能干外,身上还有一种特有的幽默,他们将那些不愿意离开脚下土地的种田人笑称为"田鸡"。徐逸锦没有想到,就是这一趟黄岩路桥之行,孕育了一张巨大的商业网,一个由"田鸡"组成的特别大部队,正紧跟历史的车轮滚滚而来。

<h1 style="text-align:center">2</h1>

徐逸锦刚来大桥镇的时候,曾经给这里总结过几个"一":一座石板大桥,一家饭店,一家旅馆,一辆客运汽车。但是,这些日子,她发现大桥镇悄悄开了好几家新的饭店,还多出了几家新旅馆。

端木锦瑟自豪地说:"这些饭店、旅馆的客人多半是咱们给引来的呢!"

金盈盈很是赞同:"是啊,你看你娘家那两个姓叶的亲戚,真是聪明又能干!"

端木锦瑟的娘家在与大桥镇二里之隔的津村。津村绝大部分人家姓叶,他们勤劳聪明,不愿意将两条腿陷在那几分并不肥沃的土地里当一辈子"田鸡",外出弹棉是他们无奈又不羁的选择。端木锦瑟娘家两兄弟也加入了弹棉郎的大部队,特别是小弟弟叶阿春,聪明又机灵,早在十年前就背起弹棉弓,随着哥哥去云南弹棉花。风里来雨里去,去年年底回家过年,望着家中越来越破旧的老屋,在不算丰盛的除夕分岁酒席上,几杯酒下去,叶阿春感叹说:"靠弹棉花赚钱,那一爿磨盘和弹棉弓什么时候才能将这老屋推倒,重新上新房梁呢?"

也许生活就是这样,念念不忘,必有回响,果然,这一趟回家过年,有了一个非同寻常的转机。他们在大姐家第一次见到徐逸锦,被徐逸锦身上那种与众不同但又不可名状的气度和风韵所深深吸引,他们说不出那是什么,只觉得是一种能让人莫名产生信任的东西。

叶家兄弟的信任没有错,这一趟黄岩之行,他们有了巨大的收获。但是,和徐老师有所不同,他们对纽扣不挑剔。徐老师和老关他们要纽扣正品,而他们除了正品之外,次品也要,甚至厂家堆在厂区门口的那些残品都要。他们将那些形形色色的纽扣拌在一起,就像锅里炒蚕豆,已经分不出彼此,但是粒粒都很吃香,很快就脱手了,赚了不小的一笔!

栎村的徐老师和津村的叶家兄弟进货卖纽扣赚到钱了,还不少,一趟就能赚大老爷们一年在田里劳作的收入!这消息就像长了翅膀一样飞进了周边各村庄。没多久,陈轻舟的家中便门庭若市,而进进出出最多的便是那一群弹棉郎。

这天刚吃完晚饭,关中天带着云村的几个弹棉郎来到徐逸锦家中。往年的这个时候,各村的弹棉郎早出去找活干了,但今年大家看到菰江大桥头的纽扣摊这么热闹,心思都动了:外出弹棉寄人篱下,四处游荡,这么辛苦,还不如在家也跟着卖纽扣呢,就是不知道门路。所以,派他们为代表,来向徐老师请教,看看徐老师能否带带他们。

那一个夜晚,徐逸锦彻底搞明白了弹棉郎在大桥镇居然有如此悠久的历史和如此庞大的队伍。他们还告诉了徐逸锦一个重要信息:除了弹棉,大桥镇周边这几个贫困的村庄还有一批养蜂人。

早几年,一部分弹棉郎发现养蜂是国家扶持的产业,而且国家经常安排火车来运输蜜蜂,于是,就有一批弹棉郎转成了养蜂人,在大江南北、长城内外跟着花季辗转迁徙。这批养蜂人除了来自菰江流域,还有来自东瓯城郊的横山、藤桥,再加上青田温溪一带的,也有不小的规模。

中国的吉卜赛人!徐逸锦的脑子里忽然蹦出了这个想法。

她说:“你们回去问问你们的弹棉郎和养蜂人兄弟,愿不愿意这几天抽个空,借陈支书家的宝地,咱们开个会?”

“没有问题,弹棉郎我联系,养蜂人云村人联系!”

很快,一次不寻常的会议在陈轻舟家的道坦里召开了。

端木锦瑟不知道自己煮了几锅茶水,换了几遍茶叶,但她心中很清楚,“田鸡”们自由发展的机会来了,他们的命运将要改变。

会议开完了,所有人将钦佩的目光聚集在徐逸锦身上:“文化人到底是文化人呢,脑子这么好,知道单凭黄岩的这几个纽扣厂没法做成大生意。对,我们要把全国各地最漂亮最便宜的纽扣都集中到咱大桥镇来,然后全中国人要的纽扣都从咱大桥镇再发出去。这一来一去,来的是出厂价,出的是批发和零售价,哎呀呀,这钱赚的,想想就美啊!徐老师,您太厉害了!”

送走各村的乡亲们,徐逸锦又和陈轻舟、关中天、邹庆放他们继续开会。等所有事情商量停当,东方渐渐露出了鱼肚白。关中天站起身,伸了伸懒腰,在道坦里来来回回走了好几圈。徐逸锦以为他累了,想不到关中天慢慢踱到大门前,伸手哗啦一声拉开了门闩,晨光像一片锦缎做的幕布般倾泻进来,裹住了院子里所有没有被遮拦的物什,也裹住了关中天。随之,一种徐逸锦极不熟悉的声音传来:"晨雾泛尽透天明,炊烟袅升牵村醒。雄鸡啼响犬吠旺,新日开启万户鸣。"

徐逸锦轻声问道:"谁吟的诗? 三哥,是你吗? 刚才是你作的诗?"

关中天一侧身,笑了:"那几年在海岛戍边,军营里闲暇下来有点枯燥,想想自己年轻时候挺混账,不知道学诗做学问,就悄悄重新拿起唐诗宋词来解乏。古人云,熟读唐诗三百首,不会作诗也会吟啊。只可惜我这半吊子文化,没能熟读,所以,只好作些半吊子的诗词,自娱自乐,自娱自乐哦!"

清晨的逆光中,门口的那个身形还是那样俊朗。徐逸锦忽然感觉自己有点恍惚:这是她认识了几十年的关中天吗? 眼前真的是一个会吟诗的关中天吗?

第一声鸡鸣和着关中天的诗句将金盈盈唤醒了,她睡眼惺忪地从厢房出来,说:"刚才我咋听得咱家的公鸡叫得和平常不一样呀?"

徐逸锦打趣说:"是啊,咱家的雄鸡今天在和一位大诗人的诗作呢! 金姨,将阿念唤醒,收拾收拾。咱们不是约好了,要一起去看月月的吗?"

"皇天哪,我咋把这事给忘了呢! 阿念、阿念,快起来,咱们回嘉宁城里去!"

嘉宁县屿山上,关中翰被一声炸雷惊醒了。他起身推开窗,发现外面已经淅淅沥沥地下起了雨。

关中翰看着晨雨一滴一滴从树梢落到草丛里,心里想的却是昨晚又闹了一夜的老婆白月瓯。

关中翰身边的同事和熟人都有点纳闷:关站长的夫人都这个样子了,关站长怎么还能忍受得下来? 比如:关站长接过某个女同志给他的东西,不管是什么,如果被他老婆看见了,那东西必然"尸骨无存";哪个女同志和关站长多讲两句话,必会得到莫名其妙的羞辱;如果关站长多看了哪个女人的衣服一眼,他老婆一定会当街高声叫骂……凡此种种,不胜枚举。但关中翰对老婆所有的责骂、无理取闹以及给他的各种难堪都照单全收,概不反抗。别人讲得实在多了,关中翰就会轻叹一口气,说:"和一个'癫人'怎么讲道理,怎么计较呢?"

这么多年的折腾中,关中翰已经练就了一身奇怪的本领,像昨晚白月瓯那样揪着他不让他睡觉,关中翰居然能睁着眼睛将脑子放空,哪怕没有眯眼睡觉,他也能达到休息的目的,白月瓯所有的话语在他的耳朵里能自动消音,连他自己也觉得很神奇。他必须养足精神,因为很快,他将有一个特殊的任务,可以远离这一切。

半年之前,县里领导找到他,说省里农业厅有一次援外派遣。因为身怀治疗蛇毒的绝技,他将作为农业畜牧业专家被国家外派到非洲一个叫奇奔巴的水稻农场去工作。

非洲,那是一个多么遥远的地方,关中翰完全想象不出它的模样。但是,他第一时间就答应了。半年时间,他居然硬生生地学会了最基本的英语会话,甚至连上厕所也在背那些个"天书"。

这些事情,他对白月瓯只字未提,晚上也不把英语材料带回家,所有白月瓯折腾他的时间,他都能灵魂出窍似的将大脑转换成默念单词模式。

出发的日子越来越近了,他得将白月瓯安顿好——自然,交给她的家人是最合适的。因此,他收拾停当,便回了一趟楠枫老家找小舅子。虽然花了一大笔钱,但结果还是满意的。如果能用钱来解决,也算是一件安心的事情。

回程时,关中翰并没有直接回屿山,而是去了四弟关中瑜那儿。当他推门进来的时候,他的两条腿僵住了,目光固定在了金盈盈的身上,根本无法移动。

"大伯伯,快进来呀。今天我妈妈、姨婆和姐姐都来看我了。你来得正好,快来一起吃饭吧!"关山月快乐地将关中翰拉进了门。

起初金盈盈并没有看清逆光中的人影,听到关山月的话,她怔了一下。

在如此久别之后,金盈盈的无动于衷让关中翰甚至开始怀疑金盈盈已经失忆!

此刻,金盈盈不愿意想起她与关家老大的过往种种,她觉得回忆是一件很费脑筋的事情。在她的心目中,除了童年,所有过去的事情都可以用橡皮擦擦掉,不然,留着那些,只是自己跟自己过不去。

关中翰不明白,同样是女人,为什么金盈盈和白月瓯会有这么大的差距。针尖大的事情,到了白月瓯那里就是天大的事儿,陈芝麻烂谷子可以翻来覆去地扒出来炒;而天大的事儿在金盈盈那里,没过多久,便都会如一缕轻烟,被风吹得无影无踪。他心里想:也好,就当她已经什么都不记得了。不长脑子,其实是一件多么幸福的事情啊!

当关中翰收拾行装飞往遥远而陌生的非洲大草原那个叫奇奔巴的农场的时候，金盈盈跟着徐逸锦也奔向了她极为陌生的地方———一个叫作"市场"的地方。"市场"这两个字，对于几乎没有出过远门的金盈盈来说，是何等陌生。但是，她却像个小姑娘一样，对这个陌生的地方充满好奇，甚至像关中翰学英语一样，充满激情地开始学说普通话。她知道锦姑娘太忙，没时间教她，就拜隔壁和关山月同龄的陈轻舟的儿子陈启东为师。于是，栎村陈家道坦里经常响起金盈盈和陈启东一起朗读课本的声音。没有多久，金盈盈已经能熟练地在菰江大桥头与来自天南地北的客商们对话了，只是她对自己有着浓重地方口音的普通话不是很满意，常常自嘲自己说的不叫普通话，而叫"瓯普话搭搭边"。

就凭这"搭搭边"的普通话，金盈盈和她的锦姑娘成了新中国第一批跑市场的购销员。她们和菰江、楠枫两条江脉两万多的农民兄弟一起，一改他们祖先几千年来习以为常的慢腾腾的生活节奏，从这个不起眼的冷僻小镇出发，风驰电掣地拥向了祖国的白山黑水、天山南北、珠江两岸甚至青藏高原。他们以最快的速度把全国各地纽扣厂的纽扣运到菰江大桥头，又以最快的速度将这些集聚的以亿为单位的纽扣散向全国的各个角落。

没有多久，他们在反掌之间便使那些濒临倒闭的纽扣厂绝处逢生，产值以令人瞠目的速度翻番。他们化腐朽为神奇，让那些沉积在仓库若干年无人问津的纽扣几十吨几十吨地飞出去，化为光芒四射的人民币。他们获得了国人的盛赞："东瓯的购销员真是走遍千山万水、吃尽千辛万苦、说了千言万语、服务千家万户！"

3

邹庆放站在天安门广场前，感觉自己就像在做梦。

"真是雄伟壮丽啊！"邹庆放走向天安门广场，转身向南眺望，杏黄色的琉璃瓦檐，恰如横跨长天的两道金虹。方形广厦那十四根环绕的廊柱，犹如擎天的玉柱。枣红的基座、白玉的栏杆，高大挺拔，气势磅礴！

天还早，邹庆放其实很想登上天安门城楼去看看，但是他们一行四人都背着一个大袋子，袋子里装的是五颜六色的纽扣。

徐逸锦说："庆放，咱们推销完手里的这批纽扣再来好吗？"

邹庆放懂事地点了点头，说："徐老师，生意要紧！"

走过了好几条大街，再穿过好几条胡同，终于，他们立定在这个号称北京最大的小商品市场的纽扣柜台前了。

金盈盈惊诧于这里的浩大，也惊讶于这里个个商铺都是亮晶晶的玻璃柜台，好洋气！但是她站在卖纽扣的玻璃柜台前一看里面的货品就心想：这么大的商场、这么好的柜台，里面居然冷冷清清地只摆着二十来个纽扣品种，还不如庆放的妹妹在瓯江大桥头那个竹篾扁箩筐里的纽扣品种多。她忽然觉得那情景，就好像用了一个很高级的画框托着她们家门板上那张发黄的过时的旧年画似的。

金盈盈的这种想法和徐逸锦不谋而合，此刻的徐逸锦面对这么一个纽扣柜台，一种取而代之的意念从她的心底强烈地升腾而起。她转身悄悄地对关中天他们三人说："找商场的经理去，咱们把这北京的柜台租下来！"

费了好一番口舌，亮晶晶柜台那边的女营业员才告诉徐逸锦经理室在哪里。

徐逸锦让关中天和邹庆放留在柜台前，自己带着金盈盈去找经理。当经理听到徐逸锦说的一句"租您的柜台，亮亮我们大桥头的纽扣"时，用异样的眼光上下打量了一下这个看似文弱的东瓯女客，还有旁边颇有韵味的农村妇女。

他第一次听到"大桥镇"这个地名，于是拼命地摇头，因为他从来没有把这个首都国营商场的大字号与一个不知道在地图上能否找得到的山乡小镇联系在一块儿。

金盈盈见他只摇头，忽然悠悠地用楠枫口音的普通话来了一句："花船出海好遇东风，纽扣京城难碰财神哪！"

那极富韵律的话语引起了经理的兴趣，他笑了，说："这位大姐说话真好听！"

金盈盈不接他的话，依旧自顾自念了起来："唉，眼前有元宝，只怕有人不识宝啊！元宝进门台，金银发大财；元宝进稻坛，金银叠成山。可惜喽，有人不识赤脚蓬头送钱来的刘海仙哦！"

经理一听，哈哈大笑，说："好吧，把你们大老远背来的纽扣倒出来看看吧！"

经理话音一落，这边徐逸锦早已将随身袋子的口一松。哗啦啦，一道彩虹瀑布倾泻在经理办公室的玻璃茶几上，瞬间，吸引了包括经理在内的几个商场领导和工作人员,他们围拢了过来,其中一名女同志说:"这些纽扣好像一颗颗小珠宝啊!"

有机扣、树脂扣、水晶扣、尼龙扣、金属扣……十几个大类,那些式样,都是他们商场没有见过的。这回不仅是那名女同志了,大家争着问这些纽扣的款式,徐逸锦一一作答。刚才还很严肃的经理忽然冒出了一句:"你们是学过仿生学的吗?"

几分钟后,关中天和邹庆放背来的那两袋纽扣也送到了经理室。

经理的神情有点激动,但也有点困惑:"就这些吗?"

徐逸锦说:"这些只是我们家乡河里的一滴水呢!"

经理动心了:与其这样硬守着柜台连年亏,不如放手给这些"东瓯佬"试他个半年! 他转身问关中天和邹庆放:"有证明吗?"

"有有有!"关中天拉开他随身带的小公文夹,"这是我们镇政府开的证明,这是工商局的,这是二轻局的!"

从大商场的经理室出来,太阳正当空。金盈盈开心地跟着邹庆放跑了起来。此刻,她发现大北京的胡同窄窄的,很像楠枫老家的村巷。这些小胡同不急不缓地伸展着,就好像一个走过多年沧桑的老人。两边的四合院也很像老家的道坦,但院墙都不矮。这些四合院都敞着门,院内院外所有的一切都静静地晒着太阳。

冬风起,秋叶落,徐逸锦一行四人在北京签下了长达六个月的承包柜台合同,一个月以后就开张。

"货我供,营业员我雇,亏了算我的,赢了我八你二,你们租给我几个柜台,就能轻松坐吃两分利。"

话已经撂在北京那儿,马不停蹄回来后,徐逸锦召集大家开会:"这是咱们大桥镇的纽扣第一次进北京的国营大商场,是咱们这个小地方生意人开天辟地头一回,说什么也得好好亮相。"

金盈盈马上接话:"对,不教北京人吓一跳,也让他们眨巴眼!"

说干就干,关中天将大桥镇各村已经开始自己生产纽扣的小厂的厂长们都叫到了一起,商量如何将这次的订单业务按合同来分配生产的事情。

这一次的会议让徐逸锦感觉到那些农忙种田、农闲经商的厂长是如此可爱,与其说是厂长,不如说是作坊主人。徐逸锦对他们说:"众人拾柴火焰高,从今天开始,咱们就成立一个松散型的联盟,乡里乡亲的,业务分着做,有饭分着吃。"

十二个刚从事纽扣生产不久的厂长齐刷刷鼓掌:"徐老师放心吧,今天回去,连夜就开工!"

大家都拼了命了,这一拼,一连一个月没有停歇。

就剩十天,北京那边就要开业了。货色齐备,关中天联系的五吨大卡车也已落实好,万事俱备,只等发车了。但是,徐逸锦说还有一件事情很重要,那就是要挑几个模样标致又聪明机灵的小伙子和媛子儿去北京站柜台。

男营业员好找,可这女营业员……金盈盈第一个想到木念初,但是,被木念初白了一眼:"你不知道我只喜欢站炉台啊!"

与阿念的冷淡反应截然相反的是邹庆放的妹妹们,她们争着要上北京去,但因为镇里新建的纽扣市场也马上要营业需要人手,因此只叫了邹庆放的小妹妹邹爱芳去。端木锦瑟本来还寻到了几个挺合适的媛子儿,只是这几个年纪都小,家里人担心她们去北京那么远又那么大的地方会被人骗走。

可还差一个女营业员,怎么办?徐逸锦盯着金盈盈,忽然一脸坏笑:"踏破铁鞋无觅处,得来全不费工夫。金姨,你上吧!"

"我?谁家的柜台会让一个农村大妈去当营业员呀?而且还是首都呢!"

徐逸锦说:"你就相信我吧,明天你带上阿芳和那几个后生儿去吴裁缝家做几套衣服。你和阿芳穿紫红的西服套裙,几个后生儿穿黑色西服,要配上领带。"

紫红西服套裙?金盈盈想象不出自己穿上那一套会是什么样,但这是她的锦姑娘做的决定,一定没错!这把年纪了,还怕人笑话?只要能把生意做好,穿什么不行呢?豁出去了!

转眼出发的日子就在眼前,桩桩件件都已安排妥当。只是本来说好徐逸锦带着金盈盈和那几个年轻人坐飞机去北京,关中天和邹庆放押车,但徐逸锦对邹庆放说:"金姨出了门就会犯迷糊,那几个又是第一次出远门,你也没有坐过飞机,你来带他们坐飞机,我和你三伯押车。"

不由他们分说,徐逸锦就和关中天坐上了那辆满载货物的五吨大卡车,踏上了千里"征程",一路北上,直奔北京。

开业那天,这个号称北京城最大的小商品市场里,几个别致的柜台一下子就吸引了众人的目光：四百种光彩夺目的纽扣、四十八种价廉物美的拉链,加上七种新颖时髦的电镀腰带一上柜,"东瓯佬"柜台前人挤人的热闹劲儿就别提了。

过了一段时间,徐逸锦发现柜台前好多人来问同样的问题:"有没有北京扣?"

啥是"北京扣"? 在商场转了一圈,徐逸锦很快就弄明白了:其实就是西服、中山装都在用的细边有机扣,也就是很普通的大路货。

徐逸锦一琢磨,大胆地接下了"北京扣"的各种订单,然后赶紧一个长途电话打回大桥镇,让已经回到大桥镇的关中天按老办法,找那几家合作的小作坊分着做。

没出几天,关中天那边的长途电话打了回来,说这么大的订单量,这几个家庭作坊做不过来。

徐逸锦一听,将柜台各项事情分工安排好,风尘仆仆地赶回了大桥镇。

不出十天,连做带买,徐逸锦和关中天就将52万颗"北京扣"摆上了北京的柜台。又不出十天,这52万颗就卖得一颗不剩。这一回,商场经理是真的对他平日里口口声声叫的"东瓯佬"佩服得五体投地了!

六个月合同期到了,这几个"东瓯佬"净赚了六万元! 不花半点力气,一万两千元现金摆到经理办公桌前的时候,经理说什么也不让这些"东瓯佬"离开商场了!

商场经理有一个一直没有得到答案的问题,他问徐逸锦:"我经常出差到南方,每次坐火车经过你们浙江金华火车站时总是很纳闷,为什么每天都有纽扣经由金华从外面涌向大桥镇,又从你们大桥镇涌向全国各地呢?"

徐逸锦笑了:"经理,您真是有心了。那是因为我们大桥人自古就会做生意啊。您不知道吧,像我们这样在外跑供销的,大桥镇就有上万人呢! 信息流通很重要,我们大桥镇已经有了自己的市场,那里就是一个最好的纽扣信息流通基地。我们不断把外界的产品揽到大桥头,又把大桥头的产品推销到各地。您现在也知道了,我们的纽扣品种多、价格低,供应商和采购商都慕名前来做买卖,那里自然就成了一个巨大的交易中心! 金华是浙江铁路货运的交通中心,我现在担心将来如果市场再发展,这交通运输会是大问题。真不知道东瓯城什么时候才能通火车呢!"

正聊着,经理办公桌上的电话响了,他拿起来一听,说:"正巧,你们的徐老师这回就在我跟前儿坐着呢!"

徐逸锦接过电话,听着听着,脸色渐渐凝重了起来……

这天，关中瑜刚下乡调研完回到县城的办公室，领导班子就开了一个非常严肃的会议，决定在全县范围内打击经济领域的严重犯罪活动。会上，市里来的领导通报了柳镇"八大王"的情况，说这段时间东瓯市个体、私营经济冒头，有传言称清音县的利隆村走私严重，全省都在讨论东瓯是不是又刮资本主义的歪风了。

"现如今，我们要认清形势，需要从诸暨到新昌筑造一条长城，挡住这股不良'南风'往北吹，首先要挡的就是利隆。利隆在柳镇，柳镇不仅只有利隆走私的问题，'八大王'的问题更为突出，省里马上要派工作组坐镇了！"

清音县在嘉宁县的东南，与嘉宁毗邻，楠枫江、菰江汇入瓯江，就是从清音县东流入海。因此，东瓯和清音历来一脉相承，两边不管哪一边"风吹"，另一边必定"草动"。而所谓的"八大王"，就是柳镇的八个个体专业户。

会议室里的气氛越来越凝重，人们的心中也越来越困惑：这个体经营到底还让不让搞了？

关中瑜回到办公室，才坐下来，另一件事情就来了——有群众举报，说他作为县里领导，纵容爱人徐逸锦带头大搞个体经营，还将柜台开到了北京去牟取暴利。有关部门必须马上制止这股"走资本主义道路"的歪风，勒令徐逸锦一行从北京撤回嘉宁，接受组织调查。

经过这件事，相关负责同志对关中瑜说："关于你个人的重要领导岗位的调任问题看来要缓一缓了。"

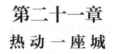

第二十一章
热 动 一 座 城

　　虽然都是关家人,但关雪桐看到关中瑜风头越来越盛,每件工作都做在叶繁晟之前,俨然有要先于叶繁晟当上县长的态势,心里就不是滋味。而叶繁晟那副无所谓的样子,更是让她气不打一处来。

　　其实,老公安出身的叶繁晟在外是个硬汉子,但在老婆孩子面前却是个软面团,特别是对老婆,耳根子非常软。参加工作那么多年,他一心扑在工作上,照顾家庭和孩子的担子几乎都落在关雪桐一个人身上。在叶繁晟的心目中,正是由于老婆的能干,才让叶家的日子过得红红火火。

　　但是,老婆身上的另一面,比如霸道、虚荣,以及一些弯弯绕绕的把戏,他又觉得不妥。可每次他一张嘴,老婆就跳脚。最后,他就想:她也不容易,这么多年为我、为这个家付出那么多,何必再跟她吵呢?何况,哪一次自己能吵赢过她?还是息事宁人,图个安静,不跟她一般见识就是了。

　　在家中,叶繁晟越是退让、包容,关雪桐越是得寸进尺。叶副书记怕老婆,机关的干部群众人人皆知,叶繁晟听到了也不当回事,在食堂吃了碗面,就找老友下棋去了。等晚上回到家,一个工作笔记本伴随着一声怒吼就向他砸了过来,他赶紧躬身躲了过去:"你干吗?"

　　关雪桐气不打一处来:"都什么时候了,为这个家,为儿子,为女儿,我整夜睡不着,你倒好,到处下棋逍遥。关家老四的风头这么强,哪一件工作不是抢在你前面?

县长的位置就要定下来了,你要是还天天下棋,那县长的位子能自己长脚跑到你叶繁晟的屁股下面?"

叶繁晟捡起躺在地上的笔记本,说:"老四也是你们关家的人,他要是上去了不也挺好? 再说,人家的能力确实是实实在在的好啊!"

关雪桐气得一把夺过笔记本,说:"他是姓关,可他关老四领的工资会交到我手上? 还不是交给他那个不会老的仙女老婆! 咱们这个家的当家人是你还是他关老四? 你能不能明白点?! 徐逸锦从小就什么都比我好、比我强,现如今,她的老公又样样比你强! 那个县长的位置眼看就没你的份儿了,到时候要是关老四当上县长,这辈子到头来,还不是徐逸锦永远压在我头上? 不行,你得给我争口气!"

叶繁晟听了,心里不舒坦:"你这是什么话,什么叫我样样不如老四! 再说,那老四强也行啊,他比我年轻,有文化有头脑,群众基础也好,这样的干部上去,我没有意见,我……"

关雪桐还没等叶繁晟讲完,砰的一声,又将手中的笔记本砸了过去!

第二天,关雪桐就听说徐逸锦从北京回来了,但连家门都没有迈入,就被带到了办在大桥镇政府楼梯间的"学习班"里。关雪桐心想:只可惜金盈盈这次没有和徐逸锦一起进去。社会主义的康庄大道怎么能容许这些人复辟资本主义呢,我这觉悟可比老叶强多了!

转眼半年过去了,徐逸锦依然待在那个"学习班"里,这让关中天心急如焚。他打了无数个电话给关中瑜,但一直没有打通。天黑了,早已没有去嘉宁县城的班车,关中天抓起一件外套,骑上自行车就赶往嘉宁。等他披星戴月骑到关中瑜宿舍楼下的时候,天刚好放亮。

关中瑜见是他来了,倒也不意外,侧过身子把他让了进来。

关中天一看他这样子就火了:"你这个愣头青,老婆都在楼梯间待半年了,你居然还这么不慌不忙的,我也是服了你了!"

关中瑜神情非常严肃:"三哥,你也知道,因为犯投机倒把罪,清音县柳镇'旧货大王'王迈已经被判有期徒刑七年,追缴所得暴利三万元;'矿灯大王'程清被判有期徒刑四年,追缴所得暴利一万元;'目录大王'叶华被判有期徒刑三年,缓刑三年……现在的情况不像你想的那么简单。"

"老百姓自力更生，靠自己的双手勤劳致富，这有错吗？这不是乱搞嘛!"

关中瑜说："是的，整个东瓯市对'八大王'事件的争议也很大。有一个叫姜森的律师在给他们做无罪辩护，据说《东瓯日报》一个姓丁的副总编和其他关注案件的热心人士也在积极地为他们提供申诉材料。逸锦这事，还得等一段时间。"

"都等了半年了，一点进展都没有，到底还要等多久?!"关中天跳了起来。

"三哥，我难道不想让逸锦早点回家？只是现在嘉宁也有很多人受'八大王'事件影响，不敢放开手脚干了，经济方面已经蒙受了一定损失，长此以往，改革的步伐必会受到阻碍。过两天我要去趟市里，参加由东瓯新任市委书记袁烈主持的相关会议，我……"

"袁烈?"关中天一听就来劲了，"他是我在部队时的老领导，一直对我很关心的! 嗯，明天我就去东瓯找他!"

关中瑜拉住了关中天："三哥，不得莽撞! 我先去看看情况，你回去等消息。"

于公于私，关中瑜都对相关议题十分关注。这次会上，袁书记提议召开专业户、重点户代表大会，通过"两户"代表现身说法，宣传党的富民政策，消除干部群众的思想顾虑。

关中瑜赶紧将消息告知三哥："现在各部门都在积极动员'两户'代表与会，我认为这是个契机!"

"徐老师不就是最好的'两户'代表人选吗!"关中天是急性子，放下电话就赶去了东瓯市委。人家不让他进去，他就在外嚷嚷："袁书记，我要说'两户'大会的事情!"

袁书记听秘书来报，当即同意接待，结果发现来的是老部下关中天，十分意外。

关中天一口气向袁书记说了徐逸锦的故事，袁书记大为吃惊，说："想不到东瓯还有这样的奇女子，做出了这么多敢为人先的事情!"旋即吩咐下属去查徐逸锦的情况，又让关中天谈了谈对"八大王"事件的看法。

关中天将这半年来的感悟一股脑儿地向老领导倾吐了出来，袁书记听后当即表态："你先回去，徐逸锦的事情很快会有说法。"

这一次，关家兄弟俩终于等来了半年没见的徐逸锦。

又过了几天，陈轻舟找了过来，说接到上级领导的通知，请徐逸锦去东瓯城里开大会。

出发那一天，大桥镇政府敲锣打鼓地把徐逸锦送到了桥头的轮船上。

到了市里，徐逸锦发现街道两边都挂起了欢迎"两户"的标语和"两户"光荣的横幅；来到人民大会堂的门口，就有人上来给她别上大红花，又敲锣打鼓地将她迎入会场，那规格甚至超过了劳动模范表彰大会。那一刻，徐逸锦感觉到心头涌上了"热暖"两个字。

不只是他们这些"两户"代表，这次非同寻常的大会，还"热动"了东瓯一座城。

徐逸锦第一次坐在东瓯市人民大会堂的会场上，她发现紧挨着她的是一个年纪很轻的小姑娘，那姑娘眉清目秀，一见徐逸锦就很热情地打招呼："阿姨，我叫章华美，住在五马街边上的解放北路，是个体户。"

徐逸锦对这笑起来阳光灿烂的姑娘顿生好感，问："你做什么生意的？"

"我最早是在自家门口摆张小圆凳，卖点花布头、纽扣、针线之类，后来有政策说可以申请营业执照，我马上就去工商所办了，还是市工商局的陈副局长亲自交到我手中的。你看，就是这张！"

徐逸锦仔细一看，吃惊不小。这张比小章的手掌大不了多少的营业执照，编号居然是"10101"，也就是说，小章一不小心就拿了个全国第一！

徐逸锦拉过章华美的手，由衷地赞美："姑娘，你真厉害啊！"

大会开始，袁书记做了精彩的讲话，赢得了整个会场热烈的掌声。

接着，徐逸锦和章华美都被请到了台上，袁书记亲自给她们授了奖，宣布鼓励专业户、重点户"两户"发展的十项政策。

徐逸锦知道，这意味着从这一刻起，东瓯农村千家万户发展个体和私营经济的号角公开吹响了，启动东瓯千军万马发展市场经济的伟大进程开始了！

徐逸锦从东瓯回来之后不久就到了元旦，这天早晨，关中天正准备去找她，就接到了东瓯市委秘书长的电话，说袁书记希望他能在下午的会议上把有关"八大王"的情况再向与会的市、县领导介绍一次。

会上，关中天拿"目录大王"叶华举例。叶华原本是个拍照个体户，"五金大王"

胡林有一天找到他,请他给自己的产品拍一个目录。叶华受此启发,便专门给柳镇那些企业的产品拍目录。他很有推销头脑,在目录册上都一一标上了产品的名称和基本数据,还分别标明了"国家价"和"柳镇价"。那些对五金一窍不通的经销员跑到各地,一拿出这本目录册,对方就一目了然了。

关中天动情地说:"这'八大王'中,我就认识'目录大王'叶华,因为我也找他做了很多次纽扣的目录。抓叶华时,别说柳镇的百姓流了泪,我们嘉宁大桥镇的百姓也心焦如焚。柳镇和大桥镇的几十万人要是没有他的产品目录,怎么去订业务啊?抓他还不如抓我们!叶华如果有罪,那么开介绍信的先有罪,印刷目录的也有罪;如果他们没有罪,那叶华等'八大王'也就没有罪!"

关中天在会上整整讲了十分钟,包括袁书记在内的所有领导静静听着,没有插一句话。关中天讲完后,袁书记当即表态:"如何完全驱除'左'的影响,'八大王'事件对人们冲击太大,这点必须消除。"

几个月后,关中天就听说王迈和程清被放出来了,他兴奋得又直奔东瓯市委找他的老首长。秘书告诉他,袁书记下乡去了,但他从秘书那里看到了一篇经济专家的评论文章:"现在东瓯个体工商企业已占全国总数的十分之一,东瓯'一双手''两条腿''三分邮票''四小产品'的家庭作坊式生产,已经使东瓯人在不声不响中完成了资本积累。"

2

少女关山月独自背着行李,站在了嘉宁县的最高学府——嘉宁中学的大门前。当校园厚重的木质大门为关山月打开的时候,她怀疑眼前的一切是在画中:一条宽宽的青砖路笔直地通往远处,青砖路的边沿长着经年的青苔,沧桑得让人无奈,几乎每一块砖缝间都有那么些小草没心没肺地探着脑袋随风招摇。青砖路两旁浓密的道旁树不是她平常所见的那些总是沾满灰尘的法国梧桐,而是挺拔的桉树,树叶翠绿,干净得让关山月觉得绿颜色理所当然就是这种颜色。

当关山月抬头研究那些树叶的时候,不小心被脚边的一块石头绊了一脚,一个趔趄,就扑倒在了随身带着的铺盖卷上,人倒没事,铺盖卷却散了,她赶紧整理,但是笨手笨脚弄了半天也没弄好。此刻,对母亲不满意的情绪忽然从内心的某个角落升腾了起来。

自从关山月记事以来,母亲给她的感觉是美丽的、智慧的、深邃的,但不是亲近的。虽然母亲呼唤她的声音永远是如此柔和,看她的眼神永远是如此温柔,但是,关山月在母亲身上从来没有闻到过烟火味。母亲总是那么忙,关山月几乎可以数得出这几年母亲和自己在一起的天数。

从大桥镇到嘉宁上小学开始,虽然跟姐姐和姨婆也几乎没有生活在一起,但每次回到大桥镇,或者姐姐和姨婆来嘉宁,关山月总能很快和她们亲近起来,姐姐能给她做很多好吃的东西,她又顶喜欢姨婆给她念童谣。

关山月有一头乌黑光亮的长头发,有一天,她在外面和小伙伴玩疯了,汗水将刘海紧紧粘在了前额,回到家,就听见妈妈对爸爸说:"月月马上要转去县里了,这么长的头发容易打结,你一个男人,带个长头发的女儿不方便,明天带她去剪个学生头吧。"

关山月很珍惜自己的小辫子,正想反抗,却听爸爸和妈妈说:"女孩子就要梳小辫子的,我可不想让我的小仙女成个'假小子'。没事,我学着编辫子就行。"

结果,因为爸爸的"手艺"太差,关山月每次和小伙伴跳皮筋,辫子都会散架。不过关中瑜从来不会觉得披头散发的女儿不好看,在他眼里,不管什么样的女儿都是最美的。

有一年六一节,学校要办游园活动,关山月的任务是带一盏灯笼到学校参加文艺会演。一下子买不到灯笼,关中瑜就到处找来竹篾和灯笼纸,自己亲自设计样子、画图,连续几个深夜加班加点,给关山月做了一个全校最美的灯笼。

那个灯笼在六一文艺会演后被学校收藏,挂在礼堂里让大家欣赏了很长时间。这事让关山月太自豪了,可是,当关山月将这个喜讯告诉妈妈的时候,一连讲了三次,妈妈才回答了一句:"哦,好!"

然而奇怪的是,虽然关山月经常对妈妈有意见,可她心里还是很佩服妈妈的,不仅是因为妈妈特别美,还因为自己的妈妈和别人的妈妈不一样:妈妈比自己的老师还有学问,比锦瑟伯母还会做生意,好多看起来很难很难的问题,到了妈妈这里,就似乎都不成问题了。当然,除了做灯笼和扎辫子。

关山月到县城上学之后,有了很多新的小伙伴,但她其实非常想念在大桥镇的那两个最铁的小伙伴——村支书陈轻舟家的一儿一女。

陈小楠比关山月小一岁,是关山月的小跟班,对关山月无比崇拜,但关山月却对比陈小楠大两岁的哥哥陈启东无比佩服。陈启东很疼爱妹妹,连带着也疼爱妹妹的小伙伴、自家的小租客关山月。

嘉宁有句老话:"女像爹,嫁妆不用贴;儿像娘,将来坐中堂。"意思是说,如果女儿长得像父亲,那么将来会嫁个有钱的金龟婿;儿子如果长得像母亲,将来就能成器做高官。这陈家的一双儿女还真是应了这句老话,女儿陈小楠长得像父亲,瓜子脸,眉眼不是很硬朗,皮肤有点黑。儿子陈启东则像极了母亲,英气的眉眼棱角分明,还有着白皙的皮肤,这一点很招惹他的妹子,小楠一生气就叫哥哥"细面人儿"。夏天一到,陈启东使劲晒太阳,可每次晒褪了一层皮也只红了两天,过几天保准白回去,这又招惹妹妹一顿捶。

在关山月的记忆里,她和小楠经常在夏日的傍晚并肩坐在田野的小山冈上,落日的余晖从她们美好又娇小的肩头洒落,就像晚风中的两朵小小凤仙花。

关山月觉得,栎村的傍晚和海岛八仙岙的是如此不同。八仙岙的落日就像一个大红圆盘子,在天上滚着滚着就掉入了海中,她每次都似乎能听见入海时那咚的一声响。而栎村的太阳,滚呀滚呀,就悄悄地藏进了西边山冈的后面,她觉得太阳就像和自己捉迷藏一样,一下子就不见了!

每个在栎村的早晨,当她醒来推开门,目光所及再也不是大海,而是一片片绿色的田畴。风中没有了海腥味,而是换成了田野的青草味。

栎村的房子也跟他们在八仙岙的石头房不一样,是用木头盖的,屋檐上的瓦片也不用压石头,木房子前面的道坦比八仙岙的还要大很多。而出了道坦,阿东哥就会带着她和小楠,去做任何冒险又好玩的事情。

春天,三人在长满紫云英的田里放风筝,到了清明时节,油菜花摇曳,阿东哥还会摘来给她们戴。夏天,他们偷偷下到菰江的浅滩里游泳,等晚上回家,挨骂的总是阿东哥。深秋时节,阿东哥就会爬上高高的柿子树,给她们摘下满满一箩筐的红柿子……

在小小的关山月心中,阿东哥无所不能,不仅读书好,连体育都很好。陈家正间的木板墙上挂满了他的奖状,他不仅是读书标兵,跑步、跳高也都拿了很多奖。

可惜的是,和陈家兄妹最美好的日子从关山月被父亲带去县城开始便中断了,他们只有在偶尔关山月回枥村看望妈妈的时候见上一面。再后来,关山月很惊讶地听说陈小楠生病了,陈家为给小楠治病借了很多钱,阿东哥初中才读一年,就跟着舅舅外出卖纽扣了。

关山月整理着铺盖卷,一名同学见状过来帮忙,关山月抬头一看,居然是好久不见的阿东哥!而她的阿东哥居然成了她的同班同学!

原来,和众多菰江大桥两岸中断学业早早谋生只为减轻家庭负担的少年一样,陈启东外出卖了一段时间纽扣后,在徐逸锦对端木锦瑟的极力劝说之下,陈启东在辍学一年后得以重新回到课堂,最后以优异的成绩考上了县重点高中,成了比他小一岁的关山月的同班同学。

从此以后,陈启东在关山月这里有了一个不是很体面的外号:留级生。但是,阿东哥一如既往地厚道:"留级生就留级生呗,不然怎么和你成为同学呀!"

这个周六,关山月与陈启东一起从嘉宁的东头乘车回到西头枥村的家。晚风中,陈小楠手捧几朵刚从院子里摘下的紫菊花焦急地等待着,当她看见村头风水树下出现了关山月和哥哥陈启东的身影时,撒开腿就往他们身边奔去。两个少女拥抱在一起,她们手中紫缎似的紫菊花在太阳的余晖下绚丽夺目!

在端木锦瑟眼里,这些年,对于自己家里能住进来这么一户租客,真是前世的造化,她第一次见到徐老师的时候,还以为是大城市来的教授呢。虽然后来知道徐老师出生在嘉宁的楠枫的山底,但是接触下来,她对徐老师的敬佩依旧是全方位的。徐老师有智慧、有文化、有修养,能办大事,还那么美。丈夫在县里当大官,她却是那样谦虚和气,一点架子也没有。端木锦瑟觉得这样的女人几乎完美,只有一件事除外,那就是她对两个女儿的态度。

端木锦瑟想,徐老师是干大事的人,丈夫也是干大事的人,夫妻两个各忙各的,倒也能理解。但是,作为娘,怎么能几乎不将自己的女儿放在心上呢?

在菰江,各乡各镇的农村姑娘二十出头就要找婆家了,如果是居民户口的,那也应该有份体面的职业,有稳定的收入,等着好后生找上门来。而徐老师家的木念初，老大不小了不说，什么工作都不找，什么手艺都不学，天天往山涧的羊肉馆跑。村里的人都觉得徐老师很奇怪：自己满腹经纶，怎么对自己的女儿就没有个安排了？

关山月进了家门，就见锦瑟伯母在和妈妈说话："徐老师，您啥都好，就是对女儿不上心。这阿念已经跑出去两天了，您当真不着急？"

关山月乖巧地拉着妈妈的胳膊问："姐姐离家出走了吗？"

徐逸锦没有回答，但脸上分明流露出了无奈之色。

端木锦瑟对关山月说："月月，你是个好姑娘，你懂道理。你姆妈现在生意这么忙，想让你姐姐一起帮忙，我们都帮着说，可你姐姐就是不听。前天你姆妈和你姐姐再说起做生意的事，你姐姐居然头也不回地就出门了。一个大姑娘家，两天不回家，这分明就是要离家出走嘛！"

关山月听了，眨了眨眼睛，对徐逸锦说："妈妈，姐姐在哪儿我知道，您应该也清楚吧？"

徐逸锦叹了一口气说："我知道的，所以我不着急去寻她回来。但是，总觉得她痴迷的不是个事儿，我又不能绑着她来帮我做生意。"

夕阳还挂在山梁上，关山月拉着妈妈就往山涧的溪心羊仙馆走去，陈小楠也拉着哥哥紧跟而来。

路经一片稻田，四人忽然听见其内传来的欢快的叫唤声："鸿爷爷、鸿爷爷，这儿、这儿，一抓又是一大把！"

田埂上，童颜鹤发的老者发出了爽朗的笑声："太阳下山，田螺摆摊。"

关山月一听，惊喜地飞奔过去："鸿爷爷、姐姐！"

木念初一见是关山月，也惊喜地欢叫："月月，你怎么来了？"

徐逸锦见端木鸿在，赶紧迎上来，扶住他："都说'三月螺蛳满肚仔，入秋田螺最肥美'，鸿伯伯，好雅兴啊！"

端木鸿为徐逸锦的到来感到无比惊喜，但他没说别的，只是指着阿念抓来的一水桶田螺说："这玩意儿喜阴爱凉，总是默默地背负一个黄褐色的外壳，一声不响地窝在水田的某个角落里。太阳当头，它躲在糊泥堆里歇息，等到阳光西斜，它就爬了出来。在习习凉风中，有出来觅食的，有出来乘凉的，此乃捡拾的最佳时机！"

那一个月明之夜，关山月和陈家兄妹第一次目睹了大姐在厨房的精彩"演出"。

由于回桎村次数少，日常关山月吃的姐姐做的饭菜也就是家常菜，但今日，阿念姐姐似乎就变成了那个美妙的"田螺姑娘"，稀松平常的田螺在阿念姐姐的手下花样百出。只见她将挖出的螺肉与五花肉一起剁成肉泥，加入调料拌匀。螺壳放入锅内烧开后，再用凉水冲刷干净，塞入剁好的肉泥。大盘盛螺，再加酱油、生姜、蒜瓣等上屉蒸半小时。等盘上桌，关山月和陈小楠顾不上烫，取壳挖肉，一边呼呼吹着手一边叫："哇，太好吃了！"

吃过田螺塞肉，木念初又端出一盘油亮浓香的爆炒田螺。关山月和陈小楠夹起一个就猛吸，可是憋足了劲儿也吸不出螺肉来。

端木鸿见到这两个小姑娘的囧样子，便摇着蒲扇慢悠悠地说："这吸田螺的关键在于剪螺尾巴。俗话说'田螺好吃尾难剪'，剪口大漏风，吮不出；剪口小塞气，吮不动。当然，'吮'也有窍门——舌头顶住螺口，用力一吮。气力要猛，又要短。不猛，吮不出；气长，则将螺肠子也吸进嘴里了。当年苏东坡也不谙吮螺经，用尽气力还是吸不出螺肉，只得用针挑着吃，留下个'东坡食螺——慢慢挑'的笑话。其实这不是笑话，是养人耐性呢！锦姑娘，这对孩子，也着实要耐性子呢！"

徐逸锦听了，感激地朝端木鸿点了点头。饭后，端木鸿和她又是一番长谈，加上今晚木念初这一顿让徐逸锦惊艳的"田螺宴"，于是，徐逸锦知道，对于阿念，她不仅要有耐心，更重要的是，要尊重女儿人生职业的选择。

月亮已经高高升起，照亮了山涧旁的溪心羊仙馆，也照亮了徐逸锦的心。她对大女儿说："阿念，给你猜个谜语：尖尖宝塔五六层，和尚出门慢步行。一把圆扇半遮面，听见人来就关门。"

陈小楠抢着说："我知道，我知道，是大田螺！"

关山月乖巧地说："小楠，这是我妈妈专门让大厨师猜的！"

大家都笑了。木念初从母亲眼里读懂了母亲对她的理解，她知道，从此往后，母亲和姨婆做她们的大生意，中瑜叔叔当他的大干部，姆舅钻研他的海岛贝雕，妹妹做她的大学梦，一家人，每个人都可以在自己喜欢的事情上全力以赴。此刻，木念初觉得这才是她要的幸福生活。

3

关雪桐从人大代表的会场上回到家时,天已经黑了。她不开灯,也不开蜂窝煤的炉子,她觉得自己会有几天吃不下饭。

不管出于什么原因,这世上总有人会在自己的人生道路上树立"假想敌",只有"假想敌"的存在,才能使自己的人生充满斗志,充满奋斗的目标,才能深刻体会到"与天斗、与地斗、与人斗其乐无穷"的感觉。为了能成为"胜利者",他们就算不择手段,也要享受对方成为手下败将时仰望他、敬畏他、需要他的那种快感。

也许,关雪桐就是这样的人。打她记事开始,徐逸锦就是她的"假想敌"。这个"假想敌"让她痛苦不安,但又让她的生活充满战斗的乐趣。哪怕徐逸锦不和她生活在一个地方,她也能找出与徐逸锦相关联的人和事来做斗争。

这几年,她先是以中毒事件为支点,将徐逸锦逼出济安中学,反败为胜,接着,就将"战斗"的"火力"集中到徐逸锦的丈夫关中瑜身上。她想尽一切办法要熄灭这颗嘉宁县政坛冉冉升起的星星的光芒,哪知自己那个榆木疙瘩脑袋的丈夫不仅不配合她,反而处处表现出对关中瑜的服气和敬佩,是关中瑜政见的支持者。

今天,当关中瑜成功当选新一任嘉宁县县长的那一刻,关雪桐觉得自己的心就像被一把铁钳狠狠地夹了一下,疼、流血,但是谁也看不见!

第二天一大早,当陈轻舟将这个光荣而重大的消息告诉徐逸锦的时候,徐逸锦只是淡淡地笑了笑:"哦,我知道了。挺好,就是会更忙了!"

而此时,摆在新官上任的关中瑜县长办公室桌上的第一份报告,就是关于成立大桥镇纽扣市场的。关中瑜看了报告后,打电话给秘书,让他准备好车子,自己下午要去一趟大桥镇。

让关中瑜非常吃惊甚至震撼的是,此刻他眼前的菰江大桥与当年他刚从洞天来到大桥镇时的菰江大桥已经完全不一样了。

那时候,夕阳西下,菰江大桥两端略微开阔的桥头上,新媳妇带着襁褓中的孩子和大婶子们唠家常,大婶子们旁边半大的孩子在桥上嬉闹,荷锄牵牛的爷爷走过大桥的时候,总要拿下斗笠对孩子们说:"姆姆,小心,别掉下桥去了!"而此刻,这座古老的石板大桥上已经是人头攒动,卖纽扣的摊位挤挤挨挨,密不透风。

从大桥上好不容易挤出来,关中瑜发现与大桥的摊位无缝对接的、只有六百米长八米宽的桥东街的街面上已经摆了将近五百个摊位。这街上秩序混乱,交通事故不断,小商贩们为了争抢摊位,争吵不断。

再往前走,是大桥镇中心小学,关中瑜到那里的时候,学校正准备放学。他惊讶地发现,一些小商贩早早就等在了校门口,学生一走,他们便拥进学校,在操场上摆开摊位。四面八方的客商很配合地不知道从哪里冒出来,交易就在小学校的操场上展开了⋯⋯

终于,在一片热闹又混乱的气氛中,关中瑜来到了大桥镇政府。镇里的领导赶紧给他泡了一杯茶,他端起来吹吹凉就大口大口喝了。放下茶杯,他说:"让我先捋一捋,脑子有点乱,十分钟后开会!"

十分钟后,大桥镇政府的会议室里聚集了嘉宁县相关部门的领导干部。会场上,除了陈轻舟、端木锦瑟和她娘家兄弟,来自津村的叶阿春外,云村、涂村的纽扣小摊主们也都在场。他们很兴奋,因为他们实在没有想到,有朝一日会因为一颗小小的纽扣,被政府邀请来镇里开会。当然,会后他们更加兴奋了:大桥镇决定将地处商业中心的镇中心小学搬迁到济安中学附近,而腾空出来的校舍和操场改建成一个专门的纽扣市场!

镇里钱不够,怎么办? 关中瑜提出了一个大家都未曾想到的理念:"人民市场人民建!"

陈轻舟第一个带头鼓掌!

三月开的会议,四月就筹齐了全镇298个个体摊贩自愿出的个人资金六万元,每一户大概出了两百元。到了六月份,新市场在镇小的操场上就破土动工了。八月份,一座面积将近一千平方米的钢筋玻璃瓦棚的小商品市场开始屹立在大桥镇上,在阳光下熠熠生辉。

随着纽扣市场正式投入使用,在首都清晨的阳光下,邹庆放催促着刚从老家带出来的几个年轻的媛子儿、后生儿,叫唤着他们从租住的西郊民巷的小平房里快点出发。

他们快乐而忙乱地推着自行车向外走去，经过一处院子门口，那保存尚好的垂花门吸引着他们的目光。阳光透过绿叶间的缝隙照在年岁不小的宅门上，翠绿的叶子努力展现着今年最新鲜的亮色。

邹庆放知道他们不能再多作停留，他得带领他们赶往商场上班。

对，上班！现在，他和小妹，还有那几个新雇来的媛子儿、后生儿，怀揣着北京市临时居住证，成了首都的"上班一族"。

出了胡同，邹庆放一加快骑车速度，便融入了首都的车流里。到了商场，他们换上了标志性的西服，神采奕奕地招待着来自五湖四海的客商。

商场里还有他们在北京的办事处，一部电话机几乎每天用来和大桥镇通长话、报行情、传货单，一辆专用的三轮车每天在北京火车站和商场之间来回。邹庆放觉得自己有使不完的劲儿，因为他再也不用颠来倒去地各地去跑业务了。而最让他自豪的是，他每天可以和客商们说："这些都是我们大桥镇自己生产的纽扣，你们看看，这设计、这质量、这价格，你们要是能拿出比我们家还划算还好的纽扣来，我倒贴给你们！"

邹庆放说这话是完全有底气的。自从在北京包柜台旗开得胜后，大桥镇各村的纽扣经营户们纷纷来徐逸锦这取经，每次徐逸锦回到大桥镇，栎村陈支书的家总是门庭若市。徐逸锦跟陈轻舟说："一个人的力量就像一根筷子，一折就断，而一群人的力量就像一把筷子，那力量多大。独乐乐不如众乐乐，您是支部书记，我是干部家属，咱们应该带领乡亲们共同致富。"

干脆，陈轻舟搞了一个培训班，将各村纽扣生产户和经营户的代表叫到栎村的祠堂里，让徐逸锦来跟乡亲们讲讲"走出去"该如何与"留下来"协同合作。

徐逸锦对大家说："想要做成一项事业，其实就像一根传输带一样，传输带一转动，分工就很重要。咱们要扬长避短，分工明确。咱大桥镇的纽扣现在已经有三道环节：采购、设摊批发和外出推销。我外出包柜台，其实也是外出推销，我们只是与外地大商场的那些采购对象建立了比较稳定的信用关系，如今，我只要一个电话或者电报，咱大桥镇就能得到北京最新的纽扣需求的信息。但是，我的电报和电话打回来，还是需要你们的大力配合，这样，咱们的传输带才能快速地转动起来。送出去的是纽扣，赚回来的就是钞票呢！"

坐在人群中的关中天极其佩服徐逸锦，他想，如果换他上去跟这班没识几个字的乡亲们讲这些，那必定是"茶壶里煮饺子——有嘴倒不出"。不管是当年办冬学还是在济安中学当老师，徐逸锦总是能深入浅出、生动形象地将复杂问题讲清楚，听的人很快能弄明白。

果然，这种顺应专业化分工协作的模式很快在大桥镇传播了开来。乡亲们以家庭为单位，一家老小齐上阵，丈夫采购、妻子设摊；儿子外出跑订单，父亲留守搞生产。

陈轻舟也和亲戚一起招呼了六个少年朋友合伙出资了八千元，从嘉善定制了两套手工制扣机回来，并租了社队企业的厂房，又花大力气从嘉善请来了有经验的大师傅，开始自己生产纽扣。

这边徐逸锦第一时间将北京大商场需要的纽扣信息传过来，北京旺什么，徐逸锦就叫他们生产什么，做一批、卖一批、赚一批。不到一年，制扣机就增加到八台，还忙不过来。周边的村子一看，有这么好的生意，也纷纷加入了制扣的队伍。

邹庆放的远房亲戚老邹兄弟是前下村人，他们先从黄岩购入了半机械注塑机，不久就去宁波购入了全自动注塑机。于是，你带我，我带他，他带他，前下村就这样成了有名的"塑料纽扣专业村"。

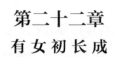

第二十二章
有 女 初 长 成

七月初，嘉宁中学高中教学楼下那个美丽的池塘边，很少人关注那几株不算高大的变色木芙蓉每天变换着自己娇俏的容颜。高考在即，师生们甚至嫌木芙蓉间隔的翠绿的柳树上，知了叫得太聒噪了。当然，除了一个人之外。

关山月就是那个不嫌知了叫得太闹的少女。傍晚时分，所有同学在食堂匆匆吃过晚饭后，就一头钻进教室争分夺秒复习功课了，因为明天就要高考了。但是，关山月却拿着一本《中篇小说选刊》在柳树下认真地看着，她被里面的一篇小说迷住了，那篇小说的名字叫《没有纽扣的红衬衫》。

作为班级里为数不多的通校生，晚自习后，爸爸就会在校门口等她，身边还有一辆黑亮黑亮的永久牌自行车。

跳上自行车后座，关山月搂住关中瑜的腰说："爸爸，高考后的第一件事，你知道我要做什么吗？"

关中瑜在前头嘿嘿笑了："爸爸这段时间工作忙，你学习这么自觉，真是觉得对不住你呢。你快说说，想要什么？就算是天上的星星和月亮，爸爸也摘给你！"

关山月咯咯咯地笑了："你还当我3岁给我讲童话故事啊。我不要月亮也不要星星，但我要更绚烂的——高考完了，我要放一次烟花！"

关中瑜听了也哈哈笑了："傻丫头，不年不节的，怎么想到要放烟花呢？"

关山月把头贴在爸爸的后背，说："爸，人生的道路挺漫长的，可是关键的就那么几步啊。高考,是我青春最关键的一步,我一定要放烟花,一定要用最绚丽的方式告别自己的高中时代!"

关中瑜朗声笑道:"你个小姆姆,想不到还这么有哲理! 好,爸爸明天就去给你准备烟花,等你考完了,咱们好好放一放你人生的第一次烟花!"

父女二人回到家,一推开家门,徐逸锦已经炖好了桂圆银耳汤在等他们。

为了给小女儿高考鼓劲,徐逸锦提早三天就放下手头所有的事情,哪怕纽扣市场里有很多事情需要她协调。

徐逸锦知道,这些年,在女儿的成长过程中,作为母亲,她是缺位的。但是关中瑜不管在对女儿的身体、学习还是思想、人格的培养上,都做到了一个父亲难以做到的一切。徐逸锦真心佩服丈夫在繁忙的工作和培养女儿上居然能平衡得如此完美,每次回来,看女儿和她爸之间如此默契温馨,徐逸锦的内疚又深了一层。因此,女儿高考的这几天,她觉得就是大桥镇纽扣行业的天塌下来,她也不管了。

徐逸锦喊关山月来喝汤,关山月却突然说肚子不舒服,还头晕。关中瑜紧张地悄悄问徐逸锦:"听说有一种考前综合征,女儿心底还是担心自己考不好吧? 她刚跟我说考完要放个大烟花的,明天一早我就给她买烟花去!"

徐逸锦说:"你比我更了解她呀,我看她平时那心大的样子,不至于吧!"

谁知刚过十二点,关山月就上吐下泻,整个人发烧打冷战。

望着脸色惨白的女儿,关中瑜慌了手脚。还是徐逸锦冷静,果断地说:"别慌,十有八九是中暑了,赶紧找放痧师傅!"

凌晨一点半,关中瑜背着女儿,徐逸锦敲开了嘉宁县城一个有着"放痧公"称号的老中医的门。当"放痧公"那把闪着寒光的"放痧针刀"扎进女儿的皮肤,那黑紫的血一点点被逼出来的时候,关中瑜的眼泪就夺眶而出,他恨不得自己替女儿承受那一刀刀的苦痛!

放完痧之后,徐逸锦提议中西医双管齐下。这时候的关中瑜觉得自己腿都软了,徐逸锦见他这样,自己俯身背起了女儿,送到医院急诊打了一瓶吊针。徐逸锦心里又急又气又好笑:这么个大男人,生活和工作上什么风浪没见过,遇事从来都是"兵来将挡、水来土掩",偏偏在女儿的事上六神无主了!

一直折腾到天亮,关山月才头重脚轻地走进了考场,语文试卷一发下来,她觉得那些字都在眼前跳舞。她不知道自己是怎么做完前面的题目的,她的心里只有一个声音在呐喊:"振作起来!把作文写好!"

平时的考试,语文老师给其他同学的作文打85分算是很好了,但给关山月的作文几乎每一篇都打95分。嘉宁中学那块竖立在操场边的校园黑板上经常贴着老师用毛笔抄写的学生作文范文,"关山月"三个字是同学们最熟悉的名字。然而,所有的老师和同学都不知道,这一年,关山月的高考几乎就砸在了作文上面。

等关山月考完,徐逸锦就匆匆返回了大桥镇。

大桥镇的纽扣市场已经不是单纯意义上的"纽扣市场"了,因为此刻,市场里除了纽扣之外,表带、拉链、仿金饰品大量上市,大桥镇纽扣市场已经成长为中国第一个专业的小商品市场。这段时间,徐逸锦和镇里的同志一起,将这个"中国第一"的民营市场进行了详细精密的内部分工,比如纽扣在市场里细分为采购、设摊销售和外出推销三个环节。

科学的分工和精密的设置很快传来好消息,购销员陈阿亮说,前不久他把广州百货站积压了五年之久的二十四吨纽扣全部运来大桥镇,结果在这里仅用了四十多天时间就一销而光。

陈阿亮兴奋地拉着徐逸锦:"徐老师,您知道我现在想干什么吗?"

徐逸锦也替他高兴:"想干吗?说出来让大家都高兴高兴!"

陈阿亮说:"我想放个大烟花!"

徐逸锦忽然想起了女儿。马上就要放榜了,丈夫已经给月月准备好了大烟花,不管月月得了什么样的成绩,她都要第一时间陪月月放一个!

这两天,陈家高朋满座,道喜的人络绎不绝。

在这个小山村,村支书陈轻舟家出了一个北京大学的学生,这简直就和当年中了状元一样,不仅是一个家庭的荣誉,更是一个房族乃至整个村庄的荣誉。陈轻舟虽然嘴上谦让,但是难以压住心中的狂喜。

为陈启东大摆升学宴之后,陈氏族长还在祠堂为"状元郎"举行了隆重的宗族仪式。徐逸锦一家也受到了邀请,但关山月的神情却难掩落寞。席间,她悄悄起身回到家中,前脚刚踏进陈家的道坦,后脚陈小楠就跟了过来:"月月,别不开心呀。你看看我,初中毕业就跟着你妈和我妈卖纽扣,高中都没得读。你虽说没能像我哥一样考上北京的名牌大学,可好歹也考上了咱东瓯最高的学府呀。真羡慕你们这些大学生啊!明天你们都要上大学去了,留下我孤家寡人卖纽扣喽!"

关山月看着陈小楠娇俏可爱的模样,忽然觉得心里舒坦了很多。两个人各搬了张竹椅,肩并肩坐在道坦里看月亮。

她俩正说着女儿家的悄悄话,大门哐当一声被打开了,陈启东满头大汗地背着一个大袋子进来,说:"妹子,快去中堂点支香来,咱们放烟花!"

关山月一阵惊喜:"阿东哥,你哪来的烟花?"

陈启东抹了一把汗,说:"今天祠堂里为我的升学置办了好多炮仗和烟花,我妈说你和小楠回家了,我就赶紧搬来最大的三个,专门放给你俩看!"

陈小楠点了一支香出来递给哥哥,陈启东又说:"明天开始,咱们三个人就又要分别了,每个人都许一个愿,然后放一个自己的专属烟花!"

"好!"陈小楠欢叫着第一个点燃了属于她的烟花。

关山月提醒她:"快快快,快许愿!"

陈小楠赶紧闭上眼睛。

关山月也点燃了自己的那个烟花,她抬起头,紧闭双眼,暗暗许下了自己的心愿。

那一夜,天边的一弯月亮刚下了山冈,一朵朵绚丽的烟花便绽放在这个小山村的夜空中。烟花照耀着少男少女青春无比的脸庞,也照耀着他们三个人从明天开始不一样的新前程。

第二天,徐逸锦收拾行装,与女儿一同登上了去往东瓯城的轮船。

关山月有点不明白,她一再跟妈妈说要锻炼自己的独立能力,想要独自去东瓯大学报到。再说妈妈这么忙,就不要特意陪她了。但是,妈妈无论如何也要陪她去学校,她几乎没有见过妈妈在她的事情上如此执拗,哪怕是得知她的分数后。

120分的语文高考试卷,她只考了71分,都没有及格,这让嘉宁中学所有老师和同学都感到非常意外。就是这71分,让"高考状元"的热门人选关山月差一点考不上大学。所幸她后面身体渐渐复原,接下来的几门功课都还发挥正常。只是看到自己的分数后，还是差点崩溃。当关中瑜和徐逸锦匆匆赶回家时，看着泪流满面的女儿，关中瑜的心也差点碎了。

关山月最佩服母亲的就是这一点，不管心里有什么难事，到了母亲这儿，不出两个钟头，母亲总能将她心中的那些疙瘩给解开。

一夜长谈后，第二天，关山月又阳光灿烂地对爸爸宣布："东瓯大学中文系即将迎来著名学霸关山月同学！"

关中瑜惊讶地望着徐逸锦，徐逸锦也望着他，笑而不语。

2

20世纪30年代，省教育厅"感浙南师资缺乏，教育落后，拟在浙南创办独立学校，已在计划中，因省库支绌，一时未能实现"。徐逸锦的舅舅当时在上海经商，闻讯后即刻将自家出资建设的私立小学的校舍捐归省有，以创办浙江省立东瓯师范学校，这就是如今东瓯城最高学府——东瓯大学的前身。

今天是新生入学的日子，每年的这个时候，礼堂上都会唱响校歌。一个叫夏商周的年轻人站在人群中热切期待着，因为，这校歌是他的祖父创作的。

夏商周并不是东瓯大学的新生，与许多把梦想放在远方的年轻人不同，有着强烈家族意识和使命感的他觉得自己应该为家乡做点什么，于是，两年前从北方名校毕业后，他将地方文化和经济定为今后的研究方向，并联系了当年祖父倾心创作校歌的东瓯大学，打算以此为基地展开研究。他认为只有这样，才能最大程度地将"东南邹鲁"的文化之脉传承延续、发扬光大。

"大哉师道天下尊，承往哲兮启后人。厚培德本，深濬智源，学成致用教化谆。光大国族兮，造福人群。东海水，雁荡山，我瓯大精神，浩浩宕宕。"

校歌在这一刻唱响，内心激动不已的夏商周却在其中听到了一个不和谐的声音。他从没听过如此不可理喻的跑调的歌声，于是讶异地转过头，映入眼帘的，便是一张让人过目难忘的脸庞……

就在夏商周震惊于那个姑娘的歌声时，姑娘的母亲徐逸锦已经走出了东瓯大学的校门，然后往西，走向一座叫"胜昔桥"的石板桥。胜昔桥连起了落霞湖两岸，桥东是徐逸锦舅舅当年慷慨捐赠的校舍，桥西那一排老旧的房子则是当年舅舅家的深宅大院。时光流逝，这座大院早已易主，据说如今是东瓯大学的干部宿舍楼。

站在那座侥幸遗存下来的巴洛克式的大理石石雕门台前，徐逸锦想，里面应该也早已经变了容颜吧。但她惊喜地发现，大门右手上边那个小小的纯铜门铃居然还在。她就像一个孩子似的伸手按响了铜门铃，然后撒腿就跑，一如小时候。

其实徐逸锦此行的目的有三，送女儿来上学是其一，看看当年舅舅的大宅子是其二，而更重要的其三，是她打算到东瓯城来买房子！

当她和丈夫提起这个想法时，关中瑜的第一反应就是反对。他还揶揄徐逸锦："思念当年东瓯城麻行码头你们徐家的那些商号了？"

徐逸锦说："历史总是前进的，咱们现在也得用前进的思维对待生活的变化。再说，我的每一分钱都是自己努力劳动所得。"

自从关山月决定到东瓯来上大学，这去东瓯买房安家的事就被徐逸锦提上了日程。刚好，她又得知了一个非同一般的关于房子的信息——"公建私助"和"住宅商品化"。

徐逸锦在纽扣的世界里埋头赚钱的时候，东瓯一些建房模式开始突破原来政府的统包统管，"公建私助"就是其中之一。当时，由于单位福利分房名额有限，机关和企事业单位为了改善职工的住房问题，在公建单位建房资金不够的情况下，由单位建房，再由职工私人补助资金解决住房问题，徐逸锦听说当时很多干部职工每平方米出二十多元就圆了自己的住房梦。

可徐逸锦不是东瓯市里的干部职工，关中瑜也不是，所以她没有资格"公建私助"。但是，随后她又获得一个极有价值的信息，那就是东瓯城里的住宅"商品化"了，也就是说，她可以花钱在城里买到房子了！徐逸锦从舅舅的故居离开后，就直奔东瓯城目前最新的商品房住宅区。选房、付款、成交，一气呵成，徐逸锦就这样成了一套崭新的商品房的主人。

因为在市中心，又曾是小学校舍，东瓯大学的校园并不是很大。但在夏商周眼中，这里是东瓯最具地方文化韵味的一方净土。

大概是因为要扩张学校的"版图",操场和食堂建在校舍西边的落霞湖畔。下午课后到食堂开晚饭前的时间段,是落霞湖畔最为"沸腾"的时光,那一个个充满活力的身影快速穿过架在图书馆和食堂中间的天桥,飞奔到食堂南边的大操场上。当然,除了足球、篮球和排球外,他们的手中还带着另一样东西——饭盒。因为打完球刚好可以去食堂吃饭,哪怕一身汗,他们也觉得那是青春的调味品。

东瓯大学的球场很多,却只有一个排球场,日常都是临时组队,男女混打。

夏商周时常来这里打球,他的每一个动作无时无刻不牵引着女生们的心。他那看似文雅但绝对蕴含无敌杀伤力的扣球,往往让对手在女生的一片欢呼声中才反应过来自己已经输得一塌糊涂。

就是在这个球场上,夏商周又一次碰见了那个在礼堂里唱歌跑调的女孩。通过男生们的议论,他知道了女孩的名字——关山月。

就像女生痴迷夏商周一样,关山月成了东瓯大学男生们心目中共同的"仙子",据说一本地下校园诗刊就此诞生,名字就叫《关山月》。每当关山月走过天桥的时候,许多男生就会站在天桥上高声向她朗诵自己的诗作。

此后,夏商周便经常能在图书馆和排球场碰到关山月。他很好奇这是一个怎样的妙人儿,在图书馆时明明是清新脱俗的,仿佛阆苑仙葩一般,可到了排球场上,又会变得如此攻势凌厉、叱咤四方。

渐渐地,夏商周发现自己只要一想起关山月,就夜不能寐了。他用化名悄悄地向那本地下校园诗刊投稿,居然被刊登在新一期的卷首语上。而那首诗只有四句话:"别说我快,除非你和落霞在后面看我;别说我慢,除非你和月亮在前面等我。"

夏商周希望自己有朝一日也能像那些男生一样站在天桥上,等关山月路过的时候高声向她朗诵自己的诗作,可是,他又觉得那样有些可笑。于是,他又夜不能寐了。谁知,机会就这么在不经意间来临了!

上一周,他接到了导师罗教授的一封信,信上是这么说的:"我打算在春节后陪同著名经济学者、全国政协领导F先生去东瓯看一看乡镇工业。F先生认为这种模式有别于'苏南模式',将以课题组的名义去,人数不多,大约四五人。F先生知道你是我的得意门生,又是地道东瓯人,有意邀请你同行。我们将课题称为《"东瓯模式"观察》,就是研究以东瓯为代表的,以个体户为基础发展起来的小型企业。请你当先锋,先去对接,找出典型参与课题研究,你看如何?"

这封信让夏商周热血沸腾。他知道,这几年,F先生在江苏提出了"苏南模式"和发展小城镇理念。他认为,江苏农村经济的发展是以发展工业为主、集体经济为主、参与市场调节为主,由县、乡政府直接领导为主,即"苏南模式"。毫不夸张地说,"苏南模式"对农民增加收入有重大作用,对计划经济的框框产生了很大冲击,对党的政策和决策产生了正面影响。

此前夏商周一直在思考一个问题:在计划经济还处于统治地位的情况下,理论的力量和观念的前瞻性,不在于标新立异或搬弄多少洋教条,而在于这种观念是否同中国人群的最大多数——农民利益,也即国家利益密切相连!而东瓯独特的经济发展,自己一直还找不到理论研究落地的一条途径,恩师的这封信,无疑让他在研究的迷雾中豁然开朗!

夏商周觉得写信给罗教授太慢了,他当即借校教务处的长途电话和罗教授通话,约定这个周末自己立马动身,到东瓯最典型的民营小商品市场——号称"东方的布鲁塞尔"的大桥镇纽扣市场做先锋调研。

一到周末,夏商周背起行囊就直奔汽车站,准备去往嘉宁大桥镇。

虽然汽车站有多条省际及省内客运线路,但去郊县的班车往往是最陈旧的。结果没想到,让他夜不能寐的关山月居然与他搭上了同一辆车,瞬间让他觉得自己所乘坐的这辆旧班车如同皇帝的龙辇,车身描龙画凤,镶金嵌银,流光溢彩!

3

菰江大桥的桥头已经没有了几年前摊位簇拥、人头攒动的热闹,只有几只狗慵懒地晒着太阳。夏商周侧身问与他同行的关山月:"为何大桥镇看不到晒太阳的老人和孩子?"

关山月觉得自己的手心在出汗,鼻尖也开始在阳光下发亮。早上,当她一脚迈进开往大桥镇的那个稍显陈旧的车厢时,一眼看见了夏商周,她的心狂跳了起来。

关山月对未来男友最美好的幻想是:高高的个子,宽宽的肩膀,一头微卷的稍长的头发,恰到好处地露出光洁的额头,目光深邃,笑起来都似乎有点忧郁的充满诗人气质的脸庞。而这所有的一切，似乎都真实地呈现在了眼前这个年轻男子的身上。从在球场上看到他充满别样气质的身影的那一刻开始，她觉得母亲坚持让她来东瓯上大学实在是天下最明智的意见和建议。

今天，在车厢里，她是如此惊喜：夏商周将与她同行，而且是去她的第二故乡大桥镇。他们此前曾有过简单的交流，但从没独处过。一路上，关山月不停说着自己童年在大桥镇的种种，说自己的母亲与大桥镇纽扣市场的渊源……直到她发现自己讲了一路的话，夏商周几乎都只是笑而不语，而那浅浅的笑容里，她实在读不出有什么内涵。她忽然觉得自己的手心出汗了："我……我是不是话太多了？"

夏商周看着她忽然窘迫的样子，觉得实在可爱，但还是没有任何表露，只是说："我对你母亲和纽扣市场的渊源很感兴趣，等到了地方，带我去拜见你的母亲吧！"

关山月带着夏商周在大桥镇上转了一圈，很快知道了为什么暖阳照耀的大桥头没有晒太阳的老人和孩子。他们一路上经过许多普通人家，只见院子里五六岁的孩子们跟着祖父母一边嬉笑，一边分拣塑料片，简直就像城里孩子玩橡皮泥一样。这究竟是教育还是劳动，一时让夏商周难以分辨。他发现这里上至古稀老人、下到垂髫小童，几乎都在前店后厂的家庭工场里忙活着。这是一个没有"闲人"的乡镇，到处洋溢着一种让人兴奋的活力，不分男女，不分老少，人人似乎都在往一个方向努力奔跑，那个方向叫作"勤劳致富"。

这一点别样的感觉让夏商周非常兴奋，他觉得F先生如果要调研东瓯当下的经济模式，首先要从大桥镇一个个充满烟火气的家庭开始。

他的这个想法与徐逸锦一拍即合。

第一次见到徐逸锦，夏商周对她有一种奇特的似曾相识的感觉。一天接触下来，徐逸锦的见识与谈吐也让夏商周刮目相看。

简单地向夏商周介绍了纽扣市场的历史发展沿革后，徐逸锦说："建议你回去做一个调研，将同一年龄段的国营职工、企业职工和大桥镇个体户的年收入做一个对比。另外，你也可以发动相关专业的学生跟踪调研一百名购销员，看看他们同一个时间段里的工作内容和收入情况，相信你一定会得到你想要的甚至出乎你意料的第一手资料。"

来到纽扣市场，徐逸锦引领夏商周用目光环顾了一圈市场，对他和关山月说：

"你们看,如今的大桥镇纽扣市场里仅仅只是纽扣吗?"

果然,这里商品品种之丰富、涉及范围之广泛、样式之新颖,都远远出乎夏商周的意料,他从心底感叹:学术研究走出书斋,原来真切的现实是如此活色生香!

他再一次打开早上刚刚接到的罗老师的第二封信,信上说:"小夏,关于小城镇和乡镇经济问题的研究,现在似乎进入了一个新的高潮时期。因为实践提出了许多新的问题,要求理论工作者探索。其中一个重要问题是,随着商品经济的发展,个体家庭工业的进一步发展方向是什么。看来,不让它发展是不可能的,老'生产合作'的路未必能够刺激经济发展,人们渴望找到一种新的形式,一种既符合社会主义方向,又适应商品经济发展势头的东西……整个国民经济中的所有制结构正在进行大调整、大变动,因此,我们这次东瓯调查可能是一次很重要的调查,希望能发掘出一些新问题、新观点来。"

阅毕此信,夏商周请徐逸锦在纽扣市场等他一等,再让关山月带着他直奔邮电所。他迫不及待地要给罗教授发一封电报,电报上就这么几个字:"请带F先生速来,料多,爆炸!"

等又回到纽扣市场,夏商周见关山月像一只小燕子一样飞到一个柜台前,拉着一个和她年纪相仿的姑娘边说边咯咯笑。

陈小楠也发现了关山月身后的夏商周,她毫不避讳地盯着夏商周看了足足一分钟,凑着关山月的耳朵说:"嘿,哪儿来恁清头、恁喜面人相的后生儿啊?"

与哥哥陈启东圆通的性格不同,陈小楠快人快语、爽快坦诚,还很愿意将那些地方的俚语俗语加入日常对话,这让关山月特别喜欢听她讲话,刚才她说的"清头""喜面人相",意思就是一个人长相好,让人看了忍不住欢喜。

关山月脸一红,捶了陈小楠一记粉拳:"你这只金姜儿瞎喳喳什么呢,人家是高才生,暂时在我们学校搞研究的。"

陈小楠听了又来了一句:"你也是高才生啊,这下子你做学问,后山力*可是足兮足了!"

那个夜晚,夏商周在陈小楠的热情相邀下,没有住镇上的旅馆,而是成了栎村

---

*后山力:靠山。

支书陈轻舟家的"贵客"。

本来陈小楠打算去羊仙馆请木念初回来做一桌地方特色美食来款待夏商周，但关山月不同意，理由是大姐忙，再说她和小楠两个人也能折腾出好东西来。

虽然关山月当"大厨"的机会并不多，但从她熟练掌握煤球炉的功用后，节假日就不让爸爸去食堂打饭菜了，而是让爸爸买来各种食材，自己研究琢磨。每当关中瑜加班回来，总是惊喜万分地发现一桌热气腾腾的饭菜正等着他，虽然这些菜肴有时候忘了放盐，有时候咸的被小丫头做成了甜的，还有的时候鱼儿也被做得没头没尾的，但是，因为是"月月大厨"做的，关中瑜总是把它们一扫而光。

有时候遗传真是有魔力的，从徐逸锦开始，到木念初，再到关山月，她们母女三人对美食的研究、制作的兴趣和热情如出一辙。那么今晚，她就是想试一试，让夏商周吃一顿别致的"月月大厨"滚烫出品的美味佳肴。

如果不是这一趟大桥镇之行，夏商周怎么也想象不出像关山月这样一个似乎不食人间烟火的妙龄姑娘，居然能在充满烟火气的农家厨房里做出让自己连名字也叫不出的人间美味来！面对那些不寻常的美味，夏商周对自己轻轻摇了摇头：夏商周啊夏商周，你还自诩是"东瓯美食一赏家"呢，惭愧！

关山月做的第一道特色菜叫炸羊尾。它其实是一道冷菜，关山月顺手将陈小楠从家里拿来的猪肥膘用几颗盐花腌了腌，再让金盈盈拿来两个鸡蛋，只取蛋清，加白糖和一勺面粉打均匀，让切成细条的腌制猪膘肉挂上蛋清糊，放油里一炸。

高温下，那一条条挂霜的蛋清猪膘肉就卷了起来，像极了小羊羔的尾巴，因此取名"炸羊尾"。

关山月用她青葱般的手指捏起这样一条"小可爱"往夏商周嘴里送："尝尝！"

夏商周接过来一嚼，瞬间，心中升腾起各种词汇：外脆里嫩，先甜后咸，肥而不腻，满口留香。

在八仙桌上坐了下来，夏商周首先过滤掉能叫得出名字的菜肴，有两道菜又引起了他极大的兴趣：他能看得出这道菜的食材是猪肚，但是，他第一次见有人将猪肚切成小细条的，然后一一将其编成小辫子，在砂锅底铺上一层花生后，再在花生上面将那些"小辫子"码得整整齐齐，上锅与花生一起蒸，直至花生糯烂为止。关山月跟他说，这菜名很直白，就叫"花生辫子肚"。

吃了满口花生香的辫子猪肚后,上来了一道汤。关山月问夏商周:"你见过鲜虾被木槌敲成片吗?"

夏商周自然是回答没有的,陈小楠赶紧拿出一个木制的棒槌,关山月就在一旁解说:"新鲜活虾剥壳后,撒上一层薄薄的淀粉,吸干鲜虾中的水分,再用木槌慢慢敲开。盘中的敲虾,片片都是厨师一槌一槌敲打出来的。虾肉的特性与鱼肉并不相同,更加考验厨师在敲虾时的力道拿捏。汆熟后的虾肉肉质细腻,口感顺滑,敲虾汤的鲜咸伴着敲虾入口,仿佛有一只活虾在口中游动,味道妙不可言。"

夏商周看着这一对配合默契的花样姑娘,敲虾汤还没有入口,似乎已经感觉到一股春风拂过心头,清新无比又甜香醇厚,还没有细细品尝,已经馨香入怀。

陈轻舟也回来了,还带来了关中天和邹庆放。

男人们一来就热闹了,因为美酒上桌了!

那一个晚上,夏商周不知道喝了几杯陈轻舟家酿的糯米酒。他的酒力不算好,乡村的宴席结束了,月亮升起来了,夏商周觉得自己就这么入眠实在太对不起这美酒了,得出去看看田间的月色。当然,乡间的月夜、星辉下的田畴,应该有个朦胧的仙子在身边,而此刻,夏商周就恰好真实地沉醉在自己多年的一个梦境中。

关山月和夏商周并肩走在朦胧的月色中,穿过一片田畴,便是菰江的中游。店埠坝外有大沙滩,金黄色的沙子很厚很柔软,光脚踩过去没有泥尘,拍了拍脚底的沙子就能重新穿上鞋袜。坝外有一片近百亩的水竹林,青翠茂盛,月亮从翠竹中将一大把一大把的碎银洒了下来。夜深了,水汽氤氲上来,周遭如仙境。夏商周想,这样的环境,不发生美好的事是不可能的。果然,就在这极不真实的沉醉中,他猛地抱紧了身边的姑娘,那个小仙子的初吻就深深地印在了他火热的唇上……

第二天,当夏商周得知关山月虽然来自大桥镇,却是在嘉宁县城长大的时,觉得人生真是处处有惊喜。他开心地对关山月说:"我在嘉宁也有亲人,正好带你去见见!"

于是,关山月就这样被带到了夏商周的大姨关雪桐的面前。当满脸喜色的关雪桐得知眼前这个貌若天仙的姑娘是关中瑜和徐逸锦的千金时,瞬间脸色大变!

在匆匆结束这场原本让关雪桐极度兴奋的会面后,关雪桐陷入了沉思。

其实,夏商周与她并无血缘关系,夏商周的母亲是过继给关家的。

或许当年那个性格温顺的夏母特别能满足关雪桐的指挥欲和母性的本能,或许所有性格强悍的人内心深处总有一个柔软的隐秘点,而关雪桐的隐秘点刚好落在柔弱的小妹身上,她对小妹总是特别关照。

　　只可惜红颜薄命,小妹在嫁去夏家后多年无所出,好不容易生了夏商周却又撒手西归。彼时夏家已家道中落,关雪桐便将年幼失母的夏商周接到身边,养到3岁才送还给生计终于有所着落的夏家妹夫,并一路密切关注夏商周的成长。

　　关雪桐将夏商周视如己出,她想不明白,上天到底开什么玩笑,自己与徐逸锦一辈子的较量几乎没有占过上风,如今她女儿又要来抢夺自己视若己出的夏商周!

　　不行,这绝对不行! 万万不行!

第二十三章
改 革 大 浪 潮

1

夏商周再一次踏上大桥镇的那一天刚好遇上倒春寒,在大桥镇政府的接待室里,夏商周一边听镇领导介绍,一边观察四周。接待室窗子的玻璃是残缺不全的,冷风丝丝吹进,他虽然穿着呢大衣,可仍然觉得一阵阵寒气向全身袭来,甚至有点坐不住了。但一眼瞥见已过古稀之年的F先生却安之若素,只是双手笼袖,把一件短皮大衣的领子竖起,听得津津有味,还不时抽手做着记录。

接下来的日子,F先生在大桥镇纽扣市场做了深入详尽的实地调研后,随即走访了浙南四个县五个镇,历时九天,行程1500多公里。

在跟随F先生和罗教授一路同行的第十天,他们来到了东瓯市政府的政策研究室,东瓯市市长也早早等候在那里。会议上,夏商周记录下了F先生说的几段话:

"我看东瓯用的是比较的方法,寻求农民贫困的不同条件和农民脱贫的不同形式。我对比苏南农民和浙南农民,同样人多地少,也同样由贫变富,为什么人们对苏南肯定的较多,而对东瓯的看法却有较大的分歧呢? 我就是带着这个问题去探求它们的不同之处的。

"我们在东瓯所看到和听到的,一言以蔽之:新! 新事物多多,新问题多多。

"东瓯地区在生产领域发展了家庭工业,在流通领域开辟了专业市场。家庭工业容纳了千千万万的劳动力,解决了'人多地少'这个政府不可能解决的难题。专业市场开辟了小商品的出路,搞活了商品流通,解决了计划经济难以解决的难题。

我看在东瓯市,东瓯老百姓创造了一个全新的经济现象,那就是了不起的'小商品、大市场'!

"在东瓯地区,农业相对更加落后,尤其在商品生产和商品流通中诸如税收、金融、财政、劳务管理、收入分配、运输政策等方面出现的新问题,既相当之多又相当深刻。但这不是坏事,是好事。它引起政府重视,促进政策上的调整;它引起专家注意,要探究其存在的必然性和趋势。研究这些新问题,解决这些新问题,既是东瓯发展经济的自身需要,也是国家完善政策、改革开放的大局需要!

"我认为,无论是苏南模式还是东瓯模式,或群众创造的其他模式,评价它们的唯一标准应当是看它是否促进了社会生产力的发展,是否提高了人民大众的生活水平。这些模式在中国历史上乃至人类发展史上都是古来所无的。唯其如此,方显出中国社会主义现代化的特色;唯其如此,才需要我们对伴随这些新事物一同出现的新问题进行科学的认识!"

坐在会场里,笔尖在游走,夏商周觉得自己的心在沸腾,他完全被F先生所折服:作为一位大社会学家,他的调查研究是有一套基本功和科学方法的。此刻,他娓娓道来,每每有新意。

在大问题上有新意是一种敏感,也是一种智慧。F先生的这种敏感,与其说是一种学术敏感,不如说是一种"志在富民"的责任感!夏商周想,不管有多少困难也应该配合F先生的研究,否则,作为东瓯人,有天地不容之感!

春暖,东瓯大学的校园里并没有多少春花可开,除了经过落霞湖畔的操场边有一树树高大的桃红色夹竹桃外,就只剩613寝室前的那一片空地了。

东瓯大学的613寝室是个很奇葩的存在,除了学校大门口那幢保留着浓郁民国文韵的教务楼是二层木楼外,其他的教学楼和学生寝室都是五六层的新建钢筋水泥楼,唯独613寝室所在的是一幢小小的青砖平房,这在南方很少见。613寝室前有一大片绿油油的冬青,大概是年月久了的缘故,经过多年的修剪,冬青永远只有关山月的半身高,但是那些枝干却遒劲有力,俯下身子去仔细看看,大有盘龙之势。

关山月对这些冬青并不感兴趣,她感兴趣的是紧挨着冬青的同样密密匝匝的一排栀子花树丛。小时候,父亲总是将含苞未放的栀子花蕾摘过来挂在她的蚊帐内,她在一床的栀子花香里入梦,第二天一早睁开眼,栀子花就全都朝她开了。她觉得那种清新又馥郁的香韵,能让她将所有不快乐的事情忘掉。

尽管离栀子花开的五月还有好长一段时间,关山月已经开始等待了。她想,到那时,也许自己心中的忧愁烦恼也就没有了。

不是说恋爱是人间最美好的事情吗,怎么到我这就成这样了? 说不理人就不理人,把我当什么了?

正想着烦心事,一阵笑闹声传到了关山月的耳中。她抬头一看,不知哪里来的一张乒乓球桌,就这样放在了露天的空地上。

"关山月,快来打乒乓球!"才刚站起身,613寝室的小伙伴就发现了她,开始热情招呼。

来到乒乓球桌前,正在打球的男同学把自己的位置让给了关山月,说:"关山月,你上!"

关山月还有点迟疑,有人伸手接过了拍子递给她:"来,我陪你上!"

"夏商周!"关山月望着那个瘦削又高大的身影,本不想接拍子的,手却老老实实地伸了过去……

"看球!"对面是两个男生,发球手一声断喝,关山月还没反应过来,圆白的小球已经飞旋而来。

夏商周赶忙飞身接球,一边对关山月说:"集中注意力!"

关山月似乎幡然醒来,反手就将迎面而来的又一重拍削了回去,白球擦着球桌边缘落入了栀子花的树丛中。

"好!"掌声瞬间爆发!

小小白球你来我往,喝彩声此起彼伏,那白球碰击桌面的声音犹如《琵琶行》里的"大珠小珠落玉盘"。关山月觉得自己简直如有神助,与夏商周配合得天衣无缝。

终于,当所有的喝彩落幕,所有的笑声停歇,人群散去,只剩下那张不知来处的乒乓球桌安静地停放在皎洁的月色下。

关山月的目光追随着夏商周。此刻,她多么希望他能停下脚步,转过身来,哪怕不说话,给她一个微笑也好。可是,那个瘦削又高大的背影一直向前,头也没回,直到消失在栀子花树丛拐角的尽头,融入月色,无影无踪……

等确定关山月看不见自己了,夏商周才懊恼地停下了脚步,心潮翻滚!此刻他是多么想留下来,转过身,给球桌前那个刚才与自己几乎合二为一的小仙子一个微笑,再上前去轻轻抱住她,在她的耳边对她说自己这些日子以来是如何想她的。但是,另一个声音在耳边犹如警钟一样沉闷又执拗地敲击着他的耳膜、他的心:"夏商周,别忘了你是夏家的长房长孙!别忘了你在宗祠牌位前许下的宏愿!"

东瓯城的麻行码头传来一阵阵轮船的汽笛声,悠扬而沧桑,夏商周知道那是开往上海的大客轮——"民主"轮船要起航了。

在夏商周的记忆里,市区瓯江南岸滨江一带的诸多码头,既是家园,也是乐园,充满了童年五彩斑斓的故事。

"走遍天下路,最怕东瓯渡。"这是当时在东瓯流传的一句俗语。东瓯多山多水,水路出行曾经是老东瓯人的首选。瓯江码头上的故事,如果认真探究下去,并不比上海滩十六铺的故事逊色。

夏商周记得小时候,麻行码头是用石板条拼砌而成的,那时候还没有浮船,小舢板、舴艋舟直接紧靠码头挤挤挨挨地停泊着。这些船只大多从瓯江上游的青田和瓯江支流楠枫江过来,那些大大小小的船舱里堆着各色山货和红枣、糖霜、党参等南北杂货,还有铅丝、铜丝、玻璃瓶等碎细儿梦寐以求的好东西。

小舢板、舴艋舟一停靠,码头上就熙熙攘攘起来。货物装卸是有规矩的,不懂规矩的人是不可能在码头上混下去的。还有牙郎,他们拿着大秤,买卖人双方之间的价格由牙郎从中撮合,货物要用牙郎们的大秤过秤,牙郎收取佣金,叫"牙郎钱"。

东瓯城里的货物也要通过码头往外运,主要是海盐、咸鱼、虾干、墨鱼干和一些洋气的"城底货"。每次开航时,码头周边人来人往,比戏台下还热闹。小时候夏商周听奶奶讲,麻行码头半条街曾经都是夏家的,夏家曾祖在麻行街那一头打个喷嚏,街尾的店家也得抖三抖。但是好景不长,不知何时,楠枫江驶来的舴艋舟上下来了三个彪悍的楠枫山底农民,据说姓徐。除了三根扁担和三个粗壮黝黑的身板,他们几乎什么也没有带,连个铺盖卷儿也没有!

兄弟三人吃住在码头上,也不知道经过多少场血腥的拼抢恶斗,那一带码头就是他们的地盘了。再后来,徐家三兄弟的地盘一寸寸往岸上扩张,而夏家的地盘一寸寸往后退,到了夏商周爷爷手里,麻行码头上在街头打喷嚏让街尾商户抖三抖的人已经换成了徐家三兄弟。他们仨把在麻行码头赚来的银子一船船运出去,有人说是运到了上海的公平码头,在十里洋场的大上海买了房、买了商铺,还建了工厂,也有人说运回楠枫山底造了三进十九间的大屋,还买了山林、修了祠堂、办了学校。

夏奶奶总是轻蔑地笑他们:徐家三兄弟还不是到底做不了城底人! 富得流油了,终归还不是把坟做在山头底角,终归还不是枝不繁叶不茂?

不知为何,徐家三房的后代香火并不是很旺,老大老二家几个儿子要么幼年夭折,要么英年早逝,上天似乎有意将徐家所有的财富汇成一股,都集中到了老三家唯一的儿子徐玄廊门下。

虽然徐玄廊不愿离开楠枫故土,常年不来城里住,但是他却培养了很多亲信,将徐家在麻行码头和上海的产业都打点得井井有条,堪称当年东瓯工商界的奇才。有人说这与徐家老爷乐善好施积德有关,而且听说他有五个如花似玉的女儿,大女儿还从小被送到大上海去读书,洋文讲得比国文还好。

与徐家没有儿子相比,夏家除了大房长子夏商周的祖父外,其他几个儿子却个个不成器。不管夏爷爷如何砥砺前行,哪怕最后拼尽全力孤注一掷,却仍是以卵击石,不得不黯然收场,夏家几代积累的家产在徐家的强力碾压和无情侵吞下分崩离析、灰飞烟灭! 夏爷爷无奈卖光所有产业后,召回在杭州读书的独子,也就是夏商周的父亲回乡支撑门面,娶妻生子、赡养老母,然后含恨西去!

父亲死去后,一夜之间,从未经过商也不愿意经商的夏大公子跌落人生谷底,但是一向自视清高的他又不愿意丢开读书人的面子去寻求一切可能挽回家道的途径,最终落魄到以摆摊卖字为生。夏商周刚出生母亲便去世,被嘉宁没有血缘关系的大姨接去喂养,3岁后才被他父亲接回东瓯城。

夏商周是在父亲摆在鼓楼下的卖字摊上长大的,每天晚上收摊后,父亲唯一的工作就是在一盏发黄的电灯下教夏商周读书,一边不忘细数家族过往的辉煌以及徐家给夏家带来毁灭性打击的故事。

在生活的重压下,夏商周的父亲也病入膏肓了。那一年大年初一,他拼尽最后的力气领着夏商周来到郊区夏家的祠堂前,面对祖宗牌位,让夏商周发下宏愿,牢记家族历史,永不与楠枫徐家人为友!

夏商周没有想到，命运竟然跟他开了如此残酷的一个玩笑。那天在嘉宁县城，当大姨关雪桐的笑容僵在脸上的时候，他的心猛地一惊。虽然不比《罗密欧与朱丽叶》，但是当大姨告诉他关山月的母亲徐逸锦就是徐家五姐妹"锦绣河山美"中的"锦"的时候，他觉得一口气闷在胸口，几乎吐不出来！

他不知道该怎么办，他根本无法理出头绪，唯一的办法就是躲开那个让他的心狂跳的可人儿！他积极参与F先生的"东瓯模式"课题研究，以此为由离开了一段时间。终于，他有好多日子可以躲开那个人了，可是，自己的心又骗不了自己，他想她！发疯的那种！

2

东瓯城进入了梅雨时节。这些日子，关中天在淅淅沥沥的梅雨声里难以入睡。其实已经好多时日了，可他还是难以习惯在东瓯城里住商品房的各种感觉。

那时徐逸锦来东瓯城买商品房，给他也物色了一套。他觉得"商品房"这几个字很可笑，原本是不打算要的，但是徐逸锦说两兄弟住一幢楼，楼上楼下好照应。关中天明白，这是他们夫妻俩担心自己身边没人照顾。

当然，关中天同意和徐逸锦成为邻居的更重要的原因是，随着时代的变化，为了事业得到更好的发展，他们已经将与邹庆放三人合股的"楠峰股份有限公司"搬迁到东瓯城里了，邹庆放自愿占股30%，建议关中天也占股30%，剩下的40%由徐逸锦掌舵。关中天觉得自己无所谓，按他的性格，这些都不重要，但是邹庆放坚持说，既然是股份公司，那么就要有股份公司的规矩。

刚到东瓯城的时候，关中天忙完公司的工作，一有空就往城郊山间和田野跑。他觉得在那些"鸽子笼"里待久了，会闷得很。特别是在这连绵不断的梅雨时节，再不出去走走，自己都要发霉了。

这段时间，他最喜欢去的是一个叫"梅雨潭"的地方。因为当年办冬学的时候，徐逸锦就跟他讲过朱自清先生在梅雨潭写过一篇好文章，名字叫《绿》。

昨夜那连绵不断的雨滴敲打着雨棚，让关中天一夜都在半梦半醒之中，干脆早早起床去公司。当他睡眼惺忪地来到公司的时候，惊讶地发现徐逸锦已经在办公室了,但并没有开灯。

关中天吃了一惊,赶紧开了灯,一看,发现徐逸锦脸色很差。他紧张地摸了摸徐逸锦的额头,问:"怎么啦? 生病了?"

想不到徐逸锦一把拉住了他的手,将脸贴在了他的手背,放声痛哭了起来!

关中天瞬间像一个木头人一样呆立在那里,一动也不敢动,他觉得自己的心跳快停止了:这么多年,徐逸锦从来没在他面前掉过眼泪,而今天、此刻,居然失声痛哭,哭得像个受尽委屈的孩子!

关中天就这样让徐逸锦拉住他的手,哭得他一手背的眼泪,好半天,才傻呆呆地问:"你到底怎么了? 哭成这样,会把身子哭坏的。"

终于,徐逸锦放开了关中天的手:"三哥,你看看这个!"

关中天满脸疑惑地接过徐逸锦递给他的东西,一看:"挂号信! 哪里来的?"

等他匆匆打开信看完内容,也失声大叫:"我的妈呀!"

关中天怎么也没有想到,这是一封来自大洋彼岸的家书! 三十多年之后,徐逸锦终于收到了妹妹从欧洲寄来的信!

关中天知道,徐逸锦的这一场痛哭已经忍了三十多年! 他怜爱地看着她,等她稍微平静一点,才小心翼翼地问:"什么时候能见面?"

这句话又让徐逸锦的眼泪夺眶而出:"昨天在侨办接到了绣妹妹打来的国际长途,说妈妈身体很不好,让我尽快想办法出去,千万要见妈妈最后一面!"

关中天说:"那还等什么,快想办法办手续呀!"

"中瑜觉得没有必要出去见面!"徐逸锦的话中,包含着对丈夫从未有过的怨言。

关中瑜认为,人生在世,很多事情最好顺其自然。既然命运安排她们母女、姐妹分离,那就接受。大家都已经习惯各自的世界,有各自的人生,是福是祸、是生是死都已过来,那就各自安好,两不相干!

"什么狗屁理论! 这还有点人味吗? 这混账老四,我跟他说去,马上想办法让你出去见你妈和妹妹们!"关中天一掌拍在了办公桌上。

徐逸锦幽幽地说:"别去了。我知道,现在政策也不明朗,他是担心我再受什么波折,经不起折腾。可是这些年,从洞天到大桥后,他和我越来越说不到一块儿。

也许我们平日里聚少离多，各自又这么忙，所以这话就越来越不投机吧！"

"那不行，你妈妈都快不行了，必须见！"

徐逸锦擦干眼泪，起身往窗口走去。

这里是整个东瓯城最高的建筑东瓯大厦，因为总共有十三层，东瓯人干脆就以此代指。"十三层"雄踞在望江路上，傲视瓯江江面来往的船只，它不仅是浙江第一高楼，也是渡船及客轮的航标和灯塔。

"十三层"落成那一天，望江路上挤满了看热闹的市民。人们一个个仰着脖子，看着与天连接的楼顶，口中不时发出啧啧的赞叹声。人群中，一个楠枫江来的"老农民"一仰头，头上的草帽就掉了下来。他忙用手接住，同时嘿嘿笑着道："原来头抬起来草帽会掉下来的，才是真的高楼大厦哦！"

楠峰公司是进驻"十三层"的第一家民营企业，此刻，徐逸锦站在窗边放眼望去，瓯江水波澜翻滚、滔滔东去……

当东瓯的梅雨季终于进入尾声时，关中瑜和徐逸锦最终还是谈崩了！

在关中瑜的人生理论里，只有一切向前看，才能豁达地将所有的过往包容。对于那消失了三十多年的丈母娘和小姨子们，关中瑜的态度是：她们如果能回来，不管是探亲还是回国定居，他一定竭尽一个女婿和姐夫所能，热烈欢迎。但是，对于她们提出让徐逸锦出国与她们会合并想办法尽快在国外定居这一点，关中瑜无论如何也想不通。首先，且不说现在妻子和三哥在东瓯的事业蒸蒸日上，也不说大家离开故土去欧洲生活习惯，就说他一个党和国家培养起来的干部，怎么能说走就走？其次，女儿关山月并没有表达出要中断东瓯大学的学业出国去的意愿。他实在不明白，此次徐逸锦怎么如此执拗和倔强，一定要走呢？

这些天，关中瑜觉得自己已经尽了最大的耐性与妻子讲各种道理，但是徐逸锦的声音让关中瑜感觉到她越来越没有理智。而徐逸锦对关中瑜说得最多的就是："你不懂我！"

在徐逸锦的心中，这几十年自己之所以能坚持下来，就是因为心中还有一个坚定的信念：世界的另一边，还有母亲在，还有妹妹们在！至于如今所谓的财富，在她徐逸锦眼里根本不算什么，都是身外之物。何况，现在楠峰公司完全可以暂时交给三哥和邹庆放。对于两个女儿,她坚信去国外能开阔她们的眼界,让她们得到世界上最先进的高等教育,迟走还不如趁早。当然,最重要的是,母亲年事已高,这样的身体状况,哪一天走也不知道,她必须抓紧时间尽孝道,能在母亲身边再一次感受做女儿的滋味。

关中瑜不理解的是,母爱固然可贵,但是他的爱难道真的就这么不名一文吗?他们辛苦建立起来的小家难道在母亲和妹妹那边就轻如鸿毛?他觉得委屈,但徐逸锦还是那句话:"你不懂我!你真的不懂我!你越来越不懂我!"

其实,关中瑜也觉得徐逸锦越来越不懂他。对于仕途,他从来没有强求过什么,他只觉得认真踏实工作是最基本的,他从来没有想要在政治上如何。作为党培养起来的干部,组织让自己去什么岗位就去什么岗位,至于有水平、有能力、有智慧等等,都是别人给的评价,自己真的没有刻意去在意什么。

可这些年组织上对他的信任放到妻子眼里总不是那么回事。每当难得和徐逸锦谈论起他的工作,她都不太有反应,总是淡淡地说:"这些事儿我不太懂。"

甚至那一年组织考察他任县长的时候,有人写控告信,信中有许多莫须有的内容,徐逸锦知道后,也只是轻描淡写地说:"你就别当了呗,当个普通干部就行,不当干部来跟我卖纽扣更好!"

关中瑜从来不把工作上的负面情绪带入家庭,带给徐逸锦。特别是他任嘉宁县县长后,工作更忙了,但是,思路却更清晰了。对于大桥镇的纽扣市场,不是因为自己的家人也在做这一行,而是关中瑜看到了时代的发展,作为一县之长,只有带领百姓走上致富的道路,才能对得起这个时代,对得起老百姓!

前不久,他拿到了最新一期的《瞭望》杂志,F先生的《东瓯行》占据了最重要和最醒目的版面。文章专门介绍了大桥镇纽扣市场的情况,称它是"东瓯模式"以商代工的一个典型。关中瑜仔仔细细、从头到尾看了好几遍这篇万言长文,心潮澎湃:终于,中央以这篇F先生最权威的文章,为他那些"莫须有"的罪名正了名!但是他想不到,最近又有人以"县长夫人躲避接受中央级媒体采访"为由写控告信"控告"他!

原来,如今大桥镇纽扣市场蜚声海内外,各路领导视察、媒体采访等也接踵而至。每次镇上的同志来找徐逸锦,说有"大事",请她务必去一趟时,徐逸锦就知道是什么意思了。因为第一次有这种"大事"时，他们迎来的是国家总理。

那天总理一下车，徐逸锦就在总理的身后看见了自己的丈夫关中瑜。总理饶有兴趣地沿着一个个摊位走过去，边走边问，大桥镇镇长在一边一一做汇报，然后就向总理介绍了徐逸锦。徐逸锦觉得有点窘迫，但是总理很亲切，和她打过招呼后，还问她是不是本地人、市场怎么调度、工资怎么发。徐逸锦一一作答，总理听了很高兴，连声说"好"，走时还握了握徐逸锦的手说："你们辛苦了，恭喜发财！"

总理走后，许多人和徐逸锦开玩笑："徐老师，您是咱大桥镇从古至今第一个和总理握过手的老百姓哟，今晚回家这手不用洗了！"

徐逸锦笑了笑，没说什么。

接下来，她想不到这样"不用洗手"的光荣纷至沓来，光是各级各类领导就有三十多批次几百号人，随之而来的还有大小上百家媒体。再紧跟着，从中央到省市到地方，党校、社科院、研究室、大学的专家们又前来调研，法国、德国和日本的经济学家也来了。

这一切，让大桥镇上下忙得团团转，他们第一时间总是想到请徐老师来发个言，但这些时候，他们又总是很难找到徐老师，因为徐老师太忙了。渐渐地，有不一样的声音开始流传："徐老师是县长夫人，也是有架子的哦！"

这一切，为了不让徐逸锦担心，关中瑜几乎没有向她透露半个字。今天实在忍不住跟徐逸锦说了，想不到徐逸锦一句话噎得关中瑜不想再讲什么："这还猜不出是谁写的吗？既然有人愿意相信一个搬弄是非的长舌妇的话，那你对他们还有什么可留恋的？"

关中瑜长叹了一声，转身出了门。他有点失落，因为他还有一件很重要的事情没有跟徐逸锦讲出口：因为那封控告信，组织上决定将他调往东瓯城，至于岗位，还有待分配。

关中瑜在江滨路转了一圈，觉得心中还是很郁闷，就上了东瓯大厦。果然，三哥关中天还在办公室。关中天一听，愤愤不平："这不是变相革你的职吗？简直就是莫须有啊，换古代的话来说，就是贬谪！"

关中瑜苦笑了一下："这不算贬谪吧，还让我进城了呢！"

多少年来，兄弟俩终于推心置腹地长谈了一次，谈话的最后结果是，关中瑜同意徐逸锦将公司暂时交给关中天和邹庆放,关山月安心在东瓯大学继续学业,徐逸锦带上金盈盈和木念初去欧洲探亲。

"放心吧,四弟,一切都会顺利的。这些年我们什么风雨没经历过?说出来不怕你笑话,我已经从一个小时候不爱读诗的人变成了如今的'草台诗人',哈哈哈!"

说话间,西天终于迎来了梅雨天难得的晚霞,关中天打开一瓶酒,给自己和关中瑜都满满斟了一杯,仰头一饮而尽。

没多久,关中天的脸色和西天的晚霞颜色差不多了,而他的"草台诗"也脱口而出:"多日梅雨润东瓯,今朝云开蝉齐啾。晚风吹开今朝云,朝晖散飞昔梦愁。跌宕人生起伏天,放歌光阴须纵酒。醉里问月花何处,千里涛声满高楼。"

3

快放暑假了,大家都在准备着期末考,突然,关山月听见旁边的同学议论说这个暑假学校会挑选几个优秀学生参与市委市政府牵头的一个有关农村经济发展的重大课题,要去距离东瓯城大约七十公里的一个叫"龙江"的乡镇做田野调查,而专做这方面研究的夏商周已经先行一步过去了。

听到夏商周的名字,关山月愣了愣。

就在这时,班级里负责拿信件的学习委员朝她扬了扬手:"关山月,你男朋友又来信了,一周一封,雷打不动啊!"

旁边的男同学不同意了:"你别瞎说,关仙女的男朋友在这里,来信那位只是她的仰慕者而已。关山月,我说得对吧?你那位北大的仰慕者什么时候来?我们都已经做好决斗的准备了!"

瞬间,教室里开始起哄,那位男同学干脆站到了讲台上,开始向关山月大声朗诵普希金的诗:"爱情,也许在我的心灵里还没有完全消亡,但愿它不会再打扰你,我也不想再使你难过悲伤。我曾经默默无语、毫无指望地爱过你,我既忍受着羞怯,又忍受着嫉妒的折磨,我曾经那样真诚、那样温柔地爱过你,但愿上帝保佑你,另一个人也会像我一样地爱你。"

关山月不知道这世上是否真的会有一个人像普希金的诗中那样"真诚、温柔"

地爱她,但这种感觉在她的"留级生"同学陈启东那里,是真实而又甜蜜地存在着。

关山月虽然从小美到大,但却十足是个神经大条的姑娘,除了学习,其他的事情好像一直很能犯迷糊。可陈启东就是喜欢她那种大大咧咧、不在乎、不计较的范儿,不像寻常小姑娘那样小心眼。可有时候,他又为关山月的迷糊着急,常常是一连写了好多封信给她,好不容易她回了一封,结果第一句话就是:阿东哥,真不好意思,这些日子把给你回信这事儿忘了……

一直以来,关山月就是陈启东心目中最美好的女性,仅此一位,没有之一。他清晰地记得自己小时候在参加了一场婚礼后,回家的路上就问妈妈:"妈妈,长大后我要跟你结婚的,对吗?"

端木锦瑟说:"傻孩子,男人是不能跟自己的妈妈结婚的,要和别人家的好姑娘结婚。"

从那一刻开始,关山月就成了陈启东心中"别人家的好姑娘"。从童年一直到少年时期,每一个关山月来到栎村的日子,都是陈启东最重大的节日。甚至初二那一年自己辍学外出跟着大人"背纽扣",他也没有放弃。

岁月在更替,但是陈启东对关山月那个从童年就开始的"最美好的愿望"一直没有改变。去了北京后,不管学习怎么繁忙,也不管那个小迷糊又忘了给他回信,他一定是一周一封信,像南飞的鸿雁,给关山月送去青春的情谊。他甚至已经习惯将这"每周一信"当成自己的"校园周记",他想等到某一天,这些信件可以结集成册,就是一本最美好的校园青春手册。

今天,他忽然看到校园里有一个新鲜的东西——复印机,于是就将自己的证件照按比例放大,让人家给他复印了一张,看看都觉得好笑,然后附在一封信里寄出去了,信中他对关山月说:"天气渐渐热了,可我今天却围上了一条方格子的头巾,那样子真的很可笑。很快就要放暑假了,我将飞奔回去,让你也看看我那滑稽的样子! 对了,暑假我将作为学生记者,跟随新华社记者重点采访东瓯市的龙江城,我将要与咱们家乡有一场不同寻常的'风云际会'了! 请妹妹与我一起期待吧!"

因为地处东海之滨,虽然是七月份,阵阵海风也让龙江给人的感觉并不特别燠热。

几年前冬日的一天,夏商周曾经陪同新华社的朋友经过东瓯下辖的位于平苍公路交通咽喉地带的龙江岩下村,举目眺望,四野荒凉萧条。短短几年,岩下村"忽如一夜春风来",唱出了一首震惊全国的"春天的故事"——一大批"泥腿子"怀揣"城市梦",潮水般拥入包括岩下村在内的五个杂草丛生的小渔村,自费大兴土木,掀起了一场中国历史上前所未有的农民自费"造城运动",这片土地上就神奇地崛起了中国第一座农民城。

到底是怎样的一群人做了怎样的突破一系列禁区的"冒险新鲜事"?一直密切关注"东瓯模式"的F先生将调研课题直接交给了夏商周。

夏商周深知任重而道远,特意联系了新华社的同学,对方很快回复说,还没有主流媒体报道这个改革当头的新生事物,他会即刻带领助手前来与夏商周会合,从新闻报道的角度与夏商周"并肩作战"。

于是,陈启东和自己朝思暮想的关山月会合在了这支奇妙的队伍中。夏商周敏锐地感觉到这两个年轻人之间有一种不一般的熟稔和默契,他的心中掠过了一丝异样的感觉,不觉对陈启东多看了几眼:跟他差不多的个子,但是似乎比他壮实。与他齐肩的头发相比,这个年轻人理了一个板寸头,根根直立的头发在阳光下闪着青春的光芒。一笑,露出一口整齐洁白的牙齿,让人感觉到那笑容特别踏实。虽然是同龄人,夏商周明显感觉到陈启东比关山月成熟。

果然,一路行来,陈启东的言行与成绩都让夏商周刮目相看。

没有多久,新华社记者写的一篇篇关于"中国第一座农民城"的新闻报道,就像一个个"小炸弹","引爆"了东瓯改革的一个个新闻热点,使龙江的改革形象瞬间走进了千家万户,引起了全国上下的热切关注。而这些报道中,陈启东贡献了海量的细节调研和实地采访素材。

夏商周这一组的工作也从社会科学研究的角度紧紧跟进。烈日下,夏商周带领关山月他们从政府部门到个体户家门,从工厂、商店到田间地头连轴转。夏商周很奇怪,全组几乎所有的人都晒黑了,唯独关山月还是老样子。白天艳阳下,她被晒得通红,等回到驻地,她做的第一件事就是蹲到瓜棚下的水井旁,将井水往四肢上淋,一边淋还一边叫:"井水冰冰、蚊虫叮叮,亮晶晶、透心凉!"

夏商周见了,很担心她受凉,可是他说不出那一句关爱她的话。而只要陈启东看到了,就总会在第一时间赶过来,很自然地从关山月手中拿下水瓢,嗔怪她:"还当是小时候呢,着凉了有你哭的!"

这时关山月就会说:"晒起皮了,拿水润润,不然明天成鱼鳞了!"

然后,两个人孩子般的笑声就会从瓜棚下传出,当然也传到了夏商周的耳朵里。

终于,有一天,关山月真的病倒了。

那几天龙江被高温笼罩,天气太热了,回到驻地,大家直奔瓜棚下。因为早上出发之前,细心的陈启东已经将一早去瓜农那里买来的大西瓜放在水桶里浸入了水井。此刻,那冰镇西瓜是多么诱人的人间美味啊。大家呼噜呼噜开始啃西瓜,关山月却打起一脸盆井水,直接将满是汗水的脑袋浸了进去,开始洗头。夏商周心里掠过一丝不安:姑娘家这样洗头可以吗?

阳光从瓜棚茂密的瓜叶子间照射下来,照在从关山月一头长发上滴下来的水珠子上,逆光中的关山月就如同一个水晶做的小仙女那般晶莹剔透。

夏商周远远望着她,不知道如何用文字去描摹这种没有一丝杂质的纯净的美,他只有轻轻地和自己摇了摇头,叹了一口气,转身离开。

就在那天晚上,这个水晶人儿就变成了一个小火炉,发起了高烧!

望着整个人变成一只小龙虾似的关山月,夏商周抓起一支手电筒就往门外去,一到门口,遇见了同样焦急的陈启东,他的手里也拿着一支手电筒。于是,两个大男人各自打着手电,一起在深夜里挨家挨户地为关山月找退烧药。

好在毕竟是年轻人,第二天下午,当大家忙完各自的工作回到驻地时,留守的关山月就已经退了烧活蹦乱跳了。

第二十四章
火烧东瓯鞋

金色的秋天如约而至,早上出门,关山月已经明显感觉到秋意了。

经过数月的准备,这一天,在瓯江畔的株柏码头,徐逸锦带着木念初坐上了去上海的"民主"号大客轮,然后经由上海飞向遥远的欧洲那个号称世界上最浪漫的大都会。

呜呜——汽笛声响起来了,轮船开始掉头,即将向乐清湾驶去。关山月拼命向甲板上的母亲和姐姐挥手,竭尽全力不让自己的眼泪掉下来。

关中瑜轻轻地揽住了她的肩头,说:"妈妈和姐姐去看她们的新世界,爸爸也要开启新岗位了,你应该支持爸爸这个新城里人呀。来,把眼泪擦干,咱们爷俩又开始新生活了!"

一个月后,关山月收到了母亲从大洋彼岸寄过来的第一封航空信,信中详尽描述了她们初到法国的种种,包含关山月那从未谋面的外婆的病情、几个姨妈以及各兄弟姐妹的情况等等。

只不过,徐逸锦不愧是徐逸锦,往后的日子,关山月收到的所有家信中,都不再有生活琐事的存在,徐逸锦谈论得更多的是东瓯人在法国的各种现状。这也是关山月对母亲最为佩服的地方:母亲是美丽的,更是智慧的,她对人性的洞悉、对生活的判断、对社会的理解以及处事和解决问题的方法,都不是一般人能达到的境界。如果要问这世上谁让关山月最佩服,那肯定是母亲,虽然父亲也是人中翘楚,但关山月更愿意在生活上亲近父亲。

今天，关山月收到了最新的一封航空信。从收发室出来，她找了一处石凳坐下，开始专心阅读起来。

这封信的内容，与东瓯人在欧洲的部分移民史有关：

"与你外婆和姨妈们当年靠我们家族巨大的财富'买路'到法国不同，如今我们的大部分老乡是沿着海上丝绸之路，经过几十天的颠簸才得以在意大利北部上岸的。可疲弱的意大利市场很难满足东瓯人的生意胃口，因此，老乡们决定北上去其他国家碰碰运气。

"他们先去了瑞士，可瑞士的规矩实在太多，东瓯人要想在这里做上能快速发家致富的生意简直是不可能的。于是，咱们失望的老乡又把目光瞄向了阿尔卑斯山的另一头——崇尚自由的法兰西。

"然而法国并不是自由的天堂，我们的老乡在这里被说成是'像鸡那样睡觉、像牛那样干活、像猪那样吃饭'。这还不是最可怕的，最可怕的是他们没有身份。为了生存，他们只能选择做黑工。

"你知道我们东瓯人有家庭作坊式劳动的传统，虽然巴黎不像我们大桥镇那样是前店后厂或者楼下商店楼上工厂的模式，但像有些餐馆，就是买的沿街的门面，楼上居住、楼下经营，吃住和工作都在一起，这样的环境有利于黑工的存在。

"其实餐馆还不算典型，制衣工场和皮包工场才是雇佣黑工最隐蔽的场所。在巴黎郊区租一个独家独院，门外安装摄像头，院子里养着看门狗，里面还有一些暗室，雇许多黑工没日没夜地干活，老板也和员工一起干活，一样辛苦……"

看着航空信的落款写的是"深深爱着你和爸爸的妈妈"，关山月的眼眶又湿润了，她擦了擦眼睛，起身走出了校门。

今天，夏商周的导师罗教授来东瓯开会，于是，夏商周便攒了一个局，让曾经参与过"东瓯模式"研究等几个课题的老朋友及做过相关报道的记者一起在东瓯酒家聚首。等进了包厢，关山月惊讶地发现三伯关中天和邹庆放也来了。

虽说现代人已经很习惯用圆桌来宴请客人，但老派的东瓯酒店依然沿用八仙桌，他们认为只有八仙桌才能分得清主宾和次位，才能长幼有序。

夏商周对罗教授说:"虽是新时代了,但是许多好传统我们年轻人不能丢,比如尊重师长。老师,您远道而来,就请坐这面南背北的'头位'吧!"

关山月忙将罗教授让到"头位",然后将关中天也让到了主宾边上的位置。

关中天说:"月月,我就不用了。这人世间条条框框的东西多,挺累的,咱们今天都是自家人。罗教授,咱俩差不多岁数,我也不叫您教授,就叫您罗哥了! 来来来,大家随便坐。"

关山月似乎感觉到氛围一下子就轻松了。

酒过三巡,邹庆放也放开了很多,他给自己斟了满满一杯酒,端起说:"今天在座的各位都是相关领域的专家,还有我们关总也是个诗人,唯独我,是一个地道十足的'泥腿子'。这杯酒,我敬你们这些有大墨水的大先生,我先干为敬!"

邹庆放的酒量并不是很好,几杯酒下来,话就多了,但罗教授挺喜欢他说的那些实在话。

邹庆放说得最多的就是菰江大桥人引以为傲的纽扣市场。他说大桥的纽扣交易大楼开业后,已经开始以"小纽扣"带动"大市场"了,但是这对他们这些做纽扣的不见得是好事,如今庞大的纽扣城已经没有了几年前在大桥头摊位的挤挤挨挨和最初纽扣市场里客流摩肩接踵的那种热闹劲儿了。

罗教授一听,急忙问:"生意不好了?"

邹庆放放下酒杯,轻叹一声:"也许是徐老师不在吧,她这一走,咱大桥镇整个做纽扣的都觉得被抽走了主心骨一样。再说,现在不少纽扣原料上涨,电力又紧缺,用同样的原料,如果转做小饰品,却可以拿到比普通树脂纽扣高许多倍的利润。纽扣原本就是微利经营的生意,靠的是薄利多销,如今生产商和店家这么多,销售已赚不到多少钱了。现在又有一个新势头起得很猛,镇上很多人开始做拉链了呢!"

关中天却不以为然:"自古凡人凡事,都有高潮和低谷的时候,由兴盛到衰落是必然经历,市场转身由来已久,东瓯人自古就会做生意的呀! 不用愁,东边不亮西边亮嘛!"

夏商周一听,来了兴致:"三伯,你别的话我都觉得对,唯独说咱们东瓯人自古就会做生意这点我一直不认同。其实这几年,我在这方面进行了一点肤浅的研究。

罗教授也在,刚好凑这个点,请各位且听我的几点'牛论'吧!"

夏商周自顾自端起了一杯酒,一饮而尽,然后说了一句让罗教授也感到很意外的话:"如今媒体给东瓯人安了一顶新帽子,说东瓯人是'东方的犹太人',我不赞同这种观点。其实经商在东瓯自古以来就很边缘化,你们看,东瓯的寺庙、神殿、道观、教堂数量之多,是世界罕见吧。即使到了现在,中国宗教的多样性和发达程度也还是东瓯第一、闽南第二,而这些宗教几乎都不提倡经商。"

大家听了都点了点头。

关山月忽然想到一个问题:"怎么解释南宋时期东瓯的文化兴盛呢?我从小就知道我们东瓯盛产进士,从北宋到南宋,整个东瓯有一千多名进士,是全国进士冠军呢!"

"对对,问题就在这儿!"夏商周兴奋地接过话,"宋是中国文化最繁荣的年代,所以如果从文化传承上讲,东瓯更应该是一个以文化发达而非经商闻名的地区。咱们这儿八山一水一分田,又总喜欢刮大台风,做生意是被逼出来的,读书才是咱们东瓯人想要改变命运的最实在又最伟大的梦想啊!"

邹庆放一听,抚掌而笑:"对啊,咱们不都听过老辈讲过的那句话嘛,'做生意靠宁波人,打官司靠绍兴人,读书靠东瓯人'!"

罗教授饶有兴致地听着夏商周与学术界对东瓯人经商截然不同的理论:"按你的研究,东瓯人的传统里,没有崇拜商人的习俗咯?"

夏商周朝自己的老师点了点头:"东瓯人几乎没有在家里摆关公的,反而是文昌阁的地位更高。东瓯人都知道叶永烈是个作家,但不会去惦记叶永烈的父亲是曾拥有四家银行的金融大亨。我们谈文化必言孙诒让,因为他是学问家,是办了很多学堂的教育家,而不是因为他和张謇合伙开了上海火轮公司,或者因为他兼任东瓯总商会会长。东瓯人弘扬的是学术、廉洁、正直、建功,真没商人什么事儿!"

关中天听了后,并不是很同意夏商周的说法:"那咱东瓯现在这么多人做生意,政府也越来越重视,为生意人不也出台了一个又一个新政策吗?不然东瓯万元户会多得这么快?"

夏商周很快接住了关中天的话:"三伯,咱老百姓挣钱都成了万元户,那是因为以前穷怕了,其实他们不是特别善于经商。说东瓯人有经商传统,或者商业传承,在历史上是说不过去的。"

关中天听了沉吟了一会儿,说:"即便你是研究这方面的专家,但我还是保留我的意见。东瓯自古是百工之乡,有百工就有买卖,不然东瓯的手艺人做出来的东西都自己用吗?依我看,祖上会不会做生意,我觉得不是我们现在这些生意人眼前的重要事情,向前看才是正事。你做学问既要研究祖上的,更要研究当下的!"

席上夏商周的一个朋友插了一句:"关总,夏老兄研究历史就是为了给你们做生意提供最好的借鉴呢!"

邹庆放听了双手一拍:"来来,赶紧给我借鉴借鉴,我们现在纽扣的生意是一天不如一天,前天纽扣商会维权监督员跟我说,现在为自己开发的纽扣申请外观保护的企业是越来越少了,时装上也不订纽扣了,拉链一拉也确实方便。今天趁你们都在,大家给我们支支着儿。三伯,你别怪我事先没跟你打招呼,我想转型,不做纽扣了!"

邹庆放的眼睛不大,但目光非常灵活。他端起酒杯,敬了大家一杯酒,说:"各位不要见笑,我想转型做'鞋佬'!"

"鞋佬?"罗教授不解地问。

夏商周赶紧做了一番解释:"东瓯人的语言中,'佬'字能表达很多丰富的意思。比如'厚佬'是色鬼的意思,'大好佬'是大款、大人物的意思,'和事佬'差不多相当于民事纠纷调解员,而'鞋佬'就是做鞋子生产或者卖鞋的商人。"

"纽扣大王"邹庆放不做纽扣要改做鞋了?东瓯纽扣企业的"领头羊"楠峰公司即将迎来转型?每一个人都将目光聚焦在了依旧脸色黝黑但身体精干的邹庆放身上。

2

早几年,邹庆放在位于大桥头纽扣市场的摊位上经常会遇到外地的客户问他一个问题:"你们东瓯有个蒲鞋市,是东瓯市管辖的县级市吗?为何不叫浙江省蒲鞋市呢?"

邹庆放每次听了都哈哈一笑:"我们也想啊,只是这'蒲鞋市'只是东瓯城里一条街巷的名称而已。"

古时农民生活较困难,于是有人到东瓯城江边滩涂上割取野生蒲草,在家编织成蒲鞋,放在门口售卖,贴补家用。因取材方便,家家户户都开始做,临路房屋就成了卖蒲鞋的店铺。而这条路,也是东、南向的人进城的必经之路。加上水陆交通便利,四方客商云集,生意日渐红火,便逐渐形成了以卖蒲鞋为主的集市,因而得名"蒲鞋市"。

邹庆放每次跟客人解释,心中总是充满感情,因为他的童年就是在爷爷开在大桥镇上的制鞋店里度过的。

爷爷年轻时以给"蒲鞋市"的人割蒲草为生,后来蒲鞋生意不好了,就回乡当了鞋匠。邹庆放至今清晰地记得,当年爷爷开鞋店,他都会乖巧地给爷爷递各种修鞋的工具。有时候也会学着爷爷的样子摆弄鞋刀,因为年纪太小又不熟练,腿上被鞋刀划伤是家常便饭。

爷爷的鞋店门脸很小,但是总有抱着孩子的新媳妇、手里做零活的大娘大婶来串门,爷爷总是边做鞋,边家长里短地跟大家聊天,店里总是热热闹闹的。

爷爷常说东瓯手艺人有三把宝刀:菜刀、鞋刀、理发刀。东瓯人做鞋历史可追溯至明朝成化年间,还被送入皇室做过贡品。

也许是徐逸锦不在身边,也许是瓯江人血液中流淌的那股子闯劲和倔劲,不管别人怎么看,在取得远在欧洲的徐逸锦的同意后,邹庆放执拗地将楠峰公司的主营业务由纽扣转向了鞋业。在处理好相关事宜后,邹庆放续了爷爷早年的养家行当,转身成了一个名副其实的东瓯"鞋佬"。

关山月问关中天作何感想时,关中天说:"月月啊,我原本是个闲淡之人,生性爱自由,做生意其实主要还是陪你妈妈玩的。卖纽扣还是当'鞋佬',对我来说其实都一样,邹总说什么就是什么吧。但是如果哪一天让我卖飞机,那我肯定就来劲儿了。"

关山月听了哈哈笑:"三伯,你的想象力可真是丰富啊,我就喜欢你的这股潇洒劲儿,将来哪天你如果真的卖飞机,别忘了带上我呀!"

又是一个晚霞漫天的傍晚,关山月坐在落霞湖畔的操场上,认真地读着母亲最新寄来的航空信：

"欧洲人开的商店，周日通常不开门或者只开半天，人们就没有地方去消费。而且他们很少会在早上八点以前工作，还不时需要根据文化传统进行休假。唯有咱们东瓯人几乎不需要休假，我们主导的美丽城给巴黎带来了不打烊的夜生活，使得'夜巴黎'流光溢彩。

"月月，你也知道你小姨家在这儿开了个餐馆，只是这几年生意并不是很好。我和你大姐来了之后一直在帮忙想办法，这几个月，妈妈已经找到一些路径了。

"不管做什么生意，都要顺势而变，要改变固有的模式，要勇于改变思路。在法国，有很多老乡从事制造业。巴黎就有很多家成衣工厂，大家都要吃工作盒饭，这不就是做餐饮的一本生意经吗？这几天妈妈和你大姐已经找了好多家老板，跟他们毛遂自荐。你大姐胆子很大，带了几样自己做的家乡菜，说自己是国内来的大厨，可以给工厂供应晚饭。那些老板很感兴趣，合作谈判的事我来，接下来就看你大姐出的菜品了……"

在操场另一端一幢小楼的窗口，远望认真读信的关山月，夏商周的心中升腾起一股说不出的味道：这么认真又那么欣喜，难道她有新恋人了？会是她的"小哥哥"陈启东吗？那个家伙倒是雷打不动地每周给她寄一封信来。

夏商周知道自己极其不想在关山月的口中听到"阿东哥"的名字，却没有勇气写信给陈启东，说："你不要再找她了，她是我的女朋友。"

夏商周也不愿意让关山月感觉到他内心的焦灼和痛苦，平时在她面前都是云淡风轻，一脸无所谓的样子。

夏商周紧紧盯着关山月，此刻，落霞湖映衬下的她浑身映透着一股金红的神奇的光芒，那一束光让夏商周心中有一股像夕阳一样滚烫的感觉往上涌。这一回，他没能忍住自己，他冲下楼，直奔操场，拉起关山月的手就往操场边浓密的夹竹桃树下奔去，还没等关山月反应过来，就紧紧地抱住了她。

关山月一下子站不稳，手中的信纸随风飞出去了一张。她叫了起来："我的信，我的信……"

夏商周一个弹跳，就像在排球赛场上拦网一样，飞身敏捷地将那张眼看着就要飘向落霞湖的信纸捞了回来，却一个站立不稳，带着关山月一起倒在了草地上，关山月的惊呼声也随之飞向倒映在落霞湖面的晚霞……

这天下午，邹庆放来东瓯大学找夏商周了。

在夏商周的眼里，东瓯商人身上多多少少都有一股"东瓯气"。至于这"东瓯气"具体指什么，夏商周觉得自己一直总结不到位，直到他认识邹庆放后，才逐渐明晰起来。

夏商周发现，东瓯商人特别钟情"小东西"，他们最精明的地方就是走"小商品、大市场"的路子。办起企业来也都是从小处着手，填补全国小商品市场的空白点。比如柳镇的五金小电器、大桥镇的纽扣、金子乡的商标徽章等等。

这一点让夏商周感觉很自豪，因为他见过许多地方的商人，小钱不愿赚，大钱赚不来，一边两手空空，一边抱怨天不助我。东瓯人做生意，注重从小处着手，只要有一分钱赚，都会不遗余力地去干，从不好高骛远，从不好大喜功，从零做起，一步一个脚印，踏踏实实。纽扣、标签、标牌、商标、小饰品、小玩具，这些外地人看不上、懒得做的"小玩意儿"，东瓯人都做，不怕赚钱少，就怕赚不来。

在夏商周的研究中，他发现东瓯商人"脸皮厚"的特点非常明显。如果这算是个优势，那么这个优势充分体现在他们无与伦比的"推销术"上。他们从不怕碰壁，也不怕别人不给好脸色看，他们只有一个念头：不管你怎么看我待我，我就是要赚你的钱！他们用笑脸、磨破的嘴皮、磨掉的鞋跟，把他们的产品送到全国各地，也把全国各地的人吸引到东瓯来。

东瓯人还有非常传统的地方观念和家族情结，亲帮亲，穷帮穷，一人发财全村跟，哪里赚钱哪里旺，一个产品带万家。他们在外地做生意，最讲地方观念，互通消息，共同攻坚。

东瓯的商品都是靠外地输入的，如布料、毛线、烟酒等，就算政策严厉，他们也会铤而走险，使紧缺商品源源不断地进入东瓯的自由市场。

东瓯有一句俚语叫"狗旺阵"，指的是一哄而上的跟阵现象。如今，在东瓯各地，民营经济有泾渭分明的地域性区划，比如东瓯城区着重皮鞋、眼镜、打火机，清音县着重低压电器，安瑞县着重汽车配件，金子乡着重徽章等等，都已经各自形成了强大的行业垄断。而大桥镇，自然是没有任何地方能在小小的纽扣上压倒它了。

随着与邹庆放交往的深入，夏商周感觉到眼前这个小个子男人充满了斗志。与别的东瓯商人不同，他在转型之际，会找像夏商周这样的专家学者寻求理论指导，并寻找更多的合作资源。

且不说邹庆放和他的"纽扣大王"名头是自己学术研究的典型范本，就说他与关家特殊的关系，夏商周对他也是极为重视。在与他长谈了几个小时后，夏商周从他身上更加精准地总结出了自己一直不太能确定的大部分东瓯商人，尤其是男商人身上的"东瓯气"：勇敢、勤奋、精明、敏锐、务实，善于建立人脉关系、讲义气，有家族责任感和使命感，但是，爱攀比、讲排场，有挺强的虚荣心。虽然他们文化程度普遍不高，但是尊师重教，骨子里很传统，在家有大男子主义倾向……

看着眼前正在点中华烟的邹庆放，夏商周沉思：眼前的这个男人，作为东瓯经济模式研究的实例，真是天赐有缘人哪！对，一定要长期跟踪研究！

但是夏商周想不到邹庆放给他出了个难题：虽然想转型做"鞋佬"，但毕竟隔行如隔山，在鱼龙混杂的东瓯鞋业市场，面对众多的意向合作者，邹庆放还是觉得没有把握。在摸了一圈之后，希望夏商周能给他一些建议和指导。

忽然，夏商周在邹庆放提供的几个意向合作伙伴名单里发现了一个熟悉的名字，他的眼前一亮。

3

关雪桐觉得今天自己又要被女儿叶欣欣气晕了，她实在弄不清楚自己上辈子到底欠了叶欣欣什么，于是只能将气往丈夫叶繁晟身上撒："都是你惯出来的好女儿，迟早有一天我要被她气死！"

关雪桐想不明白，都三十大几的人了，还是这样瞎折腾。牺牲了徐逸锦才保住的济安中学的工作，没多久就不想干了，死活嚷嚷着要从学校出来，说那么几个死工资，买肉塞牙缝都不够。又听说徐逸锦从学校出去后将纽扣生意做得风生水起，就也要下海赚大钱。为了阻止她继续瞎折腾，关雪桐就是不给她做生意的本钱，可是没想到，一转眼丈夫叶繁晟背着自己偷偷将钱给了女儿。关雪桐还没缓过神来，叶欣欣已经从学校辞职，跑到一个朋友的鞋厂去当"鞋佬"了。

既然木已成舟，真要是找个靠谱的合作的朋友好好做也就罢了，想不到叶欣欣找的那个做鞋的朋友也是个不入流的主，没两年就连本带利赔了个精光。关雪桐劝女儿静下心来找个男人嫁了，但叶欣欣就是不听，说徐逸锦他们去外地包柜台卖纽扣赚了那么多钱，自己也不会死心的。

宠女儿要宠上天的叶繁晟又给了叶欣欣一笔钱，她就和朋友跑到天津，租了当地几个知名商场的专柜，把东瓯鞋运到那边卖。这一回，关雪桐没有想到，因为当时的东瓯鞋特别跟得上潮流，款式新颖，这生意还真让叶欣欣给做成了。

在天津，叶欣欣赚到了她人生的第一桶金。但她觉得天津的柜台对她来说只是小试牛刀，接下来可以大干一场了。她和朋友一商量，朋友说要做大，必须自己也要有鞋厂。因此，她和朋友分工，对方负责营销，她回东瓯办鞋厂。

叶欣欣请老爸帮忙，她知道，只要是她提出来的事情，老爸那边一定是有求必应。果然没过多久，老爸的一个战友就帮她租了一个200平方米的老厂房当加工厂，她自己连夜回到大桥镇，去周边几个村子招人，就这么干起来了。

刚开始，她的鞋厂一天只能做30双鞋子，慢慢地就能做200双了。凭着这两年在天津跑市场的优势，叶欣欣知道什么样式好销，让厂里的师傅也照做，想不到真给她做成了爆款，卖得很火。这下，叶欣欣觉得成功的大门已经朝她敞开，她要飞奔进去。于是，她在东瓯与"十三层"同样气派的新盖的望江大楼里租了敞亮的办公室，到东瓯大学找那满腹诗书的表弟夏商周，打算让他给自己的公司起个好听的名字。夏商周给的建议是叫"桃木"，出自《诗经》"投我以木桃，报之以琼瑶"，意思是说只要踏实做生意就会有很好的回报。可她觉得这名字太文绉绉了，于是又改为"七彩鸟"，说"彩"和"财"谐音，有彩头。

夏商周虽然表面笑她："你这'七彩鸟'和咱东瓯那些有名的'喜来鸟''海鸟王''金蜘蛛''俏蝴蝶''扁嘴兽'等鞋厂加在一起，可以开动物园了！"但心里还是认可的，毕竟做鞋子，有个通俗好记又形象鲜明的名字很重要。

也许老天真的是公平的，叶欣欣小时候不会读书、长大了不会教书，但做生意的头脑是真的挺灵活。她断然拒绝了听从夏商周的建议后来寻求合作的"纽扣大王"邹庆放，觉得自己的"七彩鸟"一定会超越楠峰公司旗下新成立的康庄鞋业，只要打败"康庄"，"七彩鸟"就一定能飞上枝头成凤凰！

暑假开始了,今天一早起来,关山月就收到了巴黎来的一封新的航空信。信上,妈妈说念初姐姐真的很有出息,用几个便于携带又极具东瓯风味的家乡菜征服了巴黎最大的两家皮包和服装厂的老乡老板的味蕾,为小姨的餐馆争取到了今年最大的外卖订单。她们乘胜追击,几乎签下了巴黎二区、三区和十一区近一半的东瓯老乡的"工人餐"外卖,自己做不过来,还分给周边的几家餐馆一起做,利润分成,小姨笑得嘴都合不拢了。

意犹未尽地合上信,关山月起身出了门。每个寒暑假,她都会去楠峰公司帮忙。今天她一到邹庆放的办公室,发现三伯关中天也在,这让她觉得有点意外。让她感觉更意外的是,邹庆放脸色阴沉,敞亮的办公室里笼罩着少有的阴霾。

一见关山月推门进来,邹庆放紧锁的眉头就舒展了一些:"月月,你来得正好,你看看这棘手事儿该怎么弄好?"

原来,从这两个月的财报上看,康庄鞋业的营业额大幅下降,不是平常的一般波动,很不正常。

关山月说:"邹总,咱自己跟自己纵向比较很重要,但是更重要的是横向比较。要想办法搞到其他几家对手公司这几个月的财务数据,特别是'七彩鸟'的。"

一旁的陈小楠面露难色:"这咋搞?"

徐逸锦将生意的重心从大桥镇转移到东瓯城时,把陈小楠也带到了公司做她的助手。徐逸锦去巴黎后,邹庆放大大小小的日常琐事就交给了陈小楠。

关山月说:"邹总和咱三伯有的是办法!"

这事当然难不倒关中天。果然,没出两天,几家大一点的"鞋佬"近来关键的财务数据就都放在了邹庆放的办公桌前。当他们看到这些数据时,不免大吃一惊:到底有一股什么神奇的力量,让这几家原来根本不是他们对手的鞋业异军突起,销量这么火爆?

关山月说:"三伯、邹总,咱们几个马上兵分几路去实地调查,这情况如果不摸透彻,他们一旦联手夹攻,我们就很危险了!"

关山月匆匆回了学校,打算整理一下行装,明天和陈小楠去调研闽北市场。刚到校门口,就见到陈启东的身影。

"你怎么来了！"关山月很是惊喜。

"都放暑假了，我自然是要继续回来当我的学生记者啰。"陈启东笑着摸了摸关山月的头，"再说，也很久没见你了。"

关山月听了莞尔一笑，但是笑容很快就消失了。她将了将被风吹乱的头发，说："公司出了点问题，我明天要和小楠一起去趟闽北。"

"闽北？你可知道那有多远吗？要先经过咱们东瓯下辖与福建接壤的安泰县。别的不说，光东瓯到安泰的那段山路就要四个小时，你知道有多难走吗？你俩坐班车抖到那里，骨架也会抖散哦！到底有啥要紧事，要你们两个姑娘家去？"

关山月将刚才在邹庆放那里的一揽子事儿都跟陈启东说了，陈启东一听，说："我现在在《东瓯日报》实习，这事其实报社这边已经接到好几封读者来信了，我也正打算做一个深度报道。只是我现在还不能申请采访车，不过你等着，我去找邹总借一辆汽车，明天我们一起走。这事不是一般情况，可能是一个普遍现象，要彻底调查清楚！"

没过几天，邹庆放的办公桌上就摆满了大家兵分几路从东瓯附近市场搜罗过来的鞋子。如今，它们都已经被"解剖"过了，用材实在让人大吃一惊！

即便邹庆放觉得自己做生意这么多年也曾经使过小聪明、小伎俩，但是在徐老师严苛的把关下，在原材料上，他即便曾想过歪点子，也不敢真的用。结果今天这些鞋子的用材还是远远超出了他的想象：不是用革来替代真皮的程度，而是用马粪纸或者纸板替代！

邹庆放不禁有些心动：这些厂家可是赚足了钱的，古话说"法不责众"，大家都这么做，我们为何要自命清高认死理？他们全部是"纸板鞋"，那我们就用一半，真真假假。商场如战场，兵不厌诈呀！

但是，邹庆放一提出"半真半假制鞋论"，关中天马上跳了起来："这样赚昧良心的钱，你不怕雷公劈啊！"

邹庆放说："现在东瓯的鞋子样式这么时髦洋气，特别是女鞋，出一款火一款，'鞋佬'越来越多，鞋子也越来越多，你知道竞争有多么激烈吗？市场的残酷你该明白，不是你死就是我活。如果我们坚持用好材料，成本这么高，价格下不来，而别家却能快速将现金流回笼，那么你算算，他们只消用多少时间就能将我们打垮？

现如今'七彩鸟'死命盯着我们，如果他们和别家联手跟我们打价格战，到时候，我们就死得很快了！"

"那也得问问徐老师！"关中天还是不同意。

邹庆放说："徐老师在国外，根本不了解这边的市场行情，等你跟她讲清楚，星星也等成月亮了！"

两个人争执不下，陈小楠着急地问关山月："月月，你说说呀！"

邹庆放不容关山月发声，抢过话来："月月，这事拖不得，你看看这两个月我们的财务报表，徐老师也常说'兵贵神速'，再拖，我们的'康庄'就会被拖死了！"

关中天见邹庆放如此紧盯不舍，说了句"你想钱想中邪了"，就干脆踱到窗边看楼下的大榕树，不再作声。

关山月觉得自己没有商场的实战经验，见邹庆放如此坚持，只好也不作声。但回去以后，她还是写了封信，将情况告知远在法国的母亲。

会议草草结束，接下来，关中天干脆将自己马放南山，随邹庆放折腾去了。

当邹庆放和关中天在为康庄鞋业是否换鞋材的问题声音都高起来的时候，《东瓯日报》的实习记者陈启东也在报业大楼和分管采编的领导吵了起来。

这段日子，报社连续接到读者来信，主要内容就是投诉自己买到劣质鞋，而这些劣质鞋几乎都是本地鞋企生产的。那一天，陈启东与关山月一起去闽北的市场走访了一圈，发现闽北市场的低价鞋几乎也都产自东瓯。闽北市场的一些老板偷偷地告诉陈启东，他们管这些鞋子叫"星期鞋"，消费者买过去顶多只能穿一个星期，但因为价格低廉，买的人还是很多。

陈启东问："只穿一个星期，那顾客来投诉怎么办？"

那些老板说："不用担心，我们会将真皮的鞋子放在旁边，价格标得奇高，顾客买了'星期鞋'，一个星期或者十来天穿破后来问我，我就将这高价的真皮鞋拿出来，跟他们说想要牢固就得买真皮的。他们一看价格差这么大，也就不响了，反而会继续买走几双'星期鞋'……嘿嘿！"

陈启东回来就写了一篇深度报道——《有一种奇怪的鞋子叫作"星期鞋"》，但是，领导以他只是个实习记者为由，让他暂时不要发。

前几天，报社又接到了一封来自东北的挂号信，写信的是一对新婚夫妻，字里行间怒气冲冲，说新郎在婚筵上穿的刚买的东瓯皮鞋开了帮，里面塞的全是马粪纸！并且说他们已经将这双让他们颜面尽失的马粪纸鞋寄给了东瓯市市长！

陈启东拿到这封信，即刻找到领导，领导看了来信后也大吃一惊，但依旧不让陈启东发文，说此事重大，一定要请示市委市政府。但是陈启东觉得既然此事重大，那么报社一定要承担起为人民发声的监督者的责任，不用请示，就事论事，新闻先行，尽快发稿。然而领导就是不批准，热血的陈启东也不管自己实习生的身份，当即摔门而去！

结果类似的事情很快就被外地的媒体以另外一个事件报道了出来，说有人在武汉一家商场买了双新皮鞋，结果只穿了一天，鞋底就脱胶了，成了名副其实的"一日鞋"。接下来，全国各地不断爆发出东瓯"一日鞋""晨昏鞋""星期鞋"事件，各地工商部门不断接到投诉，有许多外地的商店门口更是挂出了"本店没有东瓯货"的牌子……终于有一天，愤怒的消费者将五千多双东瓯皮鞋打上"劣质皮鞋"的标签，一千多双被低价拍卖后，其余的被一把火烧光了！新华社记者据此写了新闻报道，全国商业系统开始打假，东瓯假冒伪劣皮鞋成了"过街老鼠"！

第二十五章
人人皆努力

东瓯城并没有高山,当年郭璞建城以城中九座形状如斗的矮山为基调,奠定了东瓯城山中有城、城中有山的格局。但是,对于在楠枫江崇山峻岭中出生成长的关中天来说,城里的这些小山包实在有点滑稽。

虽然离乡多年,关中天一直觉得自己还是个地道的"山头人",他喜欢大山,只有登上高峰,他才觉得目光远大,心胸舒朗。这几天,和邹庆放话不投机半句多,他又跑到位于东瓯城东郊的高大的罗山来爬山了。

东瓯的罗山以花岗岩地貌示人,峭立的山壁上,一棵棵青松古意盎然,不常来的人都会恍惚以为自己来到了黄山。

关中天舍近求远来爬罗山,除了看不上城里那几座小斗似的山丘外,更主要的是因为,在这里,他能将东瓯城尽收眼底。

今天阳光灿烂,能见度极好,关中天远目中的东瓯,三面环山,一面靠海,山下一片平畴里水网密布,阡陌纵横,一派江南水乡的美景。

瓯江中间的瓯心屿上有东西两座相对而立的古塔,东边的是唐塔,西边的是宋塔。"孤屿今才见,原来却两峰。塔灯相对影,夜夜照蛟龙。"这是北宋东瓯太守杨蟠对瓯心孤屿的生动描绘。

千百年来,东瓯人外出或者货运,主要都是走水路。在东瓯方言里,"水"的发音和"死"的发音几乎一致,因此东瓯人就自嘲东瓯的交通是"死路一条",这其中,又包含了多少东瓯百姓对陆路和空中交通的期盼之意。

然而，这条追梦路走得何其坎坷与艰难。从船来舟往，到瓯江两岸车水马龙，孤屿古塔送走了多少孤帆远影，迎来了多少沧海变迁。直到前两年，瓯江两岸的百姓才像过节似的，张灯结彩、锣鼓喧天地迎来了第一条连接瓯江南北两岸的大桥。头三天，那里成了东瓯最热闹的游览观光点，男女老少结伴而行，大桥上摩肩接踵、人声鼎沸。

此刻，关中天远眺矗立在瓯江上的大桥，心里却在想着另一件事。

前不久，四弟关中瑜跟他透露了一个消息，说自己将参与正在进行中的东瓯机场建设项目。

关中天听了一拍大腿："太棒了！这是大好事，两年前我就有所耳闻，如今你参与进来，我是不是也能出一份力了？如果需要我做点什么，你尽管吩咐！"

关中瑜说："是有很多活儿要做，但是这恐怕不是三哥你一个人能做得了的！"

"那你快说说，是什么活儿那么难，缺什么？"

看着关中天急切的目光，关中瑜神色有点凝重："缺钱！东瓯要建机场，民航总局当时划拨了三千万元，虽然解决了基本资金难题，但这远远不够计划的总投资数。我们市政府一年的机动财力又只有一千多万元，这两年市机关不买小汽车，不建干部宿舍，大家横下一条心，就是'砸锅卖铁''勒紧腰带'，也要把机场给建起来！"

关中天一听傻眼了："这意思是说咱东瓯的机场不是国家给建的？那还造什么机场，在纸上画一个好了！"

在这些重大问题上，弟弟似乎永远比他沉得住气："你先别急，办法总比困难多啊。领导们已经群策群力了，市计划委员会有领导同志大胆建议利用尚存的开放城市的扩权外汇，可以筹集一大笔资金。实在不行，东瓯藏富于民，可以先向实力雄厚的民营企业征集资金。这样一来，咱这机场就要成为全中国第一座地方集资为主的机场了。"

关中天听了一拍手，站起来对弟弟说："对呀，这办法好！地方集资对吧，修桥补路自古是咱们东瓯人的传统美德，现在更先进了，建机场，老祖宗知道了也会高兴的。好，我们楠峰集团第一个响应，让邹庆放把钱拿出来！"

关中天兴冲冲地找到关山月,叫她马上给巴黎写信,将这情况跟徐逸锦讲清楚。关山月听了也很兴奋:"呀,那不久的将来我们就可以坐飞机去远方了,太好了!"

可邹庆放的反应出乎关中天的预料。他黑着脸,第一次对关中天大吼了一声:"没钱!"

这天下午,在东瓯大学的传达室,关山月接到了正在省城开会的父亲的电话:"月月,明天晚上我和小夏一起回东瓯,到家刚好是晚饭点。你叫上你三伯,再提早准备一些酒菜,晚上大家一起回家喝两杯,庆祝会审成功通过!"

"啊……"关山月不明白为什么父亲会跟夏商周在一起,但她话还没问出口,那边关中瑜已经挂了电话。

她觉得有点尴尬,因为到现在为止,夏商周对她忽冷忽热的态度,让她不敢确定夏商周到底爱不爱她。而陈启东对她的情感一天比一天热烈,他不再顾及青梅竹马时的笨拙,不再遮掩学生时代的羞涩,一次次在信中,他已经暗示或者干脆"明示"对自己的强烈爱意。

关山月多少次想对陈启东说自己已经有意中人了,可是,一想到夏商周对她那种不明不白的态度,她的心中就立刻升腾起一种难以名状的情绪:从小到大,我关山月何曾让人捉弄过,他夏商周凭什么捉弄我!何况与夏商周相比,陈启东没有任何地方逊色于他,从小到大,自己也从来没有厌烦过阿东哥!

烦归烦,第二天,关山月一下课,还是去菜市场买了很多酒菜。

天刚擦黑,关中天坐下没一会儿,关中瑜就带着夏商周迈进了家门。关山月将菜端上桌,关中天一看,夸奖道:"哇,盘菜生!月月可真厉害。"

这是东瓯一种特有的蔬菜,在别处很少见,学名叫"芜菁",也叫"蔓菁",长得圆圆扁扁的,像个白盘子,因此东瓯人称它为"盘菜"。盘菜可以炒熟了做菜,也可以做炒年糕或者其他荤菜的配菜,但是,东瓯人最喜欢的还是生吃。就像将生吃的螃蟹叫作"螃蟹生"一样,生吃的盘菜就叫"盘菜生"。

此刻,关中天惊叹的不只是"盘菜生"常规的清脆爽口,还有关山月的巧手。她将盘菜切成了一颗似断非断、如连不连的球:拉开像盏灯笼,合上又能变回去!

夏商周一看,就知道这是采用"襄衣花刀"手法切出来的。它需要在盘菜的一面直刀剞上均匀平行的纹路,再翻过来在反面倾斜角度再剞一遍,很讲究刀工。

夏商周盯着那一盘精雕细琢如艺术品的"盘菜生",迟迟不忍下筷。可他抬头一看,关家三人正自在放松地将那雪白的盘菜生扯碎,放进嘴里大快朵颐,忍不住问:"这样的艺术品,你们就这样弄碎吗?"

关山月笑了:"哈哈,谢谢你的夸奖,但是菜再好看,不也是做给人吃的吗,难道只是看看的呀?"

听着关山月爽朗的笑声,又想到与她的关系,夏商周心中不由五味杂陈。

"来来来,今天高兴,月月,咱们今晚都喝上几杯!"关中瑜给大家都斟满了酒,端起酒杯说,"这次的会议,对机场建设项目的实施取得了关键性进展,真是太让人兴奋,太让人高兴了!"

关中天说:"你不是说缺钱吗?那可不是一笔小钱哪!邹庆放死活不松口,其他民营企业也不知如何,你这个不懂飞机的指挥不担心吗?"

关中瑜呷了一口酒,说:"其实组织上让我来当这个指挥,说实在的,确实有点赶鸭子上架。但是,既然组织信任我,将接力棒交到了我手上,我就得好好干!业务嘛,其他几位指挥都很懂行,各有专长,我的任务就是把各指挥协调好、团结好,再一个就是要协调好机场建设指挥部与地方政府和周边老百姓的关系。建机场,那是东瓯人的千古梦想啊,如今已经进行了两年多,我还有什么理由打退堂鼓?"

夏商周端起酒杯敬了关中瑜一杯:"关于资金,我有一个思路,不知道是否合适。"

关中瑜一口干了杯中酒:"且讲且讲!"

"除了东瓯的民营企业,能否再发动东瓯的侨胞侨领带头捐款捐资?咱们东瓯是传统的侨乡,如今几十万侨胞分布在世界各地,他们饱受思乡之苦,但是他们也最懂航空的便捷,如果能发动广大侨胞侨领带个头,也许就能打开一条群众集资建机场的通道!"

关中天一听,连连点头:"好主意!"

但关山月却秀眉紧蹙:"问题是谁来起这个头呢?"

关中瑜连喝了三杯酒,说:"这正是我接下来要说的。月月,你妈妈已经决定回国了!她在信上说,你的几个姨妈都有意为机场建设做出贡献,这件事,已经有人起头了!"

上海虹桥机场内，从东瓯坐了20个小时"民主"轮船赶到上海来的关中天感觉到自己的心犹如候机大厅里的灯火，灿烂温暖、宽敞明亮！

机场大厅播报员不停地提示各个航班的信息，机场大厅内，匆忙而过的人们让关中天的脑子不断在快速转动：他们都有自己的方向，匆匆起飞，匆匆下降，带走故事，留下回忆，在这洪流里上演着一次又一次的离别与重逢。

终于，明亮耀眼的阳光从水晶般透明的落地玻璃窗洒进来，那个逆光中款款而来的身影，依旧袅娜、依旧娉婷，一条长款的丝巾披在淡黄的风衣上，那步伐让关中天想起了"仙乐飘飘"四个字。

近了、近了，她带着一股淡淡的薰衣草的气息迎向了他！关中天终于毫无顾忌地张开臂膀，紧紧地拥抱了久别的徐逸锦！

但关中天很快松开了怀抱，又向徐逸锦身后的金盈盈问好，然后搓着双手对徐逸锦说："这个，这个……你们也知道东瓯到上海太不方便了，四弟去北京开会，月月要考试，所以，你看，就只有我来接你了……"

看着关中天那手足无措的样子，徐逸锦忽然感觉到眼前这个男人身上别样地散发出了年轻小伙子才有的浓烈的气息。

与此同时，身在首都机场的关中瑜归心似箭，他想马上赶回东瓯迎接自己朝思暮想的爱人！

距离登机时间还有一个小时，关中瑜又将徐逸锦寄到家中的航空信读了一遍。这是妻子离开巴黎前寄回来的最后一封信，关中瑜发现文字里的徐逸锦比平常的她更能直白地表达自己的情感。她说："中瑜我的爱人，过往的种种不快，皆因觉得你不懂我而起，但这一年在国外的所见所闻，经过时空和岁月的历练，直到如今，看到你为实现东瓯的航空梦鞠躬尽瘁，方知所谓的'懂'与'不懂'，皆因一时对世界的理解不同而已。我知道是我任性了，这么任性地离开你和月月，对不起！"

每每看到爱人信中的这一句"对不起"，关中瑜都会鼻子一酸，然后连声在心中说：是我对不起你！是我对不起你！是我让你不开心了！

他整理好情绪，接着看下去：

"母亲最终还是离开了我们，但这一年我能在她身边尽孝，陪她走完最后一程，已是十分感念。金姨和小妹也续了一段母女缘，只是她年纪大了，还是想回国生活，小妹就说，以后会找机会回国来看看大家。

"只是阿念想留下来，在这里发展她的餐饮事业，我想，那就遵从她的意愿吧。如今小妹正在帮她办理延长签证期限的相关手续，之后也会帮她申请长期居留权，她有小妹照应，我很放心。

"虽然隔了三十多年没见，但我的四个妹妹是如此通情达理。她们及她们的家人听说你参与进东瓯机场建设的项目后，纷纷慷慨解囊，让我将钱和话都带回来给你：'家乡的航天梦，就是几十万海外侨胞的故园情、回乡梦！'你看，你的几个小姨子都够仗义吧。

"如今时代发生了巨变，我们虽已不再年轻，但怎么舍得再错过共处的光阴，错过祖国的新时代呢？来吧，张开臂膀欢迎我。我回来了，回到祖国的怀抱。当然，我更想念的是你的怀抱！"

2

难得回到大桥镇，此刻，江边的邹庆放让自己的思绪回到孩提时期。那时候的菰江水多么清澈，从浅滩看下去，白花花的鹅卵石在水底闪闪发光，小鱼儿成群结队，欢快地游来游去。两岸村里的大婶每天起早先来挑水回去煮饭，再来洗菜洗衣服，江埠头就是她们的新闻中心。

在那个没有机械的年代，聪明智慧的老祖宗在菰江边建造了一座座水碓，水渠里的流水冲下来直击木做的水轮，水轮转动碓轴，使上面碓房里的磨盘转动得飞快，减轻了多少村里人磨面粉的负担啊！那时候，年少的邹庆放常常坐在防洪坝上傻傻地看着，总是想不明白水碓怎么会有这么大的力气，真的了不起！

自从和徐老师卖纽扣发家致富，自己也成了村里人眼中"了不起"的人物，每次回乡，他总是将车窗摇下来，大声地和大家打招呼。可是今天，他让驾驶员将车子停在了菰江大桥外，自己悄悄地来到菰江边。此刻，他发现菰江再也不像小时候那般清澈见底，甚至远远地就闻到了一股臭味。他忽然明白，那是大桥镇常年做纽扣，直接将废水排进菰江所致，这让他忧心忡忡！

可更让他忧心的，其实是另一件事——他直接管理并且占主要股份的楠峰公司旗下的康庄鞋业受全国抵制东瓯货的浪潮影响，财务情况漏洞百出。他已经开始拆东墙补西墙，挪用楠峰公司大量的资金来填补康庄鞋业的大窟窿了。

在整个东瓯鞋业风声鹤唳的情况下，邹庆放采用的战术依旧是"法不责众"。他妥协了，与以"七彩鸟"为首的东瓯鞋业形成攻守同盟，依旧生产"晨昏鞋""星期鞋"来取得现金流。只不过和以往在北京、上海、天津等大城市销售布局不同，这一回，他们准备将市场转向一些交通和信息都不发达的地区，那里的人即便买了马粪纸做的鞋子也投诉无门，这样，还可以支撑危如累卵的市场，邹庆放梦想着就此打一场翻身仗。

可在这个节骨眼上，徐老师回来了，并且开始将资金进行重新整合，打算全资投资一家新的酒店，坚决不出资帮助他生产投放西部市场的廉价鞋。他不甘心，就回到大桥镇，找栎村的老支书陈轻舟碰碰运气，希望能从他那里调一些资金，解康庄鞋业的燃眉之急，想不到老支书一口回绝了他！邹庆放费了好多口舌才从老支书口中探得消息：在邹庆放来栎村之前，徐老师早就吩咐过了，如果邹庆放回乡集资，决不能帮他，因为他会用这资金去做害人的"晨昏鞋"！

为了唤回邹庆放的初心，陈轻舟还说起了他的小舅子、当年跟邹庆放一起做纽扣生意的叶阿春最近的遭遇。说是前段时间，叶阿春他们有一批十万元的货被河南当地的工商部门给扣了，因为他们带出来的介绍信是挂靠的，对方说他们"挂户经营"违法，是搞投机倒把，必须依法处理。

消息传回，县委领导了解完情况后，就直奔东瓯市委，找到市委董书记，向董书记详细汇报了嘉宁大桥镇"挂户经营"的困境。

董书记是个敢于创新的领导，他到东瓯工作之前就知道这里有"挂户经营"的情况，到任后对"挂户经营"更是时刻关注。

所谓的"挂户经营"，就是指那些家庭工业户和购销员因为没有企业法人资格，不具备在银行开户立账的条件，为开拓产品销售业务渠道，便挂靠在一个集体企业或国营企业的户头，并以该企业的名义对外从事经营活动的一种特殊的经营方式。

董书记对县委有关领导说："你们东瓯人的生意脑袋就是比别的地方活络、好使，这'挂户经营'就是你们东瓯广大农民的一个创造呀！但是我们一定要使广大挂户经营者有法可依、有法可护，可以昂起头地挂户经营到全国各地去！这样，你赶紧回去牵头做一个调研报告，咱要让东瓯的农民经营户们合法合规做生意！"

让乡亲们非常意外的是，这位董书记不只是坐在办公室里跟他讲这些道理，没两天，董书记居然亲自到嘉宁来了，还让县长带领着去了趟大桥镇纽扣市场。

这下大桥镇可热闹了，村干部、经营户们将董书记围住，七嘴八舌地说如果有一个挂户经营的法规，东瓯的家庭工业、联户工业、专业市场就会有一个更大的发展。如果能有一个挂户经营的红头文件，他们走遍全国都不用再担惊受怕了。

董书记曾长期在基层工作，对农村情况非常熟悉，深知挂户经营对农民经商办厂的重要性。临走前，他督促嘉宁县县长，务必尽快出报告。

没有多久，一份《中共东瓯市委关于在我市进行改革试点的报告》就放在了市委董书记的办公桌上，有关《东瓯市挂户经营管理暂行规定》即将颁布的消息也随之传到购销员们的耳中。

此项规定的出台，将赋予几十万没有法人资格的购销员、家庭工业户和个体户合法的身份和地位，将有力地推动和保证他们以千军万马之势走遍千山万水。

叶阿春马上将情况反映给河南当地的工商部门，他们却对他说："既然这个事情在你们东瓯合法，那就拿文件来。如果你们东瓯政府有文件，我们就可以依东瓯的规定处理解决，把扣的货给还你。"

叶阿春当晚就起程回嘉宁，找到相关负责人汇报情况。负责人对他说相关文件是定了，但还没有颁布。

叶阿春焦急地问："那什么时候能颁布，能不能早一点颁布，能在月底颁布吗？"

负责人很纳闷他为何提出月底这个具体的时间，叶阿春说是因为对方给他的期限已经到最后15天了，这个月底就截止，只有拿到文件才能拿回那十万元的货，拿不到文件或者文件拿去迟了，货物被扣的事情就解决不了。

让叶阿春做梦也没有想到的是，董书记听了汇报后，当即签发了文件。

为了解决一个购销员货物被外地扣留之事，《东瓯市挂户经营管理暂行规定》比原来的安排提早半个月颁布了！

当叶阿春把文件拿给河南当地工商部门看时，那价值十万元的被扣的货物没有受到任何处罚就被当场放行了。

陈轻舟不无感慨地说:"你看,这是东瓯改革试验一个多么重要的成果啊,也是全国第一个'挂户经营'政策,是中国工商金融经济管理政策的一个大突破。你不知道,这件事在全省和全国引发了多大反响,得到了多少地方的认可,听说有些地方已经开始参照了。所以说,只要你踏实做生意,东山再起不是没可能。上次的亏还没有吃够吗?"

这一趟回乡不仅集不了资金,还被老支书教育了一通,邹庆放心中长久积蓄的郁闷再也压不住了。他怒气冲冲地回到东瓯"十三层",吩咐陈小楠将徐逸锦和关中天都叫过来。这一回,他已经管不了"恩师"这两个字了。再一次和徐逸锦谈判无果后,他翻脸了,一拍桌子,吼了一声"我不干了"便甩门而去。

徐逸锦知道,若自己坚决不给"康庄"注资会逼急邹庆放,但是她并不担忧,因为对于"康庄",她已有新的安排。

一回国,徐逸锦就在女儿的配合下,将东瓯遍地开花的鞋业做了一个详尽的调研。她敏锐地发现,除了假冒伪劣产品泛滥成灾外,作为传统产业的鞋革行业,东瓯本地各项条件也在致命地掐住行业发展的咽喉。比如鞋厂想要扩大生产规模,可要地的成本太高了,即便有钱也拿不到盖厂房的地。另一个,很多生产低价鞋的工厂越来越留不住工人了,总是在生产旺季的时候会有工人嫌保底工资低而突然不见。于是,徐逸锦冒出的第一个念头就是康庄鞋业目前需要想尽办法节约成本。

这成本如何节约?思维局限在东瓯肯定行不通。

进一步深入调研,徐逸锦发现了一条新途径,那就是将目光投向西部,让自己的鞋企生产走出去!今天,徐逸锦本来准备和邹庆放重点谈的就是将"康庄"生产工厂迁往西部的打算,但是她没想到如今的邹庆放已经与当年的邹庆放大不相同,他变得自大、自负并且执拗,很难听进别人的意见,只在自己认定的道路上一头往前拱,根本不愿意将头抬起来看看外面的世界。

望着那扇刚刚被邹庆放狠狠摔过的大门,徐逸锦深深叹了一口气,将目光转向了关中天。关中天接过了徐逸锦的目光,朝她点了点头。那一刻,徐逸锦顿时觉得刚刚被抽空的心忽然重新注入了一股强大的力量,她站起身,握住了关中天的手,说:"楠峰新投资的餐饮就交给你了,我要去西部,让我们的康庄鞋业重新起步,从西部再走出一条康庄大道来!"

接下来的一年多时间里,楠枫集团的一切都在按照徐逸锦的规划有条不紊地进行着,除了邹庆放将自己马放南山不见踪影外,一切似乎都很顺利。但是,随着时间的推移,问题也逐步显现。

徐逸锦在与关中天的电话沟通中察觉到,她用从国外带回来的那套办餐饮的理念和方法管理旗下酒店,手下的许多人已经越来越跟不上她的思路和节奏了。陈小楠虽然学得挺快,但毕竟文化水平不够高,许多事还是难以胜任。可自己这边,西部鞋厂的事情也越来越多,自己不能时时留在东瓯,徐逸锦开始觉得有些力不从心了。

这天她抽空回了趟东瓯,一家三口正享受着难得的团圆时刻,却听外面响起了咚咚咚的敲门声。关山月开门一看,吃惊地叫了一声:"邹总!"

徐逸锦也惊讶极了。这次回来,她就想好好跟他谈一谈,没承想他倒先登门了,却不知所为何事。

邹庆放急急忙忙地说:"快快,三伯昏倒了,在楼下我的车里,你们谁和医院熟一点,赶紧联系医生吧!"

一阵忙乱后,关中天被送进了东瓯医学院附属第一医院的手术室,因为肠梗阻,做了部分结肠切除手术。几天之后,医生带给大家一个非常不好的消息:关中天得了结肠癌,但万幸是早期的。但接下来就不要过于操劳了,要好好休息,积极配合治疗。

一切来得太突然,关中天的病几乎打乱了徐逸锦的布局!她在处理好关中天术后各项事宜后,第一时间找邹庆放谈话,希望他放弃他那个廉价鞋市场,接替康庄鞋业在西部的工作,这样自己就能留下来将公司已经投入很大的酒楼撑下去。但是,徐逸锦没有想到这一次与邹庆放的谈话依然失败了。除了赌徒想回本的心理,徐逸锦也看出了邹庆放的另一层心思:自己是正当年的男人,能有本事再次证明自己,而不愿意永远被罩在徐老师的"光环"或者"阴影"下。

连续几个晚上,徐逸锦夜不能寐,一方面极其担忧关中天的病情,另一方面,西部和本地两边的事业都刚刚起步,自己肩上的担子虽说不敢轻易卸下,可是否能有人分担呢?

关中瑜为了让爱人放松一点，这天晚饭后就把徐逸锦从家中拉了出来，两个人一起到瓯江边散步。一路上，徐逸锦一言不发，忽然，她没头没脑地跟丈夫说了一句话："我想到一个人了，但是，这事需要你帮我！"

在关山月的人生词典里，还没有遇到"抉择"这两个字，但是今天，她遇到了。

今天是休息日，关山月很惊讶地接到了爸爸的邀约，让她陪着去江心屿走走。

此刻，瓯江中心那座神奇的孤屿如水墨画一般映入关山月和关中瑜的眼帘。踏上孤屿，关山月挽着父亲的臂膀来到了澄鲜阁。

关中瑜抬头看了看悬挂在阁上的牌匾，转头对女儿说："这阁名取自谢灵运名篇《登江中孤屿》中'云日相辉映，空水共澄鲜'一句的'澄鲜'二字。爸爸最佩服的就是他。"

关山月抬头看了看牌匾，又认真看着爸爸，一拍脑袋："爸爸，如果今天不来江心屿，不到澄鲜阁，我都快忘了您曾经是美术学府的高才生，是不是连您自己也都快忘了呀！"

关中瑜说："月月，人生的道路挺漫长的，但关键的只有几步，就是这几步，会改变你一生的方向。爸爸现在回头看，我的大学同学也没有几个从事自己的美术专业。为官不是爸爸的人生目标，可既然命运让我从政，那么我就认真地当一个老百姓的服务员。"

"爸爸，您还记得自己曾经的情怀和诗心吗？"父亲因为常年下基层而布满风霜的脸上虽然依旧棱角分明，但是，关山月自打记事起就几乎没在父亲身上看到过"情怀"和"诗心"两个词，也许是因为它们都被工作给占据了。

关中瑜没有想到女儿会问这样的问题，他想了一下说："月月，爸爸是学美术的，情怀和诗心永远在。只是生活很多时候由不得你由着自己的情怀去诗意地生活，当生活需要你做选择的时候，一个有责任心和使命感的人，就会将个人的诗心和情怀珍藏在内心深处。今天爸爸就是想和你谈谈有关'抉择'这件事。"

当父亲将关山月平生第一次重大"抉择"摆在她面前的时候，她还是非常震惊：东瓯是个传统的地域，自古耕读传家，以读书为荣，东瓯城乡百姓一直都对"读书人"和"铁饭碗"心存景仰。因此，她从来也没有想过父母决定让她下海！

关山月喜欢当老师，喜欢东瓯大学，更何况，如今那里还有夏商周。他在东瓯大学做了几年研究，学校方面一直诚邀他出任教职，关山月本打算毕业后能争取留校，跟他成为同事的。但是，母亲这段时间的焦虑和苦恼，关山月都看在眼里。

对于母亲，关山月更多的是崇拜。她常想用"世事洞明皆学问，人情练达即文章"来概括自己的母亲，但又觉得还是不能涵盖母亲身上的全部内涵。在她眼里，这世上几乎没有什么事能难倒母亲，但这一次，母亲确实遇到难题了。

因为从小跟父亲特别亲近，关山月对自己将来的人生道路想得也挺简单：找一个像父亲这么疼爱她的丈夫，在大学当个好老师，不在乎自己有多少钱，也不在乎自己有多少成就，她常跟爸爸开玩笑说她的人生目标是当个贤妻良母式的好老师。

但此刻，望着父亲极少在她面前摆出的那副严肃的面孔，关山月心里开始发慌：改变已经规划好的人生轨道，我……行吗？她忽然觉得自己的心犹如眼前这瓯江水一般波涛汹涌，但是却不知道该流向何方。她对父亲说："让我想想，让我想想，好好想想！"

从江心屿出来，关山月回到学校，犹豫再三，还是鼓足勇气去图书馆天桥旁夏商周的宿舍门前敲了门，但是，他不在。关山月失落地离开，漫无目的地在校园里转了好久，然后往传达室走去。

没想到关山月会主动打电话找自己，这让陈启东欣喜无比。听完关山月的叙述，陈启东说："月月，我知道徐老师不是一般人，她做的事情绝非常事。但是，不管你做什么样的选择，我都尊重你的想法。只是有一点，我们为人做事，都要遵循自然的客观规律，你其实只要思考一个问题：父母的年龄。"

关山月想不到自己纠结半天的事情被陈启东一句话点醒了：是啊，我只知道自己长大了，却从来没有认真考虑过父母会老去！沉思了好长时间，她才对电话那头的陈启东说："谢谢你！你说得对，我决定了，听从妈妈的安排！"

感觉关山月似乎就要挂断电话，陈启东赶忙喊了一声："月月！"

他顿了一顿，才接着道："你要知道，楠峰公司是东瓯的龙头企业，一旦决定，开弓没有回头箭，你就要义无反顾地挑起这副担子了！我已确定，毕业后就回东瓯，成为一名正式的记者！我们都已不再是当年栎村道坦里捉迷藏的孩子了，我们该正视自己的生活了。我知道你一定明白我的心意，可是我不明白你为何犹豫？从今往后,你将会遇到很多问题,会有很多困难……请你答应我,从今天开始,做我的爱人。有我们的爱,你将无所畏惧,勇往直前!"

3

东瓯三面环山、一面靠海,食材丰富,东瓯人的饮食喜淡不嗜辣,除了餐馆的大厨师会将食材稍加"修饰"外,东瓯城乡的主妇们最拿手的就是将食物以"水汆""清蒸"等最原始的手法烹制,彰显了东瓯人餐桌的鲜与真。

但也许是太过清淡,为了在品尝食物时体会到更加丰富的层次感,东瓯人发明了一个独特的餐桌配角——酱油醋,就是将酱油和醋按合适的比例调配好,讲究的还会滴入几滴香油,再调上一小勺白砂糖,然后将这些精心调配好的酱油醋统统倒进一个专用的带嘴的小茶壶里。

此刻,关雪桐正在东瓯城五马街拐角的一家还算气派的酒店大厅里为那铺着红色桌布的餐桌专心致志地调配酱油醋。因为眼睛老花了,调好的酱油醋老是对不准壶口,常常将桌布弄脏,这让她十分懊恼。当她第三次将酱油醋洒到餐桌上的时候,她啪的一声将那盛放酱油醋的小壶放在了餐桌上,起身走进厨房,对正在灶台上掌勺的亲家公抱怨:"叫个服务员手脚这么笨,倒个酱油醋还要我亲自动手!"

亲家公抹了一把汗,头也不抬,没好气地说:"关主任,服务员也是人,像你这么使唤人,能留下来的算是脾气很好了,你要再这样下去,服务员不跑光才怪,到时候就要你关大主任亲自当服务员了!"

村选的妇女会主任是关雪桐这辈子担任过的最响亮的"官衔",关雪桐很愿意别人叫她"关主任",哪怕跟着调到东瓯市任职的叶繁晟来到东瓯城里生活后也一样。因为她觉得只有那样叫,才让别人知道自己不只是叶书记的夫人,还是有能力的人,这样别人就不会觉得自己是靠老公生活的,这才是妇女独立自主的标志。

关雪桐把这种理念和作风也带到了亲家的饭店里,除了老板阿生老司,平日里其他人都不敢接关雪桐的话。

阿生老司是东瓯城里有名的烧鹅老司头,从小家境贫寒,跟人学做酒席,后来娶了个菜市场里卖鹅的姑娘当老婆,就自立门户,和老婆一起开了个烧鹅店。因为味道好、价格公道,再加上老板娘长得漂亮,脾气又圆通,这生意自然做得芝麻开花节节高。阿生老司有一个儿子,像他老婆一样长得很好看,性格斯文,熟人们都打趣说,要是个女儿,就可以成"烧鹅西施"了,可惜是个小子!

阿生老司的儿子叫阿铭,虽然生得好看,但读书却不是块料,初中毕业后说自己不想读了,在外面晃荡了几年。阿生嫂舍不得儿子在外面吃苦,就将他叫回来到店里卖烧鹅。从此,一家三口各司其职,阿生嫂负责进货,阿生在后面厨房做烧鹅,阿铭替代妈妈站店面。而阿铭一站店面,这生意非但没有因为新手上路而清淡,反倒更加火爆,因为来阿生家买烧鹅的小媳妇大姑娘更多了,很多人开玩笑说阿生老司家最值钱的就是阿铭那张脸。

关雪桐那个嫁不出去的老姑娘叶欣欣居然在一次去阿生家买烧鹅时,就像电流穿过身体,当场被眼前这个"喜面人相"的阿铭给击中了:洁白的皮肤,精致的脸面,高高的个子,柔和的脾气,一见人就开口笑,还露出一口好看的牙齿!天哪,叶欣欣觉得自己都要无法呼吸了!

后面发生在叶欣欣和烧鹅店阿铭之间的情感故事,当然注定不会平凡。

首先跳起来的是关雪桐,她对女儿大吼道:"你居然想嫁给一个卖烧鹅的?别的都不说,只说将来你让我和亲家讲什么?讲鸭子和大头鹅吗?"

一向宠溺女儿的叶繁晟虽然不表态,但也没有投赞成票,每次女儿和老婆在家为此事快要"火并"的时候,他干脆逃离战场。

阿生老司那里也是不得消停。

年轻貌美的阿铭被人高马大的叶欣欣火炮似的爱的攻势给吓到了,好长时间不敢到店里来卖烧鹅,被阿生嫂骂得狗血喷头:"一个大男人还怕老娘儿们!赶紧给我滚回店里卖鹅,人家追你是她的事,赚钱可是咱家的生计!"

到最后,在这场跌宕起伏的情事中,俊美的阿铭是如何被叶欣欣"拿下"的,坊间流传着很多版本:有的说是叶大小姐的八丈气场罩住了阿铭,有的说是阿生嫂助攻叶欣欣……反正最后奉子成婚是事实了。

关雪桐气急败坏地发现女儿怀孕后,二话不说就拿出拼命的架势逼叶欣欣去医院,但是医生毫不留情地跟她说叶欣欣已经是高龄孕妇,而且以她这种体质,能怀孕已经是上天眷顾,如果这次不要孩子,那么接下来怀孕的概率极低。医生问她们母女俩要不要冒险,叶欣欣当场就炸了,对关雪桐说:"你真的想我断子绝孙啊?你这辈子不想当外婆,我可是想当妈的,你要这孩子的命,那就是要我的命!"

如此这般,纵然万般不情愿,关雪桐也只好乖乖地把叶欣欣嫁出去了,但是嫁女儿之前,她提了一个无比严苛的要求:让亲家关掉又小又破旧的烧鹅店,在热闹的街区开家体面的餐馆,登记在阿铭名下,这样好歹女儿也算嫁给了一个酒楼老板,而不是一个"烧鹅佬"。

叶欣欣嫁到阿铭家后不久就生了个女儿,那小人儿长得像爸爸,小模样很是俊俏。这下关雪桐可欢喜了,一开始天天上女儿家看小外孙女,但是时间一久,就发现亲家母嫌她弄孩子毛手毛脚的,不太高兴让她带。

可关雪桐不甘心自己有大把的时间却没有用处,干脆和亲家母换了个位置,直接插手到亲家新开的餐馆里管起大小事务来了。大到店面、招工、财务,小到餐桌上的酱油醋——这又惹得阿生老司很不高兴,但又不能轻易惹"关主任"生气,只好每天将后厨灶台的锅碗瓢盆敲得叮当响。

当然,凭着老底子,新开在五马街拐角的阿铭酒楼还是有很多街坊邻居捧场的,何况他们家还有招牌菜阿生烧鹅,因此,这酒楼的生意也是蒸蒸日上。但是关雪桐想不到,当了她一辈子"假想敌"的徐逸锦,这回成"真敌人"了!

今日阳光灿烂,行路匆匆的关山月的心情却并不阳光,因为她实在不能理解夏商周对她的态度。父母让她做人生如此重大的抉择,阿东哥给了她最大的鼓励。她知道,陈启东对她的感情真挚而炽热,他又是那么优秀,那么体贴,还那么果决。但是,从小到大,在关山月的心中,阿东哥就是阿东哥,是哥哥,哥哥就是最亲的人,但不应该是心爱的人。

如果说男女情感有花期,那么关山月就是那一朵晚开的花。在夏商周之前,她从来没有对男子动过情思。在关山月的心目中,关于恋爱的一切美好和珍贵,都应该和将来托付终身的那个人紧紧相连。她觉得自己的初吻给了让她仰慕甚至痴迷的翩翩才子夏商周是一件幸福而又幸运的事情,但这些年夏商周对她的感情反反复复、起起落落,一会儿让她觉得对方狂热地爱恋着她,一会儿又让她觉得自己在对方心中根本轻如鸿毛!关山月弄不明白自己为何深陷这段不明不白的感情不能自拔,也许是因为夏商周的风流倜傥,也许是因为夏商周卓绝的才智芳华,但她本身是个好奇心极强的人,夏商周越是这样阴晴不定,她越是要坚持在这段感情中搞清楚到底是为什么,这里面或许还有她好强的一面:好吧,陪你玩,好好玩!

对于夏商周,关山月觉得自己绝不可能像张爱玲那样"低到尘埃、开出花来",从来没有恋爱经验的她对恋爱中特有的卑微和欢喜不能拿捏准确,但是今天,她还是去找夏商周了,因为她觉得自己站在人生的十字路口,何去何从,恋人的意见是不能缺席的,这与卑微无关! 可是,她还是被夏商周强烈的反应给惊到了。

"怎么可能!"听完关山月的叙述,夏商周将"可能"二字的音调拔得很高,又拉得很长,"你可是有资格留校的,放着大学老师不干,去开饭店? 端盘子、抹桌子、对客人点头哈腰? 你一个不食人间烟火的小仙女,就这样跌落红尘,终日在厨房烟熏火燎?"

关山月一脸不解甚至惊愕地看着夏商周在她面前慷慨陈词,动作很夸张。

夏商周从关山月的文化教育、职场前景、人生规划等方面做了一个全面的学术性的科学综述,最后的结论是:"不行,你不能下海经商,特别是去开饭店!"

就像一个安静的听众听完了一场激情的演讲,关山月问夏商周:"为什么要对我说这些?"

就像一百摄氏度的沸水忽然下降了五十摄氏度,夏商周一下子闭嘴不说了。

此刻,关山月多么希望他能继续激情澎湃地握住她的手,对她说:"所有一切,都是因为我爱你,我在乎你!"

如果是这样,她会考虑他的意见,会回去和父母商量,自己还是选择留在学校,如夏商周希望的那样,当一个本分的大学老师,教书育人,将来做个贤妻良母,相夫教子。父母如果问为什么,那么她一定会说:"因为我们真心相爱!"

可是最后,关山月还是失望了,夏商周在沉默半天之后,只说了一句话:"我毕竟长你几岁,这是对你的忠告!"

阳光很好,关山月却觉得心底发冷。

在江心码头,她停下了脚步,望着对面孤屿上的两座千年古塔,关山月心想:双塔能留存至今,何等难得! 与双塔相比,人生草木春秋,须臾而过,难得留下什么,为何要按部就班,一成不变呢? 何不换一种生活方式,出去闯一闯?

想明白了,阳光就照进了心里,瞬间亮堂!

关山月回头就往老城区九仙桥走去。母亲徐逸锦回西部之前再三吩咐过,做酒楼,第一个要请出山的人就是端木鸿爷爷!

东瓯老城当年水网密布,堪称东方威尼斯。岁月流逝,沧海桑田,城中偏西那条叫新河的河道早已被填埋,变成了一条宽阔的大马路。在这条如今叫"新河街"的大马路的西面,东西走向的大小巷弄总共有七十二条,其中七十一条都互相贯通,唯独书堂巷东首有一条只进不出、没有名称的"死巷",因此东瓯城里人说新河街有七十一条半巷弄。这里聚集了东瓯老城最具代表性的人间烟火,端木鸿的独门独院就在这七十一条半巷弄外的九字桥头。

九字桥头有一座九仙楼,早年是端木家的产业,后卖给了另一户殷实之家。只是那一家不会经营,没有多久,九仙楼便湮没在历史的长河里,成了一个仓库。徐逸锦出国前,去栎村山涧的溪心羊仙馆找端木鸿商量,因为木念初要去法国,端木鸿手边没有了最得力的帮手,是否能请他回东瓯城里的老屋去,她出资将九仙楼盘回来交给端木鸿,让端木鸿先打理清爽,有朝一日阿念回来后,和他一起再重开九仙楼。端木鸿欣然同意,因此,徐逸锦母女远渡重洋后,端木鸿也回到了老宅。等徐逸锦回国时,老人家已经将九仙楼翻新,收拾得干干净净、有条不紊。谁知,木念初并没有随母亲一道回来,走进九仙楼百年烟火气里的人,阴错阳差地从对厨艺一窍不通的关中天变成了满腹诗书的关山月!

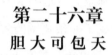

第二十六章
胆大可包天

关山月不止一次和母亲讨论过关于酒楼名字的问题。她觉得时代在变化，"九仙楼"太过传统，应该取一个能够迎合当下年轻人喜好的店名，这样才能够让大家感觉到时尚和现代气息。可是母亲说九仙楼是个百年老店，在百年老店里做出新样式、注入新文化，才是真正的时尚和现代。

听完母亲的一番话，关山月又一次变成了母亲的小迷妹。但她新官上任，也想做出一番成绩："妈妈，八仙之外，咱们九仙楼的第九仙是谁呢？我认为我们可以以此作为宣传点。第九仙到底是谁，可以让大家去猜。每个来九仙楼吃饭的客人，都有可能是那积德崇善的第九仙！"

不久，谁是九仙楼的"新一仙"就成了东瓯城街头巷尾热议的话题。这茶余饭后轻松的谈资传到了一个人的耳朵里，引起了他极大的兴趣。

一日午后，九仙楼刚做完午间的生意，炉火刚熄，只见一个步履矫健、身形健硕的中年男子走进了店堂。此人姓陈名出新，家住东瓯城里的株柏码头，人称"株柏北佬"。陈出新10岁出头便拜在南拳大师陈三虎门下学习虎形南拳，武功超群。他为人仗义豪爽，在东瓯武术界是响当当的人物，只要他在西郭跺一跺脚，东门、南岸、北市的弟子们呼啦啦就疾奔而来，没有怠慢的。

阿新老司平日里乐善好施、怜惜弱小，受过他帮助的乡邻对他都很敬仰。

跟所有侠骨柔情的铁汉一样，阿新老司特别疼爱自己的女儿。女儿今年挑了个好女婿,虽然舍不得,但女儿大了总得出嫁,因此,他自己就张罗着要给女儿办场像样的婚宴。

也许是图热闹,也许是东瓯城里的酒店几乎都容不下大场面的婚礼宴席,所以东瓯人一般都是在家里办婚宴。但凡谁家结婚,四邻八舍都高高兴兴、喜气洋洋地过来帮忙,请来的厨师就在道坦一角支起大炉灶现做菜品。但这种形式有一个短处,那就是结婚那一天得看老天的"脸色",如果刮风下雨,这道坦里的婚宴氛围就要大打折扣。

为了宝贝女儿能有一个万无一失的婚礼,当然,也舍得花钱,阿新老司就要打破常规,给女儿在酒店办婚宴。这可是一件时髦又体面的事情,不容马虎。

消息一出,几家酒店都托人给他送去了自家的菜单。关雪桐得知后,激动得就像自己女儿出嫁一样,她敏锐地感觉到这一场婚宴对阿铭酒楼来说至关重要,无论如何都要拿下!她极其郑重地将亲家公和女婿召集过来开会,结果阿生老司说:"亲家母,人家是威震东瓯的大老司,要摆的是高档酒席。我是做烧鹅出身的,咱虽然店面够大,但也就会做个家常菜,至于摆龙凤盘、雕花那些是一窍不通,人家怎么会看得上?"

关雪桐不甘心,说:"你们父子俩就是没出息,不会学学那些个新菜呀!这灶头和餐桌的事情交给你们,陈出新师傅那里我去摆平!"

阿生老司朝着亲家母的背影摇了摇头,回头对儿子说:"阿铭,你丈母娘就是贪心不足蛇吞象,什么都要争。平心得福,贪心劳碌哦!如今店里大小事情她都要说了算,我和你娘商量好了,再替你掌几年勺就不干了,都交给她吧,我看接下来有得你劳碌了!"

其实不用关雪桐如何出面,陈出新是阿生老司家烧鹅的老主顾,首先就想到了他儿子开的阿铭酒楼,可是去实地看了以后,发现还是有许多硬伤,就跟阿生老司道了谢,出门来到九字桥头的九仙楼。

这九仙楼当年的名头一直还印在陈出新的脑海里,但是,看到这里如今是个斯斯文文标致极了的媛子儿当家,他的心里又不踏实了。数了一数,九仙楼顶多摆得下17桌,可他需要摆18桌,多出来的一桌该怎么办?

想不到这个面白唇红、书卷气满身的媛子儿给他鞠了一躬,轻声细语地说:"陈师傅,您的武功威震东南,我们九仙楼里的八仙正在等人间一仙来会会呢,想不到百年过去,他们等的人是您呀!我真是有眼不识泰山,失敬失敬啊!"

一句话说得陈出新心花怒放,但是他对这媛子儿将如何安置那多出来的一桌充满好奇。媛子儿说:"这样好不好,按理说订酒宴是您先给我订金,但今天我反其道而行之,按咱们现在市面上一桌酒席的标准价码先把钱给您,婚礼前一周您再来看,如果我能妥当安置好那多出来的一桌,而且不用担心风雨,那么到时候您将这钱算在宴席酒水账里,如果我安排不了,这钱就归您了!"

见眼前这媛子儿气定神闲,说话轻轻的,却有一股让人毋庸置疑的气度,陈出新不知怎么的就收下了那个叫关山月的媛子儿递过来的钱。回家后,阿新嫂责怪他:"要是九仙楼安置不下多出来的一桌,怎么办?"

陈出新说:"能干的人总是能够在螺蛳壳里做道场,何况这不是还有阿铭酒楼候补吗?"

于是,陈出新与女儿一起,天天数着婚礼的日子。

终于到婚礼前一周了,陈出新在去九仙楼的路上就不停想:那多出来的一桌,关家姑娘到底将它安置在哪里了呢?

那一天,大概是东瓯城最有喜气和酒气的一个春日了,街头巷尾都在议论着昨天晚上陈出新老司头宝贝女儿的那场非同寻常的婚宴。

"没想到东瓯的百年老店也能这么气派,那些龙凤盘摆得那么精致!"

"没想到九仙楼还真的请来了'八仙'给新人贺喜!"

"没见过酒楼会给新郎新娘策划一整套东瓯婚礼流程的,新娘开心得都哭了!"

"没想到九仙楼消息放出这么久了,这陈师傅首先成了'第九仙',瞧他那激动样儿!"

"没见过在酒楼道坦里搭起戏台的,'新娘桌'就摆在戏台上,如众星拱月一般出彩!"

"没见过酒席结束后那么多人不愿意走,在新搭的'戏台子'上开联欢会的!"

不管多少个"没想到"和"没见过"在婚宴后流传在东瓯的街头巷尾,人们对陈出新最后的大手笔表示很赞同:"再多给两桌钱也值了!"

消息传到阿铭酒楼，关雪桐第一时间召集亲家公和女婿开会，严肃提出阿铭酒楼的各项整改意见，要求分工到位，落实有期。

阿生老司说："亲家母，蛇有蛇路，蝎有蝎道，大路朝天，各走一边，何必要费劲跟着别人走？咱们走好自己的道就行了，一样赚钱的！"

阿铭劝父亲："爸，我丈母娘也是想把咱酒楼弄得更好，咱就听她的吧！"

九仙楼这一场轰动全城的婚宴是关山月在端木鸿的帮助下，一老一少唱生唱旦独立完成的。关山月对于父母没有给予丝毫指点表示理解：母亲在西部重压在肩，父亲为东瓯的机场建设更是忙得神龙见首不见尾。今天，关山月终于得空到机场建设工地去看看父亲，顺便给父亲带去几个好菜。

关中瑜刚开完会，见到女儿，高兴地让女儿看一样文件，关山月一看："开工令？国家计委？"

听了爸爸的介绍，关山月才知道，原来机场的建设是需要国家计委的开工令的，而计划之初，这张开工令迟迟没有发下来。但是，时不我待，当时的机场建设领导小组成员经过商议，向市里主要领导建议，就按照原计划开工！

"市里领导对机场建设的资金问题也很了解，说省里对东瓯作为对外开放城市的年补助有两千万元，可以先拿出一半用于机场公路的建造。女儿，你看，有水平有决断力的领导是多么重要。今天，国家计委的开工令下来了，而我们机场的建设也已经接近尾声了！"

关中瑜兴冲冲地带女儿到已经完工的停机坪去参观，关山月比爸爸还感慨："老爸，您真的真的了不起！"

关中瑜说："不是你老爸了不起，而是东瓯的决策者了不起，是东瓯人民了不起！你妈妈也了不起，还有像她那样为机场建设慷慨解囊的民间人士更了不起！你再等等，再过几个月，咱们东瓯机场就要正式通航了，那时候，这里将成为咱们东瓯腾飞的一把'金钥匙'！"

那天晚上，关山月睡觉时做了个梦，梦见自己坐上了飞机，飞上了蓝天！

2 🍁

东瓯城的暑气已经渐渐上来,月亮升起来,人们渐渐进入梦乡,但东瓯新建的龙湾机场却灯火通明。除了关中瑜坐镇指挥各项工作外,相隔几十公里的东瓯城里,他的三哥与他一样彻夜不眠,期待着启明星升起的时候,东瓯的天空将迎来从上海飞来的第一架飞机。

从小在楠枫江边长大的关中天并没有像弟弟一样年少时外出求学,在省城见多识广,在当年十里洋场的大上海坐过大飞机、大客轮。性格不拘的关中天小时候最喜欢的事情就是爬上家乡最高的鸟鸣山看雄鹰在蓝天翱翔,后来去海岛当兵,他依然钟情于海鸟在天空自由自在飞翔的感觉,他认为那是万物生灵最自由的表达方式。对于大半辈子将自己的个人情感压抑在内心深处的关中天来说,飞上蓝天尽情翱翔是令他无限向往的事情,因为他坚信,只有翱翔在广阔无边的天际,才会让自己对自由的向往得到最好的挥洒。

自从从楠峰集团卸任,所有人都让他好好养病,可他哪里待得住,到处寻找东瓯和飞机有关的痕迹。这一找,还真让他找出了许多故事。

一位姓胡的老先生回忆说早在1933年东瓯就有机场了,只不过那飞机是浮在江面上的。机场开通了至上海、福州、厦门、汕头、广州的航线,1936年还延伸了香港航线。只是1937年淞沪会战开始后,东瓯空中航线就被迫中止了。

另一位姓周的老先生说在更早的1932年,东瓯东南面还修建了一个南塘机场。只是后来日本军机常来沿海轰炸,南塘机场未能幸免。抗日战争胜利后,省政府曾派官员来东瓯督导修复南塘机场,重新勘测,可惜最后也搁置了。

关中天将这些故事装在了自己的肚子里,暗暗激动,默默又急迫地等待东瓯新机场的再次"起飞"。

对,那一刻,他已经将东瓯机场称作东瓯"新机场"了!

第二天,关中天在关中瑜的特别照顾下来到他急切等候多时的"新机场"。

蓝天下,目睹着一架从上海飞来的飞机徐徐降落在东瓯崭新的机场跑道上,关中天知道,这宣告东瓯新机场正式通航了!

可是，一直到快过年，关中天都没能坐上一趟飞机。

首航过后，浙江航空公司首先开通东瓯至上海、宁波、厦门的航班。随后，四川航空公司又开辟了成都至武汉、武汉至东瓯的往返航班。而关中天因为想知道邹庆放现在在做的事情，就跟着他去了趟长沙。

两地并没有通航，他们依旧需要一路尘土飞扬、山路颠簸地坐上几天的长途客车，这让关中天非常失望。汽车最后在丽水一段还堵车了，大家在车上又冷又饿，不巧关中天还感冒了，就不免抱怨了一句："唉，这汽车真是慢！"

大家听了，就开玩笑说："人要是像老鹰一样就好了，张开翅膀就能飞！"

也有老乡回了关中天一句："嫌汽车慢哪？现在东瓯有机场了，飞机快，你包架飞机飞回家就行了！"

"包飞机？哈哈哈哈，这不是'胆大包天'吗？"邹庆放笑道。

这句话逗得车厢里爆发出了更大的笑声："你们当老板的赚钱把脑子都赚晕了，天也敢包？"

唯有关中天没有笑，他的脑子在飞快地转动：现在有人能包车包船，胆子大的还能包地，那为什么就不能包飞机？有那么多东瓯人在长沙做生意，东瓯人讲效率又讲实际，飞机节省时间，这趟航班要是开通了，肯定有人坐。

天色越来越暗，那个"胆大包天"的念头犹如天上的启明星一样，在关中天的心中越升越高、越高越亮！他忍不住脱口而出："对，咱们就来个'胆大包天'！"

一车的人再一次哄然而笑，邹庆放拍拍他的肩膀，说："三伯，这还没入夜，你就开始做梦了？"

《东瓯日报》新闻编辑部里灯火通明，陈启东正在和领导推敲着明天头版头条的大标题，最后终于敲定——《私人包机——东瓯普通百姓"胆大包天"！》。

文章的第一段是这样写的："今天，随着一架安-24型民航客机从长沙起飞，平稳降落于东瓯机场，中国民航历史从此被改写——东瓯的普通老百姓开了中国民航史上私人包机的先河，打破了中国民航业务的垄断坚冰，就此展开了自己的飞天梦想。"

文章一出，如一石激起千层浪，全国各地的报纸杂志纷纷转载。一时间，媒体的聚光灯一下子聚拢在一家叫作"祥龙"的东瓯民营企业上。

"祥龙"是谁？从何而来？当家人、决策者是谁？他们是如何"胆大包天"的？一下子，从天而降的一条"祥龙"，让人们议论纷纷、充满好奇。

东瓯"十三层"的办公室里，风姿绰约的徐逸锦在和关中天进行一场小小的争执："三哥，'祥龙'的法人代表是你，接受媒体采访的当然也该是你！"

关中天说："除了我当初的一个念头，从策划到攻坚、落地、实现，方方面面、大大小小的事情都是你在弄，是你帮我实现了飞天梦，现在怎么能由我出来在记者面前瞎说呀？"

徐逸锦看着关中天，语气坚定而温柔："如果没有你'胆大包天'的灵光，哪有如今'祥龙'的腾空而飞？都敢飞天，还不好意思面对记者？去吧。"

透过徐逸锦的眼睛，往日的一幕幕又闪回到关中天的眼前：

从长沙回来后，关中天一个电话将本来还打算在西部干到大年廿八才回家的徐逸锦提早叫了回来，把自己想包飞机航线的想法如此这般地跟她说了一番。

徐逸锦欣喜地说："好啊，东瓯几十万人在外地做生意，每逢过年，为了一张返乡的车票，通宵排队是家常便饭。我们不是都有这样的经历吗？这里不仅有巨大的潜在市场，更是替父老乡亲办了一件好事。除了春运，日常东瓯人走南闯北，最为便捷的交通方式会是我们的首选，如今有机场了，包机包航线，何乐而不为？"

但是邹庆放一开口就浇了一盆冷水："你们觉得包飞机就像在我们家门口包辆人力三轮车这么方便吗？这叫什么？这叫异想天开！徐老师，咱们把自己现在手头的业务做大，不要再折腾这些不着边际的事情了吧。"

虽然关中天对飞机有着谜一样的执着，但是被邹庆放这么一说，顿时有点语塞。他看了看徐逸锦，徐逸锦说："给我两天时间！"

两天后，徐逸锦将一份《关于东瓯私人承包民用航空航线的可行性报告》放在了关中天和邹庆放的面前，说："我咨询了许多业内人士和相关专家，以个人名义提出承包申请肯定不符合中国民航的惯例，我们得先注册成立另一家独立公司，以公司的名义申请。我打算到县里去注册一家公司，有别于我们在城区的楠峰集团。"

这份可行性报告，邹庆放看得似懂非懂，但是，徐老师的目光依旧温柔而坚定。他沉默了好久，才说："徐老师，不是我不尊重你们，确实是这飞机上面吊不住，下面顶不牢,太可怕了。您的报告中说要新成立的祥龙公司我就不入股了,您和三伯做吧,我退出!"

春节过后不久,徐逸锦就叩开了湖南民航局的大门,运输处的周处长被她的大胆举动吓了一跳,说:"你们承包的安-24型飞机只能坐48个人,而往返一趟需要两三万元,你们是民营企业,有这个资本吗?再说包航线,要敲一百多个部门和单位的图章呢!"

关中天不知道徐逸锦到底是用什么样的勇气和诚意把周处长的思想工作做通的,只是有一次,关中天碰见周处长,周处长说:"徐老板真是太厉害了,把祥龙公司开在县里,县里居然给你们开了担保,保单现在还在我抽屉里放着呢,你们可千万别出什么岔子。"

第一关打通后,此后整整半年多时间,徐逸锦与关中天更加频繁地往返于长沙、东瓯两地,公章盖了一百多个,批文摞起来有几十厘米厚。

在拿到了民航局和空军的批准文件的那一刻,关中天瞬间觉得一道祥光照进了自己的航天梦!

再经过一段时间紧张的筹备,终于,东瓯—长沙的航线史无前例地开通了!

那一天,在长沙机场的关中天想坐上这一架有着非凡意义的飞机跟着乘客飞回东瓯,没想到机票销售一空,他不无遗憾地让出了自己的座位给客人。

那一个夜晚,抬头仰望浩瀚星空,徐逸锦觉得"航空包机"这一件事情仿若一个耸立时代云端的奇妙音符,演奏出东瓯人创业创新的传奇音乐。她转头看了看身边的关中天,对他说了一句:"谢谢你,谢谢你的奇思妙想!"

就在关中天为他的"胆大包天"梦而努力的时候,"东瓯模式"也在又一次经受着严峻的考验。这回,大家提出的问题是:"东瓯模式"到底是不是资本主义模式?

有人在《人民日报》编发的《每月总汇》上发表了一篇题为《当前东瓯老板和雇工的一些情况》的文章,将东瓯的老板说成是"骑的本田王,穿的阿迪王,睡的弹簧床,抱的虾儿王"。在东瓯方言中,"虾儿"是妓女的意思,因此,该文一经发布,立即引起了有关领导的重视。两个月后,国务院研究室一行四人来到东瓯调查,并撰写了《东瓯个体、私营经济考察报告》,并以"决策参考"的形式报送中共中央政治局常委和国务院有关领导。

中央调查组针对调查的情况,事先给东瓯市委传达了一份"调查提纲"。这份提纲让所有参与工作的人员都明白,这次来势汹汹的绝不是什么"经验总结"。已经正式任职《东瓯日报》社的陈启东和夏商周听命参与了市委组织的回复"调查提纲"的特别小组,针对"调查提纲"提出的十个问题,陈启东和夏商周负责起草其中五个的回答。

在关于是否需要否定"东瓯模式"这一问题上,陈启东和夏商周将回答的重点放在了列举曾来东瓯大桥镇纽扣市场等其他几大市场做过实地调研的F先生及众多国内代表性专家的论述上,以F先生和中国社会科学院的论文为例,说明他们的研究分别是从流通体制、运行模式的角度看待"东瓯模式",从发展的角度肯定东瓯经验的普遍意义。

回复递交上去了,所有人的心都悬在了半空中。

终于,到了年底,调查组以国务院研究室"送阅件"的形式向有关领导提交了《关于东瓯问题的调查报告》,结论是:不能认为"东瓯模式"是资本主义模式。至此,所有人都松了一口气!

3

落日前的巴黎塞纳河左岸,一切都像涂了一层金子一般,到处弥漫着奢靡而浪漫的气息。塞纳河把巴黎分成了左右两岸,河之北为右岸,河之南为左岸。右岸到处是银行,而在左岸,随便走进一家咖啡馆,一不留神,你就会坐在海明威曾经坐过的椅子上,或靠在毕加索发过呆的窗口旁。人们常说,诗意的塞纳河,诗意的巴黎,而诗意更是在咖啡飘香的左岸。

巴黎唐人街之一的十三区就坐落在塞纳河的左岸,今天这里与往日不同,平常不大出门的华人老太太也出门走了走,去商店选一些晚上用得着的食品,因为今天是中国的除夕。

关山月同母异父的姐姐木念初也走在熙熙攘攘的人流中,两边中国餐馆鳞次栉比,她和小姨开的瓯悦楼也藏身其中。

一进门，木念初就一头扎进后厨忙碌了起来，因为今天肯定会有各国客人来这里吃一顿中国年夜饭，感受一下中国春节的气氛。

下午，电视里开始播放中央电视台春节联欢晚会了。当然，木念初根本没有时间和精力关注节目内容，当她偶然从厨房到餐厅关照一下的时候，经过电视机前面，听到主持人在出一个谜语，谜面是"胆大包天"，她也不经意地笑了一下：还有这样的谜语吗？接着，她的目光就被一只可爱的小玩偶吸引了：收银台前放着一只奇怪的小动物，看着像山羊，又像小狗。收银员叫艾达，她对木念初笑笑，说："它叫Cobi（科比），是从我家乡巴塞罗那带来的，我的家乡要开奥运会了，Cobi是吉祥物！"

哦，对，奥运会！木念初忽然想起来了这事。

艾达是个很可爱的西班牙姑娘，下周她的姐姐要结婚了，她已经向木念初请假回巴塞罗那参加姐姐的婚礼，也热心邀请木念初一同出席。一开始木念初还在犹豫，然而看到这个可爱的奥运吉祥物后，不知为何，木念初心里一动，转身对艾达说："嗨，下周带我去看看Cobi，看看你的姐姐，看看巴塞罗那！"

第二周，木念初就站在了巴塞罗那的蓝天白云下。

没想到在这里，她认识了一位来自上海的朋友，这位朋友的合伙人还是木念初的老乡。交谈中，木念初了解到他们一起在上海开了一家公司，主营工艺品的进出口。因为要开奥运会了，马德里和巴塞罗那的各大宾旅、餐饮等服务业正在抓住商机装修迎客，巴塞罗那的奥运村也正在装修，需要大量的艺术品、装饰品，他们发现了这个巨大的商机后，各处活动，已经接下了许多订单。有一个东瓯同乡会的副会长承接了巴塞罗那许多酒店的装修生意，他是个很有家乡情怀的华侨，很希望能够在装潢上加入木雕、贝雕等中国元素……

"等等！"对方话还没有说完就被木念初打断，"刚才你们说什么？木雕、贝雕？"

在得到肯定答案后，木念初的脑子快速地运转了起来，语速也快了起来。

没有多久，对方就拿出一张名片递给木念初，说："这就是那位西班牙东瓯同乡会副会长的名片，你可以直接联系他，就说是我们的朋友……"

木念初当即拨通了那位副会长的电话，副会长一听木念初说的子丑寅卯，非常感兴趣，约她第二天中午来家里谈谈。

第二天，在这位来自东瓯玉壶的老乡家里，木念初深深地感受到什么叫作缘分。这位玉壶老板一直很喜欢老家的工艺，特别喜欢黄杨木雕和洞天贝雕，以前回国时还特意跑到洞天去买过贝雕，带回好多件贝雕作品放在自己家里。

木念初一看玉壶老板沙发后的那张贝雕挂屏《国色天香》，笑出了声："您看看，您这幅贝雕的作者是不是叫徐若空？"

玉壶老板诧异地问："你认识？"

"哈哈哈，真是缘分啊，徐若空是我舅舅！"

"你舅舅？他看着比你大不了多少啊，亲舅舅？"对方越发纳闷。

木念初说："是的，是我亲舅舅，姆舅！"

她将自己和徐若空的关系向玉壶老板做了介绍，玉壶老板也感叹："有缘千里来相会啊！你的姆舅可真是个又厚道又有才的好手艺人！我太喜欢他的作品了，可惜那一次带不来更多的。那这样，你赶紧和你姆舅联系，看看他那边是否有新作品，可以先让那两位做进出口的朋友带样品出来，没有的话带图纸也行！"

从玉壶老板的家中出来，木念初觉得有点蒙：转了半个地球，怎么会为远在地球东边那个海岛上的姆舅接了这么一个不可思议的"大单"呢？这时候，她的耳边响起了一首歌："巴塞罗那，巴塞罗那，我拥有完美梦想……"

浙南东瓯的东海海岛洞天是很少下雪的，但在今年的最后一天，当洞天岛上著名的工艺美术大师、贝雕传人徐若空推窗而望时，却惊喜不已。

只见洞天岛上的霓屿山、元觉山、望海楼等处连绵着成片雪白，呈现出一派幽静神秘的景象，雪后山峰，俊秀静美。

然而即便是大年三十，即便是如此难得的雪景，徐若空也不会陪爱人彩霞一起带着孩子去打个雪仗、塑个雪人，因为他有更重要的事情要做。

他吃了早餐，匆匆就往自己的贝雕工艺厂走去。所有人都放假了，厂房里静悄悄的。徐若空进了自己的工作室，外面的所有喧闹似乎都已经与他无关，一凳、一机、一匠人，与身后数不清、大小不等的贝壳原料，在微黄的暖光中自成一个世界。

嗡——随着打磨机齿轮的不断转动，哪怕眼再尖的人也无法看清徐若空是如何操作，让一个粗粝的贝壳变成一片"花瓣"出现在他掌心的，时间不过三分钟。

虽然对于一个技艺高超的工匠来说，这种操作已经经历过成千上万次，虽然以往的每一次也都是精心制作，但这一次，徐若空比以往任何一次都更加上心，因为，他要为自己的两个外甥女做一个"并蒂双开花"的贝雕大屏，一个送往东瓯城里小外甥女关山月的九仙楼，另一个则要远渡重洋，运到大外甥女木念初手里，让她挂在瓯悦楼的大堂。

时间，在徐若空手下倏然而逝，转眼就是中午。他终于停下了手中的活儿，掸了掸身上的贝壳屑，站起身走到窗边。

阳光下的大海波光粼粼，徐若空知道，海那边的世界已经有了翻天覆地的变化。然而，他的心依旧与海边的千年山崖一般，安静而笃定。

有的时候，爱人彩霞问他："上不了大学，你真的不怨吗？"

他说："不怨。"

"大姐这么多次请你回城里，你真的不想吗？"

他说："不想。"

"领导要给你这么多荣誉，你真的都不要吗？"

他说："不要。"

"你不打算给我们这个家赚很多钱吗？"

他回头轻轻地问爱人："彩霞，你愁吃穿吗？"

其实，彩霞是懂他的，这么问，只是因为有点替他遗憾。凭阿空的才华和在艺术上的造诣，应该有更大的平台，让世上更多的人认识他所痴迷和倾注所有心血的洞天贝雕。但是，徐若空仿若武侠小说里在世外修炼的大隐士，一直沉浸在《洞天贝雕》这部"工匠秘籍"里，潜心修炼，孜孜以求。

夕阳西下，徐若空放下最后一片"花瓣"，回家和家人们共享丰盛的年夜饭。吃到一半，当法国塞纳河左岸瓯悦楼里的大外甥女木念初不经意间听到中央电视台春节联欢晚会上主持人报出那个"胆大包天"的谜面时，远隔重洋的她的姆舅徐若空也正被这个谜面所吸引。当爱人彩霞和孩子们兴高采烈地猜测时，徐若空已经脱口而出了："这说的不就是咱们大姐和关三哥私人承包航线的事吗？"

果然，当主持人宣布谜底的时候，徐若空一家跟所有东瓯人民一起爆发出了自豪的欢呼声。

都说瑞雪兆丰年,刚开春,徐若空就接到了来自西班牙的一个大好消息:经过巴塞罗那奥运会组委会的评估和审核,中国洞天贝雕挂屏被指定为奥运村的专用空间装饰品!等奥运会开幕的时候,休息室、会议室等场所都要挂上洞天贝雕!

紧接着,木念初和玉壶老板就通过上海那家进出口公司,将一份价值800万元人民币的订单送到了徐若空的手中!这份订单包含30多个品种、3200多件贝雕画屏,其中最大的一幅挂屏要求宽1.2米,长7米,这堪称当今世上的贝雕之最了!

面对如此艰巨而光荣的任务,徐若空不敢有半点怠慢,欣喜之余,很快就平静了下来。他召集了洞天所有拥有顶级技艺的贝雕师傅聚集在他的贝雕工艺美术厂,经过集体商议,所有订单中的设计稿都由徐若空负责设计。于是,徐若空就沉浸在一堆设计图纸中,没日没夜地设计、修改、讨论、完善……

终于,不知道多少个日夜过去了,徐若空带领大家为巴塞罗那奥运会制作的3000多件产品,装了几十个集装箱,远渡重洋。一时间,来自中国洞天岛的贝雕画屏在西班牙成了抢手货,更吸引了世界各地的目光,洞天贝雕开始蜚声海外。

接下来的时光,徐若空就没有闲下来过,他一鼓作气开发了许多贝雕新产品。

因为这种连轴转的忙碌,徐若空一直疏于和大姐徐逸锦联络。忽然有一天,他发现扑面而来的财富和荣誉让他感觉到不安和惶恐,当他放下手中的雕刻刀时,发现心中空空!

他沉思了许久,来到电话机前,拨通了远在西部的大姐徐逸锦的电话。在电话里,他告诉大姐,说自己想要见见大姐。徐逸锦跟他说自己手头有非常重要的事情在忙,等忙完这一阵子就可以回东瓯了,到时候东瓯城见。但是,他还没动身去东瓯城,却不想在洞天岛迎来了一个不速之客。

第二十七章
喜绘新蓝图

1

夜色深沉,东瓯城滨江的一个酒馆里,邹庆放眼神迷离。此刻,他几乎已经点不清眼前的空易拉罐有几个是他喝的。但是,这几天发生的事情却很清晰地在眼前像放电影般闪过,那些声音依然在耳旁此起彼伏:

"康庄鞋业可是让东瓯城备感骄傲的招牌利税企业啊,能进入康庄工作,我们那时候觉得自己是多么幸运!"

"是啊,康庄的工资总是比其他厂高一些,而且一直发得很准时,冲着这一点,我们才留下来干了这么多年!"

"老板,快发工资吧,我们大家都要吃饭的!"

"不会吧,邹总真的跑了?"

那天,邹庆放其实就在厂区的办公室里。三天前是发薪水的日子,但是他并没有像往常一样按时把工资交到工人手上。紧接着,聚集在门口的人越来越多,有的是原材料供应商,有的是等待返款的进货商,有的是想要回订金的销售商……邹庆放知道他们聚集在这里的目的是相同的:来探探邹总是不是真的跑了!

邹庆放没有跑,他今天就是来厂里召开紧急管理层会议的。会后,厂办宣布除行政人员外,其他车间员工放假七天,七天后照常上班。放假期间,每天补发每名员工生活费20元。员工们高高兴兴地离开厂区,他们觉得这是老板给他们的福利。

通知下发后,第二天行政人员来找邹庆放签相关财务单子时,却发现邹庆放的办公室房门紧锁，打电话也联系不上，整个厂区竟然没有一个人知道邹庆放到底去哪儿了。而原本要等待大姐的徐若空，却等来了邹庆放这个不速之客！

徐若空虽然认识邹庆放，但彼此之间不算太熟悉，邹庆放的突然到访让徐若空有点蒙，不知道他为何而来。

邹庆放参观了徐若空的贝雕厂和他的那些宝贝之后，连说"叹为观止"，对洞天贝雕在奥运会上大放异彩表示由衷的敬佩和称赞。半天下来，几乎都是邹庆放在说话，徐若空对他的语言能力相当敬佩，他能从自己对贝雕事业的痴迷、潜心创作到如今的成绩做出恰到好处的总结，再上升到精神层面："每个人都有人生事业的终极梦想，对吧？如今你已经个体承包了贝雕厂，但是现在学贝雕的人这么少，后继乏人哪！你生性恬淡、术业专攻，一定希望贝雕事业长年百代、发扬光大。但是，你现在是有一单没一单地接活，有活忙死，没活闲死。我知道，时代变啦，现在学手艺的年轻人真的不好找，一是年轻人更愿意跑出去看看外面的世界，二是这么辛苦寂寞地做手艺活也赚不了大钱。所以，你的贝雕要是想后继有人，那就得办贝雕工艺美术培训中心。只有扩大贝雕的影响力，才能打开它的销路。我知道你对做生意不感兴趣，你有技术，会传授，那么剩下来的事情就让我来替你完成……"

徐若空不知道自己为何就如此信任邹庆放，他想想邹庆放是大姐的得意门生和如今的合伙人，说的又在理，也全是为贝雕和自己将来的事业发展考虑。毕竟自己一不会宣传二不懂经营，这几年也一直被技术人才短缺、后继无人的问题困扰着，那还有什么理由不信任邹庆放这个徐家的知交呢？于是，徐若空在没有给大姐打过一个电话，也没有和妻子商量，更没有写下什么协议或者借条的情况下，就直接去银行办理了汇款。

邹庆放拿到这笔钱后，直奔"康庄"，偿付了工人工资及材料供应商、经销商等七七八八的钱款，宣布工厂暂时停工停产。

第二天晚上，邹庆放去赴了一个特殊的约会，对象居然是"七彩鸟"的老板、关雪桐的女儿、徐逸锦曾经的同事叶欣欣。

东瓯人的俗语里，有一种人叫作"老毛懒"，意思是自己没啥真本事，但是口气大、好高骛远、眼高手低，做事又只会吹牛，不能脚踏实地干活。按关雪桐的话来说，自己这"老毛懒"的女儿当年犯花痴，死活要嫁进门不当户不对的市井小民家庭时,自己还死活反对过一阵子,但想想好歹也比一辈子当老姑娘好,何况对方家境殷实,小伙子相貌脾性都是没得挑。再说,亲家还愿意听自己指挥,直接将家传的烧鹅店改成酒店,如今还让自己在酒店当总指挥。这样想来,这门亲事也算没有白结,更何况还生了个外貌像女婿的可爱的小外孙女。

本来一切都挺如意,哪怕女儿的"七彩鸟"鞋业遭受重创,联合其他鞋企老板拓展欠发达地区市场的计划也宣告失败,最后不得不将几条生产线都脱手,但如果女儿能安心和夫家一起将阿铭酒楼做大,也是很好的事情。可是,女儿又犯了"老毛懒"的病,觉得一个小小的酒楼水太浅,自己是大鹏鸟,要飞得更高。丈夫也就只能放在家里看看,自己得出去干一番大事。她有了一个更加伟大的梦想——成立一家房地产公司。她要带领弟兄们再闯出一条新路子,一定要在东瓯做出一番轰轰烈烈的大事业来!

这一个夜晚,邹庆放就这样在叶欣欣描绘的一幅崭新的蓝图里把自己喝得晕晕乎乎,当然这一切,他的徐老师和关家三伯一无所知。

东瓯人将每个月农历十五的潮水称为"大水潮",这个中秋季的"大水潮"是徐逸锦到东瓯城这么多年来所遇过最大的。

月夜下,激荡的潮水毫不客气地拍打着江岸,翻起的潮水时不时溅到徐逸锦的脸上、身上。但她无心去擦拭,因为她的心中也如潮水一般极不平静。

经过几年的经营,西部的生产基地也稳定下来了,徐逸锦回到东瓯,打算将全集团各个项目做个全盘的梳理,然后就很快发现邹庆放主管的康庄鞋业账务极其混乱,许多"糊涂账"成了"死账"!当她打算和邹庆放坐下来严肃地谈一谈的时候,弟弟徐若空来电告知邹庆放骗了他的钱,当时说好的为他筹办贝雕工艺美术中心的承诺根本就是一句空话!

徐逸锦非常恼火:你邹庆放胆子再大,也不能骗到徐若空头上。何况集团的其他业务经营情况良好,为何不能将康庄鞋业的困境和因为管理上的漏洞造成的问题在董事会上提出来,寻找对策解决,而是以这种家庭作坊的小农意识去拆东墙补西墙,最后补不了的时候再外出行骗?

徐逸锦知道人都是会变的,但是邹庆放的变化这么大,她始料未及。她想也许是因为自己常年在西部,后来又致力于"胆大包天"事宜,疏于对公司的管理,所以造成如今康庄鞋业的这个困境,主要责任还在于自己。

今天,她打算和邹庆放做一次深入沟通,让邹庆放分管的业务能回归集团正常合理的轨道上来。结果没想到邹庆放直接提出要分家!

在徐逸锦面对滔滔瓯江心潮难平的同时,邹庆放也将自己闷头关在"十三层"的办公室里,一根接一根地抽烟。

此刻,他的手有点抖。他从没想过要分家,但当那两个字脱口而出的时候,他想,这也许是对这几年的纠结做的一个最痛快的决定吧。

对于邹庆放来说,这辈子,徐逸锦不仅是恩师,还是再生父母。为了徐老师,自己就是赴汤蹈火也在所不惜!但是,在老师身边,他觉得自己只能永远仰视她,对于她的每一句话,哪怕自己心中有想法,他也第一时间告诉自己:老师是对的!服从!渐渐地,他发现自己内心深处有一个声音不断地冒出来:要听自己的!这两种声音不断地在内心深处斗争,渐渐变成战斗。每次"战斗"一打响,邹庆放都觉得自己的内心是撕裂的,但是,他在徐老师面前却没有任何表现,这让他更觉痛苦!

这种痛苦在徐老师放手让他独立做康庄鞋业以后得到了很大缓解,特别和那些同龄的东瓯"鞋佬"在一起的时候,他感到无比放松。当有人带他在一次鞋佬聚会上见到叶欣欣的时候,他还是非常别扭,毕竟当年的事还一直横在自己心中。想不到叶欣欣主动与他握手言和,这让他心里有点愧疚:虽然当年叶欣欣确实是个误人子弟的草包老师,但毕竟还是老师。撇开这个不谈,如今他们为了共同的利益走在一起,这让他有了一种前所未有的自主感和权力感。

他当时去洞天向徐若空要钱,是因为觉得只有徐若空那样对财富没有多大感觉的纯粹的手艺人才能静悄悄地帮他周转一下资金,而外边谁也不知道,等缓过来后一定还他,只是没想到这个窟窿越弄越大,他又实在没勇气向徐老师说明情况。

那么如今,一个崭新的机会摆在他的眼前:叶欣欣力邀自己加入她即将成立的房地产公司,以后一起建一座比"十三层"还要高的楼!多么诱人的宏伟蓝图啊,邹庆放觉得自己根本无法拒绝叶欣欣的力邀,如果自己能在东瓯城建立第一高楼,那不是邹家祖坟冒青烟的事情吗?也罢,不再纠结,一了百了,今天离开徐老师,等自已赚得钵满盆盈的时候,再回来向徐老师报恩!

2 🍁

每年十一月冬日到来的这个时候,陈启东常常会想起小时候在嘉宁县大桥镇栎村时,奶奶经常跟他讲的一句话:"六月日日好尝新,冬日天天好抬亲。"

东瓯人将"迎亲"唤作"抬亲",早年除了新娘子要用花轿抬进家门,嫁妆也要缠上红纱、红绸,再装饰上松柏和万年青,用竹扁担穿上,几条大汉一路吹吹打打抬到夫家,接受左邻右舍的检阅。如今随着岁月的变迁,虽然不用再抬了,但"冬日天天好抬亲"的习俗似乎没有变,天一冷,东瓯似乎就进入了一年一度的结婚高峰季。

在阿新老司头嫁女儿那场著名的婚宴后,到九仙楼摆结婚喜宴似乎一下子就在东瓯城风靡开了,还流传出了一句新俗语:"某某老司啊,你什么时候到九仙楼做'第九仙'啊?"意思是问他什么时候荣升为泰山老丈人。

九仙楼的临时戏台很受新人们的欢迎,但是每一场婚礼都要根据新人的要求来装搭,常搭常拆,关山月觉得很麻烦。于是,上个月她回到东瓯大学,找了学校艺术系的王老师给她设计设计,看看是否能将九仙楼的院子重新规划整理,划出一块合适的地方,做一个中央舞台,以便更好地满足新人们对婚礼仪式感的热切需求。王老师不是本地人,接到关山月的设计邀请后,就请了学校里的哥儿们——土生土长的夏商周一起,就婚俗传统、本土文化和风俗民情做做顾问。

这一天,夏商周和王老师一起来到九仙楼,刚一踏进院落,就看到陈启东正和关山月兴高采烈地比画着什么。四个人凑拢,关山月说她已经和左邻右舍谈妥,要高价收购他们的房子。但是,九仙楼大道坦前面的路不够宽,并且紧挨的河道多年没有疏浚,有的地方经常被周边居民的生活垃圾堵塞,发出阵阵臭气。随着人口的增长,沿着河道还有居民随便搭建了小屋,让这一带显得更加杂乱。

陈启东提出来,将来交通问题和周边环境将是遏制九仙楼持续健康发展的一把大铁钳。要么重新选址再建,要么就定位为高端酒店,面向有消费能力的市民。

夏商周听了,想了好一阵子才发表意见,说九仙楼是扎根于东瓯市井的百年老店,最大的基础是人间烟火,最大的底蕴是本地文化,而九曲河是东瓯这座历史水乡最具地方风情和文化特色的典型生活区,离开这一块土地,等于抛弃了九仙楼最精华的东西,远离了黏合度最高的客户群体,因此选址重建不是上策。

王老师很赞同夏商周的意见,他从一个专业人士的角度提出,想要达到关山月扩建九仙楼的目的,必须在扩建之外整治周边环境,包括拓宽道路、疏浚河道等,这将是一笔巨大的投入。

陈启东说:"这些是政府部门的事情,而这几年东瓯的基础建设需要政府部门大量投入,怎么可能为一家民营酒店做这么大的动作呢?这个提议不现实!"

三个人一时说不到一块儿,都将目光聚焦在关山月的脸上。

关山月的大脑飞速转动,忽然,她的眼睛一亮,紧锁的柳眉舒展了开来:"对,扩建道路、疏浚河道不只是对九仙楼有利,对周边百姓也是一件大好的事情啊,还能给东瓯的老城整治做一个榜样,多好的事情!"

陈启东说:"那可不是一笔小钱,地方财政一时半会儿是批不下来的!"

关山月看了他一眼,笑着说:"我有办法,让妈妈出!"

夏商周听了,也吓了一跳:"这么大的一个工程,由你母亲个人出资?她有这么多钱吗?"

关山月说:"九仙楼本身就是楠峰集团旗下的品牌,这不是由我母亲个人出资,而是由楠峰集团出资。"

陈启东说:"既然你有这个把握,那就得抓紧与徐老师那边将此事商定。"

关山月点了点头:"嗯,我今晚就和妈妈谈这事,争取本周在董事会上提出来具体商议!"

正午,阳光正好,九仙楼新请的大厨说是创新了一道菜,请关中天试菜。

这种活关中天很愿意做,他心满意足地吃了新大厨的新菜,正打算搬张椅子在道坦里的太阳底下小憩一会儿,结果眼睛还没有眯起来,徐逸锦就进来了。

关山月迎了出来:"妈妈,您怎么来了?我正有要紧事找您,打算晚上回家跟您说呢!"

关中天也从躺椅上站起了身:"哟,稀客呀,我们徐大掌门怎么今天有空亲临?"

徐逸锦对他们俩笑笑,说:"是啊是啊,无事不登你们九仙殿!"

关山月马上接过徐逸锦的话头："妈妈,我也有要事、大事,真的是太重要太重要的事情!正好,楠峰集团的核心人物都在场了,我先说、我先说!"

关山月将上午探讨的关于九仙楼以及周边交通、河道一并改建的宏大设想一股脑儿地说了。关中天一听,说:"想不到啊,咱们月月人小志气大,小姑娘大眼界,不错不错,看得远、想得全,我看不错!"

但是,徐逸锦没有接话,而是拿出了一封信。

关山月一看,是一封来自香港的信件。

徐逸锦说:"月月,看来你的宏伟计划要先搁一搁了!"

看着关山月一脸的不解和疑惑,徐逸锦又问:"你们知道南大先生吗?"

关中天摇了摇头,关山月说:"我知道,他是国学大师,也是咱们东瓯同乡!"

徐逸锦把赞许的目光投向了女儿:"对,是一位了不起的东瓯老乡!他要修东瓯铁路了,东瓯人的百年铁路梦就要实现了!"

关中天一听,说:"太好了,我们已经飞上天了,如果再能有铁路,那东瓯人的海陆空交通就齐全了!"

徐逸锦说:"在东瓯修铁路,比咱们修机场更难呢。"

关山月不理解:"这是为何?"

徐逸锦叹了一口气:"东瓯要修铁路,其实重点就是修建一条连接金华的'铁路大动脉'。但是我们这儿是典型的软土地基,地质条件差,地形非常复杂,修铁路非常困难,需要极大的投资。你们也知道东瓯地方财政并不宽裕,这么大的投入,目前不太现实,只有个人参与投股才有可能。但是,根据国际上以往的经验,投资铁路多半是赔钱的买卖,几乎很少有人愿意做,所以,这是导致东瓯修建铁路计划反复搁置的重要原因!

"俗话说,要想富,先修路。金瓯铁路修不起来,政府着急,百姓更着急啊!你们看,我手里的这封信,就是我当年在上海教会学校的老同学寄来的,他透露了一个天大的好消息给我:咱们这回真的要修铁路了!"

徐逸锦当年在上海教会学校的这位老同学机缘巧合之下与南大先生结缘,交往甚密,后来便拜在南大先生门下。几年前,东瓯政府代表团还去拜访过南大先生,邀请他回乡投资建设,并重点提了东瓯人的百年铁路梦。

南大先生听说后非常感慨,也表示了很大的兴趣,但由于他不久就去香港定居了,这事暂时搁置一边。后来东瓯市委又派了专人去香港,这一回,南大先生二话没说,慨然应允:"金瓯铁路一事,义为国家与桑梓福利,极望有期于成也。"并彻夜起草《对金瓯铁路的浅见》:"首先,组建一家铁路公司,由港资与地方政府共同牵手。这家公司必须破除内地铁路由政府或国营企业独家经营的惯例……"

关山月好久没有见到母亲如此神采飞扬地叙述一件事情了,但她还是很迷惑:"那么,困扰金瓯铁路百年的资金问题怎么办?"

徐逸锦看了看她,再看了看关中天,说:"这就是刚才我说你的九仙楼改建计划要搁一搁的原因了!"

"哎哟喂,我的妈妈,投资了飞机航线,您又要投资铁路?妈妈,您是实业家,不是冒险家,更不是慈善家。刚才您也说了,修建金瓯铁路的难度非比寻常,这种投资风险巨大。何况,以咱们这些资金,对于一条铁路来说,那是杯水车薪啊!"

关中天也不理解:"咱们只是平头老百姓……"

徐逸锦打断他:"平头老百姓也应该懂得修身、齐家、治国、平天下的道理。"

关山月觉得母亲说的道理太大了,她很不高兴:"对,您说得对,先'齐家'。我当初本来要去当大学老师,是您要我下海来'齐家',我就乖乖下海了。九仙楼没让您失望吧,我没让您失望吧?如今,我要扩建酒店,要改建周边水路陆路交通,也是'齐家'之举,有何不可?何况我'齐'的也不是个人的'小家',我想的说的和将来要做的,没有道理吗?"

但是,不管关山月如何据理力争,母亲还是没有松口,气得她平生第一次扔给母亲一句"独裁者"的评语就摔门而去……

此后,关山月好长时间不搭理母亲。而昨天一大早,父亲忽然派车来接,说带她去见识一个能载入史册的大场面。

关山月一拉开车门,见母亲也在,愣了一下,转身想走,被父亲一把推了进去。

这是浙江丽水市一个叫缙云的山区县,关山月到了现场,心头一震:公路两边,数千名来自学校、农村、工厂、机关的群众穿红着绿、载歌载舞。主席台上,"金瓯铁路开工典礼"的横幅格外醒目,两侧挂着一副大对联,上面写着"建铁路为人民造福桑梓,创新业展宏图功传千秋"。另有悬挂巨幅标语的大气球在空中轻盈摆动,八条布龙、八对彩狮尽情起舞,鲜花队、气球方阵欣然起伏,阵容整齐的学生鼓乐队嘹亮演奏,高达数米的近百根幡旗在晨风中飘动……

随着一声炮响,浙西、东南人民渴望多年的金瓯铁路终于破土动工!

那一刻,关山月的手和母亲的手紧紧握在了一起!她转过头,发现母亲早已热泪盈眶。她忽然就理解了母亲的心:没有国,哪有家!

回去的路上,关山月问父母,为何金瓯铁路的开工大典要放在丽水缙云而不是东瓯。

关中瑜呵呵笑道:"这个问爸爸就问对了!开工第一炮在缙云仙都隧道打响,是省政府决定的,主要有几个方面的理由:一是为了发展浙西,省政府提出铁路建设要在两年内先通缙云线;二是金瓯铁路工程建设总指挥部设在丽水……"

关中瑜解释完,徐逸锦又接上:"月月,开通金瓯铁路能让浙西南和浙东南走向世界,这是多么伟大的事业啊!它将填补铁路浙赣线以东至沿海十万平方公里的铁路网空白,打开华东地区内地到沿海的通道,对于推动浙东南、浙西南地区的经济发展具有划时代的意义!

"这条铁路之前修了七次都没有成功,如今南大先生决心要修,不是为他个人名声,是为了开启一个大例子——中国政府的公共建设可以和外资、民资合作。如果我们不参加这项划时代的伟大工程,将会遗憾终生。南大先生为我们树立的榜样,是我们人生巨大的财富。月月,好好学习!"

3

西子湖畔的阳光正好,一辆轿车载着徐逸锦和关山月急速奔驰,前往市中心的武林广场。

眼前的武林广场让徐逸锦感慨万千:终于回来了!这一次,这一把火,一定要将从前的耻辱付之一炬!

广场上,"打假保名牌"的横幅鲜艳夺目、迎风猎猎,横幅下你来我往,人头攒动。下午三点一到,浙江皮革协会以及东瓯市的领导点燃了一把火,两千多双假冒的东瓯鞋在熊熊大火中化为灰烬。

历史重演，然而这一次，东瓯人成了胜利者！

坊间号称最神秘最低调的东瓯商界传奇人物徐逸锦女士居然出现在了公众面前。面对记者，这位气度非凡、风姿绰约的女士的发言给人留下了深刻的印象——轻柔，但是却透着一股一般女性少有的坚定："为了这一刻，我们努力了这么多年！"

是的，此刻，徐逸锦太感慨了。这么多年，哪怕邹庆放与她分道扬镳，哪怕只身一人在西部孤军奋战，尝尽所有创业的艰难困苦，她始终不动摇、不反悔，她坚信，从她开始，就像当年在嘉宁县大桥镇从无到有、从有到强，一步一步脚踏实地带领乡亲们做出"东方第一纽扣市场"一样，她作为一个"东瓯鞋佬"，一定要将东瓯鞋的耻辱抹掉，一定要将东瓯鞋业的质量工程建设做出个结果来。

徐逸锦对记者说："东瓯做鞋的，比我多的、比我早的，有很多很多。由于我们多年来坚持反思诚信和质量问题，经过不懈的努力，已经取得了不俗的成绩。这两年，我们发现很多地方在假冒我们的康庄鞋，还渐成规模，有配套的流水线。我们在气愤的同时，也感觉到痛心，当年东瓯鞋的覆辙，决不能再让其他人重蹈，诚信和质量，一定要在全国人民心中高高树立起来！

"员工问我准备怎么应对，我说当年消费者烧醒了我们，让我们从哪里跌倒就从哪里爬起来；如今，同样，我们将那些仿冒我们的假冒伪劣产品也用一把火烧掉。但是，这一把火，不是将谁钉在耻辱柱上，而是要烧醒全中国做实业的商人：诚信为本，质量立市，才能健康长远地发展，才能为自己盈利，才能为民谋福！"

"东瓯鞋佬"们没有想到，徐逸锦在杭州烧的这把火直接促成来年东瓯市政府颁布了《东瓯市质量立市实施办法》。人们对这中国第一部质量立市的地方性法规充满好奇，有人专门认真研究，发现其中一条非常厉害，那就是搞假冒伪劣屡教不改的不但要被注销营业执照，还不准其再在东瓯做老板；凡是因为质量问题吊销营业执照的，要将企业负责人的身份证号码连同照片通报全市有关部门，五年之内不准在东瓯市申办企业。

东瓯市成立了鞋业质量管理整顿小组，下设在鞋业协会，在104国道收费站设卡，凡运出东瓯的皮鞋，必须由鞋业协会盖上整顿小组的公章。随后，大批东瓯鞋纷纷有了自己的品牌，东瓯鞋再次声名鹊起。

办完这件心头一直挥之不去的大事,徐逸锦终于可以喘口气,将目光投向另一个市场了。

东瓯地处东海之滨,是瓯江的入海口。这几年,随着经济的快速发展,东瓯的老城区已经承载不了崭新的一切,比如人口、住房、新商业。

风从东方来,在东瓯人的眼里,"紫气东来"是最好的风水,因此,东瓯的新城就向城市的东面迅速扩张,东瓯大学新校区和《东瓯日报》新大楼也坐落在那里。于是,城东原来的大片空地很快就成了开发的热土。这一切,更加带动了东瓯民间资本对东部新城房地产的投资热情,一时间,本土的房地产公司迅速冒头。

徐逸锦以迅雷不及掩耳之势,利用在西部建设厂房时成立的建筑公司的优势成立"楠枫建设"。谁也没有料到,一路走来,从卖纽扣、卖拉链、做鞋、做餐饮到包飞机、建铁路,再到如今投资房地产,从瓯江北岸"乡下"来的楠峰集团一次次华丽转身的背后,始终站着一个看似文弱的谜一样的女子!

从当年辅佐F先生来东瓯调研认识徐逸锦开始,夏商周就对这个不同寻常但又似乎低调到犹如一个隐形人的女子充满了好奇。他没有想到命运竟然如此神奇,让他疯狂爱上她的女儿;但命运又是如此残酷,让夏家陷入苦难的也是徐家!

这些年,夏商周的内心一直在撕裂:关山月满足了他对女人,或者说对"妻子"的所有幻想,但是,像夏商周这样的人,是不可能置"家仇"于不顾的。虽然夏家与徐家的祖上恩怨与"罗密欧与朱丽叶"般的家仇完全不可同日而语,何况徐逸锦甚至不清楚这段与夏家的"家仇"缘何而起,不仅与她无关,与关山月更是炮也打不着。但夏商周却陷入了他自己设定的一个怪圈,不断地放大这段应该由历史去承担的家族命运恩怨。可他又不知在现实生活里如何像哈姆雷特那样进行家族复仇,他能做的只是在与关山月的这段感情中折磨这个纯真又美好的姑娘。

终于,关山月承受不了了,结束了多年的情感纠葛,选择了阳光温暖、细致体贴的陈启东。

当陈启东风光无限地在九仙楼迎娶自己的美娇娘时,夏商周将这段感情的失败归结于四个字——青梅竹马。他从不觉得是自己的虐恋让关山月心力交瘁、遍体鳞伤,当他眼睁睁地看着关山月成为陈启东的新娘时,觉得有一股强大的力量要摄取他的心,虽然他怎么也不愿意承认那叫"复仇",因为他觉得那两个字太触目惊心、太贬低自我境界了。在他的心目中，他赋予那股不可名状的力量一个冠冕堂皇的名词——家族使命。他很快就与自己没有血缘关系的表姐叶欣欣结成了同盟，加入了表姐新成立的"欣茂地产"。而让他兴奋的是，这同盟军中，楠峰集团的核心人物之一邹庆放已经"倒戈"。

夏商周一直在等待机会，一直在积蓄能量，终于，他心目中一个最完美的契机来了！

这一天，是关山月新婚后的第一个端午节。一大早，金盈盈就拿着一大把菖蒲匆匆赶来。

关山月笑了："姨婆，人人都说这端午节的菖蒲是短命的生意，一年只卖一次哦，今天我们可是有重要的生意要做呢！"

金盈盈朝门外啐了一口："呸呸呸，阿弥陀佛哦，小孩子家说话菩萨别见怪，大门挂菖蒲，恭请菩萨保佑我的月月无病无灾、吉祥安康！"

菖蒲迎着风高高悬挂着，院子里的角角落落都被金盈盈洒上了雄黄酒。

关山月出门上了车，楠峰集团旗下楠枫建设的李总早早就在等候。

今天，他们要一起代表楠峰集团去角逐东瓯城历史上第一座真正意义上的高层地标建筑的工程建设投标。

东瓯大学新校区育英大礼堂的小音乐厅里人头攒动，气氛异样。此刻，这里被临时当作08号地块工程建筑项目的招投标大厅，吸引了包括嘉宏地产、楠枫建设等在内的几乎所有东瓯市有实力的建筑建设企业。

这块学院路上的08号地块，除了周边商业氛围浓郁、交通方便、配套齐全外，还有一点特别吸引东瓯的房地产老板们，那就是它作为儒家宝地的百年风华。

徐逸锦原本打算参与的是地块的竞拍，因为她想在这块地上建造一所高质量现代化的高级中学，以百年树人的理念助力家乡发展。但是，毕竟楠枫建设还只是一家建筑公司，所做的项目都还是以厂房建设为主。徐逸锦担心楠枫建设综合实力不够，目前还难以拿下精品建筑项目，因此，她放弃了地块的竞拍，转而竞拍该地块的工程建筑建设标，为将来进军东瓯房地产市场打好基础。而08号地块最终是由市内一家银行所得。

关山月知道，今天前来这个小音乐厅的大佬们个个摩拳擦掌，志在必得。这种气氛随着竞标时间的逼近而越来越浓烈，无形的硝烟似乎已经开始四处扩散。

忽然，李总用胳膊肘推了推关山月。顺着李总示意的方向，关山月惊讶地发现邹庆放、叶欣欣赫然在座，而夏商周更是紧挨着他们俩！

今年年初，当08号地块上将要建造东瓯第一新高楼的消息传出后，众多实力雄厚的国家一级建筑企业争相报名竞投。但直到此刻，大家才知道这家全新的欣茂地产也跻入了建筑投标的竞争行列。

关山月将目光收了回来，她知道，今天一场恶战在所难免。

竞标进行到了白热化的阶段，关山月有点坐不住了，想起身到外面给母亲打个电话，结果一侧身，目光就碰上了夏商周冷冷的双眼！不知为何，关山月又坐了下来，做了一个深呼吸，继续关注现场情况……

竞标结束后，大家鱼贯出了育英大礼堂。在门口，关山月又遇见了夏商周。夏商周没有和她说话，只是礼貌地请她先行，但关山月始终觉得夏商周那双冷冷的眼睛一直跟随着她，让她如芒在背！

不久，开标结果爆出冷门，欣茂地产竟力挫群雄，一举夺标。

消息一出，全城哗然。有人举报欣茂地产连招投标手续和资质检验都不健全，但是，不管如何风起浪涌，欣茂地产还是稳稳地开工建设了。

开工晚宴上，作为总经理的邹庆放频频向叶欣欣举杯："万事需要领头羊，大姐大一出马，必定一马平川，没有摆不平的事情！"

跟在邹庆放身后的，是一众原来的东瓯小"鞋佬"。

叶欣欣壮硕的身躯坐在椅子上纹丝不动，大声笑着说："兄弟们好好干，大家有肉分着吃！"

夏商周悄悄起身退了出来，那一刻，他忽然觉得叶欣欣就是一个女版座山雕，而他也有种"落草为寇"的感觉。虽然此次能够竞标成功离不开他的精心策划，但他还是觉得心中不畅快。

为了这个全新的连招投标手续和资质检验都不健全的公司能首战得胜，叶欣欣的妈妈，也就是自己的大姨关雪桐虽然打了不少电话，但是，具体到落地的时候，夏商周认为还是要先做好招标方，也就是市内一家银行方面的基础工作。于是，他很快通过他人穿针引线，带领邹庆放认识了银行基建办的李主任。

夏商周对邹庆放说："我只是帮你牵线搭桥，至于后面的事情，我不参与。"因为他觉得请客送礼这些事情，与他一介书生实在是太不搭调了。

当然，在生意场上摸爬滚打这么多年的邹庆放一点就通，他对夏商周连连点头："对对对，这些俗事怎么有劳您这位大学者大专家来做呢？您就是高级顾问！"

没有多久，邹庆放就敲开了李主任的家门。当夏商周知道邹庆放才花了三千元时还有点吃惊：这李主任家的大门也实在太好打开了吧！但是，邹庆放却狡黠地向他笑了笑："人家李主任家的门槛哪有这么低？我跟他承诺，若他帮我们获取这个工程的承建权，事成之后一定还会重谢，这三千元只不过是个试金石罢了！"

果然，李主任将钱收下了。叶欣欣很高兴，又让母亲亲自打电话给李主任，当晚邹庆放就带上烟酒等礼物送了过去。出发之前，夏商周再三交代他一定要向李主任要到招投标小组其他成员的单位地址、联系电话……

区区三千元，让有关人员在接下来的这幢东瓯第一新高楼的建设道路上，一路为欣茂地产大开绿灯。但是，也是从那一刻开始，这座大楼还没开建，招投标的各个环节都已逐渐偏离了正常的轨道。

第二十八章
空前新热词

从开工建设的第一天起,东瓯城的新地标就时时刻刻紧紧牵动着全城人民的心,其中也包括两个女人。她们一个是东瓯商界最神秘的企业家徐逸锦,另一个是欣茂地产董事长叶欣欣的母亲关雪桐。

欣茂地产中标施工项目后,高楼还没开工建设,徐逸锦就多次去找邹庆放。可是,邹庆放总是以各种理由回避,今天说出差,明天说会议,语气依然很尊敬,就是永远没有时间!最后,弄得徐逸锦实在没有办法,只好在电话里语重心长地对邹庆放说:"你能建第一高楼,我也替你高兴,替你自豪,但是,在如此厚大的淤泥层、黏土层的东瓯地盘上,你们的建筑队伍的技术过不过硬,你心里到底有几分把握?实在不行,就不能为省钱硬撑,一定要请外地最好的专业技术团队来!我知道你的钻机机长、班长也都是第一次打这么深的基桩孔,对泵吸反循环工艺和深孔灌注工艺都不熟练。基础工程如果失败了,那么这东瓯第一高楼也就泡汤了,后果有多严重你应该比我更清楚!"

电话那一头,邹庆放连声答应:"老师,您放心,保证没有问题!"

关雪桐考虑的则是另一个问题:"我不懂技术,我就关心你们的钱怎么花。年轻人做事,不能大手大脚乱花钱,能省则省,钱要花在刀刃上!"

眼看着一年过去,项目的工期也过了一半,关雪桐没想到,忽然有一天,徐逸锦居然来阿铭酒楼找她了!

没有任何寒暄，关雪桐也没有请徐逸锦落座，徐逸锦就站着将来意跟关雪桐说了：她有一个可靠信息，有人检举欣茂地产在大楼施工中玩起了偷工减料的把戏，房基打桩不到位、钢筋以细换粗、水泥以次充好，混凝土浇灌质量根本不达标。因为邹庆放和叶欣欣对自己避而不见，因此，她特意来找实际上操控公司财政大权的关雪桐，希望她能好好查查大楼的财务状况，对于举报的内容，有则赶紧采取补救措施，以免酿成大错，无则自查自纠、好自为之。

虽然徐逸锦讲话时的语气还是一如既往轻轻柔柔的，但是每一句话在关雪桐听来都如此刺耳。她耐着性子听完徐逸锦的一番陈述后，冷冷地回她："俗话说得没有错，同行三分是冤家！你再能干也不用来当别人的家！"

看着徐逸锦转身离去的背影，关雪桐很是纳闷：为何到这个岁数了，她还是如此风姿绰约？关雪桐低头看了看自己发福的身段，捋了捋已经花白的头发，心中很不是滋味。她回想刚才说话时的徐逸锦，依旧吐气若兰、气定神闲，那一张脸庞依旧如明月般皎洁，只不过眉宇间那股不退的英气在悄悄提醒着关雪桐：那是一个不会被轻易打倒的灵魂！

关雪桐愣了很久，当她缓过神来后，还是很认真地思考了徐逸锦的那一番话。于是，她召集欣茂地产的核心团队召开紧急会议。谁知在会上，邹庆放和女儿给她出了一个难题。

关雪桐仔细看了项目的财务报表，发现建筑材料没有按照常规金额购买，例如钢筋的购买量远远少于合同上所需的材料用量，关雪桐便严肃地问买材料节省下来的钱去哪里了。

一开始，叶欣欣不作声，邹庆放在边上直打哈哈，但他们哪里是关雪桐的对手，几个回合下来就向她交了底：做房地产建筑建设赚钱速度慢，如果实打实按合同用材，赚头很小。听说学院路上又有新地块要挂牌出让，想让欣茂地产成为名副其实的房地产公司而非一个挂羊头卖狗肉的建筑施工单位，那么，就要想办法拍下新地块。以目前公司的资金实力，想要拿到那块地，还差一大截，所以只有在这个银行大楼的项目上动动脑筋，节约成本，截留一部分资金，投入到新地块的竞拍上来。而目前，最强劲的对手就是楠枫建设，据说他们摩拳擦掌，也正对新地块虎视眈眈。

如果只听前半部分，关雪桐肯定要严肃纠正女儿和邹庆放的冒险做法：这不是明摆着的偷工减料吗？这样的高楼，质量如果不能保证，后果不堪设想！

但是，邹庆放说："关主任，我们合作的外地施工队是一家有着多年建筑施工经验的公司，他们在外地的很多项目都是这么做的。这大楼哪能说倒就倒？减多少、偷多少，他们已经很有经验了。再说现在建筑施工省点料是业内心照不宣的事情，不然赚不了几个钱的，谁还干？这个您就放心吧！"

叶欣欣不耐烦了："妈，您老了，这些事儿跟您讲您也不明白。社会变化快，您的老脑筋也要快点变一变了。这个时代，什么最重要？财富！你不快速增加财富，现在大鱼吃小鱼、小鱼吃虾米，我们这小建筑队很快就会被人家吃掉！"

如果不是听到楠峰集团将是女儿最强大的竞争对手，关雪桐可能还是要坚持自己的意见，严肃要求他们整改。但是，下午徐逸锦的出现，让她心中那用了大半辈子才强压下来的自卑又自负的复杂情绪就像一根扯不断的藤蔓一样又强烈地蔓延了出来，这让她感觉极差。她不再坚持："现在是你们年轻人的世界，你们自己看着办吧。但是我再严肃地重申一次，一定不能让大楼质量出问题，切记切记！"

等翻过了年，路过九曲桥旁九仙楼的人们发现了一张红纸通知：本店今日宴席已被承包，明日继续接受预定，感谢惠顾！

左邻右舍感受到了今日从九仙楼里透出的浓浓的喜气：今日承包整个九仙楼的不是别人，正是关山月。如今关山月已经是楠峰集团的副总裁，在东瓯的房地产市场上纵横驰骋、开疆拓土。而今天，她既不是刚卸任的九仙楼的掌门人，也不是楠枫建设的女总裁，而是一个年轻的母亲。这一场喜气洋洋的包场盛宴，就是她和陈启东的儿子陈蕴新的周岁宴，东瓯人习惯将周岁宴称作"对对酒"。

此刻，有一个人在后厨比关山月还要激动，还要紧张，她就是陈蕴新的大姨、刚从法国回来的关山月的大姐木念初。

巴黎左岸的风依旧带着浓郁的咖啡香气，但是，木念初对它已经不再痴迷。年岁渐长，木念初发现自己最想念的还是老家的明前新茶和充满烟火气的美食。虽然瓯悦楼生意火爆，但母亲的一封家书让她瞬间心动："如今的家乡与当年你离开时已经有了翻天覆地的变化，东瓯是一片苏醒的热土，在这片热土上，只要有梦想，只要勤劳肯干，一定会让你有意想不到的收获。"

母亲在召唤:"亲爱的阿念,回来吧,带上你在巴黎做餐饮所积累的眼界、理念、技术回来吧! 你妹妹已经为九仙楼打下了很好的基础,你若回来接手,九仙楼一定会大放异彩!"

当木念初怀揣母亲这一封充满感召力的家书,热血澎湃地打算从法国回到东瓯时,一直陪伴在她身边的小姨徐逸美也热切万分地要带着全家、跟着她一起回国,因为徐逸美也非常想念自己的母亲金盈盈,并且很希望见到素未谋面的其他亲人。

当一行人风尘仆仆地回到阔别已久的家乡时,木念初发现家乡的变化比母亲信中所描绘的更大。她舍不得休息,即刻投入到妹妹交接给她的那充满人间烟火气又浸润着满满乡愁的百年老店里,她觉得自己满怀激情,但又惴惴不安,怕自己离开太久,生疏了这里的乡情,怕自己做不好,辜负了妹妹,她觉得自己是如此不安。

但这颗不安的心,在已经驾鹤西去的端木鸿爷爷的墓碑前得到了安定。端木爷爷居然留下了十本厚厚的毛笔手书的记事本,看着记事本上潇洒的蝇头小楷,木念初热泪盈眶。端木爷爷把自己毕生对人间百味的所有品尝、见识和感悟,都以一支狼毫小笔,任意恣肆地记载在这鸿篇巨制当中。工工整整的十本线装手工笔记被整齐地归置在一个古朴的黄杨木雕的旧匣子里,已经在岁月的浸润下包浆的木匣盖子上,书写着四个让人无限感慨又充满敬意的大字:旷世烟火!

木念初不敢独自细读这一匣子的"稀世珍宝",她恭恭敬敬地将它们呈给母亲,但是母亲说:"鸿伯伯要将它们传给你,一定是有他深思熟虑的道理,你就好好珍藏、细细研究、深深感悟、好好发扬。如果现在你觉得自己还没有做好准备,就不用着急,再慢慢积累一段时间。这十部手卷,一定会是中国民间美食的传世瑰宝和难得的人生感悟!"

不管刚刚回来的木念初觉得周遭的一切有多不熟悉,但她的心已经笃定。很快,她就将所有的心思放在了九仙楼的全部工作上。自己最疼爱的小外甥的"对对酒",对她来说,就是她回来后最重要的一次工作检阅。

为今晚的这一餐,木念初已经好多个晚上夜不成寐了,她悉心研究了瓯菜里好多道几乎已经很少出现在东瓯百姓餐桌上的传统菜肴。到了当天,从凌晨新鲜食材的采购开始,一直到所有的美食上桌,木念初一步也不离开后厨。而她精心复原的这些东瓯经典老味道,如三片敲虾、爆花墨鱼、双味蝤蛑、炸蛏子筒、橘络鱼脑等等,也已经俘获了食客们的心。

如果说一道菜的灵魂是菜品,那么好看的盘饰绝对是画龙点睛。这次"对对酒",菜品的造型除了巧用食材和鲜花外,木念初还将酱汁和调料都变成了最好的"作画"工具。在她的巧手下,中西合璧、融会贯通,美得像"西洋画"宴席,第二天,东瓯人久违的别样烟火味就从九仙楼里不胫而走、香飘万家……

九仙楼那场如一台好戏的"对对酒"还在东瓯百姓的茶余饭后里热传,而这一日,学院路另一块"风水宝地"的拍卖结果,也让他们吃惊不已。

依然是育英大礼堂的小音乐厅,学院路18号地块的拍卖即将开始。关山月环视了周遭,前来参加地块竞拍的人们依然西装革履,谈笑风生,但关山月却分明感受到周遭暗流涌动,云谲波诡。

容不得关山月细想,拍卖师已经为这一块十万平方米的风水宝地的激烈争夺战擂响了战鼓。但直到第三轮,楠枫建设才开始杀入,与此同时,欣茂地产紧咬不放!

关山月和李总相互看了一眼,李总发现关山月的鼻尖渗出了晶莹的小汗珠。

关山月又回头看了看坐在后排的母亲,会场里几乎没有人注意到,鲜少露面的楠峰集团掌门人徐逸锦女士悄然出现在了会场!

竞拍进行到白热化的阶段,其他房企都停止了举牌,现场的空气越发沉闷。

关山月认真看了看左边欣茂阵营里的邹庆放,发现邹庆放的脸上闪过一丝焦虑,脸色开始变红。

拍卖师见两家公司互不相让,给出的报价已远远超出起拍价,便顿了一顿,说:"请大家谨慎报价,都是业内人士,还是需要科学理性计算一下成本的。"

关山月再一次看了看邹庆放。那是一张她熟悉的典型的东瓯中年男子的脸,瘦削、皮肤黄中带点黑,但是目光很明亮,这让他显得很精神。而事实上,此刻他这双明亮的眼睛中还有一丝迟疑和不安,只不过没有人能看出来。

不顾拍卖师的提醒,邹庆放果断地报出了一个天价数字。

关山月的心跳开始变快,脸色也变成桃红。李总坐直了身子,打算再举牌,却被关山月拽住了手,关山月悄悄地将手中的电话在他面前晃了晃。

终于，一锤定音，18号地块由欣茂地产拍得。

离拿地成功只有一步之遥，李总非常遗憾，甚至非常不满。他嘟哝了几句："关总，董事长明确给你指示了吗？如果再加价，一定能压倒欣茂的，18号地块的价值可是不可估量啊！"

关山月面不改色："听董事长的，没有错！"

当关雪桐听说欣茂地产成功拍得东瓯城的新楼王后，心中还是发毛了：这溢价的"财源"，很大一部分是来自那08号地块银行大楼的建筑建设款。女儿这种拆东墙补西墙的做法，如果菩萨保佑，两边的"墙"都补得天衣无缝，就能赚双倍的钱；如果其中任何一片墙塌了，那所有的如意算盘就不只是落空那么简单了！

2

时光如水而逝，转眼徐逸锦投身房地产市场已近十年，成功开发了多个住宅小区。而这十年间，与她分道扬镳的邹庆放也完全淡出了"鞋佬"的角色，在东瓯的房地产界非常高调地做了几件大事。

但近几年，坊间的一些传言让徐逸锦十分替邹庆放担忧：当年那幢银行大楼前前后后建了两年，却在结项时被发现质量问题，至今没有投入使用，成了东瓯有名的烂尾楼。三年前，有关专家在对这幢大楼进行最后鉴定后，建议对其实施爆破。就在去年，东瓯市政府最终拍板，要将烂尾楼定向爆破拆除。

听到消息，徐逸锦沉不住气了，起了个大早，让驾驶员陪她去了那座矗立在寸土寸金的市中心的烂尾楼。来前她是有一定思想准备的，但没想到情况比她想象的还要严重：墙体外面钢筋裸露，大楼的承重墙出现了夸张的沉降……

与此同时，关于这幢大楼腐败的消息也甚嚣尘上，甚至到了沸反盈天的程度，东瓯百姓干脆改称这幢烂尾楼为"腐败楼"。

终于，到了今天清晨，东瓯市区爆起五声震耳的闷响，惊醒了大家的好梦，那一幢高22层，建在东瓯最值钱的地段上的高楼轰然倒地！

负责爆破的公司在试爆时就发现大楼建筑石块特别大，杂质非常多，黏结力很差。一般大楼在试爆后，混凝土会粘在钢筋上，而这栋楼的钢筋上一点混凝土也没有,由此可以看出这个工程存在着多么严重的质量问题。据专业人士检测,这幢银行大楼不合格的程度达到了惊人的百分之七十五,而一般的质量问题,不合格程度只在百分之十以内。

有记者就此进行了多方调查采访,发现这栋大楼其实涉及一桩金额三千多万元的腐败大案,有数十人卷入其中。

"那么,这栋大楼背后到底隐藏着什么样的腐败内幕?我们的记者在今年年初就曾经对此进行了历时11天的调查……"

电视上在播放着相关报道,看到这里,徐逸锦实在坐不住了,问关山月:"现在邹庆放怎么样了?"

关山月说:"怕你担心没有告诉你,邹总已经被拘留了。当年他和叶欣欣以行贿的手段让并不具备招投标资质的欣茂建筑工程总公司拿下了这个大楼的建筑建设施工项目。甲方付给他们的资金已经达到总费用的90%,到手的资金非常充裕,但我一直不明白邹总他们施工过程中为何还这样夸张地偷工减料,压缩开支。"

这是关山月的疑问,也是所有人的疑问。欣茂地产将那一部分多出来的钱,到底用在了何处呢?

不久,徐逸锦母女就得到了一个可靠的信息:接受欣茂贿赂的大楼甲方基建办李主任被东瓯市中级人民法院判处有期徒刑五年,东瓯市中级人民法院裁定欣茂地产赔偿甲方三千多万元的经济损失。但在执行这一判决的时候才发现,甲方根本无法拿回这笔赔偿。更让人惊讶的是,原本以个人行贿、诈骗罪判决叶欣欣、邹庆放两人有期徒刑若干年,而两个月后,又以这一判决证据不足、事实不清为由,要求发回重审。再不久,两个人就被保外就医了。

烂尾楼拖了这么多年,但是叶欣欣和邹庆放在进入司法程序之后,这么快就平安无事,还是让很多知情人咋舌。

但生活远比戏剧还富有戏剧色彩,当所有人将目光聚集在东瓯史上第一腐败楼背后的故事的时候,徐逸锦接到了一个噩耗:关雪桐的丈夫、叶欣欣的父亲叶繁晟同志因突发急病,抢救无效,不幸去世了。她赶紧带着木念初、关山月,跟着关中瑜、关中天兄弟俩去参加了叶繁晟的追悼会。

在告别大厅,当关雪桐看到徐逸锦的时候,表情非常复杂。她们两个人的眼睛里都各自有很多内容,徐逸锦只说了一句"节哀顺变",两人便再无他言。

追悼会来了许多叶繁晟的老同事、老部下,许多叶繁晟当年独具慧眼建议选拔的年轻有为的干部都表达了对叶繁晟深深的敬意和怀念,给予了他极高的评价。

关山月环顾了一圈,悄悄地问母亲:"妈妈,怎么没有见到叶欣欣呢?"

徐逸锦也跟着环顾了一圈,除了叶欣欣,她发现邹庆放也不在现场,这让她非常惊讶:他们到底去哪里了呢?

如果说中国房地产的风云历程是一部武侠长篇的话,那么开篇第一章似乎是这样的:一片喧哗叫嚷之中,忽听东瓯郊外驿馆的黑铁绿皮大怪物趴在两条锃亮黝黑的铁制轨道上,随着"呜——"一声长鸣,前方那个大铁脑袋忽然喷出一阵白色雾气。一个黑瘦男子手搭凉棚往身后远处张望,脸上露出了焦急的神情:"女人家就是女人家,叶掌门怎的恁不守信,这离开拔仅剩半炷香的辰光了!"

"别心焦,有缘自会到!"身旁的黄脸大婶安慰道。

果然,这大婶话音刚落,只听得西边碎步急急如雨点,声音也不怎么响亮,但清清楚楚地传入了众人耳中。众人一愕之间,只见十余个大婶大妈疾风般向黑瘦男子这边的绿皮大铁家伙扑了过来,清一色都是玄衣灰面。奔到近处,黑瘦男子等人震了一震:这群人的数量虽不甚多,气势之壮,却似有千军万马一般。

黄脸大婶迎了上去,当胸抱拳:"姐妹们辛苦了,赶紧上车!"

说话间,众婶子乱成一团往这绿皮铁家伙身子里挤,刚刚挤进车门,又是一声长鸣,车身便缓缓动了起来。还没落座的黑瘦男子打了一个趔趄,车外同时传来几声大叫:"等等我!"

众人往车窗外一探头,只见一个有着壮硕身躯的已不年轻的女子狂舞双手,迈腿如飞,双脚每一次点地,身边之物都会向后飘开一丈之远。眼见着靠近铁皮绿家伙,只见刚才一脸焦虑的黑瘦男子一个燕子翻身,只一搭手,便连带那个壮硕的身躯双双翻进了已经缓缓前行的绿皮铁家伙的肚子中,妥妥地站稳了,众人发出了一阵喝彩!

当然,这是武侠画面的江湖表述,事实上,由东瓯的报社组织的"东瓯炒房团"的前身就这样在一群闹哄哄的大婶大妈和为数不多的几名男士的东方之行中拉开了非凡的序幕。

火车徐徐进了东方站,如果能用电影的手法进行倒叙的话,那么在那一辆绿皮火车中,东瓯欣茂地产的两大掌门叶欣欣和邹庆放一定会出现在镜头里,画外音会用低沉而神秘的声音告诉包括关山月在内的所有观众:在拍得18号地块后,欣茂地产便与另外一家房地产公司联手,开发了多个商品房小区,并在未来的几年里,得到了丰厚的回报。恰在此时,东瓯百姓口中开始频繁提起一个词——炒房。叶欣欣和邹庆放敏锐地察觉到,这会是一个新的商机,于是毫不犹豫地就投身到了这项新的投资事业中!

第二天,叶欣欣和邹庆放在国际大都市大手一挥,在地段比较偏远的新楼盘几乎买下了一个楼层!连他们自己也没想到,这一次绿皮火车之行,连同他们在内,东瓯人砸下了五千万元,让组织方大喜过望。

两个月后,又一拨"东瓯炒房团"莅临,成交了八千万元。

接下来,组织方干脆在东瓯的报纸上投广告,结果天雷勾动地火,迅速点燃了东瓯人的激情。人们简直像是发现了一块新大陆,立刻把看房团的商业模式运作了起来。几年间,东瓯组织炒房团近百次,次次爆满;报社甚至趁势成立购房俱乐部,会员一度超过六千人。"东瓯炒房团"迅速横扫中国,每到一处都掀起购房狂潮,引发的叫好声与声讨声都不绝于耳。

炒房团成员身份复杂,老板、白领、村民都有,甚至包括赋闲在家的乡镇大妈。在东瓯村镇,这是一股令人咋舌的"金融力量"。她们其貌不扬,却是村镇里公认的资金枢纽,讲信用、有威信。谁有闲钱,都会到乡镇大妈那去登记寄存,利息高、有保障。这些乡镇大妈召之即来、挥之即去,信用极佳,以至于被戏称为"大妈银行"。她们一度把持着东瓯农村的金融命脉,借钱利息高达20%。东瓯媒体看准了"大妈太太"们手握重金,迅速组织起"太太炒房团"。"大妈太太"们犹如旋风横扫各地房展会,比对着东瓯的高房价,她们觉得哪儿的房子都便宜。

"东瓯炒房团"就这样迅速"攻占"上海、杭州,开始向全国进军。

他们的足迹遍及各大中心与省会城市,后来连三四线城市也不放过。他们往往大批采购、连片购买,不为居住,只为收租或转手套利,俨然成为操纵楼市的资本大鳄。由此,他们也被不少地方政府视为"财神爷"。为了让东瓯投资拉动经济,有的地方不惜提供包机,免费为炒房团提供一条龙服务。等炒房团到达后,当地房价大都会迎来一轮令人惊叹的上涨。

这便使老百姓对房价怨声载道,人们开始炮轰"东瓯炒房团",认定他们正是炒高房价的罪魁祸首。但"东瓯炒房团"所过之处,当地百姓也在恐慌性上涨中飞奔入场,并掀起了新一轮涨幅。这种互为因果的纠缠,让人完全厘不清其中的是非。

叶欣欣和邹庆放在这几年的发展中早已成为"东瓯炒房团"的骨干力量,哪怕东窗事发、历经官司,他们也不愿意错过任何一次机会。因此,就连叶繁晟的葬礼,两人也正跟着炒房团南下三亚!

只可惜人算不如天算,炒房、炒楼,如此高收益,相伴的就是高风险。国家重拳打击"短炒房"的政策迅速出炉,央行率先出手,调整住房贷款利率;接着,上海、深圳等地银行叫停"一年内转按揭",要求短炒卖家必须先付清银行贷款,遏制投机。

调控来势很猛,不少媒体开始正式宣告"全民炒房时代终结",疯狂的"炒房热"逐渐变冷。终于,在几轮强势调控的寒冬中,叶欣欣和邹庆放撑不住了!

3

树木葱茏的华盖山正对着东瓯中山公园的大门,大门外的公园路上,每天早上几乎是中老年人的天下,有提笼架鸟在公园路大樟树下闲聊的,有身穿太极服上山打拳的,还有牵了狗儿出来溜达的。

对于东瓯人来说,人多的地方就是市场,哪怕"螺蛳壳里"也一定能"做道场"。在公园路这片相对宽阔的平地上,什么时候起出现了一个早市,东瓯人似乎也讲不大清楚。人们只知道在这里,有抽签摸牌的,有卖消字灵药的,有卖来路不明的野货的,因为这个早市每天天刚亮就开始,七点一到,各种小摊小贩就像在武侠小说里一般,眨眼之间就会消失得无影无踪。

金盈盈是这个早市的常客。来东瓯这么些年了,关山月常跟她开玩笑:"姨婆,看来我妈妈是永远也不会退休的了,您给妈妈当了一辈子的'助理',如今妈妈有两个秘书,您是可以退休的!"

关山月好心关怀的一句话,却让金盈盈有了无限的失意感。回想和徐逸锦相扶相持走过来的几十年,从楠枫那个难离却也不得不离的故土,到洞天岛、大桥镇、再到如今的东瓯城,在金盈盈的心中,她的锦姑娘就是她的定海神针!

虽然按辈分论,自己是长辈,按年纪论,也长她几岁,但不管经历什么样的风浪,徐逸锦都是自己活下去的信念和力量,哪怕儿子徐若空也给不了她这种信念和力量。因此,无论当初温柔懂事又贤惠的儿媳妇彩霞姑娘如何挽留她留在洞天和他们一起生活,她还是铁了心要跟徐逸锦回到东瓯,她觉得自己这辈子只有跟在锦姑娘身边才能睡踏实觉。

金盈盈一直很感谢上天给了她一副好身板,这几十年,跟锦姑娘从大桥镇出发卖纽扣开始,走南闯北,上天入海,跟着锦姑娘在生意场上冲锋陷阵,生活上相互照顾。她觉得自己没有多少文化,但是如今她对徐逸锦身边的几任生活秘书都不放心,总觉得现在的小姑娘不懂四季八节的自然造化与养人养生的道理。

这几年,锦姑娘出差也少了,这让金盈盈有很多时候觉得自己没事干,存在感挺差。为此,她也曾经到洞天跟着儿子徐若空过了一段时日,可每天总觉得自己"身在曹营心在汉",有时候梦见锦姑娘开会又忘了好好吃饭、出门忘了戴围巾、回家忘了泡脚……接下来,失眠就开始困扰她。连续三个晚上,金盈盈在有限的睡眠时间里梦见锦姑娘三次之后,她就再也坐不住了,打电话让驾驶员来接她回去。一见到她的锦姑娘,当天晚上就一夜睡到大天亮。可是,她回来之后,发现自己比以前更没事干了,直到关山月给她生了个人见人爱的小宝贝。

自从自己从"姨婆"升格为"太姨婆"后,金盈盈觉得生活又重新变得有意思了。虽然关山月有最好的"月里嬷"伺候坐月子,但是,金盈盈每天就像打卡上班一样,早上七点准时到关山月的别墅,等晚上八点孩子洗完澡才离开。因为孩子一落地,她已经毋庸置疑地单方面宣布:"月月归'月里嬷'管,孩子归我管!"

对于宝宝,谁伺候她都不放心,害得陈启东的妈妈、关山月的正牌婆婆端木锦瑟一刻也插不上手。端木锦瑟埋怨自己都抱不上孙子,嘀咕了两句,金盈盈听到了就不满意:"宝宝夜里不是归你吗?白天你再多看看月月就是了。"弄得很多来吃索面汤的关山月的老同学还以为金盈盈就是关山月的亲妈。

金盈盈有一个习惯,每天一大早就要起床去公园路早市买白茅根。别人买白茅根一般用来代替茶喝,而她则是要烧水来给宝宝当洗澡水,因为白茅根生性清凉,清新甘甜。东瓯人湿气重,又怕上火,新生儿一落地,都要先灌几口黄连。但是即便这样,还有很多新生宝宝会上火长奶疹。金盈盈自主研发的"白茅根汤"给宝宝当洗澡水后,还真是管用,关山月的儿子陈蕴新一整个月子里都被伺候得很好,没发过一颗奶疹。虽说白茅根各大药店也有,但金盈盈嫌它们不新鲜,而公园路早市能买到刚从山野里拔过来的。如今,虽然陈蕴新已经长成半大的小伙子了,但是,隔三岔五去公园路逛早市已成了金盈盈的一大爱好。那些个日用小百货、眼镜、干果、花卉,还有不少老百姓日常生活中的针头线脑等小零件,总能让她找回许多人间的烟火气。

这个早晨,她在早市上发现了一个熟悉的身影,那一刻,她有点不敢相信——那个头发灰白、面容憔悴的身影会是关雪桐?这和她记忆中那个英姿飒爽、说话底气十足、习惯拿眼睛往下看人的"关主任"差距实在太大了!

金盈盈没有看错,那个已经有点佝偻的身影确实就是关雪桐。

从公园路早市再往南走两百米就是东瓯最好的第一人民医院。此刻,关雪桐正从里面出来,医生告诉她下周再过来复查。

关雪桐一抬眼,也迎面看见了正在不远处看着她的一双眼睛。她怔了一怔,再仔细一看,眼前那个身影依然丰满,却毫无老态,这种丰满是水润的、圆通的,让人感觉到安逸与满足!

"金盈盈"这个名字还没有从关雪桐嘴里叫出声,金盈盈已经慢慢来到她的身边。关雪桐只听得一声问候:"关主任,是你吗?我是金盈盈。你哪里不舒服吗?"

那柔柔糯糯的声音依旧没有变,似乎岁月在她们之间根本没有发生过什么。

关雪桐怔了怔,完全没有理会金盈盈对她的关切甚至满怀忧虑的问候,忽然抓住了金盈盈的手臂,急切地说:"今朝遇见你真是太好了!你家锦姑娘现在不是很有钱吗?你回去帮我跟你们家锦姑娘说一下,让她帮帮我的欣欣,哦,不,是帮帮邹庆放吧。锦姑娘要是看不上我的女儿,那邹庆放总归是她最喜欢的学生吧。邹庆放自己不好意思开口,今天遇见你真是老天有眼,你一定要帮他去说啊!"

金盈盈往后退了一步,想从关雪桐的手中抽回自己的手臂,但没有成功,因为关雪桐抓得更紧了:"我知道你宅心仁厚,你赶紧回去叫你的锦姑娘帮帮忙,不然要出人命了!"

这些日子，东瓯城频发爆炸性新闻，比如今天，媒体爆出了欣茂地产董事长、东瓯市大名鼎鼎的商界女强人叶欣欣失联的消息。

好事者开始梳理叶欣欣的生意经，发现她将当年曾经红火的"七彩鸟"女鞋收摊、一头撞进房地产后，先是将号称东瓯第一高楼的银行大厦做成了东瓯第一烂尾楼、全国第一腐败楼，而她却能神奇地全身而退。然后，谁也不知道她怎么忽然以黑马之姿进入"太太炒房团"，在中国炒房界留下了威震四方的"江湖一姐"的名号。再然后，东瓯房价噌噌噌经历了一轮暴涨，她忽然大手笔投资了郊区的一个住宅项目，楼面价刷新了东瓯新纪录。不幸的是，在高位进入楼市的叶欣欣很快遭遇房价的暴跌，郊区住宅项目每平方米预计能卖八万元的，实际售价只有两万元！

资金、资金、资金，转不动了！

好事者们继续深究，发现她婆家的阿铭酒楼已经关门歇业，听说她的公公、卖了一辈子卤味的阿生老司已经气得病倒在床。除了阿铭酒楼，她的合伙人邹庆放为了投资，不惜高息借贷，如今深陷其中，不能动弹了！

但是谁也不知道，这一切，与叶欣欣那个被称为东瓯民营经济研究第一人的没有血缘关系的表弟夏商周有着千丝万缕的关系！

当初邹庆放和叶欣欣来咨询夏商周关于中国的楼市走向时，夏商周当即给他们上了一堂"东瓯资本特别课"。

夏商周说："资本是逐利的，我接触过的东瓯人，包括你们在内，在赚钱嗅觉方面尤为敏锐。东瓯人以实业起家，比如你们以卖纽扣、做鞋起家。改革开放以来，你们走南闯北，办工厂、做生意吃过不少苦，东瓯人就靠这吃苦耐劳、敢打敢拼的精神完成了最初的资本积累。

"东瓯的生意人有这么多优点，但也有一个很致命的缺点，那就是普遍缺乏雄心壮志。你们看看，在东瓯，能做成像楠峰集团那样的有几个？绝大部分都是个体户或是小微企业！你们再看看，东瓯的企业家队伍里，有几个像徐逸锦和关山月那样是知识分子？你们中的绝大部分人，有文化、有学历吗？那么，这就注定了你们也不具备管理大企业的能力。所以东瓯人有了钱之后，只好拿着钱买房、买矿。也只有买房、买矿才是让钱生钱最方便、最快捷的途径！因此，你们如果问我，这手头的钱去不去炒房,我的答案是:当然去! 但是,敢不敢、投多少、去哪里炒,这就要看你们自己的眼光和造化了!"

那一堂非同寻常的夏教授楼市经济课后,果然,邹庆放和叶欣欣在炒房的江湖风生水起,赚了投入资金的好几倍回来。为此,他们买了一座纯金打造的"财神爷"来回报夏商周,被夏商周当场回绝:"你们拿我当什么人了? 我要是卖思想、卖远见,哪只值这区区一个小金块?"

邹庆放连忙道:"那夏教授开个价?"

夏商周一听就变了脸色:"我的思想不可用金钱来衡量!"弄得邹庆放悻悻而回。

第二次,当欣茂地产在郊区投资的一个商品住宅区资金面临巨大缺口时,叶欣欣和邹庆放急急忙忙来咨询夏商周,夏商周又给他们上了一课:

"从古至今,东瓯的民间信贷都非常发达,分为长、短期两种。长期信贷一般利息都不会超过两分,基本还处于可以接受的范围,而短期的拆借贷款利息则多为五分以上,是典型的高利贷行为。而且在东瓯借钱容易,只需口头协议,不用字据,这其中就涉及一个非常重要的角色——保人。保人在这种借贷关系中的主要任务就是建立双方的信任关系,而建立这种关系的方式很简单:承担连带的偿还责任。

"借贷双方可能互不相熟,要借出钱的人不知道要借钱的人的底细。不过这没关系,只要借钱的人能找到一个值得信任的第三人,而这个人答应作保,就可以顺利地拿到钱。但是大部分时候,保人只是一个建立信任的工具。

"这样的话,你们要向银行或者私人钱庄借钱就方便了,因为姐姐不是还有阿铭酒楼吗? 那么,就用阿铭酒楼来做保人,向银行或者钱庄贷款就可以了!"

听了这堂课,叶欣欣和邹庆放开始还不以为然,因为这方案他们早已经想到了,只是叶欣欣的公婆是打死也不会同意的。但是很快,他们发现已经完全招架不住逼上门来的各路债主,于是,叶欣欣威逼利诱,终于让自己本分老实长得好看的丈夫阿铭偷偷地拿酒楼做了欣茂地产的保人,从银行贷来了一部分资金。可是,那个大窟窿哪是一个小小酒楼的担保能填得了的,没多久,酒楼就被封了!

后来,关于叶欣欣失联,坊间流传了很多版本,最多的是说叶欣欣撂挑子了,将那个填不了的大窟窿直接扔给了邹庆放。叶欣欣失联后,邹庆放在银行贷不了款,只好以自己的房产做抵押借了民间高利贷。当金盈盈在公园路的早市遇见面色苍黄的关雪桐的时候,叶欣欣已经杳无音信多日。金盈盈心里猜测关雪桐肯定是知道女儿在哪里的,但是关雪桐矢口否认,她只是竭尽全力描摹邹庆放会跳楼的可能,也许,这是她认为能最后一搏的一根救命稻草了!

第二十九章
敢 为 天 下 先

今日是初一，金盈盈去郊区的密印寺烧了香回来，还没迈进家门，徐逸锦的驾驶员就已经等在大门口，说董事长要回嘉宁大桥镇一趟，请她同去。

轿车并没有直接开往公司，而是开到了市政府的大会堂前面，等了好一会儿，才等来了徐逸锦。一上车，徐逸锦就问："金姨，还记得当年在大桥镇遇见的那个慈眉善目长得胖胖的F先生吗？"

金盈盈说："就算别人都忘光了，我也不会忘了这个大专家呀！怎么忽然提起他呀？"

徐逸锦深深吸了一口气，说："今年是他一百周年诞辰，刚才大会堂就是在召开他的纪念大会。"

"对对，我想起来了，当年咱在大桥镇卖纽扣，F先生还拉着你问个不停呢。我听说他后来又来了几次，你咋都没见到他？"

徐逸锦叹了一口气："这事真的让我挺后悔。这世上恐怕没有哪个学者像F先生这样，对咱们东瓯追踪调查达半个多世纪。没有他，天下人就不知道东瓯的'小商品、大市场'，就不知道咱'筑码头，闯天下'，也许'东瓯模式'就没有人提出来。他一辈子的研究，就是'志在富民'。"

金盈盈问："锦姑娘，那你今天让我陪你回大桥镇，是不是有什么事和F先生有关系啊？"

等到了大桥镇，没想到关中天和关中瑜也来了，与她们在菰江岸边会合。

金盈盈久未回来，此刻，站在菰江岸边的石埠头，她大吃了一惊！

眼前那条曾经清澈见底的菰江，现在江面浑浊得几乎呈奶白色了，风儿吹来，她赶忙捂住了口鼻。

关中瑜说："金姨，还记得当年江上撑舴艋舟的老大唱的船歌吗？"

金盈盈点点头，想了想就开了腔："菰江滩喔白兮白啰，菰江水啰清兮清喔，鱼儿跟着船儿游，店埠媛子儿想情郎哟，啊喽嗨、啊喽嗨……"

唱着唱着，金盈盈唱不下去了："清清的菰江河哪里去了？"

关中天叹了一口气："唉，这就是致富路上的大伤悲啊！"

"是啊，当初我们做纽扣只知道赚钱，哪里想得到如今的菰江河会变成'牛奶河'！"身边，徐逸锦、关中瑜的亲家陈轻舟很焦急地给大家讲故事。

"这些年，大大小小的纽扣厂排放出来的废水都经过各村镇的一条条水沟汇入菰江。刚开始，妇女们从溪水里洗完衣服回来，手脚就发红，那些衣服穿在身上也会发痒。当初我在纽扣厂上班的堂侄问我抛光桶里放出来的水怎么会这么臭，我还说臭的屎尿能种田，臭水抛光出来的纽扣也会更好。现在看来，不只是我和堂侄无知，绝大多数人都无知！

"后来镇里投资100多万元建成的桥头自来水厂开始从菰江沉钟潭取水供水，结果煮出来的饭菜都有一股臭味，大桥头的人就不吃这自来水了，大桥头自来水厂使用不到三个月就关闭了。在这个世界上，可能就它最短命了。

"菰江太脏太可怕了，女人再不敢去洗衣服，男人再不敢去游泳，水里不见了鱼虾的踪影，岸边落得冷冷清清，没有人的足迹了。我侄媳都不愿意去大桥头看望她外婆，不是说她不孝顺，而是大桥头的水吃不得，吃了就生毛病。唉，如今大桥头的人都拒绝了千百年来养育自己的菰江水了！"

金盈盈惊讶地问："这么夸张？那你们现在吃水怎么办？"

陈轻舟的侄儿也在一旁，此时接话说："现在村里家家户户都在山上铺了铁管、塑料管，引山水入户饮用。但是菰江垟三面环山，空气不流通，废气飘上天，遇到露水雨水落下来，山水也被污染了，到底能不能吃，其实大家心里都惶恐着呢！可又能咋办？现在菰江两岸的人们谈水色变，不得不去江北岸买50元一桶的清水，或者开车去五六十公里外的楠枫江取水,有的干脆买大桶的矿泉水洗菜煮饭。你们说,环境污染了,身体健康都成问题了,钱多了还有什么用?"

陈轻舟接过侄儿的话又说:"还有一个大问题,如今菰江就是一个巨大的垃圾场。两岸工厂多了,工业垃圾多得不得了;家庭富裕了,生活垃圾又多得不得了。那么多垃圾没地方处置,厂里的家里的都弄出来倒进了菰江,多年下来越堆越高,除了被难得的几场洪水冲走一部分外,全都成了菰江的毒瘤,夏天江水就冒出阵阵恶臭,引来苍蝇飞舞,各色塑料袋到处散落,简直就像彩色的妖精在作怪。"

金盈盈着急地说:"那为什么还不快停止那些工厂啊?"

一直未作声的关中天说:"你真是站着说话不腰疼啊!你又不是没穷过没饿过,穷怕了的人想致富,哪儿顾得了这么多!如今全镇有大大小小的纽扣厂、拉链厂八百多家,眼看着大把的钱到手,谁会轻易放手?"

面对已经变了味的滚滚东去的菰江,徐逸锦一直未发一言。此刻,她心想:逝者如斯,而未尝往也。生命、乡土与发展结合在一起,难道就要以此为代价吗?当初我带领大桥镇的百姓走上致富路,最后如果走成这样,我不就是一个十恶不赦的历史罪人了?她抬起头,将目光送到丈夫脸上。

关中瑜接过她的目光,定了定神,回头对关中天说:"三哥,当年F先生说的'志在富民',一定不是以这样的方式作为代价的!在这轰轰烈烈的致富道路上,对菰江如今的悲伤和哭泣,我们绝对不能袖手旁观。我退休这么多年了,终于又有点事做了。我打算从治理菰江的'牛奶河'起个头,你怎么样,要不要一起干?"

关中天笑了笑,说:"当然!四弟,咱们两个退休佬该找点我们能再去做做的事情了!菰江的治理,三哥我跟你来!"

徐逸锦紧蹙的眉头忽然松开了,心中忽然明朗了起来:这么多年,和丈夫一路走来,相依相恋、相互扶持,曾经心犀一点即通,又曾到了不可对话的"黑暗时刻",甚至心痛到远渡重洋、离他而去!也许,很多时候,真正相爱的人必须历经这凤凰涅槃般的一切吧,只有经历,才知道情分的臻萃何在!今日,此刻,从自己的眼中,丈夫就读懂了她的心思!她觉得,这世上的相爱相知,还有什么比这种"懂"更难得呢?

此刻,金盈盈心中的欢愉也不输于她的锦姑娘:"老三、老四,我都听明白了,我就等着哪一天再唱'菰江水啰清兮清'喽!"

大家说话正在兴头上,忽然,驾驶员将电话递给了徐逸锦,徐逸锦一听电话,变了脸色,回头说:"快,赶紧回城,出事了!"

邹庆放知道,自己是有恐高症的,但此刻,坐在瓯江北岸曾经的地标"十三层"的顶楼栏杆上,他并没有感觉到一丝眩晕。他知道下面已经聚集了很多人,消防车、救护车已经就位,安全气垫也已经张开,但这些嘈杂都在他的耳膜中自动过滤,哪怕妻子哭倒在地,哪怕老丈人又气又忧,指着他破口大骂,哪怕朋友苦口婆心劝慰告诫,哪怕谈判专家引导……他空洞的眼神里涌现出来的是这些噩梦般日子里无尽的威逼、恐吓、砸门、砸车、喷大字……他对自己说:邹庆放,所有认识你的人都后悔有你这个人的存在,连朋友家的狗都知道你欠了高利贷!

他知道,高利贷的江湖是复杂的。他知道,所有的一切苦厄,只要此刻纵身一跃,就一切都解脱了!

他将身子慢慢地再向前探出,楼底下开始了一阵骚动。忽然,他的身后响起了一个声音:"你回头看一看,这座'十三层'曾经是东瓯最高的地方,也是见证你迈向事业高峰的地方。你再向周边看一看,如今'十三层'又算得了什么? 这人世间,所谓的'失败者',都曾经是所谓的'成功者'! 那么,你告诉我,什么叫'失败',什么又叫'成功'?"

那个声音飘过来是轻柔的,却透着不可动摇、无法冒犯的坚定和威严!

邹庆放回头了,看到几步之遥,一个身上有祥光的女神就站在对面! 那道祥光照耀着他,让他睁不开眼! 他动了动嘴唇,想对对面那个"神"说什么,但那轻柔的声音却先一步不可阻挡地穿透而来:"你要知道,生命才是最大的成功。你若真的要承认失败,那就是承认你败给了金钱,那么我尊重你,由你去! 但是,你真的要作别生命,也请尊重你自己,让这血肉之躯回归生你养你的地方,回大桥栎村去,回菰江去吧。来,让我陪你,一起去……"

轻柔的声音随风送来,那个被祥光笼罩的身影也向邹庆放走来。一阵眩晕,邹庆放抬起头,那团祥光一点点笼罩了他,轻轻包裹了他,他觉得自己周遭的坚冰瞬间崩塌。如同一口堵在胸口的郁气终于长舒出来一般,邹庆放声泪俱下,紧紧抱住了那个依旧轻柔却温暖无比的身子，喊了一声"徐老师"就瘫倒在地⋯⋯

不久之后，人们发现奇迹再一次出现在邹庆放身上，新生的邹庆放以总裁的身份悄然复出，全资组建楠峰集团旗下东海大吉祥航空有限公司，成为中国首家获得飞行资格的民营航空企业。很快，楠峰·东海大吉祥航空又以1.2亿元入股地方民航，成为中国第一家投资国家民航业的民营企业。

某一天，徐若空的贝雕厂办公室里来了一位长远客*，见徐若空不在，便没有多言语，只是将一个袋口用麻线缝死的不小的蛇皮袋和一张字条交给了徐若空的徒弟，吩咐道："等你师父回来，就交给他。"然后扭头就走。

徒弟打开一看，吓了一大跳：整整一蛇皮袋百元大钞！他赶紧追出去："老司老司，请问您怎么称呼？您倒是留个电话号码呀！"

长远客向后挥了挥手："你师父知道的！"说完就钻进了等在外面的轿车里，绝尘而去。

恰在此时，徐若空迎面走来。在汽车卷起的烟尘里，他还是清晰地看到了车窗里一闪而过的邹庆放。

徒弟一脸懵懂地将那一蛇皮袋现金交到徐若空手里："师父，刚才那个人送了一袋钱来，说您知道是怎么回事⋯⋯还有这张字条，也是给您的。"

徐若空接过字条，上面的字迹虽不好看，但非常工整："徐师傅，我知道无论用多少钱都还不起欠您的一切！我不敢奢求您的原谅，思虑再三，姑且凑个整数，只求往后余生，上天护佑您心想事成，吉祥圆满！"

徐若空看罢，心中感慨万千⋯⋯

两年之后，东海大吉祥航空公司就将总部迁往了上海，邹庆放也将家安在了上海。当然，不管邹庆放在上海怎么忙，每隔一段时间，他一定要回来找自己的徐老师，只要听到她那永远轻轻柔柔的声音，就觉得在上海那片大海里翻滚的自己会瞬间找到心安的港湾。

这一次他回来，没想到徐老师居然要将他从"内海"推向"外海"！只听得徐老师又轻轻柔柔地说："放心把公司交给你儿子，你要把眼光向外看。现在迪拜允许中国人在当地买房，而且连带土地。你和月月、启东他们好好合计合计，出去好好

---

*长远客：久不联系却忽然登门的客人。

考察一番,看看能否在迪拜找到合适的土地。我想看看在那一片沙漠中,能否建设农场、种绿色蔬菜,再创造一个东瓯奇迹、中国奇迹!"

还是早上五点,冬日,蓝幽幽的天空尚未见曙光。东瓯城偏远的东南方向,清净的密印寺里,一阵风刮过,吹动树梢窸窸窣窣作响。

驾驶员一边打哈欠,一边将金盈盈送到密印寺的大门口。一声声清脆的响板划破宁静,木槌敲击着厚厚的醒板,回荡在寺里。

这些年月,金盈盈来密印寺的时间越来越多。她常常问自己:这时间真是无情,连招呼也不打一声,怎么就这么快从自己的眼皮底下溜走了呢?

三个多月前,以前天天黏着她的关山月的儿子陈蕴新到欧洲读书去了,为此她失落了很久,去密印寺就更加频繁了。在那里,她结交了许多女居士,今天早早来,是听寺里的住持讲有名的永嘉大师宿觉和尚的《证道歌》。

太阳还没出来,寺院里被清晨的露水打湿的路面还没干,沿着长长的青石板,推开院落木门,穿过前厅,金盈盈来到了一座小楼前。

过前厅左侧的花门,后院是一排长长的落地窗,窗内法师和弟子们席地而坐,讲习佛法。重修时安装的水地暖让室内春意融融,自屋檐瓦当落下的山泉落入一条细长的白石子水道,滴答水声沿着后山向上飘去,清远静谧。金盈盈赶紧找个蒲团打算坐下来,忽然,她看见一个熟悉的身影从不远处的蒲团上站起了身,快速离去!她怔了一怔,不确定自己是不是眼花了。等听完师父讲经,她赶紧回去对徐逸锦说:"今天我在密印寺好像看见叶欣欣了!但不敢确定。"

徐逸锦听了大吃一惊:"你再问问寺里的佛友,看看能否确定是她。"

金盈盈叹了一口气:"好,我也很想确定是不是她。唉,如今她公公婆婆都被她气死了,听说阿铭原来那么听她话的人,在爹娘死后也铁了心要和她离婚,可是找不到人,怎么离啊。"

她又问徐逸锦:"你说这真是'人在做,天在看'吗?也真奇怪,当年她妈没有慈悲心,我那时候心里就担心她将来会遭报应。不过我也从来没有恨过她妈妈,毕竟当年还是她叫人把我送到洞天去,不然我还能活下来见到你吗?锦姑娘,我是不恨她的,你呢?"

徐逸锦没有正面回答金盈盈的话,只是说:"当年永嘉大师到南华寺与禅宗六祖惠能大师辩论,一夜间顿悟,后人称他为'一宿觉',也就是你们口中的'宿觉禅师'。大师说'舍妄心,取真理,取舍之心成巧伪',很多人在取舍之间本末倒置。只可惜我们红尘俗子没能像大师那样有慧根,一宿顿悟啊!我们很多时候只忙着看自己眼前的路,常常忘了看看别人的路是怎么样走的。这人世间的路太多了,远一点没关系,就怕不走正道。金姨,要快点了,咱要快点想办法将那些走歪了的人拉回来……"

那日的对话,其实金盈盈没听明白锦姑娘到底要说什么,只是没过多久,当那一天叶欣欣出现在她眼前时,她惊呆了!

眼前的叶欣欣瘦了整整一圈,因为不常见阳光,原先黑红的脸显得有些灰白,这让她的虎背熊腰看起来也不那么夸张了。

金盈盈没来得及与她多说几句话,徐逸锦就来了。她也没有与叶欣欣说什么,只是请她上了车,吩咐驾驶员去报社。

一路无言,金盈盈实在憋不住了,不管年岁多大,她那"金姜儿"的天性还是驱使她发问:"这……这……咳咳……锦姑娘,为啥去报社? 这欣欣,欣欣不是欠债吗? 去报社昭告天下说她回来了? 那些债主能放过她? 这……"

坐在前排副驾驶座上的叶欣欣回了头,开腔道:"我真的不知道该说什么好,债务的事情,锦姨已经帮我处理妥当,我……我……"

金盈盈第一次听叶欣欣开腔叫徐逸锦为"锦姨",这一切让她很意外。还没容她多问,车子已经载着她们直奔报社。在报社总编办公室里,徐逸锦的女婿陈启东早早等候着她们。

叶欣欣也和金盈盈一样纳闷,当经过与银行、多方债主多轮接洽、协调、谈判,终于通过委托的方式,徐逸锦那边帮助她解决了属于她名下的债务问题,那么今天为何带她到报社来?

一落座,陈启东让一名记者拿来了一沓报纸。

徐逸锦示意叶欣欣:"你看看,这些报纸都是几月几日的?"

叶欣欣仔细翻了翻,发现每一份报纸的日期都是11月18日,只是年份不同,最早的一张是十年前的,这让她更加纳闷了。

望着叶欣欣百思不得其解的眼神,徐逸锦说:"你不是着急让我给你安排事儿做吗? 眼下就有一件挺难的事情需要你去做!"

叶欣欣立即说:"锦姨,你就是我的再生父母,你让我做什么我就做什么,再难也不怕!"

陈启东在一旁说:"叶总,也不是什么大难事儿,只是这件事真的有点蹊跷,你先看看这些报道吧!"

听着陈启东依旧叫她"叶总",叶欣欣有点难为情。她没作声,默默打开了十年前那张报纸,头条标题赫然在目:《"星雨心愿"沉甸甸,青年人送来巨款悄然离开》。

记者在文中写道:"昨天上午,一名年轻人将一个标有'星雨心愿'字样的盒子送到本报一楼服务台,告诉接待人员说自己不识字,并再三吩咐不用通知记者,之后就走了。记者小心地打开盒子,发现里面是崭新的两万元现金,还有一份署名'农民的儿子兰花草'的信。信中说这两万元是他们辛苦挣来的,捐给那些急需帮助的孤儿寡母,并希望用三十三年时间,每年捐献两万元'星雨心愿'善款,以报答社会的培养之恩,报答农民'粒粒皆辛苦'的养育之情。最后,他还祝天下善良的人们平安幸福!"

陈启东让跟踪此事的袁记者来到办公室,向叶欣欣她们讲述十年来这位"兰花草"每年风雨无阻,坚持送两万元善款的事迹。

袁记者说:"第二年,兰花草将那写着'星雨心愿'的信封送过来放在前台又快速离开,傍晚我接到一个陌生电话说捐款已送到,只是来不及多问对方就已挂断电话,等我回拨过去,发现是公用电话。之后的两年,每到11月17日,兰花草都会把装有捐款的信封送到报社,然后打电话让我去取。第五年,报社办公楼里安装了监控摄像头,11月17日这天,兰花草准时出现,摄像头拍下了他的侧影。我们刊出了这张照片,不过太模糊了,没有人能认出来。第六年的11月17日我却一直没能接到电话,等到了晚上,电话总算来了,说我们报社现在装了摄像头,所以他把捐款送到市慈善总会了,还说现在还不是见他的时候,等三十三年的期限到了,他会讲出自己的故事。之后几年,他果然就都把捐款送到市慈善总会那边。"

金盈盈又忍不住了:"那慈善总会里也没谁见过这个好心人?"

袁记者说:"兰花草每次都低着头,行动迅速,没人知道更多关于他的信息。今年与他打过一个照面的市慈善总会的王阿姨说这几年送过来的两万元是五元、十元、百元纸币拼凑起来的,有的还皱巴巴的,可见他不一定是有钱人。还说他跑得太快了,只能看出是个30多岁的男人。"

陈启东说:"尽管身份仍未确定,但兰花草一诺千金的爱心长跑善举经过我们的报道早已传为美谈。大前年,经由我们报社和市慈善总会的共同推举,兰花草获得'东瓯改革开放三十年十大慈善人物'称号,但颁奖现场他依然没有出现!"

叶欣欣放下了手中的报纸,脸上出现了从未有过的表情:敬佩、感动、愧疚……她百感交集,深深地看了一眼徐逸锦。

徐逸锦接过叶欣欣的目光,开口道:"这十年来,兰花草从未爽约。人生许诺容易践诺难,兰花草一诺千金,实在令人感动。欣欣,咱们也得跟着做点什么呀!"

叶欣欣焦急地说:"锦姨,可是我现在没有钱啊,有钱的话,我一定跟这位兰花草一样,全部捐掉!"

陈启东笑了:"叶总,不用你捐钱呢!我们现在想把这种爱心精神宣传出去,大力发扬这种正能量。因此,我们策划了一个活动,叫'传递大爱大善——全民寻找兰花草'。这项工作单凭袁记者一个人还不行,还需要社会的力量参与进来。妈妈推荐了你,我看也很合适,不知道叶总愿不愿意加入我们这个寻找善人的队伍?"

"当然,当然,我愿意,我很愿意!"叶欣欣连连点头。

金盈盈在一旁听了,赶紧说:"我也愿意,我也愿意,我去,我也去!"

大家都笑了,叶欣欣说:"姨婆,你就去密印寺把这个故事讲给佛友们听,让大家将善心再扩大开来、传扬出去吧!"

第二天,叶欣欣就去了市慈善总会做一些对接和准备工作。在慈善总会朱秘书长的办公室,她就遇到了一位让朱秘书长赞不绝口的慈善人士。她发现朱秘书长不叫他的名字,也不称呼他的职位,而是亲切地叫他"旗帜哥"。原来,这位"旗帜哥"三十年如一日帮助有困难的群体。他做完好事也像兰花草一样不留姓名,只留下一小面五星红旗,所以大家都叫他"旗帜哥"。

叶欣欣很好奇,问"旗帜哥"怎么能这么高尚。"旗帜哥"朗声笑道:"我哪里谈得上'高尚'二字?当年如果不是解放军救我,哪还有现在的我呀!"

开朗的"旗帜哥"就向叶欣欣讲述了他童年的一段经历。那一年,年仅6岁的他横穿马路去买冰棍时,突然一辆大卡车从大陡坡上冲了下来。他吓傻了,一动不动地站在那里,只能眼睁睁地看着卡车冲过来。就在这时,一名解放军战士从马路对面跑过来,冒着生命危险,飞身抱起他闪到了一边,卡车从他们身边呼啸而过。这名解放军战士把他抱到路边后就走了,他的母亲一直托人打听救人的战士,但是始终没有消息。于是母亲让他向解放军叔叔学习,将来做个好人。

朱秘书长说:"'旗帜哥'真是了不起,这三十年里,他慷慨解囊,捐款捐物,先后帮助两千多人走出了生活的困境。有残疾女性在他的帮扶下办起了家政公司,有盲人靠他的资助得以无虞度日,有失学女童由他交了学费而重返校园,有下岗职工在他的帮扶下创业发家。他捐助的人中已产生了八十七个百万富翁,四个千万富翁和一个亿万富翁,而这些富翁给国家创造了更多的财富。你看,他做慈善的意义真是太大了!"

叶欣欣睁大了眼睛看着"旗帜哥",连连说:"您真是太让我敬佩了!也请您和我一起,加入寻找兰花草的队伍吧!"

一大早下楼,金盈盈就听见关中瑜在餐厅里和徐逸锦闹别扭,她过去笑着问:"哎哟,外面日头这么好,暖和着呢,这两张脸怎么说阴就阴了呢?"

关中瑜赶紧站起来拉着她说:"金姨,你来了最好,你给评评理。我都这把年纪了,徐老师还管我穿衣戴帽。我知道今天是大日子,你看看,都已经听她的穿上西装了,还让我换衬衫打领带!"关中瑜指着椅背上放着的好几条领带,一脸不高兴。

徐逸锦也不开心:"金姨,你看看,还是学美术出身,嘴上老惦记着自己当年风华绝代的美专生涯,如今衣着打扮都邋遢成什么样了。你看看,两件套头衫、两条运动裤可以穿半个冬天,今天让他穿上西服,我是口水讲干了才讲通,可好,说就这样在套头衫外套上西装就要出门。我看他就是存心和我过不去!"

小保姆在一旁捂嘴笑:"徐老师谁都不唠叨,就是会唠叨老师公一个人。"

关中瑜一听，说："金姨，你明白了吧，她斯文了一辈子的人，就是嫌弃我不够斯文。可斯文起来多累啊，你说对不对……"

金盈盈拿起领带，在关中瑜身上比画了一下说："好看是蛮好看的哦。"

关中瑜忙躲开，说："我就知道你永远站在你的锦姑娘一边！在我和她那里，你偏心了一辈子！"

"哪里偏心了，金姨是谁对就站在谁一边！"徐逸锦不依不饶。

三个人在餐厅说得热闹，谁也没有察觉到门铃响了。

小保姆赶紧去开门，将西装革履的关中天迎了进来。徐逸锦一见，拉着关中天走到关中瑜面前，说："你看看，你一辈子穿衣的品位永远在三哥之后。三哥这领带，这皮鞋，和这套西服多协调。你赶紧的，去换上衬衫皮鞋，再不换，我真生气了！"

关中天也笑了，对关中瑜说："我这是没人帮我打理才自己捣饬自己。老四，你别身在福中不知福了，有人唠叨你，那是你的福气。赶紧换上，今天是大日子，好歹也曾经是咱哥俩的'主场'，咱得体体面面地出场！"

阳光正好，微风不燥。此刻，关家兄弟和徐逸锦、金盈盈在邹庆放的带领下站在了嘉宁县的"西大门"——大桥镇的菰江边。暖风吹得关中瑜的西服衣角向外掀起，紫红的领带也不时跟着飘扬。此刻，他完全没有感觉到江风对身上衣物的干扰，因为眼前的菰江让他着实有了"震惊"的感觉。

曾几何时，他回到嘉宁，看到被大桥人称作"母亲河"的菰江臭气熏天，两岸的纽扣、拉链、电镀等私营小作坊的生产垃圾和生活垃圾将菰江污染成了"牛奶河""垃圾河"和"黑臭河"。关中瑜当年在嘉宁主政的时候，随着纽扣市场的日益扩大，菰江的污染已经初露端倪。他已经强烈地意识到情况的严峻，号召全县贤能智士献计献策治理菰江来改善环境。无奈当时工业发展势不可当，环保意识还很薄弱，加之财力有限，人们眼见菰江在悲伤哭泣，却无力去抚平其创伤，还之以笑容。虽然关中瑜离开嘉宁去东瓯任职，但这么多年来，他的心一直牵挂着菰江。

后来关中瑜正式和徐逸锦商量，建议楠峰集团带头捐资，帮助大桥镇启动菰江的综合治理工作。徐逸锦说："当年是我们领头做的纽扣，如今理所当然要领头捐资治理菰江，一定还大桥头百姓一条可以重新游泳的菰江！"

于是很快，在楠峰集团的第一笔启动资金的引领下，楠枫联合大桥籍企业家发出了捐款资助治理菇江的倡议。很快,治理工程就如火如荼地开展了。

从那年开始,菇江河床上红旗招展,机声隆隆,一场治水治污的战斗轰轰烈烈地持续了五年。嘉宁县政府决定将大桥土地征用款的地方部分留给大桥建设该工程,乘势而上,大桥镇政府借"拆违"之机关闭了三百多家工厂,根治了污染源。

当菇江的治理初见成效时,治理事业的资金却还有很大缺口,徐逸锦将这事委托给了邹庆放,邹庆放立即从上海飞回大桥镇,召集了栎村老支书陈轻舟的侄子辈们。正当年富力强的新一任村干部们在邹庆放的支持下,干劲就更足了,除了楠峰集团的鼎力资助,此时已经觉醒的众多乡亲也积极响应、慷慨解囊,当年就捐资三千多万元。后来,栎村新任的村支书对邹庆放说,当初光是清理垃圾就花了两百多万元,可见菇江污染有多么严重。

在上海忙自己的民用航空事业的同时,邹庆放总是在百忙之中回大桥镇。当他看到已经建好的一、二、三期地段的菇江两岸堤后的地块上杂草丛生,和菇江的治理成效很不相称,"扮靓菇江"的念头在他心中油然冒出,他下决心要真正打造清溪碧水、绿树成荫、鸟语花香,可以供人们休闲漫步、观光娱乐的美丽菇江。他将情况向徐逸锦一汇报,徐逸锦很是欣慰,于是,在楠峰集团的再一次鼎力资助下,大桥镇再次发出了捐款的倡议,并再次得到了企业家们的积极响应。

在接下来的几年间,邹庆放几乎是月月从上海回来。终于,当他看到经环保部门检测,菇江河道赶潮段以上的水质已经达到"地表水环境质量标准"二类标准的报告时,笑容终于重新回到了他依旧黑而瘦削的脸上:"可以重新下菇江游泳啦!"

此刻,邹庆放带着他的徐老师全家人站在菇江边,呈现在他们眼前的虽非原始状态的菇江,但比原始菇江更现代、更壮观、更漂亮。一江清水自北往南而去,绿水倒映蓝天白云,时而翻越橡皮坝,时而掀起白色的浪花。两岸十五公里的一圈堤坝分上下两层,青石栏青石地,中间一格格的斜坡是绿草坪。堤坝外则是延绵不断的绿化带,花草树木绕了一大圈,点缀着精致的小公园、漂亮的小木屋,还有许多供人休息的木椅石凳。清晨的阳光下,有人在堤坝上打太极、走路、跑步;岸边,有不少人坐在堤坝上悠闲地钓鱼,白鹭成群结队飞落下来觅食……

这些年,徐逸锦几乎不出席任何公众活动,但今天,她非但要亲自来,还要关中瑜认真做好个人形象工作。因为今天,镇上要召开招商选资项目推介会,五十多位当地企业家要为菰江治理再次举行捐款活动。这一次，徐逸锦没有像往常一样坐在后面，而是开开心心地坐在第一排，带头认捐了第一笔捐款500万元。到最后，邹庆放悄悄告诉她，短短半个小时，用于菰江河道两岸景观绿化工程的现场认捐就高达2923万元。金盈盈看到徐逸锦的脸笑成了一朵花，赶紧拉了拉徐逸锦，悄悄地在她耳边说："注意笑容收着点儿，脸上的皱纹实在是太多了，成菊花啦！"

3 🍁

又过了两年，叶欣欣寻找兰花草的工作依然毫无进展。这一天，叶欣欣翻日历发现又到10月底了，于是吩咐秘书接下来三天不要给她安排任何会务与行程，她要从四川飞回东瓯，今年无论如何也要找到兰花草！

下了飞机，叶欣欣直奔徐逸锦的家门，一进门就大声叫："锦姨、锦姨，您看看，这是咱们集团对口援建的那曲地区的新学校的孩子们让我给您带过来的牦牛肉，您好好尝尝！"

金盈盈听了从房内出来说："你锦姨牙口比我差多了。再说，她那么斯文的人，怎么会啃这硬硬的牦牛肉？来，我替她啃！"

叶欣欣发现金盈盈的行动确实比徐逸锦要灵动很多，但是，对于耄耋之年的人来说，徐逸锦身上那一股独特的气定神闲的气韵，还是让叶欣欣心生佩服。

徐逸锦说："金姨，你可悠着点儿！你比我好多少啊？吃肉还吃这么多，不控制一下，小心你的血脂！明天你还要出席何先生的'世界东瓯人微笑联盟'活动呢！"

金盈盈对叶欣欣说："你看看你的锦姨，这些事儿，钱都是她出，但她自己总是不出面，打发我这么个土埋大半截的老奶奶去替楠峰集团站台，笑死个人。这次我说什么也不上台了，就让月月去！"金盈盈说着就从口袋里拿出几张纸展开，"不过话又说回来，你锦姨就跟我的专职秘书似的，讲话稿写得真是好，我给你念念啊？"

金盈盈说着念上了："在有些人眼里，会给东瓯人贴上'赚钱机器'的标签，我觉得他们只说了半句，没有说完。东瓯既有像刘伯温、苏步青、谷超豪这样智行天下的优秀人才，也有改革开放后'敢为天下先'的东瓯商人。东瓯人善行天下，如今在像何先生这样的有识之士的倡议下，以'东瓯人'的名义共同成立一个专业的慈善机构,实在是一个大善举。今天,我们楠峰集团有幸参与'世界东瓯人微笑联盟',我们愿意尽一份力量,所捐善款用于帮助东瓯医疗人员前往海外著名医院交流学习,成立'世界东瓯人微笑联盟'公益活动的治疗平台⋯⋯"

叶欣欣边听边笑:"姨婆,你念得倒真像领导,念得好!只是我没有听明白,啥叫'微笑联盟'?"

金盈盈说:"这个还是让你锦姨给你解释吧。"

原来,这是一位姓何的东瓯台胞在东瓯倡议并长期致力行动的为唇腭裂伤病儿童所做的一项医疗公益事业,有一个很好听的名称——"微笑联盟"。微笑联盟与东瓯大学合作,成立唇腭裂儿童心理辅导站,建立"唇腭裂培训中心"等国内独一无二的序列治疗体系。当徐逸锦听说这个消息后,第一时间就积极参与到"微笑联盟"的募捐中。

徐逸锦说:"这个活动已经坚持八年了,当年第一次募捐就获得170家全国地市级东瓯商会、248家海外东瓯人侨团代表1500多人的积极响应。迄今为止,我们已经募集了1500万元善款,何先生带领医务团队行程上万公里,为国内近2000个贫困山区的唇腭裂儿童带来康复的希望。不容易,让人敬佩!"

叶欣欣听了,忽然很感慨,她心想:自己何尝不是因为锦姨的慈善而重生了呢!但是,她又心生愧疚,对徐逸锦说:"锦姨,这么多个年头过去了,我还是没有把寻找兰花草的任务完成好,好愧疚。所以这一次我提早回来,就是一定要完成这个任务!"

三个人正聊着,忽然,陈启东匆匆进了门来,他身后,紧紧跟着从洞天岛来的徐若空!见到叶欣欣,陈启东说:"你来了,真是巧了,有兰花草的消息了!"

叶欣欣和金盈盈同时脱口而出:"真的?在哪?"

徐若空上前一步说:"这事真是太巧,又太让人遗憾了!"

所有人的心头都一紧:"怎么回事?"

徐若空说:"你们一直在寻找的兰花草就是我的邻居,来自洞天岛的一名医生!可是前几天,他已经不幸离世了!"

陈启东问叶欣欣:"报社的袁记者马上要去洞天采访,你是否一起去?"

随后,叶欣欣马不停蹄地直奔洞天岛⋯⋯

那一年,关于兰花草的报道比以往早了很多天。大标题是:《匿名捐款15年,神

秘人'兰花草'身份揭开！近日因病去世,最后的嘱咐让人泪目!》

叶欣欣一字不漏、仔仔细细地将报道从头到尾看了三次:

"10月20日晚,坚持15年匿名捐款30万元,成为城市道德偶像的'兰花草'因病去世,永远地离开了他深深眷恋的慈善事业和公益项目"星雨心愿"。弥留之际,他附耳妻儿:'一定要多做公益事……'

"'兰花草'的弟弟联系上本报记者,说'兰花草'是他二哥,今年48岁,在老家洞天岛开小诊所,是一名乡村医生,妻子无业在家,儿子今年刚大学毕业,经济条件不能算好,但家属还是想克服困难,继续完成'兰花草'的心愿。因为为'兰花草'治病花费了所有积蓄,担心今年会凑不出这两万元,这才选择将实情向社会公布……

"这位乡村医生每年送两万元善款,一送就是15年,本报记者也跟踪报道了15年,引起各方广泛关注,并被评为'东瓯改革开放三十年十大慈善人物''感动东瓯十大人物'等,但'兰花草'均缺席表彰大会,也没有委托他人领奖。这几年代送爱心款的人士只透露,'兰花草'是一对开小店的夫妻,经济条件一般。

"今年7月27日,'兰花草'突然觉得身体不适,到上海医院诊断发现是肝癌晚期。'兰花草'回到家后,与往常一样,热心岛上的公益事业,还为老人们办了一个公益中秋节。

"这位乡村医生的弟弟说,他也是在五年前偶然得知东瓯人家喻户晓的'兰花草'就是他的二哥,但他的二哥说自己更愿意默默做点善事。家人曾问他为何以'兰花草'的名字行善,他说自己平凡、善良的奶奶特爱画兰花,并且在岛上很受尊重,因此,取名时才将'平凡小草'与'高洁兰花'结合,以'兰花草'的名义行善东瓯……"

捧着报纸,叶欣欣泪如雨下,她觉得自己这一辈子加起来也没有流过这么多眼泪。此刻,她不会停止哭泣,她更愿意让自己的眼泪将自己心灵上所有的污垢冲洗干净!

一架从英国伦敦飞来的客机在空中画了一条漂亮的长长的弧线,稳稳地降落在东瓯龙湾国际机场。关中天和关中瑜抑制不住激动,早早来此等候。

当阔别几十年的关家老大关中翰如一个圣诞老人般出现时,除了为关家三兄弟在耄耋之年还能再次团聚而动容外,徐逸锦更惊叹于关中翰顽强的生命力。

已经90多岁的关中翰并没有想象中的垂暮之气，虽然须发完全银白，但那一双眼睛依旧犀利而深沉，与三十多年前和徐逸锦在伦敦见面时并没有多大区别。

关中翰离开嘉宁成为"援非技术人员"去了东非后，就犹如人间蒸发一般。所有人都不明白他为何逾期不归，嘉宁县蛇类研究站因此解除了他的职务。而他的妻子白月瓯，也在这样无尽的等待和绝望中病故。

多年后，关中瑜收到了一封来自英国的信件，拆开一看，发现寄信人竟是自己失联的大哥！关中翰在信中只有寥寥数语，并未说明自己出国后的任何生活现状，只是告诉两个弟弟自己身体健康，衣食无忧，请他们不要牵挂……当时看完这封似乎是关中翰的"绝笔信"，关中天哭得几近崩溃，关中瑜也潸然泪下。

徐逸锦带着木念初远渡重洋后的某天，两人去英国旅游，木念初却不慎将护照遗失，两人在英国大使馆办理相关手续时，想不到竟然与关中翰不期而遇，让他们不得不感叹命运的神奇。

在伦敦的咖啡馆里，已是满头白发的关中翰向徐逸锦诉说了自己人生的种种善恶。在海外这些年，他漂泊了很多国家，终于获得了合法身份，又辗转来到英国，最终在英国定居了下来。也许是为了自我救赎，关中翰虽然在英国定居，但是这么多年一直致力于东非的畜牧业和慈善事业。除此之外，他还收养了十多个非洲艾滋孤儿。这一次，就是为自己新收养的艾滋孤儿来大使馆办理相关手续的。

听了关中翰讲述的这一切，徐逸锦忽然感觉自己的心平静得如同无风的海面。她站起身，对关中翰说："希望我们能早日在祖国的土地上见面吧。"

那一刻，关中翰紧紧地握住了徐逸锦的手，深深地点了点头。

此刻，在他们兄弟三人拥抱在一起失声痛哭一番后，等重逢的喜悦和对岁月的感慨之情都尽情宣泄和抒发之后，徐逸锦发现关中翰的眼睛在四处寻找，她知道他在找金盈盈。

徐逸锦对关中翰轻轻地说："大哥，你别着急，得让金姨缓一缓神，我怕她的心脏受不了，她血压有一点点高。"

也许很多有意思的故事就是这样，你猜得到它的开头，却猜不到结尾。所有人都担心金盈盈见到关中翰的时候会血压飙升甚至会晕倒，可当关中翰出现在金盈盈面前的那一刻，她只是轻轻叫了一声"皇天哪"，就去厨房帮助小保姆张罗各种菜看了,过不多久,一顿等了许多年才吃到的关家团圆饭终于开饭了。

第二天一早,看着餐桌上小保姆准备好的粢饭和摆在豆浆旁边的油条、紫菜、榨菜丝,关中翰眼睛开始发亮:"哇哈哈,这紫菜油条泡咸豆浆可是我思念了好多年的家乡味啊!"

看着关中翰吃得津津有味的样子,一旁的木念初问:"大伯,在外这么多年,你最想吃的家乡菜都有什么呀?"

关中翰一听,放下手中的调羹,想了想说:"那太多了! 要说最想吃的,莫过于东海大黄鱼!"

木念初一听,一拍掌,说:"那还不好办? 这是咱九仙楼的招牌菜。大伯,中午你少吃点,留着肚子,晚上九仙楼'黄鱼宴'恭候你!"

关山月一听,在旁边叫道:"听者有份! 听者有份! 哦,不,没听见的也有份,老妈老爸还有我家阿东!"

天色刚擦黑,一家人已经端坐在九仙楼的贵宾包厢里了。因为陈启东还在忙事,关山月就说先开席。

金盈盈不同意,说:"我的阿东不来,你们谁都不许先吃。"

关中翰等得有点无聊,打量起包厢的名字,问:"为何叫'醉东'?"

关山月说:"这名字出自陆游的诗句'言归镜湖上,日日醉东篱',由此衍生出'醉东、醉西、醉南、醉北、醉中'五个贵宾包厢。'东南西北中'来九仙楼吃饭,有酒、有音乐、有好吃精致的食物,饭后一个个都成仙了呢!"

关中天接话说:"大哥,我和四弟不知道在这'东南西北中'里醉过几次呢,徐老师意见大啰。但每次醉过还是要来,因为他们时不时就有新东西。以前月月做的时候,是将老瓯菜和新瓯菜结合起来;后来阿念接手,将法式西餐和东瓯土菜结合起来;阿念在法国时认识了现在的丈夫——来自日本的松井,松井又把日本菜的理念加了进来。你说,我们怎么可能不常常'醉'呢?"

这边关家三兄弟在有滋有味地聊着,那边木念初已经让服务员上冷菜:鸭舌、鳗鲞、鱼饼、虾干、炸带鱼、韭菜豆腐干、花蛤、手花球。当上那道芹菜猪耳朵时,关中翰叫了起来:"这个太好了,刚好耳朵有点背,这个吃了就耳聪通达了!"

最后一道冷菜上桌,大家有点纳闷,木念初解释说是为了让食客既能吃到传统经典的"家烧",又能满足年轻人的猎奇心态,就发明了"朗姆酒茶叶鹌鹑蛋"这道创意菜!

终于,当陈启东匆匆落座后,"黄鱼宴"开始了!十道黄鱼菜分别是东瓯渔家黄鱼烧手作年糕、猛火胶原黄鱼汤、黄鱼刺身佐意大利黑醋、日式黄鱼刺身、捞黄鱼生、慢炖松茸菌汤过桥黄鱼片、陈年霉干菜煨黄鱼头、黄鱼春卷、自制黄鱼鲞炒香芹和霉干菜黄鱼捞饭。木念初紧张地问关中翰哪一道最合他的意,关中翰摸了摸肚子,说:"每一道都好吃,但要我说最好吃的,你这可真没有。"

"大伯,快说说,最好吃的是什么?"关山月也忍不住了。

关中翰再一次摸了摸肚子,说:"那可真是东瓯老味道了,叫作'马铃黄金鱼'!"

"马铃黄金鱼?你听说过吗,月月?"木念初回头问关山月,大家都摇摇头。从此,"马铃黄金鱼"在木念初的心中刻下了一个大大的问号。

一家人结束"十全十美"黄鱼宴后,关山月让陈启东先陪长辈们回家,她要留下来和大姐琢磨琢磨"马铃黄金鱼"。谁知月夜下,九仙楼大道坦戏台前的一个身影让她愣住了……

当晚霞铺满东瓯大学东操场外落霞湖的湖面的时候,旁边的教师宿舍楼里非常安静。几十年了,这幢老式的宿舍楼很快就要迎来它拆迁的命运。

几乎可以称得上是这幢楼里元老级的住户、东瓯大学著名的教授夏商周在他多年来潜心著述的《东瓯40年改革开放风云录》的书稿上敲完最后一行字后,合上电脑,披上衣服,走出了房门。他下楼在落霞湖畔坐了很久,打了几个电话与市社科联以及出版社沟通相关事宜。等电话打完,晚霞已经将落霞湖染得绯红。夏商周打开一本书认真地读了起来,这是一本关于李叔同当年与东瓯渊源的传记。

夏商周很小就知道李叔同在东瓯生活了12年,占据了24年修行生涯的一半。可李叔同为什么对东瓯情有独钟,这个问题一直困扰着夏商周。上大学以后,他做了一个非正式的调研,最后得出一个难以求证的推理式的结论:李叔同和东瓯结缘,也许和几个东瓯人有关。一是孙诒让的叔叔孙锵鸣,他任职吏部时,李叔同父亲在其门下,也许正因此,李叔同自小就对东瓯文化有着深刻印象;另一个是李叔同在南洋公学读书时的东瓯室友林大同,两人关系甚笃,此后又同赴日本留学。林大同对东瓯山水、人文的推崇,使得李叔同对东瓯又有了好印象,也成为李叔同驻锡东瓯的重要原因之一。12年间,除了长期驻锡的庆福寺之外,李叔同还住过江心寺、茶山宝严寺、仙岩伏虎庵、郭溪景德寺,他的佛学体系和弘体书法都是在东瓯时期形成的。

不久前,夏商周在网上看到一篇文章,说李叔同将慈悲给了众生,却把绝情留给了深爱自己的女人,夏商周不禁哑然失笑。在他心中,红尘俗子岂能如此胡乱解读高僧大师的人生悟道?在他眼里,李叔同出家无非是因为他对生命本源的追求,与俗世的儿女情何干!

于是,这一个夜晚,当落霞湖吞没了最后一缕晚霞,月亮从东方升起,将清辉与湖光融为一体的时候,他决定去找关山月。

也许这就是夏商周心中所言的佛缘:心中有所思,佛祖都明了;心中欲何为,佛祖早安排。他也没有联系关山月,只是信步从落霞湖畔踱出来,缓缓地走过落满樟树叶子的九山路,迈过胜昔桥,不觉中,已在九仙楼前。他推门进去,九仙楼虽然一如既往宾客盈门,但大厅和包厢外的庭院里假山亭阁、鱼池潇竹将推杯换盏的红尘嘈杂消化得差不多了,特别是建在大道坦靠假山一角的戏台下,一轮明月将屋脊上的瓦当照得泛出清辉。

夏商周孤身一人坐在戏台下,背对着大道坦的大门,那扇朱漆的厚重的木大门时常吱吱呀呀地响。大堂领班认出他,上前招呼,他摆手示意不用管,领班就自去招呼其他客人了。

夏商周一直这样坐着,一直听到酒楼的大门不再迎来送往,大道坦渐渐安静下来,最后连领班的声音也没有了。终于,他听到了熟悉的声音。当那个曾经让他神魂颠倒、魂牵梦萦的声音送完家人回身抬脚进大门的那一刻,他站起了身。

关山月一抬头,猛地见到月夜下的夏商周,吓了一跳!随即,一声轻柔的声音让她站稳了脚步:"月月。"

于是,九仙楼戏台下,原先夏商周一个人的身影旁多出了关山月。不知道过了多久,两个身影随着西移的月亮,越拉越长。

这一个夜晚,关山月听完夏商周深藏在心中几十年不曾吐露的诉说,不知道该怎么接话。最后,夏商周说:"我要走了。"

关山月一脸疑惑:"你要去哪儿?"

夏商周沉默了好长一会儿,说:"还没想好,我想找找弘一法师的脚印,可能去他待过的地方吧……"说着,递给了关山月一张光盘,"不早了,晚上如果睡不着就打开看看……就此别过,后会有期吧!"

入夜,关山月真的无法入眠。她起身披衣,进了书房,打开电脑,将那张光盘放了进去。画面上出来的是一部电影,电影的名字叫《一轮明月》,画面渐渐清晰:

清晨,薄雾西湖,两舟相向。

雪子:"叔同——"

李叔同:"请叫我弘一。"

雪子:"弘一法师,请告诉我什么是爱。"

李叔同:"爱,就是慈悲。"

尾 声

九秋,楠枫江霞枫村。

傍晚的风水亭中,徐逸锦伸手拉紧了肩上厚厚的羊绒披肩。她不知道自己在这座已经屹立多年的古亭里坐了多久,只知道自己似乎再一次听见了父亲轻声咏诵的那首七绝:"家住枫林不见枫,九秋独立夕阳中。遍山风景无人识,乌桕经霜满树红。"

走出古亭,徐逸锦踱到了秋收后的田野里。放眼望去,远山如黛,田间几棵乌桕树身形扭曲但极具张力。徐逸锦吃惊于古时楠枫江两岸"西栽楠木东种枫,田间乌桕夹古松"的画面如今依然如千年古画般地存在于楠枫的阡陌纵横之间,她的心中不禁感慨:这人世间的烟火生生不息,所谓欢喜、所谓悲苦、所谓爱恨、所谓情仇,最后不都跟着松风水月烟消云散了吗?不管东边的楠木还是西边的枫林,清风拂过、明月照过,即便身形不存,也留下永恒了。

在一旁的驾驶员跟了一路,纳闷徐逸锦为何在田间站了这么久,怕她累着,小心问她是否还打算去家族的坟头看看。

本来徐逸锦是打算去的,那里除了父亲,还有她那短命的第一任丈夫,以及木天轩和木醒初。

自从木驼六死后,徐逸锦就不大提起他了,即便偶尔提起,也一定是庄重地称呼他的大名"木天轩"。她不知道这样称呼,是不是足以表达自己对阿木永远的敬仰和感激。当年他不仅庇佑了她和金盈盈,就连父亲的遗体,也是他连夜悄悄掩埋的。但此刻,她不打算去了。

与徐家的家墓相对的山垄上,是关家的家墓,那里刚添了一座新坟,是关雪桐的。

徐逸锦一直不相信宿命,在她的世界观和人生观里,人的生死自己决定不了,但善恶一定是可控的。可是后来她发现,在关雪桐那里,有时候,一个人的善恶也不可控。

那一天,当叶欣欣匆匆来找她,说自己的母亲已经时日无多,最后想见的人就是徐逸锦的时候,徐逸锦并不意外。当所有人都回避后,关雪桐几乎用生命最后的力气向徐逸锦陈述一件事情的时候,洁白的病房里,空气似乎凝固了。

关雪桐说:"其实当年,如果不是我,你爹爹可以不用死的……"

原来,当年家境殷实的关家也是土匪洗劫的对象。为了争取更多的时间转移财产,情急之下,躲在暗处的关雪桐给她爹出主意,可以将危险转嫁给徐家。她爹就颤颤悠悠地冒死跟土匪头子说,如果他们想在最短的时间内获得最大的财富,只有徐家才是最好的选择,他们关家在徐家面前,只不过是小鱼小虾。

就这样,关老爷形象又快速地描绘了可以从徐家带走的无与伦比的巨大财富,当土匪被说动转而来到徐家时,却发现徐家早已人去屋空。于是,徐老爷毫无悬念地惨死在了土匪的火枪之下!

后来,当工作组进入嘉宁县后,要给楠枫江流域几个大财主定性。工作组挨家挨户下乡进村调查,主要调查这几个大财主除了剥削农民外,身上是否有"血债"。到现在关雪桐也没有明白,那一天自己到底是什么恶魔附体,只觉得极度厌恶徐家的富足和家庭的和美,便脱口而出"徐玄廊身上也许是有血债的"。

然后,为了这一句随口说的话,她就像一个编戏文的人一样,鬼使神差地编了一个又一个莫须有的故事加到徐老爷的头上,于是,"财主婆""财主囡"的帽子就紧紧地扣在了金盈盈和徐逸锦的头上。

讲述完这一段,关雪桐长叹了一口气,忽然又一口气上来,满脸憋得通红,一丝一丝出气的同时,从牙缝里挤出了当年自己是如何运作,让徐若空和自己儿子的高考成绩上演的那一场"狸猫换太子"的大戏。

自始至终,关雪桐都不敢看徐逸锦,每讲一句话都要换很多口气,花了很久的时间才讲完,之后就忽然紧紧盯着徐逸锦,说:"你也看见了,上天已经报应我了,儿子不到40岁就死了,老头也死了,如果不是你出手相救,女儿也必死无疑。如今我也马上要走了,走了好,总算可以解脱了。这么多年,看见你,我心里就难受。这种感觉就像魔鬼附体,你知道吗,这种滋味,我过了一辈子! 我能活到今天也真是个奇迹,我只能说我这个人的命真的很硬! 如今,我也不想祈求你原谅我,我知道你是个天仙,从小就是,如今还是。我只希望我走后,你能忘了我。我一辈子不迷信,如今我相信,你就是那个大慈大悲的活观音、活菩萨!"

……

此刻,徐逸锦双掌合十,向徐家和关家的墓地拜了三拜,转头跟驾驶员说:"回村子里去吧!"

徐逸锦还没到村中,远远就听见了鞭炮声。霞枫村的村西,楠枫江的金滩银练在这里拐了一个小弯,缓缓东去。江中水流湍急的地方,那条古碇步依然不急不缓地立在水中。不过很快,她的视线就越过碇步,落在了木家茅草房前。

虽然时隔近七十年,"木天轩"这个名字在外人那里也早已烟消云散,但是,这间村西头楠枫江最长的石碇步前的茅草房依旧是木家的房产。虽然楠枫江早已旧貌换新颜,但是,木家唯一的血脉木念初却与母亲徐逸锦在关于老屋的处置意见上达成了惊人的一致:依旧按照原样保留茅草房当年的外观,只是将里面的一切做了一个很彻底的现代化装修,屋前的大道坦外,只是用楠溪的蛮石垒了一道矮矮的女儿墙,依旧是两扇粗朴的柴门,柴门外一条小路通往楠枫江,直接连上了古老的楠枫第一石碇步。

此刻,茅草房的柴门打开着,宽敞空旷的大道坦里,十来张八仙桌上整整齐齐地摆着楠枫江地道的婚宴喜酒,高脚红碗里,每一道冷盘上都摆上了由"红菜"切成的"红双喜"。徐逸锦一迈进柴门,关山月就将一件大红的夹袄往她身上套:"我的亲妈咧,满世界找您呢,今天可是您跟爸爸的结婚纪念日啊!"

徐逸锦一看,夕阳下,关中瑜穿得一身红火,喜气洋洋地等着她。当她换好红装从里屋出来的时候,所有亲朋好友都情不自禁鼓起掌来!

"喜宴开席啰!"

随着徐若空一声欢呼,早已等候在一旁的厨师们迅速将第一道热菜端上了桌,关中天一看,一声欢呼:"马铃黄金鱼!"

徐逸锦也惊喜地问:"这道消失了的黄鱼金牌菜你们真的研究出来了?"

关山月说:"妈妈,我和姐姐为了寻找'马铃黄金鱼',真是踏破铁鞋无觅处,得来全不费工夫。快绝望时,忽然有一个声音在提醒我们,于是我们就在端木爷爷的宝匣子里找到完整全面的菜谱了！另外我们还发现了一个小秘密,匣盖里有一个密封层,里面有一行字:'敬赠有缘人!'我和姐姐想来想去,您才是有资格接受端木爷爷敬赠的那个'有缘人'哪!"

关山月身后,木念初的双手恭恭敬敬地端着那个用红锦缎包裹着的古朴的黄杨木雕旧匣子。

徐逸锦接过来,轻轻打开锦缎,在岁月包浆的木匣盖子上,端木鸿用一支狼毫小楷书写的那四个让人无限感慨又充满敬意的大字"旷世烟火"就像有着神奇的魔力,瞬间在众人面前发出了璀璨绚丽的光芒！

"外婆快看,放烟火了！"陈蕴新开心地叫了起来。

"大姑快看,放烟火了！"徐若空的儿子也跟着开心地叫了起来！

徐逸锦和众人的目光透过矮矮的女儿墙,再从茅草房的柴门延伸出去。

楠枫江边,西边一弯新月刚刚升起,但是,它被瞬间点燃的耀眼的烟火遮挡了光芒,那经久不息的人间烟火照亮了一方夜空,也照亮了这一方夜空下美丽的楠枫江,照亮了每一个人的眼睛……

图书在版编目(CIP)数据

旷世烟火 / 陈酿著. —杭州:浙江文艺出版社,2022.1
ISBN 978-7-5339-6666-9

Ⅰ.①旷… Ⅱ①陈… Ⅲ.①长篇小说 – 中国 – 当代
Ⅳ.①I247.5

中国版本图书馆CIP数据核字(2021)第219448号

选题策划　柳明晔
责任编辑　徐　旼
营销编辑　俞姝辰　宋佳音
封面设计　荆棘设计
版式设计　吕翡翠
责任印制　张丽敏

旷世烟火

陈　酿　著

出版　浙江文艺出版社
地址　杭州市体育场路347号
邮编　310006
电话　0571-85176953(总编办)
　　　0571-85152727(市场部)
制版　浙江新华图文制作有限公司
印刷　浙江超能印业有限公司
开本　710毫米×1000毫米　1/16
字数　438千字
印张　27
插页　1
印数　1-10000
版次　2022年1月第1版
印次　2022年1月第1次印刷
书号　ISBN 978-7-5339-6666-9
定价　88.00元